Stefan Zweig

茨威格小说全集 [IV]
幻梦迷离　克拉丽莎

[奥]斯·茨威格 著　　张 意 译

人民文学出版社

Stefan Zweig
Rausch der Verwandlung, Clarissa
分别根据 Fischer Verlag 1982,1992 年版译出。

图书在版编目(CIP)数据

茨威格小说全集.第四卷,幻梦迷离　克拉丽莎/(奥)斯·茨威格著;张意译.—北京:人民文学出版社,2019(2025.5重印)
ISBN 978-7-02-014744-1

Ⅰ.①茨… Ⅱ.①斯…②张… Ⅲ.①小说集—奥地利—现代②长篇小说—小说集—奥地利—现代 Ⅳ.①I521.45

中国版本图书馆 CIP 数据核字(2019)第 051476 号

责任编辑　欧阳韬
装帧设计　黄云香
责任印制　王重艺

目　次

幻梦迷离 ………………………………………………………… 1

克拉丽莎 ………………………………………………………… 269

译 者 序

很长时间里，人们都认为《心灵的焦灼》(*Ungeduld des Herzens*)是茨威格创作的唯一一部长篇小说。该书一九三八年问世，首部中译本由张玉书译，一九八三年以《爱与同情》之名由浙江文艺出版社出版。现在我们知道，茨威格生前还创作过另两部长篇小说，其中一部其实已完成，只是作家未交出版商出版，另一部则未完成。此次借人民文学出版社出版《茨威格小说全集》的机会，本人选择翻译这两部茨威格生前未发表的作品并合为一册，希望读者对茨威格的文学创作和他本人都能有一个新的认识。

一九八一年人们在茨威格遗稿中发现了一部没有题目的长篇小说打字稿，茨威格研究专家克努特·贝克(Knut Beck，又译克鲁特·贝克)对此进行了整理并选取小说中"变化的陶醉"(Rausch der Verwandlung)一词命名。该书一九八二年由德国 S. 菲舍尔出版社出版，首部中译本名为《富贵梦》，一九八七年由人民文学出版社出版，译者赵蓉恒。本人此次重译，以《幻梦迷离》之名呈现给读者。

《幻梦迷离》的写作时间应在一九三一年至一九三四年之间，曾因创作《玛丽·安托瓦内特传》而搁置。此后茨威格的写作一直在小说和传记之间进行。一九三五年茨威格创作了苏格兰女王玛利亚·斯图亚特的传记。一九三六年八月二日他在写给汉斯·卡罗萨(Hans Carossa)的信中提到"要尝试一部长篇小说"。一九三七年茨威格完成了航海家麦哲伦的传记，一九三八年在英国完成了他生前唯一发表的长篇小说《心灵的焦灼》。茨威格的前妻弗里德里克讲到此书的写作时曾说"斯台芬在远方怀念起奥地利了，这真是罕见。"众所周知，茨威格一九三四年二月移居英国，是因之前他萨尔茨堡的家遭到搜查，据说是寻找藏匿的武器。对于茨威格这位享誉欧洲的和平主义者，这是极大的侮辱，他的身心深受打击，从此远走他乡。在英国写下这样一部发生在奥地利的小说的确可以视作他对家乡的思念。

这些年间茨威格的生活也发生了重大变化。一九三四年他结识绿蒂·阿尔特曼(Lotte Altmann)，一开始绿蒂是他的秘书，后来两人之间产生感情。除一九三五年一月的美国之行和一九三六年的南美之行外，茨威格基本上都在伦敦和绿蒂在一起，而他的妻子弗里德里克则待在萨尔茨堡。一九三七年底茨威格的婚姻破裂，他回到萨尔茨堡卖掉那里的住所后回到伦敦，而弗里德里克则搬到维也纳，后经法国、葡萄牙前往美国。一九三八年奥地利与德国合并，同年茨威格的母亲去世，哥哥移居纽约，茨威格身边没有了任何亲人，自己也成为无国籍人士，同年年底申请英国国籍，申请在第二年三月才获批准。一九三九年夏，茨威格搬到巴斯，绿蒂继续担任他的私人秘书，这时茨威格和弗里德里克办理完离婚手续。九月茨威格和绿蒂在巴斯登记结婚。一九四〇年茨威格携绿蒂踏上前往美洲的旅途，从此在流亡之路上一去不返。

一九四一年十一月茨威格开始《克拉丽莎》(Clarissa)的写作。他在一九四一年十月二十七日写给前妻的信里就提到过此事，他说他想写一本有关奥地利的长篇小说,但是为此要查询十年的报纸,这只能在纽约做得到,而他一时半会儿不会去那里。一九四一年十一月二十日他在给前妻的信中再次提到"我有其他的计划,甚至想写一本长篇小说"。茨威格最后一次提到这部小说是在一九四二年一月三十日给贝尔托尔德·菲尔特尔(Berthold Viertel)的信中,"我在从事一些写作,也开始写一部长篇小说,但是搁置了。"在小说草稿本的第一页上他写道:"只是起草了第一部分,也就是这个悲剧故事的开头,然后小说的写作因写蒙田的文章而中断,生活中各种事件的干扰也使我身不由己。"

茨威格最终未完成《克拉丽莎》,留下的只是草稿,这些草稿后在其遗稿中被发现,里面很多内容只是简单的笔记,还有很多不完整的句子。克努特·贝克根据茨威格的写作风格对小说内容进行了合理的拼接和补充,并根据女主人公的名字将作品命名为《克拉丽莎》。该书一九九〇年由德国S.菲舍尔出版社出版,终于与读者见面。

《幻梦迷离》的女主人公克里斯蒂娜一成不变的生活经历了一次"变化",这个变化其实只是"短暂的""幻梦般的",等到这个短暂、幻梦般的变化戛然而止之后,女主人公的真实生活没有发生丝毫改变,依然是那种无望、穷困、单调的生活,再怎么努力也无法摆脱,这就是女主人公的宿命,这让她愤恨、窒息和绝望。为此她一再在心里抱怨,但最后她不再抱怨而是义无反顾地要用真正的行动去改变这个宿命。

小说中的斐迪南绝对是茨威格笔下一个全新的人物形象!一个完全的叛逆者!战争带给他无数肉体和心灵的痛苦,他憎恨毁掉他前程的战争,对战后奥地利行政部门的官僚主义恨之入骨!

他也为此在昔日战友和克里斯蒂娜那里大声咒骂。而这样的咒骂只会让他更加愤怒和绝望，最后他终于意识到只有奋起反抗才能摆脱被这个可憎恶的国家机器欺凌的命运。

小说通过斐迪南之口对奥地利战后现状的控诉异常犀利，切中时弊。而克里斯蒂娜和斐迪南最后打算实施的行为是对国家司法制度的公然挑战，但是两个人都未因此产生任何的良心不安。因为按照斐迪南的解释，这个国家亏欠他们的实在太多太多，他们只是讨回他们应得的部分。这样公然挑衅国家和法律的行为企图以及小说中太多强烈的社会批判言辞其实很不符合茨威格和平主义者的处事态度，这也许是他未发表这部作品的一个原因。他只能在文字上宣泄一下自己对社会的不满，但没有勇气真正和这个社会正面冲突。他更多把自己人文主义和和平主义的思想寄托于自己的文学创作之中。

其实茨威格的人生的确经历了一系列的变化，可惜这些变化都不是"令人陶醉"的变化，而是令人心碎的变化。他原有的生活被纳粹的魔掌无情地粉碎了，他不得不离开家园前往异国他乡，他进行了很多尝试，但最终还是因为绝望于自己熟悉的生活不会再来而放弃了生命，给我们留下无尽的遗憾。而有关克里斯蒂娜的故事被作家封存起来，也反应了茨威格的矛盾和绝望，作家把她的命运作为悬念留给我们，我们有理由相信克里斯蒂娜是胜利者，她的命运也许会比茨威格的积极很多。

《克拉丽莎》里女主人公的男友是法国人，战争爆发后杳无音讯，克拉丽莎不敢和任何人提及他，甚至在自己父亲那里也不敢，只因为他是敌对国的人，也就是敌人，而怀上敌人的孩子又是何其大的罪过！茨威格也曾有过一位法国女友名叫玛尔赛乐（Marcelle），她曾怀过他的孩子但最终流产。早在一九一四年八月十日的日记中茨威格就提到要写他和玛尔赛乐的故事，而写作《克拉丽莎》时茨威格不可能不想起这位昔日的情人。同样也是战争让相恋的人不能见面，让至亲好友不能交往，这个第一次世界大战留给茨威格最大的痛最终又出现在《克拉丽莎》中。而没有子女的事实也的确是茨威格的一个巨大心病。茨威格在一九四一年十二月三十一日给绿蒂的哥哥曼弗雷德和嫂子哈娜的信中这样写道："对我来讲始终存在的问题还是，战争结束后我是否还有足够的力量和悟性来享受生活。你们有你们的女儿，你们一定可以的，一想到这儿，我就为你们由衷的高兴。"从这段书信中我们可以看到，茨威格自己处在悲观绝望的情绪之中，但他坚信曼弗雷德他们会拥有美好的未来，主要因为他们有一个女儿，可见在茨威格眼里孩子是继续生命的重要因素。在茨威格一九四一年十月底或十一月初写给曼弗雷德和哈娜的信中还有这样一句话："这个新世界是属于你们的女儿的，我希望她将会看见并享受更好的时光"。由此可以看出茨威格对年轻一代的未来是寄予无限期望的。在一九四二年一月三十日写给贝尔托尔德·菲尔特尔的信里茨威格无比遗憾地写道："到了一定的年龄你得为没有孩子而付出代价，我的书是我其他的孩子，但他们现在又在哪里呢。"

出于对家乡深深的思念和对自己以往生活无限的怀念，茨威格在一九四〇年完成了自传《昨日世界》，之后创作了《巴西——未来的国度》（*Brasilien：Ein Land der Zukunft*），这两个题目给我们强烈的对比，但是这个未来对茨威格可惜是虚无的，已经没有任何实际意义，也无法拯救他。追忆完一去不返的辉煌的昨日世界之后，他再也无法体会到任何继续生活下去的意义，在这个时候写作《克拉丽莎》是以另一种方式追忆他失去的世界，这就是第一次世界大战的丑陋和战后的混乱,这其实是一段不堪回首的回忆,恰恰是一战的严重后果催生了纳粹在德国的迅猛发展和最终希特勒的上台,从此茨威格熟悉的昨日世界开始走向毁灭。

小说中的莱奥纳尔的社会和政治主张以及他对小人物的理解让读者很容易想起茨威格的法国好友罗曼·罗兰,就是他一直坚信人与人之间的信任是治愈社会各种疾病的良药。在一九四一年五月驻美欧洲笔会的成立大会上茨威格曾在致辞中这样说:"只有我们在这个时刻对自己同时也对彼此保持信任,我们才尽到了我们的责任。"

就在一九四一年的最后一天茨威格还在给亲戚的信中写道:"现在强加在我们身上的是这样一种可悲、可怜和毫无尊严的个人生活,就像被钉在一个地方的钉子,脱离了生命的伟大洪流,但是我们活着,希望着,期待着……"仅仅两个多月后的一个夜里,茨威格和绿蒂却匆匆告别了这个世界!他们选择死亡是因为他们突然停止了希望,停止了期待。茨威格再也没有可能给读者描绘克拉丽莎从一九二一年到一九三〇年整整十年的人生经历,估计那绝对是艰难和痛苦的,但是作为一个坚强的女人,为了自己的儿子,相信她一定会顽强地生活下去的,当然是以自己的方式,走一个独立的、现代女性该走的路,不依赖他人,全凭自己的双手。

尽管进入二十世纪之后女性的就业和受教育情况得到了改善,但是整体来讲,在社会上男性依然居于主导地位,女性处于从属地位。茨威格能够在《幻梦迷离》和《克拉丽莎》这两部作品中将两位女主人公都描写为最终把命运掌握在自我手中,不再甘于成为牺牲者,不再是一副可怜的模样,这点实在难能可贵,也反映了作者笔下女性形象的改变和提升。

小说《幻梦迷离》的第一部分揭示了第一次世界大战引发奥地利中产阶级的衰落，第二部分则借斐迪南之口用更犀利的语言抨击了二十世纪二十年代中叶奥地利丑陋的社会政治现状，直接体现了茨威格对战争的不满和对战后劳苦大众的同情。其实茨威格在一九二四年发表的小说《看不见的珍藏》里就对战后通货膨胀让人一贫如洗的状况有淋漓尽致的描写，用的只不过是一种异常冷静、客观、有距离的叙述方法，完全没有《幻梦迷离》里强烈的火药味。在《克拉丽莎》中，茨威格将自己的个人经历和虚构人物的生活结合在一起，展示了战争带来的灾难、战后的社会动荡和百姓的艰难生活。可以说，两部作品都集中体现了作家强烈的反战情绪，彰显了作家深刻的社会批判意识。

今年是《幻梦迷离》首部中译本问世三十周年，借此本人向国内所有翻译过茨威格作品的前辈表达深深的钦佩和崇高的敬意，是他们用辛勤的付出和优秀的译文使国内一次又一次的"茨威格热"成为可能，也为茨威格在中国赢得了众多粉丝。今年也时值茨威格逝世七十五周年，现在首次把《克拉丽莎》呈现给中国读者也算是对茨威格特别的纪念。

张　意

二〇一七年二月四日于下花园

幻梦迷离

(遗作)

张意 译

奥地利所有的乡村邮电所都相差无几：看看其中的一所就可知全部。这些邮电所都建造于弗朗茨·约瑟夫①时期，使用同一资源，里面的设备同样寥寥无几或者简单划一，在任何地方都让人感到憋屈，国库的捉襟见肘显而易见。就连坐落在冰川之中的最偏僻的蒂罗尔山区的邮电所，也都顽固地保持着那股老朽的奥地利行政机构的味道，一闻便知，这就是那冷丝丝的烟草味道和布满灰尘的卷宗霉味。所有邮电所的布局如出一辙：一道安装着玻璃板的木墙把房间按照严格规定的比例划分为两个区域，一个是对外开放场所，一个是办公区。在对外开放场所没有任何可以就座的地方以及任何其他舒适的设施，可见国家根本不关心它的国民是否会在这里逗留时间较长。公共区域唯一的家具一般就是颤颤巍巍靠墙放着的歪七扭八的斜面写字台，上面铺着的那块破旧不堪的油布已经被无法数清的斑斑墨迹弄得黑乎乎的，在人们的记忆中那个嵌在桌子里的墨水瓶里看到的只是一团风干的墨糊糊，根本无法蘸着写字。就算桌上那个笔槽里凑巧有一支自来水笔，那它的笔尖肯定已经折断，根本写不了字。节俭的国库对于美观如同对于舒适一样的不上心：自从共和国把弗朗茨·约瑟夫的画

---

① 弗朗茨·约瑟夫（1830—1916），奥地利–匈牙利帝国皇帝，1848 年即位。

像从墙上摘下来之后,拿来作为房间艺术装饰的充其量就是些海报,那些色彩特别扎眼的海报被贴在脏兮兮的石灰墙上,有的还在邀请人们去参观早已关张的展览,有些宣传购买彩票,在有些被人遗忘的邮电所里甚至还张贴着鼓励人们购买战争债券的海报。国家在公共场所的慷慨大方,充其量就显现在这些廉价的墙上装饰或许还有那个根本无人注意的"禁止吸烟"的告示上面。

相反,办公区域那边则让人格外肃然起敬。在这里,国家以最紧凑的方式象征性地展示了它不容忽视的权力和地域宽广。在那个被保护的角落放置着一个铁质钱柜,从窗户上安装的铁栏杆可以推测它那里时不时还真的收藏着数额可观的钱财。在工作台上闪闪发光的是一架莫尔斯发报机,上面的黄铜擦得锃亮,这可是个豪华玩意儿。旁边那部放在黑色镍制架上的电话机就显得朴素一些。这两个物件就引起人们一定的兴趣,深受尊敬,因为它们只要接上铜丝就把这个偏远小村和辽阔无垠的帝国联系在一起。其他邮政往来的家什就只好挤在一起了,包裹秤和装信的袋子,书籍,文件夹,本子,档案柜和那些圆形的发出叮当声响的邮资钱箱,秤和秤砣,黑色、蓝色、红色和紫色的铅笔,曲别针和夹子,绳子,火漆,海绵和吸墨器,胶水,刀子,剪刀和折纸器,所有这些邮政工作丰富多彩的小手工物件都玄乎地乱七八糟地堆在书桌那巴掌大的空间里。在许多抽屉和盒子里堆着各式各样的纸张和表格,满满当当的,简直难以想象。这些东西就这么近似挥霍地铺放着,但事实上这是假象,因为暗地里政府无情地清点着它那些廉价的办公用品中的每件东西,从用秃了的铅笔到撕碎的票券,从破成一缕一缕的吸墨纸到洗成小块的肥皂以及白铁洗手盆,从给办公空间照明的电灯泡到关门的铁质钥匙,国库都要求它的职员为每个用过的或者消耗掉的物件说明使用情况。铁炉旁边贴着一份详细的物品清单,这是用打字机打出的,加盖了公章并带有无法辨认的签字。这份清单以算数的无情把相关邮政局哪怕最微不足道和毫无价值的企业物品的存在都标注出来。只要是这个清单上没有的物品就不能出现在办公空间,反过来,任何登记在册的东西必须都各就各位而且触手可及。国家机关就要求秩序和合法。

严格意义上讲,这份打字机打出的物品清单上也该登记上一个人,此人每天早上八点要拉起玻璃板,使用起那些原本毫无生命力的办公用品,打开邮政袋,给信件加盖邮戳,支付汇款,开具收据,给包裹过秤,用蓝色、红色和紫色的笔在纸上写出奇怪的秘密符号(密码),拿起电话的听筒,开动莫尔斯发报机的卷轴。但是出于某种考虑,这个被公众大多称之为邮政助理或者邮政主管的人并没有被登记在清单上。他被登记在另一本公务册上,而这本册子放在邮政管理局另一个部门的另一个抽屉里,同样是一份名单,能够审核和监控。

在这个被国家鹰徽神圣化的办公大厅里从来不会发生明显的变化。关于劳作和消亡的永恒法则,碰到国库的界限砸得粉碎,邮局周围的那些树木枝繁叶茂,然后又变成枯枝败叶,孩子长大成人,老人寿终正寝,房屋坍塌又以另一种形式重建起来,国家机关就是用这种永恒的一成不变有意识地宣示着它的超凡权力。它范围内的任何一件物品如果用旧或消失,变样或衰败,领导部门就会定制并送来完全一样型号的另一件物品,以此给这变化多端的平凡世界一个国家优越性的典型例子。内容会消逝,但形式永远不变。墙上挂着一份挂历。每天都被撕下一页,一周七天,一个月三十天。等到十二月三十一日挂历变得很薄,也已到头,于是人们要求一份新的,同样的版式,同样的大小,同样的印刷:又是新的一年,但还是同样的挂历。桌上有个带着一行行列表的账本,左边的那页要是写满了,数字就填在右边那页上,就这样从一张纸到另一张纸。等到最后一张纸写满了,账本就记完了,那就再开始用另一个账本,同样的式样同样的版式,与以前的毫无区别。哪样东西要是不见了,第二天又会在那里出现,同等的样式,就像那个机构,每个同样的木板台面上都一成不变地放着同样的东西,永远是同样形式的纸张和铅笔、别针和表格,再怎么换也是一样的。在这个国库空间里没有东西消失,没有东西补充进来,没有凋零和盛开,这里是同样的生活或者更准确地说是延续不变的死亡。在那丰富多彩的物品系列中唯一不同的是物品老化和更新的节奏,而不是它们的命运。一支铅笔可以用一个星期,然后它就用完了,被一支新的同样的铅笔所替代。一本邮政账册可以用一个月,一个灯泡用三个月,一个挂历用一年。一把草编椅子的寿命是三年,然后会更换一把新的,而坐在这把椅子上消耗了整个一生的那个人的工龄是三十或者三十五年,然后一个新人就会坐上这把椅子。归根到底毫无区别。

在离克莱姆斯不远,坐火车大约两小时可到维也纳的地方,有个无足轻重的村子叫小赖夫林,一九二六年时,那里邮局的那个叫"公务员"的可替换的物件属于一位女性,因为这个邮局级别较低,所以官方称她为邮政女助理。通过玻璃板只能略微看到一个年轻女子的侧影,不怎么引人注意,但是挺可爱,嘴唇稍嫌单薄,面颊略显苍白,眼睛阴影下面有点发灰;在她晚上必须要打开那盏刺眼的电灯时,稍稍仔细一看,可以看到她的额头和太阳穴已经布上了一些细细的凹痕和皱纹。不管怎样,和窗台上的锦葵以及她今天放在白铁洗手盆里的宽大接骨木丛相比,这个姑娘绝对是小赖夫林邮局的物件中最鲜亮的,看上去至少还能工作二十五年。这只手指苍白的年轻女孩的手,肯定还得把同样的老旧玻璃板推上拉下好几千次。她还得把几十万也许上百万封信用同样简洁的动作扔到盖章台上,再几十万次或者上百万次地以同样短促的噼啪声用已经变黑的黄铜图章在邮票上盖戳。也许这个受到训练的关节甚至会越来越好、越来越机械地发挥作用,越来越无意识地、越来越从清醒的身体释放出来。几十万封信会不断地变成其他的信,但总还是信,邮票也会变成其他的邮票,但总还是邮票。日复一日,每天都是从上午八点到十二点,从下午两点到六点,在一年年的成长和凋落中,工作总是一成不变、一成不变、一成不变。

　　这个长着一头灰黄色头发的邮局女助理也许在这个静悄悄的夏天的上午时光,自己也正思考着这样的未来情景,也许她只是漫不经心地独自做着白日梦。反正她的双手从桌子上无所事事地滑落到大腿上,在那里她双手合拢,看上去纤细、疲倦和苍白。这是六月的一个中午,蓝天下烈日炎炎,而在小赖夫林的邮局里无事可做,早班邮件已经处理完毕,那个嚼着烟叶的驼背邮差辛特富尔纳已把信件分好,晚上之前不会有包裹和工厂的产品试验品送过来了,而乡下人现在既没有时间也没有兴致写信。农民们戴着一米宽的草帽在外面远处的葡萄园里平整土地,孩子们没课,光着脚在溪水里嬉闹,正午骄阳似火热气蒸腾,门口那条起伏不平的石子路上空无一人。现在正合适待在家里做场好梦。在放下来的百叶窗阴影中,那些纸张和表格都在它们的抽屉和架子上睡觉,机器的金属懒洋洋无精打采地透过金色的朦胧闪着光。寂静就像一层厚厚的金色灰尘覆盖在各种物件上面,只有在关闭的窗户之间,一些蚊子发出小提琴般微细的声音,一只褐色的大黄蜂发出大提琴般的鸣声共同演奏一曲小人国的夏季音乐,唯一在这个带有凉意的房间里不断活动的就是那个窗户之间的木框壁钟,每秒钟它都用非常微小的咯咯声吞噬掉一滴时间,但是这个轻薄的单调的声响与其说让人清醒不如说让人昏昏欲睡。邮政女助理就这样以一种清醒的惬意的瘫痪姿势坐在她自己那微不足道的昏睡的世界里。人们可以从准备好的针和剪刀看出她其实是想做点针线活的,但是她手里的刺绣活揉搓成一团掉落在地上,她既没有愿望也没有力气把它捡起来。她软软地靠坐在椅子里,几乎停止了呼吸,闭上眼睛任由那奇妙罕见的懒散的感觉带着自己飘荡。

突然"哒哒"一声,她吓了一跳。然后声音再次响起,更生硬、更响亮、更不耐烦。莫尔斯发报机撒欢似的突突跳动起来,钟表盘哒哒直响:一份电报——这在小赖夫林可是稀客——需要隆重地迎接。邮局女主人猛然从昏昏欲睡的懒人感觉中挣脱出来,跳到那里,打开带状纸条。她还没怎么认清循环字带上最先出现的那几个字,血液就涌上了她的脑门。因为她在这里上班以来,这是第一次在电报纸上看到了自己的名字。她一遍二遍三遍地读着已经敲打完毕的电报函,但还是没有看明白内容。怎么回事?什么事?谁从彭特莱西纳①给她发电报?"奥地利,小赖夫林的克里斯蒂娜·霍夫莱纳,衷心欢迎,随时期待你,随便哪一天,来前电告到达时间。最诚挚的克莱尔-安东尼。"谁是这个期待她的安东尼,是男还是女?是不是一个同事开的一个愚蠢的玩笑?但马上她就突然想起,母亲几个星期前跟她提起过姨妈今年夏天要来欧洲,对了,姨妈就叫克拉拉。那么安东尼,肯定是她丈夫的姓,母亲一直叫他安东。是的,现在她记得更清楚了,几天前就是她自己给母亲捎去一份来自契尔堡②的信,母亲对此一直保密,没有透露信里的

---

① 彭特莱西纳,瑞士旅游胜地。
② 契尔堡,法国港口。

只言片语。这份电报可是发给她的。难道是要自己去彭特莱西纳见姨妈吗？以前可从未谈起过这事啊。她一再盯着那尚未贴起来的纸条，她在这里亲自接收的第一份电报，一再无助而好奇地浏览着这张奇怪的纸，有些迷惘，简直不敢相信。不，不能再等到中午了。她马上就要去问母亲，这一切是什么意思。她一把拿起钥匙，锁上邮局的门，朝着住所跑过去。因为激动她忘记把电报机的摇杆拿下来。哒哒，哒哒，哒哒，就这样在空无一人的房间里那把黄铜小锤一直不断继续无语地敲打着空白纸条带，为了这般不受重视而恼怒。

  电光的神速一再被不可思议地证明，因为它比我们的思想更敏捷。电报上这短短的几个字就像一道白色无声的闪电，降落在奥地利邮局那沉闷的雾霭里，直到几分钟前，这些字还在和这里隔着三个国家，在冰川蓝色凉爽的阴影里，在龙胆般清澈的恩加丁①天空下写出来的，发报人填写的表格上墨迹未干，这些字的意义和呼唤已经击进一颗惊慌失措的心灵。

  那里发生了以下的事情：安东尼·梵·波伦，荷兰人，但多年来已经定居美国南部的几个州，是位棉花商人。就是这个安东尼·梵·波伦，一个脾气很好、反应迟钝，归根到底至多就是一个微不足道的男人，刚在皇宫饭店的由玻璃打造，阳光充沛的露台上吃完早饭。现在送上的是早餐的尼古丁高潮，一支大块头的黑褐色哈瓦那雪茄，特地由原产地装在密封的铁皮罐里直接运到这里。为了用跟人学来的惬意享受一个有经验的吸烟者那最畅快的

---

① 恩加丁，瑞士著名的疗养地。坐落在阿尔卑斯山间的高地山谷之中，绵延八十公里，分为上恩加丁和下恩加丁。

第一口烟,这位有点肥胖的先生把他的腿高高翘起,放在对面的藤安乐椅上,展开巨帆般正方形的报纸《纽约先驱报》,与它一起徜徉在股票行情和掮客报价那浩瀚无垠的铅字海洋之中。他的夫人克莱尔坐在他对面,过去人们就简单地叫她克拉拉,正在百无聊赖地切着早上吃的葡萄柚子。多年的经验告诉她,要想在她丈夫那里借着一个对话,冲破这道晨报厚墙完全是徒劳的。然后发生了一件她挺欢迎的事情,那个头戴褐色帽子,面若苹果,模样滑稽的饭店侍童突然拿着清晨邮件向她急速走来:托盘上只有一封信,但信的内容好像费了她不少脑筋,因为她竟然不顾多年的经验试着打断她丈夫的晨读:"安东尼,停一下。"她请求道。报纸纹丝不动。"我没有打扰你的意思,安东尼,就听我说一下,事情有点急。玛丽——"她不由自主地说起英语,"——玛丽刚给我回信。她说,她来不了,她其实特别想来,但是她的心脏不好,很不好,医生认为她受不了海拔两千米的高度。医生说绝对不行。但如果我们不反对的话,她很想让克里斯蒂娜来,你知道的,最小的那个丫头、金发的。战前你收到过她的一张照片。她虽然在一个邮局里工作,但还从来没有正经休假过,她要是递交申请,肯定马上得到批准。信上这么说,如果她能在这么多年之后,来'看望你,亲爱的克拉拉,和敬爱的安东尼,她当然会非常幸福',等等等等。"

报纸一动不动,克莱尔着急了。"你的意思如何?咱们该让她来吗?……对这个可怜的孩子来说,呼吸点新鲜空气肯定不是坏事,怎么着也该是这样的。既然我到这儿来了,也真该认识一下我姐姐的孩子,否则就和家里一点关系也没有了。我让她来,你不会反对吧?"

报纸窸窣响了一下。先是从报纸边缘升起一个吐出的哈瓦那雪茄的烟圈,圆圆的,蓝蓝的,然后才跟着一声慢吞吞的无所谓的声音:"Not at all. Why should I?"①这个对话就通过这么简短的回答告终,一个人的命运也因此开始。这个亲戚关系又要追溯到几十年前,因为这个听起来几乎像是贵族的名字,这个"梵"字其实就是一个非常普通的荷兰字,就算夫妻间说着英语,但那个克莱尔·梵·波伦其实就是玛丽·霍夫莱纳的妹妹,也就无可争议的是小赖夫林的那个邮局女助理的姨妈。她在二十五年前离开奥地利,也是和一件不太光彩的故事有关,对此她——我们的记忆总是由着我们的喜好——现在已经记不太清楚了,而她的姐姐也从没有给她的女儿们好好地讲起过。当时这个丑闻可是轰动一时,要不是那些聪明、机智的男人们用一个好的借口压住了人们的好奇,会更加恶劣的。那时这位克莱尔·梵·波伦夫人只是坐落于白菜市场一家高档时装店的克拉拉小姐,一个普通的试衣女郎。她当时可是眼睛晶莹闪烁,身体柔软轻盈,一位陪着夫人前来试衣的上了年纪的经营木材的实业家竟无可救药地迷上了她。带着急不可待要赶上末班车的激情,这位富有的保养得相当不错的商务顾问,在几天内就爱上了克拉拉小姐丰满的身材、她的幽默风趣和金色的头发。就在他那个圈子里,商务顾问也算异乎寻常的慷慨大方,加快了他对这个试衣女郎的追求。不久,这位才十九岁的试衣女郎就能穿着最美丽的衣服和皮大衣坐着出租马车到处兜风,这些衣物她以前只能在那些大多特别挑剔,要求很高的顾客面前对着镜子试穿,而现在它们是她的私人财产,这着实使她那些老实巴交的家人十分恼怒。她变得越时髦,她那已经不再年轻的施主就越喜欢她,这位被自己意想不到的爱情完全冲昏了头脑的商务顾问

---

① 英语:不会的。我干吗反对啊?

越喜欢她，就越愿意挥金如土地打扮她。不到几个星期克拉拉就把他征服得服服帖帖，私下里商务顾问已经让一个律师准备了离婚材料，克拉拉很快就能成为维也纳最富有的女人之一了——这时那位妻子——有人写匿名信警告她——做了一件大蠢事。三十年风平浪静的婚姻之后，一下子要像一匹瘸腿马似的被人撵走，她完全有理由妒火中烧恼羞成怒，她买了一把左轮手枪袭击了那对正好在一个刚刚装修完毕的金屋里厮混的老少配。这个女子怒不可遏，不由分说就直接朝那个小三开了两枪，一枪打偏，一枪打中了她的手臂。伤势其实并不重，但随即招惹的事情却让人颇为难堪：闻声赶来的邻居、透过打破的窗户传出的呼叫声、被砸开的大门、晕倒的人和各种口角场面，医生、警察、犯罪现场笔录和这之后看来不可避免的法庭审讯，因为是丑闻的缘故，这场审讯是所有当事人全都害怕的事情。对有钱人来说幸运的是，不光在维也纳，就是各个地方都有诡计多端的律师，擅长为他们掩盖这些令人不快的丑闻。其中一位是久经沙场的大师，名叫卡尔普鲁斯的司法顾问，立即着手处理这件棘手的案子。他把克拉拉客气地请到他的办公室。她卖弄风情地裹着纱布，高雅至极地现身，好奇地通读了一遍合同，按此合同她有义务在出庭作证之前前往美国，在那里除了一笔一次性的补偿之外，她在五年内的每个月的第一天还能从一个律师那里领取一定数额的金钱，前提是她乖乖的不闹事。克拉拉在这件丑闻之后已经完全没有兴趣再在维也纳当她的试衣小姐，而且也已经被她自己的家庭赶了出来，毫不气恼地读完四页纸的合同，迅速计算了一下钱数，觉得高得令人吃惊，当场又即兴要求追加一千古尔顿。这个要求立即得到同意，于是她脸上快速堆起一丝微笑，在合同上签了字，然后漂洋过海，从未后悔过自己的决定。在船上就有各式各样的人向她提出结婚的可能性，不久之后出现了决定性的求婚：在纽约的一家旅店里，她认识了她的梵·波伦，他当时只是一个荷兰出口商行的小小代理人，但他迅速决定用克拉拉带来的小小资本前往南方经营自己的买卖，而对这个资本的罗曼蒂克起源一无所知。三年后他们有了两个孩子，五年后有了一所房子，十年后有了可观的财产。在欧洲因为战争人们获得的财产严重缩水，而在任何其他大陆，在当时财产都大大增加。现在那两个已经长大成人而且非常有经商头脑的儿子，已经在父亲的商行里帮忙，所以这两个上了岁数的爸妈就可以在多年后，无忧无虑地去欧洲进行一次比较奢华的旅行。好奇怪：当契尔堡那平坦的海岸从雾霭中缓缓露出时，克莱尔一瞬间找到了家乡的感觉。她内心其实早已是美国人，但仅仅凭着这片土地就是欧洲这个事实，她就对自己的青年时代产生了一阵怀念。夜里她梦到她和姐姐挨着睡的有栏杆的儿童小床，好多好多记忆纷至沓来，她一下子对于自己这么多年从来没有给落魄丧偶的姐姐写过一个字而感到万分羞愧。她等不及了：就在码头栈桥上，她就发出了那封信让姐姐来看望，还附了一张百元美钞。

现在只要梵·波伦夫人招招手，这个邀请就转给女儿了，那个穿号衣的男孩马上就像支褐色的弩箭飞奔过来，简短吩咐一下，他就拿起一个电报表格，帽子紧紧扣在耳边，手里拿着填写好的纸张，快步奔向邮政局。几分钟之后，从啪嗒啪嗒直响的莫尔斯发报机上发出的字符就越过天花板进入铜丝线，只用唯一的一束无线电闪就让信息穿越千里电线，快过哐当哐当乱响的火车，也比灰尘飞扬的汽车迅速。一眨眼的工夫超越边境，一眨眼的工夫穿过千山万壑的弗阿贝尔格、风光明媚的列支敦士顿和山谷纵横的蒂罗尔，然后这几个魔幻般变换的字眼就从冰川高处进入了多瑙河的峡谷中间，进入林茨的一个变压器里。在那里休息片刻后，用比人们说出"迅速"二字更迅速地通过小赖夫林屋顶的电闸进入惊醒过来的接收机,再从那里进入一颗惊诧不已、迷惘困惑、充满好奇的炽热心灵。

斜穿大街拐过街角,爬上一道阴暗的吱吱作响的木头楼梯,就是克里斯蒂娜的家。这只是一间阁楼小屋,窗户很小,坐落在一个狭小的农舍里。一道宽大的向外延伸的山墙,冬天用来挡雪,但是在白天却遮挡住了顶层的每一丝光线;有时只有在傍晚,一缕单薄的已经非常微弱的光线能够照射到窗台上的天竺葵上。阁楼间总是散发着沼泽地发霉的味道,闻起来像朽坏的屋脊和发霉的床单;这陈旧的味道就像长在木头上的蘑菇;也许在一般时期这个房间就是用来充当仓库的。但是战后严重房荒,人们只要能在屋里放下两张床、一张桌子和一个柜子就已经很知足和感恩了。就连那把祖上留下的皮垫扶手椅也太占地方,很便宜地卖给了旧货商,可后来发现这样做非常失策,因为现在一旦霍夫莱纳老太太浮肿积水的脚动弹不得时,她唯一能休息的地方也就只剩下床了。

这双肿胀厉害的病态的腿在法兰绒绷带下显出危险的蓝色静脉,这是这位极度疲倦过早衰老的女人在一家战地医院的一个没有设地下室的地下小屋里干了两年活做下的毛病,分配给她的工作是管理员(你总得挣钱养家糊口吧?)。从那以后她走路就艰难地一路喘气,每次当她用力或者激动的时候,这个大块头的女人都会突然捂住心脏。她清楚她不会长寿。幸运的是,帝制被推翻后,她的枢密官小叔子在动荡之际还及时为克里斯蒂娜捞到了一份邮局助理的工作,尽管薪水少得可怜,又是在这么一个偏僻的小地方。但是不管怎样,有了一定的稳定生活,头上有了片瓦,有了一定喘息的空间,只够勉强活着,让她先适应一下以后更狭窄的棺材。

在这个四方空间里总是散发着酸气、湿气和病气,从旁边特别小的厨房通过关不紧的门透进来一股浑浊的味道和加热饭菜的蒸汽,就像一块燃烧之后净在冒烟的面纱。克里斯蒂娜刚一进屋不由自主做的第一件事情就是拉开关着的窗户。床上年迈的女人被这猛地一拉引起的当啷一声吵醒了,呻吟起来。她做不了别的,每动一下就呻吟一下,就像一个坏了的柜子,你只要走近它,还没有碰到它呢,它就吱吱作响了:这是一个患风湿病的身体在疼痛前预先感觉到的恐惧。老妇人先呻吟了一会儿,然后才在这必不可少的呻吟之后虚弱地问道:"怎么了?"瞌睡之后,昏昏沉沉的意识也知道,现在还不是正午呢,还不到饭点。一定发生了什么不一般的事情。这时女儿把电报递给她。

老妇人饱经风霜的手费劲地在摸床头柜上的眼镜,每动一下身体都痛,她花了不少时间才在一大堆药品里找到了那副钢框眼镜,把它戴上。老妇人刚读完信,就像一阵电击穿过沉重的身体,大块头的身体大口喘起气来,费力地呼吸着,跌跌撞撞地用尽自己全身不可抗拒的力气扑向克里斯蒂娜。她热烈地抱紧受到惊吓的女儿,浑身发抖,大笑起来,喘着气,想说话,但是说不出来,最后双手捂着胸口筋疲力尽地瘫坐到椅子上,深深地呼吸着,喘着气停顿了一分钟,然后从抽搐的牙齿掉光的嘴巴里颤抖不已,结结巴巴地喷出一阵混乱不堪的话语,只能听懂一半,一半被她吞掉,这些话总是一再被莫名其妙得意扬扬的大笑所吞没。她越想让别人听懂自己,结巴得就越厉害,就越拼命地做手势,眼泪已经顺着面颊流淌进干瘪的抽搐的嘴里。她冲着女儿语无伦次滔滔不绝地说话,而女儿已经被这个可笑的疯狂景象完全弄糊涂了。谢天谢地,现在一切都搞定了,她可以放心地死了,她这个毫无用处疾病缠身的老太婆。就是为了这个,她上个月才去朝圣,就在六月,就是为了这个,她请求她的妹妹克拉拉能在她死之前再从美国过来一次,关照一下她这个可怜的孩子。现在她已心满意足。在那儿——就在那儿放着——妹妹不光写了信,不,还花那么多钱发电报让克里斯蒂娜去她的饭店,而且两周前她还寄来一百美元,她一直就有一颗金子般的心,这个克拉拉,她一直特别好特别善良。用这一百美元,克里斯蒂娜不光能去那个高级的疗养地拜访姨妈,还能把自己打扮得跟一位侯爵小姐一样。是啊,在那儿她会大开眼界,在那儿她将会看到那些有钱的高贵人士是如何享受生活的。生平第一次她将亲自,谢谢老天爷,跟其他人一样过上好日子,所有的圣人可以证明,对此她受之无愧。至今为止她都过的什么日子啊——除了工作、上班、劳累,还得伺候又生病又无用成天唉声叹气的老太婆,这老太婆其实早就该入土了,她能做的最聪明的事情就是赶快入土为安。小克里斯特①整个的青年时代都因为她和那可诅咒的战争给搞得一团糟,一想到她把女儿一生最好的年华给耽误了,老婆子的心都碎了。现在女儿可以去追寻自己的幸福了。但她得对姨夫和姨妈彬彬有礼和谦虚谨慎,在克拉拉姨妈面前别害怕,她有颗金子般的心,她人特别好,肯定会帮她逃离这个令人窒息的偏僻小镇,逃离这个乡下鬼地方,就算老妈自己要躺到地下去了。如果姨妈最后要带她走,她千万不要有所顾虑,她就应该离开这个腐败堕落的国家,远离这里的这些坏人,不必想着照顾老妈。她总能在养老院找个落脚的地方的,而且说到底,她还能活多久啊……唉,现在她可以放心地闭眼了,现在一切都好了。

　　这个浮肿的老太太被布条和衬裙厚厚地包裹起来,一再晃晃

---

① 克里斯特是克里斯蒂娜的爱称。

悠悠站起来,迈着她那大象般的腿脚步沉重地来回走动,弄得地板嘎吱嘎吱地响。她一再把一条红色的大手绢堵在眼睛前面,因为泪水和欢喜交融在一起。她越来越使劲地打着手势,一直得从她的闹哄哄的兴奋中停顿一下,以便再一次坐起身、呻吟一会儿、擤下鼻涕,为了下一轮滔滔不绝地说话而喘口气。她总是又想起什么,说个不停,说一会儿又嚷一会儿、欢呼一会儿又呻吟一会儿,为了她安排成功的惊喜而抽泣不止。突然,就在她筋疲力尽的瞬间,这位母亲发现,尽管她冲着女儿欣喜若狂,可克里斯蒂娜却面色苍白,恍恍惚惚,颇为难堪地站在那里,眼里满是惊异更有迷惘,全然不知该如何作答。这让老妇人很不高兴。她又一次使尽全身的力气从椅子上站起来走到女儿面前,热情地抱住不知所措的女儿使劲亲吻,把她拉到自己面前来回摇晃:"啊,你怎么什么也不说啊?这事和他人无关,只和你有关,你怎么了?我的傻孩子?这么幸运的事,你却像根木头似的站在那里,什么也不说,什么也不讲!你倒是高兴一下啊!是啊,你干吗不高兴呢?"

邮局规定,严禁所有邮局职员,在上班期间较长时间离开工作场所,就是最重要的私人事务也不能置于国家法律之上:公务在先,个人在后,文字在前,思想在后。所以只中断了一会儿工作,没几分钟,这位小赖夫林的邮局女助理就又责任心极强地坐在了玻璃板后面。这期间没人找过她。那些松松散散地放在孤单的桌子上的纸张跟先前一样睡眼惺忪,关闭的电报机刚才还在这间灰暗的房间里使她热血沸腾,此刻悄然无语地闪着黄光。谢天谢地,没有人来过,没有耽误任何事情。这个邮局女助理现在可以安安心心地好好思考一下那个令人迷惘的消息,由于这个惊喜带来的纷乱她还没有搞明白,这个从电报线闯进屋子的消息,到底是令人难堪还是受人欢迎。思绪逐渐清晰起来。她要出门了,有生以来第一次离开母亲,要出门十四天或者更多的时间到陌生人那里去,不是,是去姨妈那里,去一家高级饭店,见她母亲的妹妹。她该休假,真正的正当的休假,在这么多年后被允许好好休息一次,看看这个世界,看看新鲜事物,看看不同的东西。她一而再再而三地思忖着。这其实真是个好消息,母亲是对的,真的,她这么高兴是对的。好好想想的话,对她来说这是这么多年来,传到家里最好的消息。第一次可以不用上班,自由自在,去看新的面孔,去看世界的另一部分,这难道不是从天上掉下的馅饼吗?突然耳边响起母亲诧异、惊慌几乎恼怒的问题:"是啊,你干吗不高兴呢?"

她是对的,母亲真是对的:我为什么不高兴?为什么我的内心一点也不激动?为什么我没被打动,没有一再受到震撼?她一再仔细倾听是否内心会给出一个回答来答复这个从天而降的美好惊喜,可是没有:她感觉的只是迷惘和疑惑的惊慌感。太奇怪了,她想道,我为什么不高兴呢?每次我从邮政袋里把明信片拿出来整理,会端详它们,挪威灰蒙蒙的峡湾、巴黎的林荫大道、索伦特的海湾、纽约的石头堆成的金字塔,我不是每次都叹口气然后把它们放在一边吗?什么时候轮到我?什么时候我也能有一次?在那些漫长空虚的上午我做的梦无非就是要从这个毫无意义的破工作中解脱出来,从这个与时间可怕的赛跑中挣脱出来。就这么一次好好休息一下,大把大把地完完全全地拥有时间,不总是零零散散的扯得粉粉碎的,碎得能把一个人的手指都切割成几段似的。就这么一次不要被这日常的作息程序左右,被那个扼杀睡眠的催命鬼闹钟催着起床、穿衣、生火、取奶、拿面包、点火、盖图章、写单据、打电话,然后又回家马上烫衣服、去灶台、洗衣、做饭、缝缝补补、照顾病人,最后累得半死倒头就睡。这样的梦我已经做了上千次,在这同一张桌子上,在这儿,在这个围着栅栏的笼子里,我已经几十万次地梦到过这事,现在这一切突然发生在我身上了,要我去旅行,要马上获得自由,然而——母亲是对的——为什么我竟然不高兴呢?为什么我还没准备好呢?

她两眼发直肩膀无力地坐着,眼睛紧盯着那陌生冰冷的墙,等待着,等待着,这一迟到的喜悦是不是真的就要到来。这么千呼万唤,她不由自主地屏住呼吸,就像一个孕妇倾听着自己的身体,倾听着,冲着自己深深弯下腰。但是没有一丝动静,一切都那么安静、空荡,就像一个没有鸟儿鸣叫的森林。她,一个二十八岁的女人,越来越努力地试着回忆,高兴到底是怎么回事。她大吃一惊地意识到,她已经不再知道是什么样子了,就像是儿童时期学过的外语,已经遗忘,只记得曾经会过。她思考着最后一次高兴是什么时候,她使劲想,两道细小的皱纹明显地爬上了她低下的额头。渐渐地她想起来了:就像从一个模糊的镜子里出来一个图像,一个金发小女孩,小腿细细的,书包调皮地在花布短裙上方摆来摆去。十几个孩子围着她:他们在维也纳郊区一个花园里玩击球游戏。时刻都有一阵纵情欢乐和火箭般的欢笑与羽毛球一起飞得高高的,现在她想起来了,那笑声当时是多么轻盈多么松弛地停留在嗓子眼里,总是那么近,在皮肤下痒痒的,在血液里搅拌着发酵着,只要稍稍晃动一下它就滚出嘴唇,它如此松弛地待在脖子里,几乎太松弛了。在学校你必须把手紧紧抓住长椅子边紧咬嘴唇,这样才能在法语课上听到任何一个滑稽字或看到任何一件蠢事时不至于笑出声来。因为任何微不足道的小事在当时都能把这泡沫四溅浪花迸涌的小女孩的笑声给勾引出来。一个老师打个结巴,镜子前的一个鬼脸、一只滑稽地蜷曲着尾巴的母猫、一个在马路上看你一眼的军官,所有微不足道的事情,每个毫无意义的小玩笑都会使她发笑,她身上装满了欢笑的火药,以至于碰到一点火星都会爆发出欢笑。这轻松淘气的欢笑总在那里而且做好准备,就是在睡梦中它也在那孩子般的嘴上显现出它欢快的舞姿。

然后突然一切都黑了熄灭了,就像一根被压灭的灯芯。一九一四年八月一日。下午她在游泳池;在衣帽间脱衬衫的时候她看到了自己赤裸的身体,宛如看到一道闪亮的闪电,这十六岁的胴体紧绷绷的,丰满、白皙、生机盎然、柔软健康。她兴高采烈地打着水花,游着泳,让身体凉下来,和女伴们在发出吱吱响的厚木板上追逐着——她至今还能听到其他六个半大不小的女孩的笑声和呼哧呼哧的喘气声。然后就得小跑着回家了,快,快,迈着敏捷的脚步,当然还是晚了,她本该帮着妈妈收拾行李的:两天后她要去康普山谷享受夏日的清凉。她一步三节台阶地跑上楼梯喘着大气冲进家门。但是好奇怪,她刚进门爸爸妈妈就中断了正说着的话,两个人都急匆匆避开她看着别处。刚才她听到爸爸不同寻常地大声说着话,而现在则带着令人怀疑的热情开始看起报来,而妈妈肯定刚哭过,她手里揉搓着手绢快步朝着窗户走去。发生什么了?他们吵架了?没有,从不,这是不可能的,因为爸爸突然转身把手放在妈妈抽搐的肩上,而妈妈则看着爸爸,从未这么温柔过。妈妈没有收回目光,只是在无声的抚摸中抽搐更加激烈了。发生什么了?他们两个人中没有一个人理睬她,也没有一个人看她一眼。十二年后直到今天她还记着她当时的恐惧。他们生她的气了?她做错了什么?惊恐地——一个孩子心里总是充满恐惧和过失感——她蹑手蹑脚走进厨房,那里厨娘波采娜跟她说,邻居家军官的仆人夏查知道实情,他说,现在开火了,就得给这些混蛋塞尔维亚人点颜色看看。奥托作为后备役少尉得上前线,还有他们的姐夫,两个人都得去,难怪父亲和母亲这么心烦意乱。果然,第二天,她的哥哥奥托突然出现在家里,身着青灰色步兵狙击手的制服,背带斜挂在肩上,佩刀柄上缀着金色缨带。平时他作为文科中学的代理教师大多数情况下都穿着一件刷得不怎么干净的黑礼服,那个很有尊严的黑色几乎使他显得有些可笑,他就是个面色苍白、瘦高个儿的小伙子,短发秸秆般乱糟糟的,脸颊上长着软软的淡黄色的绒毛。然而现在有股坚决的表情挂在他的唇边,因为穿的军服上衣腰身很紧所以直挺挺地站着,在妹妹眼里显得很是新奇,与往常很不相同。她带着黄毛丫头愚蠢的孩子般的骄傲抬眼望着哥哥,拍着双手说:"老天啊,你真是帅呆了。"然后平时很温柔的妈妈推了她一把,她都得用胳膊肘支撑在柜子那边不至于倒下:"害不害羞啊,你这个没心没肺的小东西?"这个爆发出来的愤怒只是宣泄积在心里的痛苦,现在抽搐的嘴里发出大声的抽泣,撕心裂肺的叫喊,这个绝望的女人全身使足劲紧紧抱住那个年轻人,儿子使劲移开脑袋,试着保持男子汉的姿势,嘴里唠叨着国家和义务之类的话语。父亲转过身,他看不得这个场面,于是这个年轻人,脸色煞白,咬紧牙齿,几乎使用暴力般挣脱母亲猛烈的搂抱。突然间,他迅速匆忙地亲吻了一下母亲的面颊,和非常不自然地保持着紧绷绷姿势的父亲握了握手,对她,克里斯蒂娜,说声急促的"再见",就从她身边一掠而过。然后他就带着他的佩刀当啷当啷地下楼去了。下午姐夫前来告别,他的职业是市政府公务员,又是辎重队的中士。这就简单多了,他知道自己是安全的,他很放松,看上去就像一切都挺好玩似的,他开着轻松的玩笑安慰了几句就走了。但这两个人的后面留下了两个阴影,一个是哥哥的老婆,怀孕四个月了,一个是姐姐带着她幼小的孩子。每天晚上这两个人都和他们坐在桌旁,每次都是这样,就仿佛灯油变得更加昏暗一些。克里斯蒂娜要是毫无恶意地说几句快活的话,所有的人立即都用严厉的目光瞪着她,就连钻进被子后她还羞愧不已,怪自己不好,这么不稳重,还这么孩子气。不由自主地她就变得沉默寡言了。笑声在房间里消失了,四壁之间的睡眠也变得不复香甜。只有在夜里她偶然醒来时,能听到隔壁轻轻的不间断的声响,仿佛幽灵般的水滴落下的声音,那是母亲,她(无法入睡)跪在长明灯下的圣母玛利亚像前为哥哥几小时几小时地祈祷。

接下来是一九一五年:克里斯蒂娜十七岁。父母老了十岁。就好像有什么碱液在父亲身体里销蚀着,他一下子就抽缩了,满脸蜡黄,驼着背痛苦地从一个房间挪到另一个房间。大家都知道他在为家里的生意担心。六十年来,还是从祖父那时开始,整个帝国就没有一个人能像博尼法齐乌斯·霍夫莱纳和他儿子那样知道如何处理羚羊角和填塞猎物。他甚至给埃斯特哈齐①公爵,施瓦尔称贝尔格②公爵,甚至给其他大公爵的府邸里都做过猎物的标本,带着四个帮手,从早到晚干个不停,特别卖力,干净正派。但是在这个残酷的时代,人们只是朝着人射击,几个星期都没有人来按门铃请他干活,但是儿媳妇坐月子,外孙生病都要花钱。这个变得沉默寡言的男人肩膀向下佝偻得越来越厉害。有一天它们就完全折弯了。那天来了一封来自伊松佐③的信,本来该是儿子奥托的笔迹,但这次是他的上尉写来的,他们立即就知道了:冲锋在前,为国捐躯,永志不忘,等等。家里越来越安静了;妈妈也停止祈祷了,圣母玛利亚像上面的灯也熄灭了,因为她忘记给长明灯加油了。

---

① 埃斯特哈奇,奥匈帝国中的匈牙利贵族。
② 施瓦尔称贝尔格,奥匈帝国中的奥地利显贵。
③ 伊松佐河,位于斯洛文尼亚和意大利之间,流入亚得里亚海。第一次世界大战爆发后,意大利军队在此进攻奥匈帝国军队,发生多次激战,伤亡惨重。

一九一六年,克里斯蒂娜十八岁。一个新词在家人嘴边不停出现:太贵了。母亲、父亲、姐姐和嫂嫂躲避他们的忧愁,都齐声诅咒纸币贬值。从早到晚他们都在计算每天贫困的生活。肉太贵,黄油太贵,鞋太贵:克里斯蒂娜自己都不敢呼吸了,因为担心空气也太贵。必需的日用品已极度短缺,它们爬进了投机倒把者的老鼠洞里和隐蔽的阁楼上待价而沽。大家得跟踪追寻:面包得乞讨得来,少量的蔬菜得从小贩那儿骗来,鸡蛋得从乡下弄来,煤炭得用小推车从火车站运回来,这是数以千计挨饿受冻的女人每天竞相追逐的猎物,可是每天获得的猎物越来越少。父亲的胃不好,他需要容易消化的特别食物。自从他把博尼法齐乌斯·霍夫莱纳的招牌从店门口摘下来,把铺子卖了之后,他就不再和任何人说话。当他认为周围没人的时候,有时候会用手使劲挤压肚子呻吟几声。其实真该去叫医生来。但是:太贵了,父亲说,宁可蜷缩起身体悄悄忍受他的痛苦。

然后是一九一七年——克里斯蒂娜十九岁;新年过后两天他们埋葬了父亲,储蓄银行存折上的钱刚好够把衣服拿出去染成黑色。日子越来越昂贵,他们已经把两间屋子出租给一对从布洛蒂逃难到这里来的夫妇,但是就算你从大清早到深夜再拼命干活,不够还是不够。最后在部里当枢密官的叔叔给他们在柯尔新堡的医院谋到了差事,母亲做管理员,克里斯蒂娜自己做文书。可惜上班的地方特别远,天蒙蒙亮就得坐上寒冷刺骨没有暖气的火车车厢,直到晚上才回家,然后就是收拾房间,缝缝补补,擦擦洗洗,直到什么也不想,什么也不要,像只翻倒的面粉口袋,栽进一个并不友好的睡眠,最好再也醒不过来。

接着是一九一八年——克里斯蒂娜二十岁。还在打仗,还没有过上自由自在没有烦恼的日子,还是没有时间照照镜子,到街上溜达溜达。母亲开始抱怨在潮湿的没有设地下室的医院房间里工作,她的腿浮肿了。但她几乎已经没有力气同情母亲。她和残疾人待在同一房里的时间太长了。因为每天都要在打字机上登记七八十个可怕的残疾病历,她身上不知什么东西已经变得非常迟钝。有时一个炸掉了左腿的小个子中尉会拄着拐杖来她房间里找她,他来自巴拿特,金黄色的头发就像他家乡的麦子,尚未定型的孩子般的脸上已经有了抬头纹。出于乡愁他用老施瓦本方言给她讲述他村里的故事,讲他的狗和他的马,好一个可怜的失落的金发孩子。有一次他们晚上在花园的长椅上接吻了,也就是两三个吻,平淡无奇,与其说是出于爱不如说是出于同情,然后他说战争一结束就想和她结婚。听着他说的话,她有气无力地微微一笑;她根本想都不敢想战争还会有结束的一天。

然后是一九一九年——克里斯蒂娜二十一岁。战争真的结束了,但贫困并没有结束。它只是蜷缩在法令规定的炮火下面,只是狡猾地钻进了刚刚印刷出来的钞票和战争债券的纸质防弹掩蔽部里。现在穷困爬了出来,眼窝深陷,大张着嘴,无耻地吞食着来自战争阴沟的最后的残留物。整整一个冬天大额钞票从天而降,几十万几百万的,每个雪片、每张千元钞票都在发烫的手里融化。人们睡觉的时候金钱消融了,就在人们换上破了的木头后跟的鞋,想第二次跑到售货摊去的时候,钱就破碎了;人们总是在路上奔走,但总是到得太晚。生活成了数学,加呀,乘呀,一个由数字和数目组成的疯狂的旋转的圈子,这个搅棒把最后的一点家当都搅进那黑色的贪得无厌的虚无之中:母亲脖子上的金别针、手指上的结婚戒指、桌子上的锦缎桌布全都卷了进去。但是不管你往里面扔进多少东西,都是徒劳,都填不满这个巨大的地狱般的黑洞,不管你夜里编织羊毛衫到多晚,把所有的房间都租了出去,母女两人自己睡在厨房里,都无济于事。但是睡觉还是你唯一能够赐予自己的,唯一不花钱的东西,深夜里那过度疲劳、消瘦、苍白,但依然没有被人触摸过的身子倒在床垫上,六七个小时不去理睬这个灾难深重的世界。

然后是一九二〇和一九二一年。二十二岁、二十三岁,豆蔻年华,青春绽放,不就是这么说的吗?但是没人跟她说这个,她自己也不知道。从早到晚就是一个念头:如何用总是变得越来越少的钱过日子。日子是好了一些。枢密官叔叔又出手相助,他亲自到邮政局领导部门的杜洛克牌友那里去讨到了一个邮局助理的职位,虽然远在小赖夫林,一个葡萄农居住的贫穷小地方,但毕竟是个候补公务员的工作,是个稳定的职位,提供一定的安全。这点菲薄的工资只够一个人的生活,但是因为姐夫在家里没有地方了,所以她必须把妈妈接到自己这里。一分钱掰成两半花:每天还总是始于节省终于算计。每一根火柴、每一粒咖啡豆,面团里的每一个碎屑都得数清楚。但不管怎么说还在呼吸,还是活着。

然后是一九二二年、一九二三年、一九二四年——克里斯蒂娜二十四岁、二十五岁、二十六岁。还年轻吗?还是已经老了?太阳穴上轻轻涂上了几道皱纹,有时她的腿特别疲劳,早春时节她的头总是痛得特别厉害。但是一切都在往前走,一切都在好起来。手上的钱又值钱了,她被长期雇佣了,是邮局助理,姐夫每个月月初也给母亲寄来两三张钞票。现在该试着悄悄地再次重返青春;母亲也催着她该出门散散心。最终母亲得胜了,她在附近的地方报名参加一个舞蹈班。学习有节奏的舞步并不容易,疲乏已经深入到她的血液里,有时她觉得她的关节似乎已经不知怎地冻僵了,就连音乐也不能给它解冻。她艰难地练习着指定的舞步,但是音乐打动不了她,也无法吸引她。她第一次感觉到:太晚了,青春已被战争弄得痛苦不堪面目全非。她身体内部肯定断了一根弹簧,而那些男人们也好像不知怎地都感觉到了,所以没有人当真追求她,尽管在那些长着苹果似的圆圆的脸和苹果一样红红的腮帮子的乡村姑娘当中,她那温柔的金发的轮廓显得很有贵族气派。这些十七八岁的战后姑娘们可不会安静地或者耐心地等待什么人看上她们。她们要求享乐,觉得这就是她们的权利,她们要求得如此狂热,就好像她们不只想过一回她们自己的青春,还想把几十万死去的人和被掩埋的人的青春都过一遍。看着这些新人,这些年轻人如何自信、贪婪地带着如此内行和放肆的眼睛和如此挑逗的臀部做出不雅的动作,看着这些女孩在小伙子们最大胆的搂抱中如何心知肚明地狂笑,看着她们毫不害臊地一个个在回家的路上跟着男人拐进森林里去,这位二十六岁的女子都瞠目结舌了。这让她恶心。在这群贪婪的粗野的战后年轻人中她感觉自己老得掉牙、疲惫不堪、一无是处、已被超越,毫无与她们竞争的愿望和能力。归根到底:只要不再打仗,只要不再费力气!只是安静地呼吸,安静地做着白日梦,做好自己的工作,就给窗台上的花浇浇水,无所求无所希冀。只求不再挑起任何事情,不再追求新的刺激的事情:这个二十六岁的姑娘在她那十几年的青春被战争掠走后,再也没有任何勇气,再也没有任何力气来兴高采烈,寻求欢乐了。

　　克里斯蒂娜从她的思考中缓过神来呻吟了一下。光是想想她青年时代所经历的那些可怕的事情就让她疲惫不堪。母亲策划的这一切都毫无意义!现在离开这里去一个她不认识的姨妈那里,到那些她并不了解的人们当中去,图的是什么呢?我的主啊,叫她该怎么办呢,母亲希望这样,这会让母亲高兴,那她就不能拒绝:其实又干吗拒绝!她是如此疲倦,如此疲倦!这位邮局女助理听天由命地从她书桌最上面的抽屉里拿出一张纸,仔细对折起来,在下面垫了一张衬纸,用美丽工整的字体给维也纳邮政总局写信,因为家庭原因申请马上休法定的假期,还请邮政总局下个星期派一个顶班的来。然后她还请姐姐在维也纳为她申请瑞士签证,借给她一只箱子,并且过来一次谈谈安排妈妈的事情。接下来的几天她缓慢地认真仔细地做着旅行的准备工作,没有一丝高兴,没有一点期望,也没有任何投入,就好像这和她的生活无关,只和她肩负的工作和她的义务有关。

整整一个星期都为出行做准备。晚上要辛苦地缝缝补补,洗洗改改现有的那些旧衣服,此外,她那个谨小慎微的小市民姐姐觉得不该用姨妈寄来的钱置办东西而是把它存起来,她借给妹妹一些她自己的衣服,一件特别刺眼的黄色旅行大衣、一件绿色衬衫、一枚妈妈在威尼斯蜜月旅行期间买的马赛克胸针以及一只草编小箱子。这些够了,姐姐认为,在山里人们不梳妆打扮,克里斯蒂娜要是在那里缺什么就在当地买好了。终于到了出发的日子。那个扁平的草箱子是由邻村的中学老师弗朗茨·富克斯塔勒亲自扛着去火车站的,他不希望被人剥夺这个为克里斯蒂娜效力的机会。一听到最初的消息,这个体弱多病的小个子男人就跑到霍夫莱纳家里表示可以帮忙,戴着眼镜的蓝色眼睛里总是小心翼翼地躲在眼镜后面。霍夫莱纳母女是他在这个偏僻的葡萄农居住地唯一的朋友。他太太一年多了一直住在阿蓝德的国立肺结核疗养院里,所有医生都认为她已无可救药;两个孩子由外地亲戚们分别照看着,所以他几乎每晚都孤身一人坐在他那两间安静得好像人都死绝了的房间里,带着对修理的爱好无声无息做着无关紧要的小玩意儿。他把植物做成标本,在平展的干枯的花叶上用圆润的字体写上植物名称,用红色墨水写拉丁语名,用黑色墨水写德语名。他把他最喜欢的砖红色的雷克拉姆出版社的小册子用彩色格子的硬纸装订起来,在书脊上用显微镜般的精确和一支削得特别尖的绘图羽毛笔一笔一画地模仿那些印刷字母。深夜,当他认为邻居们都已入睡,他会看着自己抄写的乐谱拉会儿小提琴,拉得不大灵活但是感情相当投入,多数情况下他拉的是舒伯特或门德尔松的作品,或者他会在白色的带着细微颗粒的四开本的纸上抄写从借来的书籍里找到的最优美的诗句和警句,每次写满一百页他就把它们用蜡光纸包起来做成一个纪念册,上面还有一个彩色的徽章。就像一个阿拉伯的《可兰经》抄写者,他喜欢字体温柔圆润、柔和但又带着强烈投影的弧形,这样他就能得到那沉默的快乐,这快乐无声但又充满活力地把他内心紧张付出的辛苦转化为直观的东西:书籍对于这个谦虚、安静、无性的男人来说就像家里的花草,而他住的乡镇房子前面是没有花园的。他喜欢把这些书放在书架上排成一排排鲜艳的林荫道;用老父亲般花匠的喜悦,保护着每一本书,拿在他狭窄贫血的手里,就像拿着易碎的东西。他从不去村里的小酒店,他讨厌啤酒和烟味,对此他惊恐万状,就像虔诚的人对恶魔的恐惧;他从外面要是听到一扇窗的后面那些打架的人和喝醉的人的粗陋的声音,马上就会迈着急速的愤怒的步子绕过去。他太太生病后他唯一保持来往的就是霍夫莱纳一家。他经常晚饭后去她们那里,有时聊天,有时——她们特别喜欢——朗读书籍,用他那其实有点干巴巴但是激动时却音乐般抑扬顿挫的声音朗读,他最喜欢朗读本国作家阿达贝尔特·斯蒂夫特①的《野花》。当他从书本上抬眼看到那个低头倾听的年轻姑娘的金发时,他那羞涩的有些狭隘的心灵总感觉在不知不觉中扩大了;在那姑娘内

---

① 阿达贝尔特·斯蒂夫特(1805—1868),奥地利作家,死于林茨。

心的倾听中,他觉得自己被理解了。母亲注意到他心里想着什么,也知道他在他太太不可避免地命运真正到来后,会把一种崭新的更大胆的目光投向她的女儿。而女儿已经变得很有耐心,沉默着:早就忘记了为自己着想。

　　中学教师把箱子扛在微微低斜的右肩上,全然不顾那些哈哈大笑的学生。箱子虽然不是太沉,但他一路上都得使劲喘气,为了能跟上克里斯蒂娜的步伐;她极不耐烦神经质地快步走在前面;刚才的告别让她意外地大受刺激。母亲不顾医生的严厉禁止,一瘸一拐地三次走到走廊里,就好像出于什么无法解释的恐惧想死死地抱住她,尽管时间很紧,她还是三次把那个浮肿的,不断哽咽着的老太太扶上楼去。然后发生了最近几个星期经常发生的事情,就在老太太不停地抽泣和激动得说个不停的时候,突然没了呼吸,她只得气喘吁吁地把母亲放到床上。克里斯蒂娜就是在这种情形下离开母亲的,现在担心困扰着她,就像自己犯了一个过失。"天啊,她要是出什么事该怎么办啊,我还从未见她这么激动过,而我又不在家,"她抱怨道,"要是她夜里需要什么,该怎么办?姐姐要到星期日才从维也纳过来呢。面包房的姑娘虽然向我郑重保证她晚上会陪着我妈,但是她的话不可信;她要是去跳舞,能把自己的妈妈都给丢了。不,我不该这么做,不该同意出门。旅行只适合那些家里没有病人的人,不适合我们这些人,还得去那么远的地方,都不能随时回来;从这个旅行我能图什么啊?要是我坐卧不安,要是我每分钟都在想她是否会出事而家里夜里又没有人,母亲摁铃的声音楼下房东家的人听不到或者根本不想听到。我又怎么能想到玩乐。房东他们不喜欢我们住在那里,要是由着他们,他们早就不想把房子租给我们了。来自林茨的那个助理,我虽然也请求她每天中午和晚上过去看看,可她就说了一个'好',这个冷漠干瘪的女人，就说一个好，你怎么知道她是否真的会去。我是不是该发个回绝的电报？我去不去，姨妈真的在意吗？就是母亲自说自话觉得人家在意我们。她要是真在意，早就该不时从美国写封信或者当时在困难的时候寄个食品包裹来，就像其他成千上万人做的那样。——我自己就经手过多少这样的包裹啊，可我母亲没有从自己的亲妹妹那里收到过一个这样的包裹。不，我真不该妥协，要是按照我的心思，我现在就想回绝。我不知道为什么，但我就有种恐惧。我现在不该走，我不该走。"

她旁边的这个金发、羞涩的小个子男人在这匆忙的步行中调整了自己的呼吸开始安慰她。不用担心，他会每天亲自去看望她的母亲，这点他向她保证。要说谁有资格去度假，那就是她，她已经好几年没有轻松过一天了。如果这是违背她的义务的，那他就会是第一个劝阻她这么做的；但是别担心，每天他都会向她汇报，每天。他匆忙地想到哪儿说到哪儿，就是为了安慰她。果不其然，他急促的劝说让姑娘心里很舒服。她根本没听清楚他都说了什么，她只是感觉到她有一个可以信赖的人。

在火车站，已经通报火车即将到站，那个谦虚的送行者一副很尴尬的样子，不停地清着嗓子。整个这段时间里克里斯蒂娜注意到他站着，两只脚捯个不停，想说点什么，却没有勇气。终于他利用一个休息的机会从胸前的口袋里拿出一个白色的纸卷。她应该见谅，这当然不是什么礼物，而是表示小小的心意，也许对她有点用处。克里斯蒂娜好奇地打开这张长条的手工纸。这是她从林茨到彭特雷西纳的狭长的地图，像个可以展开的手风琴；火车沿线经过的所有的河流、山脉和城市都用绘图墨水精细地标注出来，山脉的高度用深浅不一的阴影显示，微小的数字表明它的海拔米数，河流的走向用蓝色、城市用红色彩笔勾勒出来，而距离则在地图右下方一个专门的图表里注明,与地理研究所绘制的大型地图完全一样,但这个却是一个小个子的代课老师带着娱乐的快乐工工整整地临摹出来的,为此花费了很多深情的努力。克里斯蒂娜因为惊奇不由自主地红了脸。她的高兴给了这个腼腆的男人勇气。他又拿出一张正方形的镶着金边的小卡片,这是恩加丁的地图,是从瑞士总参谋部制定的巨幅地图上临摹下来的,每条道路、每个小径就连最小的细节都给人工描画出来了,卡片中央有一个建筑物用红笔画了一个小小的圈子显得格外突出,这就是她的旅馆。代课老师解释道,这就是姑娘要住的饭店,他是在一个旅游指南上找到的:这样姑娘每次出游都能自己辨别方向,不用担心迷路。克里斯蒂娜特别诚挚地谢谢他。好几天以来,这个令人动容的男人肯定花费了很大力气默默地从林茨或者维也纳的图书馆搞到图样,一夜一夜极度耐心地用削尖几百遍的铅笔和专门买来的图画笔绘制这个卡片并且上了颜色,只是为了给她带来一点真正的和有用的快乐,尽管他一贫如洗。他已经在内心深处一公里一公里地预先想了一遍并且陪她走了一遍她那还没有开始的旅程。姑娘的路线和她的命运肯定白天黑夜都浮现在他的脑海里。她现在感动地把手伸给这个还在为自己的勇敢惊诧不已的男人表示感谢,此时她似乎第一次看到他眼镜后面的眼睛。这双眼睛闪着柔和的善良的孩子般的蓝色。在姑娘注视他的时候,这蓝色突然在自己感情的深处变得更加模糊,更加深奥莫测。在他面前,克里斯蒂娜突然感到一种对她来讲至今非常陌生的暖意,一种好感和信任,这是她对一个男人从未感觉过的。在这个时刻一个至今还不清楚的情感在她内心突然变成一个决定;出于感激,她比任何时候都更长时间更加衷心地握着他的手。代课老师也感觉到她态度的变化,血冲到太阳穴上,他变得有些窘迫,深深地呼吸着,寻找合适的话语。就在这个时候蒸汽火车已经像个可怕的黑色野兽呼哧呼哧地开了过来,把空气甩到两边,差点把她手中的卡片刮跑。火车只停一分钟时间。克里斯蒂娜匆忙上车,从窗户望出去只看到一块翩翩飞舞的白布,它飞快地在烟雾和远方消散。然后她就孑然一人,这么多年来第一次孑然一人。

心力交瘁的姑娘靠在车厢木头座椅的角落里,整整一晚都是阴云密布,被雨水模糊的车窗外景色灰暗浑浊。开始的时候一些小地方在暮色中还模模糊糊地掠过窗前,就像受到惊吓四处逃窜的动物,然后一切都盲目和空洞地遁入雾气之中。没人坐在她的三等车厢的小隔间里,于是她可以躺在木头长椅上,深深体会她的精疲力竭。她试着思考,但是车轮急促单调的滚动声打断了每个思绪。麻醉般的睡意不断涌上她发痛的额头,就是那种昏昏沉沉令人麻木的火车睡意,人们会毫无知觉地被捆绑着躺在那里,就像在一个黑色的金属般震动的煤袋里。在毫无感觉的随车前行的身体下面车轮喧嚣地飞驰着,像被人追逐的奴仆,在她仰着的头上方时间默默飞逝,难以捉摸,无法度量。就这样她的困倦完全沉入了这股奔流不已的黑色洪流之中。早上门被猛然拉开,一个宽肩膀留着胡须的男人站在她的面前,表情严厉。这时她才从瞌睡中惊醒过来。她需要片刻时间恢复她麻木的意识,然后才理解,这个穿制服的男人不是要做什么坏事,不是要逮捕她把她带走,只是要看看她用冰冷的手从手提包里拿出的护照。这个官员认真对比了一秒钟护照上贴着的照片和她那不安的面孔。她身体颤抖不已,唯恐触犯了无数规章中的任何一条,这是战争造成的恐惧,人们的神经里滋长了浸入骨髓的没有意义的但也毁灭不掉的恐惧:每个人总会触犯某则法令。但是那个宪兵友好地把护照还给她,伸手漫不经心地在帽子边行了个礼,把门带上,比刚才进来时更为小心翼翼。本来克里斯蒂娜可以再躺一会儿,但刚才冰冷的惊吓夺去了她的睡意。出于好奇她走到窗前往外看。不久所有的感官都激动起来。先前(睡眠是不知道时间的)冰冷的窗户后面,平原的地平线还是黏土的波浪在雾霭中显现出来,灰蒙蒙的,(为什么,怎么回事,她不理解这个)这会儿,大量的群山拔地而起,都是宏伟壮观、从未见过的,超级庞大的山峰,因为惊奇还在陶醉着的眼睛第一次凝视着超乎想象的雄伟的阿尔卑斯山。就在这时第一道霞光从东方的一个隘口照射进来,在最高峰的冰原上分裂成千百万道反光,没有过滤的纯净光线如此刺眼的雪白,照得眼睛都睁不开。一瞬间她都得闭上眼睛。恰恰是这阵刺痛才让她清醒过来。猛地一拉,发出当啷一声,为了离这神奇景象更近,她把窗户拉下来,同时一股新奇冰冷,像玻璃一样尖利的空气很快通过因为惊奇而突然张开的嘴唇涌入肺里,她从未这么深这么纯地呼吸过。惊喜万状的姑娘下意识地伸开双臂,以便把这未加思索的燃烧着的第一口空气吸入身体内部,已经感觉到胸口在扩张,一股暖流从这饮下的严寒——美妙地——美妙地跟着血液流进所有的血管。直到这时被清爽的寒气所融化,她才开始认真地左顾右盼,一一观赏,那活跃起来的目光越来越兴奋地探索着每一座雄伟的花岗岩的山坡,一直向上直到冰冷的最高峰巅,在每个地方都能发现新的美妙之处,这儿有一道瀑布,浪花飞溅,急流奔泻,汹涌翻腾地冲入山谷,那儿是石头砌成的秀丽房子,就像在山岩裂缝上筑成的鸟窝,一只雄鹰骄傲地盘旋在最高的高峰之上,在这一切之上是那片神圣纯洁庄严辉煌的蔚蓝天宇,有着如此生机勃勃令人愉悦的力量,简直不可思议。这个逃离她狭隘世界的姑娘一再凝视着这难以置信的一切,这一夜之间从她的睡眠中长出的巨石塔楼。这些上帝的花岗岩的巨型城堡肯定已在这里伫立了几万年,也许还会在这里守候几百万年或者几十亿年,每座巍峨的巨石塔楼都将屹立在同样的地方,纹丝不动。她要是没有这次偶然的旅行,就会自己死去,腐烂,化为灰烬,根本不会知道这些壮丽美妙的存在。人们总是活着,与一切失之交臂,从没看到过一切,也几乎从未产生看到什么的愿望;人们在狭小已极的空间里毫无意义地度过一生,几乎不比手伸出得更宽,几乎不及自己的脚迈出得更远,仅仅过了一夜,过了一天,开始展现的就是最丰富多彩无穷无尽的奇妙天地!突然之间,一种虚度此生的预感第一次浸入这至今无所企求漠不关心的意识,第一次在与大自然超强的景物接触时一个人获悉旅行拥有涤荡心灵的力量,习以为常的顽强外皮从我们身上一把扯下,把那个生命力旺盛的赤裸的内核扔回涌动不息的大自然变化之中。

在这第一个大彻大悟的时刻,这个思绪飘到远方的姑娘整个时间都站在这景致前,激动无比的发烫的脸颊好奇地靠着窗框。不再追忆往昔。被遗忘的有母亲、贫困、村庄,被遗忘的还有手提包里的那张精心绘制的地图,这个地图可以告诉她每座山峰,每个急速冲向山谷的山溪的名字,被遗忘的还有昨天的自我。现在只想装满最后一滴清冽甘美的晨露,过滤这不停转变的壮丽景色,尽情吮吸这些全景变换着的每一幅图像,同时用张开的嘴唇一再畅饮这冰冻清爽的空气,馥郁浓烈,像欧洲的杜松子一样,这山里的空气能使心脏更加坚毅果决地跳动!火车开动了四个小时,这期间克里斯蒂娜没有一个瞬间离开过窗户的位置。她就这样迷迷糊糊、直挺挺地凝视着窗外,都忘记了时间,当火车停下,列车员以陌生的方言,但是清楚地喊出她旅行目的地的时候,她倏然一惊,心脏狂跳。

"耶稣马利亚啊"——她一下子把她从沉醉中拉回来。她已经到站了,根本没想过该怎样和姨妈打招呼,也根本没想过该说什么。她匆忙地拿起箱子和雨伞——千万别忘东西——去追赶其他下车的人。那些戴着彩色帽子的小工们像军人一样守纪律地站成两排,此刻他们飞奔过来想要争取那些刚到的乘客。火车站上响彻着旅馆的呼喊和大声的问候。就是没有人走到她面前。她忧心忡忡地四下张望,细心寻找着,越来越不镇定,心都跳到了嗓子眼里。但是没有人。什么也没有。所有的人都有人等,所有的人都知道自己该去哪里,就她不知道,就她一个人。那些游客已经朝着旅馆的汽车走过去,这些汽车列队等候着,光鲜锃亮,色彩缤纷,就像一排准备射击的大炮。站台上人都走空了。还一直没人向她走来:她已经被人遗忘了。姨妈没有来;也许已经离去或者生病了,他们拒绝她来这里,而电报到得太晚。上帝啊!只希望自己的钱至少够买回程的车票!但这之前她还是鼓足勇气走到一个旅馆门卫那里,他的帽子上有"皇宫饭店"这几个烫金的字样。她细声细气地问梵·波伦夫妇是否住在他们的旅馆里。"当然,当然。"这个宽肩膀红额头的瑞士人用喉音回答道,唉,对了,他的确有个任务要去火车站接一位小姐。她可以上车了,只需把寄存大件行李的行李票交给他就行了。克里斯蒂娜的脸红了,直到现在她才意识到,自己被深深刺痛了,她那个叫花子用的草制小箱子在她手里摇晃着显得多么穷酸,而其他所有车子那边都很气派地堆放着那些像是刚从橱窗里取出的柜式行李箱新得发亮,闪着金属光芒,像个坦克阵,就在其他那些彩色的方方正正的俄罗斯皮革、鳄鱼皮,蛇皮和光滑的皮料箱子中间。她马上感觉到她和那些人之间有了显而易见的距离。羞耻感攫住了她。快点编个谎话!就说其他行李要晚些时候才到。那好,那我们就马上可以出发了,那个身穿神气号衣的司机说道,随手打开车门,——感谢上帝,他既没有表示任何惊讶,也没有表示蔑视。

一个人的羞耻感一旦在一个点上被触动,但他整个人的最遥远的那根神经也就不知不觉中被震撼了;最匆忙的接触,最凑巧的想法都会重新激起和加剧这个曾经丢过一次脸的人经受的痛苦。从这第一次打击之后克里斯蒂娜就丧失了她的无拘无束的心态。她脚步不稳地跨进旅馆豪华汽车光线暗淡的车厢,几乎没注意到车厢里还有别人。可现在她退不出去了。她必须穿过甜滋滋的香水和俄罗斯皮革汇成的朦胧香味,经过陌生的不情愿收起的膝盖,胆怯地像感觉冷那样缩起肩膀,低垂眼皮,坐到一个后排的座位上。出于尴尬她每经过一个膝盖的时候嘴里都飞快地嘟囔出一句问候,仿佛要通过这样的礼貌为她的存在表示歉意。但是没人搭理。要么就是这十六道缺乏善意的目光对她的打量已经结束,没人搭理她,要么就是那些乘客,那些说着粗野急促的法语的罗马尼亚贵族,大声喧哗说得开心,根本没有注意到这个单薄穷酸的姑娘。姑娘怯生生静悄悄地窝在最外面的角落里。她把草编箱子放在面前斜靠着膝盖——她没有勇气把它放在一个空位子上——她坐在那里,因为害怕被这些人说不定会用讥讽人的目光打量,深深地弯着身子,整个行车过程中没敢自由地抬起过一次目光;她只是盯着一个角落,只是看着座椅下面的东西。但是那些女人奢华的鞋子已经让她想起她自己鞋子的粗笨。看着那些女人高傲丰满的腿,在敞开的夏季银鼬皮大衣下面放肆地交叉着,再就是带着大胆图案的男士运动长袜;她痛苦地进行着比较,就连这个财富的地下世界也已经让她羞愧不已:待在这帮从未想象到的时髦人物旁边该怎么活啊。每一道胆怯的目光都带来一次新的痛苦。她斜对面坐着的一个十七岁的女孩腿上抱着一个茸毛精致的中国小狗,小狗懒洋洋地汪汪叫着伸着懒腰，它的衣服镶着皮毛边，还绣着两个交织在一起的字母，那只在狗狗的毛里抓痒痒的小手，指甲涂成粉色，已经有颗钻石在闪闪发亮。就连靠在角落里的高尔夫球杆也套着高贵的、用崭新的奶油色皮子做成的套子，每把随随便便扔在那里的雨伞都显示着一个独特精选的古怪的夸张的手柄——她的手下意识地飞快盖住她自己那把雨伞上用便宜的假兽角做的手柄。但愿没人想注视她，没人意识到她自己现在第一次都知道了什么！这个受到惊吓的姑娘越来越把自己蜷缩起来，每次她身边爆发一阵笑声，恐惧就油然而生。但她不敢抬眼看看，了解一下这个笑声是否真是针对她自己。

　　因此在饱受煎熬之后，汽车开进饭店铺着砾石的前院时她总算解脱了。一声信号，就像铁道上的铃声一样刺耳，把一支由形形色色的临时工和服务员组成的队伍召唤到汽车旁边。他们身后慢条斯理地出现大堂经理，显出地位高贵，与侍者不同，他身着黑色礼服，头路分开，像几何图形一样。第一个从打开的车门蹿出来的是那只中国小鬈毛狗，叮叮当当地，还不停地抖动着；紧跟着的是那些女士，轻松自如地，根本没有中断她们那喋喋不休的高声谈话，她们下车时把夏天的皮大衣高高提起，露出经常运动肌肉发达的腿；她们身后还留下一阵香水的波浪，几乎让人晕眩。按照社交礼数那些男士现在该让这位正在怯生生地站起身来的姑娘先下车，但是他们要么正确猜出了她的出身，要么根本没有注意到她；反正他们看都没看周围一眼就迈步从她身边走过直奔饭店秘书。克里斯蒂娜不知所措地留在原地，手里拎着那只招人讨厌的箱子。她想，还是让那些人走前几步，这样不致引起别人的注意。但是她犹豫的时间太长了，根本没有旅馆的侍者赶到她的面前。当她迟疑地走下汽车的踏板时，那位穿礼服的大堂经理已经恭恭敬敬地跟着那些罗马尼亚客人离开,侍者们手脚麻利地拿着手提行李跟在他们身后,临时工们已经非常熟练地吭哧吭哧从汽车顶上卸下沉重的箱子。没人注意到她。很明显,她备受屈辱地想——很明显,人们肯定把她当成了女用人,最好的情况也就是把她当成刚才那一行人的婢女,因为这些用人漫不经心地推着箱子从她身边经过,把她一个人留在那里站着,就像她是他们当中的一个。最后她实在忍无可忍,便鼓起最后的勇气走进饭店大门,一直走到门房那里。

但是旺季的一个门房,是这艘豪华巨轮上的船长,谁敢跟他搭话,他气宇轩昂地站在他的台子前面,坚定不移地通过一大堆狂风暴雨似的问题保持着他意志的航线。十几个客人已经稳稳当当地站在他的面前,这个强悍无比的人右手记录着什么,用每个手势和眼神就像射箭似的左右开弓,把侍者们派了出去。同时向左右两边发出消息,电话听筒一直贴在耳边,一个全能的人形机器,神经末梢始终紧绷——在他的威严面前就连最有资格的人也得等着,更何况一个毫无经验胆小怕事的新手?在克里斯蒂娜看来,根本不可能跟这个忙碌中的先生说上话,于是她胆怯地退到大厅里面,恭敬地等着这阵忙碌过去,人们慢慢散开。但是渐渐的她手里那个讨厌的草箱子变得越来越重,她环视四周想找个地方把箱子放下,发现——也许是幻觉或者是过于敏感——大厅的安乐椅上坐着的几个人已经在嘲讽地朝她这边看,窃窃私语着,笑着;她的手指突然变得特别虚弱,再过一会儿这个讨厌的负担就真的会从她手上掉下来。但是就在这危急时刻,一个头发染成金色,打扮分外年轻,但是非常时髦的女士迈着急促的步子走到她的面前,先从侧面仔细打量了她一番,然后才问道:"是你吗,克里斯蒂娜?"克里斯蒂娜本能说出的"是的"两字,更像是吹气吹出来的,姨妈在她面颊上轻轻吻了一下,散发出淡淡的扑粉芳香。可她,在经历了可怕的孤苦无告的感觉之后终于又感受到了一丝温暖和柔情,便猛烈地扑到姨妈怀里,而姨妈原本只想轻轻拥抱一下外甥女,这个举动让姨妈非常感动,她把这个寻找依靠的动作理解成了亲戚之间的温柔亲情。她轻柔地抚摸着侄女颤抖的肩膀。"哦,你来了我也高兴极了,安东尼和我都特别高兴。"然后她握着侄女的手:"来,你肯定想要先打扮一下,你们奥地利的火车肯定特别不舒服。收拾一下——但时间别太长。已经敲过午饭的锣了,安东尼不喜欢等人,这是他的弱点。We have all prepared①,可不是,我们把一切都准备好了,门房马上会带你去你的房间。——你要快一点啊:不用多梳妆打扮,这里的人中午很随便的。"

　　姨妈招招手,一个穿号衣的侍者快步过来拿过箱子和雨伞,然后跑去拿房间钥匙。电梯无声地升到三层楼。在走廊中间侍者打开一房门,脱帽站在一旁。这就该是她的房间了。克里斯蒂娜走进去。还在门口她就退缩起来,好像走错了地方。这是一间超级宽大、无比明亮、铺着鲜艳壁纸的房间,一道光线的瀑布从两扇打开的阳台门涌进来,就像通过水晶的闸门。这道金色的光柱不可抑制地一直冲进房间深处,每个物品都被这大量燃烧的元素浸透了。擦得铮亮的家具侧面犹如水晶般闪亮,在闪耀的反光里,黄铜和玻璃上浮现着那令人喜爱的光芒。就连绣着花朵的地毯也像长在生气勃勃的青苔上,繁花似锦,鲜艳悦目。这位来自小赖夫林的邮政女职员只习惯于贫困的环境,还无法这么快就调整自己,以至于自己真的胆敢相信这个房间是属于她的。这个房间阳光灿烂,就像乐园的清晨,被四处充足的光线晃着眼睛,这个惊慌失措

---

① 英文:我们什么都准备好了。

的姑娘必须等着那已经停止跳动的心脏恢复正常,然后她才飞快地多少有些良心不安地把房门在身后关上。第一个令她吃惊的是:竟然会有这样的事情,竟然会有这么多光彩夺目美不胜收的东西! 第二个想法,多年来都和所有值得渴望的东西不可分割地联系在一起的:这得花多少钱,多少钱,这得是多少多少钱啊! 一天的房钱肯定比她一星期——不,一个月挣的还多! 好不害臊——谁敢在这里有宾至如归的感觉啊——她四下看看,先把一只脚然后再把另一只脚小心翼翼地踩在地毯上。然后她才带着敬畏和抑制不住的好奇来接近每一件贵重物品。她先小心谨慎地摸摸床:人们真的可以在这么光鲜、凉爽的白色床单上睡觉吗? 那个鸭绒被,像柔软的绒毛铺在那里,丝绸印花被罩,拿在手里好轻好软;手指一按灯就亮了,墙角蒙上温暖的粉红色调。一个发现接一个发现,雪白的闪着贝壳光泽的盥洗台安装着镍制的用具,靠背软椅特别柔软而且深凹进去,你必须使劲才能从它那弹性很强的椅垫上站起身来,那擦得发亮的高贵木材家具与壁纸春天般的绿色相得益彰。这里,为了欢迎她,桌上高茎玻璃瓶里放置了一束盛开的四色石竹,简直就是一阵用水晶小号吹奏出来,由色彩声音组成的气势澎湃的欢迎旋律! 多么不可思议的奇妙的富丽堂皇! 可以一天、八天、十四天观看着,使用着和拥有着所有这些,这让她产生了狂热的充满期待和欢乐,她战战兢兢又特别着迷地慢慢走到这些不认识的东西面前,好奇地触摸着每个东西的局部,一件又一件,一而再地陷入心醉神迷之中,完全忘记了自我,直到突然,就像踩到了一条蛇,她吓得向后跟跄了一下,差点摔倒。因为她不经意地打开那个巨大的衣柜——从里面的门上那个意想不到的壁镜里走出了一个真人大小的图画,就像游戏盒子里吐着红舌头的妖怪,在镜子里的——她吓了一跳——是她自己,真实得可怕,是唯一不属于这个格调雅致高贵的屋子的东西。当她瞅见她的那件浅黄色的旅行大衣和惊慌失措的脸上的那顶压扁的草帽时,她从头到脚都感觉到别人的讥讽。"混进来的,滚出去!别弄脏了这个房间!到你该去的地方去。"她觉得镜子在这样呵斥她。真的,我怎么有权利住在这个世界,住在这样的房间里呢!她惊愕地想道。这对姨妈是多大的耻辱!我不用多梳妆打扮,她这么说的!就好像我真能这样打扮似的!不,我不下楼了,我宁愿待在这里。我最好坐车回去。但是怎么能把自己藏起来,怎么还能现在及时消失,不让别人看见我,不惹人不快?她下意识地躲开镜子,尽可能离它远一点,一直躲进阳台。她的手痉挛地按着栏杆,向下凝视着深不可测的地方。一下子就能得到拯救。

然后楼下又响起了进军的锣声。老天啊!她想起——姨夫和姨妈还在大厅等着她呢,而她却在这儿磨磨蹭蹭。她还没洗洗脸呢,还没脱下那件令人作呕的大减价时买的大衣。她心急火燎地打开草箱,拿出她的化妆用品。她展开那个橡皮小包,把所有的东西都放在光滑的水晶台上,粗糙的肥皂、扎人的小木刷、一看就是便宜的让人嘲笑的洗漱用品,她觉得,就仿佛把她全部的小市民的寒酸气又一起极为讽刺地完全暴露在具有优越感的好奇目光之下。旅馆女用人在收拾房间时会怎么想,她肯定马上就会到楼下,在全体用人那里嘲讽这个叫花子般的客人,一传十,十传百,很快整个饭店的人都会知道了。你还必须从他们身边走过不可,每天都要走过,迅速低垂着眼睛,感觉着背后的窃窃私语。不,这姨妈帮不上忙,这是掩盖不了的,这是会暗中渗透的。到处,每走一步一个线缝就会撕裂,每个人一眼就会通过衣服和鞋子看到她赤裸裸的寒酸。但是现在必须赶紧更衣,姨妈等着呢,而姨夫,她说过,很容易不耐烦。穿什么呢?上帝啊,该怎么办?她首先想穿从姐姐那里借来的那件衬衫,就是绿色的人造丝的那件,昨天在小赖夫林她还觉得这是她衣柜里最奢侈的衣服,现在在她眼里简直土得掉渣而且俗不可耐。最好还是穿那件简单的白色衬衫吧,它不引人注意,然后再从花瓶里拿几朵花,把它们举在衬衫前面,可以用花儿的鲜艳光泽转移人们的视线。低垂着眼帘从楼梯间的人们那边匆忙走过,就是为了迅速突破被人打量的恐惧,她小跑着跑下楼梯,脸色苍白、气喘吁吁,太阳穴疼痛不已,有一种头晕目眩的感觉,身体清醒地投入致命的深渊。

　　姨妈从大厅那边看到她过来。这丫头穿得好奇怪啊。她奔下楼梯,从人们旁边经过时的样子好笨拙!这个小东西也许有点紧张;还是应该事先了解一下情况!上帝啊,她怎么这么傻乎乎地站在进门处,也许她是近视或者出了点什么状况。"你怎么啦,孩子? 你的脸色好苍白啊。你不舒服吗?"

　　"不是的,不是的。"这个还一直惊慌失措的姑娘结结巴巴地说——大厅里人多得要命,那边那个穿黑衣服拿着长柄单片眼镜的老妇人,干吗这么往这边看啊!也许盯着她那双可笑的粗笨的鞋子。

　　"好,来吧,孩子。"姨妈催促着她并挽起她的手臂,一点也没想到,这个举动给这担惊受怕的姑娘帮了多大的忙。因为这样就给了克里斯蒂娜一点阴影,她可以挤在里面,是个背景,是半个藏身之处:姨妈至少用她的身体、她的装束和她的声望遮挡住了她的一边。多亏她的陪伴,这个紧张得要命的姑娘总算以相当得体的举止穿过饭厅走到饭桌旁,那个冷漠粗壮的安东尼姨夫在那里等着她们;现在姨夫站起身来,宽大下垂的面颊上绽出和蔼的笑容,他用他那眼眶发红,但荷兰人式明亮的眼睛友好地打量着这位新来的外甥女,把厚实粗糙的手伸给她。他的快乐主要是因为他不必再在已经铺好刀叉的桌前等候,作为荷兰人他喜欢吃,而且是多多地吃舒舒服服地吃。他讨厌被打扰。自从昨天起他已经在暗地里害怕会来一个爱好交际、咋咋呼呼、极不得体的丫头,她的叽叽喳喳和没完没了的问题会打搅他安静地吃饭。他现在看见的这个新来的外甥女,一副羞怯、可爱的样子,面色苍白,神情谦虚,看着很是舒服。他马上看出和这外甥女可以相处得很好。他友好地看着姑娘,和蔼地劝道:"你首先得吃东西,然后我们再聊天。"他真高兴,这个苗条胆怯都不敢抬起眼来的小家伙与那边那些小毛丫头截然不同,他讨厌死她们了,因为她们身后的留声机总是丁零当啷地响着,因为她们无比放肆,扭扭捏捏地走来走去,从他的古老荷兰来的女人,没有一个会这样穿过房间。他亲手给姑娘斟酒,尽管在弯下身的时候因为腰痛而呻吟了一下,他给侍者做个手势让他上菜。

这个袖口烫得挺括、表情僵硬冷漠的侍者怎么把这么多好吃的东西放到盘子里啊!所有这些从未见过的冷盘、冰镇的橄榄、五光十色的沙拉、银光闪闪的鱼、堆成小山的洋蓟、厚厚的奶油、细嫩的鹅肝酱、粉色的鲑鱼片——肯定都是美味佳肴,入口即化,清淡可口。该用桌上摆放的十几把刀叉中的哪一把来对付这些从未品尝过的东西呢?是用那把小的还是圆的勺子?用那把细的还是那把宽的刀?该怎么切才能不让这个付钱雇来的观察者和邻桌那些老练的客人不可避免地猜出自己有生以来是第一次在这么高级的饭店用餐?该怎样才能不做出太离谱的笨手笨脚的事情?克里斯蒂娜慢吞吞地打开餐巾,就是为了赢得时间能低垂眼皮斜眼瞅着姨妈的手,以便能模仿她的每个动作。同时她又必须对付姨夫提出的友好问题,他的浓缩的荷兰德语必须竖起耳朵才能听明白,更何况他还掺杂了大量的英语。在这场应付两个战线的作战中她必须全力以赴,同时她的自卑感又让她觉得身后始终能听到阵阵窃窃私语,想象得出邻桌讥讽或者同情的目光。一方面担心在姨夫、姨妈、侍者、大厅在座的客人当中任何一个人面前暴露出她的贫困、她的毫无经验,另一方面又要努力做到无拘无束地甚至是开朗快活地谈天说地,对她来讲这半个小时简直变成了永恒。她一直勇敢坚持到端上水果;然后姨妈终于注意到她说话有些颠三倒四,虽然并不理解:"孩子,我看得出来你累了,当然这也并不奇怪,谁让你在这样一个糟糕的欧洲火车车厢里坐了整整一夜。不,你不用不好意思,赶快去你房间好好躺一个小时,然后我们就出去走走。什么也不耽误,安东尼饭后也总会眯一会。"她站起身挽起她的胳膊,"快上楼去躺一会。然后你就神清气爽了,我们再好好散会儿步。"克里斯蒂娜深深吸了口气,心里特别感激。能够关上房门躲一个小时就是赢得一个小时。

"怎么样,你喜欢她吗?"刚一走进房间,太太就问她的安东尼,他已经解开上衣和马甲的扣子准备午休。

"很可爱,"这个胖子打了个哈欠,"长着很可爱的维也纳面孔……对了,把那边的枕头给我……真的很可爱也很谦虚。就是——I think so at least①——我觉得她穿得有点寒酸……所以……我不知道怎么说……我们这里已经没有人这样穿戴了……我的意思是,你要是在这里把她作为我们的外甥女介绍给金斯莱夫妇和其他人的话,她还是得穿得更像样一些……你能从你的衣服里挑几件帮帮她吗?"

---

① 英语:我至少这么想。

"瞧——我已经把钥匙拿在手里了。"

梵·波伦夫人微笑道,"当我看到她这身打扮笨手笨脚地走进旅馆的时候,我自己也惊呆了……真是相当丢脸。你还没看见那件大衣呢,黄得像那流汤的鸡蛋,真是绝了,真是可以把它和印第安人的稀罕玩意儿放在一家店里展览……可怜的姑娘,她要是知道自己打扮得多么古怪,啊,但是,我的上帝,她又怎么能知道呢……他们大家在奥地利都是特别艰难地熬过那场可恶的战争的,你自己不是听她说了吗,她从来没有到过维也纳三公里以外的地方,也从来没有和人交往过……可怜的丫头,你可以在她身上觉察到她在这里感觉很陌生,到哪儿都战战兢兢的……你别管了,就看我的吧,我会把她打理得当的,我带了足够的东西,要是还缺什么,我会去英国铺子买的,没人会察觉什么的,为什么她就不该过上几天特别舒坦的日子呢,这可怜的小家伙。"

当她那疲倦的丈夫在贵妃榻上小憩的时候,她打量着那两只巨大的柜式箱子里的东西,这两个箱子墙一样高,就像仙女像柱似的立在套房前厅里。梵·波伦夫人并没有把她在巴黎逗留的十四天都花在参观博物馆上,还在女子时装店里消磨了大量时间,吊钩上挂着中国绉纱、丝绸、麻纱,她把十几件衬衫和套装一件件拿出来又放回去。她检查着、斟酌着、一遍遍数着,在她决定该给她的小外甥女些什么之前,她的手指慢慢掠过闪闪发光的黑色的衣物,还有那柔滑的沉沉下垂的长袍以及面料,这是繁琐的事情,其实又很令人愉悦。最终座椅上堆起了一堆闪闪发光的东西,全是薄绸的衣服以及连裤袜内衣之类的小物件。用一只手就可以把这些轻巧的东西捧起来拿到克里斯蒂娜的房间去;当姨妈拿着这些令人惊喜的衣物走过去轻轻打开克里斯蒂娜房门时,一开始以为房间是空的。窗户打开冲着外面的风景,椅子是空的,桌子是空的;她已经打算把衣服放在一把椅子上,这时她发现克里斯蒂娜躺在沙发上睡着了。出于尴尬,姑娘快速喝干不太习惯的葡萄酒,而姨夫又一再好意地给她斟满,这酒奇怪地让她的头特别沉重。她就想坐在沙发上想一下,整理一下思绪,没有注意到,睡意袭来,她不由自主地躺下睡着了。

　　对自己一无所知的无助状态,总是让别人对一个睡着的人不是感动就是觉得可笑。姨妈踮起脚尖走近克里斯蒂娜时,被感动了。这个受到惊吓的姑娘在睡眠中把双臂搁在胸前,像要保护自己;这个简单的动作显得特别感人,那似乎惊愕而半张着的嘴一副孩子气,也同样感人;眉毛也因为一种内在的梦中慌张而微微向上扬起;一直到睡眠中——姨妈突然茅塞顿开——一直到睡眠中姑娘都在担惊受怕。嘴唇多么苍白,牙龈毫无血色,这个还十分年轻,安睡中的孩子般的脸上,皮肤多么惨白。也许营养不良,过早得养家糊口而疲于奔命,把她累垮了,拖垮了,而她其实还不到二十八岁。Poor chap!① 当姨妈注视着这个在安睡中把自己不知不觉地暴露无遗的姑娘时,一阵惭愧之感在这个好心肠的女人心里油然而生。真是我们的耻辱:这么疲惫,这么穷困,这么无依无靠,我们早就该帮助他们了。在美国那边我们做了那么多慈善事业,举办慈善茶会和圣诞捐助,也不知是为了谁,这么多年却把自己的姐姐,自己最亲的亲人忘得一干二净,几百美元就能帮他们大忙。当然,他们也真该写信来提醒一下——总是这愚蠢的穷人自尊心,一无所求! 幸运的是至少现在还可以帮助一下,给这个脸色苍白的文静的姑娘一些快乐。她也不知道为什么,她一再感动不已地注视着这个奇怪地深入梦中的姑娘的侧影——这是她自己的画像

---

　　① 英语:可怜的小家伙!

吗？从童年的镜子中浮现出来的画像；她突然想起了母亲早年的一张照片，就放在一个狭窄的金色镜框里挂在她自己儿童床上面。还是当年自己在 Boarding-house① 里的那种被遗弃的感觉又苏醒过来？——无论如何，一种完全料想不到的温情涌上这个日益衰老的女人心头。她温柔地轻轻抚摸着这个沉睡中的女孩的金发。

克里斯蒂娜立即惊醒。因为要照顾母亲，她已经习惯了有人一碰，她就做好准备。"是不是已经太晚了？"她自责地结结巴巴地说道。所有的职员都永远担心上班迟到，她也同样如此，多年来就是带着这种担心入睡，闹钟一响就马上起床，每天第一眼看钟总是问"我没太晚吧？"每天第一个感觉就是担心耽误了工作。

"孩子，你怎么吓成这样？"姨妈让她镇静下来，"在这里你有大把的时间，都不知道该怎么打发。你要是还觉得累的话，就再静静地躺一会儿——上帝知道，我可不想打扰你，我给你带来几件衣服让你看看，也许你有兴趣在这里穿上一件两件的。我从巴黎拖来了这么多东西，箱子都塞满了，我这就想，你最好替我穿一两件。"

克里斯蒂娜感觉脸一下子涨得通红，浑身发热。他们到底还是察觉到了，马上，第一眼就发现了她的寒酸给他们蒙羞了——姨夫和姨妈两个人肯定因为她的缘故而感到不好意思了。但是姨妈多想委婉地帮助她啊，把施舍掩饰得多好啊，竭尽全力不想让她受到伤害。

"我怎么能穿你的衣服呢，姨妈？"她结结巴巴地说道，"对我来说它们太贵重了。"

"胡说，你穿着它们肯定比我更合适。安东尼早就嘀嘀咕咕

---

① 英文：供膳宿的私人住房。

说我穿得太年轻。他恨不得我跟他在哈恩达姆的姨婆穿得一样,沉重的黑绸外衣还得有个轮状皱领,像新教徒似的把衣领紧扣,脑袋上顶着一个家庭主妇戴的浆洗过的白色小帽。他肯定万分情愿看到你穿着这些衣服。现在过来,你说你今晚最想穿哪件?"

一下子——那个早就消失了的试衣女郎的轻盈手势突然又被她轻松地展现出来——她拿起一件衬衫一样轻柔的裙子,放在她自己身上灵巧地叠起来。这是件象牙色的衣服,带着日本的花边,春意盎然地闪闪发光,旁边是件黑色如夜的绸衣,闪烁着一团红色火焰。第三件衣服墨绿色,边上缝着银线。克里斯蒂娜觉得这三件衣服都美极了,压根没敢想穿上它们或者拥有它们。把这些如此奢华娇贵的高级衣服穿在她那没有防御的肩上,怎能不叫人每时每刻都胆战心惊呢?在这样色彩和光线的薄雾中该如何行走和活动呢?必须好好学学才能穿这样的衣服吧?

但是她毕竟是个女人,情不自禁用谦卑的但又充满渴望的目光看着这些贵重的衣服。她的鼻翼紧张地翕动着,手开始奇怪地发抖,因为手指已经特别想轻柔地触摸那些衣服,她费了不少力气才控制住自己的好奇。姨妈根据业已消失的试衣女郎的经验了解这种渴望的眼神,这种近乎性感的激动,这是所有的女人在看到奢侈品时都会产生的激动。看到这个沉静的金发姑娘瞳孔里突然点燃的光亮,她不由自主地微微一笑;瞳孔不安地从一件衣服移到另一件衣服,无法做出决定。这个有经验的女人知道,她只要选了一件衣服,就会后悔,然后又惦记起另一件。她特别高兴还能赠予这个如痴如醉的姑娘更多的东西。"现在,不着急,我把这三件衣服都留在这里,你选一件今晚最想穿的,明天再试其他的,我也给你带来了长筒丝袜和内衣——现在就还差一些能给你苍白的面颊增添些色彩的新鲜和时尚的东西的化妆品,你要是同意的话,我们马上就去商店那边把所有你在恩加丁需要的东西都买回来。"

"可是姨妈,"这个受宠若惊的姑娘惊愕地喘着气,"我怎么能这样呢……我不能让你这么破费。就连这个房间对我来说也太高级了,真的,一个简单一点的房间就足够了。"可姨妈只是笑了一下,仔细打量着她。"那这样,孩子,"她独断专行地说道,"我带你去我们的美容师那里,她会给你稍稍修剪一番。像你这样一脑袋的头发,在我们那儿只有印第安人才有。你留意一下,只要你的脖颈后面不再披着这么多头发,你马上就会觉得脑袋轻松多了。不,别反驳,对这个我更懂,让我来处理,你别担心。现在打起精神,我们有很多时间。安东尼下午要打扑克,晚上我们要把焕然一新的你展示给他看。来吧,孩子。"

在大型的体育用品商店里,货架上很多盒子一下子都拿了下来,选了一件棋盘样式的方格子毛衣、一条可以紧束腰身的麂皮腰带(系上它腰肢就绷紧了)、一双结实的淡褐色皮鞋,散发着一股新鞋浓烈的味道,一顶帽子、几双紧腿的鲜艳的运动袜以及各种各样的小东西——克里斯蒂娜总算可以在试衣间里把那件讨厌的衬衣脱下来,就像撕下一张肮脏的树皮,随身带来的贫穷被塞进了一个硬纸袋里。看到这些令人厌恶的东西消失了,她感到极为轻松自如,就好像她自己的害怕也被永远地藏进了袋子里。在另外一家商店还买了几双会客穿的鞋、一条轻柔飘逸的丝巾以及一些类似的魔幻物品:没有见过世面的克里斯蒂娜吃惊地看着这种新颖奇妙的购物行为,买东西不问价钱,永远没有"太贵了"的担心。你挑选,说个"是",不用多想,不用担心,包裹已经包好了并由神秘的特使送到你家里。你还没敢希望什么呢,就已经如愿以偿了:这真是瘆得慌,但也令人陶醉的简单和美妙。克里斯蒂娜不再继续抗拒而是完全沉醉在这种奇妙之中,她任由姨妈处理一切,只是一旦姨妈从钱包里取出钞票的时候,她就飞快地扭头看着别的地方,使劲让自己不去听价钱,因为这肯定特别多,为她花的钱肯定想象不到的多:她几年里花的钱也没有在这里半小时花的多。她一走出商店就控制不住自己了,她抽搐着充满感激地握住恩人的手臂,亲吻着她善良的手。姨妈冲着她这动人的迷惘状态微笑着。"现在还得去搞定头发!我带你去女理发师那里,然后去那边给几个朋友留下我的名片。一小时后你就焕然一新了,那时我来接你。留点神看看她是怎么打理你的,现在你看上去已经迥然不同了。然后我们去散步,晚上好好乐一下。"心脏一阵狂跳,她由着姨妈(她当然是好意)带她走进一个铺着瓷砖被镜子照得闪闪发光的房间,到处散发着温暖和香甜的味道,也有柔和的带着花香的肥皂及喷洒的雾状香精的味道,旁边有一台电器,像山中风暴似的呼呼作响。女理发师是个法国人,长着微微翘起的鼻子,手脚特别利索,她接受着姨妈给她的各式各样的指示,克里斯蒂娜都听不太懂,也压根没想尝试着听懂。她现在有了一个新的乐趣,随便由人摆布,随便由着别人给自己惊喜。她被人安置在一张舒适的理发椅里,姨妈离开了,她轻轻靠着椅背闭上眼睛,在一种惬意的麻醉状态下享受着一切。她感到一个机器啪嗒啪嗒的声音,脖子后面一阵钢铁的凉意,以及那个活泼的女理发师轻声的听不太明白的话语,她吸进那潮湿柔软的香雾,由着陌生灵活的手指把甜甜的香精涂抹在她的头发和脖子上。千万别睁开眼睛,她心想。否则一切都可能不是真的。千万别提问。只是尽情享受这星期日般的感觉,终于有一次自己歇着,被人服侍而不是服侍别人。终于有一次让手惬意地搁在怀里,让美好的东西为了自己,发生在自己身上,渐渐来到自己身边,尽情享受这种罕见的松软无力,可以随意向后靠着和让人照顾的感觉,已经有好多年,好几十年没有经历过这种奇特的感官感受了;闭着眼睛任由芬芳的微风掠过自己,她想起了最后一次:她还是个孩子躺在床上,发烧好几天了,现在烧退了,母亲给她拿来甜滋滋的白色杏仁奶,父亲和哥哥坐在她床边,大家都关心她,都围着她转,所有的人都对她特别好特别温柔。旁边,金丝雀叽叽喳喳哼着调皮的旋律,床上又柔软又温暖,不必去学校,一切体贴入微的事情都发生在她身上,被子上放着玩具,但她实在太舒服,不想动,不想摆弄玩具;不,最好别睁眼,深深地感受什么也不做和让人摆布的感觉。十几年她都没有回忆过童年时代那软绵绵的美好的惬意了,现在这段回忆又突然出现。皮肤还记忆起,被温暖抚摸过的太阳穴还记忆起。那个手脚麻利的理发师小姐问过几个问题,比如"您要剪更短一些吗?"但她只是回答一声"随您的便",目光便故意避开那面拿近的镜子。不,千万别打断这奇妙的感觉,不必承担任何责任,任由事情在自己身上发生,什么事也不干,也没有任何愿望,尽管有那么一次,一生中第一次命令别人,专横地提出需要,要求这要求那的,这样也挺诱人的。现在女理发师从一个磨光的小玻璃瓶里把一阵香雾喷到她的头上,一把剪刀细致温柔地划过,她感觉痒痒的,她一下子感到头上奇特的清爽,脖子后面的皮肤有一种新奇的开放的凉意。其实她已经很好奇了,想要看看镜子,但她还是靠着椅背,闭上眼睛,延长着那种梦幻般使人陶醉的惬意的感觉。这时第二位小姐像幽灵一样悄无声息地在她身旁坐下,给她修理指甲,而另一位则高度艺术地给她卷着头发。这个她也——几乎不再感到惊讶——顺从地、听话地任其发生,"Vous êtes un peu pâle, Mademoiselle."①那个手脚麻利的女理发师说了一句之后,便用各式各样的描笔把她的嘴唇涂红,把眉

---

① 法文:小姐,您脸色有点苍白啊。

毛的弓形画得坡度更大一些,面颊的颜色画得更鲜艳一些,她也不反抗。所有这一切她在这惬意的浑身放松慵懒无力的状况中,都看到了又都没有看到,因为被这弥漫着甜味和潮湿闷热的空气所陶醉,她几乎不知道,所有这些是否发生在她身上还是发生在另外一个人身上,一个崭新的我身上,她模模糊糊地不怎么真切地经历了这奇特的一切就像一个梦境,稍稍担心,会突然从这个梦中跌了出来。

终于,姨妈出现了。"好极了。"她用专家的口吻跟女美容师说。依据她的愿望,又把一些盒子、描笔和小香水瓶装进一个口袋,然后决定去散步。克里斯蒂娜起身的时候也没敢照照镜子,她只是觉得脖颈上的脑袋异常轻松,她现在迈步的时候有时会偷偷往下看看绷紧的裙子、图案花哨、色彩明快的长袜,鞋面发亮、式样时髦的鞋子,这样她就觉得自己的步伐迈得更自信了。她温柔地紧贴着姨妈,让姨妈给她讲解一切,一切都美妙绝伦:风光无限,景色带着浓重的翠绿色,环绕着各种高度的地面,几家旅馆,也就是几座奢华的城堡,高高地伫立在山坡上,傲气凌人;——昂贵的商店橱窗里展示着高尚骄人神气十足的商品:皮衣、首饰、钟表、古玩,所有这些奇特而陌生的东西旁边,便是那冰雪覆盖的壮丽雄伟无比孤傲的冰川。奇妙的还有那些套着美丽挽具的马匹、那些狗、那些人,穿得跟阿尔卑斯山的山花一样绚丽多彩。整个环境阳光明媚无忧无虑,这是一个她从未料想过的没有工作没有穷困的世界。姨妈给她说着那些山脉、那些旅馆及一些从她们身旁经过的显赫客人的名字:她满怀崇敬地倾听着,敬畏无比地朝着他们看过去,她越来越觉得允许她在这里真是个奇迹。她一面仔细听的时候一面诧异她怎么能够在这里走来走去,怎么能允许她这样,她变得越来越没把握,她自己是否就是那个经历这些事情的人。终于姨妈看了看表。"我们必须回家了，是换衣服的时候了。离晚饭只有一个小时。唯一让安东尼生气的就是不准时。"

等她回家打开房门的时候，房间已经因为黄昏涂上了一层柔和的色彩，很早就降临的夜幕让一切都沉浸在柔和的暮色朦胧之中，寂静无声。只有打开的阳台门后面那显著突出的长方形的天空还保持着那强烈照射的耀眼的蓝色，可在房间内部所有家具的色彩已经开始轻轻褪去，和天鹅绒般的阴影融为一体。克里斯蒂娜走到阳台上，对面就是雄伟壮丽的风景。她目不转睛地望着迅速展开的色彩游戏。首先是云彩丧失了它们光芒四射的白色，逐渐轻轻地然后又越来越激烈地泛出红色，仿佛它们自己，本来如此高傲，无动于衷，如今那伟大的天体越来越迅速地坠落，便激发起它们自己的感觉。然后突然从群山组成的墙壁上升起阴影，它们白天的时候稀疏地零星地躲藏在树木后面；现在成群结队地出来，变得密集而大胆，就像一股黑水飞速地从山谷直冲到山峰，颤抖的心灵已经在担心这股黑色洪流现在是否会漫过山顶，周遭壮观的景色，是否会突然变得空旷一片、黝黯无光——事实上，一阵轻薄的霜冻的气息已经像看不见的波浪从山谷升起。一下子群山在一道更加寒冷更加苍白的光线下开始重新发光；看啊，在那并未熄灭的蔚蓝色的天空中，月亮出现了。就像一盏弧光灯，它通过山隘高高地圆圆地飘浮在两个最雄伟的山顶之间，刚才还只是个图像，多彩的细节，现在开始变成剪影，由黑白二色组合成轮廓，带着那些小小的星星，散发出摇曳不定的微光。

克里斯蒂娜如痴如醉地呆呆凝视着这个巨大无朋的调色板上展开的极富戏剧性的色彩的不断变换，已经人神分离了。就像一个听惯了轻柔的小提琴和笛子声的人，现在第一次听到整整一个乐队暴风骤雨般震耳欲聋的合奏,在这个突然显露的奇伟的大自然的色彩游戏里,她的感官颤动不已。她呆呆地凝视着,凝视着,手痉挛地紧紧抓住栏杆。她一生中还从来没有这样全神贯注地注视着一片风景,从来没有这样完全投入到观赏之中,从来没有这样消失在自己的经历之中。她所有的生命力都聚集在她惊诧不已的双眼里,观看着,惊叹着,她从自我脱颖而出冲进风景里,忘记了自己,忘记了时间。幸亏在这个具有防备性的房子里静候着一位时间卫士,就是那个无情的锣,它从一个饭点到另一个饭点提醒客人们,为他们的盛宴做好准备,听到第一声铜锣的响声,克里斯蒂娜吓了一跳。姨妈明确跟她强调过要准时,现在要飞快地为晚餐做好准备!

但是从那些崭新的美妙无比的衣服中挑选哪一件呢?它们现在都挨在一起放在床上,像蜻蜓翅膀似的轻轻闪耀着;那件黑色的长裙勾人魂魄地从阴影中闪闪发光,最终她为今天选择了那件最朴素的象牙色长裙。她温柔地胆怯地拿起它。她感到惊诧不已。它在手里都没有一条手绢或者手套重。她迅速脱掉毛衣和沉重的俄罗斯皮的皮鞋、厚厚的运动长袜,抛掉一切沉重和结实的东西,已经迫不及待想感觉一下那崭新的轻巧的分量。一切都那么轻柔,那么柔软,毫无重量。就连摸摸它们,摸摸这些新的贵重的衣衫,已经让手指因为敬畏而战栗,就是仅仅触摸一下就妙不可言。她飞快地从身上脱下硬邦邦的麻布旧内衣;那新的贴身内衣轻柔温暖地滑落到赤裸裸的身体上,就像一团泡沫。她不由自主地想开灯看看自己,但在最后时刻还是把手放下了;宁愿通过期待延迟享受。也许这贵重轻盈的内衣只是在黑暗中摸上去这么柔软这么丝滑,在刺眼的灯光下它的温柔的魔力就会消失。现在在穿上了内衣和长筒丝袜之后再穿上裙子。小心翼翼地——这可是姨妈的衣服——她把柔滑的丝绸裙子套在身上,好奇妙:就像一股闪闪发亮的温暖的水,裙子自己就从肩膀滑落下去顺从地贴着自己赤裸裸的身子,你简直感觉不到它,穿着它就仿佛披着轻风在行走,空气的唇贴在继续发抖的身上。赶快,赶快,不要过早在享受中失去自我,迅速穿好衣服,以便最终好好看看自己!于是她快速穿上鞋,摸几下,走几步:完成了,谢天谢地!那现在——焦虑地心跳——向镜子投去第一眼。

　　手扭开开关,电光便射进灯泡里。耀眼,明亮,仅仅一道电光,消失的房间又重新出现在那里,盛开花朵的壁纸、锃光瓦亮的家具、一个崭新的雅致的世界又都出现。这个腼腆好奇的姑娘还不敢马上直视镜子的镜面,只是从旁边斜看着那块说话的玻璃,它只是在斜角里显露出阳台后面的一条风景和房间的一部分。马上就能做最后的检查,但还差一点勇气。她看上去是否还会像之前穿着那条已经藏起来的裙子一样可笑。每个人,包括她自己,难道不会认出这场通过借衣进行的欺骗?于是她只是慢慢地从旁边移到镜子面前,仿佛这样就能够通过谦虚的态度骗过和迷惑那位无情的法官。她已经走到严厉的镜子面前,站得很近了,但还一直低垂着目光,还一直害怕向这镜子投去决定性的最后一眼。这时,楼下响起了第二遍锣声:没有拖延的时间了。勇气突然出现,像运动员要作势一跳似的,她深深吸了口气,果断地抬起目光直视那坚硬无情的玻璃。抬起目光,马上惊诧不已,如此惊诧不已以至于她惊奇得不自觉地向后退了一步。这是谁?这位苗条的、这位高贵的淑女是谁?她上身挺直,半张着嘴,睁着亮闪闪的眼睛,带着真诚的显而易见的惊奇在盯着她看。这是她自己吗?不可能!她不说,她故意不说出来。但这句想说未说的话不由自主地翕动着她的嘴唇。好奇妙:那边镜子里的图像也在动着嘴唇。

她惊奇停住了呼吸。就是在梦里她也没敢想过自己会这么美丽,这么年轻,打扮得这么好;这张红润的轮廓分明的嘴巴、画得这么漂亮的眉毛、金色秀发宛如一顶精致的金盔,下面是一览无余的闪光的颈背、自己赤裸的皮肤完全焕然一新,在衣服闪亮的边缘露了出来。她越来越走近镜子,想在那幅图像中认清自己,尽管她知道那个镜子上的人是她自己,还是不敢承认这另一个我是真实的持久的。担心和不安一直不断捶打着她的太阳穴,再靠近一些,做一次生硬的动作,这个令人愉悦的图像就有可能消散。不,这不可能是真的,她想道。一个人不可能如此突然地改变。要真是这样,那我岂不是就……她停顿一下,她不敢想这个字。然后这个镜子里的图像开始在内心里微笑起来,好像猜出了她的想法,展露出一个始而轻微,然后越来越强烈的笑容。现在睁得大大的眼睛从黑色的玻璃里自豪地冲着她自己大笑,张开的红唇似乎开心地承认着:"是的,我是很美。"

简直销魂荡魄,这样看着自己,钦佩自己,感叹自己,发现自己,在这样一种至今陌生的自我钟情的感觉中观察着自己的身体,第一次发现,那不受拘束的乳房如何在丝绸衣服下隆起,美丽地傲然耸立,迷人的形式如何用色彩描画出来那苗条的同时柔软的曲线,白皙裸露的肩膀如何轻盈放松地从衣服里裸露出来,犹如鲜花绽放。她现在充满好奇,想要在运动中看看这意想不到的崭新苗条的身体。她慢慢地向旁边转身,同时缓缓回顾并审查后面的侧影和运动的效果:目光又在镜子里与一个自豪满意的兄弟目光相遇。这让她壮起胆来。现在往后退三步:就是这个快速的动作也是美的。现在她大胆地做了一个快速旋转,短裙飞舞起来,镜子又微笑起来:"美极了,你好苗条好灵活啊!"她恨不得跳起舞来,她诱人地抖动起四肢。她快步退回到房间的深处,又重新回到镜子面前,镜子微笑着,带着她自己的目光;她从各个角度探寻着,观察着,恭维着她自己的图像,那个自我钟情的全新感觉对这个崭新的诱人的我真是百看不厌,它衣着优雅,充满朝气,再一次从这个玻璃深处冲着她一再微笑。她真恨不得拥抱这个就是她自己的新人,她特别近地贴过去,眼睛几乎就要触碰到一起了,活生生的眼睛和那个景象中的眼睛,热情的嘴唇接吻般近到触碰姐妹的嘴唇,一瞬间在呼吸的气息中自己的形象化为乌有。这是一个自我发现的奇妙游戏,她一再做出不同的动作,就为了看到这个变化中的自己。楼下响起第三次锣声。她吃了一惊。上帝啊,千万别让姨妈等着,她肯定已经生气了。快,就把大衣披上,晚间大衣轻巧、色彩鲜艳,镶着珍贵的皮毛边。然后在手触碰开关要关灯之前,再向那个令人愉悦的镜子里投去一瞥贪婪的告别目光,最后一瞥、真正最后一瞥。又是那边那双眼睛的闪光,又是从那既陌生又是自己的嘴中说出热烈的给人极乐的话语!"美极了,美极了。"那面镜子冲着她微笑道。在欢快的逃遁中她飞快地穿过走廊去姨妈的房间,那条凉爽轻柔地裹缠着她身体的绸裙,令她感到这快速的动作极为快乐。她感觉自己像被波浪托起,被幸福的风儿引导;从儿童时期起她就从来没有这么轻盈这么飞速地行走过:迷离的幻梦在一个人身上开始了。

"穿在你身上合适极了,就像浇铸到你身上,"姨妈说道,"是啊,要是年轻的话,根本不需要什么魔法!让裁缝为难的是,衣服该在哪里遮丑,而不是在哪里显美。不开玩笑了;这衣服就像浇铸在你身上,我都几乎认不出你了;现在大家才看到,你的身材有多好。现在你走路的时候微微抬起头来——我这么说,你可别生气——你走路的时候总是那么缺乏自信,总是那么低着头,总是那么胆怯地缩在那里，像只雨中的猫。你现在得先学，这样美国式地走路、轻盈、自在、额头朝前就像一艘迎风航行的船。上帝啊，我要是能再这么年轻一次，该有多好。"克里斯蒂娜脸红了。人们在她身上什么也看不出来了，她不再可笑，不再像村姑。这期间姨妈的审视继续着，她从头到脚看着克里斯蒂娜，带着肯定的目光。"无懈可击！就是这里，脖子上边还该有个首饰。"她开始在她的盒子里翻来翻去，"来，把这串珍珠项链挂在脖子上！不，傻丫头，别害怕，别惊慌，这个不是真的。真的放在美国那边的一个保险柜里呢。为了提防你们欧洲的扒手，我们可不会当真把真的珍珠项链带到欧洲来。"珍珠项链凉飕飕地陌生地在那微微战抖的裸露的皮肤上滚动。然后姨妈退后一步。最后全身打量一番："无懈可击。什么在你身上都合适。一个男人肯定特别乐意好好打扮你。现在走吧！我们不能让安东尼等太久。他肯定会瞠目结舌的！"

她们一同走下楼梯。穿着这么暴露的新裙子克里斯蒂娜觉得这样下楼美妙无比。就好像她在光着身子走路，她感觉自己如此的轻盈，不是在走路，而是飘飘欲仙，她感觉好像一个台阶接一个台阶都在朝着她滑行过来。在二楼拐弯的地方，她们遇到了一位身穿晚礼服的上了年纪的绅士，雪白的头发在头路处分得整整齐齐，就像用刀子分开似的。他充满尊重地问候姨妈，停在那里，让她们两个先过去，就在从旁走过的这短短的瞬间，克里斯蒂娜感觉到这位绅士特别注视她，这是一个男人欣赏的目光，几乎有几分敬畏。她立即感到面颊发热：她一生中还从来没有一个有地位的男人、一位真正的绅士如此尊重地和她保持距离同时又如此内行地表示赞许，向她问候。"这位是埃尔金斯将军，你也许在战时就知道这个名字，伦敦地理协会主席，"姨妈说道，"他在服役期间曾在西藏有过重大发现，是个大名鼎鼎的人物，我一定得把他介绍给你,他是出类拔萃的人当中最出色的,和王室有交往。"克里斯蒂娜兴奋得热血沸腾。一个如此高贵、纵横四海的男人,没有把她一下子当成白看好戏的观众,当成伪装的贵妇认出来表示轻蔑,不,他在她面前鞠躬就像在一位贵妇人面前,就像在一个和他自己地位相当的女人面前一样。现在她才觉得自己合法了。

然后她又一次增强了信心。她们刚走近桌子,姨夫就惊呆了。"这可真是个惊喜,你现在的样子怎么这么好,真他妈的好极了——哦,对不起,我想说的是:你看上去出奇的好。"克里斯蒂娜又一次觉得因为感觉良好而脸红了,一个暖洋洋的寒战贯穿全身。"我觉得,姨夫,你这是要恭维我吧,"她试着打趣一下,"使劲恭维啊。"那位年迈的绅士扬声大笑,在他都没有意识到的情况下,就开始自我炫耀起来。前胸皱巴巴的衬衫突然绷紧,他那长辈端的架子消失了,他那红眼眶的小眼睛嵌在肥胖的面颊上,眼睛里闪烁着好奇的几乎有点色迷迷的光芒。他对这个出乎意料的漂亮姑娘的喜欢让他一反常态,变得活泼而又话多;他一边观察着外甥女,一边就她的外貌发表了许多行家的论断。姨妈只好挥挥手,笑眯眯地让他热情洋溢地进行的,引起人们好奇的细节论述,别把姑娘说得神魂颠倒,那些小年轻们会做得更好,更有分寸。这时候侍者们过来上菜了:就像做弥撒时站在祭坛旁边的辅祭,他们毕恭毕敬地站在桌旁等候着同意的手势。好奇怪,克里斯蒂娜想,为什么我中午会这么害怕这些彬彬有礼、小心谨慎、特别轻手轻脚的侍者?其实他们似乎就希望你最好感觉不到他们的存在。她现在勇敢地去取食物,恐惧感消失了,长途跋涉的饥饿势不可当。她毫不害羞地津津有味地品尝着那味道清淡,用松露猪肝糜做馅的酥皮点心、用蔬菜卷裹着的炸肉、松软的泡沫状的餐后尾食,侍者不断用银制餐刀把这些菜肴准备好,放到她的餐盘上;她什么也不用费心,什么也不必想,其实她已经不再感到诧异。这里的一切都是美妙的,而最美妙的是,她自己可以待在这里,待在这个灯火通明,座无虚席,但是寂静无声的大厅里,虽然到处都是精心打扮过的人们,也许是特别重要的人物;她,这个……啊,不,别想,只要可以待在这里就不要再想。她觉得最美妙的是葡萄酒。它肯定是用金色的、被南方的太阳祝福过的浆果制作的,肯定来自远方、来自幸福美好的国度;它在水晶般薄薄的玻璃杯里泛着红色,犹如琥珀一般透明,像甜蜜的冷却过的油一样顺着嗓子滑下。起先克里斯蒂娜就是虔诚地看着,只敢怯生生地品尝一点,但是姨夫,为她那显而易见的快乐所振奋,一再向她表示欢迎,不断让侍者给她斟满酒杯。她开始滔滔不绝地说起来,并非出于自愿,不知道是怎么回事。就像打开瓶塞的香槟,喉咙里爆发出一阵笑声,非常轻快不断迸涌,她自己都诧异,那快乐的泡沫如何无拘无束地在话语之间旋转;就好像内心那块箍住她心灵的恐惧之板已经断裂。为什么在这里要害怕?他们大家都那么好,姨妈、姨夫,周围这些雍容华贵、卓尔不群的人都打扮得这么风度翩翩光彩照人,世界真美好,生活真美好。

　　姨夫舒展着身体坐在对面,一副心情舒畅、心满意足的样子。克里斯蒂娜那突然洋溢出来的忘乎所以的疯劲,引起了他荷兰式的快乐。唉,真希望自己能再年轻起来,紧紧搂住这个在自己的欢快中喋喋不休说个不停的姑娘。他觉得自己心情欢快,充满活力,激动不已,神清气爽,几乎有点放肆大胆;平时他是一副迟钝冷淡、闷闷不乐的样子,而现在他那被唤醒的对各种风趣好玩的事情的记忆让他热血沸腾起来,记起一些有趣的往事,说出一些不雅的趣事;下意识地想给他老骨头惬意地加把火暖和暖和。他像一只公猫似的舒服得呼噜呼噜直叫,穿着礼服让他觉得很热,面颊可疑地红了起来:他突然看上去就像约丹斯①画里的豆子国王,两颊流露出惬意和酒劲。他一再为克里斯蒂娜敬酒,还想再点一瓶香槟,这时在一旁监督的姨妈暗自好笑,警告似的把手放在他的胳膊上,提醒他医生的忠告。

这时大厅一旁响起了节奏感很强的喧嚣,打击乐器叮叮当当,风笛咿咿呀呀,鼓声震耳欲聋,琴声尖细刺耳,就像一只风箱疯狂起来:跳舞的音乐。老姨夫把他的巴西雪茄放到烟灰缸里,眨着眼睛:"怎么样?我从你的眼神看出,你非常想跳舞吧?"

"就只和你跳,姨夫。"克里斯蒂娜忘乎所以地奉承说(上帝啊,我是不是有点醉了?)。她一再想大笑出来,喉咙里,特别在喉咙口如此滑稽地发痒,每说一个字就不可阻挡地爆发一阵欢快的笑声。"可别这么说!"姨夫嘟囔了一句,"这儿有的是特别结实的小伙子,三个人岁数加在一起都没有我的年纪大,每个人的舞都比我这个患有痛风病的老犀牛跳得好几倍。就看你了:你要是有胆子,咱们就去跳吧。"

姨夫拿出毕德麦耶②风格,风流倜傥地伸出手臂,她挽着它,说个不停,笑弯了腰,又直起身子,再笑。姨妈看着他们暗自发笑,乐声大作,大厅灯光五彩缤纷明亮耀眼,客人们带着友好的好奇往这边看过来,侍者摆好一张桌子,大家都是那么快乐和好客,无须太多勇气就能加入翩翩起舞的一对对花枝招展的舞者之中。安东尼姨夫真的不是什么跳舞高手,他的马甲下胖胖的肚皮每跳一步就上下抖动一下,这位大腹便便白发苍苍的绅士迟疑地笨拙地领

---

① 雅克普·约丹斯(1593—1678),尼德兰的巴洛克派画家,曾根据希腊神话作出许多名画。他根据民俗绘制名画"豆王节",画上的"豆王"肥肥胖胖,快乐贪杯。
② 毕德麦耶,指1815—1848年流行的艺术文学风格,反映中产阶级的趣味。

着她舞蹈。其实不是他在领舞,而是那节奏感强烈,富有感染力、生机勃勃,轻快旋转,但又节拍精确的撒旦音乐。铜钹每个节奏分明的敲击就像浸入腘窝的一击,美妙无比。然后是小提琴轻柔的拨弦使四肢灵活,你感觉就像被强烈挺进的节奏掌控,震撼着,揉搓着、奴役着。这些人演奏得真是像着了魔似的精彩,真的,这些穿着镶着金色纽扣褐色夹克的褐色皮肤的阿根廷人,看上去都像魔鬼,像穿着号衣拴着链子的魔鬼,纵情奔放,那边是镜片闪光的狭窄面孔的人,投入地在萨克斯管上吹出咯咯的笑声,尖锐的叫声,就好像他在醉醺醺地畅饮着它,他身边那个毛发浓重、技艺精湛、兴致勃勃的胖子更加狂热,他像是即兴劈柴似的敲打着键盘,而他旁边的那位,大嘴咧开,连最后一颗牙齿都露了出来,在定音鼓和响铃上把一股不可理喻的愤怒敲打出来。所有的人都像被塔兰图拉毒蛛①叮了一口,在椅子上不断来回扭动,抽搐,仿佛被闪电所击中;以猴子般的灵活,不自然的愤怒,在他们的乐器上暴跳如雷。这些制造地狱噪音的铁匠们——克里斯蒂娜在跳舞中间感觉到——精确地像一台缝纫机似的工作着;所有这些黑鬼般的夸张、这些冷笑、这些尖叫、这些手势、这些动作、这些鞭打般的喊声和逗乐,都是对着镜子,照着乐谱排练过的,连最微小的细节都没有放过,那个表演出来的狂怒堪称完美。那些长着长腿、细腰,因为扑粉面颊苍白的女士们似乎对此一清二楚,对这每晚都重新装出来的火气,她们不为所动。她们涂着脂粉的脸上挤出微笑,抹上胭脂的双手一刻不停,身子轻松地依偎在她们舞伴的怀里,目光大胆地看着别处,就像要证明她们心里想起其他的事情或者什么也没想。只有她一个人,这个陌生人、这个新来的姑娘、这个惊愕不

---

① 塔兰图拉毒蛛:产于南欧等地。

已的少女,必须努力控制住自己的眼神,别暴露出自己的激动,因为她渐渐觉得自己周身的血液被这恶毒的,令人麻麻辣辣的音乐弄得激动不宁,这令人不安、玩世不恭、激情四射的音乐放肆地把人一把攫住。现在这个高扬的节奏戛然中断,进入一片宁静,姑娘才松了一口气好像逃脱了一个危险。

姨夫也喘着粗气,步履沉重但是心里非常自豪,现在他终于可以抹去额头的汗水,好好顺顺气。迈着胜利者的步伐,他把克里斯蒂娜领回桌旁——一个惊喜!——姨妈已经为他们两个人点了冰冻果子露。克里斯蒂娜的神经正有点感觉而不是真的充满希望地在想,要是现在能冰镇一下喉咙和血液该有多好,她都不用请求,一只蒙着雾气的银杯就已放在面前;简直是童话般的世界,这里不用开口,愿望就已实现:在这里怎么能不全身充盈着幸福!

她幸福地吮吸着果子露的冰冷火辣以及温和浓烈,就好像她要从这个细细的吸管里吸尽这个世间所有的果汁和甜蜜。她的心因为快乐而怦怦直跳,手指因为渴望温柔接触而微微颤抖。她不由自主地环顾四周,她真想摸摸谁或者碰碰什么东西来表达她自己内心的富足之感和燃烧的感激之情。这时她看到了坐在她旁边的姨夫,这位好心的老人:他坐在深深的座椅里,有点累过头了,还一直呼哧带喘的,用手绢擦拭着脸上的汗滴。为了让她高兴,姨夫可是吃足了苦头,也许都有点超出他自己的能力范围;所以她唯一能做的就是充满感激地、轻轻抚摸他那只放在椅子扶手上的厚实的、皱纹很深的手。老人脸上立即浮现出微笑,又一下子精神起来。对于这位年轻羞涩刚刚觉醒过来的姑娘的心意,他一清二楚,怀着满腔父爱,享受着姑娘目光里充溢的感激之忱。但是怎么能仅仅只对姨夫表示谢意而不谢谢姨妈,岂不是有失公允,她的一切都是姨妈给的。她存在的可能、那温柔的呵护、华丽的衣服以及在这个富有的令人陶醉的氛围中那难能可贵的安全感,这些都拜姨妈所赐。于是姑娘又用左手握住姨妈的手,就这么坐着,情系两位老人,在灯火辉煌的大厅里目光熠熠闪烁,就像圣诞树下的一个孩子。

这时音乐再次响起,现在是深沉的调子,亲切一些,柔和一些,一条亮闪闪的黑色丝绸的裙摆摇曳而至:探戈舞。姨夫面有难色,她得原谅他,他的六十七岁的腿脚再也承受不住这样柔韧弯曲的舞蹈。"没事,姨夫,我其实更愿意和你们一起坐会儿,这比跳舞强一千倍呢。"她这样说,也是当真的,同时温柔地握着姨夫姨妈的左手和右手。她觉得在这个血亲的圈子里特别温馨,而在他们的保护下又是无比的安全。可突然有人在她前面鞠了一躬,一个高个子宽肩膀的男人站在她面前,晚礼服雪白的衬胸映着一张刮得干干净净的军人脸膛,皮肤被山上的阳光晒成棕色。他用德国方式啪嗒一下并拢后跟,用纯粹的北德口音很有风度地请求姨妈允许他和小姐跳舞。"很乐意。"姨妈微笑道,为自己被保护人的迅速成功而感到骄傲。克里斯蒂娜吃惊地站起身,膝盖微微晃动。能在这么多打扮得花枝招展的女人当中被这样一位风度翩翩的陌生男士选中,让她受宠若惊。惊慌失措的胸口再深吸一口气,然后她把她颤抖的手搭在这位高贵男人的肩上。一起步她就开始觉得自己被这个无懈可击的舞伴既轻盈又强势地带着婆娑起舞。她只要听任那几乎感觉不到的压力,她的身体就已经紧紧依偎着她舞伴的怀抱跟随着他的舞动,她只要顺从地委身于那使人融化的带着自己转动的节奏,她的脚便立即找到了正确的步子。她从没有这样跳过舞,她对自己怎么能变得如此轻盈而诧异不已。就仿佛她穿着另一条裙子,骤然变成另一个身体,她如此完美毫不费力地跟随着这陌生的意志。仿佛她是在一个被遗忘的梦中学会并练习了这依偎贴近的动作,梦幻般的安全感突然席卷她的全身,头向后仰,就像躺倒在一个云朵的枕头上,半闭着眼睛,丝绸衣服下的胸脯温柔地起伏着,令她大吃一惊的是,她觉得自己没有分量地在大厅里飘浮,身体完全脱离了自己,不再属于自己。有时,当她从她的随波逐流的翻滚波涛中抬眼望见那挨得如此之近的陌生面孔时,她觉得在那双坚定的眼睛里看到了满意肯定的笑意,她感觉她好像更带着信赖地紧紧握住了那陌生的领舞的手。一阵酥麻的、几乎带有性欲快感的小小恐惧涌上心头:要是这个男人如此强硬的双手更紧地抓住她的关节,要是这个带着傲慢表情,有棱有角面孔的陌生男人突然抓住她把她扯到自己身边,她能反抗吗?她会不会就一下子完全扑过去就此屈服,就像现在仅仅是屈从于跳舞。她根本没有预料到这些半意识状态下的感性思绪涌入她越来越放松、越来越屈从的肢体。周围人群中有些人已经开始全神贯注地盯着这完美的一对,她又一次陶醉地和强烈地产生了在跳舞过程中那被人赞赏和关注的感觉。她越来越自信和顺从地配合着领着她的舞伴的意识,和舞伴同呼吸共舞动,一种在自己身上新发现的快乐像透过新打开的毛孔涌入内心,让心灵体味那从未经历过的感觉。

  跳完这支舞,这个高个子的金发男子——他自我介绍是来自克拉德巴赫的工程师——有礼貌地把她送回姨夫的桌旁。当他从她那里抽出他的手臂,一股微小接触的暖意消失了,她觉得自己更虚弱和娇小了,就好像随着这扯断的接触,一股新的力量的一部分重新流失掉了。她坐下的时候还没有完全缓过劲来。她冲着姨夫虚弱和幸福地微笑着,姨夫友好地迎接她,她一时间完全没有意识到,他们的桌前还坐着第三个人:埃尔金斯将军。现在他礼貌地起身鞠躬。他特意过来请求姨妈把自己介绍给这位"charming girl"①:他站在克里斯蒂娜面前,挺直身体,毕恭毕敬地低着严肃的面孔,就像站在一位了不起的贵妇人面前。克里斯蒂娜吃了一惊,整理一下感觉。天啊,该和这样一位无比高贵、闻名遐迩的男人说什么啊?姨妈提起过,人们可以在所有的报纸上甚至在电影院里看到他的照片。但埃尔金斯将军却为了他蹩脚的德语向她致歉。尽管他在海德堡上过大学,但这已经是四十多年前的事了,必须交代这样的数字对他来讲是件可悲的事情。他想邀请她跳下一支舞,但像她这样一位出色的舞者必须谅解,他的大腿上还留有一块在伊泊尔恩②战役中的弹片,但人们最终在这个世界上就是要互相谅解,融洽相处啊。克里斯蒂娜因为羞愧不知道该如何回答,直到她和将军缓慢地小心地跳起舞来,她才惊诧地发现谈话对她来讲一下子变得容易起来。我到底是谁?她不禁打个寒战,我这是怎么了?凭什么我现在一下子就什么都会了?我现在跳得多好多放松啊,而以前舞蹈老师说过,我特别生硬特别不灵活,而现在更像是我在带着他而不是他带着我?我说起话来多轻松啊,也许我根本不那么幼稚,因为他是用多么亲切友好的态度听着我说话啊,这样一位地位显赫的男人。是这身衣服还是这个世界让我改变了这么多?还是这一切其实都在我身体里面,而我就是一直缺少勇气过于胆怯?母亲总是这么说我。也许这一切并没有这么难,也许整个人生远比我想象的容易,你就是要有勇气去自我感受和自我感知,然后力量就会出乎意料地从天而降。

跳舞之后埃尔金斯将军还从容不迫地带着她在大厅里缓步环

---

① 英文:迷人的姑娘。
② 伊泊尔恩,比利时城市。第一次世界大战时正处于前线,一开战就在此发生激战,英国士兵在此坚守阵地,伤亡惨重。

绕一圈。她自豪地挽着将军的手臂行走着,感到这种向前平视的目光让她的脖颈挺直,也料到通过这样的举止她会变得更有青春活力更优美动人。她向埃尔金斯坦承自己是第一次来这里,对恩加丁、马洛亚和西尔斯-玛利亚①还根本毫无所知,看上去这位老先生没有因为她这样的开场白对她有一丝一毫的轻视,而是非常高兴:她能否允许他明天上午开车带她去马洛亚。"非常乐意。"她说,感到幸福,受人尊敬,她觉得受宠若惊,她感激得几乎像小伙伴似的和这位尊贵的老先生握握手。——她突然从哪里来的勇气?自从大家都争先恐后地向她表示出乎意料的友好,自从她看到这里的一面之交如何亲密地变成社交往来,她今天早上还觉得在这个如此充满敌意的环境里越来越习惯,越来越自信,而在山下她自己那个狭小的世界里,别人会嫉妒你面包上的黄油和你手指上戴的戒指。

她眉飞色舞地把埃尔金斯将军的好心邀请告诉姨夫和姨妈,但是她没有多少谈话的时间。那位德国工程师穿过整个大厅走到她面前,又来邀请她跳下一支舞。通过这位工程师,她又认识了一位法国医生,通过姨夫又结识了他的美国朋友和其他几个人,因为激动和幸福她根本没听明白他们的名字:她在这两个小时里认识这么多善良好心、彬彬有礼和举止优雅的人,远远超过以往十年。大家邀她跳舞,给她递上香烟和甜酒,邀请她去郊游和参加山间派对,每个人都似乎充满好奇,想结识她,每个人都想用这里对所有的人都理所当然的亲切善意宠爱她。"你在这里可是引起轰动了哦,孩子。"姨妈悄声对她说,自己对于围绕着她的被保护者产生的轰动颇为自豪;姨夫强忍着哈欠,这才提醒两位女士,老先生已

---

① 马洛亚、西尔斯-玛利亚,均为上恩加丁的疗养地。

经渐渐累了。出于虚荣心他否认他那显而易见的疲劳,最后只好让步。"也许我们最好还是好好地休息一下。别一下子都玩够了。明天又是一天,我们'We will make a good job of it'①。"克里斯蒂娜向这个魔力十足的大厅又瞥上一眼,那里枝形吊灯和电蜡烛发出的光芒交相辉映,乐声大作,人头攒动:就像刚刚沐浴完毕,她觉得自己重获新生,精神抖擞,浑身的神经快乐得都在微微颤动。她感激地挽住姨夫的手臂,迅速弯腰,带着不可抗拒的激动亲吻他那布满皱纹的手。

然后一个人待在房间里、惊诧、迷惑,因为自己和周边突然降临的寂静而吃惊不已:直到现在她才感觉到自己的皮肤在那松软的衣服下燃烧。这个封闭的空间一下子显得特别狭小,那个在兴奋无比的感觉下沸腾、激动的身体绷得太紧。猛的一下,阳台的门打开,一阵骤起的风把冰雪般的清凉吹拂过她袒露的肩膀。现在呼吸又恢复正常,清晰、均匀,她走到阳台上,愉悦地打着寒战,带着自己热烈的极端满足的感觉突然站在那里,面对着无限空旷的景致,让那弱小的凡间的心如此孤单如此狂野地对着夜晚那浩瀚的苍穹狂跳不止。这里也笼罩着寂静,但是相比于人手制造的空间的寂静,更加强大,更富有原始的伟力,它不压抑,它会溶解,让人轻松。先前霞光映照的山峦现在无声地躺在自己的阴影里,就像蹲在那里的几只巨型黑猫,长着磷光闪闪的冰雪之眼;月亮几乎已成满月,乳白色的月光下,空气悄然无声。天上,月亮就像一颗疙疙瘩瘩的黄色珍珠,在那繁星组成的钻石席垫上浮动,它那淡淡的清辉薄薄地不确定地撩开被雾霭笼罩的山谷轮廓。她还从未感受过这般宏伟壮美,这般温柔地使心灵沉静的东西,这道风景不是

---

① 英语:好好利用这机会。

人间所有,而是神圣的天上景象,所有激动起来的东西都和缓地从她身上涌入这无底的寂静之中,她倾听着,倾听着,万般投入地倾听这寂静,为了完全动情地和它融合在一起。这时突然——就像有块青铜来自宇宙深处,强有力地滚进了冻冰的空气:山谷下教堂的钟声敲响,四面山岩石壁惊恐万状地把这个铜球从左从右扔来扔去。就像自己被一根钟槌击中心脏,克里斯蒂娜吃了一惊,侧耳谛听。一个如此洪大的铜钟的声音又一次滚进雾海之中,又一次,又一次。她屏住呼吸数着这落下的钟声:九、十、十一、十二:午夜!这可能吗?才是午夜?离她刚刚到达这里真的才过去了十二小时?那时她是多么的胆怯羞涩,战战兢兢,惊慌失措,带着一颗干瘪萎缩、微不足道、可怜巴巴的灵魂。真的只过了一天,不,只过了半天?就在这个时刻,一个心灵波涛汹涌、身体深处震颤不已的人开始预料到,我们的心灵是用何等神秘温柔和柔韧的材料编制而成的啊,只需经历一个事件就能让它扩展到辽阔无垠并在它微小的空间里盛下整整一个宇宙。

就连睡眠,在这个崭新的世界,也是不同的,它更深沉、更浓密、更令人陶醉,完全沉入自己的身体。醒来时,克里斯蒂娜必须从内心深处,从以前一无所知的睡眠深处找回她那完全消失的感知:那沉没的意识艰难地,缓慢地,一步一步地上扬,就像从一个深不可测的汲水井里爬了上来。第一个冲动:一种不清晰的时间感觉。紧闭的眼睑感到:天亮了,房间里已有亮光,已是白天。脑海里刚一浮现出这样迟钝模糊的感觉,恐惧的想法(它是一直深入到睡眠深处的)就已经攫住了她:千万别耽误上班!千万别迟到!这个十年来形成的思想链自动地在下意识里开始工作:很快闹钟就要响了……现在千万别再睡着了……职务、职务、职务……快速起床，八点就要开始工作，之前还得生炉子，煮咖啡，取牛奶，烤面包，收拾房间，给母亲换绷带，准备好午饭，还有什么？……今天我还有什么事情要做……对了，跟女摊贩结账，她昨天就提醒过了……不，不能睡回笼觉了，做好准备：闹钟一响就立即起床……但是今天怎么了，闹钟怎么这么长时间都没有响……难道闹钟坏了，还是我忘记上发条了……为什么它还没有咔嗒咔嗒地响起来，房间里已经有亮光了……最终，上帝啊，我睡过头了，现在已经是七点、八点或者九点了，要办事的人肯定已经在柜台那边骂开了，就像上次我身体不舒服，他们马上就想到领导那儿去告状……现在那么多雇员的职位都裁减了……耶稣马利亚啊，千万别上班迟到，千万别睡过头……多年来害怕迟到的恐惧一直像鼹鼠似的潜伏在微睡的黑色地层下面，拱个不停。这种恐惧痛苦地拉扯着克里斯蒂娜那眩晕的感官，最后一点点薄薄的睡眠也被一下子从她身上扯下，眼睑一下子清醒地张开了。

　　这是哪里——她的目光摸索着往上看——我这是在哪里呢？——我这是怎么了？平时她每天看到的都是那熟悉的装着褐色木头梁柱的斜顶天花板，被烟熏黑，因为布满蜘蛛网而发灰，现在她头上是蓝白色的天花板，整整齐齐的一个方块，镶嵌在镀金的方框之中。房间里怎么一下子有这么多灯光？夜里一扇新的窗户肯定被突然打开了。我在哪里？我这是在哪里啊？这个完全糊涂了的姑娘直盯着自己的双手看，但它们不像以往放在那块褐色的、陈旧的、打着补丁的骆驼毛毯上，连被子也突然变新了，轻柔、松软、蓝色、绣着淡红的花。不——动一下身子！——这不是我的床。不——再动一下——她坐起身——这不是我的房间，然后——第三下，使劲动一下——一道完全清醒的目光，她一切全明白了：休假、假期、自由、瑞士、姨妈、姨夫、这个富丽堂皇的饭店！

没有恐惧、没有职务、没有工作、没有时间、没有闹钟！没有炉灶、没有害怕——没人等着,没人挤着:十年来,沉重的石磨不停地旋转,碾碎了她的生活,现在第一次静止不动——这床躺上去多温暖多柔软啊——你可以躺在那里,感觉血液在血管里静静地流动,感觉那轻轻拉起来的窗帷后面等待着的光线以及在敏感的皮肤上的温暖和柔软。你可以毫无恐惧地再一次合法合理懒懒散散地闭上眼睛。你可以自由自在地做做梦,伸展伸展身体,你完全属于你自己。你甚至可以——她现在记起姨妈跟她说的话——按一下床头的按钮,在那个邮票见方的地方画着一个侍者,你什么都不必做,只要把胳膊伸过去按一下按钮——真是魔术!——两分钟后门打开了,一个侍者敲敲门,有礼貌地走进来,一辆安着橡皮轮子的好玩的小车推了进来(她在姨妈那里看到过这种车子,很是欣赏),上面有咖啡、茶或者巧克力,放在精致的器皿里随你选用,还有雪白的锦缎餐巾。早餐就这样送来了,你根本不用自己去磨咖啡豆、点火,在炉台前赤脚穿着拖鞋挪动着冻得够呛的腿忙碌着,不,一切都准备好了推进来,白面包和金色的蜂蜜,还有像昨天用过的一样的美味佳肴,一个有魔力的雪橇一直滚动到床边,床是那么温暖、柔软,你不必费力,不用动一根手指。或者你可以摁另一个按钮,那上边的黄铜图像是一个女孩戴着一顶白帽子,她已经在轻轻敲门之后走进房间,围着白得发亮的围裙,穿着黑色裙子,询问小姐有何吩咐,要她打开百叶窗,把窗帘拉得亮一些还是暗一些,还是准备好洗澡水。在这个魔幻世界里,你可以有几十万个愿望,一切都在一眨眼的工夫实现。你可以在这里什么都想什么都做,也可以什么都不想什么都不做。你可以摁铃也可以不摁,你可以起床也可以不起,你可以再睡一觉或者就这么躺着,完全随你,睁着眼或者闭着眼,任由美好的和漫不经心的思想掠过你的心灵进行抚慰。你也可以什么也不想只是昏昏沉沉惬意地感受：时间是属于你的，但你不属于时间。你不被飞速转动的时间磨房的水轮所驱动，你就像坐在一条收起了船桨的船上闭着眼睛滑过时间。克里斯蒂娜躺在那里做着梦，享受着这个崭新的感觉，她的耳朵里血液惬意地流动着像远方星期日的钟声齐鸣。

哦，不——从枕头上猛地抬头——现在不要做太多的梦！不能浪费这唯一的时间的分分秒秒，它在每一秒钟都会带来更加可爱的惊喜。你可以在家里年年月月夜里躺在那张铺着非常硬邦邦的床垫嘎吱嘎吱作响的朽坏的木板床上做梦；你可以枕着满是墨汁污迹的办公桌上做梦，那时农民们在地里干活，墙上的挂钟一直无情地嘀嗒嘀嗒地响着，就像死板的警卫在房间里走来走去；在那里做梦比醒着强，而在这个神圣的世界里睡觉就是浪费时间。最后再动一下，她飞身起床，一股寒意掠过额头和脖颈，她神清气爽心旷神怡，现在再飞快地穿上新衣服——啊，这些柔软的衣物窸窣窸窣直响，颤动不已。昨天起她的身体又已经忘记了这种全新的感觉，现在皮肤又在幸福地享受着这贵重料子温柔的依偎和爱抚。但是不要在这种细小的迷人之处耽误太多时间，不要犹豫，赶快，赶快，赶快走出房间，随便到哪个地方去更强烈地感受这种幸福感和自由感，让四肢尽情伸展，眼睛饱览一切，清醒，更加清醒，带着所有被打开的感官和毛孔，精神抖擞地醒着！她匆忙地套上毛衣，把帽子戴到头发上，像蝴蝶似的飞下楼梯。

在寒冷的晨光中，饭店走廊还是朦朦胧胧，泛着灰色，空无一人，只有在楼下大厅里仅仅穿着衬衫的侍者们在用吸尘器清扫着步行地毯，夜班门卫睁着闷闷不乐有些发肿的眼睛惊异地盯着这个清晨出现的客人，然后才睡眼惺忪地向她脱帽致意。可怜的家伙，这里也有繁重的职务、隐蔽的工作、挣钱不多的苦差事，必须早起准时！不想这些了，这和我又有什么关系，我现在只想感觉我自己，我自己，我自己，前进，绕过去，走进迎面扑来的寒冷空气，它就像一块冰冷的毛巾把眼睑、嘴唇和面颊擦得特别精神。好家伙，这山间空气触碰到你好寒冷啊，真是冰冷刺骨——只有跑步能有所帮助，跑得血液温暖起来，沿着这条路笔直向前，它会引导你到一个地方，不知到一个什么地方，在这里的山上，一切都是全新的同时也是迷人的。

克里斯蒂娜大步流星地走着，这才注意到清晨意料不到的空旷。昨天下午路上熙熙攘攘的人群，在现在六点的时候似乎都还待在巨大的石头砌成的饭店里，就连风景也紧闭眼睛沉浸在一种懵懵懂懂的迷人的睡眠之中。空气中没有一丝声响，昨晚金辉四散的月亮业已隐退，群星都已遁去，斑斓的色彩消失，岩石完全隐身在雾气中，就像冰冷的金属，一片灰白，没有色彩。只有在群山之巅不安地移动着厚厚的云雾，某种看不见的力量似乎在让它们膨胀，在拉扯着它们，不时有一块云朵从大规模的云块中挣脱出来，就像一个硕大的白色棉花球游向更高远更明亮的地方。它升得越高，神秘莫测的光芒就越发尽情地给它流动的轮廓涂上颜色画出金边：太阳应该就在附近，已经在山峰后面喷薄欲出，你还看不到它，但大气层已在散发出的不安中感觉到它那发热的力量。那就冲着它，上去，往上！更往上，也许马上就走到一条坡度和缓，像花园一样铺着砾石的盘陀路——不会太难走，真的，这路走起来跑起来游戏般容易：这个没受过训练的姑娘充满惊奇地感觉到她的关节令人愉悦地听话，膝盖活动起来有弹性，这条路的弯道特别舒服，就像空气似乎毫不费力地就把她的身体轻轻托起向上拉去。这样的冲锋能这么快地让热血沸腾，这太奇妙了！她脱掉手套、毛衣和帽子：不光嘴唇、肺，就连跳动的皮肤也该呼吸一下这刺激的清新空气。她跑得越快,步伐也就越发得到练习,摆动得越发有劲。其实她该停下来站在那里,因为她的心脏在胸腔里剧烈跳动,耳朵里脉搏搏动,太阳穴怦怦直跳;休息一秒钟,从这第一道拐弯处往下眺望,也美不胜收。看看那森林抖动一束束雾气从树梢上蒸腾而起,画了白线的街道通向满眼翠绿、弯弯曲曲,闪闪发亮的河流,活像土耳其人的军刀,那边现在通过山峰的豁口突然打开清晨太阳的金色闸门。太奇妙了,她在激烈地向上跑的时候感觉得到这些,但是自己奔跑的推动力无法容忍任何停顿,向前,向前!狂热的鼓在心中砰砰捶打着,向前,向前!这已经启动的节奏在肌肉和肌腱那里发力,这已经被点燃的身体就这样充满陶醉地被自己的焦急心情驱使不断地蹦跳着,攀爬着,她不知道这样有多久,她不知道这样有多高,她不知道这样去哪里。终于,也许一小时以后,她到达了一个观景点,这里的山不突出,圆圆的呈拱形,就像一座舞台,她躺倒在草地上:够了!今天够了!她有种天旋地转的感觉,但也觉得不同寻常的舒服,眼睑下血管颤抖震动,被风按摩的皮肤燃烧着,特别强烈,就好像要破裂了,但所有这些身体的感觉,尽管都近似痛苦,但对这个自我陶醉的人来说就是一种陌生、崭新的喜悦,她从来没有在她身体震撼的骚动中感到自己充满青春和活力。她从没有预料过,自己的血液能如此激烈地在血管里流动,能如此富有冲击力地狂野而欢快地扩张,从未在这万分美好、陶醉般喧闹的疲乏之时,这样有意识地感觉过她的年轻身体是这样的灵活和紧绷。身上洒满阳光,被白色旋转的山风所吹拂,双手惬意地插进散发着清淡芬芳的阿尔卑斯山苔藓,头上是片片白云飘浮在从未梦想到的湛蓝色的天空,下面是全景展开的景象,她就这样躺在那里,惬意地被自己麻木着和陶醉着,既清醒又梦幻地享受着那心潮澎湃的自我和这世界暴风骤雨般的壮丽景象。她就这样躺了一个小时或者两个小时,直到太阳过于激烈地燃烧到她的嘴唇。然后她才一跃而起,飞快收集起几个带冰冷露水的花朵,有欧洲刺柏、龙胆还有鼠尾草,那些花的叶子里还藏着细小清冷的冰晶,然后快步下山。开始她还是有节奏地快速谨慎地迈着旅游者的步子走着,但是下山的重力驱使着她的肢体又跑又跳的,她把自己交给了这个甜蜜危险的牵引力,向下冲去。越来越快,越来越大胆地狂奔,跨过一块又一块石头;她沿着盘陀路旋风般冲下山谷,裙子飞舞,头发飘扬,人就像被风托起,轻快、自信,带着从未有过的快乐,喜悦在被唤醒过来的喉咙里转变成了歌曲。

饭店前,现在是九点钟,约定好的时间,那位年轻的德国工程师,一身运动服,在等教练进行早上的网球训练。寒风一再吹进半敞开的薄麻布白色衬衫,而坐在潮湿的凳子上还太冷,于是他迈着冻僵的步子来回踱步,球拍转动着,想让手暖和一点。见鬼,教练没来,他睡过头了?工程师不耐烦地四下张望着。那儿,他偶然向上望着高山上的小路,发现了有些奇怪的东西,明亮的,旋转着,彩色的,运动着的东西,远看像只昆虫,奇特地跳跃着滚了下来。哈罗,这是什么啊?遗憾的是手边没有望远镜。那东西迅速地过来,越来越近,这个明亮的、彩色的、被推动力加速的东西:马上就可以看得更清楚了。工程师把手放在眼睛上搭起凉棚,现在认出有个人飞快地从山上冲了下来,应该是个女人或是一个年轻的姑娘,头发飘舞,双臂摆动着,真的就像被风托着。哎呀!这样全速地冲下这些转弯处真是太不小心了,这家伙疯了!但是这么注视着这样激情燃烧地往下狂奔还真的很刺激。这个擅长运动的男人不由自主地往前迈出一步,为了更好地观察这个拼命往下奔跑的女人。这个姑娘看上去就像清晨女神,向后飘散的头发、酒神女祭司似的自由挥舞的胳膊,一副勇敢无畏激昂热情的样子。他还看不清她的面孔,面部轮廓在急速奔跑和冉冉升起的太阳反光下模糊不清。但最终她必须经过网球场这边,要是她想回饭店的话;山路就在这里结束。她越来越近了,溅起的碎石咯吱咯吱直响,他已经听到她在上面转弯处的脚步声,突然她嗖地跑过来,哆嗦了一下,停住脚步。她肯定是猛地停下,为了不撞倒故意走到这条路上来的这个男人。反弹力将她的头发掷到后面,裙子清凉地打在腿上。她目瞪口呆地站在工程师面前,喘着气,屏住呼吸,两人之间就只一个胳膊的距离。突然一个笑容化开了她骤然的惊讶。她认出了昨天的舞伴。"啊,是您啊。"他如释重负地脱口而出。"抱歉,我差点撞倒您。"工程师没有马上回答,而是满心欢喜甚至是兴高采烈地打量着她,姑娘现在站在他的面前浑身发热,面颊被风吹拂,冻得通红,胸脯因为呼气和吸气而起伏,还因为刚才的奔跑而浑身颤抖。这个姑娘站在那里,充满青春和力量,这深深吸引了这个酷爱运动的男人,工程师只是乐悠悠地注视着她。然后才放松他的姿势。"万分佩服!我管这叫速度!没有一个登记在册的登山向导能模仿您。可是……"他再一次注视着她,带着审查肯定的目光,又笑道:"我要是有这样年轻健康的脖子,一定更加留意,千万别扭断了它。您对自己真是太不小心了!幸亏看见的只是我而不是您的姨妈。您尤其不该在清晨一个人走这样特殊的路程。您要是有朝一日需要一个受过训练中等水准的陪同,在下郑重自我推荐。"工程师又一次注视着她,目光充满出乎意料但又仿佛下定决心的追求,这让她觉得好不尴尬。还从来没有一个男人这样激情四射万分欣赏地看着她,她感到那全新的情欲之感痒丝丝地侵入她的心灵。为了摆脱自己的尴尬,她给工程师看手里的那束花。"您看,这是我的战利品!刚从山上新采摘的,好看吧?""是的,好看。"工程师回答,声音有些紧张,同时眼神越过这些花朵直盯着她的眼睛。面对这急迫的甚至是纠缠不休的敬意,姑娘觉得自己更加不好意思。"不好意思,我现在必须去吃早饭了,"她抱歉道,"我担心我已经去得太晚了。"然后想走过他的身旁。工程师鞠了一躬,给她让路,但凭着一个女人神经里准确无误的直觉,她感到这个男人在目送她离去;转弯时她不由自主地挺直身体。一个男人这样强烈地觉得她迷人或者还渴望她,这对她是一种没有料到的惊喜,这惊喜在她血液里奔流,就像山花浓烈的气息和浸透香料的空气散发出来的滋补强身的芬芳。

就在她进入大厅的时候,这种陶醉还令她心潮澎湃。一下子她觉得这里的封闭的空气特别阴郁沉闷,她身上所有的东西对她突然都是负担,既狭窄又沉重。在衣帽间她脱掉帽子、毛衣和腰带所有这些束缚她压抑她的东西,她恨不得把衣服从她兴奋激动的皮肤上扯下来。那两位老人从早餐桌那边惊异地看着她突然走进大厅,步伐敏捷轻快,面颊绯红,鼻翼翕动,不知怎么似乎比昨天更高了,更健康了,身体更富弹性。她把那束阿尔卑斯山的山花放在姨妈面前,花上还带着露水的潮湿,闪烁着彩色流溢的冰碴儿:"我今天特地为你从山上非常高的地方采摘来的……我都不知道那山叫什么,我就是一直往上爬,啊!"——她深深地呼吸一下——"真是美妙绝伦。"姨妈赞赏地看着她。"你这个野孩子!从床上一爬起来早饭也不吃就上山了!我们真可以此作为榜样,这肯定比做任何按摩都强。但是看看,安东尼,你好好看看,都快认不出来了。空气真是完全吹进了她的面颊。你看上去红光满面,孩子!现在快说说,你从哪儿拿来了这些花朵。"克里斯蒂娜说起来,根本没有注意到她同时吃得那么快那么贪婪,吃得又那么多。方块黄油、蜂蜜和果酱很快一扫而光,那位老先生眨着眼睛,招呼那位轻轻微笑着的侍者拿来白色美味的新月状小面包,再次装满面包篮。但姑娘完全沉浸在激动中,全然没有注意到,姨夫姨妈看着她那野蛮人的好胃口,会心地抿着嘴微笑着,越笑越开心;她只感到她那被冰霜侵袭过的面颊惬意地燃发着热。她的背靠在草制靠背软椅里,身体放松,细嚼慢咽着,喋喋不休地说着,笑着,那两位长辈善良的面孔给了她更多的勇气将自己积攒的激动和兴奋一股脑儿道出;完全忘记了邻桌客人惊诧的目光,她在说话时突然张开双臂:"哎呀,姨妈,我觉得自己好像第一次才知道什么叫呼吸。"

一天这么轰轰烈烈的开始后,接下来整整一天又在不同的欣喜中激动人心地继续着。十点钟的时候,她还坐在早餐桌旁,面包篮里一块白面包也没有了,她登山引起的饥饿造成了这样彻底干净的结果,这时身着笔挺运动服的埃尔金斯将军出现,提醒她他们约定好的汽车旅行。将军恭敬地走在她后面,把她带到他的汽车旁——一辆最高级的英国品牌的汽车,锃光瓦亮的,司机眼睛明亮,胡须剃得干干净净,本人就是一位英国绅士;埃尔金斯将军帮她把座位调整舒服,给她盖好毯子,然后特地又一次脱下帽子,才在她旁边就座。这样的尊敬让克里斯蒂娜有点惶恐,在这个男人一再强调和几乎谦卑的礼貌面前,她觉得自己像个女骗子。我到底是谁啊,让他这样对待?她想道。上帝啊!要是他一旦知道我平日里的样子,牢牢钉在邮局斜面桌前那张破旧的邮局椅子里,使劲干着那愚蠢低等的小工的活计!但是方向盘一转,那飞快增长的速度已经把每个记忆都驱散得一干二净。在度假胜地狭窄的街道上汽车还无法畅快地开动起来,陌生的人们都盯着这辆车艳羡不已,因为就是在这里这车也是很引人注意的高贵牌子,众人看她的目光也都流露出恭敬的羡慕,因为他们都把她当作汽车的主人,所有这些都是她带着孩子般的自豪看到的。埃尔金斯将军给她解释着这里的风景,作为一个科班出身的地理学家,他就像所有的专家一样总是涉及细枝末节。姑娘向前弯曲着身体,聚精会神地听着,一副极为关注的样子,这给了将军很大的鼓舞。他那很少表情,有些冷淡的面孔渐渐失去了英国式的冷漠,注意到这个姑娘每看到一个新的景色都会激动地转身眺望,还发出一声声年轻的"啊"或者"太美了"的感叹,这时一丝善意的微笑就会浮现在他脸上,使那干涩单薄的嘴唇看上去友好可爱很多。他一再从侧面看着姑娘生气勃勃的侧影,目光中含着近乎忧郁的微笑,他的矜持在姑娘疾风骤雨般的兴奋下松弛下来。司机把车开得越来越快。这辆昂贵的汽车柔软、无声地行驶着,就像在地毯上,上坡时马达没有发出那种刺耳的声音,丝毫也不显得费力,在最令人心悸的转弯处拐弯时也特别的机敏灵活,只有那迎面扑来的气流越来越沉重,暴露了汽车上升的速度,美妙的安全感和速度的快乐陶醉般地交织在一起。山谷越来越荒凉,岩石陡峭嶙峋。终于在一个景点司机停下车。"马洛亚到了。"埃尔金斯将军说道,以同样恭敬的礼貌陪她下车。向山下眺望,景色壮观;在艺术性极高的急转弯处马路就像一股急流向下坠落,这座山脉在这里减少了很多气势,好像没有力气再堆积成高峰和冰川,一下子把自己变成了一条遥不可及的山谷。"这里的下面开始了低地,也是意大利的开始。"埃尔金斯指给她看。"意大利?"克里斯蒂娜大吃一惊,"这么近,真的这么近?"这惊讶泄露了很多充满强烈渴求的欲望,埃尔金斯不禁问道:"您还从来没有去过那里?""没有,从来没有。"而这个"从来没有"是被如此热烈和激动地强调着,如此充满渴望地说出来,所有隐藏的恐惧都包含其中:我永远也看不到它,一辈子也看不到它。她马上意识到话音中过于大声的粗略估计,觉得很不好意思,生怕将军可能会猜出她因为贫穷而产生的最阴暗的思想和她隐藏的恐惧,她试着转移谈话的话题,于是相当傻气地问她的同行者:"您肯定了解意大利,是吧,将军?"将军严肃地笑起来,几乎有点忧伤。"我什么地方没有去过啊?我已环游世界三次,您别忘了,我可是一个老人了。""不,不!"她惶恐地抗议着。"您怎么能这么说!"这个年轻姑娘的惶恐如此真诚,她的抗议如此强烈和真切,这位六十八岁的老人突然觉得面颊上涌过一阵暖意。他也许再也不会听到姑娘这样热烈这样动人地说话了。他的声音不由自主地柔和起来。"您有一双年轻的眼睛,梵·波伦小姐,所以您看一切都比真实年龄年轻。真希望您是对的。也许我还真的没有像我的头发那么老,那样灰白。要是能让我再有一次初访意大利,我愿意付出一切。"将军又一次注视着她,眼睛里突然出现一种毫无把握卑躬屈膝的羞怯,这是上了年纪的男人在年轻姑娘面前常有的,就好像他们想为自己不再年轻而请求原谅。克里斯蒂娜被这个眼神莫名其妙地感动了。不知怎地她不由得想起了她的父亲,她有时非常喜欢温柔地几乎虔诚地抚摸那位年迈的弯了腰的老人的白发:父亲也同样用这样的目光善意地望着她。回去的路上埃尔金斯勋爵说话不多,似乎在沉思,多少有些暗自不安。当他们的车开到饭店前时,他用勉强表现出来的灵活先跳下车,为了赶在司机前面亲自帮姑娘下车。"衷心感谢您今天的郊游,"他在克里斯蒂娜张嘴道谢之前说道,"很久以来这对我来说是最美好的一次。"

在饭桌上她兴奋地告诉姨妈埃尔金斯将军有多善良多友好。姨妈专注地点点头:"你能给他带来点快乐真好,他遭遇了很多不幸,他的妻子很年轻的时候就去世了,当时他正在西藏探险。她都去世四个月了他还一直在给她每天写信,因为他一直没有得到噩耗,直到他回家才发现一沓没有开启的信。他唯一的儿子在苏阿松①驾机飞行时被德国人击落,同一天他自己也负伤了。现在他一个人住在诺丁汉自己巨大的城堡里。我理解他经常外出旅行,其实是在不断逃避那些回忆。但别让他有任何察觉,别提起这些,他会一下子热泪盈眶的。"克里斯蒂娜听着,深受触动。完全没有想到,就在这上面乐园般的世界里也会有不幸。根据她自己的经历,她觉得这里所有的人都是幸福的。她真想站起身去握握这位老先生的手,他靠着极大的自制力来掩盖自己内心深处的悲痛。她不由自主地朝着餐厅另外一边看去。将军正像士兵般挺直地坐在那里,独自一人。他也正巧抬起眼来,当他的目光和姑娘相遇时,他微微弯腰致意。克里斯蒂娜被他在这宽敞、明亮和奢华的大厅里的孤独所震撼。真的,你该对这么一个好人好一些。

但是这里留给一个人思考的机会特别少,时间飞逝,把太多无法预料的惊喜卷入它轻松愉快的变化:没有一分钟不把新的幸福都映照在那流动的点点滴滴的时间上。饭后姨妈和姨夫回自己的房间简短午休一下,克里斯蒂娜想在露台上柔软的靠背软椅里安静地坐一会,终于能够好好思考一下经历的变化并细细享受一下。但她刚倚靠在椅子上,让过得异常充实的一天的图像以梦幻般平和的顺序慢慢在脑海中掠过,她昨天的舞伴,那个目光犀利的德国工程师已经站在她面前——"起来,起来。"——向她伸出有力的手,邀请她到他们那边的桌旁去,他的几个朋友要求他把她介绍给他们。拿不定主意,因为她对所有新的东西还有些害怕,但是又怕被认为不礼貌,这份担心占了上风,她妥协了,任由工程师把她带到那气氛活跃的桌子旁,那里十几个比较年轻的人坐在一起热烈

---

① 苏阿松,法国城市。

地聊天。让她大吃一惊的是,工程师都把她作为封·波伦小姐介绍给这桌的每个人,看来荷兰姨夫的名字变成了德国贵族①的姓氏以后,在所有人那里——这点她在那些先生礼貌的起身上感觉到了——都引起了特别的尊敬,很明显他们肯定不由自主地把这个名字想成了德国最富有的克虏伯-波伦家族。克里斯蒂娜觉得脸红了:上帝啊,他在那里说些什么呢?但是她没能镇定地进行更正,在这些陌生的有礼貌的人面前她总不能指出,他们当中的一个人在撒谎并且进行解释:不,不,我不姓封·波伦,我姓霍夫莱纳。于是她良心不安地容忍着这非故意的欺骗,指尖都紧张得直抖。这些年轻人中有一个来自曼海姆的充满活力浮躁不安的姑娘、一位维也纳医生、一个法国银行家的儿子、一个嗓门太大的美国人,还有几个人,她都没有听明白名字,这些人都明显地在努力向她示好:每个人都向她提问,其实大家都只是在跟她说话和冲着她说话。开始几分钟克里斯蒂娜还很拘谨,每次谁要是对她说"封·波伦小姐"她都会轻轻激灵一下,那感觉就像每次都在一块特别敏感的肌肉上刺了一下,但她渐渐融入了这些年轻人那种合群的恣情欢闹,为他们这么快就能和你亲密起来而高兴,最终也就无拘无束地和他们聊了起来;这里所有的人都对她这么好,干吗还害怕呢?然后姨妈来了,特别高兴看到大家这么喜欢她的被保护人,别人又称呼她封·波伦小姐时,姨妈笑起来,脾气很好地对她眨眨眼睛。后来姨妈提醒她,该一起散步去了,而姨夫整个下午都会玩扑克,挡也挡不住。这当真还是昨天的那条街吗,还是比起憋闷狭隘的心灵,那敞开的拓宽的心灵看这条街就显得更明亮更欢快?反

---

① 荷兰姓氏中的"van(梵)"是个普通的字,不同于德国姓氏中表示贵族出身的"von(封)"字。两字声音近似,容易混淆,引起误会。

正:这条路她曾经走过一次,但仿佛是蒙着眼睛走过去的,现在它在克里斯蒂娜眼里就像是条新路,抬眼望去,景色更多彩更壮观,就像群山高了起来,草原的孔雀石般的颜色变得更苍翠或者更浓郁,空气更加透亮更加纯净,所有的人都更加漂亮,眼睛更明亮,态度更友好,更亲切。自从昨天以来,一切陌生感都消失了,她观察着那些饭店宏伟的建筑,心里产生一丝自豪,因为她知道没有一家饭店比她住的那家更漂亮;她还观察那些橱窗里的陈列品,开始有点内行的眼力;自从她自己也坐过一辆高级汽车之后,那些坐在汽车里大腿修长抹着香水的女人在她眼里也就没有那么超凡脱俗,像是来自另一个更高的社会阶层。在人群中她不再觉得自己没有归属感,她不由自主地模仿那些身体健美的姑娘们那轻盈自如、无拘无束的步态。她们在一间糕点店休息一下:克里斯蒂娜的好胃口又一次让姨妈惊讶不已。是这里的消耗体力极大的强劲空气还是激烈的情感真的把力量经过化学变化都已燃尽,必须重新补充——总之,她喝着热巧克力,毫不费力地吃光了三四个涂着蜂蜜的小面包,然后还吃了巧克力糖果和蓬松的奶油糕点;她觉得自己似乎能一直这样不停地继续吃,继续说,继续看,继续享受,就好像她必须在这种粗野的动物般的身体欲望中来弥补多年来渴望获得一切的巨大饥饿。这期间她感觉到男人的目光从邻桌友好和探寻地向她射来,她下意识地挺起胸脯,扬起脖子,嘴上带着微笑自己也非常好奇地迎视着这种好奇的目光。你们喜欢我,可你们是谁,我自己又是谁?

六点钟,又一次购物之后,她们回到了饭店。姨妈又发现了她还缺少的各种小东西。姑娘从拘谨压抑到兴高采烈的令人吃惊的转变总给这个友好慷慨的施主,她的姨妈带来很大快乐,现在姨妈轻轻敲着她的手:"你现在要从我这里接受一个艰难的任务!你有勇气吗?"克里斯蒂娜笑了起来。这里能有什么难事呢?在这山上,这个快乐的世界里一切最终不都变成了游戏!"不,千万别把它想象得很容易!你要去狮子穴,小心翼翼地把安东尼从他的巴卡拉特牌局①里叫出来。我马上要跟你说,你得小心,因为谁要是在打牌时打扰了他,他有时甚至会使劲叽叽咕咕地抱怨。但我不能让步,医生要求,他至少在饭前一小时必须服药,其实从四点到六点在一个乌烟瘴气的屋子里玩扑克已经足够了。他们在二楼112房间,那个生产汽油的托拉斯的伏尔特曼先生的寓所里。到那里你敲门,就对安东尼说,你是受我的委托去的,这样他就明白一切了。也许他会先对你吼上几句——但是不,他不会对你吼的!他对你还是尊重的。"

　　克里斯蒂娜不是太情愿地接受了这个任务。要是姨夫喜欢玩牌,干吗恰恰叫她去打扰他。但是她不敢反驳,就轻轻地敲了敲门。几位先生都从他们的桌旁往她这边看,桌子呈长方形,铺着绿布,上面印着奇特的方块和数字:看来闯到这里来的年轻姑娘不多。姨夫起先有点惊讶,接着开怀大笑:"Oh, I see②,是克莱尔派你来的!她可是把你用在了不该用的地方!先生们——这位是我的外甥女!我夫人派她来终止咱们的牌局的,我建议,"(他掏出怀表)"再玩整整十分钟。这个你还是允许的吧?"克里斯蒂娜没有把握地微笑着。"我来承担这个责任,"安东尼骄傲地说,为了在这些男士面前显示他的权威,"现在别出声!坐到我身边来,给我带来好运,这个我今天需要。"克里斯蒂娜怯生生地坐下,半个身子躲在姨夫身后。这里玩什么她一无所知。一个人手里拿着一

---

① 巴卡拉特,一种纸牌赌博。
② 英文:哦,我明白了。

根长长的东西,像个铲子或者滑雪板,从里面抽出扑克牌,嘴里说点什么,然后那些赛璐珞的圆形筹码,有白色、红色、绿色、黄色,就被扔来扔去,一个耙子把它们归拢到一起。克里斯蒂娜心想:这可真是够无聊的,这些男人,这么有钱、又有地位,就玩这些圆乎乎的东西,这多滑稽啊;但是她不知怎地又有些自豪,因为自己能够坐在姨夫宽大的阴影里,坐在那些男人旁边,他们肯定都是这个世上有权有势的人,你从他们手上硕大的钻石戒指、他们用的金色铅笔,他们线条分明坚毅果断的容貌以及他们的拳头就可以看出,你可以感觉到这些拳头在开会时能够像锤子似的敲击桌子;克里斯蒂娜充满敬意地一个接一个地看着他们,根本没有注意到她不懂的那副牌,当姨夫突然转脸向她问道"我该要吗?"的时候,她一脸茫然。克里斯蒂娜已经明白了一点,有一个人是庄家,应对所有的人,输赢很大。她该附和姨夫吗?她恨不得想一口否决:不要,千万别要!就是不想承担什么责任。但是她又不好意思显得胆小,所以吞吞吐吐说了声不确定的"要"。"那好吧,"姨夫开玩笑地说,"听你的,你负责,我们五五分成。"那个弄不明白的洗牌又开始了一次,对此她一窍不通,但她觉得姨夫赢了。他的动作越来越灵活,喉咙里发出罕见的咯咯笑声,他看上去乐癫了。后来他把那滑雪板传下去,冲着她说:"你干得棒极了。为此也要公正地分成,这是你的那份。"他从他那堆筹码里挑出几个,两个黄色的、三个红色的和一个白色的:克里斯蒂娜笑着接过它们,也没多想。"还有五分钟。"那位把表放在自己面前的先生提醒着。"继续,继续,别拿疲劳当借口。"五分钟很快过去了,所有的人都站起来,交换着、移动着和兑换着他们的筹码。克里斯蒂娜把筹码放在桌子上,这时谦虚地等候在门旁,姨夫在那里叫她:"怎么,你的筹码呢?"克里斯蒂娜走近并没有明白怎么回事。"快去兑换。"克里斯蒂娜还是没明白,姨夫就把她带到其中一位先生那里,那人飞快看了一眼说道"二百五十五",递给她两张一百法郎①、一张五十法郎和一枚沉甸甸的银币。姑娘大吃一惊,盯着桌上这些陌生的钱,看着姨夫,心里没底。"拿着呀,"姨夫几乎生气地说,"这是你的那份!现在走吧,我们必须准时。"

克里斯蒂娜吃惊地把两张纸币②和那枚银塔币攥在手心里,手指都痉挛了。她还是不能相信。回到楼上房间里她还愣愣地一再盯着那两张突然落入她手里的彩虹色的长方形纸币看了又看。二百五十五法郎,她飞快地换算一下,整整三百五十先令。在家乡她必须干四个月才能挣这么多钱,她必须准时坐在自己的岗位上从早上八点干到十二点从下午两点干到六点,而在这里这些钱在十分钟内就不费吹灰之力地流到你的手里。这是真的吗?这公平吗?不可思议!但是这些纸币好好地在她手里窸窣作响,货真价实,还属于她,姨夫就是这么说的,属于她的,属于那个全新的我,她身体里全新的不可想象的另一个我。这窸窣作响的纸币,她平生还从未一下子拥有这么多钱。五味杂陈的感觉涌上心头侵入骨髓,她惊恐愉悦参半,既恐慌又温柔地把那窸窣作响的纸币锁到箱子里好好藏起来,好像这钱是偷来的。她的良心完全不能理解这种双重性:在家里要谨小慎微省吃俭用地一分一分地积攒这沉甸甸的摸不透的钱,而在这里这钱就这么轻飘飘地飞到你的口袋里;就像面对一种罪行,一种忧心忡忡的狂野不羁的惊恐让她整个人直到感觉最底层那无意识的深处,都不知所措和惴惴不安,她内心想给自己做点什么解释,但是已经没有时间,她必须更衣,挑出一

---

① 瑞士法郎,瑞士货币单位。
② 应是三张纸币,但原文如此。

件衣服,那三件衣服中最贵重的那件,又得下楼去,去感受,去经历,去陶醉,去深深地潜入到那奢侈浪费的火热美妙的洪流之中。

人的姓名有一种神秘莫测的进行变化的力量;就像手指上戴的一枚戒指,首先看上去像是偶然戴上去的,不承担任何义务,但是它那魔幻力量的意识还没被察觉,它已在皮肤下面向内生长,命中注定与一个人的精神存在结合在一起。克里斯蒂娜在开始几天听到封·波伦这个新的姓氏时,只是暗地里有些忘乎所以(哎哟,你们认不清我!根本不知道我是谁!)。她轻率地顶着这个姓氏就像一个人在化装舞会上戴着一个面具。但不久她就忘记了这个无意的欺骗,自己欺骗自己并成为假想中的那个人。一开始被冠以贵族称号,被当作有钱的陌生女人时,她觉得颇为难堪,可是一天之后这个姓氏就已经让她有种麻麻辣辣的惬意之感,到了第二天、第三天已经成为自然而然的事情。当一位男士问到她的名字时,她觉得克里斯蒂娜(家里人叫她小克里斯特)对于这个借来的头衔不够响亮,她就大胆地回答:"克里斯蒂安娜。"现在她在饭店所有的饭桌上都叫"克里斯蒂安娜·封·波伦"。人家就这样介绍她,向她问候,她也毫不反驳地适应了这个名字,就像适应了那色彩柔和、家具锃亮的房间,适应了那饭店的奢侈和轻浮,适应了金钱是毋庸置疑不言而喻的事情,适应了由几百种单独的元素组成的诱惑的陶醉。如果现在有一个知情者突然称呼她霍夫莱纳小姐,她会惊恐万状,就像一个梦游者从她自己梦中的山脊上跌落下去,这个新的名字已经完全植入她的身心,她强烈地坚信自己就是另一个人,就是那另一个人。

但是,难道她不是真的在这短短的几天里已经成为了另一个人吗?阿尔卑斯高山的空气不是确实向她的血管灌入了另一种压力?丰盛的美味食物不是已经完全不同,更加多彩地混入了她血液的细胞?不可否认,克里斯蒂安娜·封·波伦看上去已经不同以往了,比她那灰姑娘姐妹,那个邮政局女助理霍夫莱纳更加年轻、更有活力,几乎没有任何相似之处。山上的太阳把她那久待室内的苍白、略带灰色的皮肤晒成了印第安人的红褐色,脖颈的肌肉更富弹性,穿上新衣服使她练就了一种新的步态,关节更放松,腰肢更柔软,更性感,每走一步都显出一股自信。不断的户外活动使她身体令人惊讶地活力充沛,跳舞使她身体更加灵活富有弹性,而这新发现的力量,这意想不到的年轻感想要不断地得到排练,因为心脏在强劲呼吸的胸脯下面更加激烈地跳动,她总是感觉到内心兴高采烈的翻滚和沸腾,那电流般直到手指尖痒丝丝的膨胀和绷紧,这是那陌生的、全新的、强烈的快感。突然之间她难以安静地坐着,悠闲地做点什么,她得驱车出游,肆意玩乐,像一阵狂风吹过房间,总是忙忙碌碌,总是被好奇所驱使,时而在这儿,时而在那儿,冲出房门,冲进房门,爬上楼梯,跑下楼梯,从来不是一步一级地跑上楼梯,而是一步三个台阶,她总是好像要错过什么事情,总是被内心的风暴所驱赶。她的双手,她的手指总得抓着什么人或者什么东西,游戏的欲望、对温存和感激的渴望如此强烈地迸涌出来,有时,她突然非常需要张开双臂向着虚空连打哈欠,以免大声笑了起来或者喊出声来。从她强烈的年轻感发出如此强大的张力,以至于它波浪般继续作用着:谁要是靠近她,就立即会陷入一种骚动和欢闹的漩涡。她坐在哪里,哪里就欢笑不断闹声不绝,哪里马上就会汇成漩涡,每个谈话都既欢快又热烈,她只要一参加进来,总是那么满脸幸福总是那么愉快欢乐,不光姨妈和姨夫,所有陌生的客人们都心情欢快地望着她那不受抑制的热情。她冲进饭店大厅,宛如一块石头穿过窗户,她身后那扇旋转门被她使劲推开。门童想要拦住她,她用手套逗乐似的敲敲那个门童的肩膀,她一把从头上脱掉帽子,接着脱掉身上的毛衣,所有这些东西都阻止着她旋风般的动作。然后她漫不经心地站在镜子前面整理一下自己:拉拉裙子,捋捋蓬乱的头发,行了,完了,还挺乱七八糟的,面颊被风吹得发热,她径直走向一张桌子——她已经认识所有的人了——去讲点什么。她总是有话可讲,她总是刚经历了什么,而这总是特别美好,特别奇妙,特别不可名状,她给每个东西都填满了她迸涌的热情,就连最陌生的人都感觉到,这个感情过于充沛的人实在承受不了她心里感激之情的高压,只能向外继续释放她的激情。她看到一只狗就会抚摸,看到一个孩子就会把他抱在怀里爱抚他的脸蛋,见到每个侍女和侍者她都飞快地说上一句令人高兴的话。要是有一个人闷闷不乐或者茫然冷漠地坐在那里,她就会马上过去善意地逗他开心,她赞赏每条裙子、每只戒指、每个照相机、每个香烟盒,她把每样东西都拿在手里,带着热情观赏。每个玩笑都能让她发笑,每道菜她都觉得美味,每个人她都觉得善良,每个对话她都觉得有趣:在这个上流世界、这个唯一的世界里,所有的一切都是美好的。她那狂热的向人表示好感的热情势不可当,每个和她在一起的人都会不由自主地被她的激情所感染,就连那个抑郁寡欢地坐在她的扶手椅上的枢密顾问夫人,拿着长柄眼镜看着她的背影时,也会流露出快乐的目光。门房格外友好地和她打招呼,穿着上浆的亚麻制服的侍者细心地帮她挪正椅子,恰恰是那些年纪较大比较严厉的人会为她这么心情欢快和亲切随和而感到高兴。克里斯蒂娜从各个方面都获得了热情欢迎的目光,尽管大家对她个别的天真烂漫的行动和过分热情的表示会摇头。三四天后,从埃尔金斯勋爵到最后一名侍者和管电梯的小厮,大家一致的意见是,这位封·波伦小姐是个迷人的真诚的人,"a charming girl"①。她感觉到这种好意的目光,她享受着大家都乐于见她,把这视为自己存在的升华和可以待在这里的权利,由于大家对她怀有好感,她在她的幸福之中变得更加幸福。

在饭店里所有的男士当中,埃尔金斯将军最明显地展示了个人的兴趣和个人进行追求的倾向,而克里斯蒂娜最不敢期待的就是从他那里得到这样的尊重。将军总是一再寻找着不引人注意的机会接近她,带着老人的羞涩,怀着一个早已过了五十岁危险年龄的男人的温柔,感人的忐忑不安。就连姨妈也发现他穿得更鲜亮更年轻,选的领带更鲜艳,她还觉得可以确认(莫非她弄错了?)将军鬓角的白发明显地染得颜色更深了。他经常以各种借口来到姨妈的桌旁,给——为了不显得太明显——两位女士每天往房间里送花,他带给克里斯蒂娜书籍,德语的,都是专门给她买的,尤其是有关攀登马特霍恩②山峰的书,只是因为她有一次偶然问到第一批攀登这座山峰的是谁,还有有关斯文·赫丁③西藏探险的书。一天上午突降大雨,所有的外出游玩都无法进行,将军和克里斯蒂娜坐在大厅的一个角落里,给她看照片,他的房子、他的花园、他的狗。这是一座奇高无比的城堡,恐怕还是诺曼时期的建筑。四周是一座座威风凛凛的圆形塔楼,墙上爬满了常春藤,图片还展示了城堡内部宽大的大厅,那里的壁炉完全是旧式的,挂着放在镜框里的全家福,摆放着船模和沉重的男像柱;克里斯蒂娜想,冬天要是

---

① 英语:一个迷人的女孩。
② 德文为马特霍恩山,意大利文为切尔维诺山,是阿尔卑斯山最高的山峰之一,海拔4478米,山势险峻,为著名的登山运动的场地。
③ 斯文·赫丁(1865—1952),瑞典地理学家、探险家,曾到过中国。

一个人住在里面肯定阴森森的。就像猜到了她的想法,将军指着照片上的一群猎犬说道:"我要是没有它们,在那里就完全是一个人。"第一次暗示他夫人和儿子都已去世。当她看到将军那胆怯地扫过她的目光时(他马上又把目光转回照片),一阵轻轻的战栗掠过她全身:他为什么给我讲所有这些,给我看所有这些,为什么他如此小心翼翼地问,我是否能在这样一个英国房子里感觉良好,他难道想以此暗示,这个有钱有地位的男人……不,她不敢妄自设想。她太没有经验,她不能理解,这个勋爵,这位将军,似乎对她而言,根本不可接近,高踞云端,完全凌驾于她的世界之上。可是作为一个上了年纪的男人他已经没有多少勇气,也不再知道,他是否还会被人当回事,生怕因为自己的追求而使自己显得可笑,只在等待着她发出一个小小的信号,说出一句鼓励的话;但克里斯蒂娜自己就没有勇气相信自己,又怎么能理解这样的懦弱?她把将军的暗示理解为特殊好感的表示,对此既害怕又高兴,但不敢相信这样一些暗示,而将军则自我折磨着,不知如何解释姑娘这尴尬的躲躲闪闪。她每次从他们的聚会起身时总有些神色慌张,有时她胆怯的侧面目光感觉到真正的追求,但将军突然一本正经起来,又把她弄糊涂了(这位老先生强烈克制着自己,只是姑娘没有理解)。她得好好想想:将军想从我这儿得到什么,这有可能吗?她得好好想想,好好想彻底,静下心来想想清楚。

但在这里什么时候能怎么能认真思考,怎么能深思熟虑呢,大家都不给她任何时间。她刚在大厅露面,那伙欢快的人们当中就已经有一个人在那里,拉着她到某处去:驱车出行,拍照,游玩,聊天,跳舞,总是马上就有人打招呼,大家凑到一起乱成一团。一整天这个无所事事的小团体的人就像烟花似的闹哄哄风风火火,总是不断地可以做什么运动,可以抽抽烟,可以吃点什么、可以一起笑，只要这些年轻男子中有一个人招呼一声封·波伦小姐，她就不加反抗地和他们疯在一起，怎么能说不呢，为什么要说不呢，这些充满朝气的年轻人，这些小伙子姑娘们这么诚心诚意，她从没有结识过这样类型的青年，他们总是无忧无虑，情绪高涨，每次都穿得不一样但都漂亮，嘴边总是玩笑不断，手里总有大把的钱，脑子里总有不断翻新的消遣，你刚和他们坐在一起，留声机就响了起来，催促人跳舞，不然汽车就停在那里，大家分拨，年轻人挤着年轻人，五六个人挤在一辆车里，特别紧，就像大家拥抱在一起，然后汽车呼啸着奔驰起来，每小时六十、八十、一百公里，快得你头发都直竖起来。或者大家在酒吧里舒展四肢跷着二郎腿，吮吸着冷饮，叼着香烟，懒洋洋没规没矩，轻浮放荡，不用花费力气，听着各式各样美丽刺激的故事，这一切学来如此简单，也让你如此奇妙地得到放松，她仿佛在用不同的全新的肺呼吸着这滋补的生活空气。有时，她觉得这种热起来的感觉无疑就像血液里的闪电，尤其是晚上跳舞的时候或者黑暗中，这些轻快灵活的年轻男子中的一位，更为富有渴望的使劲挤到她的身边：就在他们那里伙伴之间也上演着一种追求，但是并不相同，这种追求更开放、更大胆、更肉体，一种能把她这不习惯的姑娘吓一跳的追求，比如在汽车的黑暗里她感觉有只硬邦邦的手抚摸着她的膝盖，或者在散步的时候挽着的手臂变得更加温柔起来。但是其他的女孩，那个美国女孩和曼海姆女孩都允许所有这一切，而且一点也不生气，最多伙伴似的轻轻一拍，回敬那放肆的手指，干吗要扭扭捏捏地拒绝，那个工程师开始越来越激烈地套近乎，而那个小个子美国人想要不动声色地引诱她去林子里散步，察觉到这些，她其实感觉挺好的。她什么也没做，但是她多少有些骄傲地感觉到这种被人渴望的状态和一种新的确定性，那就是她衣服下面那温暖、赤裸、还未被触摸过的身体是男人想呼吸,感觉,触摸和享受的。在皮肤深处她感觉所有这些都像一种美好的陶醉,是由陌生的令人着迷的香精组成,又始终被这么多陌生的风度翩翩的令人痴迷的男人们所追求,这种兴奋的被人包围的状况已经弄得她天旋地转,她摇晃一阵身体让自己清醒,然后惊慌失措地问自己:"我是谁?我到底是谁?"

"我是谁啊?他们都在我身上发现什么了呢?"这个惊异不已的姑娘日复一日地问着自己。心里一再重新感到惊讶,每天都有新的不同的关注信号落到她的身上。她刚醒过来,侍女已经把鲜花拿进房间,是埃尔金斯勋爵送的。昨天姨妈送给她一只皮革的包和一块小巧玲珑可爱至极的金手表,那陌生的西里西亚地主特伦克维茨夫妇邀请她去他们庄园做客,那个小个子美国人把一只她曾经赞不绝口的金色袖珍打火机悄悄放进她的皮包。那个小个子曼海姆女孩对她比亲姐妹还亲,夜里她把巧克力糖果拿到她房间,她们一直聊到午夜。那个工程师几乎只和她跳舞,每天还有新人参加进来,所有的人都对她特别好,以诚相待,充满敬意,她只需要在大厅和饭店里一露面,就有人过来邀请她去兜风,去酒吧,去跳舞,或者去做什么好玩的事情和游戏,大家不会给她一刻独处的时间,她没有一个小时感到无聊或者空虚。她一再诧异地问自己:"我是谁呢?多年来人们在大街上从我身边走过,没有一个人注意到我的面孔,多年来我就坐在村子里,没有一个人送给过我任何东西或者打听我。是因为那里的人都特别贫穷吗,贫穷会让人如此疲倦,如此不信任人,还是说我身上突然有了什么,其实这是一直都在我身上的,就是还没能展露出来?我真的比我胆敢变成的那个人更美丽更聪明更有吸引力,就是没有勇气去相信?我是谁,我到底是谁?"当她有片刻一个人单独待着的时候,她就会问自己这个问题，然后就发生连她自己都不理解的很奇特的事情：那原本很确定的事情又重新变得不确定。在最初几天，所有这些陌生的、讲究的、高雅的和魅力四射的人都把她当成他们中的一员，她对此只是惊奇和惊喜。可是现在当她感觉她特别受人喜欢，比其他人，比那个头发黄中带红、穿得特别鲜艳的美国女孩，比那个风趣、快乐、聪明绝顶的曼海姆姑娘更能引起所有那些男人的好感、好奇和紧张，她又重新不安起来。"他们都想从我这里得到什么？"她问自己，在他们面前变得越来越不安。和这些年轻人在一起很奇怪，在家里的时候她从来没有关心过男人，和他们在一起，也没有觉得他们在场有多令人不安。那些粗壮的乡巴佬，手又粗又笨，也就是在喝啤酒时，才变得轻巧一些，他们开的玩笑都很粗鲁，马上就会变得粗鄙，会放肆地动手动脚。对于这些人她从未动过心，哪怕只是一点暗暗动情。假如有人从小酒馆醉醺醺地出来冲着她吹声口哨，或者在她上班的地方用甜言蜜语追求她，她只感到厌恶，就像面对牲口。但是这里的年轻人胡须总是刮得干干净净，指甲都修剪过，举止轻快灵活，总是知道如何把最危险的事情轻松有趣地说出来，他们知道如何在最匆忙的接触时让他们的手指流露出柔情，他们有时会用一种全新的方式让人好奇，不安。她感觉到她自己的笑声里进来了一种新的腔调，便带着突如其来的恐惧走开。不知怎地她觉得自己在这些看似伙伴但其实危险的男人那里心里非常不安，尤其在那个工程师面前，他明显地要追求她。姑娘有时察觉到一种晕眩的感觉，像是轻微的但是肉欲的快感。

幸运的是她很少和工程师单独相处，大多数情况下都有两三个女士一起，有她们在场她就觉得安全得多。有时她在窘境中就偷看其他女人是否知道更好地保护自己，她并不情愿地从她们那里学到了各种小伎俩，假装生气啦，或者对于那些过于放肆的行为就厚着脸皮睁一只眼闭一只眼啦,尤其是当亲昵接触变得危险的时候及时刹车的艺术。即使不和男人在一起,她现在也感觉到一种刺激的氛围,尤其是她和那个小个子曼海姆女孩聊天的时候。那女孩用她完全陌生的坦诚谈着最棘手的话题。那是个学化学的女大学生,聪明加精明,自负、性感,关键时刻还是很能自控,她那敏锐的黑眼睛对眼前发生的一切都看得一清二楚。从她那里克里斯蒂娜知道了饭店里发生的所有桃色新闻:那个浓妆艳抹、烫了头发的小女人其实并不像那个法国银行家说的,是他的女儿,而是他的情人,他们虽然睡在两个房间里,但是夜里……女大学生自己住在旁边都听到了……那个美国女人在轮船上和一个德国电影明星有一腿,其实当时是三个美国女人之间打赌看谁能得到他;那边那个德国少校是同性恋者,就此那个电梯小工跟侍女说过几句;就像这一切都是特别自然和不言而喻的事情,这个十九岁的女孩用谈天说地的轻松语气跟这个二十八岁的女人聊着所有这些丑闻轶事,不带一丁点的愤怒的阴影。克里斯蒂娜好奇地仔细听着,因为自己表示惊讶泄露了自己毫无经验而觉得害臊,只是有时从侧面看一眼这个活泼灵活的小个子女孩,心里又害怕又佩服;她心想,这个苗条的小身子,想必已经有了各式各样的经历,只是我不知道罢了,否则她不可能这样确定地和自然而然地谈论这些,一想到所有这些事情,她不由自主地不安起来。就好像成千的新的细小的毛孔在她皮肤上张开了,突然一股暖流流进她的身体,她的皮肤有时在燃烧,跳舞中间她觉得自己晕眩起来。"我怎么了?"她追问自己,心里开始有一股好奇,想知道她自己到底是谁,在发现了这个崭新的世界后又想发现自己。

又过了三四天,疯狂的一周飞快过去了。餐厅里安东尼身着晚礼服和他的夫人坐在餐桌旁,大发牢骚:"我现在受够这不准时了。第一次不准时,好吧,可能发生在任何人身上。但一整天就在外面瞎逛,还让人家坐着等着,这就太没教养了。见鬼,她以为自己是谁啊!"克莱尔哄着他,"上帝啊,你想怎样。这些人今天都是这样,没救了,战后的教育,他们只知道自己年轻,就知道自己快活。"

但是安东尼阴沉着脸,把叉子扔到桌上:"让这些永远快活见鬼去吧。我也年轻过,也做过出格的事情,但是我从未允许自己放肆无理过,也根本不可能允许自己这样。你的外甥女小姐一天中还能赏光两小时,这真是她赐给我们的荣耀,那她这个时候必须准时。另外我还得坚决要求一件事情——你非得跟她说一下了,说得彻彻底底的!——她不能每个晚上都把那帮小子和丫头拉到我们这桌来;那个剃着囚犯似的光头,留着威廉皇帝口髭的粗脖子德国人,那个耍着冷嘲热讽,透着机灵劲的犹太候补官员,那个从曼海姆来的毛丫头,看上去就像是从酒吧里捞出来的,这些人和我有什么关系!总是乱糟糟闹哄哄的,哪儿哪儿都是噪音,我都不能好好读我的报纸:我怎么和这帮小屁孩凑在一起了。反正今天晚上我强烈要求得到我的宁静,要是这帮闹哄哄的家伙中有一个坐到我的桌子这边来,我就把所有的玻璃杯都摔了。"克莱尔没有直接反驳,她知道只要老爷子额头上方的青筋抖动,反驳没有任何好处;让她生气的,其实是她不得不承认安东尼是对的。一开始是她把克里斯蒂娜推入这个喧嚣纷闹之中,她很高兴看到她的时装模特儿如何飞快灵巧地穿上那些漂亮衣裳,衣着合身;年轻时发生的事情模模糊糊浮现在眼前,她隐约记得第一次盛装打扮和她的恩人去萨赫尔咖啡店①用餐时欣喜如狂的心情。但是克里斯蒂娜最

---

① 维也纳高级糕饼店,可用餐。

近这两天真是分寸全无：就像每个醉酒的人，只感觉到自己和她旋风般的极乐幸福，譬如她没有发现，晚上那位老人已经低垂着脑袋打起瞌睡来了，就连姨妈急迫地提醒"走吧，已经很晚了"的时候，她也没有发现。——她只是从她的心醉神迷中惊醒了一秒钟。"好，当然，姨妈，我还答应了就跳这一支舞，就这一支舞。"但是下一秒钟——她已经把一切都忘记了，她都没有发现姨夫已经厌倦了等待从桌子旁起身来，根本没有跟她说晚安，她根本没有想到姨夫居然会生气，在这么美妙的世界里谁会生气和受到伤害呢！她百思而不得其解的是，不是所有的人都因为热情奔放而燃烧不已，不是每个人都为了纵情欢乐和疯狂愉悦而跳跃和激动，而她自己则在这种喧嚣纷闹之中失去了平衡。二十八年来她第一次发现了自己，这个发现是如此的令人陶醉以至于她除了自己忘记了所有的人。

就是现在她像个陀螺嗡嗡直响被自己的激昂驱使着，冲进餐厅，毫不在意地边走边把手套拽下（谁能在这里为这种事情生气呢？），从那两个年轻的美国人身旁走过的时候，她冲着他们笑着快活地说了声哈罗（这些她都学会了），接着穿过大厅朝姨妈走过来，温柔地从后面挽住姨妈并在她的面颊上亲吻了一下。这时她才略微吃了一惊："哦，你们都已经吃了这么多了？对不起！……我一开始就跟那两个家伙说，就是派尔西和埃德温，你们开着你们的破福特不可能在四十分钟内赶回饭店，就算你们再踩油门也不行。可是他们不信我的话。但是他们不信我……好的，侍者，您可以上菜了，两道菜一起上吧，这样我能赶上你们……好，就这样，那个工程师自己开车，开得特别棒，但是我马上发现，这个老掉牙的破车每小时开不到八十公里，埃尔金斯勋爵的罗尔斯罗伊斯飞驰起来就完全不同了，那个弹性之好……另外说句实话，可能和我自己试着开了一会儿也有关系,当然埃德温就坐在我旁边……特别简单,整个就是魔术……以后我,姨夫,第一个带你开车出去,你信得过我,是不是……但是姨夫,你怎么了?你不会因为我晚了一点而生我的气吧……我向你发誓,这不是我的错,我一开始就跟他们说,他们不可能在四十分钟内……但是真的就只该相信你自己……这个肉饺味道好极了,我这个渴啊!……别人不知道在你们这儿有多好。明天下午又要出门,要开到朗德克去,但我马上就说我不去,我怎么也得跟你们一起再去散一次步,但是在这里真的得不到什么安宁……"

这一通唠叨就像火焰噼噼啪啪忽暗忽明地从薄木头上落下。过了好一会后,她筋疲力尽地停住的时候,才注意到回应她这番忘我投入的讲述的是一阵严厉冷淡的沉默。姨夫眼睛盯着果篮,仿佛他对于橙子的兴趣大于那一通废话,姨妈神经质地摆弄着刀叉。没有人说一句话。"你不会生气了吧,姨夫,当真生气了?"克里斯蒂娜不安地问。"没有,"他咕哝道,"但是快吃完吧。"他气呼呼地把这话说出来,这让克莱尔都很尴尬,因为克里斯蒂娜立即就不吱声了,坐在那里,像个挨了打的孩子。她不敢抬眼,把切了一半的苹果怯生生地放到盘子里,嘴边不停地抽搐。姨妈立马插进来;为了分散注意力,她转向克里斯蒂娜问道:"你有玛丽的消息吗?收到家里的什么好消息吗?我一直都想问你来着。"但是克里斯蒂娜面色更加苍白了,她感到全身一阵颤抖。老天啊,她还压根儿没有想过这些事呢!她根本没有注意到她在这里已经优哉游哉过了一个星期,却没有收到家里片言只语,也就是说,偶尔在一个短暂的瞬间她也奇怪过并且一再打算写信,但是总是出现点喧闹来打岔。现在这被她耽误的事情对她来讲就像心口挨了一刀。"我无法解释,至今我没有从家里收到一行字,说不定有什么信丢失了?"现在姨妈的脸也拉长了。"奇怪,"她说,"太奇怪了!可能和这个有关,这里的人只知道你是梵·波伦小姐,而给霍夫莱纳的信件就存放在门房那里没人取走。你去那里问过吗?""没有。"克里斯蒂娜轻声轻气地呼吸着,万分沮丧。她记得清清楚楚,其实每天有三次或者四次她都想问,但是总是有点什么事情,她总是一再把这事忘记了。"请原谅,姨妈,就一会儿!"她一跃而起,"我马上去看看。"

安东尼放下报纸,他听到了这一切,愤怒地看着她远去。"你看见了吧!母亲重病,这是她自己说的,她都不打听一下,整天就是折腾。现在你看看我是不是对的。""真是不可思议,"姨妈叹口气,"一星期里没有打听过一次,而她是知道玛丽身体如何的。开始的时候她那么感人地为母亲担忧,含着眼泪给我说把她母亲一个人留在家里她有多么的不放心。她现在变成了这样,真是不可思议。"

这时克里斯蒂娜回来了,走路样子完全不同了,迈着很小的步伐,一副迷惘和惭愧的样子。她坐在宽大的靠背椅里,人薄溜溜的,恨不得蜷缩起身子像要躲开一顿罪有应得的痛打。门房那里果然有三封信和两张明信片没有取走,每天富克斯塔勒都非常周到地给她寄了有详细内容的信,着实令人感动。而她——就像一块石头砸在她的良心上——她只是有那么一次在塞莱里纳用铅笔在一张明信片上飞快地涂抹了几句。她一次也没有再看过她那老实可靠的朋友给她如此精致地涂上阴影并充满深情绘制的地图,她根本就没有把他的小礼物从箱子里拿出来;因为她无意识中想忘掉那个早先的我、那个不同的我,那个叫作霍夫莱纳的我,她把身后所有的一切,母亲、姐姐、朋友全都忘了。"怎么样,"姨妈问,因为她看到克里斯蒂娜手里的信在颤抖还没有打开,"你不打算读这些信吗？"

"是啊，是啊，马上。"克里斯蒂娜嘟哝着。她顺从地撕开信封，飞快地浏览着富克斯塔勒用工整清楚的笔迹写的一行行的字，都没有注意到日期："今天谢谢上帝她好了一些。"一封信上这么写道，另一封信上："鉴于我曾郑重向您保证，尊敬的小姐，如实向您汇报令堂大人的健康状况，我必须遗憾地告知，我们昨天真是有惊无险。因为您的离开使老人家的情绪波动，引发了不无危险的病情变化……"她匆忙地翻页。"注射起到了一定的镇定作用，我们重新希望出现最好的结果，就算并不完全排除再次发作的危险。""怎样？"姨妈问，她察觉了克里斯蒂娜的不安，"你母亲情况如何？""还行，还行，"她一脸窘迫地说，"是这样的，母亲又有些不舒服，不过已经过去了，她问候你们，姐姐也让我替她吻你们的手并向你们致谢。"但是她自己都不相信自己说的话。母亲为什么不亲自写信，一个字也没有，她神经质地想，我是不是最好该发个电报或者试着给邮局打个电话，我的替班的同事肯定知道详情。不管怎样我必须马上写信，至今还没有这样做，真够丢人的。害怕遇到姨妈审视的目光，她连眼睛都不敢抬。"是的，你现在详详细细地写封信会是件好事，"姨妈这样说，好像猜到了她的想法，"替我们两个致以最衷心的问候。顺便说一下，我们今天也不去大厅了，而是马上回我们的房间，每天这么熬夜让安东尼疲惫不堪。昨天他根本就睡不着，他毕竟是来这里休养的。"克里斯蒂娜感觉到话里暗藏指责。她吃了一惊，心里一阵发冷，觉得心脏抽搐。她满怀羞愧地靠近老先生。"求你了，姨夫，别生我的气，我真不知道这让你这么累。"这位老先生，半受伤害，半受感动，她谦卑的语气起了作用，老先生叽里咕噜地进行解释说，"唉，哪里，我们老人总是睡得很差。偶尔待在喧闹中挺好玩的，但是不能天天如此。毕竟现在你也不再需要我们了,你已经有了足够多的伙伴。"

"不,绝不,我跟你们一起走。"她小心翼翼地帮着老先生走进电梯,如此温柔和关心地领着姨夫,姨妈的不快也就渐渐消失。"你必须理解,小克里斯特,我们不想夺走你的享乐,"她说的时候他们飞快上了三层楼,"好好睡一觉对你也很有好处,否则你就过于劳累,你整个休养也就泡汤了。你现在在这喧闹中好好休息一下不是坏事。今天就安安静静地待在你的房间里写写信,坦率地说,你老是单独和这些人凑在一起不太合适,另外我对他们所有的人也不是特别喜欢。与其看到你和那个一脸孤傲、目中无人的年轻人在一起,我更愿意看到你和埃尔金斯将军在一起。相信我,你今天待在楼上对你更好。"

"是,我答应你,姨妈,"克里斯蒂娜谦恭地说,"你说得对,我自己知道。那只是……我不知道是怎么回事……这些天弄得我晕头转向,也许是这里的空气和所有这些事闹的。但是我自己也很高兴能安静地思考一下,写写信。我马上上去,你可以相信我。晚安!"

姨妈是对的,克里斯蒂娜心想,一边打开房门,她这是对我好。真的,我不该这么任人拽着折腾,这么匆匆忙忙的有什么意思呢,我不是还有时间嘛,八天、九天,最终实在不行我还能发电报请病假,要求延长假期,他们能把我怎么样?我还从来没有休假过,这些年上班也从来没有请过一天假。局里领导层会相信我的,而我的替班只会高兴。这里这么安静真是太美妙了,在这间可爱的房间里听不到下面传上来的声音,终于可以好好思考一下,把一切都想想清楚。对了,那些书,埃尔金斯勋爵借给我的书也必须读一读了——不,首先是信,我上楼来就是为了写信。太不像话了,一个星期都没有给母亲、给姐姐、给老实的富克斯塔勒写过一行字,我也该给那个女代理寄张明信片,这是该做的,我也答应姐姐的孩子们要寄一张明信片的。我还答应什么了,到底是什么——上帝啊,我脑子完全乱了,我答应给谁什么了——啊对了,答应工程师明天一起出游。不,决不能和他单独出游,就是不能和他一起——还有——明天我必须和姨夫及姨妈在一起,不,我再也不和他单独出去——其实我该取消这个约会,应该飞快下楼,不然他明天该白等了……我不是答应了姨妈待在这里吗……再说,我不是可以打个电话给下面的那个门卫,让他转告工程师……通过电话,对了,这样最好。不,不能这样……这算怎么回事呢,他们最后该认为我生病了或者被软禁了,那帮人该笑话我了。我最好写几句话让人捎给他,对,最好这么做,其他的信我马上送下去,这样门卫明天一早就可以把信交给邮局……见鬼……信纸放在哪里了?……不,怎么能这样,信纸夹是空的,在这么高级的饭店里真不该出现这种事情……干脆全拿光了……现在,你可以按铃,侍女马上就会把信纸拿上来的……但是还真能按铃吗,现在都过了九点了,谁知道,他们已经都睡觉了,也许让人觉得很滑稽,特地为了几张纸夜里按铃……最好我自己飞快下去一次从写字间拿点纸,别恰好撞上埃德温……姨妈说得对,我不该让他太亲近我……他是不是对其他女人也这样,就像今天下午在汽车里……沿着整个膝盖往下,我完全不理解自己怎么能由他这样为所欲为……我其实该挪开并制止他……我才认识他没几天啊。但是我就那么瘫在那里……可怕,当一个男人这样摸你的时候,你突然会变得这么软弱,意志这么薄弱……我真无法想象,一个人会这么没有力气……其他女人是不是也是这样……不,没有一个女人会告诉其他人,就算她们平时能那么放肆地聊天,也不会说出这么疯狂的故事的。我真该不管怎样做点什么,否则他最后会认为,你让所有的人都这么摸你……或者会想象你就希望这样……恐怖至极,这种抚摸让你浑身皮肤一直到脚指头都麻麻辣辣的……他要是这样对待一个年轻姑娘,我理解那姑娘会一下子放荡起来——像他那样在转弯的时候突然压住我的胳膊,好可怕啊……他的手指好纤细,我从来没有看到一个男人的指甲会像女人似的护理得那么好,不过当他抓住你的时候,感觉就像是个夹子……他是不是真的对每个女人都这么做……也许是这样……下次跳舞的时候,我得好好观察一下……你还什么都不知道,真是可怕,和我同龄的其他女孩每个人对此都了解得一清二楚,能给自己赢得尊敬……或者不,卡尔拉怎么说的来着,这里整夜房门开开关关……我必须马上把门闩拉上……他们要是能对你真诚点,不是那么摇摆不定,处得很好又马上分手,那该多好,要是能知道其他人,是怎么做的,是不是也会给弄得神魂颠倒,那该多好……这些事还从来没有发生在我身上!啊,也不是,两年前有一次,一个穿着时髦的男士在威灵格大街上和我打招呼,他看上去和这个工程师特别相似,也是个高个子腰板笔直……最终什么事情也没发生,他邀请我和他共进晚餐,我当时真该接受邀请……所有人不都是这样与人结识的吗?但是当时我担心回家太晚……我一生都有这种愚蠢的恐惧,总是顾及每个人,顾及所有的人……就这样时间流逝,眼角上出现了皱纹……其他女孩子,脑子更聪明,把这些事理解得更好……真的,是不是还会有一个女孩子在这里坐着,一个人待在房间里,楼下那么开心,灯火通明……就只因为姨夫累了……没有一个姑娘会在晚上这么早就坐在这里……现在到底几点钟了……才九点,九点……我肯定还睡不着,绝对睡不着……我突然一下子觉得浑身发热……好,把窗户打开……寒气落在光溜溜的肩膀上,感觉真好……我该留神别着凉……唉,什么呀,总是这么愚蠢的怕来怕去,总是这么小心翼翼……就这样你又得到了什么……啊,真美好,空气拂过单薄的衣服,感觉就像裸着身体……我为什么要这样穿着这漂亮的衣服,是为谁啊……你要是在房间里猫着,可没人能看到你穿着这身衣服……我是不是还是该飞快下楼去?……我得去取信纸,或者我其实,可以在楼下写,在写字间写信……这里真的什么都没有……嘿……天一下子变得好冷,我最好还是关上窗户:房间里一下子变得寒冷无比……你难道该这样枯坐在空空的椅子上吗?……胡说,我跑下楼去,马上就会暖和起来……但要是埃尔金斯看到我,明天又跟姨妈说起这事,或者不管是谁?……那又怎么了……那我就说我下楼给门房送信去……那姨妈就没什么好说的了……我不是待在楼下,我是去写信,写两封信,然后马上就上来……我的大衣呢?不,不要大衣,我马上就回来,只不过这花……不,这是埃尔金斯送的……管他呢,无所谓,配着这些花挺合适的……为了小心起见,我还是到姨妈门口瞅一眼,看看她是否睡下了……胡闹,我干吗要这样做呢……我已经不再是小女生了……总是这么傻里傻气地害怕!难道我下楼三分钟还需要别人允许不成。好了,前进……

仿佛想克服自己的迟疑,她匆匆忙忙地胆战心惊地快步跑下楼梯。

真的,成功了!大厅里,人们婆娑起舞。人声嘈杂,她没有被人发现,逃进了写字间。已经写好第一封信了,第二封也马上写完了。然后她感觉肩上有一只手:"抓住了!一个人躲在这里真是太狡猾了。一个小时了我走遍了各个角落寻找封・波伦小姐,我问了所有的人,他们已经在嘲笑我,而小姐却在这里蜷缩着像只谷堆中的小兔子。现在马上跟我走!"这个瘦高个男人站在她身后,她又一次直至神经末梢都感觉到被工程师的手灾难性的一把抓住。她虚弱地微微一笑,被这个袭击吓了一跳,同时也很高兴,仅仅过了半小时工程师想她了。但是不管怎样,她还有足够的力气进行抵抗。"不,我今天不能跳舞了,我跳不了啦。我还得写信呢,这些信件明天必须随着早班车送走。还有,我答应我的姨妈今天晚上待在楼上。不,绝对不可能,我不可以去跳舞。她要是知道我又下楼了,肯定会生气的。"

跟人掏心掏肺总是非常危险,因为你要是把一个秘密告诉了一个陌生人,那你们之间的陌生感就消除了。你给出了你身上什么东西,就等于让他占了一个优势。果然,那个强烈渴望的目光立即就变得亲密起来:"啊哈,逃出来的!没有休假证明。来,别害怕,我不会出卖您的,我不会……但是现在我的腿已经足足站了一小时之久,我不会这么轻易地再放你走,不,想都不要想。一不做二不休,既然您已经未经允许下楼来了,那您就未经允许地和我们待在一起。"

"您想什么呢!不可能。最后姨妈还要下楼来。不行,绝对不行!"

"好吧,那就让我们马上有凭有据地确认一下小姨妈是不是已经睡觉了。您知道他们的窗户吗?""这是为什么呀?""很简单,要是窗户黑着,姨妈就已经睡觉了。谁要是已经脱了衣服躺在床上,不会特地穿上衣服去查看一下她的小孩是否乖乖的。我的上帝啊,我们在技术学校溜出去过多少次啊,给房间和大门的锁涂上油,就光穿着袜子溜到下面的走廊里。这样一个夜晚比一个郑重其事地获准离校的夜晚有趣七倍。好了走吧,去查明一下!"克里斯蒂娜不由自主地笑起来;这里一切解决起来是这么的容易这么的轻松,这里一切困难都能自我理出头绪!小姑娘的忘乎所以刺激她去作弄一下她那两个过于严厉的守卫者。但是不能太快就让步,她想。"绝对不可能,我不能就这样走到寒冷中去!我根本没带大衣。"

"我们有代用品。等一下,"话音未落他就已经窜到衣帽间取来了挂在那里的他那柔软的毛料双排扣大衣,"肯定合身,快穿上!"

"但是我应该……"她想到但是又没有再继续想下去,她其实应该怎么办,因为工程师已经把她的一只手臂放入了柔软的大衣里,现在反抗的话太孩子气了,她笑着调皮快乐地裹进这件陌生的男人的衣服里。"别走那个大门,"工程师冲着她裹着大衣的后背笑道,"走这个旁门,我们马上就给姨妈来个窗下漫步。""但是真的就一会啊。"她说,刚到黑暗中她就感到他的胳膊已经自然而然地伸到她的臂弯里。"好,哪里是窗户?""三楼左侧边上那个带阳台的房间。""黑了,漆黑一片,乌拉!没有一丝光亮,他们已经睡得很沉了。那好,现在我来领导了。首先先回大厅!""不行,绝对不行!要是埃尔金斯勋爵或者其他什么人看到我在那里,他明天马上就会告诉我姨夫姨妈,他们已经很生我的气了……不,我得立即上楼去。"

"那就到别处去,到圣莫里茨酒吧去吧。开车十分钟我们就到那儿了,那儿没人认识您,没有人能说您坏话。"

"您想什么了啊!您还真有主意!要是这里有人看到我和您一起上车——这将成为整个饭店两个星期唯一的谈资。""对此我自有对策,就交给我吧。您当然不能在大门前大摇大摆地上车,尊敬的旅馆管理部门叫人在那里安装了十四只弧光灯。您沿着那边的森林小路走四十步一直到阴影里面,我和汽车一分钟后就到,十五分钟后我们就到那边了,就这么定了,这事解决了。"

这里的一切都能这么容易地得到解决,这让克里斯蒂娜一再感到惊讶。她的反抗已经变成了一半的同意。"您把这一切都设想得这么简单。""不管简单还是不简单,就是这样了,而且也会这样做。我马上跑过去把车开动起来。您这时先往前走。"她又一次犹豫地问,态度已经和缓了很多:

"那我们什么时候回来?"

"最晚午夜。"

"您保证?"

"我人格担保。"

一个保证对于一个女人来讲就是一道栏杆,在摔下去之前可以抓住不放,"那好吧,我相信您。"

"一直紧贴着左边走到马路上,别经过那些弧光灯。我一分钟后到。"

她走向工程师建议的方向时(为什么要这么听他的话?),她又想起,我其实应该……我应该……但是她不能继续往下想了,也记不得其实该干什么,因为她已经卷入了一场新的狡诈的游戏,裹在一个陌生男人的大衣里,像印第安人似的悄悄地在黑暗中行走,又一次,又一次走出她现实的人生进入另一个变化,又是一个和她以往所知道的不同的变化。她就在森林的阴影里等了片刻,然后两条宽大的光束就沿着马路摸索过来,汽车开着的大灯照在冷杉之中发出银色,很明显那个司机已经看到了她,因为那刺眼夺目的光一下子灭掉了,那辆黑色的庞然大物快要蹭到她的地方。现在车里的内灯谨慎地熄灭了,只有速度显示仪上的蓝光在黑暗中映出一个小圈的色彩。在刚才强光照射之后,她突然陷入了特别浓重的黑暗之中,她都无法辨认任何东西,这时车门打开了,有只手臂伸出来帮她上车,她身后车门咔嚓一声关闭,这一切都幽灵般的迅速,旋风似的,惊险异常,仿佛在电影院里;还没容她有时间喘口气或者说点什么,汽车已经再次发动起来,第一下启动的时候她的身体不由自主地向后一仰,她感觉被抱住被抓住了。她想反抗,她胆怯地指指司机的后背,司机就像一座小山坐在方向盘那里,瞪着眼睛一动不动地坐在他们前面,她对这个近在咫尺的证人有种羞耻感,但另一方面也恰恰因为知道司机在场保护她不受外界侵犯。但是她身旁的工程师没有回答一个字。她感到自己的身体被温暖地急迫地拥在怀里,工程师的手在她手上,现在又在她手臂上,现在又在她乳房上,现在是一张霸道陌生的嘴在寻找着她的嘴,狂热湿润地打开了她渐渐屈从的嘴唇。她下意识地渴望和期待所有这一切,被人紧紧地抓住,四下逐猎地热吻,从脖子到肩膀到面颊,一会儿在这里,一会儿在那里,把热烈的烙印打在颤抖的皮肤上,有证人在旁必须轻声轻气,这以某种方式提升了这种燃烧的游戏给人的陶醉。闭着眼睛,没有语言亦无意志去进行反抗,她任由那热吻从嘴里吮吸掉急促的呻吟,整个使劲挣扎,不断颤抖的身体,尽情享受着那双嘴唇激起的情欲。她不知道发生的这一切持续了多长时间,然后一切都在司机明显的鸣笛警告声中戛然而止,汽车开进了灯火辉煌的街道,停在一家大饭店的酒吧前面。

她下了车,心里一片迷惘,脚步蹒跚,羞愧不已,迅速整理一下压皱的裙子和被亲吻弄得蓬乱不堪的头发。是不是每个人都会注意到啊,但是没有,没有人太明显地盯着她,在半明半暗人满为患的酒吧里,他们被彬彬有礼地带到一张桌子旁。她又意识到了一种全新的东西,一个女人的生活能像一个看不透的秘密,社交举止的面具如何巧妙地掩盖了最热烈的激情。她根本不会觉得这是可能的:她的皮肤还在因为被人亲吻而战栗和膨胀,而她却能够腰板挺直,身心恬静,面容冷漠,头脑清楚地坐在一个男人身旁,轻松地对着他那熨烫得笔挺的燕尾服衬衫的前胸聊着天,两分钟前你还感觉着这嘴唇一直到那坚硬的咬紧的牙齿,还在他挤压的重力下弯着身子,这里的人群中没人对此会有一点儿觉察。有多少女人在我面前这样伪装过,她想着心里一惊,我在家里和村子里认识的女人当中有多少是这样的。所有的女人都过着双重生活,过着好多倍,上百倍,秘密的和公开的双重生活,而我这个真心实意的傻瓜还把她们的矜持当成榜样。这时她感到桌子底下工程师的膝盖要求明确地移了过来。她马上把目光扫过去,就像第一次看到他的脸,坚定,褐色,精力充沛,狭窄的口髭下面一张无声地命令人的嘴,她感觉到他那双像是表达问候的眼睛一直逼进她的身体。所有这一切都不由自主地在她心中点燃了一丝骄傲。这个特别男性的男人要我,只要我,没人知道这个事,只有我知道。"我们跳舞吧?"他问。"好。"她回答,这个"好"字包含了更多的意思。她第一次觉得跳舞远远不够,这样矜持的接触只是急不可耐的序幕,预示着更加激情四射更加狂放不羁的拥抱;她必须克制自己不把这明显暴露出来。

她匆忙地喝干两杯鸡尾酒,嘴唇被刚才得到的亲吻和她还在渴望的亲吻所灼伤。最终她实在无法再容忍这样坐在人群之中了。"我们必须回家了,"她说,"全听你的。"这是她第一次听到工程师说"你",这就像轻柔地一击打进她的心里,上车后她完全自然而然地就倒入他的怀抱里。现在亲吻之间都是急切的话语。要她到工程师那里去,就一个小时,他们的房间在同一层楼,没有一个饭店侍者现在还醒着。她饮下这激情四射的恳求就像喝下流淌的火焰。我还有时间反抗,她迷茫地想道,而这时她已经被这狂涛巨浪完全淹没。她不说话不回答,只是敞开心扉接受着她第一次从一个男人那里听到的这些话语的奔流。

就在她先前上车的那个地方,汽车停了下来。在她下车时,司机的后背保持着动也不动的姿势。她独自回到旅馆,大门进口处的弧光灯已经熄灭,她飞快走过大厅:她知道,工程师肯定跟在她身后,她已经听到他的脚步声,运动员般矫健地三步一个台阶,在身后非常近的地方。他马上就要抓到我了,她感觉到,突然一阵纷乱的疯狂的恐怖攫住了她。她开始跑起来,一直跑在他的前面:一步跳进门里,拉上门闩。然后瘫坐在椅子上,呼出暗自庆幸的一口气:得救了。

得救了,得救了!全身关节还在颤抖:就差一分钟,否则就太晚了,可怕,我变得多么没有把握,身体多么虚弱,意志多么薄弱啊,任何一个人都能在这个瞬间得到我,这点我以前可不知道。我从前可是很有把握的——可怕,一个人会弄得这么心潮澎湃,神经过敏!真是幸运,我还有精力及时进到房间,把他关在门外,上帝知道,否则会发生什么。

她在黑暗中飞快地脱掉衣服,心扑通扑通跳得很快。就在她闭着眼睛躺到床上,四肢躺进鸭绒被温暖的拥抱时,她的皮肤还在因为那慢慢减弱的激动而战栗。胡闹!我到底为什么这么害怕啊。二十八岁了,还守身如玉,还在拒绝,还在等候、犹豫和害怕。我为什么还守身如玉,为谁啊?父亲节省,母亲和我,所有的人,在那些恐怖的年代我们都在节省,而其他人却在生活;我总是对一切都没有勇气,谁又付给我们什么回报了?一下子你就老了,凋零了,死了,一无所知,从来没有活过,什么也没有了解过,在那边又开始了一个渺小的生活,那个可怕的狭小的天地,而在这里,这里什么都有,你就得去索取,但是我担心,我却把自己锁起来,就像一个半大不小的女孩守身如玉,胆怯,胆怯,真是愚蠢,这是胡闹,胡闹?我是不是还是该把门闩打开,也许……不,不行,今天不行。

我不是还待在这儿吗,一个星期,两个星期,美妙的无尽的时间!不,我不会再这么愚蠢,这么胆小,我要索取一切享受一切,一切,一切……

嘴唇带着微笑,手臂绷紧,嘴像迎接一个亲吻似的温柔地张开,克里斯蒂娜睡着了,不知道这是她在这个上层世界度过的最后一天,最后一夜。

谁感觉强烈就无法很好观察:所有幸福的人都是蹩脚的心理学家。只有惴惴不安的人才会把所有的感官都绷紧到最敏锐的程度,对危险的直觉让他的聪明达到超越自己自然的聪明程度。克里斯蒂娜没有料到,一些日子以来她的存在对某个人来讲意味着忧虑和危险。那个曼海姆姑娘思考起来坚定果断、目的性强,克里斯蒂娜把她毫不见外的掏心掏肺傻乎乎地当成友谊,而她对克里斯蒂娜社交上的成功却恨之入骨。在这个美国人的侄女到来之前,工程师和她打得火热,都已经流露出认真的也许是结婚的企图。关键性的事情还没有发生,就要进行那决定性的恳谈也许还差几天等一个巧妙的时刻,这时克里斯蒂娜来了,最不受人欢迎地转移了注意力,因为从那以后工程师的兴趣就显而易见地越来越转移到了克里斯蒂娜身上,或者是因为那财富的光环和贵族的姓氏深深影响了这个老谋深算的小伙子,要不就是因为那从克里斯蒂娜身上散发出来的火一般的爽朗和强烈的幸福浪潮着实诱人;怀着还是孩子气的小女生的嫉妒,同时又是一个成年女子劲头十足的愤怒,反正这个小个子曼海姆姑娘觉得自己受到冷落,遭到忽视了。工程师几乎只和克里斯蒂娜跳舞,所有的晚上都坐在梵·波伦的桌子那边。这个对手意识到,要想不失去他,已到拉紧缰绳的关键时刻了。凭着监视的直觉,这个诡计多端的小个子女孩早就感觉克里斯蒂娜身上过分的兴奋总有那么一些奇特的,社交上极不寻常的地方,别人善意地沉醉在克里斯蒂娜的这种不可抑制的魅力之中,而这个小个子女人却试着探寻这秘密的根源。

她的监视由按部就班逐步升级的亲密开始。散步的时候她总是温柔地挽着克里斯蒂娜的胳膊,讲着自己那些半真半假的风流韵事,就是为了引诱对方说出一些有损名誉的事情。晚上她会去房间拜访那个蒙在鼓里浑然不觉的姑娘,坐到她的床上,抚摸她的手臂,而克里斯蒂娜,有让全世界都高兴的需求,怀着感激的兴奋回应着这真诚的闺蜜情谊,毫不在意地回答着她所有的问题和花招,只是出于直觉地回避那些能触及她内心秘密的问题,比如当卡尔拉问她,家里有几个女佣、家里有几间房间的时候,她会一半符合事实一半纯属虚构地回答,因为母亲生病,她现在已经住到乡下,深居简出,以前情况当然完全不同。但是怀有恶意好奇心切的女孩总是越来越牢地盯住那些细小的笨拙的地方,渐渐地挖出那个弱点。这个陌生女人,这个在这里穿着闪闪发亮的裙子,戴着珍珠项链,闪着财富光芒的女人,在埃德温那里眼看着就要使自己蒙上阴影,其实来自一个卑微、狭小的环境。克里斯蒂娜不由自主地暴露了几个社交安全上的弱点,说到马球比赛她不知道要骑马,她不知道柯蒂和胡比冈这样最流行的香水牌子,她无法区别汽车价格的差别,从没观看过一次赛马;一二十个这样的愚昧无知,显示这个陌生女人对时髦的社交界的规则很不精通。在教育方面,这个陌生女人也根本没法和那个化学大学生相比:没上过文科中学,不会外语,就是说,她自己坦率地承认,她在学校里学的那几句英语早就被她忘得一干二净。不,这个穿着讲究的梵·波伦小姐总有些不大对头;那就要把楔子扎得更深一些,这个小个子阴谋家被孩子气机敏的嫉妒心所驱使,全力以赴展开调查。

终于(花两天时间打探、偷听和窥视)这个忙忙碌碌的女孩手里总算有了线索。女理发师们因为职业的缘故特爱聊天;手在工作,嘴巴也很少闲着。聪敏伶俐的杜弗尔诺阿夫人的理发店同时就是全部新闻的集散地,当曼海姆女孩在洗头的时候向她打听克里斯蒂娜的时候,她银铃般地扬声大笑起来。"Ah, la nièce de Madame van Boolen?"①——那笑声一直持续像奔涌的水声——"ah, elle était bien drôle à voir quand elle arrivait ici!"②她当时的发型就跟一个乡村小丫头一样,两根粗粗的辫子盘起来,还插上发针,特别沉还是铁的,老板娘根本不知道在欧洲还生产这样恐怖至极的东西,她的某个抽屉里应该还留着两个,她把它们当作稀奇古怪的历史珍品保留下来。这可是一条相当有料的线索,带着运动员坚韧不拔的劲头,曼海姆女孩继续密切注意着这个可怜的女骗子。下一步,她巧妙地让克里斯蒂娜那个楼层的女侍开口说话,不久她就套出了所有的信息:克里斯蒂娜就拎着一个小小的草制箱子来的,所有的衣服、内衣都是梵·波伦夫人在这里仓促购置或者借给她的。通过积极的调查,也搭上了一些小费,曼海姆女孩获得了所有的细节包括那把带着牛角手柄的雨伞。恶人总有福气,当克里斯蒂娜询问她在霍夫莱纳名下的信件时,曼海姆女孩恰巧就站在旁边,用一个诡诈的漫不经心的问题就得到了一个惊人的信息,克里斯蒂娜根本就不姓封·波伦。

这就够了,岂止够,还有余呢。火药松散地铺在那里,只需卡尔拉正确地装好导火线。在大厅里有位斯特罗特曼枢密顾问夫人,那个有名的外科医生的遗孀,不分白天黑夜地坐在那里,就像

---

① 法文:啊,梵·波伦夫人的侄女?
② 法文:她刚到这儿来时,看上去可真滑稽呢!

坐在一个检查处里,手里拿着长柄单片眼镜作为武器。她的轮椅(这个老太太已经瘫痪)被无可争议地视为所有社交新闻的问询处,尤其是最终裁定新闻是否可靠的终审法院;这个好战的新闻处在人自为战的秘密战争之中,不分白天黑夜地工作着,消息难以置信的精准。曼海姆女孩坐到她身旁,想要快速巧妙地抖搂出她知道的材料,当然是以看似最友好的形式进行:这个封·波伦小姐(大家在饭店都只这样称呼她)是一个迷人的姑娘,真的,你根本看不出来,她来自相当底层的家庭。封·波伦夫人把这个商店售货员,或者管她是干什么的,出于好心说成是她的外甥女,慷慨地用自己的衣服把她打扮起来,让她凭借虚假的身份进入社交场合,这其实是件了不起的事情。是啊,美国人思考社会地位这类问题时更民主一些,更慷慨一些,不像我们这些落后的欧洲人,我们总是玩社会地位这张牌(枢密顾问夫人像个好斗的公鸡似的使劲点着头),最终不是只注重衣服和金钱而是更重视教育和出身。当然最后也绝对少不了对那个乡间雨伞的详细描述,总之她把每个有害的好玩的细节都向这个新闻处和盘托出。就在同一个早上克里斯蒂娜的故事就开始在整个饭店流传开来,真所谓好事不出门坏事传千里。传播过程中还添枝加叶,越传越神,有些人说,美国人就爱干这种事,为了特别让贵族不高兴他们会把随便哪一个女速记打字员打扮成百万富婆,是啊,甚至有一出戏演的就是这个,其他人则振振有词地论证,觉得她是那位老先生或者他夫人的情人,总之,这件事进展得太顺利了,在克里斯蒂娜浑然不知地和工程师有越轨行为的晚上,她成了整个饭店的主要谈话内容。每个人都大言不惭地自称已经发现了她几百个蛛丝马迹,就是为了不让别人把自己当成傻帽,没人想做那个被愚弄的人。既然记忆非常乐于为意志服务,每个人都挖出一个昨天还在克里斯蒂娜身上觉得特别可爱的细节，现在就把它变成了可笑的东西，就在克里斯蒂娜温暖年轻的身体裹着幸福，嘴唇在睡眠的微笑中张开，还在自我欺骗的时候，所有的人都知道了她那无辜的并非情愿的欺骗。

　　谣言总是最后到达那个和它有关的人那里。克里斯蒂娜没有感觉到她在那个上午穿过大厅的时候背后都是充满窥视和讥讽的目光，犹如穿过一个熊熊燃烧的火焰圈。她好心好意地在枢密顾问夫人身边坐下，这恰恰是最危险的位置，完全没有注意到这个老女人用多恶毒的问题——邻桌的人从各个角落竖起他们的耳朵——对她百般试探。她和姨夫及姨妈约好去散步，在这之前她还亲切地亲吻一下这个白发苍苍的敌人的手。她并没有特别注意到，她问候的时候，只有零星的客人搭理，而且仅仅是轻微地抿嘴而笑，为什么人家高兴就不能欢笑，表示快乐呢？她心情欢愉地用无忧无虑的眼睛看着那些别有用心的人，如同一团火焰一般轻盈地飘过大厅，极度相信这个世界的善良。

　　就连姨妈一开始也毫无察觉；不过这天上午有点不愉快的事情引起她的注意，但是并没有预感到这和他们有任何的关联——饭店里住着那对来自西里西亚的地主夫妇，封·特伦克维茨先生和夫人，他们与人交往的时候严格注意贵族头衔和等级高低，对所有的市民都无情地采取拒绝的态度。在梵·波伦夫妇那里他们采用了例外的态度，首先因为他们是美国人（这本身就是一种贵族头衔），而且不是犹太人。其次也许是因为他们的二儿子哈罗明天该到这里，他的庄园因为抵押造成沉重的利息负担已经岌岌可危，而认识一位美国女继承人似乎有百利而无一弊。他们本来和梵·波伦夫人约好这天上午十点一起散步，但是突然（枢密顾问夫人新闻处的信息到达之后）就在九点三十分派门房来说他们可惜不能赴约了,都没有任何其他的解释。奇怪的是,当他们中午从梵·波伦夫妇的桌旁经过时只是冷淡地问候了一句,没有对这么晚取消约会做出解释表示歉意。"好奇怪,"梵·波伦夫人马上起了疑心,她对所有社交场合的事情都很敏感,简直到了病态的程度,"我们得罪他们了吗?发生什么事了?"又一件奇怪的事情,午餐后在大厅里——安东尼去作餐后小憩了——克里斯蒂娜在写字间写信——没有人坐到她桌旁来。平时金斯莱夫妇或者其他一些熟人经常都会过来愉快地聊一会,现在每个人都像约好似的待在自己的桌子旁,她一个人坐在她宽大的椅子里,孤零零地等待着,所有的朋友都不过来,那个自以为了不起的特伦克维茨都没过来道歉,她深感奇怪。

终于有人过来了,是埃尔金斯勋爵。就连他也和平时不一样,双腿僵硬,动作生硬、一本正经。勋爵奇怪地把他的眼睛隐藏在发红的疲倦的眼睑下面——平时看人他总是那么神情坦荡,目光清澈,他这是怎么了?他几乎拘泥礼仪地鞠躬致意:"我可以坐到您身边吗?"

"非常乐意,亲爱的勋爵。您还需要问吗?"

她又一次感到奇怪。勋爵的举止这么拘束,他万分仔细地看着他的脚尖,解开礼服的扣子,拉平衣服上的褶子;奇怪,奇怪。他到底怎么了,她想,勋爵这样就好像要发表一个演说。

终于这位老先生一下子果断地从沉重的眼睑里抬起明亮清澈的眼睛,真的就像一道光亮,就像一把利剑的闪光。

"您听我说,Dear mistress Boolen①,我很想和您谈点私事,在这里没人听见我们谈话。但是您必须给我畅所欲言的自由。我一

---

① 英文:亲爱的波伦太太。

直苦思冥想该如何跟您暗示这件事,但是事关紧要的大事,暗示毫无意义。而处理私人的和尴尬的事情,我们必须加倍认真,直截了当。是这样……我要完全没有顾忌地与您谈话,我觉得这是在尽一个朋友的责任。您允许我这样做吗?"

"当然,毫无疑问。"

但是这位老先生似乎并没有完全轻松起来,他犹豫了片刻,这时他拿出他的烟丝烟斗,慢条斯理地装满烟丝。做此事的时候他的手指——这是因为上了年纪还是因为在做动作——很奇怪地颤抖着。终于他抬起头来,一字一句地说:"我要跟您说的事情有关 Miss Christiana①。"

他又一次犹豫了。

梵·波伦夫人心里一阵慌乱。这位年近七十的男人难道真的想要……她已经注意到勋爵心里有克里斯蒂娜,真的都到这个地步了,以致他……但是埃尔金斯勋爵已经抬起了宗教法庭般严厉的目光问道:"她真的是您的侄女②吗?"

梵·波伦夫人一副受到伤害的样子。"当然。"

"她真的姓梵·波伦?"

现在梵·波伦夫人当真糊涂了。

"不,不,她是我的外甥女,不是我丈夫的侄女,是我在维也纳的姐姐的女儿……但是我请求您,埃尔金斯勋爵,您说这个是出于对我们的友好吧,但这个问题是什么意思呢?"

勋爵凝神投入地看着烟斗,他好像特别感兴趣烟丝是否在均匀燃烧,他用手指慢条斯理地填好烟丝。然后才开始说话,就像对

---

① 英文:克里斯蒂安娜小姐。
② 英、德文中"侄女"和"外甥女"是同一个词。

着烟斗,完全弯着身体,几乎都没有张开薄薄的嘴唇:"是这样……因为现在这里一下子出现了一个特别奇怪的流言蜚语,就好像……我出于朋友的义务要彻底调查此事。在您告诉我她真的是您的外甥女之后,对我来讲所有这些闲话都已经了结了。我立即就确信克里斯蒂安娜小姐没有能力说假话,只是……怎么说呢……大家净在这里谈论这些稀奇古怪的事情。"

梵·波伦夫人觉得自己脸色一下煞白了,膝盖颤抖起来。

"什么……请您坦率告诉我……大家都说了什么?"

烟斗缓慢地燃烧着,出现一个红色圆圈。

"是这样,您是知道的,有那么个社交圈子,其实根本什么都不是,做起事情来比真的上流社会的人士还严酷无情。比如说那个冷漠的纨绔子弟特伦克维茨觉得和一个既不是贵族又很贫穷的人坐在一张桌子旁边就是对他个人的羞辱,看来,他和他老婆说得最多,说什么您和他们开了个玩笑,把一个小市民阶层的女孩用华丽衣裳打扮起来,并用一个假名介绍给他们——就好像这个头脑简单的家伙真的知道,一个真正的贵妇人是什么样子似的。我无须再向您强调,我对 Miss Christiana 的巨大敬意和巨大的……非常巨大的……诚挚的好感丝毫不会有所减少,就算她真的来自……生活窘迫一些的家庭……如果她像这帮爱慕虚荣的无赖一样被奢侈宠坏了,也许就根本不会有那么可爱的感激之情和欢乐之意。我个人根本不会小看您好心好意地向她馈赠您的衣物,相反,我之所以向您问个究竟,也仅仅是为了能够严厉地回敬这些卑鄙无耻的闲话。"

梵·波伦夫人受到的惊吓蔓延到全身,她吸了三次气才有力气平静作答。

"我没有任何理由,亲爱的勋爵,在您面前隐瞒一丝一毫克里斯蒂娜的出身。我的姐夫曾经是维也纳的一个大商人,一个最受人尊重的最富有的商人之一(这里她过于夸大事实),但是他,就像那些最诚实的人,因为战争失去了他的财富,这个家庭好不容易才支撑过来。他们认为自食其力比靠我们接济更加体面,因此克里斯蒂娜现如今担任公职,在邮政局工作,我希望这个不是什么耻辱。"

埃尔金斯勋爵微笑地抬起头,不再弯着身体:他明显地放松了很多。

"您居然向一个自己担任公职四十年的人提出这个问题。这要是个耻辱,我就和她分担这个耻辱。既然我们现在已经说清楚了,那么也要清楚地思考一下。我立刻就明白,所有这些恶意的尖酸刻薄的话都是卑鄙无耻的胡言乱语,上了岁数的人少有的几个好处之一就是,很少会看错人。我们对这事泰然处之吧:我担心Miss Christiana 的处境,从现在起不会很轻松,没有什么能比那些特别希望自己挤进上流社会的小人更加报复心切更加别有用心的了。一个像特伦克维茨那样自以为是的无赖,十年都不会原谅自己曾经彬彬有礼地对待过一个邮政局的女工作人员,这比一只蛀牙更让这个老笨蛋恼火。其他人对您的外甥女做出什么出格的事情,也不是不可能。她至少会感觉到他们的冷淡和无礼。而我就是想阻止这些,因为——您也许已经注意到了——我对您的外甥女评价极高……非常高,要是能帮她这么一个毫无戒心的女孩子省掉一些失望,我将感到荣幸之至。"

埃尔金斯勋爵停顿一下。他的面孔因为陷入沉思突然又变得苍老和灰白。

"我是否能长期保护她,这个……这个我没法保证。这取……这个取决于具体的情况。但不管如何我希望能让那些人清楚地看到，我对她比对那帮酒囊饭袋更为尊重。这么一种玩笑，我是不能容忍的，只要我在这儿，这些先生们最好当心点。"

他猛然站起身，神情坚决，腰板笔直，梵·波伦夫人还从未看到过他这个样子。

"请您允许我，"他正式地问，"现在带您的外甥女去兜风。"

"悉听尊便。"

他鞠个躬，然后——梵·波伦夫人目瞪口呆地目送着他——走向写字间，面颊绯红像被冷冽的风吹的，两手紧紧攥着拳头；他想做什么，梵·波伦夫人还很迷糊，诧异地想。克里斯蒂娜正在写信，没有听到勋爵进来。他从背后看着写信的姑娘弯着的脖子上面那金黄色的秀发，看着这个在多年后又在他心里唤起深深欲望的身影。可怜的孩子，他想，这样的无忧无虑，她还一无所知，但是他们肯定会用某种方式对付你的，而没人能保护你。他轻轻碰碰她的肩膀。克里斯蒂娜吃了一惊，马上充满敬意地起起身来：从第一时间起她就一而再、再而三地有强烈欲望，想向这位非同寻常的男人表示自己明显的敬意。勋爵强迫自己紧绷的嘴绽出一丝微笑："我今天来有个请求，亲爱的克里斯蒂安娜小姐。我今天不舒服，从早上起就头疼，我没法读书，没法睡觉。于是我就想，也许坐车兜兜风，新鲜的空气对我会有好处，要是您能陪我的话，那就再好不过了。我已经得到您姨母大人的同意来请您，您要是愿意的话？……"

"那当然……这对我是个……愉快、是个荣幸……"

"那我们走吧。"勋爵郑重其事，特别讲究礼仪地把手臂递给她让她挽着。这让她很吃惊也很不好意思，但是她怎么能拒绝这样的荣耀！埃尔金斯勋爵坚定有力地和她一起缓缓穿过大厅。他用迅速、敏锐的目光逐一扫过每个人，这可不是他平常的习惯；一种明显的威胁在他的举手投足中一目了然：千万别招惹她！一般情况下他走路的时候很是亲切友善，彬彬有礼，就像一个安静的影子穿过人群，你几乎察觉不到他，而现在他挑衅似的盯着每个陌生的眼睛。所有的人立即就理解了这样手挽着手就是一种表态，也是强调他的敬意。枢密顾问夫人看得目瞪口呆，似乎知道了自己的过错，金斯莱夫妇如同受惊一般打着招呼，他们看着这位年迈的无畏的骑士，一头白发、目光冷凝地带着这位年轻的姑娘走过宽大的房间，姑娘充满了骄傲和幸福，根本没有想任何不愉快的事情，而将军嘴边显现一种坚强的军人特征，就像站在他的军团前列要下令去进攻一个堑壕后面的敌人。

当他们两人走出来的时候，饭店门前凑巧站着特伦克维茨；他不自觉地表示问候。埃尔金斯勋爵故意不正眼看他，把手半举到帽子边，又冷淡地把手放下；就像人们谢谢一个侍者的问候。这个动作中存在着不可名状的轻蔑，就像一记冷拳。然后他放下克里斯蒂娜的手臂，亲自为她打开车门，在帮助他的女士上车时，还脱帽致意：当年英国国王的儿媳访问特朗斯伐①，勋爵帮她上车时用的就是这同样毕恭毕敬的手势。

梵·波伦夫人对埃尔金斯勋爵谨慎的通报，感到的吃惊程度远比她流露出来的大很多，因为勋爵万万没有料到，竟撕开了夫人最敏感的伤疤。在那心灵半知半觉，不想再知道的朦胧层面的深处，在那自我根本不喜欢或者哆哆嗦嗦才敢进入的令人难堪的区域，也就是在那个早就市民化了的平庸的克莱尔·梵·波伦的心

---

① 特朗斯伐，十九世纪中到 1902 年是独立的南非共和国的一个行省。1902 至 1910 是英国殖民地。

里，隐藏着一个多年来不可磨灭的恐惧，担心自己的过去被人发现。平日里这个恐惧只是有时出现在梦里，把她的睡眠撕得粉碎。当三十年前那个被人费尽心机从欧洲驱逐出去的克拉拉结识她的梵·波伦并且要结婚的时候，她没有勇气跟那个诚实正派，但有点心胸狭窄的小市民坦诚相告，她带进婚姻的那笔资本来路如何见不得人。她当时果断撒谎，说这两千美元是从祖父那里继承的，热恋中的男人毫不猜疑，在他们结婚这么多年中没有一分钟怀疑过她这话的正确性。对于他反应迟钝的好脾气不必有任何担心，但随便一个普普通通的偶然事件、一次不期而遇的重逢，一封匿名信件就会突然让这尘封已久的故事浮出水面，克莱尔心中有这样疯狂的想法，而随着她的资产越来越多，这个想法也就越来越具有可怕的威胁性。因此她多年来一直目的明确地坚决回避和她的同胞见面。当她的丈夫想要向她介绍一个维也纳生意伙伴时，她就表示拒绝，理由是自己已经听不懂德语，尽管她自己英语还说得并不流利。她与自己的家里断然断绝任何通信联系，就算在最重大的日子里也不发一份简短的电报。但是恐惧并没有减弱，相反，他们作为市民日益发迹，恐惧竟与日俱增，她越适应美国严格的习俗，那恐惧就变得越发神经过敏，随便一个不经意的闲话就有可能让炉灰底下那未灭的恶意火星再一次熊熊燃烧起来。只要一个客人在饭桌上讲述他曾经在维也纳居住过很长时间，克莱尔就整夜无法入睡，她感到火焰在心中灼热地燃烧。然后战争来了，它一下子把所有的往昔挤压回了一个近乎虚构的、无法企及的时代。当时的报纸都已腐烂，那边的人们有着不同的担忧和话题；事情过去了，已被遗忘。就像射进身体的子弹逐渐被吸收进了组织——只是在天气变化的时候还会隐隐作痛，然后就无知无觉地待在温暖的身体里，不再是个异体，就像这样她在无忧无虑的幸福中和从事的有益的活动中忘记了这段尴尬的往事;她是两个结实的儿子的母亲,偶尔在生意上搭把手,加入慈善社团,是关怀刑满释放人员协会的副主席,在整个城市里是个德高望重的人物;她拥有一个新家,上流社会中最出色的家庭都是她家的常客,她终于可以在这里尽情享受她长期被压制的虚荣心了。使她放下心来,起决定作用的是,她自己最终渐渐忘记了那段人生插曲。我们的记忆是可贿赂的,能被愿望所说服,那个把一切敌意的东西从自己身上排除的意志拥有一种力量,它缓慢地起着作用,但是最终能排斥一切;那位试衣小姐克拉拉终于死了,展现在世人面前的是棉花商人梵·波伦的那位无懈可击的夫人。正因为她已经很少想起这段插曲,所以她一到达欧洲,就立即给姐姐写信希望见面。现在她知道了有些人出于无法解释的恶意正在追查她外甥女的出身,调查那个可怜的亲戚的同时,不是很快就可能捎带着追究她自己的出身并且追查她本人吗?恐惧就像一面哈哈镜,每一个偶然的表情都会在它夸张的力量下被可怕地放大,变得漫画般清楚,想象力一旦被激起,就会去拼命追逐那最疯狂最不可思议的可能性。最荒诞的事情在克莱尔那里突然都变得可能;她惊愕万分地想道,饭店邻桌坐着一位来自维也纳的老先生,是贸易银行的经理,大约七八十岁,名叫洛维,她突然一下子觉得记忆中那位过世施主的老婆,娘家的姓也同样是洛维。她要是这位银行家的妹妹,或者堂妹该怎么办啊!这个老头(上了年纪的人最喜欢喋喋不休地诉说他们记忆中青年时期的那些丑闻轶事)要是带着任何一种暗示加入到流言蜚语之中该是件多么容易的事情啊。克莱尔突然感到太阳穴上渗出阵阵冷汗,因为恐怖继续在作怪并且突然诱发了一种想法,那个年迈的洛维先生和她施主的老婆看上去异乎寻常的相似,同样肉乎乎的厚嘴唇、同样弯曲的尖鼻子——在恐惧的幻觉狂热中她认为自己确信无疑,这个老人就是那个哥哥,不言而喻,此人会认出她来,会把那个陈年往事详详细细复述一遍,这对于金斯莱夫妇、古根海姆夫妇可是琼浆玉液和美味佳肴,第二天安东尼就会收到一封匿名信,此信会把他们蒙在鼓里三十年的婚姻一下子彻底粉碎。

克莱尔必须用手抓住扶手,有一秒钟,她担心自己就要昏厥过去;然后靠着绝望的能量她猛然从椅子上站起身。走过金斯莱夫妇的桌子并向他们致以友好的问候是件很艰难的事情。金斯莱夫妇完全友好地回应她的问候,脸上带着美国人典型的致意时的微笑,这微笑她自己下意识地早就学会了。但是克莱尔的恐惧妄想促使她觉得,他们的微笑多少有些不同,讽刺的,恶意的,知情的,背叛的,就连电梯小工的眼神突然在她看来也很别扭,打扫房间的女工,凑巧从她身边走过也没打招呼:就像穿越了厚厚的积雪,她终于筋疲力尽地逃进房间里。

她的丈夫安东尼刚刚午休完毕起床,在镜子前梳着薄薄的头发,裤子的背带横着耷拉着,衣领敞开,面颊还因为刚才躺着而被压出褶子。

"安东尼,我们必须谈谈。"她气喘吁吁地说。

"怎么了,出什么事了?"他在梳子上涂点润发油,为了把薄薄的头发分出头路。

"请快点。"她因为焦虑已经无法再忍下去了,"我们必须静下来好好思考一下。这涉及一些特别令人不快的事情。"

这个迟钝的丈夫早已习惯了妻子瞬息万变的脾气,很少会仓促地为这样的通知所动,还没有从镜子那边转过身。"我希望不是什么严重的事情吧。该不会是有狄基或者阿尔文的电报吧?"

"不是,你倒是快点啊!你可以待会再穿上装。"

"怎么了?"安东尼终于放下梳子,身子完全坐进靠背软椅里,"怎么了,出什么事了?"

"一件特别可怕的事情发生了。克里斯蒂娜肯定是很不小心或者做了什么愚蠢的事情,一切都暴露了,整个饭店都在谈论此事。"

"啊,暴露什么了?"

"就是那些衣服啊……说她穿着我的衣服,说她来的时候像个商店雇员,我们把她从头到脚打扮起来,当成一位贵妇人介绍给大家——那帮人说着各式各样的闲言碎语……现在你就知道了,为什么特伦克维茨夫妇不理睬我们了……他们当然很愤怒啊,因为他们对他们的儿子是有什么打算的,认为我们跟他们说了谎话。——现在我们在整个饭店的人面前出了丑。这个笨丫头肯定做了什么愚蠢的事情!我的上帝啊,这是什么样的耻辱啊!"

"为什么是耻辱?所有的美国人都有穷亲戚。我可不想仔细去调查古根海姆夫妇或者甚至罗斯基夫妇,还有从科夫诺来的罗森斯托克夫妇的侄子;我敢打赌,他们肯定也很不相同。我不理解为什么我们体面地打扮她就该是个耻辱。"

"因为……因为……"克莱尔因为神经质嗓门越来越大,"因为他们说得对,这样的人不该到这里来,不属于上流社会……我认为,一个人……行为举止就不该这样的!让人看不出他是哪里来的……这是克里斯蒂娜的错,她要是没有那么引人注意的话,人们就察觉不了什么,她要是谦虚点,就像一开始的时候……但是总是哪儿哪儿都有她,总要冒尖,总是冲在最前面。和每个人一下就成为朋友……这样一来,人们最终会问,她究竟是谁,从哪儿来,当然这就不足为奇了,而现在……现在这个丑闻造成了。所有的人都以此为谈资取笑我们……他们到处都在说些可怕的事情。"

安东尼开心地大笑起来："让他们说去吧……我无所谓。她是个乖女孩,我还是非常喜欢她的。她穷不穷,和任何人无关。我没有从这里的人那里抢过一分钱,我才不管他们是否认为我们高贵呢。谁要是看着我们不顺眼,随他去,我无所谓。"

"但是这对我不是无所谓的,不是。"

克莱尔的嗓音越来越尖厉,对此她根本没有注意到,"我可不让别人在背后说我让他们上当了,居然把一个穷女孩介绍成公爵小姐。我可无法容忍,我们邀请了像特伦克维茨那样的人,而这个粗野无礼的家伙竟然派个门房来通知,而不是自己来道歉。不,我不能这么等着,眼看着他们见到我们转身就走,我可受不了这个。上帝知道,我来这里是为了高兴而不是找气受或找不痛快。我无法容忍这些。"

"那你——"他用手挡住一个轻微的哈欠,"你想怎么办呢?"

"离开这里!"

"什么?"这个平时如此慢性子的人不由自主地站起来,就像谁踩了他的脚趾疼痛难忍。

"是的,离开这里,就是明天早上。这些人要是觉得我会在他们面前装腔作势,向他们解释怎么样和为什么,并且最后还向他们道歉,那他们就大错特错了。那必须是另一拨人不能是特伦克维茨这号人。这里的这伙人根本不合我的心意,除了埃尔金斯勋爵统统都是无聊平庸的乌合之众,我才不愿让他们胡说八道。本来这里对我就不好,海拔两千米的高度让我神经很紧张,夜里我睡不好觉——当然,你根本没有察觉,你一躺倒就睡着了,我希望能有你的神经一个星期之久,那就好了!我们在这里三个星期了——够了,真是足够了!至于那个姑娘,我们已经为玛丽尽了足够的义务了。我们邀请她来,她开心过了,也休息过了,甚至都过了头了,现在该结束了。我没什么好责备我自己的。"

"好,但是去哪儿呢……这么突然你想去哪里呢?"

"去因特拉肯①!那里海拔没有这么高,我们还能碰到林赛夫妇,我们在船上和他们有过好几次非常愉快的交谈。他们可真是很可爱的人,和这些鱼龙混杂的人截然不同,前天他们刚给我写过信,要我们过去。我们要是明天早上出发,午饭的时候就能和他们在一起了。"

安东尼还稍稍抗拒一下,"一切总是那么突然!我们明天非走不可吗?我们还有足够的时间呢!"

但是很快他就让步了。他总是让步,根据以往的经验,克莱尔要是强烈地想要什么,总要坚决贯彻她的意志,所有的反抗都是徒劳。另外这对安东尼来讲都是一回事。内心平静的人对外在环境的感受不太强烈;他是和林赛夫妇还是在这里和古根海姆夫妇玩扑克,窗前的山叫施瓦尔茨霍恩还是威特霍恩,是皇宫饭店还是阿斯托里亚酒店,对这个上了年纪、反应迟钝的人来说其实都无所谓,他只是不想争吵。所以他没有斗争很长时间,耐心地听着克莱尔打电话给门房,向他发出很多指示,开心地看着克莱尔匆匆忙忙风风火火地把箱子拿出来以不可思议的匆忙把衣服叠起来,觉得很逗,然后点上他的烟斗,出去找他的牌友,在他洗牌发牌的时候再也不想启程和他的妻子,最不想的就是克里斯蒂娜。

当饭店里亲戚们和陌生人围绕着克里斯蒂娜的到来和将要离去喋喋不休激动不已的时候,埃尔金斯勋爵的那辆灰色轿车,正闪耀着黄铜般的色彩飞驰在高山峡谷之间山风吹拂的蓝天之下,它大胆地拐过白色的急转弯向下开进下恩加丁:已经接近塔拉斯普

---

① 因特拉肯,瑞士伯尔尼州的疗养地。

城堡①。埃尔金斯勋爵邀请她,是想在一定程度上公开地把她置于他的保护之下,然后在一段短暂的兜风之后再把她送回去;当他把她安置在自己身边就座,看到她背靠在后面欢快地聊天,无忧无虑的眼睛里反映着整个天空,他意识到要是缩短给姑娘也是给他自己的温馨时间没有什么意义,于是他就给司机下了指令,一直往前开,一直往前开。就是别太着急回去,她怎么都还会够早地获悉那些事情的,这位老先生一边想一边用无法抗拒的温柔轻抚着她的手。其实应该及时警告她,为了保护她,悄悄地让她做好思想准备,知道那帮人会如何对待她,突然遭遇别人的冷若冰霜的举止,就不会那么痛苦。于是勋爵试着偶尔暗示一下枢密顾问夫人不怀好意的性格,还委婉地提醒姑娘留意她那小个子女朋友;但是这个善良的姑娘却对一切抱着年轻人热情洋溢的轻信态度,捍卫她最为阴险毒辣的敌人:她说她女朋友对她好得让她感动,那个枢密顾问夫人对一切都深表关切,那个小个子曼海姆女孩,埃尔金斯勋爵可能没有想到,竟然会那么聪明、快乐和风趣,可能在勋爵面前她的女朋友没有那么多勇气。总之,这里所有的人都这么妙不可言,对她都这么好,充满善意,真是,她有时都难为情,凭什么这些好事会发生在她身上。

老人眼睛低下看着他手杖的顶端。自从战争以来他对人和各个民族都没有好感,因为他认定他们全都自私自利,对他们施予别人的不公正毫无是非观念。他青年时代在约翰·斯图亚特·密尔②及他弟子的大学课堂上学到的相信人类的道德使命和白种人的心灵升华的理想主义最终都埋葬在依泊尔血腥的沼泽地和苏瓦

---

① 塔拉斯普城堡,位于下恩加丁,是著名名胜地。
② 约翰·斯图亚特·密尔(1806—1873),英国哲学家、经济学家、功利主义者,在当时是影响深远的思想家。

松（他儿子在那里阵亡）附近的一个石灰墓穴里了。政治令他作呕，俱乐部里冷淡的人际关系、公开宴会上矫揉造作的惺惺作态令他反感；自从他儿子死后，他避免结交新朋友；在他同代人那里顽固不化，不想认知真理的态度，还缺乏从战前转到新时代的再学习的能力使他生气，在年轻一代那里，那种狂妄轻率、自以为是、高人一等的样子，让他愤怒不已。可是在这个女孩身上他第一次重新看到了信任，看到了那种仅仅由于年轻这一事实而表现出来的模糊的、神圣的感激之情。在她在场的时候，勋爵明白，一代人痛苦地获得的生活中所有的不信任，幸好在下一代人那里是不被理解和无效的，随着新一代青年的出现，总会有新的开始。这个姑娘还能为微不足道的事情而感激，这是多好的事情啊，勋爵感到心醉神迷，同时心里激荡着一个愿望，比任何时候都强烈，近乎痛苦，这个愿望就是可以把这奇妙的温暖纳入他自己的生活，也许把这姑娘的命运完全和自己结合在一起。他心想，他能保护这姑娘几年，也许让她永远不会获悉，或者很久以后才会获悉这个世界如此卑鄙无耻，会在一个名字前面卑躬屈膝，会用脚跟践踏穷人。啊——勋爵从侧面注视着她：她刚孩子气地张开嘴吮吸着美妙的快速掠过的空气，同时闭着眼睛——只要让我再获几年青春，这对我就足够了。姑娘现在重新充满感激地望着他，快活地说着话，但是老人只用一只耳朵听着，因为一股勇气油然而生；他掂量着如何用最不明显的方式在这也许是最后的时刻做出求婚尝试。

在塔拉斯普城堡他们喝茶。然后勋爵坐在林荫道旁的一把长椅上小心翼翼、拐弯抹角地开始说。他有两个侄女在牛津，跟姑娘年纪相仿，她可以住在那里，前提是她若想去英国的话；邀请她去她们那里对勋爵来讲是件荣幸的事情，要是姑娘不嫌弃他作陪，当然是一个老人的陪伴，勋爵很乐意带她去看伦敦。只是他当然不知道,姑娘到底能不能下定决心离开奥地利去英国,家里是否有什么东西约束她——他的意思:内心的约束。这个问题就很明显了。但是克里斯蒂娜沉浸在她汹涌澎湃的激动之中没有明白这个问题。哦,不,她多想看看这个世界啊,英国肯定特别美妙,她听过那么多有关牛津和它的划船比赛的事情,只有在这个国家,体育能是如此巨大的快乐,年轻能如此精彩。

老人的脸阴沉下来。姑娘一句话也没有提及他,只是想着自己,想着自己的年轻。老人一下子丧失了所有的勇气。不,他想,把一个如此重视自己青春活力的年轻人关进一座古老的宫殿,陪着一个老人,这就是犯罪。不,别让自己被人拒绝,成为笑柄。告别吧,老头!过去了!太晚了!

"我们该往回开了吧,"勋爵问道,嗓音一下子变了,"我担心,要不然您的姨母大人该担心了。"

"好啊,"她回答道,然后激动地,"啊,这一切太美好了,这里所有的一切都美好得无与伦比。"

汽车里勋爵坐在姑娘身旁,话很少,老人在为她难过也为自己难过。但是姑娘猜不到,勋爵心里在想什么,她的身上发生了什么,亮闪闪的目光看着风景,血液在被风吹拂的面颊下面欢快地流动。

他们到达饭店前面时锣声刚刚响起。她感激地握握那位可敬的男人的手然后跑上楼去换衣服:这事她现在已经非常熟练,现在这对她是非常自然的事情了,而在开始的几天里梳妆打扮对她来讲每次都意味着恐惧、担忧,是件大费周折的事情,但同时又是一场欢快激动的游戏。她一再惊讶地观赏着镜子里面由她变成的那个人,那人化过妆,出乎意料,现在她知道,她每天晚上都很美,打扮得漂漂亮亮,这已是自然而然的事情。现在稍稍来几下,裙子就活泼轻巧色彩鲜艳地从高高耸起的乳房滑下,很有把握地在红唇上抹点口红,整理一下头发,披上一条围巾,她就准备好了,她现在已经在这个借来的奢侈里生活得如此如鱼得水,就像她生来就过这样的生活!再越过半个肩膀看看镜子:嗯,好!满意!她已经奔到姨妈那里去接她吃晚饭。

但是刚到门口她就目瞪口呆地站住了:一个乱了套的房间,所有的东西都清理出来,几个箱子已经装满一半,摊开在椅子上,床上和桌上散放着帽子、鞋和其他衣物,这个原本过分整齐的房间现在一片狼藉。姨妈穿着睡袍正跪在一个犟头倔脑的箱子上想把它盖上。"怎么……这是怎么了?"克里斯蒂娜吃惊地问道。姨妈故意不抬眼看她,而是继续红着脸使劲压着箱子,同时呻吟着解释道:"我们离……哦,混蛋东西!……你倒是关上啊……我们要离开这里了。"

"啊,什么时候?……怎么啦?"克里斯蒂娜的嘴一下子张开,全身动弹不得。

姨妈又捶打了一下箱子锁,现在咔嗒一下锁上了。她呼呼地喘着气直起身子。

"是啊,这其实很可惜,我自己也觉得非常遗憾,小克里斯特!但是我从一开始就说过,安东尼吃不消这里的高山空气,对老人来说这就不再合适了。今天下午他又犯了一次哮喘。"

"上帝啊!"克里斯蒂娜朝老先生走过去,他刚刚从隔壁房间出来,还完全蒙在鼓里。她温柔地一把抓住姨夫的手,她神情惊慌失措,身体因为激动而发抖。"姨夫,你身体怎么样?希望已经好一些了!我的上帝啊,我根本没有料到,否则绝不会出去兜风的!但是真的,我保证,你看上去已经很好了;是不是,你现在身体已经好很多了?"

她不知所措地看着姨夫,她的惊慌是真诚的和真实的。她完全忘掉了自我。她还没有明白她也该离开这里了。她理解的只是,这个好心的老先生病了。她的惊慌是为了姨夫而不是为她自己。

安东尼和平时一样身体健康,反应迟钝,非常尴尬地站在那里,为姑娘以动人的态度表达出来的真诚和充满感情的恐惧所感动。渐渐地他才弄明白自己卷入了一场何等令人厌恶的喜剧。

"没事,亲爱的孩子,"他嘟囔着(见鬼,克莱尔为什么拿我当借口!),"你是知道克莱尔的,她总是夸张。我感觉很好,要是由着我的话,我们就待在这里。"他的妻子撒的谎他不怎么理解,让他非常生气,为了发泄这股气他几乎粗暴地附上一句:"克莱尔,把可诅咒的收拾箱子的破事先放在一边,还有的是时间呢。我们还想和这个可爱的孩子好好度过这最后一晚呢。"尽管如此克莱尔还在继续忙碌着,不说话;看起来她害怕做出那不可避免的解释,安东尼又一次使劲看着窗外(让她自己给自己解围吧,我可不管她)。他们两人当中站着克里斯蒂娜,就像一件没用的碍事的东西,她一言不发、不知所措地站在这个空空荡荡的房间里。发生了什么事情,这个她感觉到了,是她不明白的事情。一道闪电已经刺眼地划过夜空,她现在心脏狂跳地等着那雷声,但它不来,不来,但肯定会来。她不敢问,她不敢想,但全身的神经都知道发生了可怕的事情。他们吵架了?纽约来了不好的消息了?也许股票、生意上有什么事情,一个银行倒闭?这样的事情不是每天都能在报纸上看到?还是姨夫真的犯病了,只是为了保护她才瞒着不说?他们为什么让我这么站着,我在这儿该做什么?他们什么都不做,沉默,沉默,只有姨妈在那里没必要地忙忙碌碌,姨夫在不安地来回踱步,自己的心脏在大声敲击,激烈跳动。

终于——解脱了!——有人敲门。客房侍者走进来,身后跟着另一位侍者,手里拿着白色的桌布。令克里斯蒂娜吃惊的是他们把桌上吸烟的家什收走,开始认真地把桌子铺得规规矩矩整整齐齐。

"你知道吗,"姨妈现在终于解释了,"安东尼认为今天晚上最好在楼上房间里吃晚饭。我讨厌和大家絮絮叨叨的告别,讨厌别人没完没了地问去哪儿啊,待多久啊,另外我几乎已经把所有东西都装箱了,安东尼的晚礼服也装进箱子了。再说了,是不是——咱们在这里可以安安静静舒舒服服地在一起待一会儿。"

几名侍者把滚轮桌子推进来,从镍制的保温盘中上菜。克里斯蒂娜心想,他们出去以后,姨妈总该跟我解释一切了吧,她怯生生地观察着他们两人的脸:姨夫弯着身子埋头冲着盘子,使劲用勺子舀着汤喝,姨妈显得面色苍白不太自在。最终她开腔了:"你肯定奇怪,克里斯蒂娜,我们这么快就做了决定!但是在我们那里一切事情进行起来都是很快的——这就是我们在美国那边学到的一些好东西,其中之一。就是什么事都不要没完没了地拖,老拖真没什么好处。一个生意要是经营不好,你就放弃,再开创一个新的,要是在一个地方觉得不舒服,就收拾行李走人,去随便什么地方。其实我们在这里觉得不舒服,已经很长时间了,因为你在这里休养得很好,才一直没有跟你说。整个时间里我都睡得很差,安东尼受不了这里稀薄的高山空气。今天正巧收到我们的朋友从因特拉肯发来的电报,我们就决定了,也许只是去那里几天,然后就去爱克思温泉①。是的,在我们这里——我知道这让你很吃惊——一切

---

① 爱克思温泉,法国的疗养地。

都进行得非常快。"

克里斯蒂娜冲着盘子低下脑袋：现在千万别看姨妈！她的语气里，在喷涌出来的絮絮叨叨的话语中有什么东西折磨着她，每句话都充斥着虚假的果断，特别做作。这背后肯定另有隐情。克里斯蒂娜感觉得到。肯定还得来点什么，还真的来了："当然你要是能一起去的话那就最好不过了，"姨妈边继续说，边撕下鸡翅膀，"但是我觉得因特拉肯，你肯定不喜欢，那不是适合年轻人的地方，你肯定会问，为了这几天休假这样来回折腾真的值得吗，是否会因此反而浪费了你的假期呢。你在这里休息得特别好，这新鲜有力的空气对你特别有好处——是的，我总是说，高山对年轻人最合适不过了，狄基和阿尔文也该到这儿来一次，当然对于已经衰老受到损耗跳动无力的心脏来说，恰恰恩加丁就不合适了。好啦，就像我说的，我们当然很高兴你能同行，安东尼已经非常习惯你在身边了，但是另一方面，来回都得花上七个小时，这对你来说肯定负担很重，再说了，我们明年还会再来的。但是当然了，要是你想跟我们去因特拉肯的话……"

"不，不。"克里斯蒂娜说，或者更多是动了动嘴唇，就像一个在麻醉中的人还在自动地继续说着话，而意识早已中止了。

"我自己认为，你最好直接从这里回家，从这里有一趟非常舒服的火车——我问过门房了，早上差不多七点开车，那你明天夜里晚些时候就到萨尔茨堡，后天就到家了。我能想象你母亲该多高兴，你现在在皮肤晒成褐色，精神焕发，年轻，充满活力，气色好极了，你把这次休养完全新鲜地带回家去，这是最好的。"

"是的，是的。"克里斯蒂娜轻声地把这几个音节从嘴里发出来。她为什么还坐在这里？这两个人就想她走，马上走。但是为什么呢？肯定发生了什么，一定出什么事情了。她机械地继续吃着饭，每一口味道都像海索草一样的苦涩，她觉得，现在得说点什么，随便说些完全轻松的话，就是为了别让他们看出，她的眼睛因为痛苦而燃烧，咽喉因为愤怒而颤抖，随便说些客观的话，一些冷淡的无关紧要的话！

终于她想起了点什么。"我马上给你把衣服拿过来，这样我们就能立即把它们装进箱子里了。"她已经站起来。但是姨妈把她轻轻地推回座椅上。

"先别管它，孩子，这个还有时间呢。我明天早上才装第三个箱子呢。把所有的东西都放在你房间里吧，打扫房间的女工会把所有的东西给我送来的。"然后，突然有些不好意思："另外，你知道，那件红色的裙子，这个你留着，嗯，我真的不再需要它了，你穿着特别合身，当然还有那些小东西，毛衣啊、内衣啊，这些你当然都留着。只是另外那两件晚礼服我在爱克思温泉还需要穿，那里，你知道吗，空前热闹，是一家妙不可言的饭店，顺便提一句，是别人跟我这么说的，希望安东尼在那里感觉舒服一些，那里有温泉，空气更柔和，而且……"姨妈没完没了地说着。难关已经过去。她心平气和地让克里斯蒂娜知道，明天该走人。现在一切重新又简单松弛地在轨道上运作起来，她讲个没完，越来越轻松愉快地讲着那些最引人注目的故事，不是饭店中的就是旅行中的见闻还有美国的故事，克里斯蒂娜阴郁谦恭地坐在那里，但是神经被那尖厉的、痉挛式的不痛不痒的滔滔不绝的话语紧紧压迫着。但愿姨妈已经说完了，那该多好。终于她利用了一个空隙。"我不想现在再更长时间地耽误你们。姨夫该休息了，而你，姨妈，肯定也因为收拾箱子累了。我也许还能帮点什么？"

"不，不，"姨妈同样站起身，"这点东西我一个人很容易搞定的。你今天早点上床，这对你也是更好的。我觉得，你必须六点就起床,我们就不送你去火车站了,你不会生气的是不是?"

"不用,不用,要是送我那样就太过分了,姨妈。"克里斯蒂娜轻声地说,眼睛看着地面。

"你会给我写信告诉我玛丽身体怎么样,对不对,你一到家就给我写信。就像我说的,明年我们就又见面了。"

"是的,是的。"克里斯蒂娜说。谢天谢地,她现在可以走了,再亲吻一下那个奇怪地显得特别尴尬的姨夫,再吻一下姨妈,然后她就走了——只求迅速离开,只求迅速离开——走到门口。但是就在这时,在最后一刻,她手里已经握着门把了,姨妈匆忙赶过来。又一次(但这是最后一击)恐惧把它的锤子砸在她的胸口上:"但是,是不是,小克里斯特,"姨妈紧迫地激动地说,"你现在真的马上就回你的房间,上床睡觉好好休息。不要再下楼去,你知道,否则……否则……否则明天所有的人都来跟我们告别……我们不喜欢这个……我们最好就这么干脆利索地走掉,没有长时间来来回回的告别,宁可以后再给大家写几张明信片……我无法忍受送花啊……送来送去啊。好吧,是不是,你不再下楼了,而是马上上床……是不是,你答应我。"

"是的,是的,当然。"克里斯蒂娜耗尽最后的力气说道,然后关上房门。直到几个星期后她才想起,她在告别时竟忘了对这两位老人哪怕只说一句感谢的话。

刚把门在身后关上,克里斯蒂娜就一点力气也没有了。就像中了枪的野兽,趁关节还支撑着,还没倒地,又跌跌撞撞地挪动了几步,在运动中保持直立,就这样她手扶着墙壁拖着身子走进自己的房间;在那里她跌坐到椅子里,目光呆滞,身上发冷,一动不动。她不理解发生了什么。只感觉到麻木的脑袋从背后挨了一击,疼痛已极,却不知是谁打的。她身上发生了什么,有什么针对她的事情发生了。人家赶她走,她却不知道为什么。

她绞尽脑汁地思索。但是两个太阳穴之间的脑子是麻木的。那是一堆苍白僵硬的东西,不给任何答复。同样的僵硬围绕着她本人,就像一口玻璃棺材,比一口黑色的潮湿的棺材更加冷酷无情,因为它带着讽刺性的灯光通明,闪耀着奢侈的光辉,舒适当中一片嘲讽和寂静,而她的心中响着需要答复的问题:"我做什么了?他们为什么把我赶走?"这种强烈的冲击,这个来自内心的沉闷的压力让人无法忍受,就像整个巨大的饭店和住在里面的四百个人以及那些石头和横梁还有巨大的屋顶都压在她的胸口,同时还有这冷酷阴毒的白色灯光,这张床和床上的绣花鸭绒被子邀请你睡觉,家具邀请你愉快地休息,镜子邀请你幸福地往里面看;她觉得自己要是再在这把令人痛苦的椅子上坐着就要结冰了,或者突然在毫无意义的狂怒之下打碎窗上的玻璃,或者拼命地大声喊叫,哀号,痛哭以至于吵醒熟睡中的人们。赶快离开!赶快出去!赶快……她不知道要干什么。就是要离开,离开,为了不在这个可怕的没有空气的无声空间里窒息。

突然,不知道想要什么,她一跃而起跑下楼;她身后的门开着,摇晃着,在电灯光下黄铜和玻璃毫无意义地交相闪烁。

她跑下楼梯,像一个梦游者。壁纸、图画、器皿、台阶、电灯、客人、侍者、女用人,还有其他东西和面孔,都幽灵般虚幻地从她身边掠过。一些人诧异不已,有人致以问候,纳闷她不理不睬。但是她的目光被遮住了,她不知道她看见了什么,她要去哪里,她想要什么,只有她的双腿以无法解释的敏捷,匆忙地奔下楼梯。

平时理智地调节她行动的某一个变速器被拽了下来,她漫无目标地跑着,就是要往前,往前,被一种无名的、毫无意义的恐怖所驱使。在大厅的入口处她突然一下子停住了;有什么东西这时醒过来了,她回忆起:大家在这里坐着,跳着舞,笑着,愉快地在一起,她马上试着问她自己:"我为什么在这里?来这里干什么?"空间的冲击力就此打碎。她一下子不能继续向前,她还没有站稳,墙壁便开始摇晃,地毯开始移动,枝状吊灯开始画着疯狂的椭圆形一个劲地摇摆。我要倒下去了,她觉得,地板要在我脚下摇晃着移开。她本能地用右手抓住一块帷幔保住了平衡。但是力量从各个关节流失了。她既不能往前也不能往后。她目光呆滞疲劳,身体所有的重量都靠在墙壁上,闭着眼睛,站着,喘着气,不知道接下来该干什么。

就在这个时候德国工程师朝她走来,他刚想赶快到房间里去取些照片,来给一位女士看,这时他看到了一个奇怪的身影,靠着墙,一动不动,同时又沉重地呼吸着,眼睛睁着但是却什么也看不见;他第一时间没有认出克里斯蒂娜。但是接着他的声音马上又带上轻松愉快随随便便的腔调:"您在这里啊!为什么不去大厅?还是说您在悄悄侦查什么秘密?为什么……但是……怎么了……您到底怎么了……"工程师吃惊地盯着她。听到他的第一句话克里斯蒂娜吓了一跳,浑身颤抖,就像一个梦游者被一声突如其来的喊叫惊醒,活像中了一颗子弹。

她的眉毛可怕地高高竖起,她的目光惊恐万状不断痉挛,她举起手,像要挡开一击。

"您怎么了?身体不舒服吗?"说着工程师扶住她,这是最必要的时候,因为克里斯蒂娜奇怪地晃动着。她眼前突然一阵发黑。但是当她感觉到工程师的手臂,感觉到这人性的温暖的接触时,她立即激动地一跃而起。

"我必须和您谈谈……马上谈谈……但不是在这里……不是在这里当着其他人的面……我必须和您单独谈谈。"她不知道该和他说什么,就想说说话,和随便哪一个人说说话,说说心里话。

平日里她的声音那么平静,而现在却发出尖厉的声响,这让工程师目瞪口呆,暗想:她可能病了,已经被人送上床,因此她没有下楼来,现在她又偷偷起床——她肯定发烧了,从她的眼睛可以看出来。要不就是一次歇斯底里的发作,在女人那里什么样的事情他没经历过——不管怎样先让她镇静,镇静,别让她看出来你认为她病了,假装什么都理解。

"好的,好的,小姐,"——工程师对她就像对一个孩子讲话——"只是也许……"(最好别让人家看见我们)"也许我们到饭店前面走几步……到新鲜的空气里去……这肯定对您有好处……大厅里的暖气总是烧得过热……"只是先要让她镇静,镇静,工程师心想,他拿起克里斯蒂娜胳膊时似乎偶然触摸了一下她的手腕,想检查一下她是否发烧。不,手冰凉。奇怪,工程师心想,心里的不快增加了,奇怪的事情。

饭店前面,挂在高处的弧光灯刺眼地晃动着,左边就是被黑色笼罩的森林。昨天她就等在那里,这事好像发生在一万年前,她血液中没有一个细胞记得这事。工程师温柔地领着她走过去(最好马上进入黑暗,谁知道她怎么了),她顺从地由着工程师领着。先分散她的注意力,工程师思考着,谈些无关紧要的事情,不要进行任何讨论,就是随意聊天,这个最起镇静作用。

"这里环境好多了,是不是……披上我的大衣吧……您瞧这些星星……我们总是整晚整晚地待在饭店里,这其实真是挺傻的。"但是那个浑身发抖的女孩没有听到他说的话。什么星星,什么夜晚,她感觉的只是自己,只是她那多年来受压抑、遭排挤被欺压的自我,这个自我突然在痛苦中强悍地挣扎着站起,心胸几乎崩裂成碎片。一下子,完全不受意志所控制,她死死抓住工程师的手臂。

"咱们离开这里吧……明天我们离开这里……永远离开……我再也不回到这儿里来了,再也不……您听见吗,再也不……再也不……不,我受不了了……再也不……再也不。"工程师担心,她在发烧,她的身体在发抖,她病了,我必须马上去通知一位医生。但是她全身狂野抖动着,紧紧抓着他的手臂。"但是为什么,我不知道为什么……我得这么突然地离开……肯定发生了什么事情……我不知道是什么。中午他们两个人还对我和蔼可亲,只字未提,晚上……晚上他们跟我说,我明天必须走……明天,明天一早……立即,我不知道为什么……为什么我必须如此突然地动身离去……就这么突然走了……就这么走了……就像把不再需要的东西从窗户扔出去,就这样……我不知道为什么,我不知道……我不明白……肯定发生了什么事情。"

啊,是这样,工程师心想。他一下子茅塞顿开。就在刚才有人告诉了他有关那位梵·波伦小姐的闲话,他不由自主地吓了一跳;他差点向她求婚!现在他明白了,姨夫姨妈手忙脚乱地要把这个可怜虫赶走,别让她给他们再添什么麻烦。炸弹爆炸了。

现在千万不要掺和进去,工程师飞快思考了一下。分散注意力!分散注意力!他试着说些无关紧要的话,唉,这可能不是最终的结果,您的两位亲戚也许还会再认真想想,明年……但是克里斯蒂娜根本没有听,没有想,只是想把她的痛苦宣泄出来,狂野地,激烈地,跺着脚,大声地宣泄出一个无助孩子的怒火。"但是我不想!我不想……我现在不想回家……叫我在家里做什么呢,那种日子我再也无法忍受了……我不能……我要崩溃了……在那里我会发疯的……我跟您发誓,我不能,我不能,我不想……您帮帮我……您帮帮我吧!"

这是一个溺水者从水中发出的呼喊,声音刺耳,已经快要窒息,因为突然这个声音被淹没了,那个一下子爆发出来的痉挛式的啼哭深深攫住了她,工程师的身体都能感觉到那阵阵的抽搐。"别这样,"他请求道,他不由自主地深受感动,"别哭了!别这样哭了!"为了安慰她,工程师的胳膊不由自主地把她拉得更近。她屈从了,软弱无力,身子却沉甸甸地靠在他的胸口上。但是这样倒入怀中并没有任何欲念,只是极度筋疲力尽,只是无可言状的疲惫不堪。克里斯蒂娜感觉到的只是她可以靠在一活人身上,有只手在抚摸着她的头发,这样她就不会感到自己孤独得那么可怕、那么无助,完全被人抛弃。渐渐地她的哭泣减弱了,不再那么向外表露出来,不再是这种触电似的阵阵抽泣,而是微弱地轻声啜泣。

这个陌生男人觉得怪怪的。他突然站在森林的阴影里,可是离饭店只有二十步(人们随时都能看见他们,随时都会有人走过),手里抱着一个不断抽泣的年轻姑娘,他感觉到姑娘奉献出来的胸脯就像一股涌动的温暖波浪。怜悯之心油然而生,一个男人对一个痛苦中的女人的同情总是不由自主地变成柔情蜜意。让她镇静下来,工程师想,让她好好镇静下来!工程师用空着的左手(为了不至于倒下,克里斯蒂娜还一直握着他的右手)抚摸着她的头发,仿佛催眠一般。为了让她的抽泣变得轻声一些,他弯腰亲吻她的头发,接着亲吻鬓角,最后亲吻她抽搐的嘴。然后一阵喊叫从她身上毫无意义地爆发出来。

"您带上我,带上我……我们离开这里……您想去哪里都行,您想去哪里都行……就是要离开这里不再回来……不要回家……我无法忍受……随便去哪里,就是别回去……干什么都可以,就是别回去……您想去哪里都行,想去多久都行……就是要离开,就是要离开!"克里斯蒂娜发着高烧,使劲摇晃着他就像摇晃一棵树。"带我走吧!"

工程师吓了一跳。止住!这个务实的男人想,现在要迅速果断地止住。想个办法让她镇静,把她带回饭店,否则事情该变得无比难堪。

"好的,孩子,"工程师说,"当然,孩子……就是不能太着急……我们还得好好谈谈所有的事情。天明之前您先好好思考一下……也许您的两位亲戚还会做出不同的决定,他们感到歉意……明天我们看一切事物都会更清晰一些。"但是克里斯蒂娜急切地颤抖着:"不,不能等到明天,不能等到明天!明天我就得走了,一早我就得走,一大早……他们把我赶走……就像扔掉一个邮包,快,快,他们要把我快速运走……我不让他们这样把我打发走……我不让……"说着更急迫地拉着他:"您带我走……马上,马上就走……您帮帮我……我……我无法再忍受了。"

必须结束了,工程师暗自思忖。别让自己卷进去。她头脑不清醒,她不知道她在说什么呢。"好,好,好,我的孩子,"他摸摸她的头发,"当然,我明白啊……我们现在需要好好谈谈所有的事情,但是不是在这里,您不能在这里逗留太长时间……您该感冒了……没有大衣就穿着这么薄的衣服……您跟我来,我们现在进去,坐在大厅里……"说着,他小心翼翼地收回自己的手臂:"您现在跟我来,孩子。"

克里斯蒂娜凝视着他。抽泣一下子打住了。她什么也没有听见,也没有听懂他都说些什么。但是在极度绝望之中和她身体闪动的下意识里,她感觉到这个男人害怕地从她那里抽回他温柔的手臂。身体先理解了,接着是直觉,然后是大脑可怕地认识到,这个男人在从她那里撤退,他是个胆小鬼,小心翼翼,顾虑重重,这里所有的人都想摆脱她,所有的人都不要她。克里斯蒂娜从她的迷醉中清醒过来,猛的一下,她简短清晰,语调尖锐地说:"谢谢,谢谢,我可以自己走。很抱歉,我就是片刻不太舒服,姨妈说得对,这里的高山空气对我不是很好。"

工程师想说点什么,但是克里斯蒂娜挺起肩膀急促地走在他前面,根本没有顾及他。就不想再看到他的脸,不再看到任何人,离开,离开,离开,不再在这些盛气凌人、胆小如鼠、令人厌恶的人面前自轻自贱,离开,离开,离开,不再从他们那里拿任何东西,不再让他们送给自己任何东西,不再自我欺骗,不再向他们吐露心声,不再给任何人说心里话,给任何人也不说,离开,离开,离开,宁愿死,宁愿在角落里死掉。当她穿过那个深受崇拜的房子,穿过那个可爱的大厅,就像走过彩绘的石头那样走过那些人的时候,心中只有一个感觉:恨那个男人,恨这里的每一个人,恨所有的人。

整整一夜克里斯蒂娜就一动不动地坐在桌前的椅子里。她的思想迟钝地转着圈,就围绕着唯一的感觉,一切都了结了。这不是那种清晰的可以触摸得到的疼痛,而仅仅就是一种麻木感,在这种感觉里她痛苦地觉得隐隐约约地发生了什么事情,就像一个人做手术的时候,就算在麻醉状态还能模模糊糊地感觉到那火辣辣的手术刀在切割着自己的身体。就在她无声地坐在那里,眼睛像空荡荡的洞穴盯着桌子的时候,一件事情发生了,这是她的意识在瘫痪状态下无法理解的,这就是:一个新的,不同的人,这个在九天梦幻般的日子里人造的虚假的、双重的自我,那个既不真实但又真实的梵·波伦小姐,重新在她的身体里死去了。她还坐在那另一个人的房间里,身体也还是那另一个人的身体,她的珍珠项链围在那冻僵的脖子上，嘴唇上还留着一道清晰的胭脂红，肩上还是那件轻如蝉翼的可爱的夜礼服，但是穿在身上已经令她毛骨悚然，就像一块尸布盖着一具尸体。它已经不再属于她了，这里的东西、另一个人的东西、这个神圣的上层世界的东西都不再属于她，所有的一切都再一次变成陌生的，借来的，就像第一天那个样子。她身边是铺得平整的白色的床，床上铺着鸭绒被，特别柔软暖和，但是她没有躺进去：这已不再属于她了。周围家具在闪闪发光，地毯在无声地呼吸着，但是所有周围这些黄铜的、丝绸的和玻璃的东西她觉得都不再属于她自己，手上的手套、脖子上的珠链也都不是她自己的了——一切都属于那个人，那个已被谋杀的双身人，克里斯蒂安娜·封·波伦，她已经不再是那个人，但又还是。她一再试着撇开这个人造的虚假的自我，想到她真正的自我，她强迫自己想起母亲，想起母亲病了或者也许死了，但是不管她多么使劲地撞击她的感觉，她都感觉不到痛苦，感觉不到忧虑，一种感觉淹没了所有其他的感觉！一种愤怒，一种迟钝的、痉挛的、无力的愤怒，就是释放不出来，被锁在心里咕哝着，一种无法估量的愤怒——她不知道这个愤怒是针对谁的，是针对姨妈的、针对母亲的、针对命运的，这是一个遭到不公平待遇者的愤怒。她的饱受折磨的心灵只感受到人们从她那里夺走了什么，她必须从这个深受鼓舞的我，蜕变成一条迟钝地在地上乱爬的盲目的虫子；只能感受到一些东西结束了，无可挽回地结束了。

整整一夜克里斯蒂娜就这么坐在她那把木头椅子里，冰冻在自己的愤怒里。她没有通过垫了软垫的门听到这个房子里其他人的生活，听到入睡的人们无忧无虑的呼吸、情人们做爱时的呻吟、病人的叹息、无法入睡的人们不安的来回走动，她没有通过这扇关闭的玻璃门听到那已经在清晨围绕着这幢沉睡中的房子吹拂的风,她只感觉到自己,她在这间屋子、这幢房子、这个宇宙里的孤独,是一块呼吸着的抽搐着的肉,还像一个刚刚切下来的手指一样温暖,但是已经没有了意识没有了气力。这是一种残酷的在自己心里的死亡,一种一块接一块的冻结和冻死,她僵硬地坐在那里,就像在倾听自己的内心,倾听那欢蹦乱跳的炽热的梵·波伦的心脏何时在她心里停止敲击。仿佛过了千年,清晨来临。可以听见走廊里仆人在打扫卫生,下面花匠在把砾石铲平:真正的一天不可避免地开始了,结束了,上路吧。现在该收拾箱子,走人,变回另一个人,那个来自小赖夫林的邮政局助理霍夫莱纳,忘记那另一个人,她的呼吸曾经在这里卷起稀疏的小小的浪花,围绕着那些业已失去的珍宝而摇曳漂浮。

　　起来的时候克里斯蒂娜才感觉到她四肢僵硬头晕目眩浑身疲乏:走到柜子的四步路成了从一大洲前往另一大洲的旅行。枯死的关节没有任何力气,她艰难地打开柜子门,立即惊愕在那里:那条小赖夫林的裙子,还有那件她来时穿着的可恨的衬衫,像个被绞死的人似的在那里晃动,惨淡的,发着白色,摇摇晃晃地;当手指把裙子从衣架上拿起的时候,她因为强烈的恐惧浑身一哆嗦,就好像摸到什么腐烂的东西:她必须又进入这个死了的霍夫莱纳的身体中去!别无其他选择!她飞快地扯下那件晚礼服,轻如一张丝纸,从她的臀部沙沙地直滑下去,她把她收到的其他衣服、内衣、毛衣、珍珠项链、那十几个或者二十个迷人的小玩意儿一件一件放在一边:她只拿了那件姨妈一再强调的礼物,就是一小把,很容易地就进到了那个可怜的草制小箱子里。很快就装好箱了。

　　收拾完了!她又一次环顾四周检查一下。床上放着晚礼服、舞鞋、腰带、粉红色的衬衣、毛衣、手套,杂乱无章,横在那里乱七八糟,就仿佛封·波伦小姐,这一幽灵般的人,被撕成几百块碎片。

因为恐惧颤抖不已,克里斯蒂娜瞪着那幽灵的剩余部分,这个幽灵,刚才还是她自己。然后回头看看是否还有什么属于她的东西落下了。但是再也没有什么东西属于她了:别人将在这张床上睡觉,别人将通过这扇窗户瞭望金色的风景,别人将在这面磨得亮晶晶的镜子里梳妆打扮,她是永远不会了,永远不会了!这不是告别,这是一种死亡。

当她拎着那只破旧的小箱子走出去的时候,走廊里还空无一人。她自动地走向楼梯。穿着她的旧衣服,克里斯蒂娜·霍夫莱纳觉得自己不再有权利走那个一级级铺着地毯黄铜镶边的、供客人们专用的楼梯下楼,她宁愿怯生生地从厕所旁边那个仆人使用的铁制盘旋式楼梯走下去。在楼下那灰蒙蒙的收拾了一半的大厅里,打着瞌睡的门房跌跌撞撞地走过来,一脸怀疑。这是怎么回事啊?一个女孩,穿着一般甚至相当寒酸,手里拎着一个破旧的箱子,蹑手蹑脚地走向大门,像个影子似的,显然很难为情的样子,都没跟他打个招呼。哈罗,他飞快地上前一步,极有威胁性地用肩膀挡住了旋转门。

"请问您要去哪里?"

"我要坐七点的火车离开这里。"门房一脸惊愕:他第一次遇到这样的事情,这里饭店里的一位客人,还是一位女士,要自己拎着箱子去火车站。他立即觉得有些蹊跷问道:"请允许我问问您的房间号?"

直到这时克里斯蒂娜才明白了。啊,原来如此——这个门房把她当成入室行窃的小偷了——话说回来,他是对的,她是谁啊?但是这个怀疑没有让她恼怒,正相反,她产生了一种恶意的快感,想在经历了冰霜之余再受一次鞭打,在蒙受侮辱之中再次被人虐待。你们害我吧,你们难为我吧——这样更好!她异常平静地回答。"我住在286号房间,由我的姨夫结账,他的房间号是281,我叫克里斯蒂娜·霍夫莱纳。"

"请等一下。"夜班门房让开门,但是眼睛还盯着这个可疑的人(她感觉到了),不想让她在自己眼皮底下溜走,同时他翻着登记册。然后他的语调突然变了;尴尬的鞠躬,非常彬彬有礼地说:"啊,尊敬的小姐,请您海涵,我刚看到白天的门房已经得知您要离开的消息了……我的意思是,只是,因为太早了……再说……尊敬的小姐,您总不会自己拿着箱子走吧,汽车会在火车开车前二十分钟把箱子送过去。请您移步早餐室吧,尊敬的小姐还有足够时间可以用餐呢。"

"不,我不需要了。再见!"她走了出去,没有再回头看看那个门房,门房诧异地凝视了一阵之后摇着头重新回到自己的斜面桌那里。

我不需要了。说了这句话,她觉得很舒服。什么也不再需要,也不从任何人那里要什么。她向火车站走去,一只手拿着箱子,另一手拿着雨伞,眼睛使劲盯着路面。山峦已经明亮起来,云彩不安地涌动着,下一个瞬间,那美妙绝伦、深受喜爱的恩加丁湛蓝的晴空,就会尽扫浮云,一望无际。但是克里斯蒂娜病态地弯着腰,眼睛只盯着路面,她再也不想看见什么,再也不想从任何人那里得到任何赠予,哪怕是上帝的恩赐。任何东西她看都不想再看,也不想被提醒,从现在起直到永远,这些山峦都是为其他人而存在的,那些娱乐场所和游戏是其他人的,那些饭店和里面闪闪发光的房间、那隆隆作响的雪崩和那生机勃勃的森林,没有一个再为她而存在,永远不再!她移开目光不看路过的网球场,那里——她还知道——今天将有其他人,古铜色的皮肤,身着闪亮的白色球衣,嘴里叼着香烟,在球场上活动着他们轻巧灵活的四肢,自负地你来我往地打球;路过还关着门的经营上千昂贵物品的商店(都是为其他人开设的,为其他人!),手里拿着她廉价的雨衣和破旧的雨伞,她经过饭店、集市和甜点铺走向火车站,走向火车站。就是要离开,就是要离开。就是不想再看到任何东西,就是不想再记起任何东西。

在火车站她躲进三等车厢的候车室;在这个永恒的第三等人所在之处,世界各地到处都一样,没有软垫长椅,到处都是一副寒酸的不受重视的样子,在这里她觉得自己已经一半在家里了,直到火车进站,她才飞快地走出去:别让任何人看见她,别让人家认出她。但是这时——这难道是幻觉吗?——霍夫莱纳,霍夫莱纳,有人沿着整趟可恶的列车叫着她的名字(这可能吗?)。她哆嗦了一下。难道有人还想在她离开的时候嘲讽她一下吗?但是这个喊叫一再清楚地重复着,她于是把身体探出窗户:原来是门房站在那里,手里摇晃着一份电报。小姐,请您原谅,电报昨天晚上就到了,但是夜班门房不知道该给谁,他自己现在才知道小姐就要动身。克里斯蒂娜打开电报。"病情突然恶化,速归,富克斯塔勒。"然后火车就开动了……完了,一切全都完了。

每个物质都具有一定限度的张力,超越了限度,张力就无法增加,水不能超过沸点,金属不能超过熔点,就连心灵的元素也无法违背这个颠扑不破的法则。快乐达到一定程度,再增加快乐也不再感觉得到,同样,痛苦、绝望、沮丧、恶心和恐惧也是如此。内心的容器一旦满到边缘,就不能再接受任何一滴外部世界。

因此克里斯蒂娜在拿到那封电报时感觉不到任何新的痛苦。虽说她脑子里的意识一清二楚,现在我该惊诧,该害怕,该担心,但是尽管头脑清醒,感觉却不工作了:它根本没有注意到这个消息,没有回应。就像一个医生拿着一根针去扎一条坏死的腿:病人看到了针,他清楚地知道,这根针很尖很热:扎进去肯定很痛,非常痛,他已经绷紧全身,为了在那痛苦爆发的时候挺直所有的关节。那根灼热的针扎进去了,可是,因为肌体已经坏死,神经没有反应,这个瘫痪的人惊恐地认识到,他身体的下部有些地方完全没有感觉,他温暖的身体携带着一部分死掉的肌体。克里斯蒂娜感觉到就是这样的恐惧,她把那张纸读了一遍又一遍,自己完全无动于衷。母亲生病了,她的处境肯定很绝望,否则这些省吃俭用的人不敢花这么多钱发份电报。母亲也许已经去世,很可能是这样。但是在产生这个想法(这个想法昨天会把她彻底击垮)的时候,她的指头都没有震颤一下,那个控制她眼睑之间眼泪的肌肉都没有开闸放水。所有的一切都保持呆滞的状态,而这种呆滞从她身上蔓延到她周围所有的东西上。她没有感觉到,火车以哐当哐当的节奏行进着;对面木头长椅上坐着红脸膛的男人们,他们吃着香肠,大声说笑;窗外总有新的岩石拔地而起,又一再转换成鲜花盛开的矮小丘陵,山脚下升起层层白色的雾霭——所有这些景致在她上次坐火车来的时候,还被作为最生机勃勃的景象感受着,激动着各个感官,现在在她那呆滞的眼前都是死气沉沉的。只是到边境检查护照的官员例行公事摇晃她的时候,她的身体才感觉到一点:喝点热的东西。能稍微融化一下这可怕的冻僵状态,让那卡住的像肿胀起来的喉咙松弛一些,让她终于喘口气,终于把一切从身体里发泄出来。

她走到餐柜,喝了一杯加热朗姆酒的茶。这饮料一下子进入血液,就连脑子里最僵硬的细胞也都激活起来:她又可以思考了,她立即想起来该给家里发份电报告知到达的时间。就在右边拐角处,就是邮电所,车站门卫对她说,是的,是的,她还有足够的时间。

克里斯蒂娜去找打电报的窗口。玻璃板是放下来的。她敲敲玻璃。里面闷闷不乐的脚步慢慢地吧嗒吧嗒地蹭过来,玻璃板拉起来。"您有什么需要?"一个戴眼镜的女子问她,脸色发灰,脸上一股怒气。克里斯蒂娜吓了一跳,无法马上回答。这个瘦骨嶙峋、饱经风霜的老处女,浑浊的眼睛上戴着钢制镜框的眼镜,那酷似羊皮纸的手指机械地把表格递出来,她觉得这不就是十年、二十年后的自己吗,一张魔鬼的镜子把这个女人当成她邮政局助理的幽灵展示给自己;因为手抖得厉害她几乎无法写字。这就是我,我将是这个样子,她不断地战栗着,一再往那边瞥着那个干瘪的陌生的女人,那女人耐心地弯着身体在斜面桌前等候着,手里拿着铅笔——哦——她知道这些动作,知道这无聊的几分钟,你会在这样的每分钟里渐渐地枯萎,然后衰老,毫无用处,毫不幸福,就像镜中的这个幽灵消耗殆尽。克里斯蒂娜慢慢走回车厢,膝盖不停地颤抖。额上泛出滴滴冷汗,就像一个人在梦中看到自己被安置在棺材里,听到惊恐的一声大叫倏然惊醒。

在圣波尔滕,克里斯蒂娜挪动她那隐隐作痛的四肢走下火车,因为乘坐夜车没有睡觉而疲惫不堪,这时一个人横穿下车乘客的铁轨快步迎了过来:富克斯塔勒老师,他肯定在这里等了整整一夜。第一眼克里斯蒂娜就知道了一切——老师穿着黑色外套,打着黑色领带,克里斯蒂娜把手伸给他,他充满同情地握着摆了一下。克里斯蒂娜无须再问什么,他局促的样子已经说出了一切。但是奇怪的是,这并没有使她有任何震撼。她既感觉不到痛苦也感觉不到激动和惊讶。母亲去世了。也许死是件好事。

在去小赖夫林的客车上富克斯塔勒不厌其烦又很周到得体地讲述着母亲最后的时刻。他看上去睡眠不足,没刮胡子的脸上全是胡子楂，在灰蒙蒙的早上泛着灰色，衣服上沾着尘土皱巴巴的。为了她的缘故，富克斯塔勒每天都去看望老太太三四次，也常常在夜里为了她的缘故而醒过来。一位令人感动的朋友，克里斯蒂娜暗想。要是他能住口就好了，要是他能保持安静，让她也安静一会，不要露着修补得很差的一口黄牙，用这极度感伤的声音在她耳边不停地唠叨就好了；克里斯蒂娜对这个自己曾经有过好感的男人产生了一种肉体上的反感，她对这种反感自己感到羞愧，但是徒劳，她感觉这就像嘴唇上的胆汁。

克里斯蒂娜并不想对比，但还是把这位老师和那边的那些男人对比了一番，那些男人都是身材修长、皮肤褐色、身体健康、动作灵活的骑士，手都保养得很好，穿着紧贴腰身、非常合体的外套，克里斯蒂娜带着一种恶意的好奇看着富克斯塔勒这身丧服的各种可笑的细节，那明显翻新过的黑色外套，胳膊肘已经磨白，肮脏的廉价的衬衫上戴着一条现买来的黑色领带。无法忍受的小市民气，这个一身黑衣的瘦小男人让她一下子觉得可笑无比，这个乡村教书先生，长着一双苍白的招风耳，稀疏的头发，头路也没分对，他那眼窝发白泛蓝，眼眶发红的淡蓝眼睛戴着一副钢制镜框的眼镜、压扁了的黄色赛璐璐假领上一张羊皮纸般尖尖的老鼠面孔。而这个人想……这个……绝不，克里斯蒂娜想，绝不！根本不可能让他摸一下，根本不可能献身给这个披上伪装的教区主持候选人，他那颤巍巍的柔情蜜意没有勇气、没有尊严！光是这个想法就已经让她恶心至极，就好像要呕吐似的。

"您怎么了？"富克斯塔勒忧心忡忡地中止了自己的讲话。他发现克里斯蒂娜全身突然发出一阵抽搐。

"没什么……没什么……只是，我觉得我是太累了。我现在没法说话。我现在没法听任何话！"

克里斯蒂娜向后靠着闭上眼睛。她一旦不必再看着他,不必听到那安慰人的柔软的声音,她马上就觉得舒服多了。这个声音因为听上去低三下四,所以无法容忍。这是一个耻辱,她心想,他对我这么好,他牺牲了自己。但是我不能再看着他,不能再容忍他,我不能。再也不看这个男人,再也不看像他一样的那些男人!绝不!永远不!

神父飞快地在敞开的墓穴旁念着祷文,因为雨正垂直地密集地洒落下来。掘墓人手里拿着铁锹站在厚厚的泥土里,不耐烦地捯着脚。大雨如注,雨势越来越猛,神父也越说越快,终于一切都过去了,送这位老太太到教堂墓地去的十四个人一语不发,几乎跑着回到村里。克里斯蒂娜突然害怕起她自己来了,因为她在整个仪式过程中没有受到震撼,而是不由自主地净想到了那些令人反感的琐事:她没有穿雨鞋,去年她想买一双,母亲说没有必要,把自己的借给她。富克斯塔勒向上翻起的大衣领子边上起毛了而且磨破了。克里斯蒂娜的姐夫弗朗茨发福了,快步走的时候不由自主地呻吟。她嫂子的雨伞破了,必须再给它罩块布。那个女商贩没有送花圈,而是送的在屋前小花园里摘下来的几朵已枯萎的花朵,用铁丝缠了缠。面包师赫尔德里齐卡在她不在家的时候让人做了一块新招牌——尽是她被赶回去的那个窄小世界里可怕的、小气的、恶心的事情,都带着这个世界尖利的倒钩再给戳进她的身体,如此折磨着她以至于她都无法感觉那真正的内心痛苦。

几位参加葬礼的来宾在她家房前告辞,然后毫不拘束地跑回他们住的地方,脚上溅着烂泥,手里撑着宽大的雨伞:只有姐姐、姐夫、哥哥的遗孀和这位嫂子在哥哥死后改嫁的那个木工师傅爬上咯吱咯吱作响的楼梯去她的住处。房间里只有四个坐的地方,他们是五个人：于是克里斯蒂娜把座位让给了其他人。这个房间特别狭小阴暗给人特别压抑的不舒服的感觉。从挂着的湿淋淋的大衣和滴着雨点的雨伞那里散发出一股潮湿发霉的味道，雨水敲打着玻璃，死者的床空空的，灰暗一片，在昏暗中等候着。

没人说话。尴尬中克里斯蒂娜问道："你们想喝点咖啡吧？"

"好的，小克里斯特，"姐夫说，"现在喝点热的挺好的。但是你得快点，因为我们待不了太长时间，我们乘的是五点的火车。"现在他嘴里叼着一根弗吉尼亚香烟，深深地吸了一口。一位性情温和、不拘小节的市政府公务员，战争中当辎重队中士时就已经有了小肚子，和平时期小肚子就过早地更突出了，他只有穿着衬衫待在家里才觉得舒服；整个葬礼期间他都艰难地做出一副难过痛苦的表情，直挺挺地站着，现在他稍稍解开一下黑色丧服的扣子，穿着这件衣服他看上去就像伪装起来一样，舒舒服服地靠到椅子里面："我们没有带孩子们来还是挺明智的。奈莉本来认为他们无论如何都必须参加外婆的葬礼，但我马上就说，我们大人不该让孩子们看这些悲伤的东西，他们还无法理解呢。再说了，这来回坐火车多贵啊，得花一大笔钱，在现在这种时候……"

克里斯蒂娜使劲磨着咖啡。她刚回来五个小时，已经听到十次"太贵了"这几个可诅咒的可恶的字。富克斯塔勒认为，从圣波尔滕医院去请主任医师来太贵了，其实来也做不了什么，姐夫提到墓碑上的十字架，不要订石头的，"太贵了。"姐姐说的是追思弥撒，而现在姐夫讲的是路费，都太贵了。这句话一刻不停地从所有人的嘴里说出，就像外面的雨打在檐口上，冲走了所有的快乐。现在每天这句话都会一再地出现：太贵了，太贵了，太贵了！克里斯蒂娜战栗着，她生气地把她所有的愤怒都磨进这个吱吱作响的碾磨机：快走吧，快走吧，什么也不想再听，什么也不再想看！其他的人在这期间安静地围着桌子坐着等着咖啡,东拉西扯地试着聊天。那个娶了哥哥遗孀的男人是个来自法沃里滕的木工师傅,他蜷缩着谦虚地坐在那些半拉亲戚当中,他根本就不认识刚刚去世的老太太;整个谈话在问题和回答中艰难地进行着,总是动不动就停下来,好像路中间挡着一块石头。终于咖啡打断了谈话,克里斯蒂娜摆出四个杯子——更多的她就没有了——然后她就再次走到窗前。那四个人令人难堪的沉默让她觉得压抑,奇怪的拖得很长的沉默,可以笨拙地隐藏着同一个思想。她知道现在该发生什么了,她的神经都能感觉到,在外面前屋里她看到每个人都带来了两个空的双肩背包,她知道,她知道现在会发生什么,一阵恶心直蹿她的喉咙。

终于姐夫开始说话了,用他那爽朗的嗓音:"这雨下得真够糟糕的!而奈莉,她忘性也真够大,连一把雨伞也没带。其实最简单的办法就是你把母亲的那把伞给她得了,小克里斯特!还是说你自己也需要它?""不。"克里斯蒂娜从窗户那边说,身上发抖。现在就该发生了,马上就要发生了;只希望快点,快点!

"其实,"就像约好了似的,姐姐插进来,"最明智的是我们现在马上就把母亲的东西分一下吧?谁知道我们四个人什么时候还能再聚在一起,弗朗茨有那么多公务,而您(她冲着木工师傅),肯定也是。再专门跑过来一趟,那不合适,那又得花钱。我觉得,我们最好马上就分一分,你同意吗,小克里斯特?"

"当然,"克里斯蒂娜的声音突然沙哑了,"我只请求你们,把所有的东西都分了吧!你们两个都有孩子,你们比我更用得上母亲的东西,我什么都不需要,我什么都不要,你们几个把所有的东西都分了吧。"

她打开柜子,拿出几件穿旧的衣服摊在(在这个狭小的阁楼里没有其他地方)死者的床上(昨天这里还是热的)!没有多少东西,就是几条被单、一件旧的狐皮大衣、一条方格花呢披肩、一根带着象牙柄的手杖、一个镶嵌花纹的威尼斯胸针、结婚戒指、一块带表链的小银表、一串念珠、一个玛利亚柴尔①珐琅圣母像,还有一些长筒袜、鞋、绒拖鞋、内衣、一把旧扇子、一顶皱巴巴的帽子和一本用旧了的祈祷书。她没忘记什么,这个老太太就只有这么点不时送进当铺的东西,然后她飞快转身走到窗前望着外面下的雨。她身后那两个女人开始轻声说起来,相互给每一件东西估估价,达成共识。属于姐姐的东西都放在死者床上的右边,嫂子分得的东西放在左边,这中间是一堵无形的墙壁和边界。

克里斯蒂娜在窗户那边沉重地呼吸着。她心里都听得到那你来我往的讨价还价,就算她们说话的声音再低,尽管她背冲着死者的床站着,她也看得见她们的手指,同情之心汇入她那极度的愤怒。"她们得有多穷啊,穷得让人可怜,自己还没有意识到。她们分的破烂其他人都不屑用脚碰;这些旧的法兰绒线团、这些穿破的鞋、这些可笑的破布,她们都当成宝贝!她们对这个世界有什么了解,她们都能猜到点什么!但是你要是根本不知道你自己有多穷,穷得多么令人厌恶,多么令人恶心,多么可怜,这样也许更好。"

姐夫走到她面前:"但是小克里斯特,所有的事情总得有个正确的说法,你要是什么都不拿是不可以的。你总得随便留下点什么作为对母亲的纪念吧——那个表或者至少那串项链。"

"不,"她坚决地说,"我什么也不要,什么也不拿。你们有孩子,那还有点意义。我什么也不需要——我真的什么也不再需

---

① 玛利亚柴尔,奥地利小城。据说圣母玛利亚曾在此显圣,因而是天主教徒的朝圣地。

要了。"

等她再转过身来的时候,一切都结束了,嫂子和姐姐把她们各自分得的部分都收拾好塞到她们带来的双肩背包里——现在死者算是完全下葬了。那四个人傻站在那里,有点难堪,不好意思;他们因为这件棘手的事情这么快速和默契地处理好了而很高兴,但是他们心里也不是特别自在。在火车开走之前,还得说点高兴的事情,这样也可以冲淡对刚才处理的那件事情的记忆,或者就像亲戚似的聊几句。最终姐夫想起来了就问克里斯蒂娜:"对了,你还没说过瑞士那边山上如何呢?"

"非常好。"她从牙齿里挤出这句话,坚硬得就像刀刃。

"这我相信,"姐夫叹口气,"我们这些人也该到那里一次,总而言之,就是旅行一下!但是带着一个女人和两个孩子就负担不起了,那就太贵了,况且还是去那么一个高级的地方。你们那里的饭店一天多少钱啊?"

"我不知道。"克里斯蒂娜用尽最后的力气说。她感觉她的神经马上就要崩溃了。他们要是现在已经走了该多好!幸亏这时弗朗茨看了看表。"喂,上车了,我们得去赶火车了。但是小克里斯特,不必过分拘礼了,你不必在这种天气送我们。你就待在这里,以后最好还是来维也纳!现在,母亲走了,我们应该和衷共济。"

"是的,是的。"克里斯蒂娜不耐烦地说,语气很陌生,她只送他们到门口。木头楼梯吱吱作响,每个人的肩上都背着或者手里都拿着点什么。终于他们走了。他们刚离开这所房子,克里斯蒂娜就一把打开窗户。屋里的味道令她窒息,这是冷却的香烟的烟味、蹩脚的饭菜、潮湿的衣服的味道,这是老女人那恐惧的、担忧的和呻吟的味道,这是可怕的贫穷的味道。必须在这里生活真是恐怖至极,这是为什么呢,这又是为了谁呢?为什么要日复一日地呼吸这些东西,明明知道外面某个地方是另外一个世界,真正的世界,而她自己心中是另一个人,这个人在这臭气熏天的地方就像一个中毒的人快要窒息而死了。她的神经颤动着哆嗦着。她一下子和衣扑倒在床上。牙齿咬住枕头为了不让自己因为那孤立无助和熊熊燃烧的仇恨而号啕大哭起来。她一下子憎恨所有的人和所有的东西,憎恨自己也憎恨他人,憎恨财富也憎恨贫困,憎恨那沉重的无法忍受无法理解的生活。

"这个自以为是的小娘们,白痴一个。"小商贩米歇尔·波安特纳在身后把门狠狠关上,发出砰的一声,"这个臭娘们胆敢这样,真是闻所未闻。真是个口出恶言的臭娘们。"

"别价,别价,谁在这儿这么激动啊,又怎么着了?"面包师赫尔德里契卡咧着嘴笑着安慰他,他此时正在邮政局门前等着他,"谁咬了你了?"

"千真万确。这么放肆,还真从来没有见过这么一个无耻的胡说八道的女人。每次她都有事找碴,不是这个,就是那个,全都不对。就是想折腾你,态度特别粗暴。前天我寄包蜡烛,写包裹单的时候用的复写笔,没用钢笔,她就很不爽,今天她训个没完了,说自己职责所在不能接收包装很差的包裹,她要负责任的。见他妈的鬼,我要她负责任。在这个蠢女人和她那放肆的臭嘴还在屎堆里到处乱拱的时候,我已经从这里寄出过上千个这样的包裹了。她说话的时候用的什么腔调啊,一副高高在上的样子,说着那么'标准'的高地德语①,不就是想告诉人家,我们这号人对她来说就

---

① 高地德语(Hochdeutsch)即标准德语,主要通用于德国、奥地利、列支敦士登、瑞士和卢森堡。

是垃圾吗。她这副样子摆给谁看啊？现在我可受够了。她甭想和我来这一套。"

那个胖乎乎的赫尔德里契卡开心地笑起来，一副幸灾乐祸的样子。"也许她恰恰对像你这样可爱的家伙有兴趣。你还真琢磨不透这些不情不愿的处女大小姐。也许她喜欢你，所以才对你百般挑剔。"

"别开这种愚蠢的玩笑了，"小商贩说，"我不是唯一一个她冲着发飙的人。就在昨天，那边工厂的主管还对我说，就因为他开了个小小的玩笑，她就把他骂得狗血喷头。'这我可不允许，我在这里也是有官职的人'，就好像那主管只配给她擦鞋似的。她真是魔鬼附体了，她肯定有什么事儿。但是请相信我，我肯定会把魔鬼从她身上赶出去的，她对我必须采用不同的语气，要不然有她瞧的，就是要我从这儿步行到维也纳邮政局的管理部门去告状，我也在所不辞。"

老实的波安特纳说得对，这个邮局助理克里斯蒂娜·霍夫莱纳肯定有什么事儿，两个星期以来整个村子都猜出来了。一开始谁也没说什么——上帝啊，这个乖女孩的母亲去世了；起先大家觉得这件事让她悲痛欲绝。神父为了安慰她，到她那里去过两次，富克斯塔勒每天都问她是否需要帮助，女邻居为了让她不那么孤独，也想晚上去她那里坐坐，那边"金牛"客栈的老板娘甚至向她提出建议是否愿意在她那里租个带膳食的房间，这样她就不必自己操持家务了。但是她对谁都没有一个像样的回答，每个人都马上感觉到她想把他们拒之门外。这个邮局助理克里斯蒂娜·霍夫莱纳肯定有什么事儿，她不再像以往一样每个星期去一次唱歌协会，她说嗓子哑了。她已经有三个星期没去教堂了，都没有让神父给母亲做台弥撒。富克斯塔勒想给她读点东西，她说她头疼，他建议一起散步，她说她累。没有人能够接近她，她去买东西的时候，不和任何人说话就像她要去赶火车。上班的时候,大家曾经认为她和蔼可亲乐于助人,现在经常很不友善,态度生硬,令人厌烦。

她自己也知道她身上有什么地方不对劲。自从她看到一切都那么邪恶,充满敌意以来,现在她看整个世界都是丑陋的、邪恶的和敌意的,她满怀怨恨开始每一天,就像有人在她睡觉的时候给她眼睛里滴了什么苦涩的、尖锐的和邪恶的东西似的。她醒来睁开眼睛看见的第一样东西就是阁楼那斜顶的熏黑的房梁。房间里所有的东西,那张旧床、破损的天花板、用草编织的椅子、盥洗台及那个裂了口的带把儿的水罐、变脆的壁纸、木质的地板,她厌恶这一切,她恨不得闭上眼睛重新遁入黑暗。但是闹钟不允许这样,在她耳边刺耳地响起。她怒气冲冲地起床,怒气冲冲地穿衣,穿上旧内衣,穿上令人讨厌的黑裙子。她发现袖子下面有个地方有个裂缝,但是这并不让她生气。她没有拿起针线缝补。补它干吗?为谁补啊?对这些泥腿子来讲她已经穿得太好了。就是赶快走,就是赶快出去,离开这个丑恶的房间,上班去吧。

但是上班的地方也已经不是以前的样子。不再是那间随随便便的安静的房间,时间在那里面就像踩着轮子一样缓慢地无声地向前滚动着。她扭动钥匙进入这个可怕的静悄悄的房间,这间房间像是在窥看着她,她不由得总想起一年前看的一部电影。电影叫《无期徒刑》。一个监狱看守,由两个警察陪着,满脸胡须,一脸强硬的样子,难以接近,他把一个柔弱的浑身发抖的男孩带进那间没有任何陈设装着栅栏的牢房。她当时和所有的观众一样觉得浑身毛骨悚然,她现在又一次感觉到这样的寒颤,这次进牢房的是她自己,看守和犯人是同一人。她第一次意识到这是装着栅栏的窗户,第一次感觉这个办公房间里光秃秃的涂成白色的墙壁就是监狱。所有的东西都有了新的意义:这把她坐着的椅子、那张她在上面堆放纸张的桌子、那块她为了开始营业而推上去的玻璃板,她都看了不下上千次。看钟的时候她第一次发现它不是向前走而是转着圈,从十二到一,从一到二,又退到十二,一直都是同样的路线,没有多走一步,总是一再为了上班而上弦,无法获得自由,总是监禁在同一个长方形的棕色罩子里。当克里斯蒂娜早上八点坐下来的时候,她已经疲倦了——不是因为完成了什么事情或者做出了什么贡献,而是因为预见到什么将会来临而疲倦:总是同样的面孔、同样的问题、同样的操作、同样的钱。一刻钟后邮差安德烈阿斯·辛特费尔纳准时送来信件进行分类,此人头发灰白,但总是高高兴兴的。以前克里斯蒂娜都是机械地给信件分类,现在她则长时间地盯着这些信件和明信片看,尤其是寄给居特斯海姆伯爵夫人府邸的信件。伯爵夫人有三个女儿,一个嫁给了一位意大利男爵,另外两位伯爵小姐还是未婚,常常在世界各地旅行。最新的明信片来自索伦特,蓝色大海,画着花树繁茂的弧线伸进陆地。地址是罗马饭店。克里斯蒂娜试着想象这个罗马饭店并在明信片上寻找。伯爵小姐给她的房间打了个叉,就在花园中间,白晃晃的带着宽大的露台,被橙子树环绕着。克里斯蒂娜不由自主地想着在那里晚间漫步是什么情景,大海泛着蓝色的波涛,清凉地涌过来,从那些石头上散发出白天的温暖,在那里散步和……

但是邮件必须分类,继续,继续。这里有一封来自巴黎的信,她马上知道是某某人的女儿的,大家说过不少有关这个女孩的不好听的话。她曾经和一个经营石油的有钱犹太人有过一腿,然后在某个地方当舞女,更让人不愉快的事情也许是,她现在又有了一个男人,这封信来自莫里斯饭店,用的是最高级的信纸。克里斯蒂娜把这封信生气地扔到一旁。然后是那些印刷品。她把给居斯特海姆伯爵夫人的那些杂志留下。《名媛》《高雅世界》,还有其他几本带图片的时尚杂志——伯爵夫人就算随下午那班邮件收到这些杂志也不要紧。等业务室里安静下来,她把这些杂志从信封里拿出来翻阅。她看着那些服装,还有电影明星们和贵族们的照片,英国勋爵们的那些维护良好的乡间别墅,著名艺术家们的汽车。她觉得这一切就像香水般钻进鼻孔,她回忆起所有那些人物形象,她看着那些穿着晚礼服的女士们,几乎狂热地看着那些男士们,这些精挑细选、在奢华中打磨得光鲜亮丽的或者被智慧映照得光彩夺目的面孔,她的手指神经质地颤抖起来;她把杂志放在一边,又一再拿起来读,看着这个她感觉遥远的同时又感觉联系在一起的世界,好奇和憎恨、快乐和嫉妒变幻无常地交织在一起。

要是在她正沉浸在诱人的图画的氛围里的时候,突然有个农民粗鲁地闯了进来,脚踩沉重的鞋,嘴里叼着烟斗,睁着一双睡眼惺忪的牛眼,想买邮票,那可真会吓她一跳,她就会完全不自觉地用某些粗暴的话语训斥他一番。"这儿禁止吸烟,您不识字是吗?"她就冲着那农民脾气温和、不知所措的面孔一顿粗暴地数落,或者做些其他什么不友好的举动。事情就这么发生了,她自己都不知道,这就像种内心的压力迫使她为这个世界的丑陋和卑俗找这个人报仇。事后她羞愧不已。这些可怜的人,他们因为他们的工作才这么难看,这么粗鲁、这么肮脏,淹没在他们村子的烂泥里,可对此他们又能怎样呢,她心想,我也没有什么不同,我自己也是这样。但是她的愤怒和绝望是如此紧密地连在一起,愤怒会违背她的意愿在每一个场合倾泻出来。按照永恒的能量守恒法则,她必须以某种方式释放她的压力,只有从这个唯一的权力点上,从这个可怜兮兮的斜面桌这里,她才能够把愤怒冲着无辜的人释放出来。在山上那个另外的世界里,她感觉她的存在在被追求和被渴望中得到了肯定,而在这里,她要是不生气,要是不玩弄一下赋予她这公务员的那点小小权力的话,她就根本不会被人注意到。她知道在这些一无所知规矩实诚的人面前神气活现是可怜、可悲和可耻的,但是她的愤怒总是通过这样恶毒的行为才能得到一秒钟的释放。这种愤怒深藏在她的身体里,她要是在人那里没有机会泄愤,愤怒就会冲着那些无声的东西发泄。一个合股线要是无法穿进针眼的话,她就把它扯断,一个盒子要是无法马上关上,她就使尽全力把它扔到柜子里去——邮局管理层发给她的托付有误——她写信给他们,不是礼貌客气地询问而是愤慨万分地质问。她打电话人家没有马上接通——她就威胁她的接线员同事要立即投诉;她知道这很可悲,她自己也是充满惊恐地观察着她的变化。但是她不可能是别的样子,她必须以某种方法把她的憎恨发泄到这个世界上,否则她会窒息而死。

一下班她就逃回她的房间,以前在母亲睡觉的时候,她经常散步半小时,或者和商铺老板娘聊聊天或者和邻居家的孩子们玩耍,现在她把自己关起来,也借此把她的敌意都关进她的房间里,这样她就不会像条被激怒的狗叱责大家。看到街上永远都是千篇一律的房子、住址和面孔,她无法容忍。那些穿着宽大的印花布裙子的女人在她眼里很可笑,她们的头发高高堆起,油乎乎的,她们的手上戴着粗笨的戒指;她无法忍受的是那些喘着粗气、大腹便便的男人,最叫她恶心的是那些学着城里人的样子,往头发上抹润发油的小伙子,不可忍受的是那个客栈,那里散发着啤酒的味道和难闻的烟味,那个红脸蛋的身体丰满滚圆的傻姑娘容忍着林业助理和宪兵队长动手动脚瞎开玩笑。她宁愿把自己关在房间里,但是她不点灯,为了不看见那些令人厌恶的东西。

她无声地坐在那里左思右想,想的都是同样的内容。她在回忆,记忆力令人吃惊强大和清晰,那些她原先在一片喧闹忙乱之中没有注意到和感受到的东西现在都显现出来,而且细节分明。她想起每句话和每道目光,一种令人吃惊的强大力量把她吃过的每道菜肴的味道都带回给她,她感觉得到唇上的葡萄酒和甜烧酒的味道。她回味着光溜溜的肩膀上那轻柔的丝质裙子的感觉和那白色大床的柔软。她想起了无数的事情:当时那个小个子英国人在走廊里奇怪地坚持不懈地尾随她,晚上一直站在她的房门口,曼海姆女孩沿着她的手臂温柔的抚摸突然让她的皮肤产生一种触电般的燃烧感,事后她想起曾经听说过,女人也可能爱上彼此的。她一小时一小时扼要地重述着当时的每秒钟和每一天,直到现在才知道那个时候充满着多少没有利用和没有预料到的可能性啊。她每天晚上就这样一声不响一动不动地坐着,梦想着回到当时的那个样子,同时心里清楚,她已不再是那个样子了,她并不想知道这个,但是又知道得一清二楚。有人敲门时——富克斯塔勒好几次试着来安慰她——她动也不动,等听到咯吱咯吱作响的楼梯上响起下楼的脚步声时才松口气,她做的那些梦是她现在唯一还拥有的东西,她不想把它们交出去。因为做梦而筋疲力尽,她躺倒在床上,她那被宠坏的皮肤躺在这么寒冷这么潮湿的地方总是大吃一惊。因为寒冷她浑身打战,必须把她的衣服和大衣都盖在被子上。晚些时候她睡着了,但是睡得不好,总是做着令人害怕的离奇的梦,在这些梦中她总是开车出去,在车里她风驰电掣般地快得可怕地山上山下疾驶着,她总是害怕掉下去同时又有对速度的快感,她身边总是坐着一个男人,那个德国人或者一个其他人拉着她。突然她惊慌失措地感到她光着身体坐在此人旁边,所有的人都已经围在她身边高声大笑,汽车停住了,她冲着他喊叫,要他再把汽车发动起来,快,赶快,使劲踩响油门,更加使劲,一直到她的五脏六腑她都感觉得到那终于飞速开动起来的马达的推动力,现在是那纯粹的涌动的快感,就像它在低空飞行掠过田野,冲进黑色的森林,她不再赤裸着身体,但是那人却压住她,紧紧地,越来越紧,她呻吟着,觉得快要无法自持。然后她就醒了,浑身无力,疲惫不堪,四肢疼痛,看着阁楼,看着那熏黑的被虫咬过的斜梁,屋顶上布满蜘蛛网,她躺在那里,疲惫、空虚,直到闹钟响起,那不停呼吸的无情传令官,她从那张令人憎恶的床上爬起来,穿上令人憎恶的旧衣服,开始令人憎恶的一天。

强暴、歹毒的寂寞造成的残忍病态过度紧张的状态,克里斯蒂娜足足忍受了四个星期。然后她不能再这样下去了,做梦的素材已经穷尽,每一秒钟度过的时光都已经重新回忆过了,过去的东西无法再提供力量。她去上班,疲惫不堪、筋疲力尽,太阳穴之间不停的疼痛,她迷迷糊糊,神志一半昏沉,一半清醒。晚上她睡不着,她的神经在这间棺材似的正方形阁楼的寂静里完全不能平静,自己的身体在这张冰冷的床上发烫。她实在无法再忍受下去。她想从另一扇窗户看另外的景致,不想再看到"金牛"客栈的招牌,她想在另一张床上睡觉,经历另一些事情,想有那么几个小时是另一个人。这些渴望变得难以忍受。突然她产生了一个想法:她从抽屉里取出姨夫赢来的那些钱里给她的那两张一百瑞士法郎的钞票,拿出自己最好的衣服和鞋,星期六一下班就直奔火车站买了一张去维也纳的车票。

她不知道为什么要去城里,也不清楚她想要什么,她就想离开,就想离开这个村子,就想离开工作岗位,就想离开被判定要待在这里的那个自己。就想再一次感觉一下车轮在身下的滚动,就想再看一下灯光,就想再看一下其他更靓丽,打扮得更时髦的人。就想再一次新奇地面对着偶然,不要在这里像一颗石子,结结实实地踩在石头路面上。就想再活动一下,感觉一下这个世界,感觉一下自己、一个不同的自己,而不是那个相同的自己。

克里斯蒂娜到达维也纳的时候是晚上七点钟,她飞快地把箱子存放在玛利亚利弗大街的一家小旅馆里,在理发店刚要打烊的时候,快速冲进去理发。驱使她的是一种重复经历的强迫症,就想做和当时同样的事情,以便成为另一个人,一个疯狂的希望,就想通过一双灵巧的手,在她脸上涂点胭脂口红,让自己再一次成为她以前曾经做过的另一个人。她再一次感觉到温暖的波浪流淌下来,伶俐的手抚弄着她的头发,在那张苍白的带着倦意的脸上,一支熟练的画笔在先前那个曾经被人如此渴望和亲吻过的嘴唇上重新涂抹着,给她的面颊添加一些色彩,深色的粉底魔术般令人记忆起恩加丁被阳光晒成的棕色。她起身的时候,全身弥漫着一团芬芳,她再一次感觉到膝盖有力。走在街上身体挺得笔直,更加自信。她心想,要是对自己的衣服也有把握,她简直觉得自己就是封・波伦小姐了。九月的晚上还泛着一丝亮光,在这晚间的清凉里走一走感觉很好,她有几分激动地感觉到不时有友好的目光掠过她。我还活着,她呼吸一下,我还在这儿。有时她在一个商店外面驻足,观看那些皮大衣、裙子、鞋子,她的目光在玻璃镜子里面闪耀着光芒。也许还是可以再有一次的,她想着:重新有了勇气。她沿着玛利亚利弗大街穿过环形大道,她看着那些一面聊天,一面无拘无束地在那里散步的人,有些人带着真正优雅的举止。她的眼睛变得越来越明亮。他们就是那些同样的人,她心想,你和他们也只隔着一个狭小的空间。某个地方有个看不见的台阶,你必须走上去,就是一步,就是唯一的一步。她在歌剧院旁边停下来,演出好像马上就要开始,因为汽车开过来,蓝色的、绿色的、黑色的,车窗的玻璃反着光,车身上的漆闪闪发光,一个穿着制服的侍者在入口处迎接着。克里斯蒂娜走进前厅想看看那些客人。奇怪,她想,他们在报纸上谈论维也纳文化、谈论具有艺术修养的民众和他们建造的歌剧院,我,二十八岁,我的一生都是在这里度过的,现在是第一次站在这里,但是也只站在外面,也只站在这里的前厅里。两百万人中只有十万人看到过这座歌剧院,其他人都是在报上读着相关报道,让别人讲述,看着图片,永远不会真正允许他们进来。其他人是谁呢?她不安起来,同时又愤怒地看着那些女士。她们没有比我当时更好看,走起路来也没有我当时那么轻盈自如,只不过她们有这么一条裙子,就是那看不见的安全保障。就向上走一步,和她们一起迈着唯一的一步走进去,走到大理石台阶上面进入包厢,进入音乐的金色大厅,加入那些无忧无虑的人们的圈子,进入那享受的氛围。

  信号铃声响起了,最后到来的人们加快步伐,边走边脱下大衣,飞快走到衣帽间,前厅再一次空了下来,现在里面开始静下来,在那中间狭窄的空间,那无形的墙再一次升起。克里斯蒂娜继续往前走。路灯把它的白色光环倾洒在环形大道上,披着盛装的大街上还很热闹。克里斯蒂娜随着人群漫无目的地沿着歌剧院大道走着。在一个雄伟的饭店前面她站住了,像被吸铁石吸引。刚刚开过来一辆汽车,穿着制服的小厮们涌出来,帮着一个东方人模样的女士拿箱子和皮包,旋转门转动着把他们吞了进去。克里斯蒂娜不能继续往前走,大门喇叭筒似的吸住她,她有个不可抗拒的要求想至少看一分钟这个期盼的世界。我要进去,她想,如果我问门房,纽约来的梵·波伦夫人是否已经到达,他们又能把我怎样,况且这也完全是可能的。就看一眼,唯一的一眼,重新回忆一下,更强烈地回忆一下,重新做一秒钟另一个人。她走进去,门房正在和那位新到的女士商谈着什么,所以她可以不受阻止地穿过前厅,饱看所有的一切,那些靠背椅,里面坐着抽烟聊天的男士们,都身穿裁剪合体的时髦旅行服装或者晚礼服,脚上是秀气的漆皮鞋。里间坐着一帮人,三位年轻的女士在用法语大声说服两位年轻男士,说着,扬声大笑,那是无忧无虑的轻松的笑声,是那些无忧无虑的人的音乐,能使他们自己陶醉。后面还有一个宽阔的大厅,里面的柱子都是大理石的,那里是餐厅。穿着燕尾服的招待在入口处守着。我可以进去在这里吃饭,克里斯蒂娜心想,不自觉地摸一下皮包,看看她带来的钱包是否还在,那里面装着二百法郎钞票和七十先令。我可以在这里吃饭,这又能花多少钱呢?就再一次在这样一个大厅里坐着,被人伺候、被人关注、被人欣赏、被人娇惯,还有音乐呢,这里人们也听音乐,来自内部的,轻快而又低声的音乐。但是以往的恐惧又袭来了。她没有那身衣服,没有那件打开这扇门的护身符。她觉得心里不踏实,突然在这里也高高竖起了那堵看不见的墙,那是恐惧、具有驱魔能力的五角星形符咒①,她不敢跨越它。她的肩膀颤抖着,她快步走出饭店就像逃走一般。没有人看着她,没有人拦着她,这种不被注意的感觉让她比方才进来的时候更加虚弱。

再一次继续往前走,沿着马路。去哪里呢?我到底来干什么?马路渐渐冷清下来,几乎没人了,几个人匆忙地从她身边走过,看得出他们想去吃晚饭。我要去吃饭,克里斯蒂娜想,到随便哪家客栈去,而不是到一家如此高级的饭店去,那里每个人都看着我,就随便去一个敞亮的有人的地方就行。她找到了一家走进去。所有的桌子几乎都客满了,她找到一个没人的桌子坐下。没有人注意到她。侍者给她拿来吃的,她慢慢咀嚼着随便一道什么菜肴,漫不

---

① 一笔画成的五角星,被视为符咒,具有驱魔能力。

经心地,还有点神经紧张。我就是为了这个到这里来的,她想,我在这里干什么?就坐在那里盯着白色的桌布令她百无聊赖。你总不能老是吃着,总是点菜,你也该站起来继续走。但是去哪里呢?现在才九点。一个卖报纸的走到桌前——很受欢迎的打岔——递给她几份晚报,她买了两三份,不是为了阅读,而只是为了看上几眼,也显得她有事可做,显得她在等人。她漫不经心地翻看着那些新闻。政府组阁遇到困难、柏林抢劫杀人案、交易所广告,所有这些和她有什么关系,还有有关歌剧院女演员的传闻,她是否留下,到底一年出场二十次还是七十次,我反正永远也不会听她演唱。她已经把报纸放下了,但最后一页"娱乐"一栏里的粗体字映入她的眼帘:"今天我们去何处?"里面有娱乐、话剧、跳舞场所和酒吧的信息。她神经质地拿起报纸读起那些广告。"舞蹈音乐,牛津咖啡馆""弗雷蒂姐妹,卡尔顿酒吧""匈牙利吉普赛乐队""著名黑人爵士乐队,演奏到夜里三点,维也纳最好的社交圈的幽会场所!"再一次出现在消遣的场合,跳舞,尽情欢乐,冲破自我封闭,驱散积郁在胸中无法忍受的东西。她记下一两个地方,按照侍者的解释都离这里不远。

她把大衣交到衣帽间,从身上去除了这令人厌恶的装束后她现在觉得身上轻盈多了,音乐从下面刺耳地快速地传上来,她走到位于地下室的酒吧。但是大失所望,那里一半是空的。乐队那边几个身穿白色夹克的小伙子敲打着乐器,好像要使劲把那几个尴尬地坐在桌旁的人赶去跳舞,但是只有一对在跳舞,一个很明显是职业领舞人,此人眼睑下涂了一些深色眼影,头发梳得过于讲究,跳舞过于做作,领着一个酒吧女在中间正方形的舞池里来来回回地跳着,没有什么激情。酒吧里二十张桌子中有十四张或者十五张是空的。一张桌旁坐着三个女人,无疑是职业坐台女,一个把头发染成烟灰色,一个打扮得非常男性,黑色连衣裙外面套着一件外套,看着像燕尾服,第三个是个肥胖大胸的犹太女人,在慢慢地用吸管吸着威士忌。三个人都带着居高临下的惊愕的眼神上下打量着她,然后轻声笑起来还窃窃私语,凭着她们常年从业、训练有素的眼光她们猜测她是个雏儿或者乡下妞儿。分坐在不同桌子旁的男人们,看着像是出差在外,没有好好地刮胡子,一副疲惫不堪的模样,像是在等着什么东西能把他们从冷漠迟钝的状态中刺激起来,他们零散地懒洋洋地坐在桌旁喝着咖啡或者一小杯烧酒。克里斯蒂娜进来的时候觉得自己就像一个人走下一节台阶,踏入一片虚无。她真恨不得掉头就走,但是侍者已经飞快地扑到客人面前,巴结地询问这位尊敬的小姐想在哪里就座,于是克里斯蒂娜就随便找个地方坐下,然后和其他人一样在这间毫无娱乐可言的娱乐场所等待着那该来的但是没有来的东西。有一次一位先生(还真是一位来自布拉格的工厂代理人)笨重地站起来,拉着她在舞池里跳了一会,然后又把她放下,显然他没有勇气或者兴致,他也感觉到这个陌生女人身上的"一半和一半的样子",奇奇怪怪的和没下决心的神气,一半愿意和一半不愿意的劲头,对于这位工厂代理人(他明天早上得坐六点半的快车继续去阿格拉姆)来讲这可太复杂了,但是不管怎样克里斯蒂娜在那里坐了一个小时。这期间两个新来的男人坐到那几个女人那边聊天去了,就剩下她一个人坐在那里。突然她招呼侍者结账,然后就起身离开,满腔愤怒,愤愤不平,心灰意冷,其他人从背后向她投来好奇的目光。

又到了街上。现在已是深夜。她行走着不知去往何处。一切都无所谓了。现在一切都无所谓了,就算有人把她抱起来扔到多瑙河运河里,就算那辆想横穿马路但刚好停在她这个漫不经心的人身边的汽车要碾过她的身体——一切对她都无所谓了。她突然发现一个警察奇怪地盯着她想追上她,好像要问她点什么,这时她猛然意识到她肯定被当成那些在阴影里来回踱步跟男人们搭讪的女人了。她继续走着。我最好现在回家去,但我回去干吗呢,有什么可以做的呢?她突然觉得身后有脚步声。一个影子挪到她身边,这个影子的主人随后跟上,目光犀利地看着她的脸:"别呀,小姐,真的现在就回家了。"克里斯蒂娜不予理睬。但是那人没有从她身边走开而是开始说话,很迫切,很诙谐,这让她不由自主地感觉很舒服。那人问她是否愿意再去个地方?"不,绝不可能。""可是谁现在就回家啊?就去一个咖啡馆。"她最终妥协了,就是因为不想一个人待着。此人很可爱,如他所说是个银行职员,但肯定结婚了,她这样想。可不是,他手指上戴着戒指。但是无所谓,克里斯蒂娜对他一无所求,就是不想现在一个人待着,情愿听他讲点有趣的事情,哪怕这个耳朵进那个耳朵出。有时她会偶尔注视一下这个男人,他已经不年轻了,眼睛下面有皱纹,一副劳累过度、疲于奔命的样子,本人就像他的西装有点被压扁了,皱巴巴的。但是他聊起天来很舒服。克里斯蒂娜又一次和一个人说话,或者让他说话,其实心里知道这并不是她想要的。此人欢快的情绪让她有些痛苦。他讲的话有些很有趣,但是克里斯蒂娜感觉她的喉咙被苦涩所侵蚀,渐渐的她对这个陌生男人产生了憎恨,他那么高高兴兴无忧无虑的,而自己对一切都恨之入骨。他们离开咖啡馆,他挽住她的胳膊,紧紧捏着。这和那边饭店里的那个人做的是同一个动作,但是她身边这个说个不停的矮个子男人并没有带给她那种让她燃烧的激动,这个激动是那个男人带来的,来自一种回忆。她突然被恐惧攫住了。最终她可能会向这个陌生人完全妥协,会投入一个她根本不愿意的男人的怀抱,仅仅是出于愤怒,仅仅是出于迫不及待——正在这时开过来一辆出租车,她突然举起手,挣脱了那个茫然不知所措的男人一下跳进车里。

然后她还头脑清醒地在陌生的房间里躺了很长时间,听着外面汽车开动时车轮的响声。结束了!你不可能跨越过去,你不可能穿越这道看不见的墙壁,她就这样躺在床上惴惴不安地呼吸着,整夜未眠,不知道为什么这样呼吸。

星期日上午也跟那个迷茫的无眠之夜一样漫长。大多数商店都不开门,把它们的诱惑都藏在拉下来的百叶窗后面。为了打发时间,她坐在一家咖啡馆里翻着报纸。她已经不再知道她曾经对什么有所期待过,她忘记了来维也纳是为了什么,这里没人等着她,没人想要她。她突然想到她该去拜访一下姐姐和姐夫,这是她答应过他们的,也理该如此。最好一吃完饭就过去,绝不能更早,否则他们该认为她是冲着午饭去的。姐姐自从有了孩子变得特别古怪,一心想着自己,节省得不得了。时间还早,还有两三个小时才能到姐姐家去,她纯属偶然地穿过环形大道发现油画画廊今天免费对外开放;她漫不经心地穿过各个展厅,坐在一张丝绒面长椅上观察着过往的参观者,接着继续走,又到了一个公园,随着时间的流逝,她的孤独感也在增长。等她两点去姐夫那里的时候,她已经相当疲惫,仿佛艰难地踏着深深的积雪而来。就在大门口她遇到了一大家子人,姐夫、姐姐和两个孩子,明显地都穿着星期日的盛装,都真心实意地为她的到来而高兴(这点让她特别开心)。"好啊,这可真是个惊喜!上星期我还对奈莉说,我们该给妹妹写封信,她怎么不见人影了,真的,你该午饭时就来,但是你现在跟我们一起走是不是,我们想去美泉宫①,带孩子们去看看动物什么

---

① 又译旋不隆宫,为奥地利皇家的夏宫。维也纳的著名名胜。

的,今天的天气多好啊。""非常乐意。"克里斯蒂娜说。能够知道去哪儿真好。能和人在一起真好。一路上姐夫挽着她的胳膊给她讲各种各样的事情,而姐姐则领着孩子们。这张善良的脸上,嘴说个不停,姐夫还亲热地拍打她的胳膊。你能从两百步以外就看出他过得挺滋润,很满足,也天真地享受着这种满足感。他们还没走到电车站,姐夫就已经把一个天大的秘密告诉她,明天他就要被他的党推选为地区领导,对此他是有充分权利的,他刚从战场上回来就已经是党内受信赖的人了,要是一切顺利,能够把那些黑衫党干下去,他就能进入下一届区议会。

克里斯蒂娜走在他身边友好地听着他说话。他一向都很可爱,这个单纯的小个子男人,能够为了一些小事就高兴得不得了,是个好人,招人喜欢,容易信赖别人,自己也可以信赖。克里斯蒂娜理解他的同志们很乐意推选他到这个简朴的位置上,他当之无愧。可是当她从旁边悄悄地看他一眼,看到的是一个小个子,脸膛红润,一副悠然自得的样子,下巴下面肥肉叠起,每走一步鼓起的小肚子就震颤一下,她惊愕地想到她的姐姐:她怎么能……我肯定无法容忍被这样一个男人抚摸。大白天在许多人中间和这个人在一起还是挺好的。在动物园的栏杆前和孩子们一起,他自己也变成了孩子。克里斯蒂娜暗怀一丝羡慕想道:还能够再一次为这些如此微小的事情而高兴,而不是只渴望那些不可能的事情。到五点的时候(孩子们必须早早上床睡觉)决定启程回家。大人先把孩子们塞进星期天拥挤不堪的电车,然后再自己挤进去,人挤人地站在发出匆忙的嘎啦嘎啦声响的车厢里。克里斯蒂娜不由自主地想起那锃光瓦亮的汽车,在清晨的阳光下一尘不染,空气散发着香味掠过太阳穴,那有弹性的座椅,瞬间驶过的景致。在拥挤的人群中,她闭着眼睛飘荡在陌生的空间。她不知道这过了多久。然后姐夫轻轻拍打了一下她的肩膀提醒道:"我们该下车了,在你的火车开车前去我们家喝杯咖啡。等一下,我走在前面给你们开路。"

姐夫向前移动着,他这个人是小个子、胖胖的、很结实,他当真伸出胳膊肘从那些艰难地直往后捎的肚子、肩膀和后背当中成功地挤出一条狭窄的通道。他已经到车门旁了,突然爆发了一场争吵。"您都撞到我的胃了,蠢家伙。"一个披着斗篷的瘦高个子男人冲着他生气愤怒地喊道。"谁是蠢家伙啊?你们大家都听到了是不是?"姐夫暴躁地叫起来。"谁是蠢家伙?"那个夹在中间披着斗篷身材瘦削的男人艰难地挤过来,其他人都眼睛盯着。一场舌战即将开始,这时姐夫愤怒的声音变了调:"斐迪南,不,竟然会是这样,太有意思了,我差点和你吵起来。"另一个人也吃了一惊笑起来。突然这两个男人握住手直视对方的眼睛。他们根本不想分开,售票员不得不提醒:"要是二位想下车的话,就请快点!我们没有时间了。""来,你必须和我们一起下车,我们就住在旁边,不,竟然会有这种事!来吧,来!"那个披着斗篷的瘦高个男人脸上绽出笑容。他从上面把他的手放在姐夫的肩上。"非常乐意,小弗朗茨,我当然跟你走。"他们两个人都下了车。在车站姐夫站住不走了,因为惊喜而气喘吁吁,整个脸上泛着光就像涂了板油。"不,竟然会有这种事,我们这辈子还能再见面,我多少次想着你在哪儿,一再打算往你住的旅馆给你写封信。但是你知道的,人们总是忘性大,什么事都一拖再拖。现在你又在这儿了,没想到,竟然会有这种事,我真是太高兴了。"

站在对面的那个陌生人也很高兴,这点可以从他嘴唇细微的颤抖中看出来。只是他更年轻,也更有自制力。"好了,好了,就这样吧,我信你说的,小弗朗茨,"他说道,从上向下敲着这个小个子男人的肩膀,"现在给我介绍一下女士们吧,其中一位肯定就是奈莉,你太太,你可是一再跟我讲起她。""当然,当然,等一下,我实在是太吃惊了。不,真的,我太高兴了,斐迪南!"然后他对其他人说:"你是知道的,斐迪南,那个姓法尔纳的,我跟你一再提起过的那位。我们两个人在西伯利亚同一个棚屋里待了两年时光。他是唯一的一个——是的,真的斐迪南,你知道的——人们把我们和那帮鲁提尼人①和塞尔维亚人放到一起,他是他们中间唯一的一个老实人,是唯一的一个可以说上话可以信任的人。不,竟然会有这种事!现在马上跟我们回家去,我太想知道你的一切了。不,竟然会有这种事,今天要是有人跟我说,我今天还会有这件喜事,我还真不会相信呢——我要是坐了下一班电车,我们这辈子可能都见不到了。"

克里斯蒂娜从来没有看到过这个贪图舒适反应迟钝的姐夫这么激动这么兴奋过,他简直是一口气跑上楼梯,把那个朋友第一个推进屋去,他朋友宽厚地轻声笑着,带着一种优越感,不得不顺从他那战友不断爆发出来的兴奋。"现在脱下外套,请便,来这,坐在这把靠背椅上——奈莉,给我们拿咖啡来,还有烧酒和香烟——好了,现在让我好好看看你。你没有变得更年轻,但是你看上去瘦得要命。真该好好喂喂你。"这个陌生人顺从地任他打量着,这样孩子般的高兴劲很显然让他觉得非常舒服。他的前额突出,像凿出的颧骨隆起,他那坚毅的紧绷的脸孔渐渐舒展开来。克里斯蒂娜也端详着他,努力想让自己回忆起今天上午在画廊看到的某一幅画,这是一个西班牙画家画的一幅僧侣的画像,她想不起名字了,就还记得那同样苦行僧般的,骨瘦如柴,几乎没有一丝肉的脸庞和鼻翼两边紧绷的线条。这个陌生人情绪很好地用手拍打着姐

---

① 鲁提尼人,指奥匈帝国内的乌克兰人。

夫的胳膊。"你说得对,我们应该还跟当时分罐头一样继续平分东西,你可以匀给我一点你的脂肪,这对你不是难事,我希望,你太太不会反对。"

"现在讲讲,斐迪南,我已经好奇得不得了了:当时我们被红十字会运走的时候,我是第一批,你和其他七十个人该在第二天随后到达。我们又在奥地利边境坐了两天。火车没煤了。这两天里我每个小时都在等着你的到来,我们去了车站站长那里不是十次就是二十次,叫他打电话,但是当时一切都乱成一锅粥了,两天后我们才继续坐上火车往前走,从捷克边境到维也纳开了十七个小时。那你呢,你们怎么了?"

"是这样,你得在边境坐两年等着我们,你们算是走运,我们却成了牺牲品。运你们的车走了半小时后我们接到电报:铁路线被捷克军团给炸了,然后我们就又回到了西伯利亚。这可不是好玩的,但我们没把此事看得太严重。我们觉得也就是一两个星期、一个把月的事儿。但是这一下子就是两年,这可没人想到,最终我们七十个人中也就有十二个人活了下来。红军、白军、伏朗格尔①不停地打仗,总是冲前退后,总是来来去去,人们把我们就像麻袋里的谷粒那样甩来甩去。直到一九二一年红十字会才把我们通过芬兰接回来:唉,我亲爱的,我什么都干过,你这就知道我不可能长什么脂肪了。"

"这么倒霉,你听听,奈莉!就因为差半个小时。对此我一无所知。我完全没有预料到你们在那里会那么糟,恰恰是你!恰恰是你!你那两年都做什么了?"

---

① 彼耶特尔·尼可拉耶维奇·伏朗格尔(1878—1928),男爵,沙俄将军,在国内战争时期为南俄反布尔什维克的白军司令,1920年战败后流亡国外。

"我亲爱的,要是我把所有的事情都告诉你,我们今天就讲不完了。我认为我做了一个人能做的所有的事情。帮着收割,帮着建造工厂,我还送过报纸,在打字机上打过字,红军打到我们的城市的时候,我们在红军那里战斗过十四天,农民进到城里的时候,我们向他们乞讨过。唉——我们不说这些了;今天我想到这些的时候,我自己都不理解我能坐在这里,还能抽着烟。"

姐夫特别激动。"不,竟然会有这种事!不,竟然会有这种事!我们根本都不知道,我们有多幸运,要是让我想象,你们还得在这儿孤零零地等两年,你和孩子们,这根本是不能想象的事情,像你这么正派的人,真是挨了当头一棒!不,竟然会有这种事!不,竟然会有这种事!谢天谢地,你至少没缺胳膊少腿,你能毫发无损也真是不幸中之大幸。"

这个陌生人拿起燃着的香烟,恶狠狠地掐灭在烟灰缸里。他的脸色突然阴沉下来。"是啊,我的确运气很好——我是毫发无损,或者说几乎是,就是这里的两根手指断了,这就发生在最后一天,是的,我的确运气很好。好运轻轻碰了我一下,赶上了。这是在最后一天,我们都再也坚持不住了,最后一些人全都集中到一个驻地,在火车站腾出一辆运粮车就是为了能往前走,原来规定一个车厢装四十个人,但实际却装了七十个人,一个挨着一个,根本无法转身。谁要是内急——唉,当着女士的面我都说不出口。但是不管怎么样,我们还是出发了,并且为此非常高兴。到了下一站又上来二十个人。他们拿着枪托相互厮打,谁首先挤到前面来,一个接一个地挤进来,总是又上来一个又上来一个,尽管人们已经把五六个人踩在脚下了,我们就这样开了七个小时,这期间呻吟声、喊叫声、痰喘声不断,汗味和臭味弥漫。我脸冲着墙站着,把手指在我身前张开,以便他们不把我的胸腔挤压在坚硬的木头上,两根手指就这样断了,肌腱撕裂,我就这么站了六个小时,胸中没有一丝空气,人都半窒息了。下一站情况好一些,因为人们把五个死人扔了出去,两个踩死的,三个窒息而死,我们就这样一直继续坐火车往前走直到晚上。是的,我的确运气很好,就只是肌腱撕裂,两根手指断了——小事一桩。"

他举起手给大家看:第三个手指耷拉着不能弯曲了。"小事一桩,是不是,一场世界大战和四年西伯利亚,就只伤了这唯一的一根指头①。但是你们不知道这样一根坏死的手指对一只活生生的手的影响。你要是想当建筑师,就再也不能用这只手制图了,你不能用这只手在办公室里打字,你也干不了任何重活。不就是一个肌腱上的一根筋吗,就像细细的一根线,而整个仕途就系于这根线。这就好比你把一个房子的平面图画错了一毫米——就是小事一桩——可整个房子就坍塌了。"

弗朗茨万分震惊,他一再重复着他那无助的惶恐的话:"不,竟然会有这种事!不,竟然会有这种事!"看得出来弗朗茨想去抚摸他的手,女士们也严肃起来,颇感兴趣地看着这个陌生人。最后姐夫镇定下来问道:"那继续讲吧——你回来之后都做什么了?"

"就是我一直跟你说的事啊。我想继续上大学学技术专业,在哪儿断的线,就在哪儿接上,二十五岁了,重新回到学校去,坐到我十九岁的时候坐的板凳上。最后我也完全可以学会用左手绘画,但是又有什么挡在了路上,又是小事一桩。"

"啊,是什么呀?"

"嗯,这个世界就是这样的,上大学哪儿哪儿都要花钱,而我恰恰没钱——总是这些小事。"

---

① 前面是两根指头,这里是一根。原文如此。

"啊,怎么会呢?你们家不是一直很有钱吗,你在梅朗①不是有个房子,还有土地、小酒店、香烟店、食品零售店……以及……你不是跟我提起过所有这些吗……还有你那位祖母,她一直省吃俭用,一个子儿也不愿意拿出来,总是在寒冷的屋子里睡觉,因为她舍不得点火的刨花和纸张。她怎么样了?"

"是的,她还拥有一个美丽的花园和一座美丽的房子,简直就是一个宫殿。我刚才就是从那里上的电车,从郊区赖因茨那边的养老院,真是好说歹说那里的人才接纳了她。钱她反正是有的,整整一大堆呢,满当当放在钱匣子里。里面有二十万克朗呢,都是一千克朗一张的旧钞。白天她把它们放在箱子里,晚上放在她床下。所有的医生都嘲笑她,那些护理也取笑她。二十万克朗,她真是个好奥地利人,变卖了家乡那边所有的东西,葡萄园、农庄和香烟店,因为她不想成为意大利人,把一切都存成了好看的簇新的一千克朗纸钞,战争期间人们是如何开足马力使劲印刷啊。唉,她现在把它们藏在床下她的钱匣子里,并且发誓担保这些钞票有朝一日会很值钱,她曾经拥有二十或者二十五公顷②土地,一幢美丽的石砌的房子还有那些(从祖先那里)继承的特别精致的老式家具以及四十年或者五十年的辛劳,她觉得这一切绝不可能永远一文不值。这个善良的老人在她七十五岁的年纪已经无法再理解这些了。她只是依然还一直深信着她亲爱的好心的上帝以及他尘世的公正。"

他从口袋里掏出一个烟斗,使劲装满烟丝,猛烈地抽起来。克里斯蒂娜立即就感觉到这个动作中的愤怒。她非常熟悉这种冷漠

---

① 梅朗,原为奥匈帝国城市,意大利文为梅拉诺,现属意大利的南蒂罗尔省。
② 一公顷等于一万平方米或者一百公亩。

激烈,充满嘲讽的狂怒,这让她心中涌起一股同是天涯沦落人的感情。姐姐生气地看着旁边,显然对这个男人的不满在不断增长,此人毫无顾忌地抽着烟,把房间弄得乌烟瘴气,对待她的丈夫就像一个小学生。自己丈夫对这个衣着破烂、满怀仇恨——她从整个气氛中感觉到——充满造反精神的男人的那种卑躬屈膝的样子,她看了非常生气,觉得此人搅乱了她舒适惬意的生活。而弗朗茨自己就像被麻醉了似的,只是一直盯着他的战友看,充满善意同时又惊讶不已,总是结结巴巴地说着他那句苍白无力的话,"不,竟然会有这种事!不,竟然会有这种事!"他需要一些时间镇定下来,然后一再从头开始。"但是,那以后呢——你倒是继续讲啊,然后你做什么了?"

"这儿那儿的什么都做,一开始我还认为如果我兼职干点什么挣点钱都够我继续上大学了,但是钱就总是不够,都难保证一日三餐。唉,我亲爱的小弗朗茨,那些银行和机关及商行可不会等着我这个毫无必要地在西伯利亚休假了两年后回来的人,而且我还只有半个手能工作。到处都是:'遗憾,遗憾',所有的职位都被那些有着胖胖的屁股和健康手指的人所占据了。因为我遇到的'小事'使我处处都处于不利的境地。"

"但是——你有权利申请残疾金啊,你不是没有工作能力或者工作能力有限吗,那你就该得到补助,对此你是有权利的。"

"你这么认为?是啊,我本来也这么认为。我也认为,要是一个人丧失了房子、葡萄园和一只手指以及整整六年时光,国家有一定的义务帮帮他。可是,我亲爱的,在奥地利一切都不在正道上,我也认为够条件了,就去伤残者办公室给他们看我都在这儿和那儿服役过,也给他们看了我的手指。可是,不,有一条规定,我必须拿出证明,证明我是在战争中受的伤或者是战争后果造成的伤残。

这不是件简单的事情,因为战争是一九一八年结束的,而我是一九二一年的那些情况下受的伤,那时谁也没有做过记录。但是最终这还是有可能办成的。只是那些先生后来又有了一个巨大的发现——唉,弗朗茨,你肯定会大吃一惊的,他们发现我根本不是奥地利公民。按照洗礼证书我是在主要行政区梅朗出生的,归那里管辖,要想成为奥地利公民,我当时该及时做出选择,既然没有选择国籍,那一切全都完蛋了!"

"是啊,但是为什么——你为什么真的没有做出选择呢?"

"见鬼了,现在你也提出和那些家伙一模一样的愚蠢问题。就好像那些人一九一九年在西伯利亚的草棚和棚屋里公布了德国-奥地利官方文件似的。我亲爱的,在我们待的那个鞑靼人村子里我们可不知道维也纳究竟是在波西米亚或者意大利,这些对我们也都无所谓,我们关心的只是哪里能得到一片面包塞进嘴巴,怎么能把皮大衣上的虱子去掉,如何走上五小时搞到一盒火柴或者一点烟丝。太逗了——那时我该选择奥地利国籍。不过,后来他们至少给了我一张破纸,上面写着,要是根据一九一九年九月十日签署的《圣日耳曼和平协议》①的第六十五款,以及第七十一款和第七十四款,我可能是奥地利公民。我还不如把这张废纸卖给你换包埃及香烟呢,因为我在各个机构都把它拿出来,连一个铜板都没得到。"

现在弗朗茨有动静了。他突然感觉好起来因为他觉得在这点上他能帮上忙。"这样,这事我给你办,相信我。这事我们能搞

---

① 《圣日耳曼和平协议》,第一次世界大战结束后,1919 年 9 月 10 日在巴黎的圣日耳曼宫签订的和约。奥地利及其盟国承担全部战争罪责。原来属于奥匈帝国的部分领土得以宣布独立,或者划归意大利、波兰,或新成立的塞尔维亚王国。

定。要是需要有人证明,我就证明你在战争中当过兵,通过我的党,我认识一些议员,他们会为我办事的,从市政府你会得到一封推荐信——好了,这事我们能办成,这点你放心好了。"

"谢谢你的款待,亲爱的朋友!但是我再也不采取任何行动了。我受够了,你都不知道我得到处带着多少证件,士兵证件、平民证件、不是市长办公室就是意大利公使馆发的,还有无经济来源证明,我不知道还能有什么狗屁证明。我在图章和邮资上的花费远远比一年乞讨所得还多,跑了那么多路腿都快跑断了。我去过联邦总理府,去过陆军部,去过警察局,去过市政府,到处都碰一鼻子灰,没有我没有爬上爬下过的楼梯,没有我没有吐过痰的痰盂。不,我亲爱的——我宁愿死也不愿意再走一遭从一个衙门到另一个衙门的愚蠢道路了。"

弗朗茨惊愕地看着他,就好像他在做什么不正当的事情被人抓住。可以感觉到,他自己过的惬意的小日子,就像个罪孽一样压迫着他。他更加挨近斐迪南:

"嗯,那你现在做什么呢?"

"什么都做。手边有什么就做什么。前一阵我在弗洛里达村一个建筑工地当技术监理,一半是建筑师,一半是监管。可工钱少得可怜,他们想留我在那里直到建筑完成的那天或者公司倒闭的那天。然后我又得再找其他的事情,我并不担心。但是我跟你在那边躺在我们木板床上说的话,想要成为建筑师,建设桥梁什么的,这是没戏了。我在那边铁丝网后面打瞌睡,抽烟和发傻浪费的时间是找不回来了。学术大门已经关闭,我无法再打开它,他们在战争开始的时候用枪托从我手中打落了钥匙,现在躺在西伯利亚的污泥里了。我们不提这些,最好再给我一杯白兰地——喝酒和抽烟是咱们在那边的战争中唯一学会的东西。"弗朗茨顺从地给他斟满酒杯,他的手在发抖。"不,竟然会有这种事,不,竟然会有这种事!像你这样勤奋这样聪明这样正派的人要到处疲于奔命。这真是丢人,真的,我曾经担保,你肯定会飞黄腾达,要说谁当之无愧那就是你了。你瞧着吧,事情还会有转机的。肯定还会有什么办法。"

"肯定会有办法?真会这样!我回来整整五年了,也是这么相信。但是这肯定是个硬核桃,就算你再使劲摇晃它也不会老从树上掉下来。这个世界已经和我们在教科书上学来的有些不同了,书上说:要永远忠诚和正直……我们不是壁虎,尾巴就算被拔掉了也会迅速长出来。我亲爱的,一个人要是被从活生生的身体上切下从十八岁到二十四岁这六年最好的年华,他就是个残废了,就算像你说的他有运气,他幸福地回到了家里。我去找工作都比不上有点本事的学徒工,或者一个虚度光阴的高中生,我照镜子的时候觉得我自己看起来像四十岁。不,我们出生在一个糟糕的时代,没有医生能帮我们愈合这个伤口,我的六年青春硬从身体里撕了下来,谁又补偿过我什么?国家?这个顶级无赖,这个头等窃贼?你跟我说说你们那四十个部里,有负责司法、民政、贸易的,负责和平时期和战争时期的变迁的,给我看看哪个是负责正义的。他们吹奏着《拉德斯基进行曲》①,说着'上帝保佑你们'的话,把我们赶进战争里,现在他们又给我们吹着其他的曲子。唉,我亲爱的,从粪土的角度看,这个世界看上去真不怎么可爱。"

弗朗茨一脸惊愕地坐在那里,他注意到了他太太生气的目光,出于尴尬他开始向他的朋友致歉。"不是像你说的那样,小斐尔德尔②,我都快认不出你了。你们真该看看他在那边的样子,这个

---

① 《拉德斯基进行曲》,老约翰·施特劳斯所写的著名进行曲,经常在节庆日里演奏。
② 斐迪南的爱称。

所有人当中唯一正派,最有耐心的人,是我们这帮坏蛋当中最老实的一个。我还记得他被他们带进来时的样子,一个瘦里巴叽的小伙子,当时十九岁。其他人觉得对他们来讲这场骚乱总算已经结束,都高兴得要命,只有他气得脸色煞白,恨他们把他从撤退的队伍中截了下来,是从火车车厢里抓下来的,这样他就无法为祖国战斗和牺牲了。第一天晚上,我还记得,这场景我们从来没有看到过,他是新近直接从神父和妈妈那里来到战场的——他跪下祷告起来。谁要是开皇帝或者军队一点玩笑,他就会把他掐死。他就是这么个人,我们当中最老实的一个,他那时还相信报纸上和军团命令中写的一切,而现在他这么说话!"

斐迪南阴沉地盯着他:"我知道我曾经像个小学生似的什么都相信。但是是你们让我不再相信的!你们不是从第一天就跟我说,所有的一切都是骗人的,我们的将军都是笨蛋,军需官行窃起来都像乌鸦一般,谁不把手高高举起,就是蠢驴?在那儿谁是最高布尔什维克啊,我还是你?谁啊,不就是你这个家伙,老是做有关世界社会主义和世界革命的演讲?是谁第一个拿起红旗冲到军官营地从军官身上扯下圆形花饰?怎么样,好好回想一下吧!是谁在总督府里站在苏维埃政委身旁长篇大论地说,被俘的奥地利士兵不再是皇帝的战士,而是世界革命的斗士,他们开拔回家就是为了摧毁资本主义的秩序,建立秩序和公正的王国?怎么样,当你再一次得到你挚爱的蹄髈肉和一大杯比尔森啤酒的时候,那些清扫旧制度的雄心壮志又都到哪儿去了?最高社会主义者先生,我能斗胆问一句,你们在哪里从事过你们的世界革命呢?"

奈莉猛地站起身开始收拾餐具。她的丈夫竟然在自己家里被这个男人像个小男孩一样的训斥,对此她不再掩盖她的愤怒。克里斯蒂娜也察觉到姐姐的愤怒了,奇怪的是她却感觉良好,看到她的姐夫,未来的地区领导完全蜷缩着身子坐在那里,最后还尴尬地道歉,她恨不得大笑起来。

"我们做了所有该做的事情。你不是也看到了,就在第一天我们就进行了革命……"

"革命?请你再给我一支香烟以便我能歌颂一下你们的小羊羔革命。你们把那个奥匈帝国(k.k.)企业的招牌翻了过来,重新油漆一遍,但是在小店内部你们顺从地充满敬意地把一切保持原样,上层还是上层,下层还是下层,你们严防自己,在那里用拳头彻底打进去,打它个底朝天。你们演了一场奈斯特洛依①的喜剧,但是没有进行革命。"

他站起身,在屋子里急促地走来走去,然后他突然站在弗朗茨前面。"你别误解我,我不是红旗那派的,我在极近的距离看到过什么是内战,就算是把我的眼睛给弄瞎了,我也无法忘记。当时苏维埃军队又夺得了一个村子——这个村子已经在红军和白军之间易手三次了——我们被召集在一起掩埋尸体。我亲手埋葬了他们,烧黑了的、残肢断臂的尸体,有孩子、女人和马匹,都混在一起,恐怖至极,臭气熏天;从那以后我就知道什么叫内战了,我要是知道,为了能从天上取回永恒的公正,就要把活生生的人糟蹋成这样,那我是怎么也不会再跟着干的。什么也与我无关了,我没有兴趣了,我不再拥护布尔什维克也不反对他们,不再拥护共产党人或者资本家,对我来说一切都无所谓了,我在意的只有一件事,我这个人,唯一想服务的国家就是我的工作。但是如何使下一代人幸福,是这样还是那样,是共产主义、法西斯主义还是社会主义,对我

---

① 约翰·奈斯特洛依(1801—1862),奥地利喜剧作家,演员和歌剧演员,极有喜剧天才,作品针砭时弊,辛辣犀利。

来说都无所谓了,我管得着他们如何生活和将如何生活吗,我关心的只是,我最终将把我支离破碎的生活重新归置起来,过上我生下来想过的日子。我要是到了我想要去的地方,我要是重新又有时间呼吸,也许,我自己的生活井然有序了,然后我也许会在晚饭之后思考一下,该如何把这个世界治理好。但是首先我必须知道我的位置;你们有时间关心其他的事情,我可只能关心我自己的事情了。"

弗朗茨动了一下。

"不,弗朗茨,我说这些不是针对你的。我知道你是个好人,我对你了如指掌,我知道,要是可能的话你会为我把国家银行洗劫一空并让我当上部长。我知道你好心,但这就是我们的不对、我们的罪过,我们这么好心,这么轻信,正因为如此其他人对我们就为所欲为。不,我亲爱的,这在我这儿已经结束了,我不再让别人欺骗我说,其他人过得更不好,我不再轻信别人说的,就因为我还身无大病,还没有拄着拐走路就是有运气。我不再轻信,一个人呼吸着,也有饭吃,这样就够了,一切就都没问题了。只要我没有感觉到我得到了我的权利、我对生活的权利,我就什么也不信了,不再信上帝、国家和世界的意义,只要我没有得到这个权利,我就会说,我被偷盗了被欺骗了。在我感觉到我真正开始我自己的生活,不再靠着别人扔出来的或者享用够了的残羹冷饭生活之前,我是不会让步的。你能理解吗?"

"能!"

所有的人都猛地抬起头来看。有人大声地激动地说出了"能"。克里斯蒂娜发现大家都看着她,脸红了。她只是意识到,想到了"能",内心也有强烈的感觉;但自己也不知道,这个字就从嘴边漏了出去。现在她不好意思地坐在那里,一下子成为众人好奇的中心。一时,一片沉默。这时奈莉一跃而起。现在她终于有了发泄愤怒的机会。

"你说什么呢?你知道什么啊,就好像这场战争和你有什么关系似的!"

这个房间一下子充满了活力。克里斯蒂娜也为能发泄自己愤怒而高兴。"什么关系也没有!就是我们破产了。你已经忘了我们曾经有个兄弟,忘了父亲是怎么崩溃的,所有这些……所有这些……"

"但是你没有,你没缺什么,你有你的好工作,你该高兴才对。"

"是吗,我该高兴。能坐在外面那个倒霉的地方,我该感激涕零。你好像不是太高兴,因为你只是偶尔过去看看母亲。法尔纳先生说的都是对的。我们被偷走了好多年的时间还一无所获,没有得到过片刻的安宁、快乐,没有假期,没有休息。"

"什么,没有假期。她可是从瑞士回来的,从最高级的饭店来的,可她却在抱怨。"

"我没有在任何人那里抱怨,可我倒是在整个战争期间一直听你在抱怨。瑞士的事情……正因为我有所亲眼目睹,才能有发言权。只到现在我才知道——别人都从我们这里夺走了什么——别人是如何摆布我们的生活的……我为了……"

克里斯蒂娜一下子变得很没有自信,感到那个陌生人直勾勾地看着她,很受启发的样子。她觉得很尴尬,觉得自己也许透露得太多了,她压低嗓音:"我当然不想和别人相比,其他人当然做得更多。但是我们中的每个人都做了足够的事情,每个人都尽了自己的力。我从没说过什么,从没成为任何人的负担,从没抱怨过。但是要是你跟我说……"

"安静,孩子们!别吵架啊,"弗朗茨挤了过来,"你们这样吵来吵去又能有什么结果啊,我们四个人在这里无济于事。千万别谈政治,一谈马上就对立起来了。我们谈点别的吧,尤其给我留着这份高兴劲。你们根本不知道,我又看到他在我身边有多高兴,他就是再这么骂我,再这么训斥我,我也高兴。"

这几个人又心平气和了,就像风暴后空气更清爽了。

大家都享受了片刻的沉默和情绪放松,然后斐迪南从椅子上起身:"我现在得走了,把你的儿子们叫来,我还想再好好看看他们。"

孩子们被带进来了,他们好奇地吃惊地看着这个陌生男人。

"这是罗德里希,战前生的。我知道他。这边是老二,小儿子,就是所谓晚些时候生的,他叫什么?"

"约阿西姆。"

"约阿西姆!他难道不该叫另外一个名字吗,弗朗茨?"弗朗茨吃了一惊。"我的天啊,小斐尔德尔。我完全忘了此事了。你看看,奈莉,我没想起这件事,我们相互承诺,有朝一日我们回来要是有了孩子的话就互为教父。我把此事忘得一干二净。你不会生我的气吧?"

"我亲爱的,我觉得我们两个人永远也不会彼此生气的。我们要是想吵架的话以前有的是时间,但是你看,就是这个原因。我们都把那个时候给忘了,这事就了结了。也许这样更好呢,"——他抚摸着男孩的头发,眼里闪着善良的光芒,"也许这个名字不会给他带来什么好运。"

斐迪南现在完全平静下来。自从他接触了孩子,他脸上孩子般的表情就苏醒过来。他带着和解的意愿,没有一丝焦虑,走到弗朗茨的太太面前:"别见怪……太太,我知道我不是个讨人喜欢的客人,我已经注意到了,看到我这样和弗朗茨讲话您不怎么高兴。但是我们两个整整两年互相从头发里抓虱子,互相刮胡子,在同一个槽子里吃饭,在同一堆污泥里睡觉,我们要是相互客客气气彬彬有礼地讲话,那才是骗人的把戏呢。一个人要是遇到了一位老战友,以前的老话题还在,就算是我稍稍骂了他几句,那也是因为我一时不高兴。但是他和我都知道,我们永远不会真的疏远的。我就是想请您原谅,我明白,我要是现在走下楼梯,您会很高兴的。我敢保证,我理解您。"

奈莉掩饰着不满。斐迪南恰恰说出了她所想的。"哪里,哪里,不管您什么时候来,我都高兴,有人来对他是好事。您哪个星期天来吃饭吧,我们大家都会很高兴。"

但是这"高兴"二字说得有气无力,听起来也很假,斐迪南握住的手也是冷淡的陌生的。然后他无言地和克里斯蒂娜告别。有那么一秒钟她感觉到斐迪南的眼睛,好奇,温暖,然后他走向大门,弗朗茨跟着他。

"我送你到大门口。"

他们还没到外面,奈莉就猛的一下子打开窗户。"他们把这个屋子弄得这么乌烟瘴气,人都快要窒息了。"她带着歉意,对克里斯蒂娜说,一面在窗户板上敲着满是烟灰的烟灰缸,弄出很尖厉的声响,就像她的嗓音。克里斯蒂娜理解她的动作,她想随着打开这扇窗户把这个男人带进来的所有的东西全都留在外面。克里斯蒂娜看着眼前的姐姐感觉像个陌生人:她变得这么生硬,人特别瘦,特别单薄,她以前是多么轻快灵敏啊。这些都来自贪婪,现在她死死抓住这个男人就像抓着金钱。她都不愿意把她丈夫的什么拿给一个朋友一点点。丈夫必须完全属于她,顺从谦卑老老实实地干活攒钱,以便让她很快成为地区主席的夫人。克里斯蒂娜生平第一次带着鄙视和愤恨看着她以前一直非常尊敬和服从的姐姐,因为姐姐不理解她不想理解的东西。

幸好现在弗朗茨回来了。姐妹俩之间的寂静无声已经在房间中变得危险和凝重。他毫无把握地走近这两个女人。步伐很小,很轻,就像一个人踏进不安全的地面。

"你在楼下又和他嘀咕了很久,是吧,我的感觉是对的,我们恐怕要经常有这种享受了。一个人如果沦落到这个地步,就很想顺着楼梯爬到别人家里。"弗朗茨目瞪口呆地站在那里。"但是奈莉……你这是怎么想的啊,你根本不知道他是个什么样的人。他要是想捞点什么,他早就来了。从主管部门的日志中他完全可以得到我的地址。你难道不明白,恰恰因为他过得不好,他才没有来找我。他知道,他需要的一切我都会给他。"

"可不,只要有这些人,你就是大施主。我无所谓,你完全可以去见他,我不禁止你。但是在家里,我可受够了,你看看这,这个他用香烟烧的洞,看这地上,你朋友他都没有好好擦擦他的靴子,这必须得好好扫扫。行啊,要是你高兴和他来往,我不阻止你。"

克里斯蒂娜攥起手指,她为姐姐感到羞耻,她为姐夫感到羞耻,他就这么低三下四地站在那里,想冲着他老婆生硬的后背解释点什么。空气变得无法忍受。她站起来。"现在我也得走了,否则就赶不上火车了,你们别生气,我耽误了你们这么长时间。"

"哪儿的话,"姐姐说,"有空就来吧。"

她说这句话就像跟个陌生人说白天好晚上好一样。她们两人之间存在着一些陌生的东西,一个憎恨造反,另一个憎恨对方那里的安逸舒适。

克里斯蒂娜下楼的时候有种不确定的感觉,觉得那个陌生男人可能在楼下等着她。她徒劳地想把这个想法赶走,那个男人只是匆匆地好奇地看了她几下,没有和她说一句话——她完全不知道她是否希望这个举动,但是这个想法特别坚定,牢固得出奇,怎么也摆脱不掉,随着她走下一级一级台阶,这想法在她心里几乎越来越深地变成了一种坚信不疑。

她到楼下刚走出大门,那个灰色的斗篷就飘过大街,这个陌生男人站在她面前,一脸的不安和羞怯,对此她一点也不觉得吃惊。

"请原谅我在这里等您,小姐,"他突然说起话来,用的是一种不同的,好像是第二种声音,怯生生的、不好意思、相当克制,不像先前带着生硬、坚决、咄咄逼人的腔调——"但是我一直在担心,不知您……不知您姐姐是否会生您的气……我的意思是,因为我和弗朗茨说话的时候那么粗鲁,而您……您觉得我是对的……我真的非常遗憾对他使用那么强硬的语气——我知道你要是去一个陌生的家里,面对陌生的人是不能这样的,我发誓,我绝没有恶意,正相反……他是一个这么善良、老实的人,一个如此出色的朋友,一个特别特别善良的人,很难再找到这样的人……真的,就这么突然看到他站在我面前,我真是大吃一惊,我真想一把抱住他,亲吻他,或者向他显示一下我的高兴什么的,就像他展示给我看的……但是,您必须理解,我觉得特别不自在……在您和您姐姐面前不自在,在其他人面前表现得多愁善感,这看上去很滑稽……就因为我觉得不自在,就因为如此我才这么愚蠢地表示和他势不两立似的……我控制不住自己,我真的控制不住自己。我看他坐在那里,对他的大肚子、他的一杯咖啡、他的留声机一副心满意足的样子,就违反我的心意,忍不住非惹他激激他不可……您不了解他在外面的样子,曾经是个极端愤世嫉俗的人,从早到晚满嘴都是革命、摧毁旧制度和建立新秩序,现在我看到他那么老实地坐在那里,一副安居乐业、吃饱喝足的样子,对他的老婆、孩子、他的党和他那阳台上长着鲜花的公共住房一副心满意足的样子,散发出浓烈的小市民气……这就刺激我想折磨一下他,让他难受难受。您姐姐肯定以为我是因为他过得这么好而嫉妒他……但是我向您发誓,他过得这么好我只是为他高兴,就算我猛剋了他几句……这是因为……这恰恰是因为我很有兴致想捶捶他的肩膀或者挽起他的胳臂或者敲敲他的肚子,这个小弗朗茨,我就是在您面前觉得特别不自在……"

克里斯蒂娜不由得想笑出来。她理解这一切,也理解那个在老实的胖胖的姐夫的小胖肚子上善意而又有点讥讽地敲一敲的兴致。"不,"她说,想安慰一下斐迪南,"这些我立刻就理解了。我姐夫高兴的时候那么兴高采烈,真有点令人难堪,他恨不得把您裹在棉花里面,别让人家碰伤了您,我理解任何人都会不自在的。"

"这……您这么说让我很高兴。您姐夫一看见我就立马变成了另一个人……这是您姐姐根本不认识的人,她也不知道,我们像两个犯人似的白天黑夜一起关在一个牢房里,从那个时候我们就知道彼此那么多事情,自己的老婆都不知道那么多,要是我愿意的话,我随时都可以让他干任何事,他也能让我干一切事情。这点您的姐姐,她没有意识到,或者她也许没有正确意识到。她只是有所感觉,尽管我想把这些隐藏起来,假装我对他有火气或者嫉妒……我也许有很多火气,这是真的,但是我对任何人都没有嫉妒,我想说我指的是那种嫉妒,就是我想过好日子,而别人都该过得不好……我乐意看到每个人都快乐,只是当然……有人有时对自己说,看到别人穿着羊毛衣暖洋洋的……为什么我不能也这样呢……我没有办法,没人能有办法,对此您能正确理解我……我不是说,为什么不是我而是他……只是,为什么我不能也这样呢。"

克里斯蒂娜不由自主地站着不走了。她身旁的这个男人正好已经说出了她一直以来所想的一切。他把她只是模模糊糊感觉的都清清楚楚地说出来。不是从别人那里夺走什么,只是要求得到自己的权利,自己的生活,别人在屋里坐着的时候,自己别一直站在外面和下面,脚踩在雪地里。

斐迪南误解了她站住不走的意思,以为她不想他再陪着她了,以为她想和他分手了。他举棋不定地站在她面前,已经做了个动作想去摘帽子。克里斯蒂娜从头到脚看着他,追随着他做出的举动,然后飞快一眼就看到了他那双穿破的劣质鞋子、没有熨烫过的裤边已经开线的裤子,知道就是这一身破旧的衣服和贫困使得这个活力无限的男人在她面前如此不自信。就在这一秒钟她看到自己在饭店前面,感到当时她拎着箱子的手的颤抖,她理解斐迪南的不自信,就好像他们交换了身体。她马上产生了亲自去帮助斐迪南的需求——也就是通过这个人帮助她自己的需求。

"我现在得去火车站了,"克里斯蒂娜说,察觉到斐迪南惊了一下,这让她有点小小的自豪,"您要是想陪我的话……"

"哦,好啊,非常乐意。"声音里透着喜出望外,这让她感觉甚好。

现在斐迪南可以走在她身旁。但是他还在一再道歉。"我真够蠢的,我气我自己,不该那么做。不该当着您姐姐的面那么不着边际地说话,不着边际地想这想那的,她毕竟是他的太太,我跟她又不熟。照理我该先问问孩子们,他们成绩如何,上几年级了,就该说点和他们都有关系的话题。但是我看到您姐夫的时候如此震惊,把一切都忘了,心里一下子觉得充实,暖洋洋的,说起来他是唯一的一个了解一些我的身世和理解我的人……不是说我们特别合得来……他和我迥然不同，比我好多了，正派多了……我们的背景完全不同，他其实不理解我想要做什么和真正喜欢什么……但是我们就是被命运拴在一起，两年里一天又一天一夜又一夜，就像在一个孤岛上完全与世隔绝……我也许没法跟他解释所有和我有关的一切，但是他就是比任何其他人都能更好地感觉这一切。我们根本无须相互说话，我们只需面对面坐在一起。我走进屋子的那一刻就了解了他的一切——也许比他对自己了解的还多，他又明白了……所以他才那么尴尬，就好像我抓住他什么把柄，他觉得羞耻……我知道为了什么，可能是因为他的小肚子，或者是因为他变得如此循规蹈矩，活像个市民……就在这个时刻他又是那个人了，他太太不在场，您也不在场，我们恨不得甩开你们，就是为了说说话，我们恨不得说一夜的话——是啊，当然了，您姐姐感觉到这些了，然而，自从他知道我在这里，我知道他在这里，我们两个人心里就觉得更加温暖。我们感觉得到彼此，谁要是心里有什么事情，我们都有一个能够倾诉的人。因为其他的人——不，您是理解不了的，我可能解释不清楚，但是自从我在另一个世界待了六年后回来，就觉得自己是从月球上回来似的。和我以前生活过的那些人身上不知什么东西让我觉得特别陌生。当我和亲戚们或者祖母坐在一起吃饭的时候，我不知道该和他们聊些什么，我不知道他们因为什么而高兴，一切在我眼里都那么陌生，他们所做的也都毫无意义。就好比……你在马路上在一个玻璃墙后面看咖啡馆的人跳舞，你听不到音乐声。你不知道他们为什么按照一个你听不到的节拍如此转来转去，脸上还带着如此陶醉的表情。他们身上的某些东西，你就是不理解，而他们也不理解你，他们就会觉得你嫉妒或者心存恶意，但其实就是因为你不理解他们，他们也不再理解你……就好像你在说另一种语言，想要的东西和他们想要的不同……但是请您原谅,小姐,我在这里这么没完没了的胡扯,一切都毫无意义,我根本不要求您能理解这些。"

克里斯蒂娜又站住了直视着他。"您错了,"她说,"我完完全全理解您说的这些。我理解每个字。也就是说……一年前,也就是几个月前我还不会理解您,但是自从我回来以后,从……"

她思索了一下,但是在最后一刻还是克制住了。

她差点就开始向这个陌生人倾诉一切。她飞快地转换语气:"其实——我还得跟您说一下,我根本不是直接去火车站,之前我还得去我昨天过夜的旅馆取我的箱子。我其实昨天晚上就到了,而不是像他们以为的今天早上才到……我不想跟我姐姐说这个,我不在他们家过夜她该受伤害了,但是我不喜欢成为任何人的负担,我就想请求您……您要是和我姐夫聊天,别跟他提这事。"

"这是不言而喻的。"

她马上就感觉到斐迪南因为她的信任而感到喜悦和感激。他们一起去取箱子,他想拿起它,但克里斯蒂娜不让他做:"不,别用您的手,您自己不是说过……"她说不下去了,因为她意识到了斐迪南的羞耻。我不该这么说,不该表示我记着这可能对他是件难堪的事情。所以她还是让他拿着箱子。到火车站后还有四十五分钟发车。他们坐在候车大厅里聊天。谈的都是些和他们自己无关的话题,谈她的姐夫、谈邮局、谈奥地利的政治形势、谈些琐琐碎碎的小事。他们两个完全没有任何亲密感,只是观点清楚,很有默契,她发现他具有条理清晰,快速领会别人意图的智慧,对此很敬佩。后来就到时候了,她站起来说:"我觉得我现在必须走了。"

斐迪南也站起身,有点吃惊的样子,他显然很难接受谈话就这么戛然而止,这让克里斯蒂娜感动,也很欣慰。她想,斐迪南今晚要孤零零一个人了,同时也感到一定的自豪,竟然出乎意料地又有一个人在这里在意她,而她,不就是一个无足轻重的人、邮局女助理、被人雇来卖邮票,给电报敲图章,连接电话通话,她这样一个人也有些价值了。斐迪南惊慌失措的脸唤起了她心中一阵同情,她突然想到什么说道:"其实我可以坐晚一班的车。十点二十分还有一班火车,这样我们还能散散步,在这儿随便什么地方吃个饭……我的意思是,要是您没有安排的话……"

克里斯蒂娜一面说出这话,一面享受着从这个男人明亮的眼睛里散发到整个脸孔的意外的喜悦和那听上去极度欣喜的声音:"哦,我什么安排也没有。"

他们把箱子寄存在火车站,花了一段时间沿着大街小巷漫无计划地走着。天上弥漫着一团蓝色的雾,九月的夜晚渐渐黑了下来,房子之间的路灯浮在那里像白色的小月亮。他们挨在一起缓慢地溜达着,说着散步时说的那些无足轻重的话。在郊区某地他们发现了一个便宜的小客栈,客人们还可以坐在外面,就在后院,那里装饰着一片片小小的人造树叶,每个桌子都由半透明的常春藤做成的墙分隔开。坐在那里既是单独相处但也不完全孤独,别人看得到却无法窥听;他们两个都因为还能在客栈花园找到一个空着的角落而高兴。围着院子是其他的房子,一扇窗户开着,一架留声机发出一曲不太清晰的华尔兹,听得到旁边桌子的笑声,看得到无比寂寥的酒鬼在静静地平和地咕嘟咕嘟地喝酒,每个桌子上都摆放着一盏风灯,像一朵玻璃花,好奇的黑色小昆虫围着它嗡嗡地叫。外面清凉舒适。斐迪南摘下帽子,现在他就坐在她对面,脸被安详的烛光照亮了,克里斯蒂娜能清晰地看到他的脸:脸上骨头木刻般轮廓清晰,有着蒂罗尔人的棱角分明,眼角和嘴边有些细小的皱纹,是一张紧绷的、严厉的但是多少有些历经沧桑的脸。但是这张脸后面在某种程度上还有第二张脸,就像他愤怒的声音后面有着第二个声音,这第二张脸在他微笑的时候就出现了,那时皱纹拉紧,闪闪发光的眼睛里倔强的表情消失了。然后就出现了男孩般的柔和,几乎就是一张孩子的脸,亲切、温柔,她不由自主地想到,姐夫认识的就是这样的他,他当时肯定就是这个样子。这两张脸在谈话的过程中奇妙地变化着。他一旦皱起他的眉毛或者使劲撇他的嘴,阴影就突然笼罩在脸上,就像一片云彩突然罩住了草地上的一片绿色,草地阴沉下来。奇怪,克里斯蒂娜想,怎么可以是这样,就像一个人身上有两个人。然后她就想起自己的变形和那面被遗忘的镜子,这面镜子现在在若干公里外的房间里照着别人。

侍者给他们送来他们点的简单的菜肴,两个杯子里是浅色的贡波葡萄酒。斐迪南拿起他的杯子,目光炯炯地看着她,高高举起杯想和她碰杯。但是当他直起腰要举杯的时候,响起一个细小的干巴巴的啪嗒声。一个松了的纽扣从他的外套上脱落下来,在桌子上翻滚旋转了一下然后掉到地上。这个小小的意外事件立即让他脸色阴沉起来。他想抓到它并它藏起来,但是他一发现她也注意到了这个小小的事故,他就一下子变得尴尬、阴郁和不知所措。克里斯蒂娜试着不往那边看。这个微小的事情震撼了她。没有人惦记他关心他!出于直觉她立即意识到没有一个女人照顾他。先前她训练有素的目光已经发现他的帽子没有刷过,带子上落了厚厚的一层灰,她的眼睛也没有错过那条前面鼓鼓囊囊、皱皱巴巴、没有熨烫过的裤子,从她自己的经历她理解斐迪南的不知所措。

"您就把它捡起来吧,"克里斯蒂娜说,"我的包里总是放着针头线脑的,像我们这样的人必须自己做所有的事情,我在这马上就把这纽扣给您缝上。"

"可别。"斐迪南大吃一惊地说。但是他还是听话地弯下腰把这个逃跑的叛徒从石头子里捡起来,然后把纽扣藏在手里,迟疑不决,很不情愿地把它交给克里斯蒂娜。

"不,不,"斐迪南抱歉道,"这个我回家让人缝。"当她再一次坚持的时候,他一下子变得很激动。"不,我不想这样!我不想这样!"痉挛般地盖住外套上的另外两个纽扣。克里斯蒂娜不再坚持。她发现斐迪南感到羞惭。他们在一起那么好的气氛被破坏了,克里斯蒂娜突然从他那绷紧的嘴唇感觉到:现在他要说一些不好听的话。他要用某种方式变得粗鲁,因为他羞得无地自容。

果然,他发作起来了。斐迪南几乎完全缩起身体,挑衅地看着她。"我知道,我衣着不整,但是我不知道会有人盯着我看。穿着这衣服去养老院看人正好合适。要是我知道的话,我会穿得好一点,或者怎么说呢——这根本不是真的。事实是我没钱让自己穿得像模像样,我就是没钱,或者至少一下子没那么多钱。有一次我给自己买了一双新鞋,可是帽子又不行了,买了帽子,外套又破了,一会儿这个一会儿那个,我跟都跟不上。这到底是不是我的过错,我一点也不在意。您就记着我穿得很差就是。"

克里斯蒂娜动动嘴唇,但是她还没能说什么,斐迪南就已经又继续说了起来:"请别说什么安慰的话,我已经预料到您都要说什么了,您会对我说,贫困不是丢人的事情,这话不对,但要是你无法掩盖,贫穷还是丢人的事情,没有办法,你还是会羞得无地自容,就像你在陌生的桌子上弄了一块污迹后那样的无地自容。不管这贫穷是应得的还是不应得的,是正派的还是龌龊的,反正贫困总散发着臭味。对,它就是散发着臭味,就像底层的一间通往天井的屋子散发出的味道和人们不常更换的衣服发出的味道。你自己就闻得到,就仿佛你自己就是粪水。这是去除不掉,擦不干净的。你就是戴上顶新帽子也无济于事,就像你嘴里的口臭是从胃里发出的,你怎么漱口也没用。它就待在你身上依附着你,每个人只要摸你一下或者看你一眼就感觉得到。您姐姐马上就感觉到了,我了解女人看到一个脱线的袖扣时那种洞察一切的目光,我知道这对其他人是很尴尬的事情,但是见鬼,这对你自己其实是更尴尬的事情。因为你无法自拔,你无法躲开,你最多就是把自己灌醉,看这儿,"他拿起杯子示范性地喝得又快又猛——"为什么所谓的下层人当中相对来讲酗酒的更多,这可是巨大的社会问题,那些伯爵夫人们、女施主们在慈善协会喝茶的时候为此绞尽脑汁。在这几分钟或者几小时里,你是感觉不到,别人多么讨厌你,你自己也多么讨厌你自己。我知道和一个穿着这身衣服的人坐在一起被人看见不是什么特别的荣耀,对我自己也不是什么愉快的事情。您要是觉得不自在,就请说出来,千万别跟我讲礼数,别同情我!"

他向后挪椅子,似乎马上就要起身。克里斯蒂娜很快一把按住他的胳膊:"别这么大声!这和这些人有什么关系?请您靠近一些。"

他顺从地做了。挑衅的模样立即转变成谨小慎微的样子。克里斯蒂娜努力掩盖着自己对他的怜悯。"您干吗要自我折磨啊,您干吗要折磨我?一切都毫无意义。您真把我当成别人说的'贵妇人'了?我要是果真如此,就不可能理解您现在说的这些话,就会把您当成刺儿头,认为您不公正充满敌意。但是我理解这些,我要讲给您听为什么。请您挪得再近一点,旁边的人没必要听。"

她给斐迪南讲了她的旅行,她什么都讲了:怨恨、羞耻、激动、变形;第一次可以谈及自己醉心于财富,对她来讲是乐趣,但讲到离开的时候门房如何把她当作小偷拦住,就因为她自己拎着箱子穿着劣质的寒酸的衣服,这又是另一种不怀好意的自我折磨的乐趣。斐迪南安静地坐在那里一言不发,就是他的鼻孔紧绷着颤抖着。克里斯蒂娜感到,他把这一切都吸进自己的身体里了。他理解她就如她理解他一般，他们之间有一种在愤怒之中和被冷落的感觉中的休戚相关。正因为她打开了堤坝，洪水就再也止不住了。她讲的比她自己想讲的要多很多，她对她村子的愤恨、对那些被耽误的时间的怒火，她把一切都强烈地形象地倾吐出来。她从来都没有跟任何人这么敞开过心扉。

斐迪南一言不发地坐在那里，眼睛没有看她，越来越厉害地蜷曲起身体。"请您原谅，"他最终开口说话了，声音就像来自地下，"我那么愚蠢地冲您发脾气。我这个人总是动辄变得那么傻，那么狂怒，那么咄咄逼人，就好像我遇到的第一个人该对所有的一切负责似的，对此我真想抽我自己。就好像就我一个人倒霉。其实我知道我只是芸芸众生中的一个。每天早上去上班的时候，我看到其他人睡眼惺忪闷闷不乐地走出家门，脸上一副绝望的表情，我看到他们去工作，但他们并不喜欢那个工作，也不愿意做那个工作，那个工作也和他们没有什么关系。我又看到他们晚上坐上电车回家，目光呆滞步伐沉重，所有的人都莫名其妙地疲惫不堪，或者是因为一个他们并不明白的原因。只是所有的这些人对此都一无所知，对这样恐怖至极的毫无意义也不像我那样有如此强烈的理解和感觉。对他们来讲，取得成绩就是一个月多挣十先令，或者获得一个新头衔，获得另一个证章，或者晚上去参加他们的集会，听别人说什么资本主义世界即将毁灭，社会主义思潮将征服世界，也就再需要十年或者二十年就可以做到。但是我没有这么大的耐心。我等不了十年或者二十年。我三十岁了，其中的十一年都荒废了。我三十岁了，还不知道我是谁，还不知道这个世界存在的意义，看到的只是污秽、鲜血和汗水。我所做的只是一而再再而三地等待。我再也受不了这样身处底层，身处边缘，这会让我发疯，让我生病，我一直给其他人当小工，而心里清楚，我并不比那个发号施令的建筑师差多少,我和所有那些高高在上的人知道得一般多,拥有同样的肺,流淌着同样的鲜血,只是晚到了一步,正因为如此,我感觉到,这个世界从我破旧的鞋子下面溜走了;我从车上掉了下来,不管怎么奔跑也赶不上它了。我知道我什么都会——我学过一些东西,也许也不傻,在文科中学和教会学校曾经成绩第一,音乐也学得很好,另外还在一个来自奥维尔涅的神父那里学过法语。但是我没有钢琴无法练习,于是钢琴就荒疏了,没有人和我说法语,于是法语也荒疏了,我在科技大学规规矩矩地学了两年技术,而其他人都把时间浪费在社团活动上,在西伯利亚狗窝似的草棚里我继续劳作,但是我没有丝毫进展。我需要一年时间,一年不工作,就像为了跳得远你需要一段助跑……就一年,我就能出人头地,我不知道自己会到达哪一步,不知道怎么去做,我只知道,今天我还能咬紧牙关使尽全身的力气十小时十四小时地学习——再像现在这样混几年,我就和其他人毫无两样,我就会疲惫不堪,会心满意足,就会安于现状,就会说:完了!都过去了!但是今天我还不能这样,今天我痛恨所有那些心满意足的人,他们让我冒火,我有时必须在口袋里把拳头紧紧攥起来,这样才不会往他们那透着日子过得有滋有味的脸上狠狠打上一拳。这儿,您看,旁边那三个人。我跟您说话的整个时间里他们都让我生气,我不知道为什么,也许是出于嫉妒,因为他们这么愚蠢地开心不已,这么小市民般地自娱自乐。您仔细端详一下他们,他们就在那边,一个可能是布匹店里的伙计,整天都给顾客拿来店里的一捆捆布匹,点头哈腰地,嘴里唠叨着'最近式样,一幅一米八,真正的英国货,结实、耐用',然后他把那匹布扔回去又拿来新的一匹,然后又是另外一匹,然后再拿来一些辫形带和流苏,晚上回家觉得自己活得挺有意义,另外两个人,其中一个可能在海关或者邮政储蓄所工作,一整天都在打着数字,十万、百万的数字、利息、利滚利、借方、贷方,不知道这些钱都是谁的,不知道谁是付钱的,谁是欠钱的,以及为什么,不知道谁是拥有者以及为什么,他就是什么都不知道,晚上回家还觉得自己活得挺有意义;第三个人,我不知道他在哪儿工作,在市政府或者随便某个地方,但是从他的衣袖我看得出来他也是整天抄抄写写的人,在同一张木桌上用同一只有活力的手不停地写。但是因为今天是星期天,他们往头发上涂了发油,脸上流露着愉悦。他们去看了场足球赛或者赛马什么的或者和一个女孩厮混,现在他们相互讲述着,每个人都炫耀着自己多么聪明、多么机灵、多么能干——您就听听他们笑得多舒心、多惬意、多滋润,这些星期天休假的机器们,这些借来干活的牲口,您听听他们笑得多热烈多畅快啊,这几条可怜的狗,就是因为人们把他们从链子上解了下来,他们就觉得整个屋子和整个世界都属于他们了;我真想一拳打在他们脸上。"

他沉重地呼吸着,"我知道,这都是无稽之谈,挨打的那个人总是不该打的,世上的事总是很不公平。我知道他们就是可怜的狗,一点也不傻,他们做的就是最聪明的事情:他们随遇而安心甘情愿。他们让自己渐渐死去,然后就毫无感觉了,但是我这个傻瓜总恨不得把这些心满意足的小人中的每个人都狠狠揍一顿,让他还原成一个人——也许只有这样我自己才能待在一帮狂徒当中而不是完全孑然一身。我知道,这是很愚蠢的,我知道,我这样会切到自己的肉里,但是也只能这样,这凶恶的十一年让我浑身浸透了仇恨,这仇恨从我的嗓子眼一直压迫到嘴唇。马上就会从嘴里喷涌出来,我不管在哪里都会飞快跑回家或者跑到大众图书馆里。但是我已经不再有阅读的快乐了。现在写的那些长篇小说跟我毫无关系。那些小儿科的故事,汉斯如何追到格蕾特,格蕾特又是如何追到汉斯,宝拉如何欺骗约翰,约翰又是如何欺骗宝拉,跟我有屁个关系——那些有关战争的书籍——谁也不必给我讲这些故事,自从我知道学什么也没用,我也就不再有认真学习的劲头,你要是没有大学的证书不可能有前途,而我拿不到这个证书,因为我没钱,我也挣不到钱,就这样我就怒火中烧,把自己像个咬人的动物一样关在门外。你毫无抵抗能力地对抗着一个连你自己都看不见摸不着的东西,你对抗的东西来自人,但不是来自一个你能够怒斥的个体,没有什么比这样更让你火冒三丈的了。那个弗朗茨他懂这个。我只要提醒他,我们有时夜里躺在我们的棚屋里哀号,因为愤怒手指抠到泥土里,我们出于愚蠢的恶意打碎瓶子,我们还想到过用斧子杀死那个可怜的尼古拉,就是那个老实的警卫,他其实是我们的朋友,好心肠、一声不吭,但是就是因为他是所有那些看管着我们的人当中唯一能抓得到的,就仅仅是因为这个我们想杀他。嗯,就是这样,现在您理解为什么我看到弗朗茨会那么兴奋了吧,我已经想不起来还会有人能理解我了,但是我马上就感觉到,他理解我——然后就是您。"

克里斯蒂娜抬起眼,感觉到他的目光死死盯着她。马上斐迪南又不好意思了。

"请您原谅,"他又用那种不同的声音说,这声音柔和、怯生生的,音量不大,和他那强悍的、富有挑衅性的愤怒奇特地形成鲜明的反差,"请您原谅,我不该讲这么多有关自己的事情,我知道这很没有教养。但是也许我整整一个月跟所有人的讲的话加起来也没有跟您说的那么多。"

克里斯蒂娜出神地看着风灯。它微微颤抖着,一阵凉风让火苗抖动起来,那蓝色的心形灯芯突然向上蹿起一条窄窄的火舌。然后她回答道:"我也没说过那么多。"

他们有一阵都没有说话,那个意想不到的痛苦而紧张的对话让两个人都精疲力尽。旁边的桌子已经灭灯了,院子里的窗户黑了,留声机沉默了。侍者引人注目地匆匆从旁走过,收拾旁边的桌子,现在他们想起了时间。

"我觉得我现在必须走了,"克里斯蒂娜提醒斐迪南,"我最后那班火车十点二十分开车,现在几点了啊?"

斐迪南生气地看着她,但是就是一会儿的工夫,然后他微笑起来。

"您看,我已经在自我改进了,"他几乎快活地说,"您要是一个小时前问我的话,我身上那个咬人的野狗就会立即向您扑过去,但是现在我跟您就像跟一个战友,就像跟弗朗茨那样说话:我把我的表当掉了。并不完全为了钱,这其实是一块很精致的表,金质的还镶着钻石。有一次大公爵出猎,我父亲准备了所有的食物,还亲自下厨,一切都办得尽善尽美,为此获得了大公爵赠予的这只表,您能理解——您什么都能理解,要是在一个建筑工地拿出这样一只镶着钻石的金表,看上去就像黑人穿着一件燕尾服。另外,我住的那个地方,搁着这样一只表也不安全,但是我并没有想把它卖掉,这在一定程度上还是一份救急干粮。我就把它抵押给当铺了。"

他冲着克里斯蒂娜微笑着,就好像自己做了一件了不起的事情。"您看——我把此事就这么心平气和地说给您听了,我还是有些进步吧。"

他们之间的气氛又清爽起来,就像雨后的空气。那种拘束紧张的气氛消除了,随之而来的是精疲力尽的感觉。他们相互注视着,不再那么小心谨慎,缩手缩脚,而是相互信任。突然有了一种类似友谊和抚慰的感觉。他们沿着马路朝火车站走,现在走恰到好处,黑暗蒙住了房屋那好奇的黑色眼睛,那被烤热的石子重又散发出清凉。他们离目的地越近,他们的步伐就越紧张和仓促:他们相处在一起形成的那种柔和和紧密的氛围之上悬挂着闪闪发光的离别之剑。

克里斯蒂娜去买火车票。她一转身看到斐迪南的面孔。这张面孔又突然变了样子,额头下一层阴影笼罩着他的眼睛,她曾经非常愉悦地感受到的充满感激的光亮熄灭了,斐迪南刚拉紧他的斗篷,好像他觉得很冷,他以为没人注意到——同情心又涌上克里斯蒂娜的心头。"我很快就会再来的,"她说,"也许就是下个星期日。要是那时您有时间的话……"

"我总是有时间的。这差不多就是我唯一拥有的大把的财产了,但是我不愿意……我不愿意……"斐迪南欲言又止。

"您不愿意什么?"

"我不愿意……我只是想说……不愿意您专门为了我这么劳神费力……您对我这么好……我知道和我在一起不是什么开心的事情……但是也许在火车上或者明天您就会对自己说,凭什么被别人的哀叹耽搁啊,我知道我自己就是这样的——谁要是跟我诉说他生活中的艰辛,我会好好倾听,我会很受触动;但是等他离开了,我就对自己说:去他的吧,他的烦恼和我有什么关系,我们每个人自己的烦恼就够多的了……就是说,我不愿意您强迫自己或者让自己这么想,该帮帮他,我自己一个人就能够搞定我自己……"

克里斯蒂娜眼睛看着别处。她不忍心看到斐迪南这样对自己撒气。这让她难受。但是斐迪南误解了她的举动,以为她受伤害了,在那愤怒的生气的声音之后又小声地怯生生地出现了那第二种声音,就是那种男孩子般的声音。"我当然觉得……我肯定会特别高兴……但是我只是想到万一……我想说的只是……"

他因为没有把握而结结巴巴,带着一种孩子般惊慌失措的表情看着克里斯蒂娜,像是在请求原谅。她理解他的结结巴巴,她明白这个性格刚烈、热情奔放,因为羞愧而扭曲的硬汉子其实想请求她再次前来,就是没有这个勇气。

一种母爱和同情交融的感觉从她心底油然而生,她有种好好安慰一下这个备受屈辱的人的需求,想要做一个什么动作、说一句什么话鼓舞一下他那刚毅的傲气。她恨不得抚摸抚摸他的额头或者说:"你这个傻孩子。"但是她担心,这会如此容易地伤害他,因为他太敏感。她不好意思地说:"很遗憾——但是我觉得我现在真的得走了。"

"您真的……觉得遗憾吗?"斐迪南固执地追问她,充满渴望地盯着她,他那无助的存在暴露出他一个人独处的绝望,他就这样站在那里,克里斯蒂娜已经预感到,他会孤零零一个人站在大厅里,绝望地目送着那列火车带着她离去,一个人在这个城市里,一个人在这个世界上,她感觉得到,斐迪南把他情感的整个重心都依附在她身上。这个女人深感震撼,她身上人性的深处又一次有了被追求的感觉,这感觉比以前被任何人追求时都强烈,她的心灵和感官上都给了她这样一种美妙无比的证实。终于她又有了被爱的感觉,这可真好,她的内心突然萌生了一种渴望,要为这种快感做出回报。

她做出了一个决定,像闪电般快,都来不及思索。就是猛的一下子,就是一刹那间。她转身走到斐迪南面前说,好像经过深思熟虑(但其实就是无意识中做的决定):"其实……我还是可以和您待在一起的,然后明天坐五点三十分的早班车,这样我也能及时赶去上那个愚蠢至极的班。"

斐迪南直愣愣地看着她。她从没有意料到一双眼睛可以突然如此光芒四射。就像是一根火柴在一间漆黑的屋子里点燃,一切都亮起来了,一切都在它的光照之下。斐迪南明白了,靠着烛照一切的直觉他一切都明白了。突然间他鼓足勇气抓住她的胳膊。"好的,"他说,脸上闪着光,"好的,您留下来吧,您留下来……"

克里斯蒂娜毫不反抗,由着斐迪南挽着她的胳膊把她带走。这手臂既温暖又强壮,颤动着,因为快乐而瑟瑟直抖,这个颤动也不由自主地转移到她身上。她问也不问他们去哪儿,为什么要问,现在一切都无所谓了,她已经决定了。她把她的意志抛到九霄云外,自愿地享受着这种以身相许的感觉。她心里的一切,意志也好,思维也罢,都是放松的同时也处于关闭状态,她不去想,她是否爱这个素昧平生的男子,是否对他有生理上的冲动,她享受的只是对意志的随心所欲,对情感的玩世不恭以及得到解脱的快感。

对于就要发生的事情她概不关心,她只是感觉到一只引领着她的手臂,她毫无意识地由他领着,就像水中漂浮的木头,享受着迅疾的速度中那种目迷神眩奔腾不息的快感。有时候她闭上眼睛,就是为了让自己更完整地感受这种被人引领的感觉、这种被渴望的感觉。

然后又一次出现了一个紧张的时刻。斐迪南停下脚步变得无比渺小。"我很喜欢您……真想请您上我那儿去……但是……这不行……我不是一个人住……必须经过另一间屋子……我们其实可以去别的地方……去一家饭店……不是您昨晚住的那家……我们可以……"

"行,"克里斯蒂娜说,"行。"但是不知道该去哪里。饭店这个字没有给她带来恐惧的感觉,而是赋予她一种新的光辉。像是透过一层云彩她眼前浮现出那闪闪发光的房间、那熠熠生辉的家具、那汹涌澎湃的夜的寂静、恩加丁那雄伟的气势。

"行，"她说，"行。"这话来自顺从的爱情汇成的梦幻。

他们继续往前走，穿过越来越狭窄的街道。斐迪南看上去不是很有把握，一直在小心翼翼地打量着每个房子。终于他在一盏隐藏起来的小灯映照下朦朦胧胧地看到一幢小房子，挂着一个发光的牌子。他麻利地带着她进去，她没有反抗。然后他们就穿过那个犹如黑色坑道的大门。

他们走进一道走廊，那里好像故意只亮着一只昏暗的灯泡。一个门房，脏兮兮、乱糟糟的模样，从一扇玻璃门走出来，就穿着衬衫。两个男人嘀嘀咕咕了几句，好像在做什么违禁的生意。两个人的手里轻声响着什么，不是钱就是钥匙。这期间克里斯蒂娜一个人站在半明半暗的走廊里盯着那坑坑洼洼的墙，无可名状地大失所望，凝望着这寒碜至极的洞穴。她不想想起那些，但是回忆就像一种强迫，驱使她想到另一家饭店的大门（对饭店这个字的联想激起了回忆）、闪闪发光的玻璃、冷却过的发出强烈亮光的灯、财富和舒适。

"九号房间，"门房大喇叭似的高声叫道，同样高声地补充着，"在二楼。"就好像他想让那里的什么人听到似的。斐迪南走到克里斯蒂娜身边拉着她的胳膊。克里斯蒂娜哀求地看着他："咱们不能……"她不知道，她想说什么。但是斐迪南从她的眼神里看到了恐惧和逃跑的意愿。"不能，他们都是这样……我真不知道还有其他……我不知道。"然后他拉着她的胳膊扶她上楼。这是必要的，因为她觉得一把刀把她的腘窝给切断了，身上的每根筋都瘫痪了。

一个房间的门开着。女仆从屋里走出来，也同样脏兮兮的，一副睡眠不足的样子，"马上就来，我只是飞快地去取一下干净的毛巾。"他们走进房间，迅速把身后的门关上。这个只有一个窗户的长方形的房间小得可怜,屋里只有一把椅子、一个挂衣钩、一个盥洗台,除此之外就是那张宽大无比的床,特地放在那里,给人无耻下流的感觉,就好像它知道这是这里唯一的一件重要的家具。它就那么占据了整个狭小的房间,目的性之强让人羞耻不堪。你根本无法避开它,也不能绕着它走,你无法对它视而不见。空气里有股发霉的馊味,来自冷下来的香烟味、质量差的肥皂和其他什么发出酸溜溜怪味的东西。克里斯蒂娜不由自主地紧闭着嘴,这样可以不吸进去这些味道。然后她怕自己会因为反感和恶心而昏厥过去。她疾步走到窗前拉开窗户,像是刚从一个有毒的矿井里给救了出来,呼吸着那涌进来的清凉、新鲜、未曾弄脏的空气。

有人轻声敲门。她吓了一跳,但是只是那个女仆,她走进来把干净的毛巾放在盥洗台上。她看到这个陌生的女人在亮着灯的房间里打开了窗户,小心翼翼地说:"办事的时候请把窗帘放下来吧。"然后就很有礼貌地走了出去。

克里斯蒂娜站在窗前没有动窝。这个"办事的时候"对她触动很大,大家就是为了这事来到这种偏僻胡同里的房子,来到这种臭气熏天的洞穴;只是为了这事。也许——她心里一惊——斐迪南也认为她就是为了这事来的,就是为了这事。

她的面孔执拗愠怒地冲着街道,尽管斐迪南看不到她的脸,仍然可以从她身体痉挛地朝前弯曲的侧影看到她的双肩在抖动,斐迪南理解她的恐惧。他温柔地走近她,生怕说一句话就会伤害她,他用手温柔地抚摸着她,从肩往下,一直往下,直到他找到那冰凉颤抖的手指。克里斯蒂娜感觉到他想安抚她。"请原谅,"她说,并没有转过身体,"我就是突然头晕得厉害。很快就会好的。我就还需要呼吸一点新鲜的空气……只是因为……"

克里斯蒂娜其实不由自主地想说:因为我这是第一次看到这

样的房子,这样的房间。但是她咬紧嘴唇,他无须知道这个。她突然转过身,关上窗户并且命令道:"请您关上灯。"

斐迪南扭动一下开关,黑夜一下子涌进来灭掉了所有的轮廓。最可怕的东西不在了,那张床不再那么厚颜无耻地等在那里,只是在这个松散的房间里显露出白色和不确定的光线。但是恐惧依然存在。现在克里斯蒂娜在寂静中一下子听到了各种细小的噪声、噼噼啪啪的声音、呻吟声、笑声、嚓嚓的声音、光着脚走路的声音以及不知哪里汩汩流动的水声。她感觉到这个房子里充满了陌生和淫乱的活动,唯一的目的就是男女交配。就像一层霜冻,她感觉这种恐惧正一层一层渗入她的身体。起先这种恐惧只是掠过皮肤,然后就侵袭到周身的关节,使之僵硬,现在这种恐惧接近大脑和心脏了,因为她感觉到自己无法再思考再感觉,一切都无所谓、没有意义和全然陌生,就连这个离她这么近的陌生男子的陌生的呼吸也是如此。幸运的是这男子的动作非常温柔,一点也不强迫她,他就是让她坐下,他们两个人现在就这样穿着衣服紧挨在一起坐在床边,没有说话,就是他的手一再抚摸着克里斯蒂娜衣袖上的布料和那只裸露的手。他耐心地等待着,看那恐惧是不是愿意从她身边走开,把她封冻住的惊愕是不是愿意化解。这种谦卑、这种低三下四的神气感动了克里斯蒂娜。当他最终搂住她的时候,她没有反抗。

就连斐迪南那热烈的激情的拥抱也无法完全粉碎她的恐惧。这霜冻已经集结得太深,他无法触及到它。克里斯蒂娜的内心并没有完全放松,身体并没有完全陶醉,而是在抵抗。斐迪南脱去她的衣服,她感觉得到他的身体,赤裸、强壮、温暖、激动不已,她同时感觉到那陌生的潮湿的床单像一块湿乎乎的海绵。她被那个男人的温柔包围着,同时感到正在进行的事情中自己被贫困和悲催所玷污。她的神经抖动着,斐迪南想把她拉到身边,她却感到自己想逃走,并不是想逃离这个激情燃烧的男人,而是逃离这幢房子,逃离这幢人们用钱就可以像动物似的进行交配的房子——快,快,下一个,下一个——在这里贫穷的女人把自己卖给下一个客人就像卖掉一枚邮票或者一份报纸似的。那凝重的、油乎乎的、潮湿的、关闭的空气,那来自陌生皮肤、陌生热度和陌生性欲的雾气都窒息着克里斯蒂娜的肺部。她深感羞耻,并不是因为她的以身相许,而是因为这样隆重的事情竟然发生在这样一个令人作呕和屈辱的地方。她的神经在这样的反抗下越来越紧张。突然从她身体里爆发出一阵呻吟、一阵因为失望和怨恨而压抑着的哭泣,这哭泣在一阵阵颤抖中侵袭着她赤裸的身体。斐迪南躺在她身边,这抽泣也冲击到他的身体。他觉得这就像是一种谴责。为了让她平静下来,他不断地用手沿着她的肩膀抚摸着她,一句话也不敢说。克里斯蒂娜感觉得到他有多么的绝望。"别管我,"她说,"这就是一种愚蠢的痉挛。你别担心,马上就没事了,只是因为……"她停顿了一下,只是在喘气。"别管它,这和你没有关系。"

斐迪南沉默着,他对一切也都一清二楚。他理解克里斯蒂娜的绝望、她那强烈的肉体上的绝望。但是他实在不好意思说出真相,他之所以无法找一家更好的旅馆住一间更好的房间是因为他身上只有八个先令。要是这钱不够付这个房间的话他已经准备把他的戒指给门卫。但是他不能也不想谈钱,所以他宁愿沉默,等待,耐心地等待,忍受着屈辱,一声不吭,等待着惊恐最终从克里斯蒂娜身边消失。

凭借着高度敏感的感官,克里斯蒂娜的听力格外好,总能听到来自旁边、上面、下面以及走廊的噪音,不是脚步声就是笑声、咳嗽声和呻吟声。旁边肯定有人和一个微醉的人在一起,此人总是奇怪地大喊大叫,然后你又能听到拍打赤裸的肉体的声音和一个粗俗的女人发出的嬉笑声。这真是让人无法容忍,她身边唯一的同盟者越一言不发,她听到的噪音就越多。一阵恐惧袭来,她突然冲着斐迪南粗暴地说:"求你了,说话啊!给我讲点什么!这样才能让我听不到那些从旁边传来的声音,哦,这里真是恐怖至极。这是一个可怕的房子啊,我知道这是什么房子,但是我真是害怕极了,我求求你说话,给我讲点什么,只有这样我……我才听不到……哦,这里真是恐怖至极!"

"好的,"斐迪南深深地呼吸一下,"是恐怖至极,我真惭愧把你带到这里。我真不该这么做……我自己并不知道是这样的。"

斐迪南温柔地抚爱着她的身体,她体会到这里面的好意而且觉得很温暖。但是这并没有消除让她一再不寒而栗的恐惧。她不知道她为什么这么发抖和抗拒。她的关节在不停地抽搐,这张潮湿的床、旁边淫荡的窃窃私语以及整个这所房子都让她一再地恶心反胃,她努力想去抑制,但是就是做不到。恐怖的感觉一再侵袭她的身体。

斐迪南俯身冲着她:"请相信我,我知道这对你肯定特别恐怖。这个我自己也经历过一次……恰恰是我第一次和一个女人在一起……这个我是不会忘记的。那时我在团里,刚被俘虏,还什么都不知道,其他人还有你姐夫,他们总是嘲笑我因为……他们总是一再地叫我处男,我不知道这是否出于恶意,我不知道这是否出于绝望,但是他们总是没完没了地跟我说这件事……唉,他们从早到晚就知道谈论这个,他们一再地议论女人,不是说这个女人就是那个女人,总是说那是什么样子的,每个人都讲了不下上百次,你都背得下来了。他们还有图片或者他们干脆自己动手画那些恐怖至极的画,也就是那些囚禁的俘虏画在墙上的那些画。老听这些,我觉得挺恶心,不过,当然……我已经十九岁,二十岁了,这个还是很刺激你的而且让你生病。然后就革命了,我们被继续送到西伯利亚,当时你的姐夫已经走了——我们像一群羊似的被人押来押去,直到一天晚上,一个士兵坐到我们身边,他本来是来看守我们的,但是你又能跑到哪里去啊?……他照顾我们,很喜欢我们……今天我眼前还能看到那张像是用锤子凿出来的宽宽的面孔,上面长着一个粗大的鼻子和一张善良的、咧得很开的大嘴……是啊,我想说什么来着……对了,就在一个晚上他像个兄弟似的坐到我身边,问我有多久没有过女人了……我当然不好意思说,'从没有过'……每个男人都不好意思这么说。"(每个女人也是,克里斯蒂娜想)"所以我就说:'两年。' 'Boze moi!'①这个善良的好人吃惊地大张着嘴,今天我还能看见这个老实人吃惊的样子……他马上移动身体更靠近我,轻轻抚摸着我就像抚摸一只小羊羔:'哦,你这个小可怜,你这个小可怜……你这样会生病的……'他一再地抚摸着我,我看得出来他在紧张地思索着。思考,一个思绪一个思绪地整理着,这对这个脑子迟钝身材笨重的赛尔盖伊是件非常艰难的事情,比抬起一根树干还要艰难。思考的时候他整个的面孔都发黑了,眼睛非常深沉。最后他说话了:'等着,小兄弟,我会处理的。我给你找个女人。村子里有很多,不是士兵的女人就是寡妇,我带你去一个人那儿,晚上的时候。我知道,你不会逃跑的。'我没说行,也没说不行,我没有兴致,没有欲念……这又能这样呢……一个头脑简单、动物般的农妇,但是就那么一次感觉一下人体的温暖,感觉一下和一个人的结合……只要别可怕地一个人待

---

① Boze moi,俄语的德文读音,即俄语"боже мой","我的天啊"之意。

着,只要……我不知道你是否理解?……"

"是的,"克里斯蒂娜呼吸一下(她调整一下呼吸),"我理解。"

"还真是的,晚上他来到我们的棚屋。按照我们的约定,他轻轻吹口哨。外面的黑暗中站着一个女人,个子不高,肩膀很宽,色彩斑斓的头巾下,头发像油一样油腻。'就是他,'赛尔盖伊说,'你想要他吗?'那个小个子女人用那双细长的眼睛犀利地看着我。然后她回答道'好的'。我们三个人一起走了一段路,他陪着我们。'他们把他拖到这么远的地方来,这可怜的小伙子,'那女人遗憾地对赛尔盖伊说。'压根没个女人,总是孤零零地在男人堆里,这可怜的小伙子……哦,哦,哦。'这些话听起来很善良很深沉,让人听着很温暖很愉快。我知道她是出于同情才要我的而不是出于爱情。'他们枪杀了我的男人,'然后那女人说,'他像棵桦树那么高,壮得像头年轻的熊。他从来没有喝醉过也从来没有打过我,他是村里最好的人,现在我和孩子们和婆婆住在一起,上帝对我们很严厉。'我跟着她去她家……这是一间屋顶上铺着稻草的白色小屋,窗户紧闭着,她的手拉着我,走进小屋,烟雾迎面扑来,侵蚀着我的脸。空气浓重炎热,就仿佛置身一个有毒的矿井。她拉着我继续往里走,炉子上面是铺,我得爬上去;突然有什么东西动了一下,我吓了一跳。'是孩子们。'她安慰地说。直到现在我才感觉到这个屋子里充满了陌生人的气息。有一次传来咳嗽声,她又安抚着我的惊慌:'是奶奶,她病了,胸口老透不过气来。'房间里所有人的呼吸和臭味,我不知道我和多少人在一起,是五个还是六个,所有这一切都让我目瞪口呆。要和一个女人做那种事情,而房间里还躺着孩子们和老母亲,我不知道是她的母亲还是她的婆婆,这简直太恐怖了。她不理解我的犹豫,她蹲在我身旁,悲伤地帮我把鞋脱掉,轻轻地温柔地帮我脱掉大衣,她抚摸着我的皮肤就像抚摸一个孩子,她对我真是好得令我感动……然后,她慢悠悠地,又充满渴望地把我拉到她身边。她的乳房巨大、柔软、温暖,就像刚出炉的面包,她的嘴唇很温柔,静静地吮吸着我的嘴唇,她的动作感人,谦卑,低三下四的……她真的很令人感动,我很喜欢她,对她抱有感激之情,但是恐惧令我窒息。每当一个孩子在睡梦中动一下,生病的奶奶呻吟一声,我都觉得无法忍受,天还没亮我就逃出去了……我有一种动物般的恐惧,怕看到孩子们的目光,怕看到老人那生病的眼睛……一个男人睡在这个女人旁边,她肯定觉得这一切都很自然,但是我……我不能,我逃走了。她送我到大门口,像头家畜一样温顺,她令人感动地对我说,从此她就属于我了,她还把我带到牛棚给我挤奶喝,那牛奶热气腾腾的非常新鲜,给我面包让我路上吃,还给我一个烟斗,这肯定是她丈夫的,然后她问我,不,她哀求我……这真是一个低三下四、恭敬无比的请求:'你今天晚上还会来吧?'……但是我再没有去过,那个小屋烟雾弥漫,里面有孩子们和奶奶,地上还爬着什么小动物,一想到这个我就毛骨悚然……但是我还是很感激的,今天我想起她还心存某种爱意……她如何从牛的乳房里挤奶,如何把面包递给我,如何把她的身子给了我……我知道,我再也没去找她,肯定伤害了她……其他人,他们都不理解……所有的人都羡慕我,他们得多可怜多寂寞才会羡慕我。每天我都下定决心,今天去找她,而每次……"

"上帝啊,"她喊道,"出什么事儿了?"克里斯蒂娜一下子跳起来侧耳倾听。

"什么事也没有。"斐迪南想说。但是他自己也吓了一跳。突然外面走廊里有动静,大声说话的声音、噪音、喊叫声,乱成一团,有人叫喊着,有人笑着,有人发着命令。是出事了。"等一下,"斐迪南说,从床上一跃而起。一分钟内就穿好了衣服,站在门边倾听着:"我去看看出什么事了。"

是出事了。这家低级旅馆里,人们一直以来总是悄声耳语轻手轻脚的,现在突然喧哗起来,发出难以解释的陌生声响,就像一个熟睡的人突然从一个噩梦中惊醒,唉声叹气、大喊大叫、呻吟着直跳起来。有人按门铃、有人敲门,有人楼上楼下跑来跑去,电话铃声丁零丁零响起,笨重的脚步走来走去,窗户当啷当啷地响。有人喊着,有人说话,有人询问,一下子一片混乱,尽是些不属于这家旅馆的陌生声音,陌生的手指节骨在砸门在敲门,硬邦邦的脚步取代了光脚没有穿鞋的步子。是出事了。一个女人狂叫起来,男人们大声激动地争吵着,什么东西倒了,是把椅子,外面一辆汽车轰隆隆地行驶着。整幢房子都闹翻天了,人们激动万分,克里斯蒂娜听到房顶上有急促的脚步声,旁边那个喝醉的男人在大声地忧心忡忡地冲着他的女朋友说话,就连左边和右边的房里也有椅子挪动,钥匙咯哒咯哒作响,从地下室到顶楼板整幢狭窄的房子都在嗡嗡作响,全楼变成人形蜜蜂的蜂巢,每个房间都成了蜂房。

斐迪南回来了,面色惨白,表情紧张,嘴巴左右两旁现出两道深深的皱纹。他因为激动而发抖。

"怎么了?"克里斯蒂娜还窝在床上,问道。斐迪南打开电灯,克里斯蒂娜为自己半裸着而吓了一跳,不由自主地把被单拉到胸前。

"没什么,"这一声就像从牙齿缝里挤出的恶意的哨音,"一个巡逻队,在检查这个旅馆。"

"谁啊?"

"警察!"

"他们也会来我们这儿吗?"

"也许,有可能。但是别害怕。"

"他们会对咱们怎么样吗?……因为我和你在一起?……"

"不会,别害怕,我带着我的证件,楼下我也做了正确的登记,别害怕,我会搞定一切的。我从法沃里滕我住的男子公寓见识过这个,只是例行公事……不过……"他的脸又完全阴沉下来一副很生硬的样子,"不过,这些例行公事总是仅仅针对我们。有时候他们会叫一个可怜虫彻底破产。他们只会在夜里搜查像我们这样的人,他们只会把我们像狗一样到处追捕……但是别害怕,我会处理好一切的,只是……你现在把衣服穿上吧……"

"关上灯。"克里斯蒂娜依然非常不好意思,她需要使尽全身的力气才穿上那几件单薄的衣服。她的关节沉重如铅。然后他们又坐在床上,她已经一点力气也没有了。到这个恐怖的房子的第一秒钟起她就感觉恐怖笼罩着她全身,现在又是这种感觉。

楼下不断有敲门的声音。他们从底层开始,可以听到他们一个房间一个房间地检查着。每次楼下陌生的手指节骨敲着坚硬的木头,她就感觉这个撞击一直敲进了她那受到惊吓的心脏。斐迪南坐在她身边抚摸着她的手。"都是我的错,原谅我。我应该想到这个,但是……我不知道还有什么别的地方,我想……我太想和你在一起了。原谅我。"

他一直在抚摸她的双手,但是它们还是冰冷的,受到剧烈震撼的身体传来的寒战的影响。

"别害怕,"斐迪南安慰着她,"他们不会把你怎么样的。要是……那帮遭天谴的狗中间要是有谁敢无礼的话,我就会给他们点颜色看看。我不会轻易让他们为所欲为的,我也不是白白地在烂泥里滚了四年,现在还要让这帮穿制服的执勤人员欺负,我会好好教训教训他们的。"

"不要,"克里斯蒂娜胆怯地请求着,她看到斐迪南后退着,捣鼓着左轮手枪的盒子,"我求你,安静地待着。你但凡有一点喜欢我的话,安静地待着,我宁愿……"她说不下去了。

现在脚步上楼了。他们好像已经离得很近了。斐迪南他们的房间是第三个。这些人从第一个房间开始敲门。他们两个人屏住呼吸,从那扇很薄的门可以听到每个声响。第一个房间很快检查完了,现在来的人就在旁边。当,当,当,你可以听到三下敲在木板上,现在旁边的一个人拉开了房门带着浓重的醉意喊道:"你们就没有什么其他事儿可做,非要深更半夜纠缠老实正派的人吗?你们最好看看,怎么去抓几个抢劫杀人犯!"一个低沉的声音严厉地说:"您的证件!"然后这个声音又轻声一点地问了什么。"是我的未婚妻,是的,是我的未婚妻。"那个醉醺醺的声音带着挑衅的语气大声地说,"我可以证明。我们已经在一起两年了。"这个好像就够了,旁边的房门被使劲地关上。

现在这些人该来了。一个扇门和另一扇门之间也就是四五步,他们来了,啪嗒,啪嗒,啪嗒……克里斯蒂娜的心僵住不动了。然后有人敲门。斐迪南冷静地迎着警察局长走过去,此人谨慎地站在打开的门旁边。他其实有张友好的面孔,圆圆的,宽宽的,留着小小的很俏的八字胡,就是制服紧紧的领子把太多的血液都挤到了原本和和气气的脸上。他要是穿着便装或者衬衫可以想象他会昏昏欲睡地伴着一首华尔兹舞曲摇头晃脑,现在他横眉竖目地说:"您随身带着证件吗?"斐迪南走近他一步:"在这,您要是需要,我还有军人证,谁要是有这玩意儿,碰到什么肮脏的事情都不会奇怪,他已经习惯了。"警察局长没有理会这刺耳的话,比较着证件和登记表,然后他瞥了一眼克里斯蒂娜,她把脸转向一边,全身缩着坐在椅子里,就像坐在受审席上。他压低嗓门:"您本人认识这位女士……我的意思是……您认识她已经很久了?……"显而易见他警察局长不想难为他。"是的。"斐迪南说。然后警察局长谢了一句,还敬了个礼就想离开了。但是斐迪南看到克里斯蒂娜这样坐在椅子里一副受了侮辱的样子,一下子怒火中烧,只有实现了他的允诺才能使克里斯蒂娜消气,于是他向前追了一步。

"我就是想问问,这样的检查是否也会发生在布里斯托大饭店和其他环形大道上的大饭店里,还是就仅仅在这里?"警察局长脸上冷冷地摆出一副公事公办的样子,不屑一顾地回答道:"无可奉告,我就是执行公务。您该庆幸我没有特别严格地调查,您在登记表上写的有关您太太的情况完全可能——他特别强调——不全部属实。"斐迪南咬紧牙关,他感到窒息,他把两只手放在身后紧紧握住,这样才不至于往这个国家派来的人的脸上打去。但是这位警官似乎对这种态度已经习以为常,根本没有再多看他一眼就静静地把门关上。斐迪南停在原地死盯着门,愤怒几乎把他击成齑粉。然后他才想起克里斯蒂娜,她现在与其说是坐在椅子上,还不如说是躺在那里。就好像她因为恐惧已经死过去了,还没有完全活过来。斐迪南轻轻地抚摸着她的肩膀。

"你看他都没有问你的名字……这真的就是例行公事,只是……只是这样的例行公事把人搅得心烦意乱,把好心情都给毁了。现在我想起来一周前读到过一个新闻,一个女人从窗口跳了下去,因为她害怕会被带到警察局去,也害怕妈妈知道此事,或者……她会被带去检查是否染上了性病……她宁愿跳楼,从四楼……这个我是在报纸上读到的,两行字,两行字……这真的就是小事一桩,我们要求不高,这样你至少能得到一个单独的墓穴,不再像以前似的要被埋在万人坑里,你都见怪不怪了……每天死上万的人,一个人算什么呢,我的意思是,像我们似的就是人们可以为所欲为的人当中的一个。是啊,在那些高级大饭店里他们会举手敬礼,只会派侦探进去,这样就没人偷贵妇人的首饰,但是那里可没人深更半夜去一个所谓的良民的房间里探头探脑。——但是我不必感到不好意思。"克里斯蒂娜把身子弯得更厉害。她不由自主地想到那个小个子曼海姆小姐跟她说的……夜里一扇门一扇门开开关关的。她想起:那雪白宽大的床和清晨的阳光、门关起来就像关在橡胶上,轻得一点声响都没有,那柔软的地毯和床边的花瓶。那里一切都那么美丽,美好和轻盈,可是这里……

她因为恶心而浑身抖动。斐迪南绝望地站在她身旁说着毫无意义的话:"镇静,镇静。一切都过去了。"但是那冰凉的身体抽搐着,在斐迪南的手抚摸之下一再抽搐着。她的内心被撕碎了,神经震颤,就像被超级强大的电压扯碎的绳索。她没有听他的,只倾听着那渐渐远去的敲门声,从一个门到另一个门,从一个人到另一个人。恐怖还是笼罩着整个房子。

现在他们在顶层了。突然敲门声激烈起来。而且越来越激烈:"开门!以法律的名义!"两个人都在片刻的寂静中侧耳细听。上面敲砸声好厉害啊,不再是用手指节骨,而是整个拳头。那声音从那扇陌生的门一直反射到所有的门上,反射到所有的心上,闷声闷气又强劲有力。"开门!开门!"上面的声音咆哮着充满命令的语气。显而易见上面有人在进行着抵抗。然后出现一声哨声和爬楼的脚步声,四个、六个、八个拳头一直砸着上面的门。"开门!马上!"然后是一声传遍整个房子的撞击声——先是木板的破裂声接着就是一个女人的哭喊声,高亢、刺耳,充满恐惧,这声音就像一把刀子穿过整个房子。然后是椅子乒乒乓乓的声响,什么人在和什么人扭打在一起,身体倒在地上,就像一个装满石头的袋子,叫喊声沉闷地响着,越来越歇斯底里。

他们两个人仔细听着,就像这一切都发生在他们身上。他就是那个在上面和警察们愤怒地撕打在一起的男人,她就是那个半裸着身体愤怒哭嚎的女人,在警察那训练有素的抓捕下被抓住手腕,哀叫着挣扎着。现在那刺耳的叫喊声清晰地传过来:"我不走,我不走!"愤怒的嘴巴号叫着、咆哮着。一扇窗户哐啷一响,肯定是她把玻璃打碎了或者有人把它撞破了,想必就是这个陌生的被追逐的动物女人。现在他们(他们两人感觉到)两个人或者三个人一起抓住了那女人拖着她走。她肯定倒在了地上,可以听到一阵手脚乱动,气喘吁吁的声音穿过石灰、石头和墙壁。现在——现在警察们拖着她走过走廊和台阶,她叫喊着"我不走,我不走!放开我!救命",这充满恐惧的尖声嚎叫越来越轻,渐渐远去。然后他们到了下面。汽车发动起来,她被塞进车里。一个动物被装进了袋子里。

一切都安静下来,比以前更静了。恐怖就像一块厚厚的云朵笼罩着房子。斐迪南试着把克里斯蒂娜抱在怀里,把她从椅子上抬起来,亲吻着她冰冷的额头。她软弱无力地躺在他手臂里,湿乎乎的,死气沉沉,就像一个溺水的人。斐迪南亲吻她。但是她的嘴唇干枯,就是无法苏醒过来。斐迪南试着把她放在床上:她倒下去,身体被掏空了,无精打采,惊慌失措。斐迪南冲着她弯下身体,抚摸着她的头发。终于她睁开了眼睛:"走!"她低声说道:"带我离开,我受不了了,我一秒钟也受不了了。"突然她的歇斯底里爆发了,她扑倒在斐迪南面前:"带我离开,我求你了,赶快离开这个可诅咒的房子。"

斐迪南试着安抚她:"孩子,那去哪儿啊……现在还不到三点半,你的火车五点半才开呢。我们该去哪里呢,你不想在这里休息一下吗?"

"不,不,不。"她精神错乱般地向那张皱巴巴的床瞥了充满蔑视的一眼,"赶快离开,赶快离开这里!再也不……再也不……这样……不论去哪里,再也不在这里!"

斐迪南服从了。在前台还站着一个警察,前面放着登记表,在做着笔记。他像挥刀一般,朝着他们短促而严厉地看了一眼。克里斯蒂娜身子摇晃着,斐迪南只得扶着她。但是警察又弯腰看着那些纸张,当克里斯蒂娜感觉自己又在胡同里的时候,她深深呼吸着空气和自由,就像又被赐予了一次生命。

离破晓还有很长时间。但是路灯看上去已经亮得很疲倦了。所有的东西看着都很疲倦,空荡荡的胡同、昏沉沉的房子、打烊的商店、几个四处游荡的人拖着自己的身影;马匹拖着沉重缓慢的步伐,低垂着头拉着农民的长长的马车把蔬菜送往集市,从它们身边走过,可以闻到一阵潮湿发酸的味道,然后运牛奶的车咯吱咯吱响着滚过石子路面,锡罐相互碰撞着发出当啷当啷的响声,然后一切又归于沉寂,灰蒙蒙的,瘆得慌。稀稀拉拉的几个人,面包房的小伙、运河清理工和无法辨别工种的工人的脸上蒙着阴影和郁闷,灰灰的,苍白的,是没有睡够和闷闷不乐的浑浊的混合体。这座睡眠的城市对生机勃勃的人充满不满,而那些生机勃勃的人们对睡眠的城市也同样不满,对此他们两个人不由自主地感同身受。他们一言不发,无声地穿过黑暗走向火车站。那里你可以坐可以休息可以有围着自己的四面墙壁:无家可归的人的家。

在候车室他们在一个角落里就座,长椅上躺着男男女女,张着嘴在睡觉,旁边是包裹,这些人自己看上去就乱糟糟的,像是被某种命运投到虚无中的包裹。外面有时不情愿地传来一阵阵气呼呼的叹息声、喘气声和呻吟声：机车被移动出来，点火的锅炉在试热。除此之外悄然无声。

"别再想那件事了，"斐迪南对她说，"咱们毫发无损，下一次我会保证类似的事情不再发生在我们身上。我感觉你对我有点耿耿于怀，尽管这不是你愿意的，但是这真的不是我的过错。"

"是的，"克里斯蒂娜自言自语，"这我是知道的，知道的……你没有过错，但是这是谁的过错呢？为什么这种事总是落到我们身上。咱们又没做什么，咱们招谁了，你刚迈出一步，他们就扑到你身上。我一生中从没有要求过太多，我去度假了一次，我就想和其他人一样好好过一下，开开心心地，轻轻松松地过一个星期、两个星期，接着妈妈就出事了……有一次我……"她没有继续说下去。

斐迪南试着安慰她："但是孩子，至于发生的事情，你还是该理智地想一想……他们就是在查找一个人，他们就把所有的登记表都收起来了，这个纯属偶然。"

"我知道，我知道。只是一个偶然。但是那里发生的事情……你是不理解的——不，斐迪南，这个你不理解，要想理解你就必须是个女的。你不知道，作为一个年轻的女孩，在她还是个孩子的时候就梦想过她和一个她喜欢的男人在一起会是什么样子……所有的女孩都梦想过……你不知道这是什么样子的，这会是什么样子的，你是无法想象的，就算你的女朋友们已经多次谈及此事。但是每个女孩，每个女人，每人都把这事想象得特别隆重……就像特别美好的事情……就像她们生命中最美好的事情……就好像，我无法跟你说清楚，就像，啊，就像你其实就是为了这个活着的，就像一个带着你超越一切毫无意义的东西的事情……你年复一年，年复一年地梦想着它，在心里绘制着它……

不,你不是在心里绘制,你不想去想象,你也无法想象,你只是梦想着它,就像梦想着特别美好的东西,非常朦胧的,就像你……然后……然后却是这样的……这么可怕,这么恐怖,这么糟糕……不,你是无法理解的,要是好梦就这样被毁了,因为只要被破坏一次,被玷污一次,就再也没有人能够替我们挽回——"

斐迪南抚摸着她的手,但是她并没有留意他而是看着肮脏的地板。

"想想看,这一切都和金钱有关,和这恶心、卑鄙、无耻、低贱的金钱有关。只要有一点钱,有两三张钞票,你就幸福无比,就能开着车想上哪儿就上哪儿……随便什么地方,没有人跟着你,就一个人自由自在的……唉,这得多美好啊,要是能放松的话,你也……你也不再会是现在这样,不再精神恍惚和压抑……但是像我们这样的人就必须像条狗似的趴在一个陌生的狗窝里被人用鞭子抽打……唉,我没有料想到一切会这么恐怖。"克里斯蒂娜抬眼看着斐迪南的面孔,迅速地附和:"我知道,我知道,你也无能为力,这恐惧也许还留在我身上,你必须知道是什么让我这么恐惧。给我点时间,这事情又会过去……"

"但是你还回来……你还会再来的吧?"

斐迪南问话中的忧虑让克里斯蒂娜觉得很舒服。这是第一句温暖的话。

"是的,"她说,"我还会再来的,这点你可以放心。下个星期日,也就是……你就会知道……我就是求你……"

"行了,"斐迪南喘了口气,"我已经理解你,我已经理解了。"

克里斯蒂娜坐车走了,斐迪南走到车站餐厅飞快喝下几小杯烧酒,他的嗓子像是干涸了,像是有火流下他的咽喉。他总算又能伸展他的四肢了,他沿着整条街道飞快地走着,越走越快,手臂冲着一个想追上他的看不见的敌人挥舞着。路人都用奇怪的眼神看着他,在工地他表现得也很显眼,总是怒气冲冲地冲着所有的人,他平时是个很谦和的人,可现在却愤恨地对着每个问题嚷嚷。克里斯蒂娜和往常一样坐在邮局里,安静,压抑,沉默,等待着。他们想彼此的时候不是怀着那种充满激情和爱情的感觉,而是带着一种感动。不是像在想一个情人而是像在想一个深陷不幸中的战友。

第一次见面后克里斯蒂娜每个星期日都坐车去维也纳。这是她唯一不上班的日子,夏季的假已经用完了。他们能够很好地理解彼此。但是他们两个人都太疲惫,太过于失望,实在没有力气渴望一个激情四射希望满怀的爱情,他们对能够找到互诉衷肠的彼此已经非常高兴了。他们整整一个星期都在为这个星期日而节省着。他们努力节省金钱,因为这一天他们希望能一起度过,不受那永远的省吃俭用的羁绊,花点钱去家小饭馆、咖啡馆、电影院去花掉几个先令,不必不停地数着算着。他们整整一个星期都节省言语和感情,思考着该和对方说些什么,为找到一个能够真心诚意地倾听,真心关切和理解彼此的人而高兴。在过了几个月清苦生活之后,这个对他们来讲已经非常满足,他们期待着这个小小的幸福,星期一、星期二、星期三,到了星期四、星期五和星期六就更性急。他们之间总有一些保留。某些相爱的人之间轻易脱口而出的话语他们说不出来:他们不谈结婚和永远共同生活———一切都是那么的不真切,遥远,还远没有开始当真起来。她一般九点左右到达(星期六晚上她不想在维也纳度过,一个人住旅馆太贵了,而两个一起过夜她有所忌惮,到现在她还心有余悸呢)。他去接她,他们穿过大街,坐在人民公园的长椅上,乘随便哪一辆电车去随便一个什么地方,吃午饭,漫步在森林里。这些很美好,他们面对面坐着的时候会充满感激地看着对方,怎么看也不会疲倦。他们高兴能够两个人一起走过草地,拥有生活中所有那些属于众人,也属于最穷的穷人的细小的东西:在九月份金色阳光照耀下的一片澄蓝色的秋日晴空、一些花卉和自由自在充满节日气氛的一天。这些他们已经觉得很好了,带着经过训练的和变得谦虚起来的人的很好的耐心,他们从星期日到星期日地期待着这些。到十月最后一个星期天,秋日已经疲惫,不想再对人们表示友好,它刮起大风吹拂着街道,天上密布乌云,从早到晚雨下个不停,他们一下子感到他们在这个世界上如此的陌生和无用。他们不能一整天都披着斗篷不带雨伞地满大街溜达。挤坐在人满为患的咖啡馆的桌子旁,只能有时候在桌子底下感觉对方的膝盖,当成一种亲密的标志,不能在陌生人面前说话,不知道何去何从,感觉那宝贵的时间犹如睡梦中压在胸口的夜魔,使他们痛苦万分。

　　他们两个人都知道他们缺的是什么。这真是少得可怜——一个小小的房间、一个小小的自己的空间,三四平米的与世隔绝,在这一天属于他们的四壁。两个年轻的彼此喜欢和渴望的身体穿着潮湿的衣服漫无目的地晃悠一整天或者坐在挤满人的房间里的椅子上,这让他们觉得非常荒唐,再在那种房间里过上一夜他们也不敢。最简单的就是斐迪南租一间房间,这样克里斯蒂娜就可以去找他。但是他只挣一百七十先令,和一位老太太住在一起,他要通过老太太的房间才能进入他自己的小屋子,这个房间他还不能推掉。老太太在他失业的那段时间里非常善意和充满信任地为他预付了租金和伙食费,他还欠她二百先令,现在每个月分期分拨还。三个月之内他不能指望能够还清欠款。所有这些他都没有告诉克里斯蒂娜,也没向她解释,尽管他们彼此已经非常信任,但是斐迪南还是耻于向她和盘托出自己最后的贫困以及债务。克里斯蒂娜这边已经猜到某些金钱上的问题阻止斐迪南搬出去另租房子。她很愿意给他些钱,但是她心里的女人身份担心她要是想用金钱来购买真挚、自由、完完全全的共同生活的可能性的话,会伤害他。所以她不谈及此事,他们绝望地坐在烟雾弥漫的酒馆里一再看着窗户,想知道雨有没有停下来的意思。他们两个人从来没有像现在这样感觉到金钱那无法估量的力量,有钱的时候,它很强大,没钱的时候它更为强大,它可以赋予你神的自由,要是不得已放弃了它,它就会施加给你魔鬼般的嘲弄。当他们清晨在黑暗中看到灯光闪耀的窗户,清楚窗户后面那金光闪闪的窗帘后面住着几十万人,每个男人都有他心爱的妻子,生活都有保障,自由自在,而他们自己却无家可归,漫无边际地在街上在雨中无精打采地溜达——就好像他们在大自然中拥有大海,而他们在海上却只能渴死,这是何等的残酷啊!愤恨不满的情绪涌上他们的心头。房子就在那里,在寂静和封闭之中,里面有灯光、温暖和柔软的床,上万、数十万的,也许是无数的房子没有人使用和居住,偏偏他们一无所有,只能片刻的相互依偎,嘴唇合二为一,只有相互欺骗,说这样的情况不会永远持续下去,才能在内心化解这疯狂的干渴和对这无谓之事的愤怒,于是他们两个人开始编织谎话。斐迪南在咖啡馆里给她念广告,给她写信,说他有得到一个伟大职位的美妙前景。他的一个朋友,一个战友,想把他安置在一个大型建筑公司的秘书处,他在那里能够挣很多的钱,足够他去大学继续学习技术,然后自己成为建筑师;而克里斯蒂娜则说——这可不是瞎话——她向邮局管理部门递交了申请,希望调到维也纳来,她去找了叔叔,叔叔在那里能帮她的忙。一个星期或者两个星期之后她肯定就能得到好消息。但是她没有说的是,她真的去找了叔叔。有一天晚上她去了,叔叔并不知道。她八点半的时候按的门铃,这之前她已经透过窗户听到他们都在家,她听到前厅有盘子叮当作响的声音,最终叔叔真的出来了,有点紧张,很遗憾她恰恰今天来,婶婶和堂姐妹们都出门了(但是她看到挂在前厅的大衣,知道这不是真话),他有两个朋友在吃晚饭,否则他就请她进去了,他能为她帮点什么忙。于是她就冲着他说了"是的,是的,是真有点事。"叔叔认真听着,可她明显感觉到,叔叔是怕她为了钱而来,只想很快打发她走。但是这个她没有跟斐迪南说,干吗要让他气馁啊,他自己已经够沮丧的了。她也没跟斐迪南说她买了彩票,就和所有的穷人一样她希望奇迹降临。她宁愿骗他说给姨妈写信了,问她能不能帮她找到一个工作或者把她带到美国去,然后她就会带上他并帮着他在那边找一个工作,那边可需要有本事的人呢。斐迪南用心听着,但是并不相信她,就像她也不相信斐迪南一样。他们就这样干坐在那里,快乐像被雨水冲刷走了,黑暗使眼睛蒙上黑幕,他们只看到完完全全的走投无路。然后他们又相互说起圣诞节和国庆节,那时他们有两天假期,他们想一起去随便什么地方,但是那远在十一月、十二月呢,时间还那么长久、空虚和无助。

他们就这样用言语互相欺骗,但是在内心最深处他们并没有欺骗自己,他们两个人都知道,在这样一个人声嘈杂的房间里坐在人群中,要想一个人待着,轻声轻气地说着各种谎言,而身体和心灵却渴望着大实话和深度的亲密无间,这是多么的靠不住。

"下个星期日天气肯定会很好的,"克里斯蒂娜说,"雨也不能没完没了地下啊。"

斐迪南回应她道:"是的,天肯定会好的。"但是两个人都不再有勇气为此而高兴,他们知道冬天要来了,这是无家可归者的敌人,他们知道他们两个人的状况不会好转的。从一个星期日到一个星期日他们都在期待一个奇迹的降临,但是没有奇迹发生,他们只能肩并肩走着,在一起吃饭,在一起聊天,这样地待在一起,渐渐折磨变成了快乐。他们拌过几次嘴,这时他们自己知道这不是针对对方的怒火而是针对降临在他们身上的那种毫无意义的东西。他们彼此相对感到羞愧;整整一个星期他们都欣喜地期待着共同度过的一天,到了星期日晚上他们总是觉得他们生活中有什么东西不对头和荒谬。贫困几乎完全压倒了他们的情感激情,他们忍受着他们身在一起,但其实也难以忍受。

十一月阴郁的一天,中午微弱的阳光洒在办公室擦拭得不怎么干净的玻璃后面,克里斯蒂娜坐在她的办公室前算着账。自从她每个星期日都去维也纳以来,她的工资不够用了;火车票、咖啡馆、电车、午餐,所有这些加起来很可观。一把雨伞在上车的时候撕破了,一只手套丢了,还有就是(自己毕竟是女人)为了和男朋友在一起她买了些小东西,一件新的衬衣、一双比较精巧的鞋。结算下来出现了赤字,不是很多,总共才十二先令,用从瑞士带回来的法郎抵消它绰绰有余,但是不管怎样她还是问自己,这样每个星期日去维也纳又想不预支薪水或者举债还能维持多久。凭着小市民三代人代代相传的直觉,她对这两种情况都不寒而栗。她坐在那里思忖着:会怎么样呢?上次见面是在两天前——那天又是大雨滂沱,他们不是坐在咖啡馆里,就是站在屋檐下,甚至还逃进了教堂——她带着一身淋得精湿皱巴巴的衣服回家——疲惫不堪伤心不已。斐迪南一反常态,特别心烦意乱,他肯定在建筑工地遇到了不高兴的事情或者其他什么事情,他对克里斯蒂娜的态度几乎有些生硬,不大友好。他们两个人并肩走着,有时得过半个小时他才说一句话,然后就是沉默,两个人像是结了仇。克里斯蒂娜努力思考到底什么能让他情绪这么坏。是怨恨她无法克服自己再一次和他去一个这样可怕的旅馆,那可是充满恐惧和惊慌失措的回忆,还是仅仅因为天气不好,漫无目的地从一个酒馆瞎跑到另一个酒馆,使他感到绝望,这种没有灵魂的无家可归的状态使人精神紧张,夺走了他们同在一起时所有的意义和快乐?她感觉到他们之间有些东西开始幻灭:不是友谊,不是战友情谊,而是一种什么力量在他们身上几乎同时减弱:他们不再有勇气用希望来欺骗对方。开始的时候他们还幻想着能够彼此帮助,还让对方相信他们能找到一条摆脱贫困的出路,现在他们自己都不再相信,冬天越来越近,就像裹在一件湿漉漉的大衣里,就像一个凶狠的敌人。

她不再知道还能从哪里获得希望。在她办公桌左手的抽屉里放着一张打字出来的纸张,是她昨天从维也纳管理部门收到的:"回复您一九二六年九月十七日的信函,我们很遗憾地告知,目前无法满足您请求调至维也纳辖区的申请,因为根据部里 B. D. Z. 1794 公告,维也纳邮政部门近期内没有增加员工的计划,目前没有空缺职位。"

她没有指望会是别的样子,也许枢密官介入过,也许他忘记了:不管怎样,他是唯一能够帮得上忙的人。此外,别无他人,这就意味着留在这里,一年、五年、或者整个一生;整个世界是如此的毫无意义。

她坐在那里思考着该怎么和斐迪南说,计算笔还握在手里。奇怪的是斐迪南从来没有问过她的申请结果如何,也许他就从来没有相信过此事。还是不跟他说为好,只要不再提及此事,斐迪南就会心里明白了。说了只会让他更痛苦。这毫无意义。现在任何东西都不再有任何意义了,任何东西。

门开了。克里斯蒂娜下意识地坐正身体,归置一下手边的邮件,每当有人进来的时候,这种机械动作,就把她从迷迷瞪瞪中,拉回工作状态。但是她很快注意到门开得和平常不一样,那么迟疑不决,小心翼翼,而那些农民平常都像撞开厩门似的砰的一下把门打开,然后再任由门在身后咣当一声关上。这次门就像被一阵微风吹开,非常缓慢,只是门枢吱咯响了一小下;她不由自主地从玻璃板后面好奇地看了一下,不觉大吃一惊。在她面前,她认为最不会出现的人就站在玻璃板后面:斐迪南。

克里斯蒂娜浑身惊愕起来,而这不是一种惊喜。斐迪南有时也跟她提过,她不必老是辛辛苦苦地去维也纳,他也可以到城外来看来。但是她都一再拒绝了,也许是耻于让他看到自己就坐在这么一个破旧的小房间里,系着自己缝制的工作围裙,也许是出于女人的虚荣,出于心灵的羞愧。也许也是担心邻居们会说闲话;旁边的老板娘、自己的邻居,他们要是在林子里看到她和一个来自维也纳的陌生男子在一起会说些什么呢,还有富克斯塔勒,这会伤害他的。现在斐迪南还是来了,这不可能是好事。

"看看,你有多吃惊,你肯定没想到!"他是想让这声音听起来挺快乐的,但是嗓子里吱吱响着,像是一个坚硬的车轴在转动。

"怎么了?……出什么事了?……"她惊恐地问。

"什么事也没有。能有什么事啊。我正好有空,于是就想出来转转。你不高兴吗?"

"高兴,高兴,"她结结巴巴地说,"当然高兴。"

他环视四周。"啊,这就是你的王国?美泉宫的接待大厅是更加富丽堂皇,但是不管怎样,你是一个人在这里没有上司,这就很好了。"

她没有回答,只是一直在想:他想要做什么?

"你现在不是在午休吗?我原来想我们也许可以中午一起走

走,说说话。"

克里斯蒂娜看看钟,已经过了十一点四十五分了。"还没有,但是马上。只是……只是我想……最好……最好我们别一起走;你不知道这里的情况,他们要是看到我和什么人在一起,马上就会问我,那个小商贩,那些女人们,每个人都会问这个人是谁,我和什么人在一起;我不喜欢撒谎。最好你先走,这里右边沿着牧师小路,你不会走错的,一直走到山坡脚下。那里有条上山的苦难之路①,你不会找不到的,一直走到山上的米歇尔教堂。森林开始的地方竖着一个十字架,你出了村子往上走的时候一下子就会看到的,十字架前面有为朝圣的人准备的长椅,你就在那里等我。中午的时候那里没人,他们都在家里吃饭呢。那里有个陌生人也不引人注意,你就在那里等我好了,我五分钟后就来,然后我们可以一直待到两点钟。"

"好的,"他说。"我会找到的,再见。"

他在身后半掩上门,这个短促刺耳的声音一直在克里斯蒂娜耳边回响。肯定出什么事了。没有缘由他是不会来的,他不是该上班吗。而且——坐车来这里是要花钱的……六个先令呢,还有回程。他肯定有他的缘由。

她放下玻璃板,双手颤抖,几乎都无法转动钥匙锁门。膝盖铅一样沉重。

"嘿,去哪儿啊?"一个刚从田间回来的农妇看到这位女邮局小姐例外地在午间朝着林子走去,就这么问她。

"散散步。"她这么回答这个好奇的女人。你在这里每走一步

---

① 天主教把耶稣背负十字架,被押走向各各他山去,钉死在十字架上的那段路程,称之为苦难之路,信众边走此路边诵经。

都得道歉,每分每秒都有人监视,她越来越陷入恐惧之中,几乎是跑着爬上苦难之路的最后几步。斐迪南坐在十字架前的一张石头长凳上。那个受难的人①高悬空中,手掌钉进钉子,胳膊弯曲着,戴着荆冠的头悲哀屈从地垂向一边。斐迪南坐在超过真人大小的十字架底下的石头长凳上,他的剪影似乎和这个悲哀的雕塑浑然一体。他的头忧郁地垂向地面,他的身影僵硬,完全陷入沉思之中。他的手把一根棍子深深挖入泥土里。他开始没有听到她来了,然后一跃而起,把棍子拉到身边转过身注视着她,目光里没有好奇,没有喜悦,没有柔情蜜意。

"你这就到了,"他只是说了这么一句,"那就坐这儿吧,这里没人。"

恐惧都到了克里斯蒂娜的唇边,她再也无法控制。

"说啊,发生什么事情了?"

"没事,"斐迪南答道,眼睛尽望着前方,"能发生什么事?"

"别再折磨我了,我都看出来了。你今天不上班肯定是出什么事情了。"

"不上班——其实你是对的。其实我今天就是不上班。"

"那是为什么呢……他们不会把你给辞了吧?"

他恶狠狠地笑起来。"辞了我,其实不是的,你就不能用'辞退'这两个字。就是建筑的事玩儿完了。"

"怎么玩儿完了,快跟我说说怎么玩儿完了?……"

"玩儿完了就是玩儿完了。我们的公司倒闭了,那位建筑公司的老板先生失踪了。一个会忽悠的人,他们现在说,一个骗子,前天他还是尊敬的绅士。早在星期日的时候我就注意到,他没完

---

① 即十字架上的耶稣。

没了地打了半天电话,给工人们的工钱才送到。而他只给我们付了一半的薪水——据说是结算的时候出了差错,那个代理人是这么说的,他们取钱没有取够数,剩余部分星期一马上到。好啊,可到了星期一没有钱来,星期二星期三都没有钱,今天就玩儿完了,老板走人了,工程暂时停工了,这不,我们这样的人也可以享受一次散步的奢侈了。"

克里斯蒂娜直愣愣地看着他。让她最惊讶不已的是斐迪南说这些话时带着如此讥讽的口吻又是如此的平静。

"这样啊,那按照法律他们该给你补偿吧?"

他笑了,"是的,是的,我相信法律上有这种说法,那我们就拭目以待吧。现在那里暂时连一张邮票也没有,抵押贷款都用光了,就连打字机都抵押了。我们可以等,我们有的就是时间。"

"那你……你现在打算做什么?……"

斐迪南直愣愣地看着远方,没有回答。只是用棍子在地上戳来戳去。他颇有技巧地把石子一块一块撬出来堆成一堆。这让她不寒而栗。

"你倒是说说啊……你打算……你现在有何打算……你想做点什么?"

"我想做点什么?"他又笑了,这是一种短促的奇怪的笑,"不就是大家在这种情况下都这么做的嘛,我得动用我的银行户头。我得靠着我的'积蓄'过日子。虽然我还不知道该怎样。六个星期以后也许能被允许使用一下我们共和国被称之为失业救济的造福社会的机制。我会靠着它生活,就像我们这个深受祝福的多瑙国家中其他三十万人那样。要是这个无上荣耀的尝试失败了,那我就得翘辫子。"

"胡说八道。"他那冷酷的镇静让克里斯蒂娜发疯,"别这么胡说八道。你怎么能把这些看得这么严重呢。像你这样的人……你会找到一个职位的,有一百个职位等着你挑呢。"

他突然跳起来,把棍子扔到地上。

"但是我不想再要什么工作了!我受够了!工作这两个字让我发狂,十一年以来我一直一而再再而三地被人雇用,总是擦着边从来没有进去过,总是在旁边从来没有里面。我被雇用加入杀人工厂足足四年,然后受雇在其他工厂和其他行业工作。我总是为别人的意志干活,从没有为自己的意志有所作为,然后总是这个哨子声:走人!够了!到别处去!重新开始,总是一再地重新开始。但是现在我再也做不到了。我受够了,我再也不想这样了。"

克里斯蒂娜做了个动作试图打断他,但是斐迪南不让她说话。

"我再也不能这样了,克里斯蒂娜,相信我,我受够了,我再也不能这样了,我向你发誓,我再也不能这样了。我宁愿去死也不愿再一次去职业介绍所像个乞丐似的排在双排的队伍里等着拿到一张纸,再拿一张纸。然后楼上楼下地跑,写那些没有人会回复的信,贴那些清洁工们早上就会从垃圾里清理出来的广告。不,我再也无法忍受这种狗一般的日子了,我再也无法忍受你得先在接待室里站着,然后被叫进去到某个小官吏那里,他一副神气活现自以为了不起的样子,脸上带着那种受过训练的冷漠的漫不经心的微笑看着你,你一下子就明白,他可以接待几百个人,能听你说话,就是给你很大的恩典了。然后就感觉到自己的心在抽搐,一次又一次,当一个官员漫不经心地翻阅那些证件,端详那些证明的时候,就好像他要吐口痰在上面,然后他会说:'我先给您登记,也许您明天再过来看看。'然后明天后天又都是白费力气,直到终于在某个地方找到工作被雇佣了,接着再被解雇。不,这些我再也无法忍受了。我承受了很多,我穿着走坏了鞋底的破鞋在俄罗斯的乡间道路上行军七个小时,喝泥水,背上背着三挺机关枪,被俘期间要过饭,用铁锹埋过人,也被一个喝醉酒的看守殴打过。我为整个连队擦过靴子,卖过下流照片,就是为了能有三天的吃食,我什么都干过,什么都忍受了,就是因为我相信总有结束的那么一天,总有一天你会有工作,登上第一个台阶,第二个台阶。但是你总是被挤下来。现在我的情况是这样的,我宁愿杀人,用枪把他打死,也不会再在他面前乞讨。今天我再也不能这样了。我再也不能在接待室闲逛,在职业介绍所溜达。我今天三十岁了,我再也不能这样了。"

克里斯蒂娜抚摸着他,心里涌起一股巨大的同情,但不想让他感觉到,而斐迪南一点也没有觉察到,就像一个孩子在摇晃一棵树,他却僵硬地杵在那儿,笨拙地懊恼着自己。

"现在你都知道了,但是别担心,我来不是向你哭诉的。我不要同情,把它省给别人吧,这对他们也许有所帮助。对我已无济于事了。我来是和你说再见的。我们两个再这样下去也毫无意义了。绝对不能发生我靠你养活的事情,我还是有我的自尊心的。宁愿饿死!咱们最好还是好聚好散吧,谁都不要成为对方的累赘。我就是想和你说这些,还要为了所有的一切好好谢谢你……"

"可是斐迪南。"她激烈地抓着他。她使出全身的力气依偎着他,身体真的颤动起来:"斐迪南,斐迪南,斐迪南。"她不知还能说什么其他的话。她沉浸在毫无意义和不知所措的恐惧中,除了一再重复这个名字什么也说不出来。

"你倒是老实说,这有意思吗?我们这么脏兮兮地在马路上走着,在咖啡馆里坐着,谁也帮不了谁,只能相互欺骗,这难道不让你觉得痛苦吗?这还得持续多久啊,我们在等待什么啊?我现在三十岁了,还没法做任何我想做的事情。只是被雇佣被解雇,每个月我都会老上一岁。我还从来没有看见过这个世界,从来没有从生活中获得过什么,只是一直相信:现在终于心想事成了,现在好日子开始了。但是我现在已经知道,什么都来不了了,好日子再也不会来临。我完蛋了,我的生活不会再有任何起色。这样的人大家得躲着点……我知道,这不会对任何人有任何益处,你姐姐立即就正确地感觉到了,她要保护小弗朗茨,不让我碰他,不让我把他引入歧途。而我也只会把你引入歧途的。这毫无意义。我们还是友好地分手吧,就像两个战友。"

"好吧,但是……你打算怎么办?"

他没有回答。就直挺挺地一声不响地站在那里等待着。

克里斯蒂娜看过去吓了一跳。斐迪南用拳头紧紧握着那根棍子,用棍子的尖头在泥土里挖了一个小小的洞。他死死地盯着这个洞,好像要把整个人都塞进去,好像这个洞要把他吞噬进去。克里斯蒂娜恍然大悟,突然她明了了一切。

"你不会是想……"

"是的,"他平静地回答,"是的,这是唯一理智的行为,我受够了。我没有兴趣再一次开始,但是做个了断还是绰绰有余的。我们当中四个人已经在外面做过了。这事做起来很快的,然后我看到了他们面孔,挺好的,满足的样子,很干净。这事一点也不难。比继续这样地活着容易得多!"

克里斯蒂娜依然一直这么依偎着他,也紧紧抓着他,但是突然她的胳膊瘫软下来,她任由它们垂下来,一句话也不说。

"你没听懂吗?"斐迪南问道,平静地抬起目光,"你不是一直都对我很坦白的吗?"

她思考着,然后干脆地说道:"这三天我也一直想着同样的事情。就是没敢这么清楚地想。你是对的,这样继续下去没有意义。"

斐迪南端详着她,不太有把握,他问道,就像一个绝望的诱惑:"你也打算?……"

"是的,和你一起。"

她异常平静地说出此话而且毅然决然,就像在谈论一次散步。"我自己一个人没有这个勇气,我不知道……我就是还没有想好该怎么做,否则也许我早就做了。"

"你打算……"斐迪南因为喜悦而结结巴巴的,他拿起她的双手。

"是的,"她非常平静地说,"你愿意什么时候就什么时候,但是一起。再骗你没有意义了。希望调到维也纳的申请没有被批准,在这个村子里我会毁掉的。快总比慢好。我根本没有往美国写信。我知道他们不会帮忙的,他们会给我寄来十个美元或者二十个美元——这能有什么用处呢?宁愿快点了结也比自我折磨强,你是对的!"

斐迪南缓慢地端详着她。他从没有如此热情地打量过她。他绷紧的面容松弛下来,渐渐地一丝微笑出现在冷酷无情的眼睛后面。他抚摸着她的双手。"我根本没有想到你……你会愿意陪伴我走这么远。现在我是双重地轻松了,我本来一直担心着你。"

他们坐在那里,四只手交叉在一起。要是有人从旁边走过肯定会以为,一对新的恋人刚刚缔结山盟海誓,才订了婚就沿着苦难之路爬上来,为了在十字架前面确认他们的婚约。他们从来没有这么无忧无虑这么踏踏实实地靠着坐在一起过。他们第一次感觉到一个挨着一个的踏实感接踵而至,一直到未来。他们长时间地坐在那里相互注视着,面容满足、清晰、姣好,四只手绞在一起,然后她平静地问道:"你打算……打算怎么做呢?"

斐迪南的手去摸后面的口袋，拿出一把军用左轮手枪。十一月份的太阳照耀在那锃光瓦亮的枪管上，枪管闪闪发光。克里斯蒂娜一点没觉得这武器有多可怕。

"对着太阳穴，"他说，"你别害怕，我的手很稳，我不会哆嗦的……然后我会冲着我的心脏。这是一把口径最大的军用左轮手枪，用起来很有把握的。等他们在村子里听到两声枪响时，一切都过去了。你完全不用害怕。"

她端详着那把左轮手枪，平静如水，没有丝毫的激动不安，就带着一点客观的好奇。然后她抬起眼。在她前面离他们坐着的石凳三米远的地方，耸立着巨大的黑色木头十字架，上面钉着那个受难的人，他在十字架上受难整整三天。

"不要在这里，"她飞快地说，"不要在这里，不要现在。因为……"她看着斐迪南，她的手摸起来比他的更温暖些，"我希望我们之前能够再一起待一次……真正在一起，没有担心没有恐惧……整整一夜……也许咱们还有些话要彼此诉说……就是那最后的话，那些人们一般在一生中绝对不会说的话……然后就……我想和你待在一起一次，完完全全和你在一起一个晚上……让他们早上发现我们吧。"

"好的，"斐迪南回答，"你说得对，在我们和人生决绝之前还应该好好享受一下它最美好的东西。原谅我没有想到这个。"

他们又无语地坐在那里，一阵轻轻吹拂的微风萦绕着他们。他们感觉到太阳软软的，很美很柔和。坐在这里真好。有这么一次高高兴兴的，用一种奇妙的方式那么无忧无虑。然后那边钟声响了，一下、两下、三下，这是教堂钟楼的钟声。克里斯蒂娜吓了一跳。"一点四十五分了！"

一道爽朗的笑意映着斐迪南的面容。"看看你，我们就是这样的。你很勇敢根本不怕死,但是你却怕上班迟到。我们就是这样奴性十足,这已经深深地侵入我们的血液了。真是到了挣脱所有这些毫无意义的东西的时候了。你真的还想过去上班吗?"

"是的,"她说,"这样比较好。之前我还想把一切都收拾整齐。这很蠢,但是我不知道……我要是把一切都整理得好好的,再写几封信,这会让我觉得轻松一些。然后……我要是今天在那里待到晚上六点,那就没有人会猜到什么,也就没有人会找我。晚上我们坐车去克莱姆斯或者圣·波尔滕或者维也纳。我还有钱租个好的房间,我们一起吃晚饭,过一下我们想过的日子……就是得特别美好,非常美好,一大早他们发现我们的时候,一切都无所谓了。你六点钟来接我,现在他们看见我也毫无关系了,他们爱怎么说就怎么说,爱怎么想就怎么想……然后我就在身后锁好门,留下所有的东西,所有的……然后我就自由了……然后我们就真正自由了。"

斐迪南一再地看着她,这个出乎意料的坚定让他觉得很幸福。

"好的,"他说,"我六点钟来。这之前我散散步,再看看这个世界。好的——再见。"

克里斯蒂娜飞快地沿着苦难之路跑下山,从来没有这样的快乐和轻巧,她再一次回头看。斐迪南站在那里目送着她,然后他拿出手帕向她示意。"再见!再见!"

克里斯蒂娜回去上班。突然一切都变得很简单。等着她的那些办公桌椅、斜面桌、磅秤、电话机和纸张也不再那么充满敌意,它们不再无声地带着恶意地讽刺她:"上千次,上千次,上千次。"因为她知道,门是敞开的,只要一步她就自由了。

她心中突然涌起一阵美妙的宁静,这宁静是快乐的,仿佛夜幕降临时阴影笼罩着的草地上的宁静一般。她做起事来轻松自如像在游戏一样。她写了几封辞别信，一封是给姐姐的，一封给局里，一封给富克斯塔勒，她自己都惊叹字迹怎么这么清晰，间距整齐，像是书法一般。写得这么干净，就像上学时无意中写的作业。这期间邮局里人来人往，有的寄信，有的打电话，有的拿来一堆包裹，有的汇款。她格外细心很有礼貌地处理每一件事情。下意识里这是她的愿望，要让这些人，不管是托马斯、是农妇、是林业助理、是小商铺的学徒还是肉铺老板娘都对她留有一个美好的记忆：这是一个女人最后一点小小的虚荣。当一个人对她说"再见"的时候，她轻轻微笑一下，然后加倍诚心诚意地回答："再见！"因为在她的心里已经漂浮着完全不同的空气，这是即将得到救赎的空气。然后她开始处理那些还没有清点的款项，她点着数，计算着，整理着：她的那张斜面桌从来没有这么干净整齐过，就连墨水污迹也被她擦洗干净，把日历也给挂正了——不该让她的继任有任何抱怨的地方。谁都不该有任何抱怨，因为她此时此刻是幸福的。就像她现在要清理她的人生，那这里的一切也该是整齐有序的。

她就这样快活地工作着，敏捷、迅速地处理着事情都没有意识到时间的流逝，当门打开的时候，她当真吃了一惊。

"真的已经六点钟了吗？上帝啊，我根本没有意识到。还有十分钟或者二十分钟我就能做完所有的事情了，你理解的，我特别希望，留下的一切都是无懈可击的。我现在就只需要做点收尾工作，然后清点钱箱，这之后我就是你的了。"

他想在外面等。"不，你就坐进来吧，我把外面的百叶窗放下来，就算他们后来看到我们一起走出去，也都无所谓了，明天他们怎么着也会知道得更多的。"

"明天，"斐迪南微笑着，"我真高兴不再有明天了。至少对于我们来说没有明天了。刚才的散步美妙极了,天空、色彩、森林;哼,这个亲爱的老上帝是个优秀的建筑师,有点过时,但是还是比我能成为的建筑师要好很多。"

克里斯蒂娜把他带进玻璃板后面那个神圣的房间,一个陌生人从来没有进来过。"我无法给你提供一把椅子,我们的共和国可没那么大方,那你就坐在窗台上抽支烟吧,十分钟后我就完事了。"——她像获救了似的舒了口气——"一切都了结了。"

她一笔一笔地加着。做起来非常轻松敏捷。然后她从钱柜里拿出一个黑包看上去像一个苏格兰风笛。她把那些钞票并排堆在办公桌上,五先令的、十先令的、一百先令的和一千先令的,她用海绵蘸湿手指,训练有素的灵巧食指开始清点那些蓝色的钞票。她做得非常快速和机械,一十、二十、三十、四十、五十、六十,中间还要飞快地用铅笔记录下每个面值的钞票的总数,再把数字登记到账本上,这时她都有些不耐烦了,最后画上线,这是用铅笔画的最后一条让她获得自由的线。

突然她听到身旁有人沉重地压抑地呼吸着,她抬头一看,斐迪南肯定是轻轻站起身穿过房间走过来,现在就站在那里越过她的肩膀看着。

"怎么了?"克里斯蒂娜吃了一惊。

"请允许我,"他的声音听起来干涩无比——"请允许我拿一拿这张一千先令的钞票,我已经很久没有看到过一千先令的钞票了,我这一生还从来没有看见过这么多钱。"

他小心翼翼地用手指握着钞票就像握着什么易碎的东西,克里斯蒂娜注意到与此同时他的手在抖动。他这是怎么了?他用奇怪的眼神看着这张蓝色的钞票,他的薄薄的鼻翼翕动着,眼中闪现出一道奇异的光亮。

"这么多钱……你这里一直有这么多钱?"

"是啊,今天还算少的,才 11590 先令。每个季度末期葡萄园农民要交税,工厂要汇过来工资,那时常常就会有四万、五万甚至六万先令——有一次甚至有八万先令。"

斐迪南直愣愣地看着斜面桌,把双手放在背后,好像有什么恐惧。

"这桌子里有这么多钱,你不……不觉得瘆得慌?你就不害怕吗?"

"害怕,怕什么呀?这个地方都装着栅栏,看那边,都是这么厚的铁栏杆,旁边是小商店,上面住着一位牧民,这里要是有人破门而入,他们都会听到的。晚上钱都在袋子里,不,不会有事的。"

"我就会害怕的。"此话是从牙缝里挤出来的。

"瞎说,怕什么呢?"

"怕我自己。"

克里斯蒂娜抬眼看到一张半闭着的嘴和一道瞥向旁边的目光。然后斐迪南开始在房间里来回走动。

"我会受不了,连一个小时都不行,身边有这么多钱我会无法呼吸的。我会一直数钱,这儿是一张一千先令的钞票,一张四边形的愚蠢至极的纸,我要是拿起一张放进口袋里就能自由三个月、半年、一年,就可以做我想做的事情,过我想过的生活,靠着这些——你刚才说有多少?——11570 先令,用这些钱我们可以过两年、三年,可以去看整个世界,可以真正过好每一分钟,不像我们现在过的日子,而是自由自在地成为我们生来就该是的那个人,随心所欲的发展,而不是就这样钉死在那里一成不变。就这么动一下,就这样,五个手指绷紧一下,走人,自由了——不,我肯定会受不了,肯定会疯掉的,看着这些钱,这么近距离地挨着它,嗅到它,感觉到它并且明知它是属于那个愚蠢的怪物的，就是那个不会呼吸，没有生命，一无所想，一无所知的国家，而它无非就是人类发明的最愚蠢的东西，只会把人毁掉。我会疯掉的……我会在夜里把自己关起来，这样我才不会拿着钥匙打开柜子上的锁。而你竟然可以和它相安无事！你就从来没有产生过这个想法吗？"

"没有，"克里斯蒂娜吃惊地回答，"我从来不曾有过这样的想法。"

"那这个国家真是够幸运的。混蛋们总是很走运。你现在快点把活干完。"——此话斐迪南几乎是气呼呼地说出来的——"快点干完，赶快把这钱拿开。我无法再看它了。"

克里斯蒂娜飞快地锁上柜子。现在她的手突然颤抖了一下。然后他们向火车站走去。夜色已经降临，可以通过亮着灯的窗子往里看到人们在吃晚饭，当他们走过最后一扇窗户的时候传来一阵轻轻的有节奏的嘟囔声：晚餐祷告。斐迪南没有说话，克里斯蒂娜也没有说话，就好像他们不是两个人单独在一起。那个想法就像一个影子一样跟着他们。他们感觉到它就在他们的前后左右和身体里，他们现在拐出了村子，离开马路，不自觉地加快步伐，而它就这么跟着他们。

走过最后几幢屋子，他们突然置身于完完全全的黑夜之中。天空比地面明亮，在它亮如玻璃的光线映照下，林荫道呈现出黑色的剪影。那些黑色的骨架，也就是那些褪落叶子的树枝，仿佛烧焦的手指伸向静止的空气。街上来回走动着零星的农民和车辆，与其说能看到他们不如说能听到他们沉重的车辆的滚动声，黑暗中行人的脚步声——街上并不就是他们两个人。

"这里没有一条田间小路通往火车站吗？随便哪一条碰不到

人的路?"

"有的,"克里斯蒂娜回答,"这里往右。"斐迪南说话了,这让她感觉很好,这样她就有一分钟不用去想那个想法,这个想法从邮局开始就跟着她,你听不到它,但它很有韧劲,就像一个影子就这么一步一步地跟着。

有那么一阵子斐迪南就在她身边沉默地走着,就好像他把她给忘掉了。他的手都没有触摸她的手。突然——他打破沉默——问道:"你的意思是你在月末能够总共汇总三万先令?"

克里斯蒂娜立即就明白他的意思了,但是她不让人察觉地紧了紧她的嗓音:"是的,我觉得可以。"

"要是你除此之外还能推迟上交这些钱的时间……你要是能把那些税款以及你手头有的钱压下几天,我是了解我的奥地利的,没有人会那么严格地加以检查……这样的话你能一共弄到多少钱?"

克里斯蒂娜思考了一下。"四万肯定是有的。也许甚至能有五万……可是为什么?……"

斐迪南几乎严厉地回答道:"你已经知道为什么了。"

克里斯蒂娜不敢反驳。斐迪南是对的,她知道为什么。他们安静地走着一语不发,近处的池塘里青蛙跟疯了似的呱呱叫着,这突然响起的打鼾般的嘲讽的声响让人心痛。在这里他突然停了下来。

"克里斯蒂娜,我们没有理由相互欺骗。事情对于我们两个人都非常严峻,我们必须相互坦诚相待才行。我们一起静静地清楚地认真想一想。"

他点燃一支香烟。片刻间她在白色的光线下看到了他肌肉紧绷的面孔。"我们好好想想,是的,我们今天决定了结生命,就像报纸上的德语说的那样,我们想'逃离生活'。但这完全不是那么回事。我们根本不想逃离生活,你不想我不想。我们就是想终于摆脱我们那被搞得一团糟的生活,对此别无其他出路。我们不是想逃脱生活,我们是想逃脱我们的贫困,逃脱那愚蠢恶心、无法容忍和摆脱不掉的贫困。就是这样。因此我们认为左轮手枪是最后的和唯一的途径。但是这个看法是错误的。现在我们两个人都知道至少还有另外一条道路,倒数第二条道路。现在唯一的问题就是我们是否有勇气去试试,还有就是如何去试。"

克里斯蒂娜沉默不语,斐迪南吸了口烟。

"我们必须心平气和和完全客观地权衡和思考此事……我当然不会对你有任何欺骗。我开门见山地对你说做此事需要的勇气可能比做另外一件事还多。另外那件事情是容易的。一扳手指,绷紧一下肌肉,一道闪光,事情就过去了。而这另外一条道路更艰辛,因为它更漫长。你不仅要紧张一秒钟,而是要持续几个星期、几个月,你要持续不断地提防着躲避着。把不确定的东西坚持到底,总是比把确定的东西坚持到底要困难得多,短暂的清晰可见的恐惧比长期的不可预测的恐惧简单得多。这样的话我们就必须事先想清楚我们对此是否有足够的力气,是否能忍受这样的心惊胆战,还有就是这样做是否值得。就是说咱们是否应该就这么痛快地了结生命还是再开始一次。这是我的顾虑。"

斐迪南又继续走起来,克里斯蒂娜机械地跟着他。她的膝盖跟着走,但是她整个的思绪却像个无助的人期待着他的话语,期待着他要说的话。她没有力量靠着自己想出什么来,她心中的一切都是那么惊愕不已和毫无意识。

斐迪南又站住了。"请不要误解我。我没有丝毫道义上的顾虑,面对这个国家我心里非常坦然。它对我们所有人,对我们这代人犯下了这样严重的滔天大罪，我们有权利做任何事情。我们这整个被打垮的一代人，我们可以伤害它，要怎么伤害都行，我们做的也不过就是索赔。就算我行窃，那是谁教的我，是谁教导我的，在战争中，不是国家，又是谁呢？那时大家称之为征用，或者就像和平协定中写着的征用或者赔偿损失。要是我们欺骗的话，那这个本事我们不感谢它又该感谢谁呢，它教育我们把三代人省吃俭用积攒下来的钱在两周之中变成垃圾，它教育我们让几百年来挣得的草地、房屋、耕地在一代人手里就全部给骗得一干二净？就算我杀个人，是谁训练我，让我瞄准的？六个星期在军营，然后是多年在前线！在亲爱的上帝面前我们对抗国家的诉讼前景很好，我们在各级法院都能打赢它，它绝不能赔偿这么巨大的债务，绝不会还回它从我们这里掠夺走的东西。对国家有良心，这在以前还算数，那时的国家是一个好心的监护人，勤俭、诚实和正确。现在它就像个无赖似的对待我们，那我们也就有足够的权利成为一个无赖。对吧，你明白我的意思吧？——我们该为我们个人复仇，我该拿回这个可尊敬的国库拒绝付给我的伤残金，因为我有充分的理由证明它都该属于我，你我该拿回人们窃走的你父亲和我父亲的辛苦钱，你我也该讨回人们从我们以及和我们相似的人们那里窃走的生存权利，在做这些事情的时候我不会有丝毫的顾虑，也希望你不必有任何顾虑。不，我向你发誓，对此我的良心不为所动，就像这个国家的对我们的生死和翘辫子无动于衷一样，这个国家里的穷人不会因为我们偷走了一百先令、一千先令或者一万先令蓝票子而增加，少这些钱对它来讲好比一个被牛啃吃了一些草茎的草地。这不会让我有任何不安的，我觉得就算我偷了它一千万先令也会睡得像一个银行经理或者一个打了三十场败仗的将军那样好。我只想着我们，想着你和我。我们不能不假思索地行事，就像一个十五岁的小伙计从邮资钱柜偷了十先令,一个小时后就给挥霍干净了,都不知道钱是怎么花的,也不知道他为什么要这么做。尝试着做这样的事情我们是太老了。我们手里只有两张牌,不是这张就是那张。做这样的决定需要深思熟虑。"

斐迪南又继续走起来以便能喘喘气。克里斯蒂娜感觉到他的大脑在全神贯注地工作,同时她心中也为他能这么平静和有逻辑地说话而产生敬畏之情。她从来没有这么强烈地感到过他的强大优势和自己的奉献之意。

"咱们慢慢来,克里斯蒂娜,一步一步地。在做这种决定的时候不能操之过急。就是不能有任何错误的希望和幻想。我们好好想想。如果我们今天了结我们的生命,那就一了百了了。一下子,生命就逝去了——这其实是个美妙的想法,我总是想到我们高中老师说的话,他是这样训诫我们的,人高于动物的唯一优势就是他什么时候想死就能死,而不仅仅到了非死不可之时才死。也许一个人一生中一直具有的自由就是摒弃生命。但是我们两个人,其实还很年轻,我们还根本不知道我们摈弃的是什么。我们只是想摈弃我们不喜欢的生活,我们拒绝的生活,没准还有一个生活是可以考虑的,是我们能够肯定的。有了钱生活就不一样了,我至少是这么认为的,你也相信吧。只要我们还有我们相信的东西——是吧,你明白我的意思吧?——那么弃绝生命就不完全正确,我们并没有权利毁灭我们生命中还没有经历过的生活,一个崭新的也许美妙无比的可能性。也许有那么一点钱以后,我还能有一定的作为,这种能力在我心里,还没有成型,但是已经在那里了,它就是还没有体现出来就完蛋了,就像一根被我扯下来的草秆,就是因为我把它扯了下来,它才毁了。这种能力还可能在我身上有所发展,而你呢?你也许还能生很多孩子……我们只是不知道……就是因为我们不知道这才非常美妙……对吧,你明白我的意思,我的意思是……那个被我们置于身后的生活根本不值得继续下去,这就是一个星期接着一个星期,一个假期接着一个假期,可怜巴巴地熬日子。但是也许,也许我们还能从中有所作为,对此比对任何其他事情更需要勇气。最终就算失败了,我们总还是能买到左轮手枪的。你不认为我们应该……要是金钱正好就在手边,我们应该干脆把它拿到手?"

"是的,但是……拿着这些钱我们该干什么呢?"

"去外国。我会说外语,我会说法语,甚至说得很好,我会说俄语,非常好,也会说点英语,其他语言都是可以学的。"

"是的,但是……他们会追查的,你不认为他们会把人抓到吗?"

"这个我不知道,这个谁也不知道。也许能抓到吧,甚至很有可能抓到,也许也抓不到。我认为这个更多地取决于你是否能够坚持,是否有足够的聪明,是否有足够的谨慎和警觉,是否真的思考得万无一失。当然这需要特别的专心致志。这可能不会是一个很美好的生活,也许一直被追逐,是一个永远的逃亡。对此我无法给你任何的答案,你自己必须知道是否有这个勇气。"

克里斯蒂娜思考着。现在突然要把这一切全都想好了真是好难啊。然后她说:"我自己没有任何勇气做这些。我是一个女人——为我自己一个人我什么也做不了,但是要是为了别人,和别人一起我是可以做点事的。为我们两个人,为了你,我什么都可以做。你要是愿意的话……"

斐迪南加快步伐。

"问题就在这里,我不知道我是否愿意。你说对你来讲要是两个人一起干的话更容易。但对我来说一个人干更方便。那样的话我知道我搭上的是什么,也就是一个糟糕透顶、残缺不全的烂命一条——行,那就不要它了。但是我担心把你牵扯进来,你从来没有过这个想法,这个想法是我的。我不想把你牵扯进任何事情,我不想让你误入歧途,你要是想做点什么的话,那必须是出自你自己的想法而不是我的。"

树木后面出现了零星灯光。田间小路到头了。他们很快就要到火车站了。

克里斯蒂娜依然恍恍惚惚地走着。"但是……你打算怎么做呢?"她忧心忡忡地问,"我想不通。我们这样做了以后去哪里呢?我总是在报纸上读到他们会把这些人抓住的。对此你是怎么想的?"

"我还没有开始往这方面想呢。你高估我了。想法一分钟就可以有,但是只有傻瓜才会这么匆忙地去付诸行动。正因为如此他们总是会被抓到。世上有两种犯罪行为——一时兴起的和深思熟虑、周密计划的。一时兴起的那种也许是更美好的,但是它们大多都会以失败告终。这些都是那些小家伙干的,他们偷了邮资钱柜的钱然后跑到赛马场还认为自己会赢钱或者老板不会有所察觉,他们所有的人都相信一个奇迹。但是我不信奇迹,我知道我们两个人势单力薄,对抗的是一个庞大无比的组织,这个组织是经过几百年建造起来的,拥有上千个密探的智慧和经验,我知道每个单独的侦探都是蠢货,我比他聪明和狡猾百倍,但是他们整体有经验,有体系。要是我们——你看到了,我还在说'要是'——我们真的决定这个行动,那我想的绝不是一个轻率的儿戏。快就意味着错。这样的计划必须考虑周全,想到每个细小的环节,计算出每个可能性。这是一个概率计算。让我们把一切都考虑清楚,全神贯注地思考,仔仔细细地思考,星期天来维也纳,然后我们再做决定,而不是今天。"

斐迪南站住。他的声音一下子又明朗起来。这就是克里斯蒂娜特别喜欢的他身上那个隐藏起来的孩子的声音。

"多奇怪啊,今天下午你回去上班我又去散步了一会儿。我又好好看了看这个世界,心想这是最后一次了。这个世界就在那里,美丽明亮,充满温暖的阳光,我就在那里,还相当年轻、精力充沛、充满活力。然后我把一切都计算了一下问我自己,我在这个世界上到底做了些什么,答案很让人心酸。我其实没有为我自己做过或者想过任何事情,真太让人难过了。在学校我所学的和所想的都是老师让做的。战争中我的一举一动都是按照指挥行事,被俘后我只是疯狂地梦想:要逃出去!然后就因为无所事事而厌倦不堪,再后来我只是一直为他人辛辛苦苦地干活,毫无意义,毫无目的,只是为了填饱肚子和生存下去。现在我第一次有三天的时间,到星期天,好好思考一下和我自己有关的事情,以及和我和你相干的事情;我其实对此非常期盼。你知道吗,我希望我们要这样设计,就像建造一座桥梁,每颗钉子每颗螺母都要精准到位,哪怕只错了一毫米,整个静力学的系统就会遭到破坏。我要把这件事这样打造,以便它能维系好多年。我知道这是一个巨大的责任,但是这是第一次为了我和你的责任,不是那个微不足道一文不值的责任,比如在部队里或者在那些企业里,你在那里就是个零,附加在一个你自己也一无所知的分母之上,完全无足轻重。我们做还是不做到时候自会决定,但是想出一个主意,对此认真思考,计算好最后的麻烦,这个愉快的事情我可根本没有想到。我今天来你这儿还是来对了。"

火车站近在咫尺,已经可以分辨出各种灯光了。他们停下脚步。

"你最好别再送我了。半小时以前别人是否看到我们在一起还无关紧要。现在不能有人看到你和我在一起,这,"——他笑了笑——"是我们伟大计划的一部分。不能有人猜到你有一个帮手,要是有人能对我这个人进行描述就很不妙了。对了,克里斯蒂娜,现在我们必须开始想到所有的一切,这不是件易事,我一上来就跟你说了另外一件事会更容易。但是另一方面,我还从来,我们都还从来都不知道,什么是人们所说的真正的生存。我还从来没有看见过大海,从来没有去过国外。我还从来都不知道,不用老想着买每样东西要花多少钱,这样的日子是什么样子的,我们从来没有自由自在过。也许只有这样才会知道,被称之为生活的东西的价值。安静地等一等,别折磨自己,我会把一切都计划周密的,甚至形成文字,然后我们一起过一遍,一个要点一个要点地过,然后我们权衡可能性和不可能性。最后我们再做决定。你看怎么样?"

"好的。"克里斯蒂娜坚定果决地说。

从这天起到星期天的那几天,克里斯蒂娜如坐针毡。她有生以来第一次产生畏惧之感,对自己,对他人,对各种事物。早上打开那个小小的钱柜摸着那些钞票对她都苦不堪言。这些钱是属于她的还是国家的?它们还全数都在那里吧?她一遍又一遍地清点着那些蓝色的票子总是数不到头。不是她的手颤抖就是她在加的时候忘记了数字。所有的安全感离她而去,所有轻松自在的感觉也不复存在。下意识中的不确定的感觉让她心里乱成一团:她想象所有的人肯定都注意到了她的企图,所有的人都能想到她的顾虑,所有的人都在观察她窥视她。她意识清醒地对自己说:这也太荒唐了。我又没有做什么。我们又没有做什么。一切都秩序井然,每张钞票都放在柜子里,账单所有的数字都准确无误。我经得起任何检查。但是这样的安慰是徒劳的,她无法忍受任何人的目光,电话一响她就会一哆嗦,需要使出全身的力气才能把听筒拿到耳边。星期五的早上一个宪兵迈着沉重的脚步走进来,身上挂着的刺刀铿锵作响,她一下子就头晕目眩,双手使劲抓着桌边好像不想被拽走,但是这个宪兵嘴里叼着一根弗吉尼亚香烟只是要汇钱,是给一个姑娘汇的抚养费,因为他跟这姑娘有一个私生子,他心情很好地开着玩笑,没想到一时的快乐就得付长期的债务。但是克里斯蒂娜笑不出来,她在汇款单上确认汇款数目的字写得颤颤巍巍的。直到大门在那宪兵身后砰的一声关上,她才又能呼吸了,她一下子打开柜子确认钱还都在那里,32712先令40格罗森①,和账本上的分文不差。这天夜里她睡不着觉,她一睡着就净做可怕的梦。因为想法总比行动更加可怕,未发生的事情总比业已发生的事情更加令人焦躁不安。

星期天早上,斐迪南在火车站等待着她。他端详了她一番。"可怜的姑娘!你脸色真不好,饱受摧残的样子。你害怕了是吧,我就是担心这个。我之前跟你说这个就是个错误。但是事情很快就会过去了,今天我们就能决定是做还是不做。"

克里斯蒂娜从旁边看着他。他眼睛炯炯有神,动作出奇地充满活力,出乎意料一脸轻松的样子。他注意到了克里斯蒂娜的目光。

"是的,我过得挺好的。几个月几个星期以来我都没有这三天感觉这么好,其实直到现在我才知道就为自己着想,就为自己,仅仅为自己着想有多奇妙……不是在整体之中只做小小的一件与自己无关的事情,而是从上到下建造点什么,就只是为了自己。哪

---

① 格罗森,奥地利最小硬币单位=1/100先令。

怕算是个空中楼阁也无妨,也许一小时后就会坍塌。也许你说一句话就给吹垮了,也许我们自己就把它砸烂了。但是不管怎样,这是给我自己干的活,给我带来挺多的快乐。能有这么一次事无巨细地缜密考量,制订出一个针对所有军队、国家、警察、报纸,针对世上各种势力的作战计划,在思想上演习一番,这还是非常有趣的。现在我其实有了进行真正战争的兴致。你最多就是被打败而已,我们不是早就已经被打败了吗?好,现在你马上就会看见一切了!"

他们离开火车站。霜冻的雾气围绕着房子,搬运工和值勤人员面无表情地站在那里等待着。到处都非常潮湿,嘴边说出的每句话就被寒冷冻成一团薄雾。这是个没有温暖的世界。斐迪南拉着她的胳膊带着她在街上的汽车中间穿梭,能感觉到她在他的触碰之下神经质地一阵阵颤抖。

"你怎么了,不舒服吗?"

"没什么,"克里斯蒂娜说,"就是我这几天一直胆战心惊。一有谁叫我,我就觉得他在观察我。我觉得每个人都在想我在想的事情。我也知道,这样害怕很愚蠢,但是我就是觉得每个人都能从我的额头上看出来,就是觉得村里的人已经察觉到了什么嗅到了什么。在火车站那个林业助理问我'你去维也纳干什么?'我满脸通红,他都笑了起来,我这才高兴了。他最好想的是那个而不是这个。但是你跟我说说,斐迪南,"——她突然抓住斐迪南——"要是我们……要是我们真的做了,不会一直都是这个样子吧?因为,我现在就感觉我没有坚持下去的那个力气。我不能坚持一直生活在恐惧中,在每个人面前都提心吊胆,夜不能寐,不能入睡的原因就是害怕有人敲门。这不会一直都是这个样子,是吧?"

"不会的,"斐迪南回答,"我不这么认为。就是在这里,你以你的身份生活着。等你到了外面穿着不同的服装有了一个其他的名字,在另外一个世界,你就忘记了这里的那个你——你自己跟我说过,你就曾经是一个完全不同的人。危险的只是你良心不安地去做我们打算做的事情。当你觉得我们行窃这个大盗也就是这个国家是一件错误的事情,那就糟了,那我就洗手不干了。对我来讲我觉得自己做得合情合理。我知道我受到不公正待遇,这里我是冒着危险做自己的事情,而不是在战争中为了一个死去的理念,为了哈布斯堡的皇族思想或者为了一个什么米特罗巴①或者一个管它什么与我无关的政治建构去冒险。但是正如我说的,我们还没有做什么决定,我们还在把玩我们的想法,就像老话说的,但是把玩该是件乐事。抬起头,我知道,你是可以非常勇敢的。"

他们继续走着。"我们去哪里?"克里斯蒂娜问道。

斐迪南笑起来。"真够奇怪的,整个这件事情都没有难住我,把所有的可能性都思考一遍,我们该如何逃走如何藏身如何保障安全,这些恰恰给我带来不少乐趣,我真心认为我把每个细枝末节都考虑到了,我可以平静地说:这事落实了,这事会成的。我计算了一切,我们有钱了以后如何生活如何保护自己,安排这些都轻而易举,就是有一件事情我做不到——找到一个地方、四面墙、一个房间让我们能够安静地商议整个事情。我又一次意识到有钱可以轻易过十年,而没钱一天都过不了,真是这样,克里斯蒂娜,"——斐迪南几乎得意地冲着她笑起来——"找到一间没有人能听到我们看到我们的房间比我们整个的冒险还艰难。我左思右想。去乡下太冷,住在旅馆里隔墙有耳,而且我知道你会焦虑不安和惊慌失

---

① 米特罗巴,是"中欧卧车餐车股份公司"的名词首字母缩略词。该公司建于1916年。

措的,我们需要清醒的头脑。在一个酒馆里,要是没人的话,侍者会注意到我们,这么冷的时候,随便坐在外面太显眼了,唉,克里斯蒂娜——你简直没法相信,没有钱的话在一个百万人口的城市真正单独在一起有多难,但是我真是把所有最大胆的可能性都想过了——真的,我甚至想到我们为何不爬到斯台芬大教堂①的钟楼上面去。这样有雾的天气没有人会上去的,但是我觉得这样太荒唐了。我倒是和一个看门的人混得还可以,他就在我们那个倒闭的建筑工地上值班。那里有个木屋里面有一个铁炉、一张桌子,我记得只有一把椅子,只是一个棚屋。我和那个人很熟,我跟他胡诌说自己有个相好,是一位波兰高贵女士,是我在战争中结识的,现在和她的丈夫住在萨赫尔饭店,因为太高贵,太有名,所以不能和我在大庭广众之中露面。你可以想象这个可怜的家伙对此多么震惊,觉得能帮上我是他的荣耀。我们两个认识很久了,我两次帮他摆脱困境。他会把钥匙放在房梁下面,他还会把他的证件留下,这样我们就是在最坏的情况下也是安全的,他还答应我一早就给炉子生上火。那里就我们两个人,不会很舒服,但是我们去那儿是为了一个更好的生活,那我们就在这个破屋子里待上两个小时。那里没人能听到我们讲话,那里没人看得到我们。那里我们能安静地做决定。"

这个建筑工地远在弗洛里特村,空无一人,建筑只剩下一个架子完全被遗弃了,上百个没有安上窗户的框架空洞洞的。焦油桶、手推车、沥青堆,一堆砖瓦杂乱无章地放在泡软的土地上,就好像一场自然灾害中断了这里人声鼎沸的场面,这里的寂静对于一个

---

① 维也纳市中心最大的教堂。

工地来讲特别不自然。钥匙就放在房梁下面,潮湿的雾气无处不在。他打开小木屋的门,炉子真的烧着火,屋里给人柔和温暖的感觉,散发出上好木头的味道。斐迪南在身后把门关上,又往炉子里添了些木头。"要是有人来的话,我立即就把所有的纸都扔到炉子里,不会有事的,别害怕,此外不会有人来的,没人能听到我们说话,我们完全单独待在一起。"

克里斯蒂娜很陌生地站在这间屋子里,她觉得所有的一切都很虚幻,唯一真实的就是这里的这个男人。斐迪南从口袋里拿出一摞对开页的纸,把它们打开说道:

"请坐下,克里斯蒂娜,现在好好听着。这是整个事情的计划,我仔细加以准备,起草了三遍四遍五遍,我认为现在这个计划很清晰明了。我请求你仔细地过目,一条一条地看,要是哪里你觉得不对,就用铅笔在右边写上你的问题或者顾虑,然后我们再一起过一遍。这关系到方方面面,不得有任何即兴拼凑的东西。但是首先还有一件别的事,没有写在这份草稿上。这事我们只能一起谈一谈。这只和我们两个有关。不错——我们会一起做这件事情,你和我。我们具有同样的罪过,虽然按照法律,正如我担心的,你会被当成真正的作案人。你作为公务员是负有责任的,你会被通缉,会被追捕,你在家人和他人面前是罪犯,而只要我们不被一起抓到,就没有人会知道我是共犯和主谋。你冒的险比我大。你有一份工作,它能够给你提供生活费和退休金直到生命的终结,我一无所有。就是说在法律的意义上和在——我该怎么说呢,就说在上帝面前吧,我冒的险要少得多。也就是说我们的角色是不对等的。你要冒更大的危险。"他注意到克里斯蒂娜垂下目光。

"我必须很无情地把这个说给你听,我也不会向你隐瞒那些危险。首先:你所做的,我们所做的,无法更改。没有任何退路。

就算我们用这些钱创造了百万的财富可以五倍地弥补造成的损失,你永远也不能回来了,没有人会赦免你。我们为此就彻底从那些生活有保障、老实、可信的公民行列中驱逐出去了,我们会一生都身处危险之中。这点你必须了解。就算我们觉得一切都计划得万无一失,总会有一个偶然的事情把我们从美好的无忧无虑中拉扯出来,投入监狱,蒙受人们所说的耻辱。从事这样一件冒险的事情没有保障可言,我们就是过了边境到了那边也不安全,今天不安全,明天不安全,永远都不安全。你得看到,就像一个要决斗的人看着他对手的左轮手枪。那颗子弹会从旁飞过,也可能命中,无论如何,你就站在手枪前面。"

他又停顿一下,试着看克里斯蒂娜的眼神。这眼神看着地,斐迪南发现她放在桌上的手没有颤动。

"还有就是我不想给你错误的希望。我无法给你任何保证,一点保证也没有,对我自己也如此。就算我们一起做这件冒险的事情,也并不是说,我们这辈子就拴在一起了。我们做这个是为了获得自由,为了自在地生活——也许我们有一天也想脱离对方自由自在的。也许不久就会这样。我不能为自己做任何担保,我不知道自己是怎样的人,更不知道我获得自由后会是什么样子。也许今天在我身上存在的不安,就是那想要迸涌出来的东西现在还在我身上存着,也许这不安会留在那里,也许它甚至还会增长。我们彼此了解得并不多,我们在一起的时间每次都只有几个小时,要说我们能够也希望永远生活在一起,那真是荒唐至极。我唯一能答应你的就是我会是个很好的战友,也就是说我永远不会出卖你,永远不会试着强你做你自己不愿意做的事情。你将来要是想离开我,我不会拦着你。但是我无法答应你留在你身边。我什么都无法许诺。既无法许诺事情会成功,也无法许诺事后你会幸福或者无忧无虑,甚至无法许诺我们会互相厮守在一起——我无法答应你任何事情。我不是在说服你,正好相反,我是在警告你;因为你的状况更不利,你是那个作案人,此外你是个女人,处于从属地位。你要冒很多危险,风险很大,我不想误导你。我不是在说服你。请读读这个计划,仔细想想,然后做出决定,正如我们说过的:你必须了解,这个决定一旦做出,就无法更改了。"

斐迪南把纸放在她面前。"阅读的时候请一定带着最大的不信任和最大的警觉,就好像有人要和你做一桩很坏的买卖,让你看一份危险的合同。你看的时候我自己出去溜达一下,再看看这里的建筑。我不想在场。你不该有这样的感觉,因为我在场而给你施压。"

他站起身走出去没有看她一眼。克里斯蒂娜面前放着书写工整叠在一起的纸张。因为心跳急剧,她只好等了几分钟,然后开始阅读。

手稿书写工整就像以往哪个世纪的卷宗文件,全都对折折好。每个章节都有大标题,下面用红色铅笔画了线:

  Ⅰ. 行动的实施
  Ⅱ. 消灭痕迹
  Ⅲ. 国外的行为和其他计划
  Ⅳ. 行动败露被人发现时的行为
  Ⅴ. 总结

第一章"行动的实施"又分为几个小部分,就像其他的章节。每一栏都标有 a.b.c. 看上去很直观,就像一份报告。

克里斯蒂娜拿起手稿从头读到尾。

一 行动的实施

a）日子的选择：行动的日子只能是一个星期日或者节假日的前一天。这样的话发现亏额的时间就至少延迟了二十四小时，创造了逃跑所需的必要的时间优势。因为下班是六点钟，这样就有可能赶上去瑞士或者法国的夜间快车，另外十一月天黑得早的好处也提供了其他的好处。十一月是旅游最淡的季节，几乎可以肯定夜间奥地利境内车厢里没有人，这样的话，紧跟着发表的报纸报道中就几乎没有证人在场，也无法提供任何人物特征描述。尤其有利的时间是十一月十日，这是（邮局不营业的）国庆节的前一天，因为到达国外的时候就是一个工作日，这又有助于不引人注意地购置第一批东西和进行乔装打扮。也最好能尽量以不引人注意的方式拖延汇款的发出，以便为了这一天更多地聚拢金钱。

b）启程：启程当然必须分头进行。我们两个人都要买短程票，先到林茨，从林茨继续到因斯布鲁克或者边境，从边境继续到苏黎世。你必须尽可能在几天前就买好去林茨的车票，或者最好由我为你买票，这样那个肯定认识你的售票员就无法说出真正的出行方向。其他有关混淆行踪和消灭痕迹的方法参见第二章节。我在维也纳上车，你在圣·波尔滕上车。整个夜里在奥地利境内我们彼此不说一句话。这点对以后的调查特别重要，没有人知道或者猜到此事是和一个帮手一起做的，这样的话所有的调查都只会针对你这个人的名字和相貌特征，而不会针对一对夫妇，我们在国外出现时要装扮成夫妻。就是到了国外很远的地方也不能在查票员和公职人员面前显示出我们之间有任何关系。除了在边境官员那里，我们会出示我们共同的护照确认我们的合法性。

c) 证件:正确的做法是除了我们自己真实的护照还应该搞到假护照。对此没有时间了。这个可以在国外进行。但是绝对不能在任何边境暴露霍夫莱纳这个姓名,而我则可以作为毫无污点的人到处登记自己的名字。我会给我的护照做以下的小小变动,加入你的名字和照片。橡胶图章我可以自己做,我以前曾经学过木刻。另外我(我好好看了一下)可以把我的名字法尔纳中的 F 加上一小撇,这样就可以看成"卡尔纳",用这个名字只是为了一个我认为绝对不可能的情况(参看第二章节),这是在另外一栏里。这个护照是我们作为夫妇两个人用的,只要我们在某一个海港城市真的搞到假护照了,那这个护照就无须使用了。在两三年内,只要我们的钱够,搞到假护照并不难。

d) 携款:要是可能的话,必须在最后几天采取预防措施尽可能搞到大面额的纸币,一千先令的或者一万先令的,这样负担不重。这五十张至二百张纸币(就看是一千先令还是一百先令票面的钞票)你在旅行途中要分别放在箱子和手提包里,必要的话也可以放在帽子里,这足够应付现在边境上实施的简单的海关检查了。路上在苏黎世或者巴塞尔的火车站我就把一些钞票兑换了,这样等我们到法国的时候手里已经有外币了,就不必在那里的一个地方为了买最初重要的东西而显眼地兑换大量的奥地利货币。

e) 第一个逃跑目标:我建议巴黎。好处是很方便,坐一趟火车就到了。我们在事发前十六个小时在每个通缉令签发二十四小时前就能到达那里,有时间针对面貌特征(这只涉及你)进行完全的调整。我说流利的法语,可以不住那些专门给外国人提供的旅馆而是不引人注意地前往郊区的旅馆。巴黎的好处是一个巨大的旅游集散地,逐一进行监视几乎是不可能的,听我的朋友们讲,那里的登记制度也很混乱,马马虎虎的,与德国正好相反,德国的旅店店主,就连整个民族都生性好奇,要求一丝不苟。另外,就一个奥地利邮局的行窃案德国报纸可能会比法国报纸进行更详细的细节报道。等到报纸刊登出最早的新闻我们可能已经离开巴黎了(参见第三章)。

二 消灭痕迹

最重要的是必须给官方调查制造困难,尽可能使之走上错误的道路,每一个不正确的踪迹都能延迟调查,几天后在国内尤其在国外通缉令上对作案人面目特征的描述就会被完全忘记。重要的是从一开始就考虑到官方会采取的所有措施并做出相应的反措施。

官方通常会从三个方面进行调查:a)入室搜查;b)询问亲朋好友;c)调查其他参与犯罪的成员。仅仅把家里所有的文件都销毁是不够的,还必须采取相反的措施迷惑调查使之走上错误的调查之路。具体如下:

a)护照签证:一般发生这样的案子警察都会询问所有的领事馆是否近期内给相关人员,本案为 H 的相关人员签发过签证。因为我是为我自己(我本人的事项参看第五章)而不是为 H 领取的法国签证,所以至少暂时不会受到注意,这个签证都够用了,H 的护照根本不需要领取签证。既然我们想把行踪引向东方,我会为你的护照申请罗马尼亚签证,其结果就是警察的调查首先就会集中在罗马尼亚方向还有巴尔干地区。

b）为了加强这种猜测你最好在国庆节前一天发一封电报给布朗柯·里茨奇，布加勒斯特火车站-邮局存局待领"明天下午携行李到达，车站等我"。肯定可以预料，官方会审查你的邮局最后几天发出的全部电报和打出的全部电话，这样他们就立即会看到这个极为可疑的通知，这会让他们首先以为找到了同伙的蛛丝马迹，其次以为掌握了逃跑方向。

c）为了让这个对我们至关紧要的错误更有说服力，我会用假笔迹给你写一封长信，你把它仔细撕成碎片扔进纸篓。刑侦人员当然会检查纸篓把碎片拼凑起来，这样错误行踪又被坐实了一次。

d）你在出发前一天不引人注意地去打听是否有直达布加勒斯特的火车票，价钱是多少。毫无疑问火车站的工作人员会作为证人作证的，这个证词又加强了对官方的迷惑。

e）你会以我的妻子的身份旅行和登记，为了让我这个人完全不受任何牵连，有一件小事至关重要：据我所知没有人看到我们在一起过，除了你的姐夫，也根本没有人知道我们认识。为了误导他，我今天就去找他告别。我会说我终于在德国找到了合适的工作要去那边了。我也会跟我的房东结清房租给她看一份电报。因为我一个星期前就消失了，我们之间绝对不可能有任何关联。

三　国外的行为和其他计划

具体事项只能到了地方才能知晓，这里只是几个基本点：

a）外貌：我们必须在服装、举止和行为上给人以拥有一定财力的中产阶级的印象，因为这些人最不引人注意。不要显得太讲究或者太穷困,我首先要编出自己有一个最不会有嫌疑和钱扯上瓜葛的职业,我会装扮成画家。在巴黎我会买一个小的手提画架和一把折叠椅、画布、调色板,这样我们所到之处人们一眼就可以看出我的职业,不会再提任何其他问题。在法国一整年都有成千名画家漫游在各个浪漫的角落。作为画家就不会引起注意,而且从一开始就因为画家属于特殊的毫无危险的人群而能博得一定的好感。

b) 我们的服装也要与此相符。丝绒或者麻布外套,这样可以稍稍强调一下艺术家的气质,除此之外要完全不引人注意。你以助理身份出现,替我背着小箱子和相机。没人会问这样的人从哪里来,来干什么,他们专找那些偏僻的小地方也就不足为奇,就是说外语在那里也不会太引起人们注意。

c) 语言:至关紧要的是我们说话的时候要尽量无人在场。不论如何都不要让人们注意到我们在说德语。在人们面前我们沟通的时候最好选择那个古老的儿童语言,这会让外国人完全不明白我们在说什么,也让他们无法猜到我们在说哪种语言。我们要尽可能地住在旅馆靠边的房间或者那些邻居听不到我们讲话的房间。

d) 经常变换地方:有必要经常更换逗留的地方,因为一定的时间之后会涉及纳税义务或者官方会进行某种调查,这个当然和我们的事情无关,但毕竟还是会带来一些不愉快的事情的。合适的期限是十天到十四天,在小一点的地方四个星期,这样也避免和饭店人员过于熟悉。

e) 钱:在我们还无法在一个地方租用到一个银行保险柜之前,我们两个人要始终分别携带钱,这至少在最初的几个月会有风险。当然不是放在钱包或者公开地携带,而是缝在鞋衬、帽子或者衣服里,这样的话要是碰到偶然的搜查或者某个无法预料的不幸事件,就不会因为发现大量的奥地利货币而引起怀疑。兑换货币要慢慢地小心地进行,总是在那些大一些的地方,比如巴黎、蒙特卡洛、尼斯,永远不要在较小的城市。

f)尽量避免结交朋友,至少在最初那段时间里,要等到我们通过某种途径获得新的护照(在海港城市比较容易)离开法国前往德国或者随便哪一个国家。

g)现在就事先对我们今后的生活方式确定目标和进行规划是多余的。按照我至此为止的计算这个钱数够我们过四年到五年不引人注意的中等生活,在这个时间里必须为所有其他的安排做出决定。一直把钱带在身上很是危险,要尽早考虑采用寄存的方式,但是这只能在找到安全和不引人注意的可能性后方能实施。最初需要万分小心、绝不引人注意和随时随地自我监督,半年之后我们就可能不受限制地自由行动,那些通缉令可能已经完全被遗忘了。必须充分利用这个时间改善自己的语言,彻头彻尾地改变自己的笔迹,战胜内心的陌生感和不安全感。有可能的话也应该获取一定的知识和技能,这有助于开始其他的生活方式和找到其他的工作。

四 行动败露被人发现时的行为

要从事一个建立在不可知之上的行动,从一开始就该想到失败。事先无法预料从哪个时间点或者哪个方面会出现危险局面,总要共同逐一根据情况进行考量。可以确定以下几个基本原则:

a)万一我们在旅途中或在更换逗留地方的时候因为某

种偶然事件或者错误走失了,我们要立即回到我们上一个共同过夜的地方,或者在火车站等待对方,或者写信给对方寄到相关城市的邮政总局。

b) 万一因为某种不幸我们被追踪并且有可能被捕,那我们事先必须采取各种措施应付最终的后果。我会始终把我的左轮手枪放在口袋里,也会一直放在床上挨着我的地方。我会为你为各种情况准备毒药,氰化钾,你要把它毫不显眼地放在一个粉盒里始终随身携带。一旦我们知道我们随时可以实施我们原先做出的决定,我们的生活在每时每刻都有了更高的安全感。我自己无论如何都已经决定不再回到铁丝网或者铁窗后面。

万一我们当中的一个人在对方不在场的时候被捕,另一个人要遵从战友的义务立即逃跑。出于错误的多愁善感而去自首以此分担战友的命运,这将是最大的错误,因为单独一个人负担的罪责总要少些,在一个单纯的调查中更容易为自己解脱。此外,另一个有自由之身的人有可能帮助灭迹,给里面的人递送消息并协助逃跑。自愿放弃自由是荒唐的,因为大家为了自由已经付出了这么多。至于自杀永远有足够的时间。

五 总 结

我们此次豁出性命进行的冒险行为就是为了至少在一个时期内能够自由自在地生活。相互之间的个体自由也是这个自由概念的一部分。要是出于内在的或者外界的原因我们当中一个人觉得共同的生活压抑不堪或者难以忍受,那他就应该断然和另外一个人分离。我们两个人都是自愿决定进行这个冒险行为,没有丝毫强迫和逼迫对方。正如我们从第一分钟起就分别拥有金钱,以便每个人都可自由行动,我们也分担责任和危险,每个人也各自承担自己行动的一切后果。

为了未来整体的发展,我们都对自己保证,我们任何时刻都坚信对国家和对我们自己都没有做任何不正当的事情,我们只是做了就我们的状况而言唯一正确和自然的事情。要是良心不安地去做这件危险的事情那是没有意义的。只有我们每个人,独立于另一个人,经过深思熟虑而坚信这条道路是唯一正确的道路,那我们就必须坚决踏上这条道路。

她放下手稿抬起头来。斐迪南回来了在抽烟。"你再读一遍。"她按照他说的做了,在她又读了一遍之后斐迪南问她:"一切都写得清清楚楚,一目了然了吗?"

"是的。"

"你觉得里面还缺什么吗?"

"不,我认为你把该想到的都想到了。"

"所有的都想到了?不是的。"——他笑了——"我忘掉了一点。"

"什么?"

"要是我能知道就好了。每个计划总会漏掉些东西。每次犯罪总会留下蛛丝马迹,你就是事先不知道罢了。每个罪犯,不管他有多狡猾,几乎总会犯一个小小的错误。他收走了所有的文件却恰恰把护照落下了;他考虑到了所有的阻力就是那个最显而易见和最不言而喻的却被疏忽了。每个人总会忘记点什么。也许我也恰恰忘记考虑最重要的那个事情了。"

克里斯蒂娜的声音里满是惊奇:"那你觉得……你觉得我们不会成功?……"

"我不知道。我知道的只是此事做起来很难。另一件事情会更容易一些。你要是违抗自己的规律,那几乎肯定会失败——我说的不是法律上的条款,不是国家的基本法和警察。这些都可以搞定。但是每个人都有他自己内在的规律:有的向上,有的向下,该上升的会上升,该坠落的就坠落。我至今一事无成。你至今一事无成,也许已经注定,甚至很有可能,我们会毁灭。你要诚心诚意地问我,那我对你说,我不认为我是一个有朝一日会完全幸福的人,这也许根本不符合我,我只要有一个月有一年有两年幸福就满足了。我们要是冒冒险的话,我就没想到能有一个一直活到满头白发的美好结局,住在绿草如茵的安乐家园里安度晚年,我只是想到可以有几个星期或者几个月、几年可以不想我们用来结束生命的左轮手枪。"

她平静地看着他,"我谢谢你这么坦诚,斐迪南。你要是说得兴奋无比,我会对你产生疑心的。我也不认为我们会长久成功。只要我的生活有一点起色,就会被拉回到原地。也许我们所做的都是徒劳,没有意义。但是不去做它而继续这样的生活只会更没有意义。我看不到更好的选择。就是说——你可以信任我。"

他注视着她,眼神明亮清澈,但是没有兴高采烈。"不会改变了?"

"是的。"

"那就星期一,十号,六点钟?"

她直视着他的目光,向他伸出手。

"好。"

克拉丽莎

(遗作)

张意 译

一九〇二年至一九一二年

克拉丽莎在日后的岁月里努力回忆她的一生，很难把她的一生连缀起来。就像大片的地面被黄沙覆盖，轮廓模糊不清，时间从上面掠过，像云彩一样飘浮不定，没有固定的形状，没有明确的尺寸。好些年是怎么度过的，她完全说不清楚，而有几个星期，甚至于几天，几小时却宛如昨天发生的事情，还触动她的感情和她内在的目光。有时候她觉得，只有很小一部分时光，她是头脑清醒感觉清楚地度过的。另外一部分时光却是在身体疲惫，或者茫然尽职之时朦朦胧胧地打发过去的。

和大多数人不同，克拉丽莎对自己的童年时代知道得最少。由于特殊情况，她从来没有一个真正的家，没有一个熟悉的环境。她出生在加利西亚一座驻扎军队的小城。她的父亲，当年还只是参谋总部的一名上尉，被分配到这座小城。由于一系列客观情况不幸地交织在一起，使她的母亲不治身亡：团里的军医得了流感卧病在床，打电报召请邻近城市前来诊治的医生，医生却因大雪封路，来得太晚，未能治愈此时已转成肺炎的疾病。克拉丽莎在卫戍地受了洗礼，就和那个比她大两岁的哥哥一起，立即被带到她祖母处收养。祖母自己也病病歪歪，要她照顾人，还不如让别人照顾她更好呢。祖母去世后，克拉丽莎就被托付给了她父亲的一个同父异母的姐姐，而她的哥哥则被她父亲的一个同父异母的妹妹收养。他们居住的房子在变，那些伺候他们的用人的脸和模样也随之改变，时而是德国人，时而是波西米亚人、波兰人；从来没有时间让他们习惯环境,结交朋友,熟悉一切,适应一切;初来乍到,人地生疏,一时的胆怯还没有克服,可是她父亲就在一九〇二年,她八岁那年,奉命调到彼得堡去当武官;为了让这两个孩子生活更加稳定,家庭会议做出决定,把儿子送进军官学校,把克拉丽莎送进一座坐落在维也纳近郊的修道院学校去寄宿。克拉丽莎很少见到她的父亲,父亲的印象只有很少残存在她的记忆里,对于那些时日,她回忆起来,与其说是记得父亲的脸和他的声音,不如说是他那光彩夺目的蓝色军装,上面挂着叮当作响的圆形勋章。她很喜欢把玩这些勋章,可是她父亲严厉地把她小孩子的小手——她哥哥也受到这样的待遇——从这些象征荣誉的标记上挪开,为了对她进行教育。关于她的哥哥,她只记得她哥哥敞领的海员衫和他那平顺垂滑下来的金色长发,克拉丽莎为此还有点妒忌她哥哥呢。

　　克拉丽莎在修道院学校度过了她后来的十年光阴,从八岁一直待到她快满十八岁。同样,这么长的时间,只留下这么少的回忆,这在一定程度上要怪她父亲的一种性格特点。莱奥波特·弗朗茨·巴萨维尔·舒迈斯特在这段时间,稳步从上尉擢升为参谋总部中校这样的高级军衔,在比较高级的军人圈子里算是学识最渊博的战略家和理论家之一。人们对他的勤奋好学、忠实可靠和远见卓识都表示出真诚的敬意,但是在这敬意之中也稍稍夹杂着一点嘲讽的意味;司令官在和比较亲近的军官谈话时,总是微微含笑地称舒迈斯特为"咱们的统计学家",因为舒迈斯特干起活来坚忍不拔,吃苦耐劳,外表极为严厉,其实相当胆怯,并不灵活。他认为建立一个系统化的信息中心乃是作战胜利的先决条件,他是慢慢地得出这个结论的。因为他在军事方面对全凭灵感、随机应变的行为一向持怀疑态度。他热心地收集外国军队能够正式公布的一切想象得到的数据,作为剪报加以整理,不断补充,分门别类存进卷宗,谁也不得看上一眼。他的这种热忱使他得到邻国,德国参谋总部真诚的赞赏。就这样坐拥大量资料,他就变成了一个权威。这个权威在国外备受重视(事情总是这样)。不仅受人重视,甚至还为人惧怕,他的这座保存外国纸面上的军队和活生生的军队情况摘要的实验室,包括三四个房间;他经常不断地向奥地利驻各国公使馆的武官们发出调查表格,要求他们报告最最细枝末节的问题,供他充实他的军事标本夹。武官们为此对他百般诅咒。他起先是出于责任感和信念开始着手收集这些资料,渐渐地收集越来越多的细节并且把书面的和表格的汇总系统化,他对系统化的"酷爱"成为一种激情,甚至变成一种癖好。这种癖好填满了他因为早年丧妻形成的残缺不全、空洞荒芜的生活,使之获得新的内容。这是一种艺术家所熟悉的对于整洁和对称的小小的快乐,因为游戏的兴致是诱人的。他喜欢红色和绿色的墨水,削尖的铅笔。这具有古玩店的魅力。这一切他的儿子全然没有看见,这是父亲秘密的痛苦所在。只有他自己知道这种技术性的快乐,写些纸条,进行比较。先前他下班后,待在家里,穿上家居长袍,脱掉僵硬的领子,动作更加柔和,怀着感激的心情谛听他已故的妻子弹奏钢琴,让他有些僵硬的灵魂在乐声中松动一下;他们夫妻两人一起上剧院看戏,或者出去进行社交活动,这都使他散散心,放松一下。妻子去世以后,他不善于社交,夜晚一片空荡,毫无消遣,他便想方设法找事情做以此塞满空虚,用钢笔、剪刀、尺子在家里也设立一个个卡片,加以提炼,用来写成他公开发表的《军事战略表格》。在这本著作里自然不包括有关祖国利益的秘密材料。这样一来,通常在办公的时候就可以了解情况,无须从隔壁房里取来。对于别人而言,最枯燥无味的东西,什么号码啦,数字啦,数量啦,差额啦,他都可以从中取得一种神秘的,对别人而言无法理解的认识,与其说他是军人,不如说他是个数学家;他越来越自豪地意识到,他在自己的小房间里用几万个这样个别的观察,为军队和帝国设立了一个武库,这是奥地利的宝库啊。事实上,在一九一四年,他对可以动员的师团做出的预计要比康拉德·封·霍岑多尔夫①的乐观估计正确得多。他越来越用书面文字取代口说的话语,越来越把他整理出来的材料替代客观世界。别人觉得他越来越严峻,城府越来越深,尽管他归根结底只是越来越孤独而已。他生活得越孤独,他就越习惯于用书面的记录来代替对话。每一种练习,只要不知疲倦地持续下去,持之以恒,就会出人意表地成为习惯,而习惯又会锻炼成约束和束缚:不再具有能力,只会系统化地从事某一件事情。

于是这个奇怪的士兵,要想认识某一事物或某一事件,只知道一条道路,那就是通过表格,即使通向他两个孩子的心灵,这个怯于表达柔情,又不善言辞的父亲也没有别的方法,只好要求他们经常向他书面报告自己生活和教育的进程,把这当作他们必要的责任。他刚从彼得堡回来,重新进入国防部之后第一次去看望女儿时,就给这个十一岁的女孩带去一摞裁剪得一模一样的纸张,其中最上面的一张作为样式,他亲自清清楚楚地画好了线条,从此克拉丽莎得每天填写一张这样的画了表格的纸张,写明她每节课学了些什么东西、读了些什么书籍、练了哪些钢琴曲。每个星期天,她得把七张这样的纸,连同一封附信寄给父亲,这样她的父亲就认为他是以他的方式大大促进他的女儿成长,对女儿大有裨益,他就这样迫使女儿在童年时期就早早地培养自己的责任感和顽强的好胜

---

① 弗朗茨·康拉德·封·霍岑多尔夫伯爵(1852—1925),奥地利将军,第一次世界大战爆发时为奥匈帝国全军参谋总长。

心。事实上,这种报告的机械活动,每天记下自己的学习和生活,使得克拉丽莎失去了这些年生活的概貌,因为这些印象非但收集不起来,无法形成整体,反而由于过早地向父亲报告,全都支离破碎,四下分散。克拉丽莎刚刚成熟,就自己决定不要立即终止这个怪癖,尽管她自己也感到,纯粹从空间来看,这种书面汇报是多么错误,这剥夺了她对许多事情的乐趣。她就像朵小花,过早被摘下揉碎。她日后思忖,都不由自主地感到,父亲指示她一天天均衡地读什么,纯粹从空间而言,每天同样的分量,这就在学生时代剥夺掉她每一种对书籍和绘画的本能的欣喜。她后来自己认识到,欢欣鼓舞地阅读一小时,往往比一个月、一整年更能开启心智。修道院学校原本已经相当刻板而又单调,父亲的要求使得学校的生活更加难受。可是父亲过世之后,她在父亲书桌的抽屉里发现,她当年写下的那些关于自己度过的日日月月的纸张,都整整齐齐地放在那里,心里涌起无以言状的深切感动。父亲把她寄来的报告按照它们原来的样子,一摞摞捆扎起来,整理得井井有条。父亲做事就是这样,绝不马虎,克拉丽莎可从来也不知道。父亲对她非常满意,有些字句,父亲用红墨水在下面画了一道。有一次,克拉丽莎有句古老的诗句写不出来,父亲感到羞耻,简直难过极了。因为他很骄傲,于是他就拿起一把尺子,用尺子画去一个死去的快乐,画去一个死人。每个月他都把这些报告包扎成一包,一个学期就把好几包这样的报告都放进一个特别的纸箱里,里面还存放着她的成绩单,和院长嬷嬷关于她学习的进步和品行所写的一份报告。这个孤寂的男人晚上就以他自己的方式,试图也经历一番女儿的生活。从院长嬷嬷写的那些回信,克拉丽莎可以看出,父亲怀着多少快乐——他自己从来不敢流露——以他拙劣的方式试图追随她的成长,为此他找不到别的工具,只找到一种工具,他自己使用的工具。克拉丽莎试着打开几页纸,这些纸什么也没告诉她,它们只是干巴巴地沙沙作响,而过去这可是活生生的生活,是对一些她早已遗忘的事情所做的功课。她试图回忆起事情究竟如何,对于这些早已不知去向的日子,她能够回忆的事情实在太少。

☆ ☆ ☆

克拉丽莎能够想起来的,其实只有一些星期天。周一到周五,日子过得平平淡淡,没有任何事情发生,一切全都按照安排周密的课程表进行;不分冬夏,在同一个时间,在同样的床上起来,在同样的时间洗漱,穿上几十年不变的校服;一切都是规定好的,教堂里的座位,餐桌旁的座位,盘子和餐巾都是固定的。一天天像齿轮旋转,按照有规则的节奏,从早上望弥撒到晚上做祷告,一环紧扣一环,在同样的一些房间里旋转。这日程只被同样有规律的散步打断,两人一排,形成长长的一队,由修女前导,她头戴白色浆洗过的帽子;这是唯一的一次在修道院的墙垣之外,张望一下外面的世界。修道院的大门打开,每次都唤醒大家秘密的渴望,想多看看这些街道、店铺和房屋;这座城市,"另一个世界",她不认识的世界,对她而言,只是缝隙和裂口。这里的空气因为有另外许多人呼吸,也是另外一种味道;但是校规严厉,大家得低垂着眼睑走路,不许对陌生的事物感到好奇;在学生当中引起的聊天热烈得多,因为环境让她们预感到生活发生变化,不同于她们自己单调的生活。星期天,仅仅只有这一天,大门向这个陌生世界敞开,从那里传来一丝匆匆掠过的亮光。在这一天,会客室打开,父母亲和亲戚们前来探望他们的孩子或者被保护人。每人都带来一些东西,小小的礼物,或者至少是一场愉快的闲聊,一些消息和激励,以及这些尚未长成的女孩子们所需要的东西:对她们个人的关注和柔情。于是每个女孩都有两三个小时觉得自己高出于这一群灰蒙蒙的伙伴，充满了新鲜的印象，精神得到滋养。星期天的晚上，学校的大门又紧紧关上。女孩子们聊天更加热烈，有的是话题。灰色校服下面的小小的自我变得活力充沛。

对于克拉丽莎而言，每四个这样的星期天中，有一个星期天是她一方面感到骄傲，另一方面又感到不安的一天。因为她父亲总是认真仔细，有条不紊地严格隔开一段时间前来探望女儿。在这十年里她记得清清楚楚，她父亲只有两次提前来看她，一次是因为克拉丽莎罹患严重的咽喉炎，卧病在床。另一次是在父亲出差之前，他奉秘密使命不得不前往君士坦丁堡。早在父亲到来之前的最后几天，克拉丽莎就开始不安起来，她忙着悄悄地做些准备，为了让父亲高兴，为了通过父亲的检查。因为父亲经过严格军事训练的眼睛，一看就会发现她服装上面最细小的不干净不整齐的地方，向她提出责备。所以克拉丽莎事先对每个细节都认真检查一遍，所以她的星期天穿的衣服必须每个纹路都显突出来，她注意把每个皱褶都熨得平平整整，不沾上一点污渍。同样，作业本和书本也都摆得整整齐齐，供父亲必然要进行的审查。因为舒迈斯特中校非常喜欢考考他的女儿，从中满足自己小小的虚荣心。他法文和英文的语法知识无懈可击，就是语音暴露出他是按照书本学习的特点。期待见面，心情忐忑之后，便开始了使她不复拘谨的时刻，使她感到骄傲的时刻。霍赫菲尔特伯爵的女儿也就读于这所寄宿学校，在星期天出现的父母亲当中，他很少缺席。有几位阔气的母亲穿着华丽的服饰走进接待室来，这些穿着盛装的太太们带来一阵浓烈的香味，有时甚至在第二天，还有一股高雅香水的芬芳弥漫着这个发霉冰冷的房间。可是这位中校依然是"父亲们"当中最相貌堂堂引人注目的父亲。当舒迈斯特中校乘坐的双驾马车驶到楼下,父亲以他惯有的勃勃生气从车上一跃而下,刺马针发出轻微的声响。克拉丽莎感觉到其他的女孩子们对她艳羡不已,其他人不由自主地为她父亲让路,退到两边,形成一条小巷。中校便挺直了腰板,步态稳健地穿过人巷,走过两边的人群,毫不拘谨。他在大街上和军营里已习惯于人们对他表示敬意,认为这是不言而喻的事情。他身穿一套剪裁适宜的深蓝色制服,和身边那些乡下地主的漆黑大衣,星期天的礼服一比,犹如云层密布的天气里有一片蓝色的晴空在闪闪发光。他像狂风似的走近,这片光也并不削弱。因为这个身材魁梧长身玉立的男子身上,一切都干干净净,保养良好,从发出金属光芒的黑色漆皮皮鞋直到梳理得轮廓分明、微微抹油的头发都光鲜锃亮。每一粒金属纽扣都变成一面圆形小镜子,军装上衣衬托出这个身材高挑、肌肉发达的身体轮廓分明,两撇向上笔直翘起的八字胡和修得干干净净的面颊,都漂浮着一阵淡淡的科隆香水的芳香:这是一个打扮一新的"父亲",每个当儿女的人都骄傲地梦想得到这样一个父亲,一个就像是从读本里剪出来的父亲,一种人世间的皇帝或者王子。身上的佩刀轻轻作响,他步履坚定地走到院长嬷嬷面前,充满敬意但极有分寸地鞠上一躬。院长嬷嬷看到这个高贵的客人,也一反她平素柔和的举止,挺直了身子。中校又彬彬有礼地,让人不易察觉地微微鞠躬,向每一个修女问好。修女们面对这个闪闪发光的男子,每次都同样地不得不克服心里的某种窘困,然后中校才转身冲着自己的女儿,在她兴奋得发红的额头上轻轻地温柔地亲吻一下——女儿每次都感觉到那股淡淡的科隆香水的气味。

父亲就这样走进接待室,每次都同样令人印象深刻,虽然每次全都一样,对于克拉丽莎而言,这是生活中最美妙的时刻,从来也不使她感到失望。然而她一旦和父亲单独待在一起,两人之间立刻开始出现某种尴尬的局面。这位身材高挑浑身闪亮的男人只习惯于和他人有公务上的交往,只会提出一些业务上的问题,做些业务上的回答,从来不善于和一个怯生生的害臊怕羞的女孩进行一次亲切的私密谈话。他先很拘谨地提几个最普通的问题,诸如:"你还好吗?"或者"你有没有收到埃杜阿尔特的信?"克拉丽莎十分拘束,只能简短地回答。接下来谈话不可避免地转化为一场考试。克拉丽莎只好把作业本拿给父亲看,用法文或者英文向父亲报告自己学业的进步;这个男子一筹莫展,窘态感人,违背自己的心意延长这没完没了的提问,暗自害怕这点业务性的材料只要一用完,他就束手无措,对自己的女儿无话可说。克拉丽莎低头冲着自己作业本,为了把一道题目指给父亲看,这时她清楚地感觉到,父亲的目光柔和地、动情地停留在她的头发上或者脖子上。这时她也许真有一个秘密的愿望,希望父亲会下定一次决心,就仅仅一次下定决心——能用他放在桌子上的手,抚摸一下女儿的头发;克拉丽莎故意把翻弄作业本的时间拖长一些,心里产生舒适地搏动的感觉,觉得自己为人所爱。可是等她抬起头来,父亲立即使劲看着课文,羞于直视女儿的眼睛。父亲觉得自己难以应付和女儿独处,所以等到这可怜见的断断续续的测验一结束,为了打发余下的时间,他每次都立即找到最后一个借口,逃避和女儿单独相处:"你是不是还想给我演奏一下你新学的曲子?"于是克拉丽莎便坐到钢琴前面弹奏起来。她有一种背后被人拥抱的感觉。平时她演奏完毕,总是空落落地独自一人坐在那里。这次父亲走过来,说了一些亲切的话语:"这个曲子似乎很难,可是你弹得十分出色,我对你非常满意。"接着就是离别时刻,克拉丽莎的额上又得到同样轻轻掠过的父亲一吻。等到约好的出租马车按时驰来,克拉丽莎感觉到一种奇怪的压抑的心情,一种说不清楚的遗憾,就仿佛她自己或者她父亲忘了说什么，他们的谈话恰好在她真的想要说点什么的时候中断。刚刚离去的父亲也同样感到一种难以掩饰的对自己不满的心情，他也一次又一次地努力想要找点问题，在业务之外，能打动女儿，让他知道女儿的愿望和爱好。可是即使面对这个日益长大成人的女儿，父亲在关键时刻站在女儿面前，感觉到女儿的目光，父亲束手无措的样子有增无减——他完全没有能力和女儿敞开心扉地谈心。

因此，当埃杜阿尔特，那个比克拉丽莎大两岁的哥哥，星期天待在会客室里的时候，就和父亲来访形成了一个巨大的对比。这个哥哥十五岁之前，完全服从父亲的命令，他十分不情愿地走出他的军官学校，走近维也纳新城，满是一副年轻小伙子经常在女孩子面前表现出来的神气活现的样子；他神情倨傲，对其他小姑娘正眼也不瞧上一眼，就和自家小妹妹开点玩笑，然后又急急忙忙地告辞而去，尽可能少浪费一点他宝贵的周日下午的时间。可是等他红润、鲜嫩的唇上刚刚开始长出第一茬小胡子的绒毛时，他才意识到，自己在军官学校没有受到多少娇纵，可是在这女生寄宿学校里，他这个人才显得弥足珍贵。还在大街上他就看到窗口上挤着的嬉笑的少女脑袋在窃窃私语。她们咯咯地笑个不停，倏尔又放纵地叽叽喳喳地消失。等他走进接待室，他发现他的士官生的制服吸引了大批好奇的目光。他一下子意识到自己角色的重要性，便用尽心机把这角色扮演到炉火纯青的地步。他一来就热烈拥抱亲吻他的妹妹，故意动作充满柔情，声音很响，激起一阵小小的调皮的咯咯嬉笑的声音，像一阵硬压下去的轻声咳嗽，他作为姑娘们当中唯一的男性，受到她们的仔细打量，使他少年的虚荣心大大得到满足，而他也用眼睛欣然打量这些姑娘们。这些幽囚在修道院学校的姑娘们似乎都多多少少钟情于他，这点他也丝毫不向妹妹隐瞒,他喜欢妹妹,一向把她视为志同道合的伙伴。他善于表现出骑士风度,过于富于骑士精神,不会超越界限。他很会引人注目,给人留下深刻印象。克拉丽莎极为享受哥哥来访的时刻。哥哥让她向每个女孩介绍自己,他自己说话非常巧妙,仿佛他对她们中的每个人都极为了解,"啊,您就是蒂尔德小姐,我妹妹常向我谈起您。"说话时用他那双深沉温柔的褐色眼睛——这双眼睛是他从斯拉夫血统的母亲那里遗传的——含着笑意,表情特别地望着那个女孩儿,仿佛克拉丽莎把她和女伴们最深层的秘密都已向他泄露。谈话进行得非常开心,哥哥答应下次把他的同伴们带来。有时候嘻嘻哈哈的笑声太多,修道院的修女们都不由得皱起眉头,神情严肃。父亲十分拘束,哥哥却无拘无束地和妹妹聊天。他让妹妹把省下来的零花钱预支几笔给他,又让妹妹送他一些香烟;另一方面克拉丽莎也享受到小姑娘们的艳羡,因为她有这样英俊潇洒、具有绅士风度、讨人喜欢的哥哥。等到哥哥又要离去的时候,窗口上又出现许多小巧玲珑的脑袋,在她们都觉得他已消失的时候,还有几朵丁香花向他身后抛去。

接着又是上课的日子,上课的一周,毫无色彩的灰暗的时间。一股小小的波浪流过她的生活,不知不觉地在这波浪中汇成好几年的岁月。她还没有觉察,这股波浪的持续不断,单调平淡的涌流已把她的童年带走。

☆　　☆　　☆

唯一使克拉丽莎在人性上和个人关系上激动不已的事件,发生在她离开修道院学校前的那一年。迄今为止克拉丽莎从来没有特别关注过她的任何一个同学,因为尽管大家都喜欢她,在她从父亲那里继承来的压抑的性格里,总有一点排斥平素多言多语的女孩子们愚蠢地掏心掏肺的坦诚和感情过分的流露;大家都喜欢和她谈心,征求她的忠告,而实际上并没有对她推心置腹。而克拉丽莎自己呢,专心致志地做她的功课,也没有感到有必要向别人敞开心扉。离开学校之后,不仅马上就和旧日的同学都失去联系,也失去了对大多数同学的回忆。因此,那个奇怪的同学就更加使她念念不忘,这个同学的存在和命运使她第一次感觉到了学校围墙之外的现实世界。

早在前一天,罗西就给大家带来了一则消息,明天要有一个"新生"来校。罗西是个长得不怎么好看的红发姑娘,冬天长着疹子,夏天长了一脸雀斑。她喜欢到处打听消息,控制不住地多嘴多舌,一有机会就传播飞短流长。这下就有机会对这名新生评头品足,但是这个新生的到来却变成一件使人激动的意外惊喜。因为平时一个"新生"走进修道院学校总是畏畏缩缩,心慌意乱的样子,仿佛她得先避开一个女妖才跨进门槛,然后眼睑低垂地站在五十道或者八十道仔细端详,主要是百般挑剔的好奇的目光前面。这个还不满十六岁的姑娘,由院长嬷嬷亲切地领进餐厅,她脚步轻盈平稳,一双圆滚滚的眼睛满含笑意地看看这个,又看看那个,就仿佛她发现每个人都像她所期待的那样;她向餐桌旁邻座的姑娘亲切地点头致意,立即开始告诉她们,窗外的景色是多么令人陶醉。还没到上课时间,她就已经和几个小姑娘成为好朋友了。她看见每个同学都大大方方地说声:"哈罗!"询问对方的名字,马上对每个人都说几句令人愉悦的话。她对一个坐到她身边来的姑娘说道:"你的头发多么迷人啊,"用指头拨弄那姑娘的卷发,"唉,我要有你这样的头发就好了,我的头发总不听话,弄不服帖,而且太密太多。"她一发现有个好奇的同学正在认真观察她,她就欢快而又亲切地举目回望。一小时后,所有的姑娘都迫不及待地要和玛莉蓉说话——她就叫这个名字,这个洋里洋气的名字对她非常合适——大家只好耐着性子,等着晚上那短促的允许进行的闲聊时间来到。在宿舍的房间里不由自主地便围绕着"新生"形成了一个圈子。可是玛莉蓉既不谦虚地拒不充当中心,也不流露出一丁点儿傲慢的神气,她真心地称赞大家:"你们对我多好啊,我起先真有点害怕进校的第一天,但是在你们这儿真是太好了。"说着她就仪态万方地坐到圈手椅的扶手上,把两只纤小的脚在下面来回摆动,就仿佛这两只脚用它们的摆动表示赞同她的意见。要说她长得美丽,就需要有一种特别的审美趣味;反正她显得非常别致,她长着一双大大的圆眼睛,相当吸引人,她那浓浓的眉毛比她那一双略为暗淡的瞳孔,使她的眼睛更有性格;也许她也有点轻度近视,因为她喜欢眯起眼皮,使她的目光既显得可爱,又流露出关注,等她一笑,还有点调皮捣蛋的神气。脸上的轮廓现在还没长成,如果仔细观察显得线条太粗,鼻翼太宽,额头太平,很难像观赏画幅似的看她,因为她老是在动,尤其因为她老在左顾右盼,仿佛她担心谈话时忽视了什么人。欢快开朗,是她发自内心的明显的性格特点,希望不仅能取悦于每一个人,也能讨所有人的喜欢。她用每道目光、每个动作把这种友好的魅力,一直传给性格最冷漠的女孩。

玛莉蓉对人从不厉害,预感到会引起大家的兴趣,刚来学校的时候便毫不在意地谈论自己,显然十分真诚。她和家人在国外生活多年,现在既然父亲要在南美多待一些时间,她"妈芒"(maman)——她不像其他人那样管母亲叫"妈妈",而是用法国人的腔调叫"妈芒"——就把她送到这里来接受教育;真可怕,她早年到处游荡,时而在这儿,时而到那儿——荒废了这么多学业。照理他们应该漂洋过海到玻利维亚去的,可是"妈芒"受不了那里的气候,再说对于女孩子而言,受到正规的教育殊为重要——当然,她还有点害怕学业上跟不上她们,数学她可是一无所知,地理,是啊,她其实是在旅途中学的地理,就这样一个劲地往下叙说,说得轻巧,同时又确定无疑,大大方方,并不是一副神气活现的样子,而是洋溢着年轻的鲜活的亲身感受。其他的姑娘们,着迷似的听着那些意大利城市的名字,特别快车的图像和高级饭店的景象一一出现,一股暖流从这个脾气随和多话健谈的女孩身上流出,她心里满是这个世界最为色彩斑斓的图画,当钟声响起,命令她们保持安静,上床睡觉,她们大家几乎吓了一跳。

不可避免,必然发生的事情终于发生。以后几天,大家都爱上了这个具有异国情调的女孩,可是玛莉蓉有一种绝妙的方式,来减轻那些尚未长成、并不成熟的姑娘们当中通常会有的互相妒忌,争强好胜,她以同样大大方方的态度对所有的人都很亲切,对她们都进行安慰。谁噘着嘴,她就吻吻她们;谁发火生气,她就拥抱她们;谁显出妒忌,她就向她们馈赠礼物:她可以像一道明媚的阳光似的用各种巧妙的打扮,激情洋溢地去追求她们。便是虔诚的修女们和用人们也无法抵御她那一脸欢笑亲切友好的脾气,再加上她那天然的灵活机巧;这是一种妩媚,一种自然的爱抚,可恰好是这点讨人喜欢;这种东西无法就这么拒绝,怎么着也得加以肯定;大家原谅她的知识缺点累累,她的努力并不特别持久,因为她一发现自己有什么东西不知道,就大吃一惊,惊慌失措:那样子是多么迷人,她央告人的样子,简直难以抗拒。她多么善于感情奔放地向人表示感谢,倘若有位女教师试图严肃一些,她就吓得要命,一动不动地僵硬地站着。她似乎从很小的时候就生活在柔情绵绵的氛围之中,倘若有一个女孩儿对她不友好,那么她每次的惊慌都甚于生气。她的天性天真烂漫,对人友善,没法理解别人的恶意和阴险,完全不会出头露面,扮演头头的角色,把东西分给别人比自己留着,她会感到更大的乐趣。譬如她会用小小的技巧制作小帽子和其他琐碎的小东西;要是"妈芒"或者其他一些热心的捐赠者,台奥多尔叔叔寄来糖果盒或者小礼物,她就兴冲冲地从一个姑娘跳到另一个姑娘那里,把礼品分赠给她们。她聊起天来总高高兴兴,整幢房子因为有她存在显得更加明亮,连灰色砂石的古老墙垣都显得亮堂一些。

克拉丽莎起先和玛莉蓉保持距离,但这只是为了可以更加关切,更加持续不断地观察她。尽管她自己也许是有意识地并不想承认,她是想探索这个同年龄的女孩子这样讨人喜欢的秘密,偷偷地学习一点她开朗豪放的性格。她悄悄地观察着玛莉蓉如何走路,如何轻松而随便地挽起一个女同学的胳膊,如何在接待访客日无忧无虑地,沉稳地和一个殊为陌生的访客攀谈,尽管他们才刚刚经过介绍认识。克拉丽莎几乎怀着歉疚的心情,把玛莉蓉的这种轻松自如和自己的拘束矜持进行比较。自从玛莉蓉来了以后,克拉丽莎才真正开始感觉到自己的拘束,她不可能恰好在她以为待人最为亲切友好的时候,显得亲切友好。在这点上,得向玛莉蓉学几招,就像有人在房间里偷偷地模仿在舞台上看见过的舞步,或者在镜子里模仿一位女演员的微笑。玛莉蓉激起大家普遍的兴趣,而大家却冷淡地从克拉丽莎身旁走过——克拉丽莎老实承认,这还是有道理的,因为最好的感觉,如果不会传达给别人,又算得了什么;每个人总是以爱来对待玛莉蓉,而对于克拉丽莎,则每个人都只是表示敬意,持有保留态度。克拉丽莎白天也在做梦,哪怕只有一次她能怀着这种令人无法抗拒的亲切态度扑向她的父亲,就像玛莉蓉对待每一个极偶然地相遇的熟人那样。纯粹是偶然的机遇,使她们两人互相接近。暑假的时候,大多数女生都回家去见父母亲,克拉丽莎每年待在学校里,因为重大的演习使她父亲无法抽身,玛莉蓉也是如此,因为"妈芒"要到戛斯坦①去休养。由于克拉丽莎态度严肃认真,办事可靠,院长嬷嬷完全把她当作成年人一样对待。院长嬷嬷向她建议,是不是可以利用不上课的时间辅导一下玛莉蓉,像好朋友一样地用自己的专业知识帮她一下,玛莉蓉显然在功课上跟不上大家。克拉丽莎乐于帮助,一口答应,她那热情的态度使玛莉蓉欣喜异常。由于经常待在一起,两人之间不由自主地产生出一种友谊。爱动脑子的人有一种神秘力量,能从比较轻巧的事情当中至少可以在短时间内找出严肃的事情来,并且以它们沉重的分量一直探索到它们的根本;克拉丽莎不久就发现,玛莉蓉在她面前完全显出另外一种样子,完全不像在别人面前那样,完全不是无忧无虑,毫无负担,就像她那无拘无束的优雅态度所假装出来的样子,可以感到玛莉蓉不停地需要身边的温暖和亲切,在这个孩子身上有着内心的不安,甚至害怕自己感到孤独或者被人孤独地抛在一边,她试图多说些话,多聊聊天来克服这种恐惧。就仿佛火车停住,她倏尔惊醒,只有当她发现,谁也不在身边,她才感到自己是多么孤独。她之所以讨人喜欢,寻找别人的爱就建立在这种感觉之上。那种从一家饭店搬到另一家饭店的旅行绝不是其他那些年轻姑娘们所梦想的那样令人陶醉——晚上,她父母亲去了赌场或者剧院,玛莉蓉给打发上床睡觉,她就独自一人在陌生的房间里哭泣——"妈芒"的爱现在还显得很可靠,她还极为铺张浪费地用礼物相赠。远在玻利维亚的父亲从来不寄封信来,这也使她不安。"妈芒总是安慰我,你爸爸实在太忙。但是再忙也能写封信吧,况且……"每次玛莉蓉开始抱怨,总会突然住口,出于一

---

① 戛斯坦,位于奥地利的萨尔茨堡。

种尚未破碎的自豪感,但是克拉丽莎感觉到,玛莉蓉还保留着什么秘密在心里。有天晚上,她期待的母亲来访又一次推迟,她终于说了出来:"我不知道,她究竟是怎么了。"玛莉蓉一边承认,一边紧紧地靠着她的女友,把克拉丽莎紧紧地搂在怀里,以至于玛莉蓉每次激烈地说一句话,克拉丽莎都可以感觉到她身体的抽搐。"但是谁也不会长时间地对我好,想必我有些问题。他们大家起先都爱我,都娇惯我,突然之间,他们的态度就冷淡了,也许这一切都是'妈芒'给我的遗传。她身边也围着一些人,可从来也不是同样的人。但是我受不了这个,唉,这种突然变冷,这种突然变得陌生起来,这可真可怕。你会感到被人推开,被人扔掉。世界上再也没有比这更可怕的事了,我受不了,我受不了,我非被毁了不可。"说着更紧地搂着克拉丽莎:"你知道吗,去年,我们在埃维昂。我们旁边的桌子旁边有个令人着迷的小伙子和他的父母亲坐在一起,长得非常清秀文雅,是在一幢有着许多仆人和马匹的房子里长大的——你还看不清楚,但是看一个人坐下去的样子就可以知道。他扭头看看他的母亲,简直像在剧院里一样。可是他越过盘子一直眺望着我,我感到他喜欢我,我也同样喜欢他——于是我就变得更加机灵,更加活跃,更有风趣,我感到我的每个动作都很成功,每句话都来得更快。我相信我甚至比平时变得更加漂亮。下午他走近我,彬彬有礼,还有点脸红。他做了自我介绍,问我是不是愿意作为第四名球手和他们一起打网球。晚餐时他的父母亲已经亲切友好地隔着桌子向我们打招呼了。从这天起他的父母每天和我的'妈芒'聊天,请她乘坐他们的马车。我几乎一直和拉乌尔待在一起。有一天中午,突然之间,你设想一下,拉乌尔突然从我身旁走过,就仿佛我是一根戴着帽子的木棍。他的父母亲也不跟我们打招呼了。你设想一下,克拉丽莎,你坐在那里,对面是个小伙子,昨天你还和他一起打球，聊天，开玩笑——为什么不说这事呢，我们还互相亲吻过了呢——现在他就低头瞅着自己的盘子。我不知道，我到底干了什么错事，我绞尽脑汁也不明白。但这差不多是一年前的事，我那时还真傻，没有自尊心，所以那天下午，我看见他独自一人走过马厩，我就笔直地向他走了过去，问他：'拉乌尔，这是什么意思？我怎么得罪您们了？'小伙子脸涨得通红，尴尬极了，最后冷冷地说道：'我得听我父母亲的话……'唉，我真想给他一记耳光，我可以想象是怎么回事。大概拉乌尔的母亲担心他要向我求婚，他们可是什么伯爵世家，非常富有……但是也不可以把别人一下子推开，仿佛他们是堆垃圾……这事我永远也不会忘记，永远不会，我为我自己感到羞耻……我像疯子一样……我吃不下东西，吃了也会吐出来……晚上，母亲到赌场去了，我从床上爬起来，走到湖边，脱掉了鞋袜，我……你，这事别告诉别人，克拉丽莎，谁也别告诉，好吗。你很聪明，很有分寸，她们没法感受……我走下几步台阶进到水里，我想投湖自杀……我无法忍受独自一人待在楼上的房间里，又害怕吃饭的时候碰到这家人，和他们隔着桌子面对面地坐着……我受不了别人看不起我，我需要每个人都喜欢我，否则……我就觉得被人抛弃，受人驱赶，受到迫害，受到惊吓……但是从此以后，我碰到每个人，心里都把握不定，他是否也会这样突如其来地不再喜欢我……只有在你身上，克拉丽莎，不是这样，在你身边我感到安全，只有在你身边如此——甚至在妈妈身边也不确定……但是，不，我也许冤枉她了……是不是，我现在把一切都告诉你了，你不会把我想得很坏吧？"

"不会，玛莉蓉，我怎么会这样。"克拉丽莎安慰玛莉蓉，真诚地感动不已，抚摸这心情激动的女孩的头发。这是绝无仅有的一次，这个闺蜜向她掏心掏肺，和盘托出隐私。第二天玛莉蓉又像平素一样欢笑嬉戏，姑娘们在暑假期间晒得黑了一些，显得更加新鲜。她们刚一回到学校，玛莉蓉就像一阵波浪向她们扑了过去，她为每一个同学都准备了一件小礼物。不知道是由于玛莉蓉向她说的那种怀疑，还是克拉丽莎自己进行的正确观察，克拉丽莎认为，一道目光就引起了她的怀疑，她发现其他有几个同学对玛莉蓉的亲切友好态度的确和原来不再一样，她们不再像春天玛莉蓉刚来校时团团围着她，也很少看到她们当中互相为她表示妒忌，互相竞争。克拉丽莎暗自思忖，也许是因为玛莉蓉现在没有什么新鲜事情告诉她们。起先也许是因为她们夏天碰到的事情和人，削弱了她们对玛莉蓉的好感，但是克拉丽莎不得不确认，有几个姑娘从这时开始几乎漠然掉头不再理睬玛莉蓉。有一个小组，由一个女孩率领，变得更加强大，就这样赢得了全班的霸权。这样一来就产生了一种魅力来进行抵抗，是啊，可以感觉到一种敌意，或者一种反感。玛莉蓉自己毫不觉察，她披着一头可爱优美轻快飘舞的卷发，从一个同学奔到另一个同学身边去聊天，赞美她们长得多好看啊。她毫无妒忌之心地以十分关切的样子，询问她们有些什么小小的冒险经历和经验。克拉丽莎觉得有些同学对玛莉蓉几乎已经采取保留的态度，暗怀火气，而玛莉蓉还在讨好她们。克拉丽莎看了，心里很不舒服，她暗自思忖，是不是应该警告一下玛莉蓉，免得她碰到明显的钉子，可是克拉丽莎没有勇气。

　　于是那个绝非偶然而是处心积虑地暗中准备的意外事件，便在法语课上发生了。那个长得并不漂亮的女生暑假后返校，除了一脸雀斑之外似乎还带来一大堆道听途说的闲话。在上法语课前她向玛莉蓉弯着身子，悄声细语地向她伪善地请求："嘿，你，我有一个生字在字典里没找到，我不敢问伊芙修女，她老是凶巴巴地斥责我。可是你，她不是很喜欢你吗？去吧，求求你，代我问问她，bâtard

什么意思，bâtard，a 上面有个∧。"玛莉蓉浑然不觉，和平时一样乐于助人，就站起来提问："小姐，bâtard 这个字德文意思是什么？"有几行座位上立刻就响起使劲忍住的咪咪笑声，女老师脸上泛起轻轻的红晕，显然生起气来，可能是她以为玛莉蓉故意放肆无礼，可能是她知道她自己的家庭关系。"这个字起源于中世纪，今天几乎不再使用。"她几乎没好气地答道，"现在把你的作业做完！"马上又有人轻声咳嗽，这时玛莉蓉才似乎第一次意识到有人暗中捣鬼，别有用心。她给克拉丽莎送去一道哀求的目光，然后就像在餐厅里一样，一声不响，低头看着她的教科书。可是下课后她就马上冲到克拉丽莎的面前，"她们想要把我怎么样？这个荡妇为什么让我提这个问题？"克拉丽莎自己也没闹明白刚才发生的事情，设法安慰玛莉蓉，劝她去查查书。玛莉蓉以她惯有的敏捷，从书架上抽出一本字典翻了起来，看了一眼，就简直像疯了似的大哭起来。克拉丽莎念了一下字典："bâtard，杂种，私生子。"克拉丽莎看了这掀开的一页，大吃一惊，这才明白发生了什么事情。

这一切就发生在一秒钟之内，玛莉蓉已经跳了出去，丧失意识似的激动不已。一分钟之后，克拉丽莎还没缓过劲来，还没来得及想好去追玛莉蓉，已经听见餐厅里响起一阵可怕的叫声，她冲到楼下，只见修女们和姑娘们围着玛莉蓉使劲把她拉住；玛莉蓉方才像个疯子似的，狂怒地冲到楼下，抓起一只盘子，就向她敌人的脑门上砸了过去，立刻鲜血直流，她就抓住一把刀子，这时大家把她制服。这个平素看上去如此可爱的小姑娘，现在看上去就像一个疯婆子；她拼命挣扎，脸上的轮廓都扭曲了。大家使用暴力才把她带走，不是拖着她走，而是硬把她拽了出去，把她关进一个房间，由一名嬷嬷看守着她。姑娘们当中激起的情绪波动简直难以形容；院长嬷嬷自己也一脸煞白，她果断地命令姑娘们坐到自己的桌子旁边，为了惩罚她们不负责任的举止，直到第二天早上，谁也不许说话，不论大声还是轻声，这一天停课；姑娘们站在这突然鸦雀无声的教室里，活像怯生生的影子，都不敢互相张望。

与此同时，院长嬷嬷和修女们开会商量，打了好几通电话；玛莉蓉在寝室里得和其他女生隔离开来。很久以后克拉丽莎才听说，已经做出决定，让她平静两天之后，就把她送回到她母亲身边。克拉丽莎是跟玛莉蓉和另外一个女生同屋，可是在当天夜里，克拉丽莎觉得有个影子掠过房间，有只手充满柔情地抚摸了她一下。第二天早上，玛莉蓉就不见了；后来调查清楚，她是从花园的小门走出去的，克拉丽莎心情激动；她想起了那个湖，担心玛莉蓉做了自我了断。反正她们再也没有听到她的消息。警察局也一无所知。肇事的女孩在学校里也没待多久，因为其他女孩过早意识到她的残忍行为，都拒绝和她说话，都不理她。

这是克拉丽莎回忆起来的这个时代发生的唯一的事件。然后又过了一年，单调而又空洞；初夏时节，克拉丽莎得彻底离开这所学校了。可是在五月份，院长嬷嬷亲切地把她叫到自己的办公室里，她父亲，那位中校寄来了一封信，由于某种原因，他希望克拉丽莎立刻离校回家，同时寄来一封短短的电报："星期天上午十一点在斯彼格尔巷等你，埃杜阿尔特在火车站接你。"——这使克拉丽莎惊讶不已，甚至非常害怕，因为只有发生了什么异乎寻常的事情，才会使她如此体贴入微的父亲发出这样一道严格的命令。她心情不安地和学校，从而也和她最初的青年时代不负责任的状况告别。

一九一二年夏天

　　哥哥在维也纳火车站等待着克拉丽莎。她还没有好好地和哥哥拥抱,就迫不及待地问道:"爸爸怎么了?"埃杜阿尔特迟疑了一会儿,"他还没有和我谈过话,我想,他是在等你回来再说,但是我其实已经可以想象是什么事。我怕他已收到了蓝色公文。""什么蓝色公文?"克拉丽莎凝望着哥哥,不明白他说些什么。"是啊,我们在部队里这样说,就是让一个人退伍。我早就听见这样一种流言,国防部里或者参谋总部里有人觉得老爸碍手碍脚。话说回来,自从军队的报纸对他那本书发出攻击以后,这已经不是什么秘密。这个攻击无疑是上面授意的,早在今年春天他们就打算把他调走,让他到波斯尼亚去当国防军的总监,可是他拒不接受这一调令,所以他们干脆就把他连根拔掉。在我们部队里,直言不讳的人都不招人喜欢,不论这人是谁,或者有什么能耐,他们都不在意。你得会趴下当狗或者会搞阴谋诡计,否则大家就会对你使坏。"在埃杜阿尔特平时坦然开朗的男孩脸上不由自主地出现一股严酷的神情,突然一下子他看上去和他父亲酷似。"咱们现在别聊得时间太长,他在等我们呢。他现在心里一定并不轻松,走吧!"

　　他从妹妹一直在哆嗦的手里接过她的箱子,两个人一声不吭走过火车站的大厅。克拉丽莎还没法整理自己的思想,她想象中的父亲总是与权力和铮亮的军装连在一起的。她简直难以设想,突然有人能拿掉她父亲身上的这一切;没有什么东西曾经有过从父亲身上散发出来的这样的光辉;这个光辉照亮了克拉丽莎的童年时代,尽管她还认不清父亲的脸。父亲曾是她的骄傲。克拉丽莎无法理解,父亲会像一个平常人那样的走路,身穿灰色的外套,身上没有这样色彩和光亮的彩霞,没有这金色的衣领,谁也不认识他。等到马车驰向斯彼格尔街的时候,克拉丽莎再一次犹犹豫豫地问道:"你有把握吗,埃杜阿尔特?""几乎可以确定,"埃杜阿尔特答道,一面用眼睛眺望窗户,为了掩饰内心的激动,"确定的是,我们得竭尽我们所能,做到他所希望的,或者他所要求的。我们不能使他心情更加沉重。"

舒迈斯特尽管地位很高,可是生活总是像斯巴达人一样俭朴。在五层楼的一套简单的三居室住宅里,勤务兵给他们开了门。勤务兵也明显地显得情绪非常压抑,他告诉他们,中校先生正在他的办公室里等待他们。兄妹俩走进房间,父亲从书桌旁站起来,急忙把夹鼻眼镜摘下——最近几年由于远视的度数加深,他被迫戴上夹鼻眼镜——向克拉丽莎走去。他像平素一样亲吻一下女儿的前额,可是克拉丽莎觉得这一次父亲的拥抱似乎更有柔情,也把她抱得更紧。父亲简短地问道:"你过得好吗?"克拉丽莎急忙回答:"很好,爸爸。"在说最后一个音节时,她几乎透不过气来。父亲用命令式的口气说道:"你们坐吧!"说着指了指两把靠椅,他自己也回到书桌边,更加亲切地对儿子说:"你可以抽支烟,不必拘束。"屋里一片寂静,可以通过敞开的窗户听见米夏埃尔教堂钟敲十一下;他们三个人都像军人一样的准时。中校又重新戴上夹鼻眼镜,有点神经质地把他面前放着的几张写过的纸摞在一起。他意识到自己随口讲话不大有把握,便事先为这次和他孩子们的谈话起草了一份备忘录式的稿子。在他说话停顿的时候,不时低头看看草稿,找个支撑,好接着往下说。只有开场白他显然背了下来,安排得很妥当;显然他想谈话时直视他女儿的眼睛,可是他办不到。他的目光通过磨光的镜片,只能很不稳定地看到孩子们颇为拘谨的目光。他很快就低下头去,使劲看他的草稿,避开孩子们的目光。

准备讲话之前,他先清清嗓子,"我把你们两个,今天叫到这里来,"父亲开始说道,他的嗓子发干,有点沙哑,仿佛有人卡着他的脖子,"是想告诉你们几件有关你们和我的事情。你们两个都已长大成人,我知道,我现在要和你们诉说的一切,都严格保留在我们三个人之间,不得外传。现在,首先,"——他看了一眼第一张纸,他的脸便完全罩在阴影之中,"我已经辞去了我在皇家军队中的职务,我要求离职的申请书今天已送往陆军办公厅。"

父亲停顿了一下,然后念道:"我在军中服役将近四十年,一直努力为人正直,无论是对下级还是对上峰,即使对最高领导和至高无上的上峰,我都从来没有说过一次谎话。所以我也无须向你们,我的孩子们有任何隐瞒,我——"他一时说不出话来——"我并不是自愿离职。就算他们用将军的头衔来对我的离职加以掩饰,也许还事后颁发一枚勋章给我,这也丝毫改变不了这一事实。对我而言,毫无改变。他们建议我提出辞职,那种方式使人毫不怀疑,目的就是要摆脱我。我也许可以表示抗议,并且要求觐见皇帝陛下。皇帝陛下对我的工作始终极为仁慈地表示关怀。但是我没有这样做。活到五十八岁,不再祈求,不再哀求,这点你们自会理解。"

他又迟疑片刻,接着继续往下念:"我作为军人在皇家军队里服役了将近四十年,所以我知道,军人的第一职责乃是服从。我们得遵守纪律,服从命令。即使我们认为这道命令并不正确,也不公正,我们不得批评,我也不会去批评。但是我可以告诉你们,我的孩子们,到底发生了什么事情,这样你们才不会对我感到困惑,不会心想,我在什么时候曾经没有尽好职责;不言而喻,这也得严格地保留在我们当中,不得外传。你们知道我多年来几乎一直在专门计算外国军队,也可能是敌国军队的兵力和装备。我想我对我做的事情很有把握,就像我对这方面很有把握一样。我这些计算、对比的结果,从未向我的上峰隐瞒,尽管他们很遗憾地认为,这些研究结果完全多余,不起决定作用。我不同于其余的参谋总部和国际部的人员,指出巴尔干半岛各国在战略上和物质供应上占有优势,它们无疑正在武装起来,准备和土耳其开战,同时经过比较我也并不隐瞒我们自己军备中的几个弱点:必须估计巴尔干半岛战争会发展成一场大规模战争,根据我的计算,军火的消耗就要扩大七倍之多。他们把我与此有关的报告年复一年地放在多余的公文之中置之不理,我已习惯于他们低估我的报告,把它们搁置起来。我知道,战争中主动权决定一切。所以我继续加强情报的精确性,因为我并不是求得报酬而尽忠职守。这时我得到一个优先的机会。在夏季演习时和皇太子殿下①进行了一次较长的谈话,他想知道我对这些演习的意见。我坦率地发表意见,按照纪律尽可能地维护我的上峰。皇太子殿下似乎极感兴趣,我又两次被请到科诺彼旋特宫去觐见皇太子;他又问到我,用统计学做出的确定,是否可以在发生一次国际纠纷时作为判断,是否有胜算的基础。我根据自己的信念做了肯定的回答,因为我这些年不是为了游戏而在这件工作上花上每小时时间的,而是希望在危险时刻这些材料能对我的祖国有用。皇太子殿下接着问我,是不是可以为他个人做出一份这样的报告;我表示乐于为他效劳,只要他把这份报告保存在他自己手里,不致把它泄露出去。殿下向我做了保证。——我,"舒迈斯特的声音念到这里,变得更加强劲,更加激烈——"花了四个星期的时间撰写这篇报告,尽可能的诚实,犹如

---

① 皇太子即弗朗茨·斐迪南大公爵(1863—1914),1896 年定为奥匈帝国的储君,1914 年 6 月 28 日在塞尔维亚的萨拉热窝遇刺身亡,引发第一次世界大战。

我的计算和我的良心。既然这个帝国未来的主人对此似乎很是重视,而我们大家又和这个帝国休戚相关,命运相连,我也就毫无保留地谈到我的忧虑。碰到一次国际冲突:特别因为我们炮兵实力不足,我们将会陷于极度危险的境地。而我们参谋总部预计的俄罗斯军队动员所需的日子,被我整整缩短了一半。皇太子亲自接过我的报告,再一次向我保证,这份报告只会保留在他手里;可是几个月以后,从人们吐露出来的几句火气十足的话语,以及军队报纸同时对我发表的一些表格进行的公开的攻击,我发现我写的备忘录的内容已为大家普遍熟悉。他们的手法巧妙,使我无法进行估计,是谁在幕后指使,于是我只好不作估计,我的备忘录是如何为我们的敌人们所获悉的。我被解职,只不过是他们责怪我的一种回答。我必须有所估计,我现在对你们,我的孩子们,要说的是,我对我的所作所为丝毫也不后悔。我对递交给皇太子的每一句话,对因为确信无疑而流露出来的顾虑,负全部负责。这是为了我们帝国的利益而发表的意见,我们帝国正处于极大的危险之中,这比我们的政治首脑和军事领袖所认为的要严重得多。但愿我冤枉了他们!那么他们是否冤枉了我也就无所谓了。"

中校停顿了一下,喝了口水,把一张写过字的纸放在一边,拿起一张新的,"好——这是第一点。现在谈我自己。我希望我将不定期地离开你们。你们能够理解,我一向工作繁忙,很少和你们待在一起,但是我想,你们对我有足够的了解,不会苛求我。作为一个退职的军官,作为一个赋闲在家的退休人员,让我旧日的同僚带着同情的目光居高临下地观看我,我没有兴趣在五十八岁时,身穿便服,出现在咖啡厅里,或者理发馆里。你们也不愿意看见我身穿便服在这里到处溜达;我也不愿意别人用一种我早已免去的头衔来称呼我。谁也不能这么干。我既不愿意别人向我表示敬意,也不愿别人向我表示同情,或者向我刨根问底。我只是为你们感到惋惜,我的孩子们。可是我不能做出例外,尤其在你们身上我不能例外;你们将把我过去的样子保存在你们的记忆里。我已下定决心,不等举行离职的觐见,今天就离开维也纳。我到柏林去,取得我出版人的同意,我将在柏林出版我的表格,这样甚至可以大大地减轻准备工作;我的自由是违背我的意愿得来的,也许这种自由能允许我去游历几个国家,从而补充我的观察。虽说我已被人解除职务,认为我已不复需要,可我自己并不放弃我的职务,我不会因为一道官方的命令,就放弃我三十年的工作。为了我们亲爱的祖国,我将留在我的职位上,我将继续工作。这个工作便是,这话我公开宣布,"舒迈斯特提高嗓门,"——为了战争,我看到战争已经来到,不可避免地来到,我认为对于我们自己非常危险,要比我的同僚们懒散舒适的乐观主义估计的危险得多——我的这项工作便是尽我绵薄之力,把一切在关键时刻对我们部队有用的资料收集起来预做准备。不论他们是否召我回队,我只想让他们看见,他们戴着玫瑰色的眼镜没有看见或者不愿看见的东西:那就是,我们正濒临深渊的边缘。他们为我所做的计算称赞我,为此我继续工作。但是不论这是好、是坏,受到回报,还是未受回报,都无所谓。也许他们在那一时刻会用得上这些计算,当然最好那一时刻并不来临。做事,要为这事本身去做,而不是为了得到奥地利皇室的感谢。我曾经宣誓效忠,我要永远恪守这一誓言。"

中校又拿起另外一张纸,"现在第三点,谈谈你们。你们母亲和我结婚时,按照规定带来了一笔保证金。我把这笔钱从一开始就看成是你们两人所有的财产。无论是这笔财产还是利息,我都分文未碰,多亏投资可靠,今天你们每个人拿到的款项数额几乎和你们母亲交到我手里的数额一样。你那部分,埃杜阿尔特,我存的是未成年人有保障的票据。而你那部分，克拉丽莎，我是用你的名字，存的是邮政储蓄银行。在你们成年之日，可以自由支配你们的存款，不必征求我的意见，或者向我知会。这笔数量相当可观的财产，在你不乐意担任军职时，可以让你能够另选一个职业；可是我必须请你自己做出决定。我从肉体到灵魂都是军人，可是我勤勤恳恳地干了一辈子，临了却蒙受冤屈。但愿这事不会把你吓退，重要的只是，要爱你正在从事的事业，并且忠实正直地把这事干到底。克拉丽莎你呢，让这笔财产充当你的嫁妆。可是我希望，从现在起到你结婚为止，你并不是无所事事地待在家里。我了解你，你一定会找到合适的事情。我的住宅供你们两人使用，租金从我的养老金里支付。你们之间自会诚实地决定该如何使用并且分配这个住宅。你们对我不必担心，我的养老金完全够我简朴的生活所需。另外我的出版物也给我带来可观的存款，也许会继续给我带来高额的收入，超过我的需要。父亲今后不会充当你们的顾问，那么你们兄妹两个就彼此成为最可靠的朋友。所以不必为我害怕，为我担心，尤其不要为我感到遗憾；这点我受不了。那么……要是我有个三长两短，请你们可靠地实现我昨天在遗嘱里表示的遗愿——不要举行军事葬礼！从我脱下这身制服起，我就不再是军人。现在我只自由自在地根据我个人的愿望和认识，为我的皇帝和我的祖国效劳。"

舒迈斯特把纸张叠叠整齐，最后几句话，他念得慷慨激昂，就像在前线发布命令，声调响亮果断，斩钉截铁，犹如喇叭声响。现在他把夹鼻眼镜放进眼镜盒，把讲话稿纸放进书桌的抽屉，然后站起身来。衣领勒住他的脖子，他把衣领又整理了一下。两个孩子身不由己地从座位上站起来。此刻，他面前没有了那些给他提示的草稿，他想以父亲的姿态和他的孩子们谈话。他又变得像平素那种拘束,他试图用随随便便的口气说话,"好,就这样!事情都交代清楚了,现在……现在你们情况都了解了……话说回来,你们现在得自己寻找合适的道路……我没法向你们说些什么,也没法给你们什么忠告……谁也不知道他自己怎么做才对……对此,的确没法说什么……其他一切只有自己知道……每个人自己得知道。"他停住,不说了。他自己也感到,他一筹莫展,净说了些空话、废话。他的目光没有和他的儿女对视,而是向下低垂,似乎想在地毯的花纹上看出什么名堂。然后他突然振作起来,显然他想起了他原来想说什么,"对了……还有一点……我在五十年里看清楚了一点,学到了一点,一个人一生只能做好一件事情……只做一件事,但是必须把这事情做完,做好……问题不在于这是一件什么事情,谁也不可能超越自己。但是只要把你的一生花在一件事情上,就算没有白活,只要这是一件规规矩矩的、老老实实的、干干净净的事情,这个事情就会像你的血液一样,属于你自己……别人是不是把这事说成奇思怪想,或者说成一件蠢事,这都无所谓。只要你自己觉得它正确就行……必须竭尽全力效劳,十分正派地效劳,不论是否得到感谢和酬报……必须了解你的事业,你自己的事业,并且把它进行到底……你必须要有一点你相信的事情……做人必须坚定,倘若遭遇不幸,倘若人们把你赶走,就像赶走一条癞皮狗似的把你赶走,还对你百般嘲笑……你就得咬紧牙齿,坚定不移……你们听见了吗……万分坚定……万分坚……"

他感到羞愧,竟然被他的感情所控制。他拼命挣扎,身子开始摇晃。克拉丽莎已经向他跳了过去;听到最后几个字,克拉丽莎已经感觉到父亲声音里已经升起一股苦涩的痛苦。父亲现在躺在克拉丽莎的怀抱里,身子为强烈的抽泣所震动,过于虚弱,无法抵御。他把过多的痛苦埋进心底,把过多的痛苦吞咽下去。克拉丽莎感到,父亲使劲地抓住她。他内心深处每一次痛苦的震动都传到克拉丽莎身上。父亲终于挣脱身子,别转头去,喃喃地说道:"原谅我,可是我毕竟只能和你们谈一次话,这是最后一次。一个老年人难免感情激动……好,现在让我自己来应付吧……我一个人可以独自承担这一切……最好让我独自承担……你们两个还有什么话要问我吗?"

兄妹两个一声不吭,接着埃杜阿尔特向前迈出一步。出于军人的习惯,他在父亲面前保持一定的距离,不由自主地立正。他说:"爸爸,你谈到你写的文章里总结了你研究和观察的结果,我很希望看到你的文章,不愿这篇文章就此丢失。我知道,把它内部保留,不予外传。你应该信任我们,至少相信我们。倘若你还有一份抄件……"

舒迈斯特看了他儿子一眼。这是他这一天第一次能够做到自由自在地看着他的儿子,"谢谢你,"他怀着真正温暖的感情说道,"你说得对,这也属于你们。我压根儿就没想到这一点。倘若档案柜里的一切都会发霉腐烂,那么总得有人知道,我到底想干什么。我知道,你们不会把它交给任何人看。倘若这事成真——奥地利真的沉沦了——那你们就把我的文章烧掉吧。倘若有人说我们撒谎,那你们就把它封存在一个图书馆里,以便另外一代人会这样谈论你们的父亲:倘若如此,他做得对。"

舒迈斯特走到他的书桌跟前,寻找他封好的一个卷宗,上面写着:"我死之后不必打开,就此销毁。"他把这个卷宗交给埃杜阿尔特,看了看表,不等儿子开口,"好吧,现在别再说什么了,一句话也不要再说了。"他拥抱了儿子和女儿,两个孩子顺从地不敢再说一句话。舒迈斯特回到书桌旁,笔直地等在那里,和他两个儿女一样;两兄妹低着头走出房间,也不回头看上一眼。他们感觉到,等房门在他们身后关上,父亲一定就会昏倒。勤务兵帮埃杜阿尔特穿上外套,他们默默无言地走下楼梯。当他们走出大门,米夏哀尔教堂钟楼上的钟正好敲出十二下清脆洪亮的金属钟声。他们一分不差地正好在父亲那里待了一小时,但是在这一小时里,他们对自己父亲的了解,甚于他们以往整个人生。

一九一二年至一九一四年

接下来的几星期克拉丽莎心里一直忐忑不安:她生平第一次得自己做出一个决定。迄今为止一直是别人的意志决定她的所作所为,预先决定她每天甚至每小时该做些什么。现在她得根据自己的决心来做出一个极端重要的抉择,选择一个职业。她发现自己心里根本没有明确的倾向或者目标,因而这样一个影响深远的责任就使她更加忐忑不安。她非常喜欢钢琴,即便是要求最高的曲子,她也弹得无懈可击。可是她清楚地意识到,这和真正被人承认的演奏还有相当距离。可以补上文科中学的课程,然后上大学学习,可是想到要花费大量时间,她也就不再考虑;另外,还可以只和三个姑妈当中的一个做伴待在家里,每天无所事事,可是这既违背父亲的愿望,也违背她自己的心意。机缘凑巧,恰好她父亲法律上的朋友需要她为存放在他那里的她那为数不多的财产办理某些手续,于是请克拉丽莎过去见他。这是一位年长的先生,他还在一些慈善协会里工作,这使他在自己本行之外也享受盛名。克拉丽莎便向他袒露自己举棋不定的情绪,并且请他发表意见。埃伯瑟德尔博士微微一笑,接着一面向克拉丽莎致歉,一面向她解释,为什么她的请求突然使他笑了起来——克拉丽莎找他的确找对人了,当然并不证明完全对口。他是被释放人员咨询就业指导协会的主席,而克拉丽莎相反,刚刚离开修道院,还没有被人指控犯下任何罪行。接着在提了几个问题之后,根据克拉丽莎的情况,他便说出他的个人意见。他告诉克拉丽莎几年来教育学方面盛行几种新的设想,来自世界各国,主要通过瑞典的爱伦·凯①和意大利的蒙台梭利女士②这两位妇女,对于青少年的教育提出了崭新的、合理的要求,在更高的程度上对孩子们的个性成长以及他们生理心理上的发展加以关注。理性的父母现在已经决心不再把他们的孩子,托付给未受教育的女保育员和不学无术的女教师。倘若他没弄错的话,现在这里有各式各样不同的就业可能,这本身就令人非常兴奋,物质上也能够适应日益增长的要求。最后,他觉得重要的是,这肯定也有一种有益的、人道的作用。所有这些培训已经提高到学术的层面;现在人们急需那些能够制作特定食谱、教授器械体操和健身的女性助教,去取代那些迟钝的保姆。这些设想现在向各个方面发展,大家根据我们时代的特点,认定要搞专业化。有些学校只管神经质的孩子,另外一些学校则只管智力落后的孩子。有的妇女在社会的意义上,献身于慈善事业,又有一些妇女从事体育事业。照顾婴儿已经变成一门学问,已经出现新的学派和新的理论。他自己也未能一一密切关注,但是总的说来,他觉得对于那些不甘心从事枯燥无味的职业,另一方面也不愿放弃女性使命和特殊天赋的女性,这个崭新的时代的确开启了许多可能性。他不想向克拉丽莎做出什么明确的建议,但是如果克拉丽莎赞同心理教育学,他还是很愿意劝她做出这一选择。既然克拉丽莎在物质上并不窘迫——这可是个了不起的优势,并不是许多人都能具有

---

① 爱伦·凯(1849—1926),瑞典女作家,女权运动者,主张妇女参政,有家庭生活、伦理学和教育学方面的著作。
② 蒙台梭利(1870—1952),意大利女教育家、哲学家、科学家。

的——她在第一年不用做出任何决定,而是有可能到各个大学、医院去上夜校,听听课,无论是关于婴儿护理,还是教育学,在进一步了解情况之后再做决定,看自己觉得想干什么——因为这种内心的使命感总能最好地决定你想找的职业。

克拉丽莎真诚地向埃伯瑟德尔博士致谢。第二年似乎向克拉丽莎证实,她的这种感激心情不无道理。她的大多数性格特点都是从她父亲那里继承的,其中之一乃是坚忍不拔,有条不紊地努力工作。她就凭着这股热忱,仔细分配她每天的时间。她把最大部分的精力用来研究各种学问,她注册选修各门课程,从头到尾修完了一门婴儿护理课,在大学旁听教育学的课程,在医院工作,听各种演讲,熟悉各种不同的教育方法。清晨七点,她就离开斯彼格尔街的家,晚上回到家里,恰好还有一小时弹弹钢琴。所以有位教授开玩笑地说:有了她,可以取消一切钟表。她还一直没有做出决定,她对许多事情都兴致盎然。但是她意识到,自己不是教书的材料。在修道院里,她对世事纷繁还一无所知,她到处都安安静静地在旁谛听,机敏灵巧,引人注目,讨人喜欢。另一方面,她对诸多事情感兴趣:在修道院度过几年之后……就像在修道院学习的年代,她定期给父亲写报告,现在她定期向自己汇报。她是否有足够的耐心来帮助病人、弱者,帮助别人?她心里只清楚一点,她觉得自己更多的是被健康的人所吸引。置身于烦躁不安、神经过敏的人中间,这可不是她的风格。她把这些人视为病人,她必须得出一个结论。

克拉丽莎认识到,为他人服务对她而言是件乐事,这样她感到自己更加自由。她知道,等她退缩到孤独的状况,为了让她真正的意志迫不及待地表现出来,最终她选择了她自己的"事业"。

决定却向她迎面走来——通常都是这样。决定出人意表地向她走来。她觉得,在她所旁听的课程当中,有枢密顾问①西尔伯斯泰因教授的一门有关"神经质的孩子"的课程,她觉得他是最负盛名的神经科医生。有人把这门课当作最重要的课程推荐给她,她兴致勃勃地听着,觉得不同寻常,尽管西尔伯斯泰因年纪轻轻便已获得教授头衔。他大概已经五十五岁光景,面部轮廓分明,享有光彩夺目的演说家的盛名,尽管他对弗洛伊德并不熟悉。他尤其通晓文学;陀思妥耶夫斯基②和爱伦·坡③对他而言是举足轻重的作家,认为两人作品之间有着不少联系。这是一个现代人的典型,面部轮廓鲜明,暴露了他是犹太人的后裔。他身材瘦削,甚至可说瘦骨嶙峋。他个子太高,微微前倾。他的鼻子太大,头发漆黑,所以整个外貌都显得线条分明,同时又有一种禁欲主义的味道。他说话急速、流畅,手势较多。这位教授吸引住了克拉丽莎,这是她听到过的第一门真正的课程。西尔伯斯泰因教授随口举例,引起旁人反驳,而这正好就是他的目的所在。人们总是被那些离他们最遥远的东西所吸引,克拉丽莎对于讨论兴趣浓烈。她高兴的是自己能够迅速理解一切,觉得自己头脑突然特别清醒,迄今为止,她认识的人全都思维缓慢。从这时起,她开始对疾病感到兴趣。

克拉丽莎听了西尔伯斯泰因教授三个月的课,她总是坐在前面几排的座位上速记教授的讲课。这种形式使她可以更好地记下她听到的内容。相信书面的东西,是从她父亲那里继承来的习惯。她工作缓慢,称得上是慢工出细活的人。回到家里她认真整理记下的笔记,把它们都特地记在另外一个本子上。有一次教授讲课结束,从讲台上对她说:"您是否可以稍等片刻……"受到这般抬

---

① 枢密顾问(Hofrat),奥地利给予教授的一种头衔。
② 斐多尔·陀思妥耶夫斯基(1821—1881),俄国作家。
③ 爱伦·坡(1809—1849),美国作家。

举,克拉丽莎有些心慌意乱,枢密顾问西尔伯斯泰因接着说道:"请原谅,小姐。我不想耽搁您,可是我发现您是一位极好的听讲者,边听边记。我希望您能原谅我,我想请问您是把我说的一切都记了下来,还是只记下您认为重要的东西?"克拉丽莎脸红了起来,她有些惊慌失措,不知自己是否做了什么不合适的事情。她回答教授,她只是记下最重要的地方,回到家里再把她速写的笔记整理成一篇文章,这是她的习惯。"请您听我说,亲爱的小姐,您可以帮我一个大忙了。我为这一系列演讲,只写了一些简单的笔记,由于一个愚蠢的意外事件,有人在整理房间时把这些笔记给我扔掉了。我现在迫切需要把这些笔记寄给一家美国杂志,可我已无法恢复它们的原貌了。当我今天发现,您一直在边听边记,我觉得这可真是巧事。您能把您的笔记给我用一下吗?"克拉丽莎表示同意,前面七次演讲她早已整理完毕,这次演讲的笔记她还得誊清。于是他们约定,她把这次演讲的全部笔记都寄给他,就寄到大学。第二天她就可以整理完毕,当天她还誊清最后一次笔记。过了一天,她收到一封电报,西尔伯斯泰因教授向她致谢,并且问克拉丽莎星期四是否可以去他那里。这实际上是克拉丽莎收到那封叫她离开修道院的电报后,再次收到的第一封电报。

西尔伯斯泰因教授在办公室里接待她:克拉丽莎走进前厅就注意到了这个房子的特别之处。首先是房子的陈设极有品位,这里挂着的都是她从未见过的图画,非常引人注目。后来她才知道,这是希罗尼姆斯·伯施①和卡洛②绘画的复印件。有几幅关于梅

---

① 希罗尼姆斯·伯施(1450—1516),早期尼德兰画家,作品以奇幻的画像和精致的风景著称,其对地狱的恐怖的梦魇似的描绘,被广为复制。
② 卡洛(1592—1635),法国版画家,蚀刻了一千四百多幅宗教题材和军事题材的绘画,影响甚广。

斯美尔①的漫画,表现了人们嘲笑这位医生的一切。克拉丽莎觉得,选择这些漫画含有辛辣的嘲讽。西尔伯斯泰因踱来踱去,"首先,我不知道如何向您表示感激,这真是雪中送炭,我终于在昨天就可以把手稿寄出。还不仅于此,您使我大吃一惊。您记录时专心致志,有些地方您甚至比我说的,表达得更为清晰,变得更加简洁明了。我演讲时常常会离题发挥,我常常觉得说得不够清楚,我无法设想会有比您的笔记更加凝练的内容摘要。您让我看到一个头脑清楚的人如何感受我所讲的内容,这点十分重要。"他坐了下来,"现在请允许我提个问题,也许涉及您的私密。您是否私下有什么工作,或者在攻读一个专业?"克拉丽莎淡定地讲述她的处境。"我提这个问题,并不是无的放矢。在我这儿,最近几年很多事情都有点落了下来。我的记忆力并没有衰退,我至少希望如此。但是工作堆积起来,许多事我都忽视了,时间总嫌不够,没法把病案都清清楚楚地记录下来,所以很久以来我都在想给自己找个帮手,培养一个助教;我也曾经尝试过两次,也许我太缺乏耐心。昨天您的摘录寄来,我简直大吃一惊——这正是我想要的东西,把我的冗长繁琐的讲述压缩到主要本质的内容上去,使我的讲述变得清晰明了。这时我想到了您——我想要见到您,焦躁不耐之中给您发了一份电报。因为,一旦我产生一个念头,我就控制不住,每时每刻都惦记着它。我心想,这也许会引起您的兴趣。我的任务一部分是有趣的,一部分是枯燥无味的工作。……建立一套索引卡片,可不是任何人都能胜任的……您为什么笑?"

克拉丽莎听到"索引卡片"这几个字,便不由自主地想起了她的父亲,想起父亲对于收藏的乐趣。父亲有一次带克拉丽莎到他

---

① 弗朗茨·安东·梅斯美尔(1734—1815),奥地利医生,发明催眠疗法。

的密室去看看。父亲当时一走进他工作的蜂房,脸色便变得格外严峻和冷凝。"因为您说,这不是任何人都能胜任的……我是通过机缘凑巧知道了这件事。不过我必须承认,我喜欢这个,甚于其他一切。也许这种工作我做起来最有收获……通过特殊情况。"

于是他们迅速达成协议。克拉丽莎得每天花三四个小时在教授处工作,充当助教、档案管理员和秘书,工资优厚。她得根据教授的口授记下病历,汇总整理。不久,教授完全习惯了克拉丽莎的帮助,她的工作时间占据整个下午,往往延长到晚上;她在二十岁时就得到了一个职业,不仅使得她生活安定,收入丰厚,也使她激情满怀地投入到这项工作中去。她最欣赏西尔伯斯泰因的,是这位教授不仅脑子特别灵活,反应迅速,而且工作玩命,善于充分利用时间,直到最后一分钟,从来没有看见他无所事事。这一年如此,以后的年月里也是如此。早上直到九点,无论是外人还是他的家人,他谁都不见,也不接待。六点三刻他准时起床,然后就在他密封的小房间里工作,直到九点离开。他的理论著作,主要是撰写一本他视为毕生著作的作品,《各民族的神经官能症》。在这本著作中,他在研究数量惊人的历史文献的基础上,试图综观历史,证明各个民族和人一样,都经历了沮丧和无法解释的恼怒的各个阶段;希腊卷是唯一已经结束的一卷,置于卷首作为序言。这一章也对这个民族的心灵素质提出新的视角,和尼采从文学的事实所尝试进行的研究相似。上午属于大学,下午则属于他拖得时间很长的诊所的业务,晚上除了社交应酬之外,用于通信和研究;在这过程中,有时在汽车里或电车里,他总是手不释卷。休息对他而言只是从一个题材转到另一个题材。克拉丽莎不消多少时间就能对这位教授做出评论,她注意到,无论是他的同事或者他的病人,尽管对他的成就都普遍表示敬意,可是大家总的说来,都不太喜欢他。

他对于他的病人态度生硬，甚至有些粗暴，根据一种计算精确的方法，喜欢把病人的痛苦和抱怨加以轻描淡写，或者用几句未必都很成功的风趣话来加以减轻削弱；克拉丽莎在和教授比较密切地接触过程中，自然仔细地进行观察。她不久发现这种粗暴和嘲讽，其实是对自己的软心肠采取的一种自卫措施。这位教授骨子里非常善良好心，乐于助人达到自我牺牲的程度。他作为人，羞于承认关心他人。他为了个别案例不止一次两次自己遭罪，为了说明一个盗窃狂的案例，他甚至跑了好几个警察局，而那个相关的女人，他只是不屑一顾地称之为"女贼"就算了结了。他有一次向克拉丽莎解释："你要是治疗一个神经官能症的病人时，被他发现，你对他很认真，那你就完了。"作为医生，他发现自己个人也被牵扯进去，他似乎很不舒服。他这种害臊的态度必然产生奇怪已极的性格特点，譬如他因为窘迫，原则上总是用外号来称呼克拉丽莎。他问克拉丽莎什么事，就叫她："喂，我的记忆力"，或者"掌握秘密的女主人"。他要是给克拉丽莎口授病历，往往是些内容相当私密的病历，他总是在一个遮暗了光线的房间里从写字台旁进行口授，这样他的脸在灯前就处于阴影之中。对于克拉丽莎而言，这是一种表示尊敬的态度。在他之前，克拉丽莎从来没有在其他任何人身上接受过这样的敬意。另一方面，他也绝不遮掩他的感激之情，虽然总是用开玩笑的语气表达出来，说克拉丽莎对他的工作已变得不可或缺；有时候他也征求克拉丽莎的忠告；他向克拉丽莎口授"我们的作品"的一个副本，把克拉丽莎介绍给他的家人——他有一个十五岁的儿子——和克拉丽莎讨论他的医学思想和个人想法；他赠送礼物给克拉丽莎，请克拉丽莎和他太太一起亲自挑选礼物。克拉丽莎往往有这样的感觉，自己似乎是这位教授唯一信赖的人和他信赖的第一人。对于这个为别人的命运和别人的秘密深受压抑的男人而言,克拉丽莎意味着减少压力,放松心情。这种信任的气氛使得克拉丽莎的内心感到无比舒畅,但同时她也觉得这一切都匪夷所思,她并不想和这一切亲密无间,永远结合。她知道,她为教授效劳,是在为一个事业效力。日后她回忆起这些岁月,总把它们看成她无忧无虑,最无拘无束的时光。

☆ ☆ ☆

　　克拉丽莎和西尔伯斯泰因教授谈话多次,只有一次特别铭记在她的记忆里。因为这次谈话不仅对她很有启发,而且——这是他们相处的全部时间中唯一的一次——谈话涉及她个人。那天下午教授请她到图书馆去,在历史著作中摘录一些段落。六点钟她回到教授那里,教授第一次没好气地对她说道:"我不能白白浪费时间,您把 X 文档放到哪儿去了?我到处瞎找,找了半个小时。"克拉丽莎随手就把那文档指给他看,他继续斥责克拉丽莎:"这我怎么找得着啊?"他自己根本就没有在 L 这个字母上面寻找。"我的人名索引是这样排列的,每一个字母总是和字母表上的一个数字相对应的,这本书不是就摆在这儿旁边吗?"教授把书往旁边一扔,"难道要我每一次都来回瞎找吗?您这儿弄的,全是彻头彻尾的胡来一气——您怎么能?……"

　　突然他打住了,凝望着克拉丽莎一会儿,开始哈哈大笑起来,"请您原谅我的无礼,您说得当然很对,一点也不错。我只是心里生气而已。X 伯爵夫人今天在最后时刻宣布不来了,下一个病人也没在预约的时间赶来。整个下午我都浪费了。"他把心里的火气全都用拳头恨恨地发泄在他的档案柜上,非常高兴自己发脾气时被旁人逮个正着,他最后向克拉丽莎解释:"好吧,现在您总算看到了神经科医生的一般情况了吧。因为两个病人偷走了他的时间,他就失去自控。没有疯子到他这儿来看病,他就自己发疯。"克拉丽莎觉得非抗议不可,"这有什么可奇怪的,他干活干得太多了。不对,其实干得太少了,因为他连我的卡片秘密也没猜着。"可是教授已经接着往下说:"为了不至于白白浪费时间,我们不妨测试一下,看您是否已经具备诊断的目光。那么,首先请您告诉我,我的良心,您是否已经注意到,我生来就具有严重的神经官能症的病兆……"

克拉丽莎耐住性子,虽然她觉得这位教授从外表上看来,的确像是一个病例。"相反,我其实一直觉得奇怪,您居然没有发疯,您干活太多,可是依然能够自我控制。"

西尔伯斯泰因医生严肃地凝视着克拉丽莎,"您在我这儿没有学到好东西,我其实自己就是个神经官能症患者,一种犹太人的遗传。早在我的童年时代,这种遗传在我身上就已发展到病态的程度。我没法安安静静地坐着,安静不下来。今天我还完全是这样,只要我单独待着,我就心里不安。结果有种压力压在我身上,迫使我有所流露,因此我太太都绝望了。她强迫我找个地方消夏避暑,放假对我而言,简直是个令人不寒而栗的字眼。大学的教学停顿,病人必须先去消夏避暑,而我……我的全部秘密在于,如何克服我的焦躁不安。我工作越多,越能成功地办到这点。我必须忙个不停,只有在我干活的时候,我才平静下来,那我就不会再有恐惧,因为害怕孤独比毒药还可怕。宁可干活也别心存恐惧。我一想到焦躁不安就等在我背后,就会撒腿跑路,不让不安情绪逮住。这就是我何以被所有的同事如此赞赏的勤奋工作的最后秘密。

"不过您大概已经注意到:我从中想出一种办法作为治疗方法。让病人忙活,给每个病人都找些让他忙活的事情,这就是对他的帮助。这一点使我和弗洛伊德分道扬镳。我知道他不喜欢我,而我不幸,却对他颇有好感。我欣赏他天才的精神力量,他的勇气。他为人正直,使我惭愧的是,我在'官方人士'那里比他更有分量,不过觉得这很正常:在决定性问题上,我们有意见分歧。在全世界,人们都觉得我们差别极大。尽管从空间上来看,他住的地方和我只隔着七条马路。弗洛伊德深信,你知道某人的来龙去脉,那么大家都知道,你只要指出此人的愚蠢究竟何在,从何而来,就能把他治好。弗洛伊德想要把人们带回到他们神经错乱的根源上去,而我则要把他们带离这一根源。我认为,不如把另外一种毫不危险的根源调节到他们的脑子里去,这样更好。我不相信,真实情况会对病人有助。相反,还是给病人一种妄想,让他沉湎于此。这样他才不会用自己那点烦恼,自我折磨不已。您不也看见了,我成功地劝说科尔曼小姐,让她去上歌唱课。现在她成天练唱,跑去找代理人,梦想着大街小巷都贴满她的海报。我当然知道,她永远也不可能成为一个伟大的女歌唱家,但是我让她分散心神,这就帮助了她——因为我一心只想帮助她。我不相信治疗,每个人都有自己的妄想或者至少天生就具有妄想的素质,不知在什么地方,他那想出风头的欲望就会冒将出来,但是你没法把这欲望切断,只能把这人身上所有的最愚蠢的欲望,把对自己投入空无一物的虚幻投影的欲望推到一边。每一个人,即便是很有头脑的人,尤其是这样的人,在他的脑子里都有一个黑暗无光的地方,他自己的理性未能把这地方照亮——拿破仑有他的家庭妄想,陀思妥耶夫斯基有他的赌瘾,巴尔扎克想当戏剧家和商人。知识毫无用处。我还没有碰见过一个人,你能帮他战胜自己的妄想,包括我自己在内。"

克拉丽莎想必不由自主地做了一个手势,因为西尔伯斯泰因医生目光犀利地注视着她,"没错,包括我自己在内。好吧,咱们不妨做个试验。您没有在我身上发现一个明显的毛病？没发现我身上有什么不适合于我，您自己觉得十分愚蠢、荒诞、傻样的东西？"

克拉丽莎颇为尴尬。

"好吧——通过沉默也能撒谎。当然，您出于敬意，不敢自己确定这事。不过，为什么我昨天给雅基诺特教授写了一封热情洋溢的信，您也知道，我不喜欢他的那本书。答案是——因为我得对科学院采取友好的态度，希望得到他们的邀请。为什么我去参加一些我并不感兴趣的大会？为什么我今天晚上要到教育部去参加招待会？我知道，这纯粹是浪费时间，我将不知所措地东站一会儿，西站一会儿，百无聊赖到难以名状的程度！这是一切蠢事当中最最愚不可及的事。报纸从学术上看，还有些价值。那么，为什么呢？因为我有一种妄想，要是我的名字有十天之久不在报上出现，我就会立即被人遗忘。因为我相信，这下我就毁了，其实十页长的一篇文章，远比一千小时这样毫无所获的露露面、亮亮相要重要得多。这是一种荒唐的念头，一种愚蠢行动，一件无聊之事。这种永远的抛头露面，完全有失一个严肃的人的尊严；我在做这事之前，和做这事之际，都心知肚明，而在做了以后更是如此，可是我还是做了。我傻站在那里一头雾水，心想，你在这儿干吗？我最终的那点自尊心受到分析，尤其是得到阐明。我感到心里没底，以致我自己都不再相信自己。我感到羞愧无地，看不起我自己。我向我自己这样合乎逻辑地，异常精确地证明这件荒谬的事情，就像在您面前进行证明一样。可是我，心理学的教授，一个科班出身的精神病医生和心理学家，常常一次又一次，一周复一周，又头脑清醒地成为我脑子里这个遮黑部分的牺牲品。就好像我要在一个人面前控告我自己。我高兴的是，现在我已一吐为快，要不然我也许永远也不会吐露这些心声。好,现在您知道了,您从现在开始每次都可以偷偷发笑。当您看到我穿上燕尾服,挂上这些叮当乱响的勋章,就可以心里确定——因为我自己已经知道这事——这个平素还颇为正常的人,身上那股妄想,那种愚蠢,现在又开始发生作用。这很令人惋惜。您现在看到,知识无济于事——这几乎已是一个事实——绝不是像我大名鼎鼎的同行所想的,这根本不会使人幸福——相反,我相信那些不知自己弱点何在的人,日子会好过得多!最好他们根本就不知道自己的弱点,明白吗?"

教授又心情欢快起来,一个劲地用铅笔敲打着桌子。克拉丽莎觉得,教授似乎从来没有这样兴高采烈过;平素他脸上总有一股哀伤的神情,总是忙忙碌碌,忙这忙那。克拉丽莎也给逼得笑了起来,差不多也想跟着开开玩笑,"而我的诊断呢?我简直自己都对我这案例好奇不已。我没有提出问题,只感到羞愧。"

西尔伯斯泰因突然变得一本正经,"您对于我而言,是个特殊的案例。您千万别认为,我没有深思过您这案例,但是这比解决我自己的问题要困难得多。观察变成一个职务上的事件,随着时间推移,甚至变得十分精准。但是我认为,您还没有达到大家都在观察的阶段。您竭尽全力,保持您内心的镇静自若,不要引人注目;话说回来,您的字迹也是如此。但是您的勃勃野心总是不露痕迹——甚至不让别人觉察。我观察到这点,如果您愿意的话——甚至怀有一点妒忌之心。您干这一切都是这样平静,这样稳健,别人给您什么,您就忙活什么;别人不给您什么,您也并不感到困扰。您怎么可能使自己内心变得这样稳定坚强,我常常问我自己,是什么东西使您保持内心的平衡?您可以泰然自若地坐着,这是您的惰性所致,甚至在您的主动性里也有一些消极性。您自己到底想要什么,这还没有充分发展,也许您自己也还不知道是什么。您是一个特殊人物,因为规律不适合您,或者现在还不适合您。我还没有在您身上找到一个萌芽,至少还没找到一个倒钩,我能用它从您身上抽出点什么东西。引起我注意的只是一种消极的态度,而其实您也有出风头的欲望。您把您天性中所有的一切都施展出来,达到极致,只不过您从不过分。您的确拥有一种消极的态度,您无所求,这就使您变得妙不可言。我要说:'别人几乎感觉不到您的存在。'另一方面别人也感觉不到您究竟是谁。您也许自己对此也感觉不足,我想……您还没有找到自己的事业,或者不如说,您的事业还没有找到您。但是,"——他很快就把话锋转到欢快的话题,因为他发现克拉丽莎变得严肃起来——"您说得对,反对的证明有它自己的方式。尽管如此:我并不放弃我的事业。您摆脱不了它,摆脱不了您自己。每个人自己的妄想都会触及他自己,只是要有耐心。您已经一度陷进了我的胡同,您也跑不了。反正像您这样深谋远虑的人,也可以为您自己在卡片柜里,设立一张卡片,虽说这张卡片还空无任何记载。亲爱的上帝却已经削好了鹅毛笔——好,现在谈完了智慧,轮到愚蠢了;我得穿上燕尾服去参加部长的宴会了。"

☆   ☆   ☆

这次谈话纯属偶然。只有一句话留下来,使克拉丽莎深思,甚至使她微微感到不安。这位训练有素的观察家用"别人几乎感觉不到您的存在,您也许自己对此也感觉不足"这句话说出了克拉丽莎自己所有这些年来模模糊糊地感觉到的东西。她在各个医院里、在各个学习班上和各式各样的男人们共事,有的是大学生,有的是医生;她和他们交谈,但从来没有发现,有人想要和她建立一种私人关系,她甚至发现,有些人在大街上都没有重新认出她来。

其他人往往在一次社交活动之后，开始互相以"你"相称，甚至于连她这个并不好奇的人也注意到，有些人之间建立了更加私密的关系，她则只好心灰意冷地放弃。心里认为，自己着实无趣，所以她大多保持沉默。她没法迅速找到应对的话语，虽说她比别人知道得更加清楚，于是宁可沉默，以示谦虚。在学校里情况并非如此；女友们需要忠告时，就会找她。特别是在她们觉得不幸的时候，但是她从不跟她们有亲密交往（玛莉蓉那次除外），因为她不想敞开心扉（她听着女孩们如何报道自己的冒险经历，别人如何和她们搭讪，她们如何写信，纸条如何传来），"别人几乎感觉不到您的存在"——这句话最好没有说给她听；无论她在哪里，她只不过是多了一个人，不打扰别人；另一方面，也不给别人什么启发。人们的谈话其实都从她头上掠过，以致她活到二十岁，没有别人，只有她父亲想念这个女儿，如今，只有教授想念这个可靠的女秘书。

克拉丽莎知道，别人没有感觉到她的存在，她并不为此深感遗憾。隐居收敛是她的需要，这点来自她的父亲。但是另外一句话对她触动不小："您也许自己对自己也感觉不足"。最近几年，当年的这些修道院里的女学生大为露脸，从此克拉丽莎也了解了一些内情；起先她大吃一惊，后来就错愕不已，最后只是深受震撼，在那些半大不小的女孩身上已经可以看出，女人如何屈从于爱情，往往甚至屈从于性的困扰——有一次，一个十一岁的女孩就从窗口跳楼自尽。在婴儿护理所，克拉丽莎认识了一个不幸的母亲，她不知道谁是孩子的父亲；她和这个男人只邂逅了一次，晚上就委身于他，几乎都没有好好看看他的脸长得如何；那男人换了一个女人早就溜之大吉，理由非常充分。在那些医院里，克拉丽莎一方面看到许多病患，另一方面又看见护士和医生打情骂俏。最后她在这个神经科医生身上得以窥见那最震撼人心的实情。那儿有些女人,被一位演员迷得神魂颠倒,最后得让警察把她们从演员家里带走。另外有些女人争风吃醋,耗尽精力;有些女人发疯似的想要怀上一个孩子,碰到一个男人就献身。这把热情之火的匕首把别的女人的五脏六腑都搅得乱七八糟,可是碰到克拉丽莎,那匕首冷飕飕的刀刃连她的皮肤都没有划破。无论是在学校里还是在校外,克拉丽莎都不喜欢牛犊似的舔舐柔情。要是有个女同学亲吻她,她就觉得不自在,她可从来不让任何人看见她的身体。注意到她的那些大学生,也许觉得她品位高雅,聪明伶俐,但是没有产生和她联系的欲望;她绝无仅有地参加了一个欢快的晚会,在医院里下班以后,克拉丽莎和她哥哥一起到一家酒馆去参加一次有趣的军官聚会。大家痛饮美酒。洪亮的嗓音、优美的音乐使得克拉丽莎心情欢快,她感到自己心里也产生强烈的欲望,想和大家一样心情欢畅,不要引人注目地独自待在一边。有个军官身体靠着她,她没有把他推开,可是等到这个军官开始赞美她,克拉丽莎觉得他说的话俗不可耐,谎话连篇,再喝杯酒,再喝一杯,他们两人笑个不停,都不听对方在说什么,摆出欢快的样子,只想打破这个僵局。克拉丽莎像等待一场典礼顺序展开似的期待着即将发生的一切:现在这个军官要把胳臂伸到我的胳臂中来。现在他要压低嗓子,吻我。我将像只小猫似的偎依在他怀里。可是两人默不作声,什么事情也没发生;最后,她挣脱身子。她觉得那状况委实可笑。这一男一女突然眼睛闪闪发光,在一定的场合举止失常,毫无分寸。男的伸手去抓,女的转身躲避,最后还是被他逮住,因为这是故作反抗,半推半就。克拉丽莎此刻对自己十分恼火,因为她总是这么强硬坚定。对她而言,这种僵硬,这种压抑的态度无法打破,可是:在某些空虚的夜晚,她觉得自己是个女人,她看见自己在婴儿护理站如何握住一只长着小小手指的小手,那只小手抓住她的手不放,她的胸部感到一阵轻微的疼痛。如今已有二十年之久,她没有渴望过任何人,她没有渴求过任何人,一次也没有匆匆忙忙地钟情于任何人。她等待着自己的内心做出回答,可是她不回答她自己。她从来没有把这一切具体化。

和西尔伯斯泰因教授的谈话,继续在克拉丽莎的脑子里发生作用。她走在路上,甚至试图直盯着军官们看。她努力保持欢快的情绪,脸上一副一无所知的不言而喻的神气,可是等她回到家里,她看着自己和她的举止不再和平素一样,而是怀着一种微带羞愧的感情:从前别人称赞她可靠,现在她为此生气。她情绪坏透了。

☆　　☆　　☆

转眼到了五月,接着是一九一四年六月,日子过得平稳而又宁静。有天下午,克拉丽莎去上班,看见教授期待她的样子,觉得教授有事要告诉她。克拉丽莎心想:不会有什么好消息等待着她。"我必须要彻底改变我的暑期计划,我对在卢塞恩召开的心理学大会'L'éducation nouvelle'①很感兴趣,那里有一组年轻人得组织起来,这就意味着可以期待会有绝妙的启发。大家得知道,年轻人有什么要求,他们对于时间具有更好的嗅觉,我不得不回绝,这真叫人恼火。我恰好收到了在爱丁堡举行的夏季讲习班的邀请,这件事情更加重要。真可惜,要想充当一个国际驰名的教师,就得作为个人多方接触。我很乐于看看洛桑大会的情形,可是分身无术,没法同时在两个地方出现!其实办法还是有的,只要你有幸拥有

---

① 法文:新式教育。

一个双身人当总管。""我想知道,您到底要说什么?""那就长话短说吧,您别害怕,我想对您做出安排。卢塞恩大会我感兴趣,这个大会是由法国人,由一批思想进步的教师发起的,大会设在瑞士,因为他们想趁此机会顺便在那儿参观一下裴斯泰洛齐①创办的几所不同的学校。从世界各地都有代表参加大会。儿童心理学是我的癖好,意大利和瑞典都有专家表示与会。所以我心想,您反正需要出去散散心,透透空气,您还从来没有离开过奥地利呢。要是身在国外,就会感到更加自由自在,思想也会更加无拘无束,人会感到轻松愉快。我知道您最善于做总结报告,谁也不及您那样清楚地知道,我特别需要什么,我对什么感兴趣。所以您去报名参加大会,您会乘车前去是不是? ——当然,费用由我承担。谁也不必知道您是奉我的使命前去开会的。倘若您允许我给您一点忠告,您不妨再顺便观赏些什么——您也许可以往南走走去蒙台梭利学院看看,也可以参观一下波登湖畔的瑞士样板学校。我会给您写几封推荐信带去的,这对我们两个都有好处,终于和病情诊断书毫无关系,并且试图让我们都更加健康一些。接受我的建议吗?"

不言而喻,克拉丽莎表示同意。六月底,克拉丽莎乘车前往洛桑。

一九一四年六月

前往卢塞恩途中,克拉丽莎先在苏黎世待了一天。只有在最初几小时她有点拘束。她是第一次全部仰仗自己,不依靠别人。这是她第一次出门旅行,睡在一张陌生的床上,感觉还颇为新鲜。

---

① 约翰·亨利希·裴斯泰洛齐(1746—1827),瑞士教育家、作家、博爱主义者。

她觉得,她的身体此刻在这里更加属于她自己;她在火车上也可以更加轻松自如地和一个女人进行谈话。在你觉得属于一个集体时,只感到共性。你是个陌生人,就更加强烈地仰仗自己。在维也纳,克拉丽莎曾是一位中校的女儿,是个女秘书。而在这里,她是一个年轻姑娘,穿着一件毫不显眼的设得兰羊毛衣裙,在大街上信步而行。往日一切听从习惯,如今又返回来,只靠她自己。不能时间待得更长,来发现新鲜的事物。对此她几乎产生遗憾之感。

克拉丽莎上午到达卢塞恩。还在维也纳的时候,她已经报名参加大会并且收到了事先印好的日程表。表上写明,她该到大会秘书处报到,那里会分配给她住处;她一路问了几个人找到了一幢古色古香的楼房,她觉得光彩照人,显露出前几个世纪瑞士人殷实富裕的生活,但是并无奢华。克拉丽莎走上打蜡打得锃亮的宽阔的木头楼梯,楼上便是一间舒适的房间,贴着木质护墙板。这房子想必曾经是这幢市民贵族府邸举行节日盛会的大厅。克拉丽莎问仆人,秘书处在哪里,仆人便用很难听懂的瑞士德语回答她,指了指一张办公桌。桌上堆满一摞摞的文件,桌旁坐着一位男士,正在帮一位女士填写表格。克拉丽莎有点腼腆,不好意思打断秘书的工作,便在几步外等着。这样她就有机会仔细观察这两个人。那位女士态度激烈,好像有些生气。她一而再地把日程表掏出来,似乎想要重新改动上面的某些细节。克拉丽莎从这位女士的发音和个别大声说出的字句,听出她大概是波兰人或者捷克人。这位女士又开始重新顽固地坚持己见,丝毫也不顾及克拉丽莎在场,这使克拉丽莎有些不悦。这位女士似乎想贯彻她的什么意图,秘书很了解这类歇斯底里的语气。他那毫不动摇的态度因而使克拉丽莎更加愉快。这是一位四十岁或者四十五岁左右的男子,窄窄的脸,有点病容,鼻子很漂亮,眼睛很开朗。克拉丽莎认为,有点像阿尔丰斯·都德①的一帧肖像,也许是那撮柔软的褐色胡子使她想起了都德。看来很明显,他得驳回那位女士的要求。可是他,也就是莱奥纳尔教授说话时声音却是异常柔和,态度极为讨人喜欢,可是不可动摇。以致这位情绪激烈的提出申请的女人发出的进攻,一时都被弹了回去。他之所以能被迫缓和对方任何顽固的坚持,全都仰仗着他那亲切友好的态度。克拉丽莎听见秘书几乎用一种充满柔情的嗓音说道,"Mais je vous assure, madame, il n'aurait pas plus grand plaisir pour moi que de réaliser ce changement."②那位女士激动之中没有注意到,秘书是在竭力装出一副欢快情绪,对方火气越旺,他就越发彬彬有礼。克拉丽莎感到,秘书以此为乐,在他的礼貌之中含有一丝轻微的嘲讽。这位女士似乎终于意识到一切都是白费力气,便气呼呼地站起身来,挥动她手里握着的手袋,打算怒气冲冲地向门口走去。这时秘书直跳起来说道:"Madame, vous avez oublié votre papiers."③随手把那位女士的文件递了过去。他回过头来看着克拉丽莎露出一脸淡淡的微笑,然后转过身来,请克拉丽莎到他的办公桌旁去。

这时克拉丽莎才向他走过去。他客气地请克拉丽莎在桌旁坐下;一时间,克拉丽莎感到他那开朗的目光也回到自己身上。克拉丽莎说,她是为了分配住处而来的,同时道出了自己的姓名。秘书把名单取出来,一看克拉丽莎,他就欢快地冲着克拉丽莎叫道:"啊,您就是来自维也纳的舒迈斯特小姐!这么说,您真的来了。

---

① 阿尔丰斯·都德(1840—1897),法国作家。其短篇小说《最后一课》广为流传,其中篇幽默小说《塔拉斯贡的塔塔林》亦脍炙人口。
② 法文:不过,我向您保证,夫人,对我而言,再也没有比做出这一变动更使我高兴的了。
③ 法文:夫人,您忘了拿您的文件了。

好,我们得给您找一间特别高级的房间,一间君王下榻的房间。您是我们的贵宾,我们正热切期待着您的到来。"克拉丽莎不由自主地涨红了脸,生怕别人不知实情,她是作为助教,是奉西尔伯斯泰因教授之命前来参加大会的。"我想,这里想必有个误会。我怕,您是把我和别人搞错了。"可是莱奥纳尔笑道:"没有误会。您不妨自己瞧,我是十分好奇地碰上了您。……昨天晚上我在您的姓名旁边画了一个极大的惊叹号。我马上就可以告诉您,为什么。除了我们自己的同胞和瑞士人,没有多少外国客人。两周以来,外国代表纷纷到达;每个人都提出各种要求,要求特别的住处,临窗可以看见湖上风光。让我们派人翻译他们的报告,事先把文章的节选送交报纸发表。有三位代表为此立即交出自己的照片。当然最要紧的要求是,每个人都希望在第一天晚上作报告,而不是排在第三天或者第四天晚上;关于餐桌上的席次问题,也显示了个人的虚荣心和民族的虚荣心。我在每个姓名后面都相应地记下了所有的愿望,拼命考虑到可能出现的敌意和冲突,昨天晚上,我眼前一亮,看见了您的名字。我就对我自己说:这一位绝对不会来。乘十二小时的火车远道而来,参加一个大会,不打算做个报告,只是为了旁听会议,这样的事情是不会有的,或许您还是带了一篇报告过来。您是不是想彻底毁了我的真诚的理想主义呢?!"

克拉丽莎笑了起来。这位秘书有一股坦诚的爽朗劲,使人感到特别轻松。"不,我的确只是来旁听会议。请您给我一间非常普通的房间就行了,要不然我会不舒服的。我也没带什么礼服,我希望我能在这里尽可能地无拘无束。"

"Accordé①,现在谈谈今天晚餐时的座次。您可有什么特别

---

① 法文:悉听尊便。

的愿望,想坐在什么样的邻座之间,说什么样的语言,您可想认识什么特定的人物?"

"不,我在这里什么人也不认识。"

"不对,还有我啊。您要是不反对,就坐在桌子最边上的座位上,那是离开那些德高望重的人物最远的地方,那样我就成为您的邻座。"

又有一位新来的女士出现在门口。克拉丽莎起身道谢,拿起她的文件。她的住处就在城里,紧挨着湖边:一间干净的房间,旁边住的是一位友好的女教师。是那种有着圆形屋顶的房子中的一幢,的确像瑞士人说的"舒适如家"。眺望湖面,柔软翠绿一片。下午大会开幕,与会者从四面八方涌来,大多是年轻的男女教师。法国人一眼就会被人认出,这是另外一种典型,柔弱温和。那位秘书又站在入口处,一拨人把他团团围住,都想打听一些消息。克拉丽莎又发现,他在混乱之中处理事情的那种欢快安静的样子,着实令人愉快。他对每一个人都客客气气,开开玩笑。大家心情都很舒畅(克拉丽莎不由自主地想到西尔伯斯泰因处理这些事情总是神情紧张,态度急切);不时还向克拉丽莎打个招呼,亲切地表示他已认出她来。大会的进程就和所有的大会一样:每个发言人都说得太长,一种沉闷的燥热弥漫着整个会场。尽管克拉丽莎法语掌握得很好,可是要想正确地理解一切,还是有些困难;即使下定决心,也于事无补——内容实在太多了。但是每天晚上的社交活动,给她做出了补偿。和她同桌的秘书总能使她心情欢快,克拉丽莎又重新赞赏秘书善于以无忧无虑的方式,来对待各式各样的人。对于那些沾沾自喜、酷爱虚荣的人,他总小心翼翼,委婉体贴;对于那些朋友,他就摆出志同道合的样子;在他身边产生了一种真挚亲切的气氛,克拉丽莎先前从来没有见到过这种气氛,这使克拉丽莎大大地减轻了人地生疏的感觉。克拉丽莎和一位来自图卢兹的法国女教师进行了一次长谈,用这种方法获得了很多材料,可以向家里报告。

克拉丽莎听说,莱奥纳尔并不是大学教授,而是文科中学教师,只是在狄雍地方,这些教师都配有教授的称号。克拉丽莎很少有机会和莱奥纳尔谈话,尽管她在餐桌上感觉到,莱奥纳尔的目光往往友好地停留在她身上。大会第二天晚上,莱奥纳尔向她迎面走来,问她是否还有半小时时间,愿意在一家咖啡馆里和他聊聊,他有事求她。他们一起走进小河边的一家咖啡馆,里面还有几个老实巴交的市民坐着喝酒。莱奥纳尔开门见山,立即向克拉丽莎提出他的请求:"也许我向您提出的要求有些过分,我要求的东西,别人一般不会那么轻易就给予一个外国人。我要求的是您的信任和真诚。您并没有参加我们的组织,不过您可能已经知道,这个大会在一定程度上是我的事业。请原谅我的坦诚,我对任何人也没有像对您这样信任,因为您来开会,只是对我们大会的题目感兴趣——对我们内部的问题您并不感兴趣。平素我们的这些教师总是在法国的一座外省小城碰头,每年换一座城市。我建议这次把我们的范围扩大一些,邀请一些外国的报告人和客人来参加我们的大会,把开会地点放在国境线以外。我很想知道,您得到的印象——您的真诚的印象:您是从局外观察这件事情,而我则是从内部观察,从内部看见的是太多的琐碎小事。您越真诚,我就越发感谢您,越发愿意为您效劳。"

克拉丽莎思考片刻,"既然您真诚地问我,开了几小时会后,我觉得脑袋有些发晕。大会一下子安排的报告太多,尤其是报告的题目并不总是相互关联。"

"不错,"莱奥纳尔说道,并没有丝毫不快,"人性的弱点是,一旦让他讲话,他就没完没了说个不停。而我的弱点是,没有预先限制讲话的时间。请您接着说:您是否看见外国报告人之间有某种联系?您觉得有些启发会起作用吗?譬如那位瑞典女士所做的出色的建议?"

"我怕只会起部分的作用吧。她的建议已经被第二个报告,那个令人疲惫不堪的报告冲淡了一些,我觉得应该安排一次休息或者进行一阵讨论。"

莱奥纳尔凝视了克拉丽莎一阵,"您说的和我想的完全一致。请再接着说:您是否觉得我们的代表能完全听懂外国报告人略有缺陷的法语吗?您为什么微笑?"

克拉丽莎的确忍不住露出了微笑,她想起了一些事,影响她自己听报告。

"说吧——大胆地说。"

"其实这事也是自然而然。要是有什么事逗我发笑,您也不该生气——我时时刻刻感到,听众是教师,习惯于纠正别人的错误。每当一位报告人犯了一个发音错误或者句法错误,我的邻座就身体一震,她不得不使劲控制住自己,就仿佛她被人扎了一下似的,同样坐在我前面的那位先生也是如此。事后他们对那些作报告的女士们都态度热情亲切,猛夸她们的法文说得好。"

"而纯学术的收获呢?您有没有学到什么积极的新鲜的东西?……"

克拉丽莎迟疑起来。

"勇敢点……要真诚啊!"

"实际上,没有学到什么。"

莱奥纳尔身子往后一靠,"我也没有学到什么,我也根本没有期待什么。我所希望的,只是一种纯粹是气氛上的交融。大人物总是——隔开一个距离,才能欣赏别人。因为他们认为,亲近没有什么好处。我更喜欢小人物,他们是'大地的盐'。您在这儿看到的男女教师都是小人物,生活在最为局促狭小的环境里。要是没有人鼓励他们,他们就没有勇气自己发挥独创精神,越过国境线,到操另一种语言、使用另一种货币的外国去;我们为他们办理了减价车票,提供免费住处,想方设法消除他们的局促不安。作报告只是一个借口而已。您看见了那位瑞士女士,她就借用了这个借口。现如今,谁要是愿意,可以读到一切书面材料。我们已经不再生活在只靠口头语言来传播思想的世纪。他们所需要的是一种感觉,感觉到自己参加了什么事情。用他们这种生存的幻象,汇入到时代的洪流之中。您是生活在大城市里,您觉得微小的东西,在旁人看来却大若巨灵。对于许多人而言,这是她们一生中和他们说过话的第一位瑞典女人,德国女人,或者意大利女人。您想象不到,法国外省小城是什么样子。要是在那里生活,就是慢性死亡。一切,或者几乎一切,迄今为止都是意志。我们的国家其实是处于一种不断过滤的过程之中。我们的外省是把筛子,把那些反应比较迟钝的、比较沉重和粗糙的人留下来,而让那些比较精致、灵活机敏的人,随着洪流涌向首都;我们给予首都能量,给予首都张力,他们就在那里耗尽能量和张力。留下来的都是一些没有野心,没有动力的人……"

克拉丽莎凝视了莱奥纳尔一会儿,"而您自己呢?您自己为什么不到巴黎去?"

莱奥纳尔身子往后靠了一下。"我在巴黎待过。在我较早的野心勃勃的时代待了五六年。我当时是个社会主义者:激进的,甚至是最为激进的社会主义者,非常真诚的狂热的社会主义者。我为各种报纸撰文,在各式各样的大会上无数次地发表演讲。人们在党内把我推到前面,当时我很容易地就会当上代表,甚至为此做了职业的预备性的训练:我当了两年 R 部长的秘书。您也许知道他的名字;除了饶勒思①,没有人拥有像他那样鼓动人心的力量。他天赋过人,令人目迷神眩。我作为年轻人,简直把他当作神明一样的崇拜。他的演讲我都背得下来,我把他的照片挂在我的房里。您可以想象,我当上了他的秘书是何等骄傲。不久我就承担他的全部通信工作,为他接待所有来访者,事无巨细,都由我经手。在这一年里我学了很多,学得太多了。因为对他佩服得五体投地,我整个人都蒸发了。有些选民前来找我谈话,因为这位部长已经不知如何和他们谈话。我亲眼看见,为了取得权力得做出多少妥协,亲眼看见如何行动才能保住权力。我越仔细地观察他——甚至看见他在八月天的酷热之中,脱得只穿一件衬衫——我就越来越注意到,他搞这些小小的人事组合和党派的权力斗争,把自己的精力消耗到什么程度。任何效果只要时间一长,就会走样。他不再看书,不再学习,其实也不再活着,尤其是他不再自由自在。他反躬自问:我能做些什么?他只能通过持续不断地拉帮结伙,纷争吵闹,才能保住自己的位子;位高权重对于才能平庸之人颇为危险,不得不做力不从心的事情,这会使人的性格扭曲。我突然对于在大城市里竞选感到厌恶,一个劲地亮相表演,一个劲地给人许诺,一个劲地跟人握手;凡是使一个人在那儿可以幸福的事,我都为此表示过感谢。其实我足以为两个人表示感谢,我当时还完全献身给党,我对我自己说,我得脱离这个机制。我在外省的某个地方可以做出更多的贡献。宁可和人性保持联系,甚至和我自己保持联

---

① 让·饶勒思(1859—1914),法国政治家、历史学家、经济学家、演说家,主张和平主义,反对第一次世界大战,战前遇刺身亡。

系,也比待在波旁宫中,坐在圈手椅里要强。我要求把我调回到一座小城市里,我两次故意调动工作,于是我现在就坐在这里。"

"但是您不是说过,外省的生活犹如一潭死水。"

"不错,外表上是如此。但是因此之故,你的心里也静止不前吗?世界需要一个新的组织,得为此而努力工作。就像托尔斯泰,就像那些最优秀的人所做的那样。您瞧,你身处这样狭小的圈子里,我有这样的感觉,仿佛你塞满了这个空间。事情并不抽象,就像歌德说的:'你戴上千百万缕卷发的假发,穿上八尺长的袜子,你依然是你!'你认识你影响的那些人,你可以观察他们,静静地观察他们。因为我们静静观察他们,我们在某些方面对他们的了解甚于巴黎的人。对于一个小小的影响范围也适用下面这条:总是从组织上来看大人物,看小人物则看人性。您仔细瞧一瞧这些小教师,我知道,他们穿着不合适的土里土气的衣服,戴着眼镜,小里小气,看上去有些可笑。您瞧一瞧,十来个他们这样的人:每个人都显得贫穷寒酸,可怜巴巴,可是他们聚合起来成为整体,却是一股了不起的力量:他们形成未来,他们组成地基。在你还没有完全用眼睛、用感官、用感觉掌握之前,单看外表,单靠乍一看就能看清的东西,你都会立刻看出这是正确的。因为问题就在,看你怎么看,从什么角度看,即使他是个可怜巴巴的教师。我希望,您能读一读我们那些渺小的杂志,它们加起来,一年的出版量也及不上《晨报》或者《费加罗》一天的销售量;可是在这些杂志里可以发现时代的脉搏是如何跳动的,您会认识真正的社会主义,真正的智慧是何物。每份大报都把活动范围拉得很大——其中心往往是一片空虚。我知道,我反对它们的意见,正如我反对这个要求一切都总结起来的时代的意见。但是从我的世界观出发,我必须反对这种意见。因为反对它就产生一种反抗。这些姓名是我们熟悉的,是您从来也没有在一份八卦小报上找到过的;这些人完全无所谓,别人对他们一无所知,这是我们时代的精神;即将临近大选的时候,国会议员们这才开始思考,于是跑去找他们:就用这种方法争取他们的选票。唉,我爱他们这些小人物,这些没有雄心壮志的人,这些从不大声喧哗的人,这些含蓄收敛的人,他们是坚定分子,或者正派人士。按照《圣经》的说法,世界就建造在他们身上。"

莱奥纳尔打住了他滔滔不绝的语流,克拉丽莎静静地等着。

"您瞧,可是这并不够,这并不是我所要的全部。事情并不关乎几个人,而是关乎整个人类。您们的歌德曾经说过,人群就像红海;手杖刚把他们分开,他们就已经紧跟着又聚拢起来。但是人群并没有确确实实的共同体。必须越过国界,影响到国外,影响越大越好。这个世界野心勃勃的人已经联合起来,他们互相鼓劲,彼此打气,社会主义者的领袖们进行互访。在您的国内,现在正在开一个会,工业企业家们有他们的康采恩,教授们有他们的大会。用这种方法我们大家都认为,我们是强劲有力的。只有那些小人物,那些安安静静的,毫无野心的人们,他们没有聚在一起,这是我们世界的不幸。他们永远是无名氏,他们彼此无所祈求。他们只希望到处都是正派人,这对他们而言也就足矣。只要大家能认真地待在一起,他们就觉得幸福,私下没有小算盘,不做广告,也不做买卖。世界上人们相遇,由共同的利益而联系在一起。倘若这些无名氏也要团结起来,情况将会如何。这些无名氏别无其他利益,只想安安静静太太平平地生活——这就是世上最大的力量。国家利益,阶级利益——它们在宇宙中会互相碰撞。——您瞧,这就是一个小小的尝试。我知道,这是一个小得可怜的尝试。但是得一而再、再而三地尝试下去。可是每个人都必须知道,他这样尝试并没有达到显而易见的目的,得汇成成千上万个互相接触的小圈子,只有到那时才算做对了。但是问题不在规模大小——相反,比例越大,里面包含的人性的和道德的内容就越少。我们的民主已经变得过于宽泛,社会主义也是如此。各种机构和组织取代了真正的共同体,我们必须学习谦虚谨慎,宁可缩回到小的规模、小的协会、小的团体,它们将团结在一起,当大的世界土崩瓦解之时。"

克拉丽莎思考了半天,这是另外一个世界:他那当教授当教师的雄心壮志发展到了极致;这事使她想起她的父亲。

"我知道,只要我能纵览一切我所做的事情,那就不会有任何危害。我建议组织一个联盟,组织一个聚居区,我不承担任何责任。"

"但是这样做出牺牲值得吗?因为您永远只看到微小的结果。"

"也许这样更加方便。"莱奥纳尔笑道,"可是请您不要说牺牲,我不喜欢这个字。我们又牺牲什么了呢?牺牲了自己,好——还能做点什么更好的事吗?你给人的,是你身上所有的,也不问为什么;谁若只想捞进什么,不会给出足够的东西。有一样东西不会送掉,那本质的东西:他的自由。因为没有可以不负责任的人性的自由。蒙田①(我在人生的一切境遇之中的朋友)说过:'Il n'y a qu'une chose rester soy-même.'②问题的症结点就在这里。不在于你付出了什么,为何有这些付出,而在于你还留下什么,你自己还是什么。这都不是看得见的成功,统计表也不把它统计在内。我讨厌统计表,也许统计表表现出来的每一个成功,一个比一个更自私自利。部长是我的朋友,他坐在多数人一边。我也坐着,和您坐在一起,就看怎么个看法。谁更强大?两个年轻人,他们干的事

---

① 米歇尔·德·蒙田(1533—1592),法国作家,哲学家。
② 法文:一事须注意,保持你自己。

超过选举时占大多数的一万七千张选票。不错,您不妨读一读:De l'ambition①,于是您就明白,为什么我待在我的外省小巢里,无声无息,但是自由自在。Vive la liberté!② 谁知道,什么东西让我变得这样唠叨个没完,让我们干杯吧!"

莱奥纳尔活跃起来,"好——现在您可听了一篇私人报告了,也许您从中对法国了解了一些,下次您得跟我谈谈您自己。"

☆   ☆   ☆

第三天开始克拉丽莎感到疲惫不堪。她不习惯于老是待在人群之中,晚上还总是有个宴会。这一切对她而言都过于新颖。第四天,六月二十八日,一早,她似乎觉得又会遭遇什么费劲的事,可是户外是碧波万顷的湖面和明媚璀璨的山峦,虽说大会结束后安排了一次前往瑞吉峰③的集体郊游,可是克拉丽莎渴望独处,她产生强烈的愿望想好好思考一下她得到的所有印象,她在堤岸行走时就踏上第一艘船,向湖面驶去。船上只有一半乘客,真正的旅游旺季还没有开始。每一个停留船只的小码头,都耸立着明亮的房屋。男人们坐在屋外或在屋外工作。"这些小人物,"克拉丽莎回忆起昨天的谈话,心想,"对于这些人,人们还一无所知。这就是我们——不计其数的芸芸众生,散布在世界各地。我们别无所求,只希望度过我们卑微安宁的生活,在这里或那里,在各个地方。"克拉丽莎根本就没注意小船停泊的那些地方的地名,看也不看她的地图,根本不想知道,这些地方都叫什么名字,她只想感觉。这

---

① 法文:论野心。
② 法文:自由万岁!
③ 瑞士中部的一座山峰,属于阿尔卑斯山脉前麓。自18世纪起,成为欧洲著名的观光景点。1871年,瑞吉峰建成了欧洲最早的齿轮轨道火车。

些山都存在在那里,山就是山,她不想知道山有多高,只是观赏山的形状。她不想知道,这些人是谁,这些人生活在这里,以他们寂静无声的生活,增添这个世界的美丽和意义。

按照计划晚上八点是共同的告别宴会,所以克拉丽莎在七点钟就倦游归来,身心得到满足,心情平静似水;她的女房东,那位友好的女教师迎接她时告诉她,有位先生来打听过她两次。宴会前他还会再来一次,请她等他。克拉丽莎都还没有时间更衣,莱奥纳尔已经来到。一副焦躁不耐、情绪激动的样子,克拉丽莎还从来没有看见过他这副模样。就在克拉丽莎还在更衣的时候,莱奥纳尔就在门外请她动作快点:事情非常紧急,非常重要。克拉丽莎刚走进小小的会客室,莱奥纳尔都来不及向她好好问候,就开口说道:"请您听着,您得跟我一起走。发生了一点极不愉快的事情。我不知道,您读到紧急公告了没有——贵国的储君弗朗茨·斐迪南,今天和他的夫人一起在萨拉热窝遇刺身亡……"

"遇刺身亡?"克拉丽莎大吃一惊。

"是的,在视察途中或是在演习之际遇刺,刺客是恐怖分子或者民族统一运动分子,反正是些犯罪分子。这个消息像个炸弹似的传到我们最后一次委员会会议之中,会议正要决定告别宴会上的几个演讲。您的同胞库切拉博士女士一时失控,开始大声叫喊:必须把这些匪徒,这些塞尔维亚人统统消灭,这是一个杀人放火的匪帮,他们刚把自己的国王谋杀①……接着塞尔维亚的代表基莫

---

① 塞尔维亚国王亚历山大一世(1876—1903)在位期间,与比他年长十二岁的寡妇德拉迦·马欣结婚,引起朝野上下极大不满。这对夫妻没有子嗣。亚历山大在政治上极为保守,并且追随俄国沙皇尼古拉二世。1900年突然宣布,立王后的不得人心的弟弟为继承人,更使国王遭人反对,尤其是军队的反对,于是发生暴乱,国王夫妇被杀死。

夫女士跳起来表示反对,向库切拉女士直扑过去。我真羞于说起,这两个女人互相说了些什么话。"说到这里,莱奥纳尔愤怒得嗓音直颤,气得脸色刷白,"简直惨不忍睹:这两个女人当着我们大家的面互相辱骂,活像市场上的女商贩。我们试图让她们平静下来,可是白费力气。最后库切拉女士宣布,她再也不和这个杀人凶手的民族的成员坐在一起。她是一名军官的女儿,她不和这样民族的成员同坐在一张桌子旁边,说罢悻悻离去。您难以想象,这对其他人产生什么样的影响。这些搞政治的女人见鬼去吧。我指的是这些野心勃勃的女人。野心是男人的专利,若在一个女人身上,野心就扭曲成了漫画。你在这儿好不容易建造了一点什么,试图把人们团结起来,变成一种事业。他们却互相追究罪责——永远是这种国家观念的妄想,它把一切全都推翻。用国家、人民、民族,这些看不见的抽象的东西,来对抗活生生的东西。啊,这是一种耻辱,一种耻辱,我感到无比羞愧。"

克拉丽莎是第一次看见这个男人丧失勇气,在他的目光中流露出深切的悲哀。"糟糕的是,恰好是这位库切拉女士今天晚上将要代表外国的代表们致谢词——是她自己主动提出要致这篇谢词,本来根本就没有人推举她讲话。如果今天晚上她缺席,在主餐桌上她的席位就会明显地空在那里。您想想看,这会产生什么样爆炸性的影响。我们的代表们深信不疑地兴高采烈地前来开会,这样他们就会发现,我们所有那些关于互相谅解,国际友谊的话语完全是一派空洞的胡言。只要稍有微不足道的机会,这些刚刚开始建立的联系就会立即被扯断。这事会马上见报,成为街谈巷议,几个星期的工作就此彻底破坏。我们的代表不是加强了相互之间的信任,而是带着一个恶劣的印象,是啊,带着恶劣至极的印象回家。这个爆炸性的消息必须想尽办法予以制止,您必须帮助我,您必须想法让您的这位激动万分的女同胞明白,恰好今天晚上她不得缺席,您必须好好和她谈谈。"

克拉丽莎思忖了片刻,"如果您坚持,我当然愿意试试看。不过我有一种不祥的预感,这位女士,这位库切拉博士我认得,她是维也纳人称为'百有份'的那种人,什么小组,什么社团她都有份,但是她对每项事业,只有在它可以变成'她'自己的事业时,她才感兴趣。我可以设想,我们也许可以争取到她今晚讲话。但是她那时会说什么,我可没把握,一点把握也没有。即使昨天晚上我也不怎么清楚。我们坐在一起谈话,我觉得非常舒服。这时那个俄国女人到我们身边来——我到那时为止一直认为,别人是用这幅图画来捉弄自己,可是我清楚感到,每个民族是作为一个小齿轮添加到世界这个巨型齿轮上去的——我们还是一起去找她吧。"

他们两人一路同行。莱奥纳尔火气很旺,心情无法平静,"并不是这个别的原因,"他紧握双拳,"事情关乎他们该死的民族主义,它让各个党派分崩离析。国家之间都是如此。它毁掉一切。就是这邪恶的东西,它把个别的祖国,凌驾于所有的东西之上。我们硬被扯进我们这些爱国主义者的蠢事之中,扯进爱国主义狂。我们努力使自己诚实而有善意,这对我们又有什么好处,如果上面的一小撮人不愿意如此。他们又凝望着另外一面旗子,犹如公牛瞅着红布。我们必须摆脱爱国主义狂,让这些爱国主义者见鬼去吧!"

"不过您自己也属于一个祖国啊,您是法国人。您自己也在乎能够建设法国。"

"是的,我是法国人。但我并不是摩洛哥人,谁也没有要求我这样思考。从一九〇七年起,自从我们兼并了肖亚地区之后,人们普遍地要求我们这样思考,尽管我们并不认识阿拉伯人。这对于我们国家的生产非常必要,我们需要原料。康博尔加是个男人,是个工人,是个市民,是个农民吗?康博尔加拥有什么?俄罗斯拥有什么?巨大无朋之物。我们必须学习,用概念进行思维,譬如像大国地位。而我们没法把我们自己放到别的任何地方去,只能待在我们实际存在的地方。你没法让你挪动一步之遥,只能在你的心脏所待的地方。我们必须有意识地,的的确确地用我们的脑子思考。我们必须老老实实。法国确实就是我们,还有奥地利和塞尔维亚。我们这些小人物什么也不是。但是他们想把我们拽进他们的利益之中,充当他们的炮灰。这里的地面、泥土、语言、艺术,这就是法兰西,而不是康博尔加、圭亚那和马达加斯加。它们和我们一点关系也没有。我在那儿觉得像个农民一样愚蠢。最后我说,这和我有什么关系。必须单纯地思考才能正确地思考,必须教育自己摆脱这种妄想,变得非常简单,非常诚实。我说了,这跟我有什么关系。"

他们边说边走,说话间已经走到饭店门口。他们叫人通报,回答是:库切拉博士女士深感遗憾,无法接待任何客人,八点钟她将乘车回苏黎世,她现在必须收拾行李。

莱奥纳尔和克拉丽莎站在饭店的大厅里,一声不吭。莱奥纳尔脱下了帽子,克拉丽莎看见,他的头发湿漉漉地粘在太阳穴上,他看上去心力交瘁。"我已经没有什么办法了,我没法再改动日程表,再过一刻钟就得讲话了。我只好说:她病了。可是我不说谎话,谁也没法逼我说谎。再说,说谎也无济于事。这个形势会毁了整个晚会,每个人都会瞪着眼盯着看那个空座位;格雷诺布勒教美术的那个女教师,总是坐在钢琴旁的那位善良的公立学校的教师。我把他们大家找到一起,为了他们给领事馆写信。是啊,这些小人物——他们多么快乐,多么富有献身精神地准备做点什么事情——他们像孩子一样地兴高采烈——应该发表一个全欧洲的声明,这时,我们的普恩加莱①先生前往巴黎,为了巩固一个军事联盟,三国同盟。都是那个好样的维伯尔小姐的该死的念头,她要在后面的墙上用颜色、旗子和徽章把每个民族都表现出来;她为此足足花了三天时间。现在库切拉女士的座位空着,所做的一切全都白费。两个蠢女人把一切全都毁了。每个人都想要在自己的圈子里发生作用,都应该这样发生作用。五十个年轻人都聚集在这里,代表了五千人,一万人。现在他们一无所获地回到家里,他们想乐观地显示,他们大家团结一致。再过一刻钟晚会就要开始,现在什么也都干不成了,总不能干脆把布景全都撤走吧。朋友们也花了足足两个夜晚的时间把布景画到硬纸板上去,再说现在已经有人走进大厅了。"

克拉丽莎看到莱奥纳尔一脸绝望,她第一次看到一个散发出那么多自信的欢快情绪的人,如此垂头丧气。莱奥纳尔站在那儿,一个劲地把帽子从一只手倒到另一只手里。克拉丽莎考虑,她能不能出点力气,尽可能地隐姓埋名地出力。"也许还能做点什么吧,如果大家都聚拢来——您瞧啊,这些人的样子是多么感人啊。"

"怎么?难道叫我去乞求这个渴望复仇的库切拉,她根本就不再接见我,就像她是个扮演部长的人物,如果让她讲话,谁知道,她会说些什么?我真恨不得找个地洞钻进去才好。"

"您必须干脆对他们说几句,公开而又清楚地说,发生了一点误会。您必须谈到,不该去做什么。"

---

① 雷蒙·普恩加莱(1860—1934),法国政治家,1913 年至 1920 年任法兰西共和国总统。

"这样只会使他们更加注意。"

这时克拉丽莎直视着莱奥纳尔,"我的意思是……有一条出路……我虽然不是代表,至少不是公开的代表……但是我毕竟也是奥地利人,而且是大会的客人。"

莱奥纳尔直跳起来,"您愿意去坐她的座位?这我可没有想到……这下妙极了……一切都得救了,我是多么傻啊……这可是个圆满的解决办法,另外……另外您是不是也可以说几句话呢?"

克拉丽莎犹豫起来,"我从来没有在公开场合讲过话……我总需要做些准备……我得先写个草稿。"

"没关系,没关系,正好相反:您用不着写什么草稿。您说得越简单越好,这就不会空话连篇,反正别人说得已经够多的了……您真的愿意讲话吗?"

莱奥纳尔注视克拉丽莎的神情是那样热情洋溢,克拉丽莎不由得脸上泛起一阵红晕。

"我试试看吧。"

莱奥纳尔霍地跳了起来,好像被什么东西咬了一口似的。他忘乎所以,在大堂当中就抓住了克拉丽莎的两个肩膀。克拉丽莎觉得,仿佛莱奥纳尔想控制住自己别拥抱她,"您真棒,真是一个杰出人物,真正的同志。我一开始就感觉到了,不错,我们感觉到,您真够朋友。这种感觉真好,我们正觉得一切全都完了,命运却把一个贵人给我们送来,我该怎么感谢您才好?"

他的目光凝视着克拉丽莎,充满了真诚和温暖。克拉丽莎同时感到他的双手搁在自己肩上,她还从来没有感觉到一个人会流露出这么多坦诚的真情。"这样我至少不至于感到,我白白地到这里来了一趟,现在您还把我偷运到您提供给我的荣誉席上去。"

☆ ☆ ☆

晚宴的过程十分圆满。克拉丽莎简单地说了几句致谢的话，丝毫也没有给人临时凑合的感觉，她的讲话引起众人热情的反响，塞尔维亚的代表们也纷纷和她握手。没有一个人发现方才发生了什么意外事件。接着，莱奥纳尔还做了一个欢快的演讲，大家都感受到他流露出的对大会成功的喜悦。瞧他描绘这次大会的神气，多少有点像塔拉斯贡的塔塔林①。大会至此实际上已经结束；大家得到通知第二天共同去瑞吉峰郊游，这其实是一次朋友之间的聚会。一艘马力最足的轮船供他们支配，在前往维茨瑙的途中已是一片欢声笑语。莱奥纳尔很少看见克拉丽莎，他得安排一切，到处张罗。作为实际上的 Maître de Plaisir②，他得消除一切小小的麻烦，这个景象实在令人动容。这些教师当中，有些人还从来没有乘坐过这样一艘轮船，他们觉得真是妙不可言。瑞士人竭尽地主之谊，在轮船停靠的每个地方都让当地的孩子们身穿民族服装来欢迎他们。大家唯一担心的是天气，一阵狂风吹过，推来一堆浓云，瑞吉峰自己——看上去似乎——不久就取下帽子，就是它头戴的那顶云雾缭绕的白帽子。有几个乘客赶紧系上围巾。轮船先驶向弗吕伦，然后折回到退尔③生活的那些地方；克拉丽莎和几位法国女教师聊着天，向她们讲起退尔的传说。她最喜欢他们当中的农民，她眼睛望着他们，她果然用和从前迥乎不同的眼睛观看他们。这都是些小人物，这一眼就可以看出。他们身穿防雨衣、奇怪的民族服装、农家的围裙，配上黑色的有点油腻的外套。他们从祖辈那

---

① 都德的幽默小说《塔拉斯贡的塔塔林》中的主人公。
② 法文：娱乐总管。
③ 威廉·退尔，瑞士民间传说中的英雄，即席勒名剧《威廉·退尔》的主人公。

里学会了勤俭节约,他们的望远镜可能就是祖父用过的旧物,针织的口袋想必是祖母传下来的。他们中午饭吃的就是简单的黄油面包。但是他们大家都笑容满面,兴高采烈。——眼前是湖面,坡度和缓的山岗令人惊叹的洁净,这是他们投向这个世界的第一道目光。有几个人拿起相机拍照,但是他们拥有的一切都出奇的便宜。和他们在一起,你会最直接地感觉到生活的乐趣。克拉丽莎不由自主地要想起他,想起莱奥纳尔。他把这一切都不言而喻地吸收进来,像兄弟一样,当火车沿着齿轨铁道把他们载上山去,一切对他们而言都变得奇妙无比的时候,大家才真的兴奋起来。许多人都全副武装,身穿斗篷,头戴便帽,仿佛去进行一次北极圈之游。空气中喊声不断,"快看啊!"大家互相指着两旁的花卉。在阴凉地方,他们发现了一块冰,他们把望远镜传来传去。他们享受着山风的芳香,听见山下有一座教堂传来凝重的钟声。他们围着一位地理教师,听他给大伙解释一切。突然在这山顶上出现一片浓重的云雾,把他们全都裹得严严实实,身旁的人都看不见了。大伙大声嚷嚷,乱叫一气。这可是桩冒险奇遇,撞见鬼影憧憧,有人用法文大叫一声"Henri"(亨利)。紧接着傍晚时分,天空仅仅只泛出一点淡淡的红光。莱奥纳尔只好使劲把大伙往回驱赶。大伙跟着往回走,面孔被山风吹得红扑扑的,真像是孩子的快乐(克拉丽莎回忆起她在修道院时做的一些山间漫游)。而实际上,这里都是成年人,里面还有胡子花白的男子、身材瘦削的女子,因而更加动人心弦,就仿佛他们是跟着神父走进教堂。这一切,克拉丽莎一直觉得殊为浪漫。可是现在她已经和这些人打成一片,她不由自主地想道:"这些小人物,他们马上就要放声歌唱!果然他们唱起了《马赛曲》,他说得真对。我们必须让他们,让这些无名氏们得到启蒙,因为我们关心他们。今天还有另外一些人一同郊游,可是这些娇生惯养的人,他们又知道什么?只有那些节衣缩食的人才知道这一点儿幸福,我们就和他们一起真正建造这个世界。"

在回家途中,克拉丽莎在船上怎么看这些人的快乐也看不够。他们突然换了一个样子:他们的目光放射出乐于交际的光芒,尽管他们坐在会场上一本正经,走在大街上却十分活跃,极为好奇。克拉丽莎觉得,他们的目光似乎在这期间变得更加明亮;她和他们一起欢笑,也和其他人搭讪。平时她有心理障碍,绝对不会找人攀谈。两位来自蒙托邦的女教师坐在她身边;这样她也可以和外部世界建立一点联系,也给别人一些温暖,向他们吐露一些心声。她和修道院学校的女生在同一个寝室里住了六年,她当年不可能这样直视这些同学。她有强烈的愿望想向人倾诉,尽管她没有多少话可说。她突然心想,别人也许会这样想她:"她可一点儿也不感到羞怯。"这个经验就像寓于她心中的修女,她感到那是修女,就像她看出莱奥纳尔是个朋友一样,她在参与大伙的欢乐时,在敞开心扉,毫无保留地与人交往时,感觉到自己的存在。她从来也没有像现在这样强烈地感觉到阵阵清风吹拂她的胸膛。

阿尔卑斯山的晚霞开始燃烧起来,云彩起先光线渐弱,如今射出玫瑰色的光芒。轮船渐渐驶近卢塞恩,大家也都逐渐安静下来,郊游已使大家筋疲力尽。渐渐地,落日西沉,一股凉意悄然升起,大家的面孔越来越不清晰。彼拉图斯峰还依稀可见,只消一点微弱的光线便可显出它的皇冠似的山顶。克拉丽莎站在甲板上回头眺望,她想振作精神,她清楚地意识到,她在这个世界上已不是孤身一人。有个淡淡的人影向她走近,莱奥纳尔坐到她的身边;这一刻,克拉丽莎感觉到,她刚才想到了他。莱奥纳尔善于散发温暖,单凭他那宽阔的肩膀和他柔软的胡须,就能给人温暖;他成功地给这三四百个人创造了快乐。他定睛看着克拉丽莎,他自己显得相当欢快,但是颇为疲倦。克拉丽莎向他表示祝贺。"可不是,一切都很顺利,"莱奥纳尔非常开心地说道,"没有发生意外事件,现在我也可以稍稍高兴一点了。等到轮船靠岸,我为'我的羊群'该尽的责任也就此终结,然后我又可以完全属于我自己。"克拉丽莎跟他说了几句真诚亲切的话语,说她关切地观看他的工作,他完全可以感到高兴。莱奥纳尔接着说:"不错,我是满心欢喜,您说得对,但是我有这么多快乐干什么?对我一个人而言,这些快乐委实太多了。我习惯于得到比较微薄的份额——平素晚上有本书,有个朋友,有封好信,有点音乐,其实这就是我的幸福。要是有更多的好事,我反而不知拿它们如何是好——我要把它们往下传送,这一切对我而言就是巨大的快乐。我有这么多快乐怎么办才好,我就会双手发痒。我要是一个瑞士的一名阿尔卑斯山的山民,我就会用假嗓子扬声高唱;一个真正的法国人就会痛饮葡萄酒。要我昂首阔步地正步前进吗?有这么多快乐该怎么办?请您给我点忠告,您总知道该做什么。"克拉丽莎微微一笑,她发现莱奥纳尔很难接近,更不容易敞开心扉,不过容易和她谈话。"我很乐意和您待在一起,但是您高抬了我,我其实只会使您感到无聊。我读书不多,我肯定没有权利来参加大会,我一直生活在狭小的圈子里。"

莱奥纳尔一直眺望着湖面,"您明天乘车回家了吧?"

"不,"克拉丽莎说,"我的假期现在刚刚开始,这次大会只是我做这次旅行的借口而已。即使一切都搞砸了,我也不会后悔。也许现在这样,正好是能够得到的最佳后果。"

莱奥纳尔思忖起来。他看上去仿佛想说什么,既然大家这样好地相聚一场,应该说句好话作为临别赠言。他要是个虚伪的人,也许会保持内心平衡,举止态度就会和一个正常人一样。说也奇怪,能够自由谈话的成年人多么稀少啊。

"谁知道,您到哪儿去,谁知道,我是否还能再见到您一次。我想和您说点什么,可我不愿意向您说些谎话。我不喜欢说大话,可是您知道:和您待在一起,我总非常快活,我从而对我自己也对整个人生更有了信心。我一向判断人只是看,他们是否能使我更好。我现在只问,我和他们在一起时,我自己是否感觉更加舒畅。"

克拉丽莎感到心里一阵强烈的感情涌动。莱奥纳尔身上平静的、人性的部分在向她诉说,她不由自主地摸了摸肩上昨天莱奥纳尔一时出于强烈的感激之忱,用手臂握住她的地方,他俩之间用不着任何充满柔情的甜言蜜语。一切都诚恳而又清晰,彼此似乎有责任,在临别时互相说些实话。

"是啊,要是我们以后不再相遇,我也会觉得遗憾。"

湖水从船舱旁流过,轮船的机器在开动。他们感觉到自己的呼吸。

"您老实说吧。事情不是全在您、全在我们自己吗?我还有好几天,好几个星期有空,我很乐于到山里去走走,做些远足,参观几座城市。您不也这样吗?我这一生中很少感到像现在这样快活,一连几天,好几天,能向一个人讲讲心里话!您愿意把您的计划告诉我吗?我心里很愿意和您一起再待几小时,再待几天。作为好的伙伴,我想到处漫游,还不知道到哪儿去,可能在途中,我又在一座小城市里遇到您,您又这样坐在一家咖啡馆里……我们可能再次在那里相遇,我们也可能去访问同样的一些城市,一起进行一次远足。"

克拉丽莎凝望着莱奥纳尔,平静地说:"我很乐意。"

岸上的灯光越来越近,莱奥纳尔站起身来,"我谢谢您,现在我得去照看一下我的人了。我还得去结账。明天一早吧,那么就明天早上我们再谈一次,我谢谢您。"他伸手给克拉丽莎,就仿佛握手保证实行诺言。

克拉丽莎望着他的背影,看见莱奥纳尔迈着安宁轻盈的步履远去,一股暖流流贯她的全身。莱奥纳尔没有说一句假话,另外每一个人都会射出拒她于千里之外,使她狼狈不堪的目光。莱奥纳尔的目光,是她乐于接受的第一道目光。看到他的目光,克拉丽莎感觉到一种缠绵的柔情蜜意。

一九一四年七月

第二天,他俩约好共同进行一次远足,前往文格拉尔普,仅此而已。他俩相互之间还有所顾虑,至少不好意思让对方做什么事,可是紧接着他们就决定作第二次郊游。从这天开始,他俩就彼此不再分开了。这是一种出自内心深情的两人世界,没有狂野激情的表面流露,就仿佛他们历来就是这样,不是别的样子,也永远不可能是另外的样子。莱奥纳尔在第一天,就马上无比坦诚地向克拉丽莎讲述他的家庭情况,根据文件和法律,他都是有妇之夫。但是他的妻子在六年前就抛弃他了,他妻子爱上这位年轻的政治领袖,更多的是爱他有可能青云直上,而不是爱他本人。因此她在丈夫虔信政治的时代帮他实现他的勃勃野心,然后她自己也野心勃发。在丈夫步步高升的时候热情洋溢地为他工作,怀着平庸的女人惯有的目标,只要丈夫的目标和她自己的愿望朝着同一方向,她就帮助丈夫一同向前:莱奥纳尔取得部长秘书的职位不是靠他自己的能力,而是多亏他妻子坚忍不拔、聪明机智的外交手段。可是对他退出政坛,他妻子便无法理解。他到一个小地方去当中学教师,他妻子就完全不理解他了。人们有时候做出牺牲,但根本不明白牺牲的意义何在。他妻子大失所望,因为他没有遵守向她做出的允诺,这种失望情绪转变为对他本人的失望。"因为我们两个人全都野心勃勃,我们才走在一起,可是我使她大失所望。"妻子借口看望她的母亲,就在巴黎一待几个星期。莱奥纳尔并不沉湎于这样的错觉,以为她在巴黎另有所属。就这样两人既无协议,亦未离婚,就分居两地;这很符合莱奥纳尔的自由观,给他妻子自由;在他们两人之间并不存在敌意,只要他妻子向他提出离婚的要求,他就准备同意;但是他妻子觉得,在巴黎被人称为已婚妇女要方便得多。这个表面上的家庭究竟住在哪里,对于莱奥纳尔而言完全无所谓,因为他们夫妻两个并没有要孩子。莱奥纳尔把这一切都一五一十地告诉克拉丽莎,没有丝毫美化。克拉丽莎理解,他不想在她面前有任何秘密,丝毫不想唤醒她的希望,觉得他向她道出真实情况目的是想追求她。莱奥纳尔并没有死缠烂打,一味追求;克拉丽莎感到,这是害羞在作祟,而不是抗拒柔情蜜意。莱奥纳尔不想勾引,也不想催逼,只想警告,克拉丽莎得完全自由地进行选择,做出决定,她是否愿意委身于他。克拉丽莎知道,即使她自觉自愿地委身于他,这也像是在尽责任。但是她也感到,其实自己很是渴望,却假装抗拒。这种半推半就很是丑陋,同时她也对莱奥纳尔有一种感激之情。此人消除了她心里的压抑和胆怯以及各种心理障碍。因为这样一来她的孤身独处,紧闭心扉的状况就此结束。在第四天晚上他们两人终于结合,相互之间没有说一句缠绵多情、言过其实的话语。

  以后几个星期他们生活在全然忘却时间的状况之中。他们徒步沿着科默湖往南走,把他们小小的一点行李先送到了下一站。他们只想无拘无束不受干扰,他们反正知道,没有身负任何责任。有一次两人发生争执:究竟是星期三还是星期四;这是他们绝无仅有的一次争执!"要不是我们不得不坐火车,我连我的表也不上弦了。单单时间、日历都是一种压力。"因为他们手头并不宽裕,总是在小旅馆和小城市过夜。莱奥纳尔向克拉丽莎说,他们要尽量避免到大城市去。那些博物馆和图书馆并不是他想参观的地方:他想看的是小城市里的小人物。他们就去走访这些小城市,而不是去参观贝拉基阿①和埃斯特的别墅②。他们待在织绸者的城市里,那里从来没有外国人问津,其实那里也没什么东西可供瞻仰。他觉得重要的是,譬如和鞋匠谈谈,到乡村学校去看看。他们甚至走访了一些家庭,莱奥纳尔了解他们收入如何。他们两人和种葡萄的农民聊天,坐在他们房子前面。"他们也属于这个国度,所以你们国内的人没法笑话你,似乎你对意大利什么也没看到,没有看到帕维亚③的契尔托萨④,没有看到威尼斯的阿卡德米亚⑤,他们不会知道,我们都到了哪些地方。这些小地方并不重要,我也要把它们忘掉。对我而言,它们的名字叫'到处'。一个国家并不因为它有一些伟大的死者而具有分量,而是因为它的活生生的人而显得重要,完全不是根据上层人士和最高层人士而长存,而是在无名氏的身上得以永生,我就到处寻找这些无名氏,一味寻找不同寻常的东西是错误的。"他说,"有一种错误的尺度,提到拉文纳,在旅游指南上只标着大教堂、莱奥纳尔多⑥,别无其他。便是在这儿,我们也只是从强劲有力的人和物旁边走过,并未驻足观看。因

---

① 贝拉基阿,意大利的城市,风景优美。
② 埃斯特的别墅,坐落在科默湖西岸,为文艺复兴时期的代表性建筑,1873年后成为豪华饭店。
③ 帕维亚,米兰南边的城市,有欧洲最古老的大学之一。
④ 契尔托萨,为帕维亚北部著名的修道院。
⑤ 阿卡德米亚,威尼斯著名的博物馆。
⑥ 即莱奥纳尔多·达·芬奇。

为真实的东西是无名的,是小人物,是我,这就构成了我们。"他们记着笔记,散着步,写写日记,"我把我看见的东西记了下来,渺小的东西。这件事我已从事了十年;我后来从这些零碎的断片知道许多事情。英国有个人名叫萨缪尔·皮普斯①也这样做过。这些记录起过重要的作用,远远胜过长篇大论的演说和篇幅浩瀚的书本。这些东西必须进行辩护,掩盖秘密,而我们必须揭示一切。我们,也就是小人物,我们也可以奢侈一把,即奢侈地谈论真理。因为细节形成了历史,实质就在这里,这就像一本家用账本,要是自己不能生产什么,就得以勤奋、仔细来补偿,这也能发挥作用。"

克拉丽莎从来也没经历过这样一种幸福。恪守本分,正直诚实,就像在她父亲身边那样:她体验到这点,这也渗入到她的心里。她学习着理解,学习着把一切都看得很淡。她从中并没有养成一种虚荣心,而是一种欢快情绪,来自沉着自信的欢快。她甚至自己做饭,他们无论走到哪里,就在闲暇中收敛心神,"一小时不思不想!这并不是浪费光阴。"现在她无所渴求,活着就好。她的父亲因为野心勃勃而殚精竭虑;(她的教授读到这样的独白定会哑然失笑)莱奥纳尔的愿望只是消除自己的痕迹。克拉丽莎听说莱奥纳尔已经写完了两本著作,正在写作第三本书;他没有用自己的名字发表他的作品,当地没有人不知道,他就是那个米歇尔·阿尔诺,这符合他"无欲"的性格。在他身上,一切都保持平衡。晚上他给克拉丽莎讲故事,或者念几段蒙田的作品给她听,"每个人都有一个心爱的人,蒙田是我的导师,给我帮助,我和他融为一体,意见完全一致。帕斯卡尔②更加深沉,巴尔扎克更有天赋——但是

---

① 萨缪尔·皮普斯(1633—1703),英国海军官员和国会议员,因其日记而享有盛名。
② 布莱兹·帕斯卡尔(1623—1662),法国数学家、物理学家、作家、哲学家。

谁也没有更有人性,谁也没有了解他人更深,谁也没有对日常相遇的人更为了解。"他俩若找到一台钢琴,就给彼此演奏。

几个星期就这样过去,日子仿佛向来如此,别无他样。对于他们而言,一切都是别种模样。莱奥纳尔显得心情更加欢快,情绪更加开朗。克拉丽莎说起话来更加轻松,她的步态也显得更加轻盈,她自己也显得更加无拘无束,生平第一次她清晰明了地向世界敞开心扉。

他俩唯有欢乐,毫无忧愁;他们在前一天很少知道第二天到哪里去。所以他们有时坐在一个鞋匠跟前,有时坐在一家小酒馆里。他们不买导游指南,不买地图。克拉丽莎不懂当地人的语言。他们完全可以设法和一位神父聊聊天,或者在药房里跟别人说说话。可是他们避开了这些场合,莱奥纳尔说:"否则我们就活不成;时间就是生命,这就叫人心烦。""让我们好好生活吧。"他们不看报纸,不知道世上发生了什么事情,"这就叫做我们对彼此更有责任。""希望有一次能有这样的感觉,觉得自己如此自由自在,像在湖里游泳,毫无羁绊,不受时间,不受世界的拘束","那我就可以在这里做个骑着毛驴到处漫游的人。"原来莱奥纳尔的愿望便是如此。"你想的东西只为你自己。"——"不,"莱奥纳尔说,"我也想到了你,想到一位老母亲,一位长着犀利、明亮的眼睛的农妇——我的妻子不能理解这个——倘若她能理解,她将非常幸福。真奇怪,我想到每一个穷人,想到每一个身无长物的人。但是我也想到有资产的人们,我理解他们每一个人,知道他想干什么,因为我知道他们每一个人身上,都有一些使他们不诚实的东西。"

他们每到一个旅馆,都开玩笑,用另外一个名字过夜,"以便我们自己把它忘记。"克拉丽莎学习了许多东西,多得不计其数,也能够把有些东西说给莱奥纳尔听。莱奥纳尔给她朗读蒙田的杂文和司汤达的《帕尔玛宫闱秘史》①。他朗读得很好,克拉丽莎感觉到他柔和的嗓音。他也读到了"Bonheur"②在德文里叫什么,这样就知道了幸福是什么。于是他就对克拉丽莎说:"你还记得吧,我们在安蒂伯散步的情景……"在他的想象中,克拉丽莎始终和他在一起。这种想象对他而言,竟是不言而喻的事情。而克拉丽莎有时也觉得难以想象,她曾经在没有莱奥纳尔的情况下生活着;有一次她独自漫步,竟然觉得,她并不完全是她自己,并不是感官上的东西,情爱的东西把他们结合在一起。克拉丽莎深爱莱奥纳尔那充满柔情、异常体贴的拥抱。在这拥抱之中也含有感激之情。

☆　　☆　　☆

他们没看日历,也不读报,完全是偶然地走过布列西亚一家理发店,才发现他们在路上已经足足三个星期。莱奥纳尔想理理发,他的胡子也长长了,"想必是七月下旬的一天,我什么消息也没听到,也什么都不关心。"克拉丽莎第一次想起,她得去看看有没有她的邮件。她定期给她父亲写信,起先在瑞士卢塞恩,写到她的访问,也向父亲报告她已离开那里,后来在德森查诺再一次给父亲写信,也写信给西尔伯斯泰因教授,让他知道自己直到八月中的地址。那时她以为,把"米兰留局待领"作为她的地址就够了,然后她和莱奥纳尔就前往科默湖畔。那几天阴雨绵绵。就是在米兰有一天雨也下个不停。她想起了科默、帕维亚和米兰。现在他们两人穿过大街直奔邮局,在柜台上果然有一封信等着她。她认出了她父亲清晰挺拔的笔迹。父亲的信来自柏林,内容简单明了:"最

---

① 《帕尔玛宫闱秘史》,又译为《帕尔玛修道院》,司汤达的著名长篇小说。
② 法文:幸福。

近的事件迫切需要我重返旧日岗位,原因是什么,你不久就会明白。我目前正时刻准备返回奥地利,我必须劝你,不要走得太远。"信件对于克拉丽莎而言就像电报一样,含有一些令人害怕的东西。她手里拿着这封信,心里有不祥的预感。她看一下信上的日期:七月十五日。莱奥纳尔走过去问她:"什么事让你心神不定?"他善于读懂克拉丽莎脸上每一根线条。克拉丽莎把信递给他,把信里的内容译给他听。莱奥纳尔说道:"我不明白,你脸色为什么一下子变得那么苍白?"克拉丽莎轻声回答:"我父亲从前在参谋总部工作,主管好几个重要的部门,所以他们把他召回来了。如果他们那里又需要他,那情况一定非常糟糕。"

他们走到大教堂前的广场上,买了一份德文报纸。这是几周以来克拉丽莎读的第一份报纸。莱奥纳尔买了一份法文报纸。克拉丽莎心里不安起来,"俄国人在做一些准备,正要发布所谓的动员令。"莱奥纳尔愤怒地笑道:"这份报上登着奥地利正在动员并且挑衅:同样的话语,永远是同样的话语。库切拉博士女士,和那个塞尔维亚女代表。一部分人是凶手,另一部分人是压迫者。我们生活在人民当中,难道就是为了弄明白谁要镇压,谁要杀人?""你认为会发生什么事吗?""奥地利向塞尔维亚发出了一份最后通牒。""现在我懂了,为什么我父亲要到那儿去。他们召他回去,他根本用不着回去。""想一想,你父亲就是一个准备战争的人,几年来一直在制订计划。我,我什么也没说,你对这事没有任何罪责,谁也对此没有过错——只有那些说谎的人,他们挑唆,他们鼓动。"他俩坐在那里,马车从他们身旁经过,"要是发生什么事情,我们该怎么办?我得回去,你呢?""我也一样。""你觉得法国也会参战吗?打起仗来,它只是一个介子,一个卒子,一盘棋里的一枚棋子,即使它并不把自己想成这样。在所有这一切的后面是俄国,在所有这一切的后面是那些玩弄政治的人,是一帮政客。""我不想想这些,它们说这个世上我最不在乎的东西。但是大伙得奋起反抗啊,尤其是社会主义者,他们拥有《Humanité》(《人道报》)。在我身边,没有什么可找的。不错,我什么也不想,只想当个鞋匠。但即使这样也是一个榜样。不论你干什么,你都卷了进去。你瞧,人就这样受到惩罚。单凭你做的那一丁点事情,也把你拴住了。就说你教书,你也有责任。你必须除了你自己之外还做点什么。在我还没认识你的时候,我有什么呢?我就孑然一身。是两个人,你就经受得住整个世界。"

"要是打起仗来——你觉得,会持续很久吗?""谁知道。快把报纸抛开,我们到安勃罗西阿纳①去,看一下图画、书籍。"后来他们站在一座教堂里,莱奥纳尔看着祭坛,"其实没什么可看的。""我不知道……"克拉丽莎说道,仿佛他们之间横亘着什么。"你害怕吗?"克拉丽莎凝视着莱奥纳尔,莱奥纳尔坦率而诚实地回答:"害怕。"

☆　　☆　　☆

从此时此刻起,有一样东西消逝了。他们现在不再观看身边的人群,一切都像已经死灭。现在已不再有光线,只有报纸在说话。看报的时候,字母、标题都向你扑面打来,每个人都在询问自己:"我究竟为何到这里来?"他们到处瞎逛,再一次试图使自己分心,也到外面他们先前待过的地方去走走。晚上他们又乘车回来。几天前他们还在那儿坐过一阵,在湖边,因为下雨了,他们又乘车回来。他们不知道形势已多么严峻。"我们真希望再多待六天!

---

① 安勃罗西阿纳,米兰著名的图书馆,因丰富的馆藏中世纪文献、版画而著名。

现在我们的生活就像时代要求我们的那样,这对我们来说,是些陌生的事情。我们现在已经不再孤独,不仅是你和我,我们两个就是世界。这个世界看上去从来没有这样宏大,这样美好。""啊,要是我们还能再一起多待一个星期,过我们自己的生活,而不是简单地按照他人的模式,该有多好!"日子对于他们而言,已经越来越阴沉。但是夜里他们在缠绵的柔情之中拥抱在一起,克拉丽莎紧紧地依偎在莱奥纳尔的怀里。这就是他们的一切。这唯一的肉体对他们而言,意味着整个世界。屋外夜色浓重,一个危机四伏的夜晚。现在每个人都想从别人那里夺走点什么。即便是睡眠也变得异乎寻常。

克拉丽莎觉得身上发冷,想必在睡眠时想到了什么,梦见了什么,估计是那陌生的,邪恶的东西。再说每次睡觉都梦到死,她于是惊醒,凝视着莱奥纳尔。莱奥纳尔睡得很沉,很熟。她仔细观看莱奥纳尔的脖子,只看他那美丽的脖子,这里面蕴含着生命,诗人们感觉到这一点。突然,那个念头重新闪现出来,肯定发生什么事情了。恐惧又返回她的心里,她得做点什么。她走到窗前,全凭本能。对面是座教堂,她看见老妇人们从旁经过,都画着十字。啊,她也该到教堂里去。她从前就是这样学的。她不知道,她是不是真的心甘情愿地想去,可是对此她已习以为常。她伫立在窗口,她的祷词是:"别让这事发生。"这个祷词也许毫无意义,但它使人心安。这是一阵回声,这是她的自我。

克拉丽莎回到房间,莱奥纳尔立即向她走去,是啊,简直是向她直扑过去,慌慌张张地直视着她:"你刚才在哪儿?"克拉丽莎回答:"别问我。"她脸色苍白,莱奥纳尔吓得要命,"我一醒来,你不见了。我一辈子从来没有吓成这样,我感到被人抛弃。现在我才感到,你在我心目中的地位,离别将意味着什么! 就这一分钟,我都明白了。醒来,看不见你,已经吓出我一身冷汗。""不,我一分钟也不会离开你。只要我能办到,不会离开你,永远不会。我永远和你在一起,无论是在这边还是那边,永远都是如此。"

他们一同下楼走到大街上。他们看到有人已经在分送报纸,他们跟在后面跑,等待着一则消息。内心的压力,而不是好奇心在驱使着他们。"那边的那个人在出卖我们的生命,他现在嘴里叫的,就是我们的生命。这一来就可以确定,我们能否幸福。"莱奥纳尔买了一份报纸,"有什么消息?"他不回答。克拉丽莎追问,他才答道:"奥地利已经向塞尔维亚宣战。"

他们默默地走了几步。他们突然觉得他们的脚发软,脚下的地面都变软了。在旁边维多里奥·埃玛鲁埃勒通道里,有一家咖啡馆。莱奥纳尔发现克拉丽莎脸色苍白,他们坐了下来,"你必须回去吗?""我照理必须回去,"克拉丽莎答道,"但是我不回去。不,只要你和我在一起,我不回去,我父亲无法理解这点。你到哪儿,我都跟着你走,回法国去也行。我是一个女人,法律是睿智的。它指示女人属于那个男人,就该到那个男人那儿去。她用不着回到自己的祖国。人们告诉她,她属于哪个国家。"

莱奥纳尔一声不吭,手里拿根棍子在面前画着小人。

"你为什么一句话也不说?是不是觉得我说的话有点不够谨慎,你要我走吗?"

"不,"莱奥纳尔说道,"但是如果我们卷进了战争,事情就不会停止不前。我是一个士兵,也可以不是这样。我可以去抬病人,可是我估计会成为一个逃兵。这样我就没法把你带在身边。我不能让别人成为牺牲品,而我自己独自幸福。我不能当逃兵,这将是一种罪行。可是我同时又想幸福。也许没你更容易办到。"

克拉丽莎大吃一惊,"你认为,法国也会……"

"我们的意见有什么用?！我们都是谁啊?！大人物掌握着我们,我们必须等待。我们的生命并不意味着许多力量,就像那边地面上扬起的灰尘,一阵风就把它吹走。他们不能使我们团结起来,可是我们还在反抗。社会主义者就把人民团结起来。由此可见,我们在法国还有几个人,我们还有饶勒思,这使我们还有依靠。现在皇帝们互致电报,我觉得,他们害怕了。整个世界现在都充满了恐惧,没有什么东西能帮上忙,用上全部智慧也不行。"

这几天在街上行走没有多少意义,"我们该干些什么?"

"我们原路返回吧,我们再乘车去一次到戛达湖,把每个地方都再走一遍,以便我们熟悉它们。因为你拥有的就不会丢失,让我们再一次记住它们,把这里的一切再一次牢牢地抓住,也许我们只剩下对这一段时间的回忆。"

他们乘车返回,他们把一切都再看一遍。同样的风景,可是已经物是人非。他们自己也都与以前迥乎不同。夜依然是夜,在黑夜里,湖水在昏暗中涨起;接着,轻微的波浪喋喋不休,一只小鸟叫道:"世上这么美轮美奂,可能吗？这一切都将无谓地终结,可能吗？每棵树都有它的意义,一切都经过周密思考,每朵鲜花都有绿叶保护,雨水连连,滋润万物,一切都井然有序。这一切都会遭到扰乱！"第二天早上传来消息,饶勒思遇刺身亡。

他们一同乘车前往苏黎世,这里是转折点。一条道路拐向右,一条道路拐向左。要是现在已经宣战,那莱奥纳尔得回到法国,克拉丽莎得回到奥地利。这样整个世界就横亘在他们中间。等到消息真的传来,他们之间有什么东西僵住了。他们两个都因自己的软弱而感到羞愧。他们都不愿向彼此流露出悲哀,每个人都以为能向另一个佯装坚定,这样他们两人第一次互相欺骗。克拉丽莎绝口不提莱奥纳尔是不是该走,他应该有他自己的自由。"我必须回去。""是的,我理解,你必须回去。"这话听上去几乎是冷冰冰的,克拉丽莎不想让莱奥纳尔心情更加沉重,莱奥纳尔也不想使克拉丽莎心情更加沉重。他们身旁有两个人,为了他们的箱子咆哮如雷,激动异常;另外两个人静静地并排站着说道:"这事就会过去的。"有人大声说了句脏话。他们又往前走了一段,"我希望有一张你的照片,因为我没有你的肖像。"他们于是彼此告别,默默无言,紧紧拥抱。莱奥纳尔再回到车厢里去,去取他的蒙田文集;克拉丽莎知道,这是他最珍爱的书籍。他把这本书送给克拉丽莎,他把扉页打开,亲手写上日期:一九一四年八月一日。

一九一四年九月、十月、十一月

那次回国途中发生了什么,克拉丽莎后来已经记不起来了。她当时看一切都像隔了一层浓雾,到处都张贴着告示。她一张也没仔细看,她仿佛全然不知自己都经历了些什么。许多人挤上列车,都是些挂着彩带、拿着彩旗的新兵。大家都大声喧哗,情绪激动,眼睛闪闪发光,互相称兄道弟。沿途的火车站上站满了年轻的小伙子。克拉丽莎没有眺望窗外,报贩子大声喊叫了什么;克拉丽莎显然是唯一不知道他叫的是什么事的人,因为她不想知道,她觉得自己像上了麻药似的,她不吃,不喝。车轮在她身下轰隆轰隆直响:过去,过去,忘记,忘记。

然后她突然一下子站在家里她的老房间里;她不知道自己是怎么走到那里去的。一名勤务兵给她开的门,跟她说了一点什么,估计是:将军大人就要回来;克拉丽莎不明白他说了些什么。她房里有把圈手椅,她像麻木了似的跌坐在椅子上。不会清晰地思维。发生了什么事。在打仗。在喀尔巴阡山什么地方。也许这个消息不实,不然就是打仗的那几个星期已经过去。

她也不知道,现在是什么时候,什么时间,是晚上还是夜里;她听见外面有开门声,从脚步声她听出,这是她父亲。她站起身来,向父亲迎了过去。她觉得父亲显得疲惫不堪,忧心忡忡:父亲见老了,头发花白。父亲认出克拉丽莎,振作起来,严肃地拥抱了她。"好,你今天回来了。埃杜阿尔特明天出发上前线,明天一早他还过来告别。"然后,一片沉默。"我们必须对许多事情有充分的思想准备,"她父亲说道,脸色严肃,"战争会持续很久,这次战后将是另外一个世界。我为此而生活过,也为此而工作过,现在战争的确爆发了。我问我自己,到底谁的愿望得到了实现,现在——"他说着,在他的书桌前坐下。克拉丽莎知道,父亲一在书桌旁坐下,就是他还要工作,不想受人打扰。她就静静地说了声:"晚安!"父亲再一次抬起头来看她,"你想做什么工作?你还想做你原来的工作,还是报名去前线做护理工作?"

克拉丽莎考虑了一下,她还没有想到这事。"那就照你说的吧,也许你还希望我留在这儿。""不,"父亲平静地说,"前方需要最优秀的人员,必须去做比较繁重的工作,否则承担不了这场战争。"

克拉丽莎垂下脑袋,离开她的父亲。她没有想到这事,她根本不想思考,不想评判。必须熬过这段时间,你就得活得比它更长。感谢上帝,总算还有工作,工作越多越好。她一下子全明白了,她必须猫在什么地方,工作越重越好。

第二天早上,她哥哥来了。他身上系着绶带,显得富有男子气概。他那年轻欢快的脸上透着一股坚定的神情,"我们已经整装待发,我们是些多么出色的小伙子,我们所向披靡,不可阻挡。你放心好了。我们会把他们打趴下。这些匪徒,这个塞尔维亚人,我们要把他们剁成肉泥,然后就去收拾法国人,是他们把这一切策动起来的。我们会把这批无赖解决掉的,解决掉这个破落衰败的民族。"

克拉丽莎感到一阵心痛,想起那些看上去滑稽可笑的中学教师,那些正直善良的人们,她并没有只想起莱奥纳尔。打击正中要害。克拉丽莎觉得,她必须捍卫他,就仿佛她必须捍卫自己。她知道这毫无意义,但她觉得,此刻不说几句,就像是背叛。

她于是说道:"别说了,"她把手放在她哥哥的肩上,就像是表示请求,"他们也同样不知道这是为什么,是什么缘故。"她父亲平静地说道:"别瞎谈政治。"但是埃杜阿尔特直跳起来,"他们不知道吗?""愿上帝恩赐!""你懂什么?!是他们首先向我们发起袭击,现在让这批吹牛大王好好瞧瞧,他们都找出来一批什么样的人。十年来他们不让人太平,但是我们会给他们一个教训,叫他们五百年都乐不起来,必须把他们进行战争的乐趣彻底铲除。"

克拉丽莎转过身子,她预感到,现在她将孤身一人度过许多年。她不得不保持沉默,永远沉默,就连向自己的哥哥、自己的父亲也无法倾吐衷肠。她将在任何地方都独自一人,心里藏着她的秘密。她和她哥哥拥抱,她第一次在拥抱时感到羞怯。这里没有任何人、任何物对她而言是重要的,无论是父亲、哥哥、房子和土地,所有的一切都和她作对。父亲和儿子拥抱作别。克拉丽莎心想:哥哥是去走向死亡。可是她不是想着哥哥,而是想着另一个人。那人却是她的一切。

☆　　☆　　☆

克拉丽莎第二天就到护理工作办事处去报到,明确表示,希望不要分配到维也纳的哪家医院,而是分配到前线的战地医院工作。

就像她父亲所希望的那样,她去向西尔伯斯泰因教授报告,她不得不放弃在教授那里的工作。教授刚从伦敦乘坐最后一班火车逃回维也纳,使克拉丽莎惊讶的是,教授完全同意她的决定,但并不是出于当时流行的爱国主义动机。他对克拉丽莎说:"我目前对于我的私人诊所不感兴趣。我关于人类慢性精神病患者的研究,可惜现在可以得到充分的材料。要装下现在变成傻子的人,那座宏大的音乐会大厅还嫌不够,即使让这大厅变成我的门诊接待室,也嫌太小。现在不是个别人变成了疯子,其实是每个人都疯了。要是我碰到某人,他和我谈起'敌人',眼睛里就会发出一种仇恨的光芒。我就感到,得对他进行医学观察。性情最平和的人,现在也突然满腔仇恨,看人说话都疯疯癫癫。每个教授都变成了公牛,年纪越大,变得越蠢。您不愿留在维也纳,克拉丽莎,完全正确。您现在隐居遁世,就仿佛来自另一个世纪,另一个民族。谁也没法使自己强行保持中立,大家都是法兰克族人的时代已经结束。现在只有唯一的一种可能性来对战争,保持一种正常的,人性的态度:亲眼观看战争,而不是让战争叫嚣的制造者来描写战争。他们自己从来不上前线,其他一切都是自我欺骗,自我说谎,用抽象的概念来自我麻醉,自我陶醉。"教授辛辣的嗓音引起了克拉丽莎的注意,她凝视教授,发现他衰老了,动作更加神经质。他想起了自己的儿子,他也在前线,"我可以说,我很骄傲,为别人感到骄傲。对我自己,我不能这么说。您这样很好,您做得对。现在为那些应征入伍的人,为那些充当牺牲品的人灌洗肠子,或者给他递杯水,也比我们大家,那些所谓的学者们合在一起所做的事,要有意义得多。您会看到所有的理论,军事理论,国民经济学的理论,哲学理论,都将遭到扬弃。因为它们都以逻辑为基础,既然战争不合逻辑,他们必须把其他所有理论都放弃。也许我在我的研究工作中确定的一切,都是错误的。只有您将看到的一切,才是真实的,可怕的真实。倘若您把这里或者那里观察到的精神错乱的现象记录下来,您对我的帮助将大于您为我制定的卡片柜。因为我知道,您身上有些东西是真诚的。我希望,我能像您这样有用:帮助个别的人,也许现在对如此现实的祖国和所谓的人类更为有用——话说回来,仗打下去,也许该把人类这个美好的名字去掉,这个名字不再合适。"

教授有些把握不定地直视着克拉丽莎,"其实我不该这样和一位将军的女儿说话,而该像我的那些同行们那样,撰写战争小册子和战争文章。可是我总是持有这样一种妄想:战争是个罪恶,是件蠢事。我不想影响您,反正我有这样的感觉。总有一天,我会因为说话而丢了脑袋的。也许我已经受到传染,因为我刚从'敌人'那边回来,从英国回来。也许我自己也已经看不清楚,也许另外一个人也有一个儿子,一个塞尔维亚人,一个俄国人——可是现在,你的一切只能而且应该都围着战争转。经过三十年之久,我无法改变我的想法:对我而言,没有法国肾、俄国肾和奥地利肾之别,在血液里是分辨不出敌人的。我只能在有人生病、我能帮助的地方出现,并不是常胜的人类,而是患病的人们需要医生。我不能也不愿掺和到别的事情里面去,我拼死拼活地救了个别的人,而他们在战报中兴高采烈地报道,消灭了六个师。看来,赶快适应一下形势,既实际,也值得推荐。可是我已经疲惫不堪,没法用这种方式来适合实际。倘若我能理解我的儿子,我也许会这样做。所以说,您不再帮我工作,也许对您更好。和我在一起,也许会对您非常危险,每个人得自己解决自己的问题。我要是不随波逐流,就离群孤立。"

他伸手给克拉丽莎,握住她的手久久不放。克拉丽莎觉得,他仿佛想把她紧紧抓住。她发现教授似乎怅然若失,同时从他的镜子里看见自己,她有强烈的欲望,想对教授说点什么,"教授先生——我……我只想告诉您,我的想法完全和您一样,只是人们必须……我的意思是,我们大家……都必须有更多的勇气。"

教授凝望着她,似乎深受触动:"您说得对。大家必须有更多的勇气,关着房门胡思乱想,瞎说八道实在太方便了。您也许是及时提醒了我。"

他快步走到写字台边,急急忙忙,神经过敏地翻找一气,最后找到了一个已经封好的信封。他把信封拆开,取出一张信纸,浏览了一遍,笑道:"瞧,这是我今天收到的。"他把信纸撕成碎片,把它扔进字纸篓,"这是一份德国和奥地利知识分子的声明。人们要我们向全世界证明,我们是无辜的,是法国和俄国袭击了我们。我在声明上签了名,因为……我有一个儿子……不,您也了解我,我也愿意参加签名,不愿在名流的姓名当中缺席……的确如此,您来得真及时。您的反应正常,您救了我,让我少做一件蠢事。"他撕掉了信封,也把纸片扔进字纸篓。

"我会想念您,您身上有种东西让人变得更加正直,这在今天比以往任何时候都更不需要。不,"和平素一样,每当他羞于表示自己深受感动,便开起玩笑来。可是他未能完全成功地做到——"我得试试心灵感应术,虽然平时我并不相信这一套;想到什么地方有个人,你要是干了什么或者没干什么,你会在他面前感到害臊,这会对你有所帮助。它会帮你渡过一些难关。"

所以必须要想到什么人;要是你只是真诚地,正派地想到什么东西与他有关,那就应验了。他会怎么说呢……"是的。"克拉丽莎大声呼吸,仿佛她面对的是莱奥纳尔,以至于西尔伯斯泰因教授有些惊讶地凝视着她。克拉丽莎立刻感到,教授可能预感到什么。

她和教授告别,乘车前往医院。

☆　　☆　　☆

克拉丽莎前去值勤的野战医院,原来离开前线一百多公里。由于奥地利军队撤退,和前线的距离也就相应地缩短,而牺牲者的人数急剧增加;证明所有的估计全都失误,病床太少,医生太少,护士太少,绷带太少,吗啡针剂太少,一切都被这阵血肉模糊的可怕洪流冲得一干二净。根据计算医院可容纳两百张病床,可现在塞得满满当当的。进来的伤员达到七倍之多,在走廊里都放着病床。军官们还能安排在病房里,以及办公室里。地板已经没法打扫。没有勤杂人员。这座野战医院原来是所文科中学。再也没有地方放置病床。轻伤员只好躺在担架上,暂时待在列车下面,等着有人恢复健康,大多数情况下是等着死神降临,腾出一张病床来。有些伤员就只好一直待在没有暖气的列车里。在开头这几个星期,没有一天休假,也没有一小时休息。夜里火车开来,伤员就在火把照明下被从车厢里抬下来,救护人员几乎没有几分钟可以躺下休息一下疲惫不堪的身体。医生们心烦意乱,无法施行自己的职责;床单不许更换。有关的规定不允许更换床单。在打开头几仗的时候,越来越多的伤员运到这里。根本没有和平的远景。大家都心灰意冷;有时候似乎前方什么也没有,只有不断呻吟、持续发烧、奄奄一息、乱叫乱嚷的人们。都是些看上去健康不再的人。因为大夫们、护士们受到监视,熬红了眼睛跑来跑去,监察员们火气很大,狂呼乱叫;大家打电话都是一个劲地大喊大叫,另外一种人类已经产生。克拉丽莎的父亲曾经预言:只有乐观主义者才看见这样一些比例;而实际上需要七倍多的军火。他们也计算到损失;这些损失达到十五倍之多。另外,需要继续前进的运输工具中途停顿——煤炭匮乏。

八月份、九月份是最吃力的月份。护士们和医生们累得几乎崩溃。有一次,克拉丽莎两天没脱衣服。她不再知道该干什么才对,都快支持不住了,但是她并没有松劲。她拥有一种增加力量的秘密手段。让自己做事情做到筋疲力尽,对她是个乐趣,这是突破恐惧。千万不要多想,倘若她这时倒到床上,她就像跌进了一道深渊。她怀有这股力量,这份坚韧不拔的劲头,这对她很有帮助。白天她没有时间关心自己,甚至都没有时间洗脸;她全身心地投入工作,都没脱过衣服,看过报纸,连收到的信也没拆开;有时候她迫使自己坐在靠背椅上,对自己说,干够了。可是她脑海里立刻闪过一个念头,也许他,莱奥纳尔,此刻也正好完全无助地在战场的那边躺在一张床上,眼睛直瞪着房门,只希望有人来递给他一杯水喝,帮他拭去额上的汗水。克拉丽莎立即站起来,脚底发烫,膝盖发软,又从一个大厅走向另一个大厅。她觉得,仿佛她是在庇护他。保护他,保护她的莱奥纳尔,就仿佛她正在做这件事情。每一个人都是莱奥纳尔,每一个人都用莱奥纳尔的眼睛瞅着她。这个立陶宛的,波兰的农民就长着他的眼睛。不知道他们在这儿是不是也感觉到她深受大家的爱戴,以他们那种微弱的,无助的方式,让人感到纯洁的爱情犹如回声,来自远方;她救下每一个人就是救下莱奥纳尔,她帮助每一个人就是在帮助莱奥纳尔。她一个劲地工作,以一种超过她体力的力量,直到精疲力尽。克拉丽莎作为一个人居然没有崩溃,对此她惊叹不已。她甚至都觉得有些不大自然:在这里当医生,当护士,居然自己身体健康。有位医生对她说:"你得爱惜自己。"这是一位来自蒂罗尔的友好的年长医生,"咱们也得想想自己。"克拉丽莎感到,她只有忘记自己,想到莱奥纳尔时,才有力气。

十月份情况好些。最初打得最为血腥惨烈的几仗已经结束,惨象稍稍缓和,就这样进入十一月;战争越来越成为生活的最为坚强的形式,各个组织发挥的作用越来越好。在城外建立起自己的医院临时木板房,两层楼的房子,染上传染病的士兵,灭虱处和办公室都安排到那里;医院本身则完全为军官使用,病房里的伤员数量正常,有时候还有空床。现在第一次有了休息时间,可是现在克拉丽莎才感觉到可怕的过度疲劳。她清楚看到,一个像这所医院这样的机构的阴森可怕。这里运作的情况就像发生了一场灾难,发生了一场爆炸。这是一台使人健康的机器。一些人负伤抬来,克拉丽莎感到痛苦,有些人被逐出医院,她也感到痛苦。她知道,她为大家所做的一切,其实都是为一个人做的——他,莱奥纳尔,就是一切。在她第一个完整的休假日,克拉丽莎打算整理内务,给父亲、给哥哥、给几个熟人写写信,为西尔伯斯泰因教授做些记录;她一口气睡了二十二小时没有醒过来,可是疲劳依旧,就仿佛疲劳已浸入她的体内,仿佛她在那些发高烧的伤员那里感染了疾病,血液变得滞重黏稠;她不得不坐下,饭菜让她恶心,她觉得什么东西吃起来都有一股碘仿味,她吃一口就吐。她感到难以思维,她对自己说:"我得休休假了。"可是她在父亲面前感到羞耻。她知道,父亲总是勉为其难,克拉丽莎苏拖着,继续干活,一直干到那糟糕的一天,干到十月十九日。克拉丽莎又一次工作到疲劳不堪,我这是怎么了?有个邮递员走进医院,带来她父亲的一份电报:"埃杜阿尔特阵亡,塞尔维亚。"下面的事情,克拉丽莎就什么也不知道了。

☆   ☆   ☆

等克拉丽莎苏醒过来,身子躺在一张长沙发上,有样又冷又湿的东西盖在她的眼睛上面。她把这东西推开,在她身边站着一个医生，戴着厚厚的眼镜正定睛看着她，"哪，孩子，您觉得好些了吗？"克拉丽莎收敛心神，认出了房间，也认出了医生，问道："我刚才晕倒了吗？"医生答道："是的，不过这没有什么。我一直担心会发生这件事，您实在过于劳累了。现在您好好休息一下，我马上就来看您。"克拉丽莎继续躺着，她想回忆一下刚才发生了什么事情，想到父亲，想到埃杜阿尔特，她哥哥。可是她不得不一个劲地想到另一个人，比想她父亲还多。她感到心情压抑。晚上她又想起身前去值班，医生回来，看看克拉丽莎的情况。他听说克拉丽莎收到她哥哥在前线阵亡的消息，立刻面容严肃，表示哀悼，"原来如此，哥哥不幸阵亡。我表示哀悼，衷心表示哀悼。那，那您的晕倒就可以理解了，我完全理解。平时女人晕倒，我们首先总想到另外什么事情，因为这在大多数情况下是主要的事情。不错，神经，在今天，神经很难控制。我起先以为是心脏出了什么问题，可是看到您的目光……不，您的心脏搏动得非常平稳，现在您再待一夜，然后您就休假两三天。我坚持您这样做，最好您去看看您的父亲。"

克拉丽莎一声不响，突然之间，她的双手冰冷，有什么东西从头上直压下来。医生信口说的一番话，唤醒了她的一种思维，这个思维抓住她不放。在发疯般拼命干活的那几个星期，她没有注意自己，也没有注意自己的身体。现在她开始回忆起来，她的肉体里有什么东西不对劲，她颤抖着摸摸她的腹部，她的乳房。她可没有想到这个。她僵住了，一动不动。这也许只是一个偶然情况，原因可能是过度疲劳，她又开始颤抖起来。平时她总是很能控制自己，要是真的出事了呢？莱奥纳尔一直对她十分温存，极为温柔，不过在那个绝望之夜，他们半是身在梦中，半是绝望透顶，他们的身体紧紧地贴在一起，仿佛想把深沉的悲痛窒息。他们胸贴着胸……

颤抖继续,可不,她颤抖得更加厉害。难以想象,竟然怀上了一个法国人的孩子,一个敌人的孩子,而且还要承认这事。这事她又无法跟莱奥纳尔说,莱奥纳尔也帮不了忙。他可能不会承认,克拉丽莎也不可能承认,无法向任何人承认,无法向父亲承认,向谁也无法承认。这是一个不堪设想的处境。不行,不能这样下去!这种毫无把握的状况简直无法忍受。她再去见医生,只说:"您说得对。我不能再干下去了,我打算休假一个星期,去看我父亲。"

☆　　☆　　☆

克拉丽莎知道,父亲一早就去办公了,所以不会在家,至少上午不在家,一直要到晚上才回来。她毫不迟疑地做了下面的事情:她把她的小箱子寄放在对面的一家咖啡馆里。她心里更加害怕,她希望得到准确的消息。自从她第一次想到这事,她就认为这是可能的。她问人要了一本电话簿,找了一位妇科医生的电话。前三位妇科医生的电话都没打通,第四个医生在郊区行医;他在那里有个小小的接待室,所有的东西都显得寒碜。她得在这儿等候,有几个妇女已经坐在这里,有几个女人显然已经怀孕。这可怕的时刻挨了很久,直到医生接待她。克拉丽莎刚看他一眼,勇气就顿时消失。此人是她的法官,将决定她的生死,她的命就攥在他手里。这个医生留着一小撮山羊胡子,身体很弱,眼窝深陷。想到要把自己的身体给他看,克拉丽莎就感到毛骨悚然。除了莱奥纳尔,谁也没有看见过她的身体,她却要在这个男人面前脱去衣服。不舒服的感觉已不复出现。最后她躺在那里,闭上眼睛,医生对她进行检查。她不敢向医生发问,医生说道:"夫人,一切都会好起来的,一切全都正常,该多正常就多正常。您的体质很好,并不像平素怀第一个孩子时那样。不过您在所作所为上得采取一些措施,好吗?"

克拉丽莎感到一阵晕眩。这个大夫用一种不言而喻的态度说出了一些可怕的事情。那种漫不经心的态度激怒了她,"您没有……任何怀疑?""没有丝毫怀疑……但是,我说过了,不用担心……一切都会好得不得了。过几个星期我再检查一下。"为了让克拉丽莎放心,医生拍拍她的肩膀。

克拉丽莎心情不安地站在那里。她的脑子里有什么东西风驰电掣般飞来飞去。她看见医生已经手握着门把,她知道她还想问医生点什么。那最好还是躺在床上,这样她的思维可以清晰一些。但是门外等着好几个女人,她没有勇气,另外她也没有力气向这个男人说出这些话来。等她走出诊所,她才整理好思想……有没有手段,来阻止这事。她怎么才能拯救她自己呢?这个医生是否愿意帮助她……她牢牢地抓住栏杆:她可不能再晕倒在地;她必须保持坚定,于是她拖着脚步回到家里,脑子一直被这件事情占据着。

晚上她听见开门声。她忘了先给她父亲发电报,父亲不知道她回来了。现在父亲已经待在旁边的房间里了,克拉丽莎害怕突然把门打开。可是不开门出去是不对的。她走向门口时,轻轻地咳嗽一声。"谁在那儿?"父亲大声叫道,他吃了一惊。克拉丽莎打开房门,"是我,父亲。"父亲直盯着她,她吓得够呛。她看过很多悲惨的东西,尤其在最近几个星期,看见了许多苦难。可是父亲现在已经完全变成一个老人,他凝视着克拉丽莎,"啊,是你。"——他说道,声音一点儿也不亲切,听上去像是大失所望。他想的是他的儿子,想他,想他,他不可能再把儿子叫回来。女儿,他能够看见,总能看见,女儿不是活着吗?可是儿子已经丢掉性命。

父亲振作起来,"你真可爱,回家来了。"他说道,声音干巴巴的。现在父亲才向她走来,和她拥抱,有点心不在焉地往下说:

"快坐下……我想……我只想稍稍洗漱一下。"说罢,急急忙忙地走进旁边的房间。克拉丽莎非常了解她的父亲。父亲不好意思,担心控制不住自己。几分钟后,他走了回来,开始没头没脑地突然说道:"我还没能收到进一步的消息,只收到一封电报。在喀尔巴阡山一带……喏,这儿或是那儿……那些不想活了的人就不提了,其余的人都打个正着……是啊,那是最危险的位置……在喀尔巴阡山一带,这个位置只有冲锋才能夺到。炮兵司令库比昂卡总想让人在那里建造工事,准备冲锋……他向议会呼吁,拨款两百万克朗。在今天,区区两百万又算得了什么……从卡晓拉了一条单轨铁道上来,单轨的……可是康拉德·封·霍称多尔夫他们计算出来,立刻就会有兵力越过斯特里和普鲁特,机器也会向回开动,他们没有想到,要是你贸然指出这点,那你就是个不切实际的统计学家……要举行一次进攻,就必须预做准备。"她的父亲愣住了,变得神情冷峻。他似乎已经感觉不到手里握着的那张纸,他想着他的祖国。

克拉丽莎觉得有阵寒噤从她肩头穿过。她觉得这个老人身上有些东西已经僵化,这老人是她父亲。既然父亲不想说什么心里话,便信口胡扯。在他心里,有些东西已经死去,他再也不会真诚地说话,再也不会和人真正促膝交谈。

老人又继续谈到大举进攻,他说的话恐怖而又空洞。克拉丽莎发现父亲是想麻痹自己,她这时真不知道父亲是否真的感觉到她在身边。她预感到,她对父亲而言已是可有可无。她就这样在父亲面前坐了一个小时。她站起身来,父亲和她拥抱,问道:"你明天又要回去了吧?"虽然她并不打算回去,可是不由自主地说道:"是的。"父亲不想留她在身边,他不想要任何人留在身边。克拉丽莎向父亲告辞,父亲冷冷地、严峻地提醒她:"做好你的工作,埃杜阿尔特没有让我们蒙羞,你也要干得漂亮。别了。"

☆　　☆　　☆

走出她父亲的寓所,克拉丽莎知道,她不会再回到这里,宁可在一家饭店过夜。因为她回去,会打扰父亲。她发现,父亲不可能也不想向她袒露心扉。另一方面,她在医院里得掩饰自己现在的状况,这个念头她无法忍受。她得采取一点措施,首先她得有安全感,她得待在维也纳这儿。这点需要好好思考,因为若在医院那儿她就完了。那里已经不再有任何希望。那位医生想帮助她,他是一片好意。可是不出三四个月,别人就会发现她的问题,那就会传得尽人皆知。必须采取措施,她必须把它除掉,不能给她父亲抹黑。父亲若是知道了,肯定活不下去,他是个多么严格的人,不能让他再受这个打击。克拉丽莎到处乱转,又到报纸上去寻找关于助产士的某些广告。她在医院里也知道,有些医生也干这种事情,不过你得找到他们才行。她查出了这些医生的地址,有一次她在楼梯上停止脚步,有一次她一直走到门口,可是心里总有障碍。这可是一笔买卖,"请您把我的孩子打掉。"

这话她说不出口,每个字都使她窒息。她只对唯一的一个人怀有信任,那就是西尔伯斯泰因医生。医生接待她时心里很是感动,从他身上散发出阵阵温暖,可是他说道:"看不见我,就把我忘了吧。您做的记录在哪里?您的消息我一个字也没听到,您知道吗?我都对您产生疑心了呢。现在一切都劈头盖脸地向我袭来,您至少可以给我写封信来啊,这对我也是个鼓励。"这时医生才发现,克拉丽莎的脸色是多么苍白。他几乎是满怀柔情地问道:"您怎么啦,孩子?"克拉丽莎抬头对医生说:"我可以坦诚地和您说话吧?我需要帮助。"

西尔伯斯泰因教授定睛看看克拉丽莎,目光犀利,立刻做出诊断,接着他把仆人叫来,吩咐仆人:他谁也不见,也不接电话。克拉丽莎从来没有见过教授这样,"如果您要帮助……"教授摘下眼镜,克拉丽莎发现教授的目光变得异常柔和。她告诉教授,自己怀了孩子,由于特殊情况,她不想把这孩子留下,她不能强求她父亲接受此事,这是一桩耻辱。不要问她:她请求教授不要继续追问,教授能帮助她吗?凭着他的威望,一定认识其他一些医生。

教授没有马上回答,但是他轻轻地抚摩克拉丽莎的双手。克拉丽莎可以感觉到,教授同情她。他站起身来,思忖了一会儿,然后又坐到克拉丽莎的身边。

"听我说,孩子,这事得好好考虑。这世上什么事情我都想到了,就是这一点我没想到。也许您对自己也会提问,您在哪些地方存在疑虑。您尤其知道,我并不想逃避,我一心想要帮助您。这不是问题,我愿意帮助您,甚于帮助任何人。问题只在于怎么样才能最好地帮助您。我们必须尽可能地把这问题弄得一清二楚。医生有的是,可以开出相应的证明。开这种假证明已不是第一次,我在医院里也有一个可靠的朋友,可以办这种事。我会亲自监督的。现在在战争期间,查得不是那么严。您要是有顾虑,尽管说出来,尤其是别让您误解我:我当然知道,根据法律,这种手术是严厉禁止的。可是现在每天都有成千上万的人遭受屠杀,谁还在乎法律。对我而言,已经没有法律。凡是意味着国家的一切,对我而言,已经不复存在。关于您父亲和耻辱的一套,我也不在乎——我的上帝,他们都七十高龄了。老年人已经不算什么,可是年轻人也不算什么。什么荣誉、耻辱、英雄、无赖,这些字眼全都毫无意义。所有的一切都已摇摇晃晃,所有的人,他们都必须当作匪徒射死。谁若拒绝开枪,他们就管他叫祖国的叛徒。我们必须自由自在地思维,从前思想一直是自由的,清晰的,富有人性的,如——如果必须如此,如果您已下定决心,那我就马上把一切启动起来。别这样,您别这样心惊胆战地看着我……我并不想逃避责任,丝毫没有这个意思……您听好,请您帮我找到正确的出路……我们不能做出您无法弥补的什么事情。"

教授站起来,一面擦着眼镜,一面思考。

"您并不是第一个坐在这里的女人。在我的一生中,在六十年里,并不是第一次有女人来找我,不想要她怀的孩子……您还记得吧——我曾经由于神经的状况开过这类的证明,也曾经拒绝开这类的证明,每个女人都有不要孩子的理由,有的是没有钱,有的是没有父亲,有的是害怕生病。在有钱人那里也是如此——一个女人不要孩子,总要有个理由。事情本身并不怎么严重,一百件案子有九十八个得到顺利解决。我并不是对私密问题、个人问题感兴趣,我在乎的是别的事,是不是他抛弃了您,他是否愿意帮助您,他是有钱人还是穷人,以后打算娶您还是不娶——这一切都是次要问题,您不要一时害臊干出以后追悔莫及的事情。我知道,责任落在您的肩上,可是只要我帮助了您,也有一些责任落在我的肩上。所以我必须问您……不,您别害怕……您别这样直瞪着我,别这样担惊受怕地直瞪着我……我是作为一个朋友在和您开诚布公地说话……倘若您觉得这样更好,那我就这样做,您说话时就用不着看着我……现在,您听我说。"

他挪动了一下位子。克拉丽莎已经挪开了。

"您听着,克拉丽莎,我不该向您提什么问题,我也不向您问这个男人的情况,不问他是个什么样的人,不问他人在哪里,是什么打动了您——不,这一切对我都无所谓。我问您——不,不如说,我请您,现在问问您自己,非常真诚地问您自己:这事是个不幸,是件蠢事,是一时软弱?这个男人是不是这样一个人,您是有意识地坚信不疑地要他成为一个孩子的父亲,成为您的孩子的父亲,即使所有偶然的情况都反对这事?举足轻重的是:您对这个男人的态度如何?您认为您对他有足够的了解,可以做出决定?"

克拉丽莎低下脑袋,但是她口齿清晰,毅然决然地说:"是的。"

"那么——在正常情况下,您怀上他的一个孩子,您会感到骄傲和幸福?"

克拉丽莎抬起头来,开始回想起莱奥纳尔站在她的面前,目光清澈,含蓄稳重,善良的笑容。她使劲地看着西尔伯斯泰因医生的眼睛。

"我完全确定。"

西尔伯斯泰因医生一下子变得非常严肃,"那么……那么……"(他不得不深深地吸一口气)"您若打掉这个孩子,就是犯罪行为。我指的不是国家意义上的犯罪行为,对此我才不在乎呢,但是您这是在剥夺您自己理应拥有的东西,是在示弱,这当然很愚蠢。"

克拉丽莎不响,她感到她的心怦怦直跳。

"请听我说,孩子,请您相信我。您现在千万不可一时感情用事就贸然行动。我重复一遍,我准备帮助您——但是我不愿帮助您伤害自己,帮助您仓促行事。再过几年,您不会原谅我,不会原谅您自己。您知道吗——倘若您是另外一种情况,您是一时软弱,一时醉酒,一时感到孤独,一时荷尔蒙作祟,所有这些都要简单得多。但是这一切我很难设想会发生在您身上,除非他利用了您,要不就是另外一种情况。您仿佛是一时精神迷惘,随便委身给了什么人。可是我了解您,一向头脑清楚,这不是一时冲动,不是仓促钟情。我估计，您是意识清醒地和他在一起的，完全出自内心的自觉自愿。"

克拉丽莎心情平静地直视着他，"是的，出自内心，自觉自愿。"

"这样您就承担了责任，您要这个孩子：不自觉地要了这个孩子。我不了解当时的情况——我也根本不想知道，到底他是一个生性轻薄的人，是一时兴起，还是一时醉酒做了这事。您可是知道，您干了什么。您现在不要为之追悔！倘若您当时有勇气，诚实地面对自己，那么您现在再一次鼓起勇气，再一次诚实地面对自己，您是一个不知畏惧的人，您现在又害怕什么呢？"

克拉丽莎又一次垂下了脑袋，"我不想欺骗您，实在太难，难得可怕，因为我一度鼓起了勇气，我也必须继续勇敢——这全都在我自己，可我必须把我自己藏在哪个医院里。"

"您真的受不了这个？"

"我想的不是我自己，我想的是我的父亲。我没法让他遭受这个，他已经失去了他的儿子，他现在一无所有，只有他的荣誉，这就是他的一切。倘若我让他……这将是绝灭人性的事情……我想……那他一定没法再活下去。"

西尔伯斯泰因医生答道："您想到您的父亲……因为他对您有一种权利……那好，您感觉到这点，我不想说什么反对您的感觉……每个人自己心里有数……您父亲多大年纪？"

"六十八岁。"

"而您是二十一岁。我们这些老年人已经不算数了。他还能活五年、十年，而您还得活整整一辈子，还有那孩子，您考虑考虑！您剥夺掉您身上的什么东西，那我就问我自己：您有权利吗？孩子有个父亲……您问过他吗……也许您没法问他……您想想看，要是他处在您的位子上,他会怎么办?"

克拉丽莎凝视着医生,她心里有数,知道莱奥纳尔一定非常高兴(他和他的太太分手了,因为他太太不要孩子)。克拉丽莎开始浑身颤抖起来,泪如雨下,她悲不自胜。

西尔伯斯泰因医生大受感动。他挨近克拉丽莎,拿起她的手来,"我不想折磨您……我想我理解您。我是……我是通过他阵亡的儿子,和您的父亲比平素更深的连在一起。他失去了他的儿子……我的儿子在战场上……我想到的是这个;监督他的性命对我而言,并不是无所谓的事情,我将……我不知道,我将做些什么……请您想想那个男人,只想他。您父亲的遭遇是沉重的……他是将军,是不是……对他而言,丧子之痛是可怕的。我不否认……我自己……倘若我的女儿跑来……我们大家都紧密相连……我也会感到羞耻……也不敢走到大街上去……您瞧,我什么也不美化,我并不把自己说得比我实际情况更好……我知道,我生性胆小……不像您那么勇敢,我不想蒙骗您。但是请您好好听我说,我是一个老年人,我一生中什么没见过,什么没经历过……我知道,每句话都触痛您……请原谅我……您没法到他那儿去,把这事告诉他……就是去了,他也不会理解您……"

"那我是在卑鄙地这样干了。"

"您说得对……您不能这样干,不能这样伤害他……他也需要爱护啊……您这样做,将是一个罪行,请您平静地和我一起考虑一下,难道您父亲非要知道这事不可吗?"

克拉丽莎身不由己地抬头直视医生,医生轻轻地抚摩她的双手,"我跟您说话不像对我自己的女儿,您不是要求我的帮助吗?我毕竟是个医生,医生只有他的眼光。您一走进来,就引起我的注意。您脸色苍白,其他并没有什么,要不然……我永远也不会萌生这个念头……我想,还得等很长时间,大家才会猜到……暂时大家什么也看不出来,要是穿上护士的衣服,更看不出来。一个女人怀了孩子,而家里人并不知道,这样的事情又不是第一遭发生,客观情况非常有利……到处都乱七八糟……谁也不关心别人。您可以回到您的医院里去。您的父亲猜不到那件事,医院里也没人猜到,医生们也不知道……等您觉得瞒不下去了,您就要求休假,其余一切让我来办。"

克拉丽莎颤抖不已,她的眼睛直盯着医生的嘴唇。她想到了这点。西尔伯斯泰因一个劲地抚摸她的手。

"见我劝您这样做,您一脸惊愕……因为……因为您问过我,我是否能帮助您。您必须冷静地想一想,孩子,冷静地想想,想想清楚。我知道,要做这样的决定,很难清楚地思考……可是我却是为您而想……这就是说,我已经把一切全都彻头彻尾地想了一遍……您听我说,我不知道,您是不是还记得,我在小-格迈因有一幢小房子……我是很奇怪地买了这幢房子的……七年前,我和我太太在萨尔茨堡,我们一起散步,向国境线上走去……突然我看见了一幢小房子,一幢古老的农家房舍,有个小花园,里面长着天竺葵,收拾得干干净净……当时我就闪过一个念头:可以住在这里……就得这样生活。有幢小小的房子,什么也不用想,不必费什么劲,过着朴素的宁静的生活……我不知道,您是否懂得:从火车上向外眺望,往往看见一幢房子,但不知道这城市叫什么,什么人也不认识,你会有这样的感觉,在这里可以安安逸逸地生活……这是一个多愁善感的瞬间。我把这房子指给我太太看,她笑道:'不出两个星期,你就待不住了。'可是我们越过灌木丛,尽可能仔细地观看了花园……就在我们观赏的时候,房门打开,一个女人走了出来,五十岁光景,戴了一顶小帽,是个真正的农妇,虽然衣衫寒素,可是干干净净。她向我们走来,'这位先生是代理商派来的吧?''不。'我有点惊讶地说道。她表示歉意。她之所以这么认为,是因为我们在房前站了这么久。我们于是攀谈起来,她告诉我们,她不幸死去了丈夫;现在她无法支付抵押贷款,但愿有位代理商能接手这件事,只要她能继续住下去就好。她的几个孩子都是在这幢房子里出生的,她只希望能保留一个房间:那间后屋。这话打动了我,激起了我怜悯之心。我仔细看了一下这幢房子:房子收拾得干干净净,楼上有三间房,通过窗户可以越过花园,眺望到山上。我亲自经历了这个幻梦,每一个干活为生的人都有这样的梦想,每个人都希望拥有一些属于他个人的东西。我的太太拥有股票,相当富有;我就想买下这幢房子;我问了一下价格,房子便宜得可笑,我就买下了,的确是散步时顺便买下这幢小房子。夏天有时候,我想安安静静地工作,就到那儿去住上一个星期。一位老妇人管理着这幢房子,里里外外干净得发光发亮。她是集市上的一个水果贩子,日子过得有滋有味。

"事情就是这样——现在来谈谈您。我在这世界上要是有一个对我忠心耿耿的人,那就是这位豪斯纳太太。要是我杀了人,她会把我藏起来。她明明知道这件事,她会在法庭上当着十字架发誓,杀人凶手不是我。我的病人远没有她这样忠诚,他们精神分裂。我尽量不去想我的同事们。但是这个豪斯纳太太想着我——我甚至相信:她每天都为我祈祷。我当然把她的房间留给她,她不花一分钱,也不用缴税。她没有什么可干,就去伺候那些花朵——她做这事也是为了她自己。她已经看见自己被撵出了这幢房子,看见自己给连根拔掉。您可想不到农民是如何依恋他们的土地,依恋每一株树;每一朵花都生长在他们的心窝里。倘若我心情不好,或者情绪低落,对我自己产生怀疑,我只消驱车到那里去看一看这位水果女商贩的眼睛。在这个世界上,有一个人觉得我是重要的,我就觉得心里舒畅。那两个房间总是收拾得一尘不染。要是有人到那儿去住,要是您去了,她一定高兴得不行。要是我把您送到那儿去,您就会比在世界上任何地方都更加安全,更加隐蔽。豪斯纳太太会照顾您。她自己一共生了四个孩子,她性格宁静,善良。只要您对其他人有顾虑,她也可以照料这个孩子。除了这个女人,您和我,其他任何人都不会知道这个孩子。这位豪斯纳太太为人虔诚;您要是让她发誓,她一句话也不会说出口。您对我当然可以放心:我学会了守口如瓶。"

克拉丽莎感觉到自己的双手握在老人的双手里,她感到心情舒畅。听了他的话,克拉丽莎感到完全被教授所征服,她浑身都感到温暖。这股暖流一直冲到她的腹部,她的孩子就在那里,从她的血液,她感觉到这股暖意流了多远。她默默地凝望着前方……"可是这孩子该叫什么名字呢?……它还没有名字啊……名字……可不,别人会问的……我该把它藏在哪里呢?我不能……我不愿把孩子交给陌生人……"

"是啊,您将来必须勇敢啊。"

"我不愿想这事……不愿想这些细节……不想……我愿意相信,到时候会有办法……一切问题都能解决。这个疯狂的时代总不会永远持续下去吧。"

"理性地看——不可能继续下去。"

"一般说来,大家不会提问。但是会有意外情况发生。"

"可怕的时代使得一切都比较容易应对,要是有人问起,您就说:他还没来得及和她结婚就阵亡了。"

克拉丽莎凝视着教授:"我想,您说得对。我愿意试一试。尽管很艰难,是啊,会很艰难的。"

"我知道,"教授接着说:"即使没有孩子也不容易。心里存着一个秘密活着是很不容易的。我不想蒙骗您。您非走不可。要是看到别人可以承认的孩子,眼泪就会涌入您的眼睛。但是我的孩子,所有这一切对您都更容易,也更好,比……因为另外一种情况,孩子,那是不可挽回的。您就不会知道,您为什么而活着。能成为什么人的母亲,还是有点好处的。我自己还是有点知道……我有个儿子在前线。这样您的生活终于有了意义。反正生活总会做出安排。"

克拉丽莎觉得,她的双手变得更加平静,已不再颤抖。她感觉到她的双手绷得紧紧的。

"您不用感谢我,不用,孩子。"教授严肃地说道,"您帮助了我,我以为在帮助您,可我却帮助了我自己。我需要勇气,比我拥有的更多的勇气。每个人都以自己的榜样在帮助别人。我看到您保持坚定而不屈不挠,您就帮助了我。我生活中从来没有这样需要看见一个坚定的人,我还会需要您一次,您总算认识一个人,他了解您,至少有一个人,您可以跟他说说心里话。"

克拉丽莎抬起头来,她感到,应该问他一点什么。可是教授很快就拦住了,"这完全无所谓,只要我儿子能回来,我就满意了。管它发生了什么事,人总是生活在他的孩子们当中,所以……"他用胳臂搂住克拉丽莎的肩膀……"坚强些,您不知道,人老了,会有多么孤单。"

一九一四年十一月、十二月

克拉丽莎当晚就返回野战医院,尽管她还有三天假期。她必须干点什么,她想麻痹自己,可她又不得不一再思索:这孩子正在渐渐长大。她现在需要坚毅果决的精神，因为她心里总是害怕自己又会动摇不定。可是她知道：从那里已经没有任何退路。这意味着破釜沉舟，身后的桥梁已全部拆掉。她终于下定决心，她现在一切都明白了，她将不得不咬紧牙关做人。一天之后，她去院里报到。

费尔赖特纳医生，那位来自蒂罗尔的花白胡子的乡村医生欢迎她，"我都已经在找您了，我正好需要您做件事。您是不是在维也纳西尔伯斯泰因那里当过助教？"

克拉丽莎说："是。"

"这位枢密顾问先生，看上去有点神志不清了吧。我在报上读到点消息，他居然拒绝在宣言上签名，不签也罢，还发表了一份什么小册子，说什么：'科学是国际性的，超国际的；一个有头脑的人必须置身度外，不要掺和进去。'我们现在就需要这些人，这些国际主义的、超国际的先生们，恰好在我们民族性命攸关的时刻，需要这些先生。这都是些叛徒，就该把他们当叛徒对待。您看——他们已经把他开除出科学院了。这个爱吵架的家伙，居然这样放肆，在他的小册子里把法国人称作一个伟大的文化民族。现在，正当成千上万勇敢的小伙子死于非命的时候，他却说出这般话语——当然了，因为他们把荣誉团勋章挂在他胸口上了啊……是啊……我想说什么来着……对了……您当过他的助教，在他那儿总还是学到点东西的，这家伙专业还是懂的，就这样吧，这头蠢驴……那么，好……在另外一个科室里，我们在6号病房新收了一个病人，神经有些错乱，因为空气的压力把他抛了起来……没有什么严重的创伤……一个劲地哆嗦，有语言障碍，大声痉挛性的哭哭啼啼，外表上什么也查不出……脑震荡……成天躺在病床上，给他吃什么就吐什么……是啊，我想说什么来着……我只去看了他四次,可我觉得有些不大对头……我就觉得这小子在装病或者夸大病情;可是,关于神经疾病我懂得不多,都是些麻烦玩意儿……不是我的专业……我要求您的是,克拉丽莎护士:您稍稍注意一点儿,您有事没事地到那个科室去走走,千万不要惹人注意……瞧瞧他是怎么回事……瞧瞧他的温度,是不是只有在我们走进病房的时候,他才开始哆嗦。您把部里颁发的公告弄来瞧瞧,这些策略家把想得出来的一切花招都列了出来……也许我冤枉他了,但是我们现在病床奇缺,我们必须小心,别让一个小子躺在病床上偷懒,而其余的人却在尽忠职守。"

克拉丽莎答应了他,当天下午她就去巡视 6 号房间。房里有四张床,其中两个病人,她上一次就认识。两个头部中弹的士兵,绷带遮住了他们的眼睛。克拉丽莎不知道,他们的眼睛是否还能获救。靠窗的床上躺着新来的病人,他正在睡觉,大约二十七岁,长了一张孩子气的柔软的嘴。也许凭他一头褐色的卷发和他光亮的额头,长得还挺漂亮。可是他的脸白得骇人,眼睛深陷在眼窝里,使他的脸有点像面具。只有他的嘴,睡着了还像个生气的孩子似的噘着。克拉丽莎走到他的床边,这时轻微的响声把他吓醒。他蜷起身子,用他褐色的眼睛凝视着克拉丽莎,面颊一个劲地哆嗦,眼睑颤个不停。"什么……事?"他跟克拉丽莎招呼。"您不要害怕,"克拉丽莎说道,对他进行安慰,走近病人,"没事,我是那边的护士。我刚休假回来。"可是那病人哆嗦得更加厉害,开始浑身颤抖,下巴也直打战,上下牙不停地打架,发出咯咯的声响,惊慌失措地,他口齿不清地说:"您是不是,"他结结巴巴地说,声音几乎都听不清楚,"又要检查我?!我……我再也受……不了啦。我要……安静……我的脑袋……都要炸开了,我再也受不了啦。"他把两条胳臂紧紧地贴住自己的身体,一阵歇斯底里的痉挛撼动他的全身。克拉丽莎安慰他:"不会,今天不会再有检查了,只有您的体温,我要量一下。"病人稍稍从枕头上抬起头来,费劲地结结巴巴地说道:"请您……今天……别……别检查……请您别……检查我……我累了……我再也受不了啦,请您可怜可怜我,护士,我请求您……亲爱的,亲爱的护士……请您让我睡觉……亲爱的护士。"他用一种奉承的声音说了这番话。这嗓音,也许有点过于柔软,过于温柔。"好吧,"克拉丽莎说道,"明天早上第一次查房时我才再来,我现在只看看您的这些表格,看完就走。"她果然只看了一下病人的表格:"高特弗里特·布朗柯里克,候补军官,步兵团,二十七岁;病案描述:遭到掩埋——骨折?"那声音又轻轻响起,带着请求的口吻:"请您给我看看那张纸,我想……知道,我受了什么伤……我还……还得……写信给我母亲,我的母亲……我必须。"克拉丽莎很不高兴。病人很奇怪地,一下子清醒起来,脑子也很清楚,尤其是他嗓音里那种谄媚奉承的劲头,"以后吧。"克拉丽莎简短地说了一句,把表格放下。病人又默默地躺了回去,嘴巴旁边又出现那种赌气的样子。他的身体又颤抖起来,仿佛他觉得冷。克拉丽莎发现,看上去他仿佛又用双臂夹着自己的身体,也许费尔赖特纳医生说得没错,是得好好地观察这个病人。她平静地说了声"晚安",就走出病房。一会儿她就把这人忘记。她只想着她体内的胎儿,它正在长大。随着它的长大,克拉丽莎的害怕和恐惧也跟着增长。在她独自一人时,她只想着这一件事:有了这胎儿,她已不再孤独。

☆ ☆ ☆

第二天,克拉丽莎也参加对年轻的布朗柯里克的检查,虽然这不属于她的科室,除了团队军医费尔赖特纳医生之外,上级军医维尔纳医生也在场。此人说话蛮横,态度粗暴,大家都怕他。"喏,看看您吧,"他开口训斥那个浑身哆嗦的布朗柯里克,"快爬起来,现在,别胡闹!"护士们把这不幸的年轻人扶了起来;克拉丽莎看到他裸露的上身,大吃一惊。他骨瘦如柴,细嫩白皙的皮肤上汗毛直竖。最近几个星期所有的一切,都比以前更容易使克拉丽莎激动。她已经无法沉着自信。上级医生在病人的膝盖上测试他的反应。克拉丽莎看着他的脸,眼睛里有一股难以描述的惊恐之意。迄今为止,她从来没有在一个人脸上看到过这样的表情。他的身体,甚至他的胸部、头部都在颤抖,头发上沾满了汗水。"麻烦,"上级医生喃喃自语,"这家伙抖得那么厉害,你根本什么也感觉不到。"他又冲着病人大叫:"保持安静!"被检查的病人,面部轮廓拼命扭曲,眼睛发出一股白痴样的表情。上级医生厉声问他:"您是在什么地方被掩埋的?"吃惊的病人舌头发干,结结巴巴地回答:"不……不知道。""什么话,您不知道? 胡说八道,骗人,您必须知道,您参加了哪次战斗。"但是这个受到折磨的年轻人又重复一遍,浑身颤抖,脑袋直晃:"我……不知道。"上级医生恶狠狠地看了他一眼,摸了摸他的肌肉;布朗柯里克感到一阵寒噤,一阵颤抖又传到他的全身——上级医生转过头去,低声对团队医生喃喃地说道:"这人全身都垮了,不过我认为,主要是怯懦作祟。反正必须对他严加观察,用用电击,不出一个星期他就会死掉。不然,就该对他进行上诉,他又什么都没吃吗?""早上吃了点早饭,可是后来又都吐掉了。"团队医生转过脸去,上级医生生气地说了声:"哼,咱们最好下班车就把他送到维也纳去,让他们诊治他吧,我们可不能让他在这儿瞎躺几个星期。"然后又走向旁边那张病床。

　　克拉丽莎心情激动地留下。她发现当护士们把那年轻人重新放在床上躺下时,病人脸上流露出可怕的惊恐神情,他的脸像死灰一样苍白:克拉丽莎觉得,这似乎反映出她自己的惊恐。病人小心地倾听着上级医生沉重的脚步声渐渐远去,他才平静地躺着,可是颤抖依旧。克拉丽莎对他感到难以估量的同情。她坐到病人的身边:"好了,现在您好好休息。您瞧,查房并不是那么可怕。您必须赶快增加力气。"病人听到克拉丽莎的声音,睁开眼睛,眼里闪烁着一种柔软的感人之情。"您不想再吃点什么?"病人的嘴唇动了几下,一句话也没说出来。他双手直颤,脑袋也摇个不停,憋出一个字来:"不……不……不要!"然后他就躺着,一动不动,睁着他那双褐色的眼睛,凝望着克拉丽莎,仿佛他想紧紧抓住克拉丽莎。"我能为您做点什么吗?"年轻人使劲地嚅动嘴唇。"待着,"他非常轻声地说道,"请您待在这儿。"

克拉丽莎就坐在他的床边,一动不动。她想着莱奥纳尔,也许他也精神错乱,也许他也脸色这样苍白,也许有个什么人也待在他身边,也许他正想着克拉丽莎,他也可能正在做梦。克拉丽莎走到旁边去了一会儿,因为有个伤员在那儿呻吟,声音一直扎进她的心里。现在一切都这样扎进她的心里。一切梦幻般的感觉。突然之间她感到有只潮湿的手搁在她的手上,她从幻梦中惊醒,恍恍惚惚地俯身向着布朗柯里克,是不是有什么事找她。布朗柯里克只是睁着一双他特有的狗一样的目光,一种水汪汪、怯生生狗一样的目光凝望着她,"您真好……"他轻声说,"真善良……善良……而又美丽。"真是奇怪,他看上去不再像是一个病人,他像是来自一个幻梦:一抹淡淡的微笑开始在他嘴边漾起,现在他看上去又像一个男孩,一个孩子。克拉丽莎想起了她自己的孩子。

☆ ☆ ☆

以后几天,克拉丽莎特别照顾这个新兵。这里到处都是男人,伤痕累累的,断手断脚的男人。只有布朗柯里克有点像孩子,他二十七岁,长着一双蓝眼睛①。他看见克拉丽莎就露出微笑,他抓住克拉丽莎的手,克拉丽莎正梦想着孩子。在这个年轻人身上有点东西,使克拉丽莎受到感动,尤其是他总是无助地靠在克拉丽莎身上。克拉丽莎觉得,此人想要她做点什么,有人需要她,信任她。下午她坐在布朗柯里克床边,代他写封信给他母亲:"我的母亲,我可怜的母亲,"他哭道,"我被泥土掩埋了……"眼泪边说边流,很可能现在克拉丽莎身为人母,心肠也就变得更加柔软,不仅是她的体形,在这几个月里发生变化,所以她自己也流下了感动的泪水。她待在布朗柯里克的身边,病人身上孩子气的成分,他的孤立无助让克拉丽莎留在那里。布朗柯里克向她说了许多,可是他没有清清楚楚地说出,他过去曾经是干什么的。在布朗柯里克谈到他母亲时,克拉丽莎因为同情而变得柔和,这是她身上的母性。这样过了将近两个星期,她好几次帮布朗柯里克起床,她扶着他,她多次觉得,盯着她看的仿佛就是她自己的孩子的眼睛。她一到这年轻人的床前就觉得,他似乎健康起来。克拉丽莎发现,她在床边坐下,就觉得这个病人非常高兴,然后就说:"……您多么善良啊。"她同时无法消除费尔赖特纳医生说出的那种怀疑。这位医生曾经是个药剂师。有时布朗柯里克想必也注意到,他谈起他的母亲,克拉丽莎就很感动。大家睡觉的时候,他却很奇怪地醒着,平时他总默默地躺在床上,身上的颤抖继续,他说的话,毫不连贯:尽管他清楚知道,他是如何被土掩埋的,一想到这个场景,他总一再惊得直跳起来。他老问,什么时候查房。克拉丽莎心想,要么是查房扰得他心神不宁,要么就是他心里有鬼,然后他甚至因此无忧

---

① 原文如此。

无愁高兴起来,甚至笑容满面。"您将把我变成一个健康人。"可要是再进一步,他就立刻把脑袋转回去,摆出原来的神气,开始结结巴巴地说话。他开始说的时候声音很轻,然后忘乎所以,不由自主地表示,他很高兴。

等到另一个病人睡着了,他也就不再结结巴巴地说话。克拉丽莎怀疑起来:"您今天说话,说得很好,很有进步,不久我们就能把您治愈。"这年轻人一惊,就像一个孩子在干坏事时被人抓个正着。"不……不……这只是……和您说话。跟您在一起……您……您有一双善良的眼睛……您的眼睛让人放心。"克拉丽莎听了这话产生一股不舒服的感觉,尽管这病人看上去充满柔情。他向克拉丽莎谄媚,称赞她的头发。这个可怜的年轻人,他大概很长时间没有看见过一个女人了吧。可是她怎么能让另外一个男人赞美自己。然而在这年轻人的本性里有些东西,克拉丽莎无法抗拒。是啊,这种东西,她平时没有注意到,可是在这里她予以肯定。在她离开这个病人时,甚至在她从他身旁走过,穿过他的病房时,病人表现出来的恐惧,她觉得都是真实的:克拉丽莎没法抗拒。"您不能,不能撇下我一个人,不管我。没有您我就完了,没有您我就毁了。"他抓住克拉丽莎的双手,就仿佛克拉丽莎知道,如何抓住一个人,别让他溺水似的。其实她自己才在等待,因为她知道,有人在等她。年轻病人的怯懦对她发生的作用犹如一场噩梦。她注意到了一些矛盾。

费尔赖特纳医生问她:"怎么样,您有没有观察到什么?"克拉丽莎觉得心里很不踏实。高特弗里特·布朗柯里克向她谄媚。他很娇嫩。可是他想知道,什么时候查房。……不知怎的,他是在撒谎。然后克拉丽莎也回想起,她擦洗他的身体。在回忆中,这个身体就像在她眼前。这个年轻人紧靠着她,说道:"母亲……像个母亲……"说也奇怪:在检查身体前一天,这病人的状况就会恶化。大家不得不把这情况告诉克拉丽莎。

关于这事克拉丽莎一点也没有告诉费尔赖特纳医生:"我不知道。但是他身体垮得很厉害,只剩下皮包骨头。"可是她决定,注意费尔赖特纳医生提出的问题。这病人充分利用了一样东西:恐惧。克拉丽莎原来毫不猜疑。现在她心里升起一股子反感,对不正当行为的反感。她真的希望这小子走开。

有了这种怀疑之后第四天,情况更加糟糕。克拉丽莎吓了一跳。我冤枉他了。他躺在那儿,一点血色也没有,筋疲力尽。护士报告,他又呕吐了一气。眼睑发青,嘴唇发灰,颤抖持续不停。克拉丽莎感到羞愧,她竟怀疑了一个病人。她向病人俯下身子:"您怎么了?"年轻人咽了一口唾沫,用眼睛示意要水,克拉丽莎给他喂水。他有气无力地低声说道,"我玩完了。他们送我到维也纳去……我……在……那里……没有您……坚持不下去……我受不了。"克拉丽莎不由自主地抚摸他的头发。他浑身战栗,阵阵痉挛使他浑身颤动。"我受不了啦……我彻底崩溃……我不让他们再继续折磨我……没有您……您撑住我。"克拉丽莎安慰他:"这毕竟只是为您好啊,您在那儿,在委员会面前,他们会宣布您不适合上前线,或者把您送进一家疗养院。您在那儿的生活比在这儿好。""不,老天爷啊……没有您我就死定了……请您让我再活几天……让他们在这儿检查我吧……这儿您看见了……作为朋友……那里我孤身一人……到那儿我就毁了……我……我不愿到维也纳去……请您跟医生说……我在这儿有您……姨妈要来……两个人……还有一个星期。"克拉丽莎答应他,去跟医生说。

克拉丽莎跟医生说了这事,医生咕哝了两句。她向医生解释,高特弗里特·布朗柯里克情况很糟,不宜于搬运。她觉得病人今天又虚弱了,咱们负不了这个责任。"好吧,既然您这样认为。他是垮得很厉害。可是我不喜欢他。"

克拉丽莎把消息告诉年轻人。他还一直在颤抖。克拉丽莎接住了他的目光,同时脸上升起红晕。为此她很生气地走开了。

☆　　☆　　☆

第五天,发生了下面的事情——克拉丽莎没打招呼,突然走进了布朗柯里克的病房。她不知道房里有客人,她觉得很奇怪。客人是位老太太,几乎充满了柔情。任何人对探视时间都不大清楚,这样倒也不错,总比一个劲地空等一个星期要好。布朗柯里克贪婪地吃着他的早餐,请她再多给点。他又狼吞虎咽地吃了下去,尽管有人站在床边。此人衣衫褴褛,看见他别人都会吓一大跳。他病容满面。克拉丽莎产生怀疑。

克拉丽莎不喜欢高特弗里特·布朗柯里克有个秘密,就像前几天那样,这年轻人说:"这是我父亲。"克拉丽莎知道,他在撒谎。因为她明明听见,来访者称他为"您"。

现在她发现,有只拖鞋放在床上,她很吃惊。她就动手做她的事,仿佛她什么也不知道。布朗柯里克在被子里倒腾什么东西,克拉丽莎看了很不高兴。她发现这个年轻人一脸惊慌。等她向他走去,感到这年轻人在结结巴巴地说话。克拉丽莎看见他的眼睛流露出极不安定的神情。她猜到,他藏了什么东西。克拉丽莎第一次怀疑,他欺骗了她。这种感激,这疾病,都是演戏!是什么阻止她和费尔赖特纳医生谈话呢?——第二天早上,布朗柯里克被带去进行一场电气沐浴,反正克拉丽莎并不在场。八点以前还不是她值班的时候。两名看护人员走了出来。她有这么一种感觉;她想知道这事,年轻人不老实的态度激起了她的愤怒。

克拉丽莎走进前室,让一名看护人员向病人通报她来了。等他看见克拉丽莎走进房来,比他平时见她时早半个小时,他大吃一惊,"怎么回事?"他的动作突然受到拘束,"才七点钟呢。""是的,七点,我把时间调早了一些。""我是……我是。""您还是走吧!"他的目光直瞪着克拉丽莎,两个护理人员把他抬出房去,他还叫了一声:"我的手绢!"

克拉丽莎把护士叫来,把床铺好。她心想,抽屉里藏着什么东西,可是抽屉里放的尽是布朗柯里克的东西,没有别的。即使在床上,在枕头底下,她也没有找到什么。她为自己冤枉了这个年轻病人感到羞愧,最终她只完成了别人给她的任务而已。她都已经打算离开病房了,不料在她把病床推到墙边还原时,却看见了病人的一双拖鞋,是他日常用的那双草织的拖鞋;克拉丽莎凭着自己无意识的爱整齐的本能问她自己,这两只拖鞋怎么会放在床底下那么远的地方,于是她认为,这双鞋一定是他用起来不大方便——可是顷刻间她那业已碎了一半的回忆又浮现出来,那个女人昨天把两只拖鞋放在病人床上的枕头旁边。克拉丽莎便伸出手去,摸了一下拖鞋,在左边一只拖鞋的鞋底顶端摸到一块硬邦邦的东西。这是一只纸制的小盒子,在药房里经常可以看到。旁边还有一个小圆盒和一小袋白色粉末。果然如此!费尔赖特纳单凭农民的本能就看得清清楚楚。克拉丽莎先打开小铁盒,里头有股烧焦的味道,她尝了一尝:这是一种焦煳味的呕吐剂。由于都是白乎乎的颜色,她没法做出更多的判断。她现在一切全都明白了,病人让自己通过饥饿消瘦下去,在检查他身体之前,他就服用一点呕吐剂,不让食物留在他胃里。他把他们大家全都骗了。

克拉丽莎心肠有点变硬了。她从小是在军人家庭里受的教育,军人的正直是她的准则。病人的花招使她生气,她把病床推到墙边,把小铁盒放进口袋。她故意等在那里直到病人给送回来,放在床上。两名护理员离开病房。等到他们又是两个人单独待在一起,病人在床上坐了起来,"您过来……唉,他们又把我折磨了一顿。"克拉丽莎站着不动,眼睛严峻地直视着他,"您不会再受多少时间折磨了,"她语气犀利地说道,"喜剧已经演到头了。"

病人脸上立刻浮现一片不安的神情,眼睛发出闪烁不定的光芒。"什么……喜剧?"他的结结巴巴的语气练得非常纯熟,以致现在一害怕就马上说起话来结结巴巴。"您别努力结结巴巴地说话,这愚蠢的装病的把戏现在结束了。医生们早就觉察到您的把戏,您在我这儿可是完全露出了马脚。"

病人语无伦次地说道:"不过,护士……克拉丽莎护士。"他伸出双手,摆出一副哀求的样子,仿佛想把克拉丽莎拉到自己身边。可是克拉丽莎依然站在远处,从口袋里拿出两个小盒。"这里装的什么,他们很快就可以查清楚。可是我劝您,别逼我去告发您,别再演戏了。至少我会让您免受惩罚。您别占据别人——真正生病的病人——在我们科室里的床位,您最好赶快从这里消失。"

布朗柯里克开始浑身发抖;克拉丽莎发现,他的手脚在被子底下都颤抖个不停。这一次他的颤抖和他的结结巴巴都是真实的。他的脸色灰败,额上沁满了汗珠,"我的老天爷啊……护……护士……您听我说……我……我的确生病了……我……我不是装病……我……我只是受不了这事……从他们把军装套在我身上的那个时刻起……我……我这人就成了一个残废……每当一个军官,一个身穿军装的医生看我一眼,我的两个膝盖就哆嗦;我的脑袋就发晕……我说不出话……我就像掏空了一样……我的神经受不了……这一切……只受不了……当兵……和打仗。"

克拉丽莎严厉地直望着他,"您没有病……您只是胆怯……

这就是您的全部疾病。"

"是的……我是胆怯……您这么说……我是怎么样,就是怎么样……我不得不老是想着最可怕的事情……您……您没法感觉到……这个嗜血的恶狗,这个医生如何……可是这……我没法看见这可怕的事情……没法忍受。是的,我害怕……害怕是死了千百次,比死亡可怕得多……别人在战壕里有说有笑,还玩纸牌……而我竖起耳朵在听……我害怕……害怕我自己的武器……我不敢碰……我的手枪……和它冷冰冰的枪管……我不能碰它……其他人没有神经……感觉不到死亡就在大腿底下。现在……现在……现在我只等着炮弹把我们全都打倒……然后都埋在土里……等他们苏醒过来……脸上湿漉漉的……感觉到别人的血,就大声吼叫起来……我没法呼吸……我……我们乘坐的是一列装运军火的火车,他们……他们坐在沉重的炮弹上面;从车厢里搬下来……我每分钟都在发抖……生怕有枚炮弹会掉下来,会爆炸……我身上冷汗直流……我……我没法,我止不住……是的……请您同情我……请您好好瞧瞧我……我已经垮得不能再垮了……我……我再也受不了啦。"

"您老不吃饭,老饿着,还让什么无赖给您带呕吐药来,当然彻底垮了。"

"宁……宁可饿死,也……也不再上前线……我再也不愿意……宁可马上就死……我不……不是士兵,让他们……他们派我去挖马路……派我去清扫茅房……我……我什么……都能干,可是不能等着,直到……炸弹爆炸……我不……我不能拿着刺刀……去捅人……而且……"突然他像得了一阵痉挛,大声喘气——"而且我不愿……我不愿……我不愿……让他们打死我吧,马上打死我,但是我再也不上前线……好吧,您告吧……您去告发我吧……您去告诉他们……我不再上前线。这整个白痴一样荒唐的事……跟我有什么关系……我见过的东西实在太多了……我不再上前线。"

克拉丽莎转过脸去,她感到恶心。可同时她回忆起来,她自己也曾求过莱奥纳尔,别回到法国去。她定睛看着布朗柯里克,他那漂亮的年轻的面孔完全扭曲了。在他可怕的发光的眼睛里充满了恐怖,脸上有股疯狂的神情。克拉丽莎不顾内心的反感,产生了同情之心。

"幸亏别人不是都像你这样的窝囊废。"克拉丽莎轻蔑地说道,转身想要离去。

"别……别走……请您留下,"他哀求道,"请您不要看不起我……我……我只是一个人……我……我并不是坏人……我从来没有……加害过任何人……我是废物……别人不是饭桶……我……我不能当兵……您没有看见过……他们……他们带着刺刀……直捅……没有看见他们的……眼睛愤怒得闪闪发光……您不知道……风从战壕吹来……如何把……臭气吹来……所有的肉都腐烂了……啊……啊……甚至于这样吊着,这样咆哮……啊……我不能……我要回家……我母亲……母亲有一个小小的庄园……我要生活在那里……不伤害任何人……啊……我要帮助每一个人……我向您发誓……但是请……请您帮帮我……帮帮我……请您把它还给我……我是不是在场,又有什么关系……我只会用我的恐惧使别人心绪不宁……明……明天,他们又要来折磨我……用他们凶恶的手在我身上乱摸,就像对待牲口……请您……请您把它还给我吧……我求求您,用……用上帝的名义……用……用我可怜的母……母亲的名义求求您……我是她的独生子……她没有一个亲人,除了我。"

眼泪一直流淌到他的面颊上。克拉丽莎不知道,什么是真话,什么是谎言。"您爱怎么干就怎么干吧……我什么也不想知道……你干的事,自己担风险。"说罢,她把两只小盒子扔给他,离开房间,就像逃避她自己似的。

☆　　☆　　☆

克拉丽莎还没有迈过门槛,就已经对自己生起气来。"这全是偶然,碰巧而已。我完全可以没有看见这些东西,可是我都干了些什么呀?!我真不该把那些骗人的东西还给他的,"她心里想道,"就算我没有告发他,可我也不该帮助他呀。"但是她内心深处完全知道她的弱点。布朗柯里克说:"我的母亲没有一个亲人,除了我。"……克拉丽莎自己的孩子有朝一日也会这么说。除此之外她还有谁呢?现在念头又转到孩子身上,这孩子两天前还在她肚子里蠕动。从此克拉丽莎看一切全都两样了,不再是只有国家和义务,就仿佛她肚子里的这另一个人决定了她的人生。

☆　　☆　　☆

第二天,克拉丽莎没有参加医生查房。她不想参演这出滑稽剧,她受不了这个病人求助的目光,她不愿意被人问来问去。这一切跟她又有什么关系?她躲开了医生,她生平第一次干了一些不正确也不正派的事情。她觉得很不干净,但是这难道不仅仅是个开始吗?等到孩子生下来,她不是也非撒谎不可,非东躲西藏不可,非弄虚作假地陈述,非向父亲、向神父、向朋友们、向国家说谎话不可吗?也许甚至不得不向那尚未出生的胎儿说篇谎话;它可不能知道,自己是一个敌人的孩子。她的自我不再是她的自我,她被分成两半,一半是真话,一半是假话,就像那边的那个人一样,她不是也在为那孩子的生命而战,就像那个人为他的生命而战?

到下午,她知道布朗柯里克就一个人待着,她才走进他的病房,这可完全违背她的心愿。可是她已经纠缠进去。年轻病人躺在床上,双目紧闭,筋疲力尽。克拉丽莎不再感到自己这样做有什么不对。"他筋疲力尽就像一头被人追逐的动物,掩护他并不是掩护一个罪犯。他并不是生来该杀人的,他长着一张孩子似的柔软的嘴巴。"

布朗柯里克睁开眼睛,认出克拉丽莎。他的唇边掠过一丝微笑,他满面春风地对克拉丽莎说,"愿上帝……上帝赐福给他们……再过一个星期……他们会签字证明我不宜于当兵……昨天晚上带我去见委员会时,还有费尔赖特纳医生在场……我真的虚弱得不行,不管您说什么,我是得救了……自从我和您谈话之后……我的喉咙噎得慌……我只好什么也不服用,我向您发誓,我用我母亲的生命向您发誓,我什么药也没服……我没……您自己也瞧见,什么也没服用……我心里难受极了,一口饭也咽不下去,我绝望极了,因为……因为您看不起我……我不愿再……您是一个女人……对不对,您并没有看不起我,克拉丽莎护士。"

克拉丽莎实在狠不下心来对他态度生硬。"如果医生们认为您不适宜上前线,那您就真是不合适。我和这毫无关系。"

"不过,可不是吗……如果别人问您……您还要说话……您还要为我说话……您不会说我坏话……自从我能希望他们……会放了我……会让我重新做人,我……我这才又开始活了过来,我别无所求……只希望活着,活着……我们在我们城里有一家小药铺……我可以干活……只不过要有人跟我一起干,帮助我……我是个软弱的人,生性轻率,过于信任别人,我会一而再地丧失勇气……您知道,我有多么软弱……没有您,我会觉得我毫无希望……您对我很厉害……可是您理解我……我现在必须开始一个崭新的生活,完全从头开始……我最好要有一个人在我旁边……帮助我,支撑着我……有一个像您这样的人……每当我看见您这样沉静,这样能干……我……我就想,要是有一个像您这样的人和我在一起,我会变成什么样子啊……我必须脱掉这身该死的衣服,离开这座医院……我只会想念您,我已经对您完全习惯了……我知道,没有您我没法生活……克拉丽莎……您是否愿意帮助我?"

克拉丽莎一头雾水,"叫我怎么帮助您?"她觉得布朗柯里克的话多愁善感,便微笑道:"从前我怎么对待您,以后还会是这样。"

布朗柯里克直瞪着她,既激动又感激,"不是……是这样,我需要您……我的意思是……要是他们现在真的放我走……我什么也不是……是个虚弱的病人……不过要是他们现在真的放了我,我可以回家,您会……您会和我一起走吗? ……我……神父跟我说过,我现在这种状况,他们在两天之内……就……要是医生们看见,您要嫁给我……您这就救了我……他们就会马上放了我,单单看在您的分上……他们都挺喜欢您,所有的人都喜欢您……但是没有一个人像我这样……在整个这段可怕的时间里,您是唯一对我好的人……您要是能永远对我好就好了……您就是好……不会是别的样子……您在这儿干什么……跟我走吧……我……我需要您……其他的人也都会看护病人……而我们可以马上结婚……现在结婚多么容易……要是这样我的母亲就会高兴死了……"

"不行,"克拉丽莎直视着他,"您现在还想贿赂我!您用虔诚的神气贿赂神父,用金钱贿赂勤务兵。而我呢,您想用求婚来抬举我。我相信,您一定昏了头了吧。"她说道。她心想,布朗柯里克是想收买她,所以建议和她做笔买卖,她感到这事太玩世不恭,气呼呼地离开了病房。

☆　　☆　　☆

克拉丽莎刚在身后关上房门,就站住了,她的心突突地狂跳起来。她感到愤怒和羞耻。事情来得如此突兀,这人竟在追求她。她是不是向这年轻人表现得过于亲切,是不是对他太好了?倘若有人会追求她,她觉得就像是对莱奥纳尔在犯罪,与此同时她心里又感到怪怪的。这年轻人向她表示感谢,这还是挺感人的。她想写信告诉莱奥纳尔:"有人在追求我。"可是这个想法使她忘乎所以,有人对她这样死心塌地——他可是第一个追求她的人啊。"倘若他知道,"她心想,"我……我怀着另外一个人的孩子……他会不会大吃一惊?"她感到心里很不自在。那她就不再可能到他那儿去。他的赞赏就会荡然无存,他也会和其他人一样对她表示轻蔑。

一九一四年十二月

这天晚上,克拉丽莎无法入睡。尽管疲倦已极,可是她得思考未来。布朗柯里克奇特的求婚使她意识到她的处境多么艰难。因此她彻夜未眠。她不知道会发生什么事情——她一直觉得一切都轻而易举,谁也没有猜到什么。别人赞美她,反而使她更加痛苦。她一直看不起撒谎,可是她现在自己不得不撒谎,而且还得不断撒谎。

她仔细端详自己在镜子里的面容,觉得每个人都在监视她。她考虑是不是现在就离开这里,但是她想起父亲就心里发怵,该怎么向他解释她以后几个月的无所事事呢?

她疲倦地起床,一举一动都惘然若失。她只好在一把靠背椅上坐下。费尔赖特纳医生问道:"您怎么啦,孩子？您这样子我不喜欢,看上去您操劳过度,您必须放松放松,吃完饭马上去躺一会儿。今天晚上我们还需要您呢。您听着,今天晚上有战地新闻俱乐部的歌舞演出。轻伤病员都去观看,您得一起去。"克拉丽莎表示婉拒。她曾经观看过一次这样的演出。这个战地新闻俱乐部到处巡游,演出轻歌剧和轻松的歌曲,掺杂着爱国主义的吟诵。一半是为了让演员有活可干,一半是为了让伤员开心。这样一来,就算这些伤员在报上读到人们在维也纳和布达佩斯如何寻欢作乐,也就不会感到自己这么陌生,这么被人遗忘。

克拉丽莎很不乐意去看演出,问医生自己是否可以不去,她已经看过一次。这种欢乐情绪使她痛苦,至少在现在是如此,但是费尔赖特纳医生坚持要她去看演出并亲自说服她。

歌舞场地就设在军官食堂。这是一个有座小舞台的大厅,为观众准备了几张桌子,军官们和伤员们就坐在桌边;后面摆了一排凳子,是给士兵们坐的。有几个市民也获许得以入场。晚上的场面真令人震撼。那些截了肢的伤员用担架抬了进来,一阵轻微的碘仿味道散发开来;医生和军官跟着进入大厅,只有重伤员留在病房里。在办公室里用打字机打出的节目单分发给大家。预告有位相当上了岁数的歌剧女歌唱家要来献艺,有位来自卡尔剧院的报幕人主持演出。宫廷剧院的演员将演出施尼茨勒①的剧作《阿纳托尔》中的《临别晚宴》,轻歌剧的女明星卡门·玛里拉将演唱轻歌剧中的歌曲。一台所谓的五花八门精彩纷呈的晚会。

克拉丽莎被请到专门为费尔赖特纳医生预留的桌旁就座,这

---

① 阿图尔·施尼茨勒(1862—1931),奥地利小说家、剧作家。

是医生的桌子。报幕人宣布演出开始,他非常风趣地谈到敌人,大家拼命鼓掌。这番话说得大家高兴,仿佛是专为伤员说的。克拉丽莎僵坐着一动不动,她没有认真听他说些什么。这种欢快情绪让她难受,"不错,我们将喝杯葡萄酒。"克拉丽莎考虑是不是可以站起身来退场,这时那位轻歌剧的歌星登场。一个年轻的女子,她又歌又舞,唱了一段莱哈尔①轻歌剧里的曲子。她的嗓子很悦耳,"一个漂亮时髦的小妞。"从她身上发出一阵令人触电的效果。她接着唱,克拉丽莎没有仔细倾听,她没法摆脱自己那种麻木不仁的状态。可是在那歌星唱到第二段歌词的时候,克拉丽莎心里突然有什么东西倏尔苏醒。她注意到了那个女人轻盈的动作,脸上的脂粉并没有遮去她俏丽的脸庞。她头戴一顶旧日维也纳的草帽,身上有什么东西吸引克拉丽莎,使克拉丽莎大感兴趣。等她谢幕以后,响起一片无休无止的欢呼,有人给她献上好几个花篮。在下一个节目结束之后,她又出场致谢。克拉丽莎看见这位歌唱家拿起军官席上送给她的鲜花,把它们分赠给伤员。有人低声说:"迷人的姑娘,我们得把她请到我们的桌上来。"歌星走过去,向每个人都展现微笑。这时克拉丽莎心里突然一动,她想起来了。她站起身来,尾随着那位歌星,问道:"是玛莉蓉吗?"

轻歌剧的明星转过身来,"克拉丽莎!"顷刻之间,她已经与旧日一样亲热地拥抱克拉丽莎。克拉丽莎仔细端详她——现在盛装打扮,觉得她已经有点变样了。克拉丽莎差不多已经有四年之久没有看见她。"我多少次想你啊——要是我知道你在哪儿该有多好,现在你在当护士啊!本想写信给你父亲,可我又不敢。来,我们得互相好好说道说道,咱们坐到桌旁聊一会吧。"

---

① 弗朗茨·莱哈尔(1870—1948),奥地利作曲家,因其轻歌剧而闻名。

克拉丽莎向她的邻座道歉——说她马上就回来,邻座们对她们的亲昵劲不胜惊讶。克拉丽莎坐到玛莉蓉旁边,说她当时听说玛莉蓉失踪,真吓得要死。没有人给她消息,她们大家担心,她是不是寻了短见。

"也就只差一点,"玛莉蓉答道,"我当时溜出修道院,其实什么也没想,就想一死了之。你还记得吧,有一次在日内瓦湖畔,我已经不想活了。那时候只是因为我傻乎乎的恋爱而气恼。我还不知道,我遭遇到了什么事,可是当时通过那个恶意的臭丫头,我第一次听到了'杂种'这个字,我立刻什么都明白了。我明白我母亲为什么把我这样塞来塞去,躲躲藏藏。为什么有时那些年长的人这样满怀同情地抚摩我的头发,他们比我自己更了解我的来历:一下子我什么都想起来了。我记得有个身穿丧服的老太太直瞪着我,喃喃地说:'Le pauvre enfant!'①这尤其让我恍然大悟,为什么后来在埃维昂的那一家人突然中断了和我们的交往;从此之后,我母亲也不再把我带在身边;把我塞到你们当中,把我藏在你们那里。这时我明白,我的一生全都毁了,或者我觉得是完了;我那时毕竟还是一个傻孩子啊。可是我不相信,我一辈子会再一次像那个晚上那样难受至极。他们当时把我像条癞皮狗似的关在一间房间里。他们想要整我,怎么整我,我不知道,我也不想知道。一大清早,我就把一张床单做成一根绳子,从窗口坠了下去,爬过花园的篱笆——是啊,屋子里有个铁皮盒,里面存放着我们为穷人募捐来的钱,我打开盒子取出一点钱坐火车。但愿我母亲把我取走的钱给补上了——我是不是小偷,我已完全不在乎……你了解这个,不,你无法理解当一个私生子被赶出来,我会有什么样的感受。

---

① 法文:可怜的孩子。

你了解我,我是多么需要大家都喜欢我。我受不了有人居高临下地看着我……于是我趁那些亲爱的嬷嬷们还没派人找我,我就搭上火车。到了维也纳,我不知道该到哪儿去……我在维也纳有的是亲戚和熟人……可是自从我知道我的身世,我宁可从五层楼上直跳下去,也不会决定去找什么人……我就——可是你别笑话我——走进了博物馆,谁会到博物馆来找我,说不定他们已经在多瑙河里找我了呢……下午我在一家甜食店里吃了点东西,就满世界瞎逛……你总不能走到一家饭店去啊,我也没有这个胆子。可是我已经累……累得要……我就在岑贝尔格花园坐着。一个年轻男子从我身旁走过,相当帅气。话说回来,也是个挺讨人喜欢的小伙子。他走过去,又返回来,来来回回一次两次,最后他和我打招呼……哪,你一定会想,全是惯用的套话,一个人这样孤独地待着……最后他说动我了。我这么孤苦伶仃,早已变得非常软弱……我们接着就一起去吃饭。饭后他问我,是不是搬到他那儿去……我当然知道他存的什么心思,我毕竟也不再那么傻了……可是我早已觉得一切都无所谓,我整个人生都不在乎……我心想,管他是这个还是那个,你都变成这样一个人渣……也许甚至连人渣都不如,你的体面,所谓的名誉都已荡然无存……我觉得让我母亲……让我自己遭受这样的侮辱,还怪有趣,是个恶意的玩笑……话说回来,我已经跟你说了,他还真讨人喜欢。我还真得感谢上帝,叫我碰上了他……要不然,可能会有另外的结果。"

玛莉蓉往后一靠,笑道:"对不起,克拉丽莎……你也许会觉得我……咱们这么说吧,真是轻浮,我简直笑死了……可是事情如此滑稽可笑……他后来发现我了无经验,是第一遭……我觉得他实在可怜……等我后来毫不疑心地对他说,我还没满十七岁,你真该看看他惊慌失措的样子,他真是吓得魂飞魄散……这个可怜的家伙魂不附体,就仿佛警察已经因为他诱骗未成年少女前来抓他……是啊,原谅我,我忍不住要笑。但是事情可真是这样滑稽……我衣衫不整地站在房里……我,这个无辜的受害者却反而要去安慰那个可怜的诱惑者,向他保证,我不会把这事告诉任何人……我的上帝,男人可是真蠢……他明明白白地告诉我,我完全可以对他进行敲诈勒索,我想要什么就向他要什么……'为什么你不告诉我你是第一回?'他绝望地叫道。'你也没有问我呀,我怎么知道……'我相信,只要能让这事没有发生,就是叫他送掉小命,他也会干,这件事情其实对我关系更加重大,可是我却满不在乎……我就像现在这样,想起来就想笑。那么,最后我们两个碰到对方都算运气……他的确是个讨人喜欢的人,恰好也有钱……他想摆脱我,由于害怕——他在部里工作,有桩桃色事件就会毁了他的前程——所以他只说,我得到柏林去——走得远远地,你明白吗——让我到那儿去接受训练,他会出钱,并且时不时地来看我……好吧,谁比我更愿意从这里消失呢……于是我就前往柏林,在那里上了一个戏剧学校,学了一年——有些事我还得说给你听——然后,等他不再那么害怕,我又回到维也纳。我的嗓子没多少戏,你大概自己也注意到,大明星我是当不了的……但是目前日子还很好过;我有一个讨人喜欢的男朋友……奇怪的是,也有人想要娶我,不过还得过一段时间……不过,你知道吧,我现在这样回想,我总觉得,我没有完全堕落成另外一种样子,实在是个奇迹。"

克拉丽莎静静地听她诉说,从脸上也可以看出玛莉蓉的处境,她最后问道:"但是你的母亲呢?……"

"让她见鬼去吧,"玛莉蓉恶声恶气地回答道,"我才不关心她呢!偏偏在这时提起她,真扫兴。"

"不过,玛莉蓉。"克拉丽莎说道,她着实大吃一惊。

"我跟她有什么关系？我干吗要关心她，她也没有关心过我啊。送点糖果，带我到什么地方去旅行旅行，给自己装点正派体面的氛围，到最后她害怕和我一起露面，就把我送走。她为什么在玻利维亚要和那个领事一起骗我？你还记得吧，一直到今天我都不知道我父亲是谁。我有一次还和她谈过，直截了当地问她……可是她胡说一气，结结巴巴地说，我父亲还来不及和她结婚，就已经死了……我看出她信口开河，每句话都在说谎。不，克拉丽莎，这样的事情没法原谅。"

"不过玛莉蓉，怎么说她也是你的母亲啊。"

"可惜是这样，这事没法挑选。说到头：她考虑过这事，关心过我吗？……照理孩子该敬重父母，我没法对她表示尊敬……我现在事后理解的事情，没法让她变成一个值得尊敬的母亲……我童年时代的那些叔叔们，我现在想起他们，就……"

玛莉蓉自己停了下来。

"你知道吗……你要是愿意，管我叫傻瓜吧……有时候，要是这些年长的男士有一个来向我献殷勤，我只要看他一眼，就想到……这人说不定就可能是你父亲……也许我已经和他见过面，也许没有……也许他知道有我，也许我母亲自己也不认得他……不，我亲爱的，这样一种事情没法原谅……是啊，小说里发生的事没有落在我的身上，小说里有这样的情节。有一天，一个富有的贵族走进房来说，就仿佛他拥有洗礼登记簿似的：'亲爱的孩子，我一辈子都在找你。'……这人可能是他，这人……有时候，你在镜子里看到这些男人，你会想：'也许我父亲就和他们当中的某个人相似……'我知道，这样很傻；不论婚生的孩子还是私生的孩子，反正你一辈子受到一次沉重的打击……我肯定没有变成一个圣女，这点你也看到了……但是这个，这个我可不愿加在我的孩子身上……上帝保佑,千万别发生这样的事情。"

她打住了自己的话头,惊讶地叫道:"上帝保佑,克拉丽莎,你怎么啦……"

克拉丽莎用手牢牢地抓住桌子,为了坐稳身子。突然间她眼前金星直冒——简直就和从前一样,一阵天旋地转。但是这一次她稳住了,"没什么……没什么……玛莉蓉,"她结结巴巴地说道,"就是这儿太热,热得可怕,我……我劳累过度了吧。"

她急急忙忙地喝干了放在她面前的一杯水,玛莉蓉坐到她的身边,"是啊,你必须好好休息一下,你瞧……你瞧上去变得那么厉害……我第一眼根本就没认出你来。等等……我陪你出去……"

克拉丽莎费劲地站起身来,大家都目送着她,看她摇摇晃晃地走了出去。她感到一阵疯狂的恐惧。现在每个人都会看出来,每个人都会议论这事。这迟疑不决的时间实在太长,差不多四个星期了。现在她相信她是完了,暴露无遗。

☆　　☆　　☆

克拉丽莎躺在床上,眼睛睁得大大地,直望着眼前,一片茫然;她设法认真思忖……"快走吧……我必须快走……每个人大概都看出来了……上一次晕倒,现在这次又晕眩……玛莉蓉跟我说了,我的模样已经改变……她也……我不能等着大家在背后窃窃私语,说我闲话……我知道,他们都是什么人……一脑袋的龌龊念头……我又不会装假,我必须到维也纳去,明天就去维也纳……不行,为了我父亲的缘故,我得先在这儿请假才行……他可是每个星期都写信给我……要是我这样冷不丁地跑掉了,一定会引起轩然大波……我至少还得在这儿待到月底……啊,上帝,还待七天,要是一个人发现了,那就所有的人全都知道……不错,我得给教授写封信,明天就写,让他在萨尔茨堡那边做好一切准备……可是叫我怎么跟我父亲解释,我到萨尔茨堡去,恰好在冬天到萨尔茨堡去……我总不能说,是去滑雪吧……我只好说,我病了……啊,撒谎,现在不得不每天撒谎,每小时撒谎……对父亲,对朋友们,对每个人都撒谎……对自己的孩子也撒谎。正好碰到了玛莉蓉……啊,上帝,她是如何谈到她母亲的啊……要是……也这样……"

一阵寒战穿过她的全身,"我真该这么做……我真该把它打掉……现在已经为时太晚了……现在没有一个医生再敢打掉它……一个没有父亲的孩子……就像玛莉蓉说的……我没有对这事周密地思考过……怎么思考呢……这样大的一场灾难……我和其他人一样,都相信战争就持续一个月,两个月,到圣诞节就会结束……现在父亲来信:'我们必须做好打一年仗或者打几年仗的思想准备',莱奥纳尔的儿子都生出来了,而他还一无所知……他也没法给他儿子取个名字……一个法国人就是以后也没法给这孩子取名……怀了一个法国人的孩子,在战争期间怀了一个法国人的孩子……也许他,莱奥纳尔,自己也都阵亡了……就像进攻时阵亡的几百万人……孩子将永远不会认识他的父亲,而……而我也不会,也许永远也不会告诉他,他父亲是谁……我不得和莱奥纳尔结婚……现在不得结婚……他不是还没有离婚吗……我父亲信上写道……我真的没有思考周密……这个老人,真是个傻瓜……他看什么都钻牛角尖……西尔伯斯泰因医生也只想到,如何把孩子生下来,可是这孩子如何活在这个世界上,这点他可没有想到……他只想到我,只想到我,没想到那孩子——没想到我给他增加多少负担……不,这不是出路……不是出路。"

她感到极大的惊恐,根本找不到一条出路,"最好的办法是我自我了断……现在还没有人知道……我要是死了,他们就不会发现我已怀孕……就是发现了,也会保持缄默……只不过我得做得不引人注意……跳楼身亡,就像玛莉蓉原来打算的那样……这太可怕,那他们就知道这事了……也不能投河自尽……要是能得个传染病就好了……那老爷子就高兴了,女儿也在尽忠职守时英勇献身……只有这样才能给老爷子以补偿……我必须神不知鬼不觉地弄到一点东西……什么使人脖子强直的药品……因此而死的人够多的了……可是怎么才能搞到这种药品呢……在药房里,可是在那里这种药品都是锁起来的,我不知道,这都藏在哪儿……费尔赖特纳医生,一个老老实实的傻瓜……他不了解我……要是我说我怀了一个法国人的孩子,他说不定会帮我打胎,当作一种爱国行动……但是现在已为时过晚……没有莱奥纳尔的孩子,我也活不下去……西尔伯斯泰因医生说得对,我父亲要是知道这事,永远也不会原谅我……我们两个要是这样离开了他的人生……离开了这个人生……他会觉得这个世界阴森可怕……说不定他已经活不下去了……可是怎么弄到药品呢……毒药,吗啡都在药柜子里……代理药剂师只根据医嘱才给药,可是总有办法,现在只要有钱什么都能办到……布朗柯里克不是也弄到药粉了吗……"

克拉丽莎的思考突然停顿,就像有人推她一下。布朗柯里克!他会帮忙,他干什么都行。他知道那些花招,那些门道。向布朗柯里克她可以提出要求,要他办这事。她也帮助过他。见鬼,如果布朗柯里克不愿用人性来帮助她,他也迷上她了……说不定他会……他不是说过吗,他想和克拉丽莎结婚吗……有人愿意……有人愿意和他做笔买卖……他生性软弱,他会理解克拉丽莎……他知道,恐惧是什么,让人吓破胆的恐惧……他会给克拉丽莎去弄药粉。她必须把她的问题告诉这个人……然后一切就用钱来解决。他不是想和克拉丽莎结婚吗,必要时他会亲自出手。那些细节克拉丽莎已经越来越模糊,只有这一点她知道:布朗柯里克会帮助她,但是嫁给他——这可是个难以忍受的想法。克拉丽莎猛地转到一边,做这剧烈动作让她感到了她体内的孩子,也感觉到了活下去的愿望。

☆　　☆　　☆

整整一夜,克拉丽莎都清醒地躺在床上。待到清晨披衣起床,她已下定决心。什么东西她都满不在乎,什么羞耻,什么耻辱,她都不管不顾。她觉得自己已经铁了心,几个月以来她都没有觉得自己这样意志弥坚,活像一个视死如归奔赴沙场的战士。

她走进布朗柯里克的病房。他正好独自在房里,只有躺在旁边病房里的军官,可以看到这间共同使用的房间。克拉丽莎一进来,布朗柯里克就坐了起来:"终于来了!昨天一整天我都在等着您。您在生我的气?我怎么得罪您了……我并没有什么恶意。"

"别提这个,"克拉丽莎语气坚定地说,"别来多愁善感那一套,您今天身体健康吗?"

布朗柯里克心情忐忑地望着克拉丽莎,"您也知道……我很疲倦……您干吗问我这个?"

"我要知道,您是否能够脑子清楚地进行思考,是不是能够明明白白地和您谈话。"

布朗柯里克顿时又感到害怕起来。他脸色灰白,浑身又开始颤抖,"是不是……是不是又发生了什么事情,您就直说吧。"他急切地叫道,"什么也别瞒着我……看在上帝的分上,您倒是说啊……我受不了这种不稳定的样子……我心里总是犯着嘀咕……我想象出最可怕的情况……我要知道他们总想怎么整我。"

"没有任何事情对您不利。做出最后决定的委员会星期六要来,这您也知道。"

"那么……那么……"

"那时候就会对所有的一切做出决定。"

布朗柯里克目光空泛地直望着克拉丽莎,"老天爷啊……到底……到底……发生了什么事啊……您到底……到底……讨厌我什么……您生我的气,就因为……"

"您别说这些无聊话,"克拉丽莎几乎发起火来,"别拿您这种害怕的样子来惹我生气,您别老是一个劲地想您自己。您老是这样紧紧地缩成一团,真叫我恶心。千百万人现在都在战场上打仗,千百万人都在关心别人,同时也关心他们自己。您老是在想,您是唯一的一个,您设法脱离自己一次来想问题,还有其他人呢,您也可以为别人做点好事。我有话跟您说,严肃地和您说……也许您可以帮我个忙。"

"那……"布朗柯里克眼睛发光,仿佛如释重负,"那……那就再好不过了……您也知道,为了您,就是把我千刀万剐我也心甘情愿……"

"现在,住口。"克拉丽莎生气地斥责他,"别来多愁善感那一套,我不爱听虚头巴脑的鬼话……我……听了恶心,我怎么可能对一个男人……我要和您清楚明白地谈谈,谈一件事情——几乎可说是谈一笔买卖。"

布朗柯里克抬头望着她,驯服地听她往下说。现在该是她说话的时候,现在她才感到难以启齿。

"您听好,布朗柯里克……我要清楚地对您说,我是怎么想您的。您尽管胆小可是您也轻浮成性……起身就忘记一切,就和那边那个人一样……您是个软弱的人……但不是坏人……我仔细地观察了您好几个星期……我认为您是个软弱的人……是个不怎么诚实的人……但是归根结底我还是认为您是个好人……我相信,您……您有能力做些不诚实的事情。我知道,您多么会撒谎……甚至,自己骗自己……我丝毫没有看错您……但是我坚信,您不会去做邪恶的事,卑劣的事……我甚至不相信,如果有人向您说了些心里话,您会加以滥用。"

布朗柯里克想举起双臂,恳求她务必相信。

"别这样……别说空话……我受不了空话、废话。我要问您一点儿事,直截了当,清楚明了地问您,也请您老老实实地回答我,请您设法诚实一点。"

克拉丽莎沉吟片刻。

"您曾经向我求婚似的……您对我说过,您想和我结婚——不论这使我发傻还是使我骄傲,我知道,为此都要做些什么。但是我当然并没有去想这些事,也许您自说自话——您总怀有一种歇斯底里的恐惧——自以为爱我,只有这话的十分之一是真话。我相信,我对您所做的一切是善意的,是正派的,超过我应尽的职责。我之所以这样对您,是我打心眼里害怕您会从一座高塔上纵身跳下,或者纵火焚烧这座医院。您很可能在此刻对我怀有感激之情,但是请您别把我看作天真烂漫的小姑娘。我清清楚楚地知道是什么动机促使您提出这样奇怪的求婚。您希望,在医生们听取我的意见时,能友好地对待我,希望医生们对我好些。您心想,倘若发生一场紧急婚姻,会唤醒这样的印象。我这么做是出于同情,不,我并不过高估计您准备献身的精神。您肯定什么都做得出来,您无疑会不择手段,去求得最终的决定,这样您就可以达到您的目的了。您别忙——您别抗议。我知道,您内心深处就是这样想的,您心里的恐惧想出了这一招,想得很妙,一场惊恐中的梦。我在第一时间,愤怒已极。这事来得这么突兀。现在我比较理解了,我静静地思考了一番。我谢谢您。换一种方法,您完全可以帮助我,可这点您并没有考虑在内。没想到您的帮助会对我有利。可是这完全可能对我有利,我说,对我有一种利益。昨天我是有点困惑,出乎意料。世界上什么东西我都会想到,可是您会有求婚的念头……您撒谎。倒不是这事侮辱了我,可是我没想到用这种方法来救我自己。尽管我心里知道,您并没有生病。"

布朗柯里克再也控制不住自己,"您将……"

"安静!不要激动,不要伤感。您有娶我的想法,但是您自己也知道,这不可能。我要的是另外一种效力,结婚对我而言是不可能的……有一个障碍……这值得您做出牺牲吗?我要和您谈谈,至于结婚,我怕……"

"越快越好,我们的利益是一致的。"

"我说过了,您等一等。我们先要考虑一下,您的计划……您的计划碰到一个障碍,您的决心,您的看法,和您的追求不会明确地改变……"

"不会……不会。"他已经完全控制不住了。

"您听着,高特弗里特·布朗柯里克!……我怀着一个孩子。"

布朗柯里克目瞪口呆,死盯着克拉丽莎,他口齿不清地说道:"您!……不……不……这不可能。"

克拉丽莎沉默不语,平静地看着他,平静地直视着他。

"不可能……您!!!"

"是的,是我!"

他凝视着克拉丽莎,半晌,他不得不静下心来,然后用天下最自然不过的声音迅速而轻松地说道:

"是啊,不过……这没有关系……一点关系也没有……我们那里想事情……不是那么幼稚可笑……父亲;孩子们……大家一起玩呗……我……我一直就特别喜欢孩子……为什么……我恰好就喜欢您的孩子……这一点关系也没有……"

现在轮到克拉丽莎,瞪着眼看布朗柯里克了:她原来希望,这事就此了结,她不得不谈到另一个人。可是当布朗柯里克看到她迟疑不决的样子,他几乎用一种欢欣鼓舞的神气说道:"一点关系也没有……相反……我原来在您面前总感到羞愧无比……现在我才可以好好表示……我是多么感激……我原来觉得我是多么低下……我……觉得……我相信……我现在更加喜欢您了。"

布朗柯里克这样毫无顾忌,克拉丽莎觉得有些匪夷所思。

"布朗柯里克,我难道不能和您清楚明白地谈话……这样您就要给这孩子……您的姓……您该不会当真吧……给一个孩子您的姓,可这孩子并不是您亲生的孩子。他的父亲,您也并不认识,是个陌生的孩子……您该不会当真把您的姓给他吧?"

"当然给他……如果您允许的话。"

克拉丽莎直愣愣地瞅着他,"您……您真是我遇到的最奇怪的人……您内心充满了感激,而且轻率成性。完全可以想象……这事您丝毫不会在意。您……一个男人,不会在意。只是……只是因为您希望您能应付得了,您就下了这样一个决心。难道这事不会给您麻烦,让您蒙羞吗?别人会把这孩子当作您的孩子,您不会感到气恼吗?"

"不——不会……在您身上,什么事情也不会让我气恼……我如此尊敬您……他该活下来!这孩子该活下来!他应该姓我的姓。"

克拉丽莎生气地打断他,"别废话……我请您,别瞎说废话……我现在可没有这种心情……这是一件性命攸关的事情……我听不得废话……我受不了轻率置之的态度……您对我有同情心,并没有感情……您说,我……我和另外一个男人感情相系,您觉得无所谓,可是我……如果我坦率地说——我要是为了让我的孩子得到一个姓,用欺骗的手段……不是嫁给他的父亲,而是嫁给另外一个男人,我还是有些在乎的……这只可能是个假结婚,这个婚姻没有给您任何权利……这个婚姻我们心照不宣,以后将予以解除……这场婚姻中,我只想到这个孩子,没有想到您,没有想到我……您并不想理解我。对您而言,这只是一种形式。您愿意娶我,因为这事对您有利;而我从您那儿也得到利益。对您而言,纯粹是个形式。而我却要为这个孩子找一个父亲,求得一个姓。我从来没有想过,这个父亲是在装假,就像您假装精神崩溃那样……要是那样,那就是一个假婚姻……就像您的疾病,这样的事我可不愿强加于您。"

布朗柯里克凝视着她:"为什么不行……当然……这事……我是……我是另外一个意思……我从来不敢去求一个人,可是我却向您提出求婚。要是我这一来……这一来真能帮上您的忙……给您……和您的孩子一个姓,这对我将是无上光荣的事……您毕竟救了我的命……是的,您救了我的命,这您自己也知道……没有您,我在这儿会因为绝望而毁灭……您看见那儿的药粉了吧,您并不知道,那是什么……那是为了以防万一,要是他们又要把我送上前线……要是我离开这里,那我只感谢您……您要是没有跟那些恶棍谈过,他们早就把我赶走了……我也已经精疲力尽了。"

克拉丽莎直视着他。开始一个新的生活……这难以想象……这过于难以理解。他过于迅速地想干这事——为什么呢?是为了自我保存,是由于软弱;出于怯懦,还是由于好心善意,仓促行事?

这背后是不是有目的？——够了，她是要给这孩子一个父亲。她不能使自己的父亲蒙受耻辱。她知道，她现在没法深思熟虑，可是下定一个决心，这可不是在十分钟内可以办到的事情。她站起身来。

"您听好……我……我深感意外……我现在没法把事情想清楚……您也同样办不到。您好好躺下！考虑一下：您娶了一个怀了孩子的女人，这孩子姓什么，您不知道，一个女人……她……她也许会对您感激不尽，但是……永远也不会变成您的妻子……您愿意这么做……是为了乐于助人……只……只为了帮助我……是的，我知道，也为了帮助您自己……但是我……我不能允许您就这样下定决心……我不能接受这个……这里面有些……有些东西，感动我，但是我不能接受……这不是出于一时冲动而做出的决定……现在您出于恐惧，也许只是由于一时兴奋做出了这个决定……不，您什么也别说，一句话，一个字也别说！我现在离开您，一个小时后我再回来。您考虑一下……我也再细想想……我觉得您的决定完全突如其来，您也觉得我告诉您的事……我所期望于您的，完全是另外的东西……别说……一句话也别说……一小时以后我再到这儿来，那时我们探讨一下，我们可以在多大程度上互相帮助。"

☆　　☆　　☆

一小时后，克拉丽莎又回到病房。她安静地坐了一会儿，细细思索了这件对她而言匪夷所思的事情。她曾经听说过这种假结婚：但是她总觉得难以想象。现在她觉得容易得多了。她说服自己，在她父亲面前没什么可怕的，她只需要撒一次谎，用不着上百次撒谎。她想到了莱奥纳尔，要是在他身上，这样一种事情是无法想象的,只有人性的东西对他才算数。是啊,国家、证书、文件、姓名都毫无价值,只有为人性的东西进行辩护才是正确的。因为国家和鬼魂是相同的概念,不是真正的概念。即便是人类,他们也没有完全领会。因为人类意味着所有的人——要是你自己不表现出你的意志,你也就不复存在!她将姓另外一个姓。在几张纸上签名,她这样做,这毕竟并不伤害任何人,就像她无辜地作为代表讲了话,虽然实际上她并不是代表。这样做,她是不是背叛了她的男友?她男友是否会理解,会赞同这件事呢?这件事管一年、两年、三年,它保护她,也保护她的孩子。她是否会把这事告诉她男友呢?倘若她男友死了,这就保护他的孩子免遭不幸,倘若她保存下来了。她已经学会了什么是规定,国家意味着什么。她变成了一个自由自在的人了。

克拉丽莎回到病房,坐到布朗柯里克身边,"说吧,您怎么决定的。"

布朗柯里克显得更加严肃。这使她高兴,至少有点高兴。"我没什么可决定的,我用不着深思熟虑什么。我只是心里高兴。您建议什么,我就做什么。我知道,无论您做什么,都是为了对我有好处,我就照办。我很高兴,我这人还有点用处。否则我以为,我都死了。我到这儿来,是为了打仗,而我在打仗时却垮了。一个人要是碍手碍脚,他就分文不值。但愿我能对别人还有点用处,尤其是对您。自从他们把我拖到这儿来以后,我还从来没有像现在这样感到舒服过。把我的姓借给您……和您的儿子……就像在战场上把一块面包送给别人……不过,您干吗这样直瞪着我?"

克拉丽莎有气无力地微微一笑,"有人愿意在全世界面前把他的姓给予我的孩子,让我姓他的姓,这个人我总得仔细瞧瞧吧。可是,您听好——我考虑过了——也许我在众人面前不得不最后一次叫'您'。事情来得如此出乎意料,我不得不先要考虑一下。我说的话,您都接受了。我仔细考虑了一下……我不愿意以后会对您产生什么不方便,产生什么麻烦……我愿意承担一切,只为了……只要这是个形式上的婚姻……它永远不得阻碍您的自由;请您听我说,我愿意……在法律上先确定下来;通过一个律师,通过一个公证人,我永远不会向您提出任何要求……永远不为我自己,不为那孩子提出任何要求……不论是在我们……在我们所谓的婚姻期间,或在婚姻解除之后,这是我提出的第一点,这是我认为最重要的一点,不能让您有身负重担的感觉。您不必负任何责任,您只要在我父亲面前挽救了我们的名誉,给这孩子一个姓,您做的就够多的了。

"现在谈第二点。我从我母亲那里得到一小笔财产——这是她带给我父亲的陪嫁的一半——加上利息,已经涨到三万六千克朗。我将把这笔钱转到您的名下。"

布朗柯里克做了一个手势——

"不,这是我的条件。您说过,您需要一笔资金来维持生计。既然我没法给您一个家园,也不能给您一个婚姻,我要让您无忧无虑。您不用为我操心,由于我哥哥阵亡,另一半财产也归我所有。另外我有一份工作,收入不错。我是我父亲的女儿。我们打算在适当的时刻,我们一致同意的时刻办理离婚,重新给您自由。就是在离婚之后,这笔钱,不言而喻,也留给您……不,您别抗议。这是我提出的条件,我的愿望是,您觉得自由;随着时间的推移,您会觉得更自由,您可以随时到我这儿来。那时请您想到,那个把自己的姓给我孩子的人,对我而言,永远不会是个陌生人。"

"您要我做什么我都去做。"

他们又谈了一些细节问题。在克拉丽莎走出房门的时候,她微微地感到一阵晕眩。她一下子什么都感觉到了：不适、恐惧、轻松……阳光，她活着，她可以活下去，她的孩子也可以活下去。

☆　　　☆　　　☆

当克拉丽莎宣布，她打算举行一场战时紧急婚礼时，整座医院上上下下都极为惊讶。她向费尔赖特纳医生解释，她看到这个年轻人身体垮得多么厉害，也许她能通过家庭照料救他一命。大家想到她平时那种拒人于千里之外的严肃神情，对她的决定都感到奇怪，但是也并没有太感到过于奇怪。因为在那些日子里，最最奇怪的事情是战争制造的人际联系，最最稀奇古怪的感情的结合：对独脚、失明的战士的钟情。在女人心里，同情心占有了虚荣心的力量，变成自我牺牲的狂热。这一切加速了婚姻的进程，其实在体格检查开始之前，最终决定委员会已经就把一切都处理完毕。费尔赖特纳医生，那位上级军医把这次体检视为无所指望。布朗柯里克被宣布为不宜于上前线作战，人们为他开具证明，准予他离开军职。

克拉丽莎的父亲还是使她有些担忧。父亲用他僵硬的字体啰里吧嗦地写道，他很骄傲他的女儿"接受了那些在荣誉的战场上，丧失了自己健康的英雄之一的求婚"。克拉丽莎不禁脸上一红。父亲平时给她的信，她都小心翼翼地保存起来。这是第一封被她撕得粉碎的信。

在举行婚礼时，一位护士和费尔赖特纳医生，分别担任伴娘和伴郎，一位稍微有点腼腆的神父主持这个婚礼。在克拉丽莎心里，还因为虔诚而感到羞耻，就仿佛她欺骗了上帝。就她一个人，但是她必须把一切都押在一件事上，把她全部生命集中在孩子身上。

一九一五年至一九一八年

克拉丽莎对一生中以后三年,一九一五年至一九一八年几乎没有留下什么回忆,只记着她孩子的成长过程。这孩子生于一九一五年,洗礼时得到的姓名是莱奥纳尔·莱奥波尔特·布朗柯里克。在她周围,世界依旧运动,战争持续,凶险异常,死神环伺。克拉丽莎在这里保住了一条生命:她只有一样东西,那个孩子,完全不顾战事如何进行,打仗已整整一年,许多人死于非命。为了避免让她父亲知道他们的婚姻只是一个形式上的婚姻,她就不住自己的住宅,而是搬进布朗柯里克的寓所,一幢花园房子,不是楼房。

下午,克拉丽莎又在西尔伯斯泰因医生处上班,上午料理家务。一个年老的女仆照看孩子。有时候她很担心父亲;老人工作更重,变得越来越寡言少语。他对战事十分恼怒。他和克拉丽莎仅有的少数几次谈话,让这个女儿看到他极为坚持己见,认为自己是在为一个错误的事业效力,痛恨德国的情绪已经深入骨髓。他认为,奥地利从一开始就应该投到俄罗斯一边。上面否定他的一些建议是错误的,这可是他毕生的工作。他属于那些大失所望者之列。他也责怪西尔伯斯泰因教授,克拉丽莎周围一批人的生活都和每天发生的事件紧密联系。而克拉丽莎却有她的孩子,这样一来,对她而言,只有一些琐碎小事才显得重要。

西尔伯斯泰因教授似乎变得更加衰老。他不再和克拉丽莎谈起她的孩子,从来不问生了个女孩,还是男孩?克拉丽莎因为自己生活幸福而感到羞愧。每天上午,克拉丽莎独自待在家里,独自守着孩子,想着莱奥纳尔。要是在大街上遇到身穿孝服的战争遗孀,她就会浑身哆嗦。

一年就这样过去。奇怪的是，克拉丽莎渐渐忘记，她并不拥有自己的住宅。布朗柯里克很守信用，这是克拉丽莎幸福的一部分。这小伙子在对他的决定宣布之后，就失踪了。他立刻制订计划，学点儿"塞尔维亚文，保加利亚文"，远离硝烟炮火。就她所能理解的，搞点期货交易，譬如关于李子的期货交易；他什么都抓住不放，他有两种身份——就像"狡兔有两个窝"。他不时从这儿，不时从那儿送来消息。他喜欢居无定所——克拉丽莎不知道往哪儿给他去信。他有一次向克拉丽莎解释："最好生活在阴影之中，不期而至，不加通报。"

布朗柯里克扩展他的计划。他不愿待在维也纳，他要消失得无影无踪。可是事先他打算去见一见克拉丽莎的父亲，克拉丽莎感到不大自在，但是这事终究不可避免。然后布朗柯里克就打算到保加利亚去，到土耳其去或者到荷兰去。斯拉夫语言尤其对他合适。反正他不愿靠近战争。

就这样过了一年，他才第一次又重新露面，然后当真去见了他的岳父。克拉丽莎几乎吓了一跳。有一次门铃响起，克拉丽莎打开大门，一个年轻人站在她的面前，穿着时髦，甚至可说精心打扮——她想要询问这位来客是谁，压根儿没有认出他来。原来脸色灰败，饿得瘦骨嶙峋的一个幽灵，现在变成一个晒成褐色的男子，长着一张孩子气的嘴巴，显得颇为英俊。他潇洒而又轻松地说道："哈啰，你好吗？我总不能到了维也纳，不来向你问候一声。"他望着克拉丽莎的眼睛，温和地笑道，而克拉丽莎却双膝索索直抖。根据法律，这可是她的丈夫。"你总该允许我来看你吧。我不打扰你吧？"克拉丽莎还一直有些手足无措，心想："他想干吗？有什么要求？"当年恐惧像只灰色的面具套在这年轻人的脸上，现在他能够心情开朗，轻松愉快地叙诉。"我待在保加利亚、土耳其、德国、荷兰——你知道吗,作为奥地利的军人我觉得不舒服。"可是他不是有枚战争勋章吗?"哎呀,这点儿保加利亚文很是需要,要不然他们会把你看作一个游手好闲的懒虫,我给他们从荷兰弄去橡胶轮胎。"——他说,靠战争带来的物资供应,没法生存,这只不过是一笔生意而已。他心情愉快地接着往下说,"怎么说呢,我干这干那,到处奔走,一刻不停,一直在火车上。我越是到处乱跑,譬如跑到斯米尔纳,越发觉得一切都无聊透顶。我干什么,时间都不长。我根本就不是为钱,玩玩而已。再说到处噼啪乱响,一切全都要坍塌下来,通讯情报传来传去。"克拉丽莎安慰他,说他看上去挺精神。他说,是啊,他是生活在童话中的极乐世界里。"你在那儿过得很好吧?"他笑道:"哈,用假姓名啊。这个姓名可是我自己给自己找的。不过,'你'在这儿住得不赖啊。别害怕,我待的时间不会太长。时代的全部恐惧不允许我早一些来看望你。说来也可笑,到房屋主管那儿去打听我自己的地址。"

和克拉丽莎的父亲见面颇为奇怪。布朗柯里克显然又把自己弄得脸上多一些病容。他如此巧妙,克拉丽莎吃了一惊。她怀疑布朗柯里克一定用某种东西,把一阵轻微的黄疸病弄到自己脸上。他对克拉丽莎说,他打算服役,因为她父亲对此感到兴趣。这种反复无常的态度!更使克拉丽莎吃惊的是,她父亲居然对此做出反应。这场小小的撒谎并没有引起老爷子的注意。克拉丽莎为布朗柯里克感到羞耻,也为她父亲感到羞耻。她父亲已经不再是正常人了,而是有点精神错乱,脑子只在军事问题的圈子里转来转去。可是布朗柯里克已经消失。他说自己是个受害者,不情不愿地硬和他的老婆分开。然而国防部已经约他到部里去。在那儿接着发生什么事情了呢——真可惜,大家先前不了解他的情况,"您是个聪明人。"那好吧,他懂点原材料什么的。这样他就和他岳父告辞。突然之间他又变成了另外一个人,轻飘飘的,像被风吹来似的。克拉丽莎一直瞪着他,他戴着一枚戒指和一枚领带针。

关于他们的婚姻,布朗柯里克只字未提。可是他问克拉丽莎,是否愿意和他一起上剧院?等到和克拉丽莎告别时,他才想起:"对了——那孩子。其实你还是应该让我看看你的孩子的。"克拉丽莎把他领到房里,他冲着孩子笑道:"真可笑,就这么一个孩子。要是你只有这样才幸福的话,那就这样吧!"他情绪欢快,克拉丽莎心里忽然升起一阵恐惧。布朗柯里克是不是会对她有所求,会要求什么。这是暗藏在她心里的恐惧。等他走到门口,他说道:"还有一件事——你知道吧,我没有准确的地址。没有家的人,就是这样。你总该允许我让其他人从别处给我寄封信来,允许我派人来取走什么东西。"克拉丽莎简直有些孩子气地答道:"当然,没有问题。"可是心里感到很不自在,"要是你这段时间需要什么,巧克力或者咖啡——但是别要炼乳,因为保加利亚的炼乳可怕极了——我就从外面派人捎给你。你也知道,我要是能对你帮得上忙,我会非常开心。要是没有你,我今天会在哪里!"

布朗柯里克走了,没有提出任何要求。克拉丽莎感到无比轻松,真的如释重负。布朗柯里克什么也不要,可是第二天他又去看克拉丽莎,"对了,我还有点事要求你,要点奥地利钱。你最好随便花吧。"说完,他就走了。克拉丽莎做梦也不敢希望,一切会这么轻易,这么顺利地安排妥帖。她心里总暗自有些害怕。她并没有付出真正的价钱,或者还没有付出原来的价钱,可是看到他拿钱的那种轻松的样子,就像他忘了拿钱似的。布朗柯里克——克拉丽莎对他真的感到感激已极,生活就此属于她的孩子。

半年就这样过去。一天早上有人敲门,敲得很重。门外站着一个男人,穿着打扮有点像是乡下人。汗水从他额上流下,一辆手推车放在他身边。他失去了一只眼珠,看上去叫人挺不舒服。此人摘下帽子,说话的语气就像他俩是老伙计那么熟悉,自然:"我是胡伯,您一定已经听人说起过我。"克拉丽莎有些心神不宁地说,这里想必有点误会。可是这个宽肩膀的大汉哈哈大笑,掏出一块格子布的手绢擦拭汗水,"No,那就是他不愿写信提起这事。我是胡伯,从您丈夫那儿来。他让我请您把这三个箱子——真他妈该死,都死沉死沉——都存放在您这儿,放到我来取它们。您叫我把它们放在哪儿?"克拉丽莎没有回答,她有点惊慌失措,"这都是些什么箱子啊?""什么箱子,从轮船公司拿来的箱子呗,一点儿也不轻。趁我的背还没有被压断,我把它们卸了下来,而且是在一大清早。这年头人们对什么都好奇。咱们把它们放在哪儿?"克拉丽莎还一直很不自在,她四下张望了一下,"那就放在那边花园房的仓库里吧,从前里面一直堆着煤,现在空着,没放东西。"胡伯扮了个鬼脸,轻轻吹几下口哨:"其他人是不是也会到那儿去?好——咱们瞧瞧!"他扬声笑了起来,弄得克拉丽莎心慌意乱。她开口说道:"不过我得知道……""这年头知道的事情越少越好。现在他们可厉害呢,这些经济警察局的先生们,好,别害怕,您先生知道,对胡伯他可以一百个放心。胡伯供货麻利,付款也麻利。我们已经一起做了好多笔生意,这次也不是最后一笔。行,咱们就走过去吧。请您一起过去,这样才不太引人注意,别让别人看到这些箱子。我不能让它们随便摞在这里!"克拉丽莎想说几句,可是舌头像僵住了似的,她感到不舒服。可是她不敢和这大汉争论,就跟着走了过去。胡伯检查了一下这座仓库、挂锁和钥匙,"不错,这仓库挺好。谁也看不见什么东西。我在箱子上面再盖块破布,或者铲点沙土在上面。"克拉丽莎大吃一惊,"这些箱子要在这儿搁多久啊？""唉，不会太久，您别担心！就十四天吧，我现在每天过来，每次都取走满满一个背包，您把钥匙交给我。眼下每个人都背个背包，不惹人多心。背在我身上更不引人注意，我这人从来不会出什么事。您对胡伯尽可放心，对您先生也一样，他可精通他的买卖呢。"他说这话的时候，一点儿也不在意克拉丽莎，"要是我在装包的时候有什么人闯来，您就跟他瞎七搭八地聊上一会儿，别等他开口发问。"说着，向克拉丽莎眨巴他的独眼，克拉丽莎站在屋子旁边，恨不得大声喊叫。她考虑着该怎么办。他们肯定干的是什么走私商品的勾当，使她也蒙受着羞耻，奉公守法的精神遭到损害。胡伯在旁堆放箱子，还老老实实地在每个箱子上都蒙上一块布，盖完之后，胡伯把每个箱子都扛过去，得意非凡。"谢天谢地！咱们总算把箱子弄走了……从轮船码头搬来，总是最麻烦的一段路程。我们使点贿赂，买通海关人员。另外一段路程，简直就是儿戏。从塔尔可以把东西都捞出来，不论你在背包里背的是什么，魔鬼也不会管你。你就说，你是从前线回来的。明天我来，要是您能放把螺丝刀和一块马蹄铁在这儿，让我用来打开箱子，那我就一点儿也不会打扰您了。夫人，我们到末了再算账。我先得看看，是不是一切全都对头。"他看了克拉丽莎一眼，"您要是其他还需要什么，牛奶啊，新鲜鸡蛋啊，或者罐头食品啊什么的，老胡伯都会给您弄来——当然只给那些可靠的人，他们不会举报你。在您这儿我可以放心大胆，绝对安全，这我知道。"

胡伯用帽子扇了几下，浑身净是啤酒的味道，两只脚也直打晃。克拉丽莎不知怎地，就是不喜欢这些买卖。可是叫她能怎么办？胡伯以一种不言而喻的自然神气支配着她，她不知道这里发生了什么事情。她和她一向轻视的这些人混在一起。所谓的生意就意味着布朗柯里克从前线或者从国外弄来一些违禁品，他和一帮共谋犯一同走私。他那种漫不经心,放肆大胆的干法让克拉丽莎不寒而栗。叫她怎么办呢?她一点办法也没有。因为她姓了布朗柯里克的姓,也就拴在一起了。

紧接着的十二天,克拉丽莎惶恐不已,天天如坐针毡。自从她姓了布朗柯里克的姓,她第一次陷入困境。她听见胡伯的脚步声,从窗里就看见他。他白天跑来,克拉丽莎给他的钥匙,他放哪儿去了?因为他一来就拉门铃,克拉丽莎吃了一惊,也可能有警察找上他了,平时他可是天黑了才来。克拉丽莎惊慌失措,难以自持,跑去查看一下。胡伯带来的尽是些香烟,货真价实的土耳其香烟。发战争财的人尤其爱买来自外国的进口货,他们支付一百倍的价钱,警察随时随地都会来逮捕她。现在每天在报上都有抓人的消息,逮捕黑市商人和走私者。有一次克拉丽莎在半路上遇到胡伯,她下定决心告诉胡伯,所有这一切她都不要。"好,现在我已经完事了。请您把木箱劈成劈柴,不必让外人看见。现在咱们结账,是不是?我和您先生约定——赚了钱,对半开,一人一半。对老胡伯,你们尽可放心,账单我会给他的——您知道吗,账单之类的东西没好处,人们都不喜欢在上面盖印。这年头,你永远不知道,他们会怎么查你的账……是啊,账目单据都是暗中出示的。我的客户也根本不要单据……好,九万八千克朗分给您先生。您也知道,该把钱存在哪儿,他跟我说过——现在,请点一下。"他从上衣口袋里取出一只油乎乎、脏兮兮的皮夹子,按照乡下人的方式用手指蘸上唾沫,把钞票点好递给克拉丽莎。

"好了,现在请您确认一下,从阿洛伊斯·胡伯处收到98。'千位数宁可画掉。因为要是他收到了十二只鸭子,实际上却是一万两千只。他就确认,收到了十二只。您用不着签下您的姓名,请您写上您受洗的名字就行了,没人看您的确认,这只是为您先生准备的。"克拉丽莎感到她的手一个劲地哆嗦,可是她强烈希望这个假装老实的独眼龙赶快滚蛋,于是她就签了字。胡伯把克拉丽莎的证明文件仔仔细细地收好,"您要是想存钱,老胡伯给您百分之十五的利息。钱已经不再值钱,您要是需要什么,只消寄张明信片给我,老胡伯什么都能给您弄来。"

克拉丽莎长舒了一口气。等到胡伯在背后关上大门,克拉丽莎才感觉到,她都陷到哪儿去了,单单这一大笔钱!她惊恐万状地认识到,这不是一桩合法买卖。她父亲出于信任,给她的丈夫写了一封介绍信,而她丈夫跟这么一批可疑的家伙一起干着肮脏的买卖,如今她自己也卷了进去。她姓着这个人的姓,触碰这些钞票让她觉得可怕。可是她迫不及待地要把这些钞票弄走。她用她丈夫的姓名把钱存进银行。每天她都仔细看报,要是阿洛伊斯·胡伯的姓名和她丈夫的姓名没有登在报上,她都松一口气。她写了封信给布朗柯里克,要他设法不要再让胡伯来看她,她一点儿也不喜欢这个胡伯,她希望和这些买卖不再有任何瓜葛。回信是张明信片,尽写些欢快的胡言乱语,并且建议把钱寄给胡伯;然后她又有一段时间听不到任何消息。

几个星期过去,只要有人敲门,每次克拉丽莎都惊恐万状。现在她已不再惊恐了。有一天她翻开报纸,读到:"破获大型走私集团",她接着往下读:"一批走私者暂时被捕:有阿洛伊斯·胡伯,罗德里希·海因德尔;他们把食品、金钱和其他东西偷运出去,检察官兴特胡伯宣称,卷进此案的还有多瑙河航运公司的几名职员,以及几名外国间谍。侦查在继续进行中。"克拉丽莎的心脏骤然停止跳动。以后几天报上又出现几个新的名字,这个案件牵扯的面越来越广,细节也公布出来。大概是,奥地利的钞票藏在轮船的机器仓里偷运到保加利亚,从而进行香水和香烟的交易。在被拘人员家里搜到一份他的买主的名单。克拉丽莎想到她的小纸条,她也想到她的丈夫,她是嫁给了一个犯罪分子。

不能再有更多的事情发生。恰好今天她得去看她父亲。此刻别人正用这种方式打倒奥地利。可她不能把一切都告诉父亲。恰好在这一天她要去看望父亲,她觉得简直糟糕透了。每周一次,总在星期天,她去看望父亲,从十一点待到十二点,正好一个钟头:父亲讲究准时,他现在为伙食供应处工作。克拉丽莎发现他情绪欢快,一副心花怒放的神气,"我现在是首席统计员,由于我的计算而得到晋升。"他得到了嘉奖,他终于得到大家赏识,他作为统计学家所做的工作终于得到承认。他情绪欢快,问起克拉丽莎的孩子,问起她的丈夫,"一个能干的小伙子,我在领事馆打听他的情况。他到处奔走,我真为你高兴,克拉丽莎,准会给他颁发一枚奖章。我一向知道,你做的事都是正确的。"克拉丽莎觉得就像有人打了她一巴掌。她来看望她父亲,是想把这事告诉将军,请他帮忙,要是她丈夫受到指控,她父亲可以出面干涉,拯救她的丈夫。现在她可没有勇气提出这一请求,"我一点关于他的消息也没有,他也从来不写信告诉我他在干什么。"她心想这样一来就拉开了他们之间的距离,可是她父亲却说:"这就对了。就是对自己的妻子也不可以说什么,公事就是公事,我就喜欢他这点。"

☆ ☆ ☆

到一九一七年,困难时期就开始了。食品开始短缺,到处都排着长队购物。面包糟得吓人,没有脂肪,没有牛奶,就像在德国一样用脂肪票,面包票只能买到白萝卜,一切都计算得十分周全,可还是入不敷出,除非使用伪造的食品票。克拉丽莎和她周围的一些人,似乎是个例外。大家一方面认为,克拉丽莎和军官们有联系,另一方面大伙也知道,她丈夫没有在前线打仗,"他不晓得在什么地方暖暖和和地待着!"就是在西尔伯斯泰因教授那里,克拉丽莎也有这样的印象。接着,糟糕的事情就发生了:克拉丽莎的孩子染上了疾病。这孩子起先发育成长得很好。要是克拉丽莎现在仔细看看她的儿子,那双活跃的眼睛从消瘦的脸庞向外张望。两条腿又小又瘦。克拉丽莎迄今为止一直严格遵守国家的规定。食品商人送给自家女人好几个手袋和剧院的门票。克拉丽莎的女邻居们,是啊,她周围所有的人都用背包采购。就她至今没有这样做。女人们都对克拉丽莎暗怀仇恨,对她们而言,克拉丽莎是负责供应食品的官员之女,每个人在她面前都想表示,自己举止规规矩矩,大家都怕她会突然想到要告发她们。她父亲还在食品供应部门工作,干活比以往任何时期都更加严格。他消瘦了不少,劳累过度。他谈到那些大发横财的无赖和蛀虫,"一切都取决于营养,每个人现在都必须尽自己的责任。"克拉丽莎简直都不愿再到父亲处吃午饭,就是不想抢了他的口粮。可是这孩子,她的孩子,情况并不是这样。就仿佛世上发生的大动荡,悄悄地从他身边过去,没有留下痕迹。这个男孩长得娇嫩,现在只提供清汤寡水似的白乎乎的牛奶,孩子感觉到了,他吃坏了肚子:吐了出来。这时克拉丽莎写信给她丈夫,她丈夫在保加利亚,没有回信。然后克拉丽莎就写给胡伯,胡伯是她唯一还认识的人。胡伯回信告诉克拉丽莎:他,阿洛伊斯说,收到过几封她丈夫的信。克拉丽莎接着就请求他:"请您向我丈夫多多问好,阿洛伊斯。"于是就寄来几笔汇款,神秘兮兮的纸条。克拉丽莎拒绝接受,胡伯有些生气,"您摆出这样子,就仿佛咱们这号人在干什么违法的事情似的,就仿佛这年头您是唯一的一个正人君子。这样不好,夫人,您不信任老胡伯。"

克拉丽莎心里宁可信任陌生人,她想到布朗柯里克,可是她再也不敢写信给他,想到自己和他已有婚约,心里感到害怕。去照料一个陌生人的孩子,想必对他也是件难以忍受的事。胡伯向克拉丽莎表示要送给她土耳其蜂蜜,圣诞节送她香水,答应给她波斯玫瑰香油。克拉丽莎很不高兴。对她收到的这些东西,她简直愤怒极了。她第一个念头是用这些东西去换点什么。可是接着她认为这样一来可就暴露了自己,她觉得这很可怕。可是这样一个男人,其实只能和陌生人相提并论。她打电话给胡伯,胡伯就来了,一脸笑容,无拘无束。他开着一辆汽车前来,一只钻石别针别在领带上,戴着黄皮手套,打扮得像赛马骑师一样时髦(连同烟盒),穿着格子呢的裤子;头发抹了香水,香气浓烈,摆出居高临下平易近人的态度。人变得更加肥硕,圆滚滚的。他满面春风,流露出十分惬意的样子,"好啊,您想念老胡伯了,太妙了。您先生出什么事了吗?"克拉丽莎说,他没出事。这才发现,胡伯显然心里一块石头落地。克拉丽莎试图用人性打动他,求他给她弄点罐头牛奶,"当然,当然,孩子要紧,可不能让小孩没奶吃啊。我有丹麦罐装牛奶,整整一箱。""不用,不用,几个罐头就行了。""别价,别价,小儿科的东西老胡伯现在是拿不出手的。这混蛋局面还得延续很长时间呢,白糖您肯定也需要,这有营养,还有巧克力,还是瑞士货呢,这东西都放在我城外的别墅里了。一幢可爱的小房子,在普罗茨莱茵斯村,夫人看了会高兴的。那儿还有……请您原谅,夫人,您自己看上去也很清瘦啊。在现在这种时代做人得镇静,稳得住,身子骨必须健康。"他发油的油脂在他脸上发光,"再加几瓶苦艾酒,意大利货——是允许的,托卡伊酒很有好处,帮助消化。"克拉丽莎问他价钱,"不谈这个,不谈这个,我会和您先生结账的。他可是个能干的人,眼光好,不论他到哪儿去,全都畅行无阻。他特会说话,是个行家——他都找了谁了？他能搞定所有的人,军队啦,领事馆里的人啦,甚至他的一个老主顾的老婆。这人有才,我要是有他那两下子,我就不是在城外普罗茨莱茵斯村弄个小别墅,而是在环形大道上弄座宫殿了。"

每当胡伯称赞布朗柯里克,克拉丽莎都浑身哆嗦。布朗柯里克善于博得众人的欢心,克拉丽莎的父亲,上上下下各种人士,还有神父！——他这样八面玲珑,四处讨好,机灵活络,轻松自如,简直叫克拉丽莎汗毛直竖——他已经不再是他自己。克拉丽莎觉得胡伯更加可怕,他那居高临下的亲切态度里流露出一种蛮横的绝不退让的坚定决心。欠了他的债,让克拉丽莎害怕。克拉丽莎赶忙把谈话引向生意,"哎呀,我们会结账的。""不,我想现在付钱。"胡伯笑道:"您可真急。说到底,把钱赶快扔掉。它现在每天都在缩水,越缩越凶。用一百克朗能买多少东西,也许就一块巧克力。其实最好换个法子,那,就用友情价格吧。""我为我的儿子支付这价钱。"

克拉丽莎系好了她的背包,夜里她出发了,活像一个女贼。这些食品罐头堆在那里,她觉得"仿佛它们在弹钢琴"。她为了孩子做这件事,承担起这个痛苦,和这个人打交道。时代如此,得保住孩子,保住自己,可是尤其要保住孩子。孩子抬起头来看她,她知道,自己没有干不正当的事情。

☆　　☆　　☆

孩子的健康状况渐渐好转,她克服了心理障碍,去为孩子改善营养。可是她难以和父亲谈话。父亲刚愎自用,顽固地只想着一个念头:胜利。他历来工作不停,现在工作做得更多。克拉丽莎心里充满感恩之忱,尤其为了孩子,感谢西尔伯斯泰因医生。医生的儿子在战场上受伤，可是他得救了。医生救了克拉丽莎的孩子，不然她将变得孤身一人。她几乎不敢想莱奥纳尔。失去亲人的消息不断传来，从战争爆发以来已经过去了整整三个年头。一个父亲不算数。布朗柯里克走了，现在美索波答米亚。他似乎在做买卖，因为经常有条子从胡伯那里传来。有一次克拉丽莎看见了胡伯，平素她总是避免和他相遇。有时克拉丽莎通过胡伯订点东西，有一次在电话里有个陌生的嗓音，"请说您的号码。"幸亏这个声音只在一个电话机里听见，尽管如此，克拉丽莎感到很不自在。后来又在报上读到：发现了囚犯与外界通信的方法。克拉丽莎不敢去看她的父亲——夜里，克拉丽莎从睡梦中惊醒：她父亲打电话给她："你给检察官打了电话，有一个叫胡伯的……案件的审理过程已经开始，但是国家是首要的。""我的孩子才是首要的。""这是一个如此可恶的匪徒的孩子。""我不许别人辱骂我的孩子。"……孩子醒了，"你怎么了，妈咪？""没事。"

全国崩溃终于来临，这是奥地利的总崩溃。现在大家都在跑来跑去，大街上很不安宁，到处都在游行，没有电。克拉丽莎想到："父亲！"她碰见了父亲。父亲已经变成了老头，克拉丽莎一时都认不出他来：他身穿便服。"这些无赖真是个耻辱，我始终保持对皇帝的忠诚。"这对克拉丽莎而言，已经无所谓。皇帝对她而言，又是什么！这一切她都荒疏了。她脑子里只想着一件事：她必须给莱奥纳尔写封信。给他写信？把一切都告诉他？什么都向他解释？她一而再、再而三地拖延写信的时间。三四年之久，她一直抑制自己不去想他，把这事一直往后推。现在必须把她下的这决心告诉他，但愿他能相信她的话。可是他能理解这件事吗？

白天她去上班。西尔伯斯泰因医生心情欢快，"我们能发生什么事？我们将活着，只有这才重要。我们每个人都有个儿子，我们有自己的孩子。政治发生什么事，跟我们有什么关系？皇帝和帝国是什么——我们必须历史地看待它们，就仿佛这是一千年前发生的事。我们是获救了，但这是别人的胜利。可是我们毕竟获救了，这孩子也获救了。'死人应该埋葬他们的死人'，这话的确算数了。什么爱国主义，现在要么是欧洲统一——或者大家全都完蛋。要是办不到，那我们真的输掉了这场战争。"

一九一九年

接着是一九一八年的十一月和十二月，一九一九年的一月，克拉丽莎集中心思想写一封信，要写什么，都已收集齐全，至少已经打好腹稿。她问自己："他忘记我了吗？他是不是又和他妻子共同生活在一起？他是不是已经阵亡？"克拉丽莎没有勇气自己回答这些问题，她写了一行字。感到十分孤独——她寄出一张明信片，可是没有得到回信：布朗柯里克已经消失得无影无踪，是在土耳其做过一些生意吧。他远行未归，克拉丽莎的确是孤身一人，感受到夜晚漫长逼人，只有孩子和她厮守在一起。现在孩子必然变成了她的一切，尽管她感到很痛苦。要是她能看到，当父亲的会如此亲热地拥抱这孩子，这将是多么欢欣的场景。冬夜酷寒奇冷，没有煤炭，街上没有灯光，她无法去看望她的父亲。她倒是有钱，但是买不到什么东西。孩子需要食物，克拉丽莎总要想尽办法去寻觅食物。最糟糕的是孑然一身。

有天晚上克拉丽莎坐在屋子里，她刚给她的孩子弄到一点牛奶。外面门铃响起，这响声总使克拉丽莎心里害怕，她总想着同一件事："有封信，总该有信来了吧。"她一直想着莱奥纳尔，他是孩子的父亲,是朋友。她打开大门,有个男人站在门口,"哈啰,你好吗?"克拉丽莎吓了一跳,这人是布朗柯里克,身旁放着一只小箱子。"你惊讶不止吧,我自己也感到惊讶。我在斯密尔纳,他们不放我走。你总可以收留我几天吧?有吃的吗?"他弯了身子,"我简直饿死了,火车上什么吃的也没有。我身上最后一点钱也被他们拿走了,我没法去住宾馆。"克拉丽莎凝视着他。他看上去饿得要命,可同时却显得英俊帅气,皮肤晒成古铜色,人很消瘦。他一面叙诉,一面回忆,衣服沾满灰尘。"我不晓得怎样挤上了这趟列车,这可是个地狱。"他想洗个澡,"我想我身上一定长满了虱子,他们还吞噬了我最后一点钱。"克拉丽莎发现,他那漂亮柔软的头发全都剃掉了,推了一个光头。"一座土耳其监狱,我的亲爱的,这可不是闹着玩的。"可是他自己又哈哈大笑起来,他聊个没完,感到非常安全。

旁边屋里孩子在笑,"哈啰,"布朗柯里克直跳起来,"这是什么呀?对了,这小子我差点儿忘了。"他走进房间,克拉丽莎看见他和孩子一起在笑。她突然之间忘记了一切,"他是我丈夫,他姓我的姓。"

布朗柯里克洗了个澡,刮了脸:现在他看上去好多了,"这是我七个星期以来洗的第一个澡!在洗澡水里有几只小动物在游泳呢,大家就是这样才能消灭虱子!我真的觉得舒服极了。你别害怕,我不会麻烦你太久的。我得去处理一下商务——到晚上你就又摆脱我了。"他在沙发上躺下睡觉;这对克拉丽莎而言很是难办,可是她说:"我请你吃晚饭。"

第二天下午克拉丽莎去西尔伯斯泰因处上班。她不知怎地有点惊惶,可是也不知怎地心情欢畅。于是她就摆出一种亲切、轻松的模样,现在有人在她身边,有人保护着她,孤寂之感一去不返。

不爽的感觉已被遗忘,一切都是那么轻柔,她想必不再感到生活艰难。在回家路上,她还进行了采购。

☆　　　☆　　　☆

晚上克拉丽莎回家,看见布朗柯里克和男孩一起坐在地板上,他哈哈大笑,说道:"我们两个一起玩了一会儿,一个可爱的孩子。我想,他很聪明。"

克拉丽莎脸红了,她很乐于听这样的话。

"你是不是发现一切都秩序井然了吧?"

布朗柯里克踱来踱去,"我的亲爱的,算你倒霉,现在我得有段时间要赖在你身上了。我原来希望,不要成为你的负担。可是现在我得有些日子要让你破费了,你非得出手帮我不可。这不是我的过错,这是你的错。"

克拉丽莎听了不由自主地想要抗议,可是布朗柯里克接着往下说:"是的,这是你的错。你扭扭捏捏,过于矜持。我们本来用不着这么待着。啊,这个无赖,这个该死的骗子!我从来就信不过他!我们商量好了,我不是拜托过你把钱寄给胡伯。你矜持异常。我提供货物给他足足三年之久,我有十八万克朗存在他那儿。这家伙虚伪透顶,唉,这个无赖——你知道他说什么:他表示遗憾,为了我的缘故他坐了九个星期大牢——为了我的缘故。这个无赖,我把脚底都跑穿了,却把他养肥了。要是我至少还有那几千个克朗就好了,可我一个克朗也没有了!不,啊,他一个克朗也没给我——我尽管去告他好了,他明明知道,我没法告他!他说:'我们两清了——我把你的钱坐牢坐掉了,像个罪犯一样。我可以请您夫人作证。'……啊,瞧他多放肆,瞧他说些什么,他说他什么也没得到,他得到了你的钱,而且是你所有的钱,我们的确应该得到更多的效劳。"

"你打算干什么?"

"我什么也干不了,我不得不忍痛咬紧牙关。我甚至都不能朝他的狗嘴给上一拳。我把这混蛋放出笼子,在他面前狠狠地吐了一口,他只是冲着我笑,'我的仆人会把这唾沫擦掉的。'他有一个仆人、一幢别墅以及他在城外还拥有的一切。这一切都是从一个秘密信使那里听到的。胡伯这混蛋偷了我的财产,我原来以为我来到这里,可以开创一番事业,可我现在成了一个乞丐,另外我还成了你的累赘。我们的财产给掠夺了,啊……"

他又成了一个病人。他感到绝望,又露出一个孩子的神气。他感动了克拉丽莎,他又开始哆嗦,又出现想要哭泣的痉挛。克拉丽莎说道:"这有什么关系,我还有点钱呢。你在这里可以睡在沙发上,总有饭给你吃。日子过得下去的,你必须重新开始,这几天马上就开始。"

布朗柯里克凝视着克拉丽莎,"胡伯这混蛋,是干出了那些龌龊的事情,可他还把我给告发了。我就只好拔脚逃跑。我竟然不得不跟这样一些无赖一起厮混。他们把其他所有跟他们一起干的人都偷了个遍,他们自己只冒着一半的风险。这家伙装得像蜜一样甜,要是你跟我在一起,这一切都不会发生。你可不能把我单独留下,要不然我会把我自己撕成碎片,因为我感到百无聊赖。起先一切也都发展得很好,我这时有兴趣走走私——我想,我喜欢我的恐惧。我喜欢这样赌上一把。跟你在一起,一切都会发展得更好。可是我不走运,你不喜欢我,这已经是够倒霉的了。什么地方我不喜欢,我在那儿就走运。我站在门前,我只想在这里安安静静地生活,和你,和这个孩子一起生活。"

布朗柯里克又凝视着她,他变得和蔼可亲。

克拉丽莎说道："别说这个。你也知道,只要我有可能,我就帮助你。总会找到的办法。"

☆　　　☆　　　☆

克拉丽莎的丈夫已经在她那里待了一个星期。她周围的人都很惊讶,包括那个房屋女主管。布朗柯里克一副轻松自在的样子,白天他出去乱转,找工作,"什么也没找到,大家都不再认识我了。"可是他情绪依然开朗,他和孩子玩。女主管感到奇怪,他身上有种东西叫人看了很不舒服,一种阿谀奉承的样子,克拉丽莎很不喜欢。可是他把克拉丽莎哄住了,然而克拉丽莎依然脸色苍白,暗暗生气。布朗柯里克只要和孩子一起坐在地板上,他就完全忘记了自己的处境,克拉丽莎看了禁不住有些妒忌。布朗柯里克会诉说什么,克拉丽莎心里却是冷冰冰的,不可亲近。她对自己说:小心点。她得仔细瞧瞧,他到底怎么样。布朗柯里克不得不向克拉丽莎要钱买香烟抽,那模样真是动人。他是个轻松贪玩的人,没有什么东西,会往他心里去。什么事情都会使他震撼,可是一转眼他就忘了这些事。克拉丽莎回忆起在野战医院里,人们说的关于他的笑话。克拉丽莎对他感到同情,天气很冷,布朗柯里克就穿着一件薄薄的外套和一双旧皮鞋一早出门;克拉丽莎不知道他到哪儿去,只有到了晚上,从他疲惫不堪的面容,克拉丽莎才看出,他又白忙了一天。可是隔不多久,他就和孩子玩了起来,他就讲起在土耳其的事,说着就撒谎,他自己几乎还不知道。他这人是既诚实又虚伪的混合体,还善于算计。他知道,他用这种方法就会产生作用。克拉丽莎生气的是,她对他总有同情之心,她认为他并不坏。有个会计的位子,他不愿接受。这是在弗洛里特村,那是在郊外很远的地方。他似乎有几个熟人,可是都不可靠,和他自己一样。每天早上他都非常乐观地讲点什么,这是说给克拉丽莎听的还是说给他自己听的?

于是就到了第八天晚上,已经很晚了,克拉丽莎已经上了床。布朗柯里克认识约瑟夫城剧院的一个演员,他希望通过此人当上售票处的职员,已经十点、十一点,克拉丽莎无意识地在等他,孩子在睡着之前问道:"爸爸在哪儿呢?"克拉丽莎心想:"孩子已经对他习惯了,要是我走掉了,孩子大概都不会觉察到,不会像他现在问起爸爸似的。"在十一点到十二点之间,克拉丽莎听见布朗柯里克回来了。他没有躺下睡觉,在屋里走来走去。克拉丽莎仔细听着他的脚步声,仿佛听见他在轻声啜泣。克拉丽莎不得不到他房里去,她穿上衣服。"我撑不住了,没人要我。我提出一笔保证金,可就是这样他们也不要我。我只不过是一个伤残士兵,我到办公厅去找共产党人,他们说我在这里没有维也纳户籍。我撑不住了,我成了你的负担,靠你养活,谁也不要我。""不。"克拉丽莎说道。她感觉到,他这是真实的感情流露,这是真正的绝望情绪。克拉丽莎安慰他:"你怎么了?"他哭了起来,又成了那个软弱的人,彻底垮了。克拉丽莎转身冲着他说:"会好起来的。""要是你是我老婆,是会好起来的,可是这样……我知道你看不起我,我感觉到了。你把我当作一个骗子,一个饭桶。这不是我的过错,我像一个骗子一样地干活,这并不容易。现在一切全都晚了,我不想再干了。""你就对我放心吧。我不在乎,我很乐意你待在这里,你的确没有打扰我。""真的吗?"布朗柯里克抓住了克拉丽莎的两只手,克拉丽莎心里发怵;因为夜已深,她在这里,"放开我。"她身上只穿着睡衣,上面罩了一件睡袍。布朗柯里克抱住她,"别推开我!""放开!"克拉丽莎更加恼怒地说道,"你惊扰到睡着的孩子了,他随时都有可能闯进屋来。"克拉丽莎只好屈从。布朗柯里克便得到了她。

☆　☆　☆

克拉丽莎逃到她儿子的房间里去,把门闩插好。孩子静静地躺着,已经睡着了。一桩罪行已经发生。克拉丽莎羞于面对自己,因为她爱的毕竟是莱奥纳尔啊,可是莱奥纳尔为什么要把她忘记?为什么要把她摒弃?她违背自己的心意,属于了另一个人。不能为此抱怨,她真的和别人结合起来,他们的结合是和一个秘密拴在一起。现在一切都已结束了,克拉丽莎属于了一个人,她原本并不属于他。她现在不得不一辈子背着一个谎言继续往前走,往前走。

一九一九年至一九二一年

足足三年,沉闷而又沉重地度过。克拉丽莎没有回忆,她以为他死了。莱奥纳尔已经死了。因为他没有给克拉丽莎写信。克拉丽莎唯一的人生经历,乃是眼看着这孩子一天天长大。家里只有些许变化,布朗柯里克奇怪地找到了一个职位,他们住进了另外一个住宅。自从布朗柯里克感觉到,克拉丽莎对于他那天晚上的行为始终怀着极大的反感,他和克拉丽莎便过着一种奇特的婚姻生活。当她知道,他们之间的关系已经到头,布朗柯里克暗示,他和他老板的妻子相处得很好,克拉丽莎还真对此心存感激。"这很清楚,你有个老婆,可是她不爱你。"但是他们还维持着他们的婚姻,他们不想惹麻烦。克拉丽莎不理他,她害怕他。

有一段时间,克拉丽莎想逃出这桩婚姻,她想到离婚。她问西尔伯斯泰因医生,医生变得非常尖刻,他笑道:"干吗离婚?都是自由自在的男女。"克拉丽莎最后看到了一桩对于孩子奇怪的事。

孩子已经八岁,他崇拜布朗柯里克,孩子一点儿抵抗力也没有,而布朗柯里克却是个贪玩的人。克拉丽莎对莱奥纳尔越来越生气,她真想知道,莱奥纳尔是否活着。

从那时起,克拉丽莎就没有再看见过她父亲。现在,在弗朗茨·约瑟夫皇帝去世的日子举行的追思弥撒上,克拉丽莎才又看见父亲。父亲已经变成一个老人,冷酷无情,脾气暴躁:战争把他化成一块石头。"这一切都和我无关。我不愿意,绝不和我们的敌人交往。你那个混账丈夫我也不要,而你和一个法国人搞在一起,来了三封给你的信。你是个女间谍。"老头气疯了。克拉丽莎急忙和他一起回家,惊讶得不得了。"拿去,拿去,你们都是批无赖。我去叫警察来,你们背叛了一切。"老人把一包信扔给克拉丽莎。

☆　　☆　　☆

一共是五封莱奥纳尔的信。停战一宣布,他就写信,接着又写,又写。克拉丽莎却以为,莱奥纳尔把她给忘了。自从她和她丈夫上床之后,她自己就没脸给莱奥纳尔写信。现在再写,已经太迟了。她只好继续和这谎言一同生活下去。她不得让她孩子以为自己是另外一个人的儿子。

一九二一年至一九三〇年

对于克拉丽莎而言,这几年是死去的岁月。她只有那个孩子。